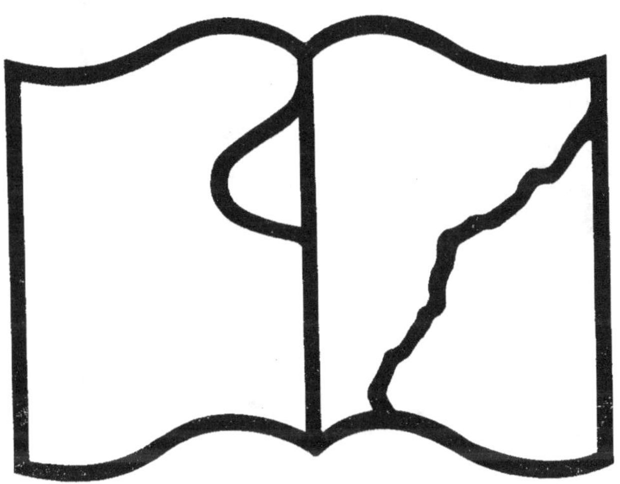

Texte détérioré — reliure défectueuse

NF Z 43-120-11

Contraste insuffisant

NF Z 43-120-14

LVIII

LE CHEF

ANDIS que la châtelaine de Claymore et Ellen Mercy achevaient leur pénible, leur lamentable étape, un coureur arrivait à l'armée où les Écossais fidèles étaient groupés autour du chevalier d'Avenel.

Il venait d'Édimbourg.

Dès le lendemain de l'attentat qui avait privé deux mères de leurs enfants, Marie avait expédié un pli au capitaine Mac Sweeny qui se trouvait dans la capitale auprès de la reine.

Les Anglais, pressés de frapper un coup décisif, avaient en effet essayé d'organiser à Édimbourg même un soulèvement à la faveur duquel ils espéraient faire enlever Marie Stuart, en même temps que toutes leurs troupes donneraient un assaut furieux à l'armée écossaise.

Mac Sweeny, qui était de nouveau reparti pour le théâtre de la guerre avec de nouvelles recrues, avait tout juste eu le temps de revenir auprès de sa souveraine.

Celle-ci, prévenue indirectement du complot ourdi par ses ennemis, s'était hâtée en effet de le rappeler.

Maintenant, l'épée du vieux capitaine brillant au-dessus d'elle, elle n'avait plus rien à craindre, au moins pour le moment.

Dans le pli qu'elle adressait à Mac Sweeny, Marie d'Avenel faisait connaître le malheur qui venait de l'atteindre et de frapper Ellen Mercy.

Elle suppliait en même temps le capitaine des gardes de la reine de faire porter à son mari, par un exprès, un message joint à celui qu'elle adressait au vieux guerrier.

Mac Sweeny avait aussitôt informé son auguste maîtresse du drame arrivé dans les bois de Claymore.

Marie Stuart, s'accusant d'avoir, — à la prière cependant de Walter lui-même, — retiré les gardes qui veillaient sur le manoir de Claymore, avait aussitôt prescrit des recherches.

Mais que peut la sollicitude d'une reine dont les serviteurs sont, en grand nombre, vendus à ses ennemis?

Du reste, Stewart Bolton était passé maître dans l'art des dissimulations, et il avait pris tous les soins nécessaires pour que rien ne pût entraver ses diverses opérations.

L'échec final de son œuvre de crime, au moment où il était à peu de distance du clan d'Avenel, provenait de sa rencontre avec Christie de Clinthill.

Et l'imprévu seul, en plaçant le géant sur ses pas, avait déjoué ses calculs et amené la délivrance de Julien.

Quant à Marguerite, rien n'avait transpiré des agissements de l'ancien intendant.

Et les investigations ordonnées par la souveraine, tant dans sa capitale qu'aux alentours, n'avaient amené, ne devaient produire aucun résultat.

Mais un cavalier était aussitôt parti à franc étrier avec mission de rejoindre le camp du chevalier de la reine par les voies les plus courtes : il portait la lettre de la châtelaine de Claymore.

Walter d'Avenel avait rétabli la fortune de l'Écosse par une série de succès partiels.

Il était parvenu à enrayer ainsi l'infiltration des Anglais sur le territoire écossais.

On pouvait dire, — et l'on disait de lui, — qu'il lui suffisait de paraître pour vaincre.

Lord Rosberg, traître vendu aux Anglais, n'avait plus osé reparler du cartel qu'il avait lancé un jour à son glorieux adversaire, dans le seul désir d'arrêter sa victoire.

A plusieurs reprises, le chevalier d'Avenel l'avait fait convier à se mesurer avec lui en champ clos, tandis que leurs armées ne seraient pas aux prises.

L'ancien gouverneur d'Édimbourg avait toujours fait des réponses évasives, dilatoires.

En réalité, il avait peur.

Il redoutait de se trouver seul à seul en face de ce guerrier dont l'épée semblait véritablement faire jaillir la victoire.

Il est juste d'ajouter que Walter avait des soldats dévoués jusqu'à l'abnégation, jusqu'au sacrifice.

De ce nombre était Joë, l'ancien pirate, qui, selon la promesse faite à Julien, avait rejoint l'armée écossaise et y combattait vaillamment.

Le chevalier d'Avenel rentrait à son camp avec une colonne légère à la tête de laquelle il venait d'enlever aux ennemis une de leurs plus importantes positions, lorsqu'on l'avertit qu'un messager de la cour l'attendait à l'entrée de sa tente.

Walter d'Avenel donna rapidement ses ordres à son lieutenant et se dirigea vers son quartier général.

— Un envoyé de la cour, — se dit-il. — M'apporte-t-il de nouvelles instructions de la reine?

Une clarté intérieure en quelque sorte illumina ses traits hâlés par le soleil et les intempéries de la vie des camps.

— A moins qu'il ne soit chargé des nouvelles de Marie.

Marie, le rêve d'amour de ses jeunes années, venant apporter la douceur embaumée du souvenir dans son existence de lutte et de périls.

Le cavalier était arrivé depuis une heure environ.

Ayant confié son cheval aux valets de l'armée, il se tenait debout devant la tente du chef.

Ainsi que le faisaient la plupart du temps les porteurs de dépêches de ces époques, il avait gardé sur lui la poussière de la route comme témoignage de son zèle.

Il vit le chevalier d'Avenel s'avancer de son côté, la visière de son casque levée, sa cuirasse bosselée par quelque coup de hache d'armes sans doute, la plume de héron qui surmontait le cimier de son casque coupée par un trait d'arbalète.

Le héraut plia le genou, tira une enveloppe de parchemin d'une large poche ouverte sous sa casaque de porteur de messages.

Et il la tendit au général.

Le nom de celui-ci y était inscrit en cette écriture gothique compliquée dont les scribes de l'époque se faisaient un point d'honneur de se servir, en y appliquant tout leur talent de calligraphes, véritable d'ailleurs.

Le chevalier de la reine retourna l'enveloppe et il y vit le sceau royal.

Le rayonnement qui éclairait sa physionomie s'effaça; la gravité se répandit sur ses traits.

Il s'agissait d'affaires de l'État, et non point des chères nouvelles de celle à qui il pensait dès que son esprit pouvait se distraire des pesants soucis qui le hantaient.

Il remercia le porteur et pénétra dans sa tente.

Là, seul, il rompit le cachet de cire.

Et il tressaillit : le sceau royal protégeait deux plis différents et la joie enfuie un instant auparavant du regard de Walter y revint plus vive.

Sur l'un, il venait de reconnaître l'écriture délicate de l'épouse toujours aimée dont la cause sacrée de la patrie l'avait séparé.

L'autre laissait voir les caractères épais tracés par la lourde main de Mac Sweeny, une main plus habituée à manier l'épée que la plume.

Le capitaine des gardes de Marie-Stuart avait abrité l'épître de la dame de Claymore sous la protection du sceau royal.

Walter d'Avenel eut un mouvement instinctif, pour ouvrir avidement la lettre de Marie.

Mais l'idée du devoir l'emporta, et il alla d'abord à celle du capitaine des gardes.

Elle était courte : elle lui disait en substance qu'il lui adressait en toute diligence le message de la dame d'Avenel.

Et il ajoutait :

— Courage!... confiance. Vos amis agissent et veillent.

Walter d'Avenel, tremblant d'une angoisse soudaine, ouvrit précipitamment cette lettre venue du manoir de Claymore et qui d'abord avait fait battre son cœur si délicieusement.

Maintenant la crainte l'emplissait, lui, le héros qui ne tremblait jamais.

Dès les premières lignes, une contraction affreuse crispa ses traits.

Ses mains serraient le papier comme s'il eût été d'un poids énorme.

Le regard durci, les lèvres agitées d'un tremblement, il poursuivait cette lecture.

Il était devenu pâle.

Lorsqu'il eût fini, le chevalier de la reine passa sa main durcie sur son front.

— Ce n'est pas possible, j'ai mal lu, — prononça-t-il d'une voix altérée.

Et lentement, gravant pour ainsi dire chacun des mots dans sa mémoire où ils étaient déjà imprimés en traits ineffaçables, il recommença.

Cette seconde lecture achevée, il se laissa tomber sur un des sièges primitifs qui garnissaient sa tente.

— Oh! — fit-il, — la haine ne désarme donc jamais! Oh! les êtres d'enfer, s'attaquer même à des enfants. Pauvre petite Marguerite!...

Une larme tomba sur sa joue basanée par le soleil des batailles.

N'était-il pas en quelque sorte le père d'adoption de la fille d'Ellen Mercy?

Il se souvenait du serment qu'il avait volontairement prêté de lui servir de père, de la défendre, de la protéger, lorsqu'elle était toute petite, faible et chétive, dans son berceau.

Privé de son fils, par suite du premier crime de Stewart Boîton, son amour paternel, frappé de stérilité, s'était reporté sur Marguerite, sa jolie petite fleur d'Écosse, ainsi qu'il la nommait.

De là, la douleur poignante qui l'emplissait.

— Les lâches, ils ont choisi le temps de mon absence pour accomplir leur forfait... leur double forfait !

Et dans la morne affliction qui le pénétrait, une stupeur le prenait d'apprendre que les ravisseurs de Marguerite avaient englobé Julien dans leur acte criminel.

— Je comprends, — murmura-t-il. — L'enfant est vaillant et noble, il aura voulu défendre sa malheureuse compagne. Et il aura expié sa généreuse intervention.

Et se mêlant à l'amertume de sa douleur, une autre peine, une indignation violente s'emparait de lui.

Il lui semblait que, par suite de cet attentat, une sorte de forfaiture pesait sur son nom.

Julien, confiant dans la valeur de la croix, du gage que lui, Walter d'Avenel, avait posé sur sa poitrine, était allé demander l'hospitalité dans son manoir.

Et là, il avait été la proie de bandits apostés à quelques pas...

Il paraissait au noble chevalier d'Avenel qu'il avait une part de responsabilité dans cet événement.

Il voyait là comme un crime de lèse-hospitalité.

— Les lâches ! les lâches ! — fit-il en serrant les poings.

Il avait à peine entrevu Julien, dans l'ombre d'une tente étroite, et son cœur n'avait pas eu l'occasion de s'ouvrir à son insu, comme celui de Marie, qui avait passé des heures auprès de l'adolescent... qu'elle ne savait point être son fils, — et pour lequel elle sentait naître inconsciemment une tendresse de mère.

Et cependant, quelque chose d'inexplicable avait déjà rapproché le descendant des chefs du clan d'Avenel du jeune guerrier, et malgré lui son souvenir se reportait fréquemment vers le jeune homme, sans qu'il pût s'expliquer pourquoi.

Aussi, à cette heure, la douleur de l'homme qui voit son hospitalité engendrer de tels attentats était-elle accompagnée d'une autre douleur tenace, angoissante. Car il se demandait quel sort avait pu être réservé au malheureux enfant, de même qu'à la pauvre petite Marguerite.

Cette lettre, expédiée avant les dernières investigations d'Halbert et de ses deux compagnons, ne parlait pas de la découverte faite dans les ruines.

Et Walter d'Avenel, éloigné de sa demeure comme il l'était, se sentait ainsi que dans des ténèbres.

Un moment, il se dressa dans un mouvement violent, prêt à monter à cheval, à courir à Édimbourg, au manoir de Claymore.

— Oh ! — fit-il, — la haine ne désarme donc jamais !

Là, il forcerait bien ces malfaiteurs à rendre leur proie.

Mais il retomba sur son escabeau.

— Hélas! — fit-il, — je ne suis plus libre. Je ne m'appartiens pas. J'appartiens à une cause sainte, celle de la patrie en danger. Et je n'ai pas le droit de me soustraire à ma tâche.

Il laissa de nouveau tomber son regard sur la missive de Mac Sweeny.

— Courage!... confiance!... — me dit-il. — Oui, je n'ai que cette ressource : avoir confiance en lui, en la reine... et en Dieu!

« Il est impossible que l'on n'arrive pas à un résultat à force de battre les environs, de chercher partout... A moins que les hommes qui ont commis cet attentat n'aient réussi à gagner les territoires occupés par nos ennemis.

Cette dernière supposition le mit debout...

L'armée qu'il commandait était la barrière vivante opposée à l'invasion étrangère.

Pour arriver dans la contrée que les Anglais, — aidés par les seigneurs rebelles, — avaient soumise momentanément à leur loi, il fallait traverser la zone occupée par les troupes écossaises.

Le chevalier d'Avenel faisait battre le pays chaque jour et chaque nuit par ses détachements, jusqu'à une grande distance.

Il était impossible, il était au moins difficile qu'une bande d'hommes armés eût pu circuler au milieu de ces détachements sans être rencontrée ou aperçue par l'un d'eux.

Le chevalier de la reine envoyait souvent aussi des reconnaissances jusque dans les lignes anglaises, afin de se tenir au courant des mouvements de l'ennemi.

Il ordonnerait une de ces reconnaissances, il ferait quelques prisonniers aptes à le renseigner.

Il saurait ainsi si ceux qui étaient allés le frapper traîtreusement dans sa famille en quelque sorte, tandis que lui combattait à visage découvert, étaient rentrés dans le camp anglais; il saurait s'ils étaient venus se placer sous la protection du Léopard de Londres.

Il parut, pâle encore, sur le seuil de sa tente. La stature élevée, la carrure noueuse et puissante d'un homme qui se tenait à deux pas de là, frappa sa vue.

Et une expression de tristesse plus accentuée encore, s'il est possible, voilà le regard de Walter d'Avenel.

Cet homme, debout en face de sa tente et immobile, son œil attaché sur l'issue où devait paraître le chef, c'était Joë.

LIX

LA VÉRITÉ EN MARCHE

ANCIEN pirate ayant appris l'arrivée d'un messager, était venu se poster respectueusement sur le chemin où le défenseur de la reine serait obligé de l'apercevoir.

Ce messager, pensait-il, avait peut-être porté à Walter d'Avenel des nouvelles du manoir de Claymore.

Dans ce cas, la châtelaine devait parler aussi de Julien.

En apercevant Joë, le chevalier vit l'interrogation exprimée par les traits du colosse.

Il inclina son front dans une courte méditation.

— Hélas! — pensa-t-il, — il faut lui apprendre la vérité.

L'époux de Marie d'Avenel était le général en chef de l'armée nationale : sa tente se trouvait considérée par les officiers et les soldats comme une sorte de lieu sacré.

— Joë! — prononça le défenseur de l'Écosse.

Le marin fit deux pas en avant, attentif et respectueux.

— Entre, — fit son chef d'une voix grave et lente.

L'ancien pirate eut un mouvement de surprise. Lui, infime, franchir le seuil que, seuls, les officiers les plus élevés passaient, lorsque le chevalier d'Avenel les conviait à discuter avec lui des questions de guerre.

Mais son général répétait son invitation, son ordre. Il n'hésita plus.

Et il entra, laissant retomber derrière lui l'étoffe qui fermait la tente.

Walter d'Avenel parut se recueillir un instant, les lettres qu'il venait de recevoir toujours ouvertes dans sa main.

— Joë, — prononça-t-il enfin, — j'ai reçu des nouvelles de Claymore.

Le marin tressaillit. Il ne s'était donc pas mépris.

Mais l'accent, l'attitude de son général n'était pas celle qu'il avait d'habitude, lorsqu'il voulait bien lui communiquer les détails que la châtelaine lui envoyait sur le jeune convalescent.

Une angoisse alarmée tordit le cœur de l'écumeur de mers devenu un loyal soldat.

Pour que le chevalier l'eût fait entrer ainsi dans sa tente, pour qu'il s'exprimât d'une telle façon, il fallait qu'un malheur fût arrivé.

Le colosse sentit sa gorge se dessécher, et son œil s'attacha, avec une expression saisissante, sur celui de son vis-à-vis.

— Oui, — fit ce dernier comme s'il lisait dans le cerveau de Joë, — le sort est cruel envers nous! Hélas! lorsque les chiens de garde sont loin de la ferme, les loups en profitent pour accomplir leurs méfaits.

— Monseigneur, par grâce! — murmura Joë d'une voix étranglée.

Le chevalier de la reine reconnut que tous les atermoiements qu'il prenait, ne pouvant se résoudre à annoncer un malheur aussi inattendu, ne faisaient qu'accroître les transes de son interlocuteur.

— Notre jeune hôte a disparu, — dit-il d'une voix sourde. — On ne sait ce qu'il est devenu. Il a disparu avec la fille de lady Mercy au cours d'une promenade qu'ils faisaient non loin du château. Les recherches effectuées jusqu'au moment où ces nouvelles m'ont été envoyées n'ont donné aucun résultat. On a découvert des traces de lutte, de violence, à l'endroit où ils ont été assaillis sans doute. Mais point de sang.

Point de sang, cela signifiait que les agresseurs des deux jeunes gens n'avaient pas eu l'intention de commettre un meurtre, au moins pour le moment.

Joë était pâle. Ses mains épaisses tremblaient d'une façon convulsive.

Son silence était plus significatif, plus impressionnant que des paroles, que des gémissements ou des imprécations.

Le chevalier d'Avenel eut conscience de tout ce qu'il y avait de véritable souffrance sous cette rude enveloppe.

Il montra les quelques lignes de Mac-Sweeny jointes à la missive de la châtelaine.

— Les gens de la reine sont en campagne, — ajouta-t-il. — Des battues vont être faites également dans les forêts environnant le manoir. Le ciel fasse que l'on retrouve la trace des chers et pauvres disparus!

Un souffle pesant dilata péniblement la poitrine de Joë, et des paroles sortirent enfin de sa gorge.

— Pauvre Julien!... — articula-t-il d'une voix étranglée et rauque, — pauvre petit mousse!...

Bon Joë!... Il revoyait, par la pensée, l'enfant qu'il avait protégé jadis sur le *Forward*, il le revoyait jeune, frêle et malheureux : « son pauvre petit mousse ».

Il lui semblait que quelque nouveau capitaine Harrys, comme se nommait autrefois le capitaine des pirates, le lui avait arraché pour le persécuter de nouveau.

— Oui, infortunées victimes!... — prononça à son tour Walter d'Avenel.

Une émotion intense l'accablait.

Il ressentait la même affreuse prostration qu'un père à qui l'on a ravi un de ses enfants.

Il l'attribuait à l'affection, à l'espèce de paternité d'adoption qu'il avait vouée à la charmante petite fleur d'Écosse.

Malheureux père ! il ignorait que c'était un fils dont il pleurait aussi les maux.

Il ne pouvait comprendre la voix secrète de son cœur.

Un silence de quelques minutes avait suivi.

Puis, comme le deuil nivelle les situations sociales et rend tous les hommes égaux, Joë, d'une intonation sourde, avait interrogé :

Walter d'Avenel lui dit alors les phases des événements qui s'étaient accomplis au manoir de Claymore, ou du moins ce que la chère compagne qu'il y avait laissée avait pu lui mander.

— Monseigneur, — dit alors l'ancien marin, — je suis venu, il y a plusieurs mois, vous demander la permission de servir sous vos ordres, afin de remplacer mon pauvre Julien qui se désespérait de ne pouvoir défendre de nouveau sa patrie. Je lui avais promis de combattre pour deux. Je crois avoir fait de mon mieux.

— Tu t'es battu en brave, Joë. Avec une armée d'hommes comme toi, l'Écosse serait invincible.

— Eh bien ! monseigneur, si vous jugez que je ne me suis pas ménagé, je vous demanderai la permission de quitter l'armée pour quelque temps. Les guerriers qui ont loyalement combattu ont droit à un congé. Je retournerai au manoir de Claymore, je me mettrai à la recherche de Julien... de mon maître.

Et d'un ton plus bas :

— D'ailleurs, après ce qui vient d'arriver, je sens que je n'aurais plus la même ardeur au combat. Mon cœur n'est plus ici.

Ce que Joë exprimait ainsi, dans sa simplicité rustique, était bien vrai.

Sans parents lui aussi, sans attache sur la terre, l'ancien pirate s'était pris, pour son jeune protégé, de l'affection inconsciente et profonde que les êtres inférieurs ressentent parfois.

On aurait pu dire de lui qu'il était comme ces braves et pauvres chiens qui vont mourir sur la tombe de leur maître.

L'infortune venait de s'abattre de nouveau sur « son petit mousse ». Julien était malheureux, et l'âme de Joë n'était plus là...

Walter d'Avenel considéra le marin avec une sorte de solidarité émue.

— Tu affectionnes donc bien le pauvre et noble enfant ? — demanda-t-il.

— Je l'ai vu si petit, lorsqu'on l'a apporté sur le *Forward*, lorsqu'on l'a vendu au capitaine Harrys, — répondit Joë.

— Le capitaine Harrys ? — murmura le chevalier en cherchant dans son souvenir.

Il avait autrefois connu ce nom.

Mais où ?...

Et tout à coup il se souvint :

Harrys, c'était ce chef de bandits qui, jadis, infatué par la terreur qu'il exerçait généralement, avait osé lever les yeux sur la fille du duc de Melrose, et que lui, Walter d'Avenel, avait châtié.

La voix altérée déjà par l'accablement que lui causaient les malheurs arrivés en son absence, il interrogea :

— Jamais tu ne m'avais parlé de cet homme. Et tu dis que Julien a été apporté à son bord, qu'il a été vendu à ce forban. Par qui ? Comment ?

— Plusieurs de nos hommes connaissaient l'individu qui l'a livré, ligotté, bâillonné, au capitaine. Je sais seulement que c'était une espèce de contrebandier. Mais il me semble que je le reconnaîtrais encore si je l'apercevais... Une figure louche, sournoise...

« Le *Forward* était à l'ancre non loin de l'embouchure de la Tweed. On faisait provision d'eau avant de partir pour une croisière dans les mers du Sud.

— Auprès de la Tweed !... Julien... Ce nom !... — murmura Walter d'Avenel.

Et tout d'un coup, agité d'une sorte de secousse galvanique :

— Mais avant d'avoir été livré à ce forban ?... Puisque cet enfant s'est attaché à toi, il a dû te raconter ce qui s'est passé, d'où il venait au moins ?

Et le descendant des anciens guerriers de la frontière attachait sur son interlocuteur son regard dans lequel palpitait une agitation violente.

Joë secoua lentement la tête, et très tristement :

— Comme j'étais le plus vigoureux des marins enrôlés par Harrys, il m'avait choisi en qualité d'exécuteur de ses volontés... de bourreau du bord.

« Manier le chat à neuf queues ou la hache d'abordage m'était, à cette époque, à peu près aussi indifférent l'un que l'autre.

Le front du marin se pencha pesamment au souvenir de ce temps où, poussé par la fatalité dans une mauvaise voie, il était aussi inconscient que la brute puissante que l'on attelle à la charrue.

Il exhala un profond soupir.

— Harrys voulut montrer de suite au pauvre petit en quelles mains il était tombé, et il m'ordonna de lui appliquer le fouet sans le moindre ménagement.

« J'étais habitué à obéir : je fis ce qu'il m'ordonnait. Mais j'étais accoutumé aussi à avoir d'autres victimes : le supplice du malheureux enfant me révolutionna; et dès ce jour je m'attachai à lui en même temps que je me pris à détester le monstre qui avait commandé son martyre. D'autant plus que Harrys se montrait de plus en plus cruel.

— Oui, le monstre, ainsi que tu l'appelles, Joë! Mais le nom du pauvre persécuté?...

— C'est là le mystère, monseigneur. Et j'allais vous le dire. Au début, le nouveau mousse ne desserrait même pas les dents. Il se sentait au milieu d'ennemis, de gens sans aveu, car je crois avoir assez racheté les fautes de mon passé pour les confesser. Les riches vêtements qu'il avait lorsqu'il fut apporté à bord indiquaient qu'il appartenait à une grande famille. Et l'infortuné petit être, avec un courage, une fermeté au-dessus de son âge, conservait en lui le secret de cette naissance.

— Mais depuis?...

— Harrys, je vous l'ai dit, monseigneur, était une sorte de bête féroce. Dans les mers du Sud nous attaquâmes un navire français moins bien armé et que notre capitaine espérait en conséquence vaincre assez facilement.

« Ne sachant plus quel supplice inventer pour torturer notre nouveau mousse, il le fit attacher à un mât durant le combat. L'enfant fut grièvement blessé à la tête : c'est même miracle qu'il n'ait pas été tué. S'il survécut à cette grave blessure; l'ébranlement nerveux, résultat du combat auquel il avait assisté, avait effacé chez lui le souvenir du passé. Lorsque, écœuré par la férocité de son persécuteur, j'entrai en révolte presque ouverte contre Harrys, lorsque Julien comprit qu'il avait en moi un défenseur, lorsque je l'interrogeai afin d'essayer de le ramener dans sa famille dès que nous rentrerions en Europe, il était trop tard : il ne se souvenait plus de rien.

— Mais les vêtements qu'il portait lorsqu'il a été... vendu à ce chef de pirates, comment étaient-ils? — fit Walter d'Avenel avec une agitation croissante.

— Hélas! ils ne furent bientôt plus qu'un haillon sous les lanières du fouet... ce ne furent plus que des loques lamentables à travers lesquelles paraissait le corps en sang... Et je ne songeai pas alors à chercher à me souvenir.

Joë avait fini de parler.

Le chevalier d'Avenel resta plongé dans une méditation profonde.

La tête anguleuse de l'ostalier parut seule.

Ce nom de Julien qui l'avait déjà fait tressaillir, le récit de l'ancien pirate, tout cela avait fait naître un moment, chez lui, une involontaire, une ardente espérance.

La Tweed, lui avait-on dit, avait englouti le cadavre de son fils. Rien n'était donc resté de la chère dépouille.

Qui sait si le pauvre être, livré, vendu au chef des pirates, n'était pas l'enfant si tragiquement disparu?...

Liv. 227. — H. GEFFROY, édit. — Reproduction interdite.   227

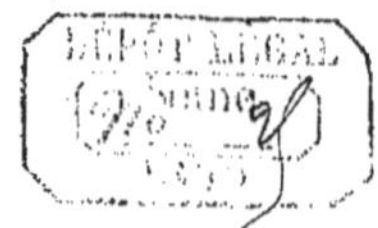

La haine qui avait amoncelé tant de désastres sur sa maison ne justifiait que trop une telle hypothèse.

S'arrachant enfin à sa méditation, il secoua le front.

— Quelle décevante chimère vais-je tâcher d'évoquer ainsi! — se dit-il. — Espérance insensée! Le deuil qui nous a privé de notre enfant est bien éternel. Pourquoi voir dans chacun des infortunés abandonnés, sans famille, mon fils mort. Parce que quelques-uns d'entre eux portent le même nom de baptême? Fragile coïncidence!...

Le rêve enfiévré auquel il venait de s'abandonner un instant était dissipé.

C'était bien fini, il n'aurait point de fils pour lui fermer les yeux. La race d'Avenel devait disparaître avec lui.

— N'importe, — pensa-t-il, — je verrai cet enfant que Dieu a mis si étrangement sur mon chemin.

Mais ceci même, cette puérile consolation devenait bien incertaine.

L'attentat dont le domaine venait d'être le théâtre ne paraissait pas devoir le rapprocher de son jeune hôte, si même les auteurs de ce rapt n'avaient pas couronné leur violence par un meurtre.

Joë suivait, sur le visage de son interlocuteur, les marques de ses lourdes réflexions.

— Monseigneur, — reprit-il, — daignez-vous m'autoriser à retourner à votre manoir. Oh! je n'y demeurerai guère, résolu à en repartir aussitôt sur les traces de mon brave petit mousse d'autrefois.

— Va, bon Joë. Et puisses-tu arriver auprès de celui que tu n'as pas oublié. Puisses-tu le retrouver sain et sauf.

Le marin se disposait à se retirer en exprimant ses remerciments. Le chevalier de la reine l'interrompit :

— Mais le voyage, l'enquête que tu vas entreprendre, peuvent être de longue durée. Des ressources suffisantes peuvent t'être nécessaires. J'ai là quelques pièces d'or, je vais t'en remettre la moitié. Puisse ce faible subside te porter bonheur, ainsi qu'à ton jeune ami.

Et le chevalier d'Avenel prit, au chevet de son lit de camp, une de ces larges bourses de fourrures que les Écossais portent suspendues à la ceinture, et mit dans la main de l'ancien pirate ce qui lui avait promis.

Joë, confus, balbutia quelques paroles de gratitude pleines d'embarras.

Il se rendait compte que son général avait raison; cet argent pouvait lui être nécessaire dans la campagne qu'il allait entreprendre, mais accepter un secours en argent le gênait cependant.

— Le messager qui m'a apporté ces cruelles nouvelles va repartir dans quelques heures, — dit encore le chevalier d'Avenel. — Je vais te faire donner un cheval et vous voyagerez de concert.

— Je suis un homme de mer, monseigneur. Le pont d'un navire balayé par les lames ne me fait pas peur; je ne suis pas un cavalier. Je vous remercie, j'irai à pied, n'ayant pour compagnie que mon épée. Mais j'espère arriver assez vite, car je marcherai nuit et jour.

— Va donc, — reprit le chef de l'armée écossaise. — Et Dieu te fasse réussir. De mon côté, je vais faire fouiller la contrée par mes batteurs d'estrade.

« Mais si tu retrouves ton jeune ami, promets-moi de le reconduire au manoir de Claymore, ou de me le ramener.

Et avec une émotion d'une intensité qui le troubla lui-même il ajouta :

— Je serai si heureux de le voir!

— Je m'y engage, monseigneur, — répondit le marin avec solennité.

Et s'étant incliné une dernière fois devant son général, il sortit suivi jusqu'au seuil par le regard songeur de Walter d'Avenel.

Une demi-heure après, Joë quittait le camp de l'armée écossaise.

Et la main appuyée sur la poignée de la lourde épée qui pendait à son côté, il s'enfonça sur la route du nord.

Il avait quitté la voie ordinairement fréquentée pour se jeter dans un sentier qu'il avait appris à connaître durant les dernières opérations de guerre et qui devait raccourcir son voyage.

Le martellement des fers d'un cheval sur la terre durcie lui fit tourner la tête.

Il aperçut, sur le chemin qu'il avait quitté, un cavalier ceint de l'écharpe bleue qui était la couleur de la reine.

C'était le courrier royal qui portait, à Marie Stuart, les rapports de son général, et à lady d'Avenel la réponse de son époux.

Et les larges pieds de Joë écrasèrent plus fortement le sable du chemin afin d'activer sa traite vers le manoir de Claymore, — le manoir de Claymore qui ne serait peut-être que sa première étape.

LX

LA GIGUE ANGLAISE

ULIEN, entraîné par Stewart Bolton sur la route d'Angleterre, ne soupçonnait pas que son brave et fidèle Joë refaisait à cette heure, en sens contraire, le chemin qu'il avait précédemment parcouru pour se rendre au camp écossais.

Au moment où la nouvelle de son enlèvement arrivait au chevalier d'Avenel, l'infortuné jeune homme n'avait en effet pas encore rencontré Christie de Clinthill et n'avait pas été délivré par lui.

Ce n'est pas cependant qu'il n'eut songé plus d'une fois à son ancien compagnon du *Forward*.

Le souvenir du redoutable et bon colosse s'était surtout présenté à son esprit, lorsque Stewart Bolton et ses dignes auxiliaires s'étaient dirigés vers le campement anglais, aperçu par eux au premier matin de leur voyage.

Il se demandait si le vaillant matelot, en opérations contre l'ennemi national, n'allait pas déboucher derrière quelque rocher avec une troupe d'Écossais et tomber sur ses compagnons, ses geôliers.

Pensée fugitive, du reste, tant la désolation était en lui.

Ce n'est pas l'ancien pirate qui avait paru, c'est Christie de Clinthill qui avait brusquement surgi au détour d'une montagne, — et qui l'avait arraché aux griffes des gredins qui espéraient finir leur voyage d'une autre manière.

Julien avait donc échappé à la domination de Stewart Bolton.

Le vieux chenapan fuyait devant lui.

Il fuyait en monologuant de perpétuelles malédictions.

Le gredin n'avait réellement pas de chance avec le fils du maître qu'il avait aussi ignominieusement trahi.

Ayant réussi jusqu'alors dans son œuvre de spoliation, ayant réussi à semer la ruine derrière ses pas, il se voyait arrêté au dernier moment, chaque fois qu'il avait voulu perpétrer l'anéantissement de la race d'Avenel.

Et, apeuré malgré son cynique scepticisme, il se demandait si la Dame Blanche, la bonne fée que les légendes donnaient pour protectrice aux chefs du clan d'Avenel, ne surgissait réellement pas, invisible au moment critique.

Et tandis qu'il fuyait de toute la vitesse de son cheval, il jetait de louches regards autour de lui, tremblant inconsciemment à la pensée de la voir apparaître, quelque fer vengeur à la main.

Mais il n'apercevait plus personne, le pays qu'il traversait était désert.

Il était seul avec l'estafier qui l'avait suivi dans sa fuite.

Aussi la sécurité revint-elle peu à peu dans l'esprit d'abord affolé de l'espion politique Somerset.

Cessant de trembler pour sa misérable vie, le gredin passa sans transition de la terreur qui faisait auparavant claquer ses dents au désir de tendre à Julien et à son sauveur quelque traquenard.

La malfaisance était un besoin de nature chez cet homme.

Ayant échoué dans cette espérance en s'adressant aux soldats à peu près réguliers du poste où il s'était arrêté d'abord, il songea à se rabattre sur la lie armée qui accompagnait l'armée d'invasion.

C'était cette espèce de bandits enrégimentés, quand le pillage ne les attirait pas, que Somerset avait autrefois lancés à plusieurs reprises contre la Tour d'Avenel et le château de Melrose.

Stewart Bolton interrogeait le dédale des forêts et des montagnes qui l'entouraient.

Il cherchait s'il n'apercevait pas au loin quelqu'une de ces bandes indisciplinées afin de se diriger de ce côté.

Il courait, il est vrai, le risque d'être dévalisé par ceux qui en feraient partie.

Mais Stewart Bolton ne considérait le vol dont il serait victime en ce cas que comme un acompte sur ce qu'il était prêt à verser aux routiers pour accomplir ses desseins.

Du reste, les gens tarés, les êtres de crime se devinent rapidement, et Bolton espérait que les malandrins, reconnaissant de suite à qui ils avaient affaire, le traiteraient avec douceur et éviteraient peut-être de le rançonner.

Il comptait davantage sur le caractère d'infamie que les brigands enrôlés dans l'armée anglaise ne pouvaient manquer de lui reconnaître que sur son titre d'agent secret de l'Angleterre.

Ces bandits ne connaissaient en effet aucun pavillon lorsqu'il s'agissait de piller.

Il avait donné à son compagnon l'ordre de fouiller attentivement le terrain, les masses de végétation qui pouvaient leur cacher quelque troupe en marche pour la maraude, où stationnée peut-être pour opérer le partage d'un butin enlevé.

A force de fouiller l'étendue, l'œil étroit et luisant de l'estafier finit par apercevoir au loin comme un moutonnement d'êtres humains, aussitôt disparus.

Il eut à peine le temps de le montrer à l'homme aux gages de qui il se trouvait.

Celui-ci fit obliquer son cheval pour tâcher de reconnaître l'identité des gens qui venaient de lui être signalés.

La distance était réellement trop grande, et ils semblaient avoir disparu sans qu'il pût espérer les revoir et les reconnaître, lorsqu'un scintillement fixa son attention.

C'était l'effet du soleil sur quelque cuirasse ou sur quelque casque abandonné sur le sol.

La honteuse pusillanimité de Stewart Bolton le reprit tout entière.

Un engagement entre quelque parti d'Écossais et les Anglais avait peut-être eu lieu, et il se voyait en ce cas tomber au pouvoir de ceux qu'il avait trahis.

Mais la réflexion lui montra l'inanité de ses craintes : les soldats de Marie Stuart étaient loin sans doute, et ces armures sur lesquelles se reflétaient les rayons du soleil appartenaient vraisemblablement à quelque troupe anglaise momentanément stationnée par là.

Il lui fallait s'approcher pour savoir exactement à quoi s'en tenir.

Et il ne se montrait guère rassuré, Bolton jouait en effet de malheur depuis quelque temps.

Il était plus tremblant, plus frissonnant encore de la terreur que lui causait la nouvelle rencontre du terrible Christie de Clinthill, qu'il n'éprouvait de rage de s'être vu enlever son prisonnier.

Et cependant quelle chose pouvait dépasser pour lui la catastrophe qui venait de l'atteindre dans la délivrance de Julien et l'interruption de son voyage ?

La fille de Somerset et d'Ellen Mercy avait dû, selon toute vraisemblance, arriver en Angleterre ; Percy avait probablement exécuté ses ordres, et le favori, instruit des conditions auxquelles il proposait de lui livrer sa fille, n'avait certainement pas hésité.

D'autant plus, on s'en souvient, que, dans sa lettre, l'ancien intendant y était allé de son petit chantage : la menace assez peu déguisée de remettre Marguerite entre les mains des ennemis du duc, si ce dernier refusait d'accepter les conditions proposées.

Mais comme les faveurs demandées par Stewart Belton ne coûtaient rien à Somerset, il ne doutait pas de son acceptation. Il ignorait, lui dont la cupidité insatiable aurait dû prévoir la même idée chez les autres, il ignorait que Somerset convoitait pour lui aussi les domaines d'Avenel et de Melrose.

Et l'espion rongeait ses lèvres sous ses dents élimées à la pensée que les chartes d'investiture qu'il avait réclamées l'attendaient peut-être au camp anglais, qu'il croyait toujours établi devant la tour d'Avenel, tandis qu'il s'en éloignait !...

— Mais je puis encore y arriver à temps, une fois la route déblayée de cet infernal Christie et des espèces de barbares qu'il doit avoir par là à ses ordres, — pensait-il en cherchant à découvrir, dans l'étendue, quelque troupe anglaise.

Quoiqu'il eût été attaqué par l'ancien écuyer seul, il ne se résolvait pas à admettre que ce dernier eût eu l'audace de risquer une telle partie s'il ne s'était senti appuyé en cas de trop grand péril.

Il acceptait tout au plus l'hypothèse que Christie de Clinthill, ne s'attendant pas à rencontrer d'ennemi, avait dû se hasarder loin de sa troupe.

Pourtant si quelqu'un devait être édifié sur la bravoure téméraire du fameux capitaine d'armes d'autrefois, c'était bien l'homme qui avait vécu auprès de lui dans la Tour d'Avenel.

Mais, pareil à tous les êtres lâches et vils, l'agent secret, oubliant ce passé, se refusait à croire au véritable héroïsme de son adversaire.

— Ah ! — se disait-il, — si ces hommes qui campent là-bas étaient les bons compagnons que je désire !...

Et son attention, ardemment concentrée sur le point lumineux causé par le jeu de la lumière sur une armure, il persistait à attendre quelque indice indiquant à qui il avait affaire.

— Tu vas descendre de cheval, — commanda-t-il à l'estafier, — tu te glisseras, jusqu'à un endroit assez rapproché de ces individus pour reconnaître avec certitude qui ils sont. Tu viendras me le rapporter. Je t'attendrai derrière ces arbres.

Et il désigna, à quelque distance, un emplacement autour duquel la végétation poussait épaisse.

Il venait de se dire que nul ne risquerait de le découvrir là, tandis que son envoyé allait à la découverte.

Les deux hommes mirent pied à terre, et pénétrèrent avec leurs montures dans le fouillis inextricable où l'ancien intendant espérait rester à l'abri.

Il laissait la tâche dangereuse à son acolyte.

Mais ce dernier, on le sait, appartenait à l'espèce des bandits qui suppléent à la bravoure par leur ruse, et c'est pour cela que le père du comte de Verbrock l'avait engagé.

Quoique à regret, l'estafier ayant attaché son cheval à un arbre se résigna.

Il se faufilait, s'insinuait littéralement à travers les masses de végétation, sans froisser une feuille, sans faire craquer une souche.

Il brisait de distance en distance de minces branches sans qu'on entendît rien, le bruit du bois qu'il cassait étouffé sous la main.

Bolton, l'oreille tendue, tâchait de suivre la direction prise par l'estafier. Mais il n'y parvenait pas.

— J'ai bien choisi mon monde, — pensait-il avec orgueil.

Mais soudain une pensée nouvelle glaça son sang.

Son compagnon n'était qu'un individu de sac et de corde.

Et le père de Percy venait de se dire qu'il était bien capable de le vendre aux Écossais, si c'était ceux-ci qui campaient là-bas.

Il essaya cependant de se rassurer.

— Je n'ai rien à craindre, — murmura-t-il.

« Les Écossais ne le paieraient jamais aussi cher que moi.

Cette pensée venait cependant de le troubler profondément.

Et de la moiteur perlait à ses tempes tandis qu'il retenait son haleine et tâchait de saisir des rumeurs de nature à le renseigner sur ce qui se passait.

L'estafier continuait sa marche prudente, circonspecte.

Il s'interrompait tous les dix pas, craignant d'être surpris.

Tremblant malgré la rapière qui battait ses talons, il recherchait les endroits les plus touffus où il risquait le moins d'être découvert.

Des voix, des battements de main frappant en cadence arrivèrent à lui. Le bandit eut une minute d'angoisse, mais se rassura presque aussitôt.

Il venait de reconnaître un air de gigue, la danse du peuple, du bas peuple, pourrait-on dire, en Angleterre.

Et rasséréné, il murmura :

— Ce sont des soudards de Somerset qui accompagnent sûrement un air de danse exécuté par quelques-uns de leurs camarades.

Il rectifia en conséquence la direction qu'il suivait. Et rendu plus hardi par le vacarme qui s'élevait plus fort à mesure qu'il se rapprochait, il continua à avancer, le bruit de sa marche couvert par celui qu'il entendait.

Une élévation du terrain se présentant à lui, il la gravit et atteignit un espace découvert.

C'était une sentinelle placée sur un roc élevé.

L'estafier se coucha sur le sol.

Il vit alors nettement à une vingtaine de toises devant lui un groupe d'hommes vêtus d'une sorte de harnais de guerre débraillé et disparate.

Une dizaine de ces individus chantaient d'une voix éraillée sur un rythme précipité, en battant des mains et des pieds tandis que quelques autres de-ci, de-là, regardaient.

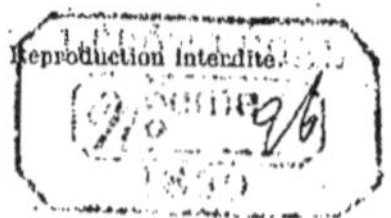

Des danseurs, en nombre à peu près égal à celui des soldats qui marquaient la mesure, se démenaient en cadence à quelques pas de là.

Quelques-uns d'entre ces derniers paraissaient vouloir se désarticuler les jambes pour montrer leur habileté.

L'estafier reconnut avec une grimace les irréguliers qui formaient la majeure partie de l'armée d'invasion.

Aucun chef d'un grade un peu élevé ne se trouvait au milieu d'eux ou aux environs, et l'estafier n'ignorait pas que cette soldatesque mal enrégimentée passait pour être aussi redoutable aux amis qu'aux ennemis.

Il rétrograda donc avec la plus extrême prudence.

Et, guidé par les marques qu'il avait laissées derrière lui, il s'empressa de revenir auprès de celui qui l'avait envoyé.

Stewart Bolton trouvait le temps singulièrement long, pendant que son second, avec des appréhensions dignes de son maître, poursuivait à contre-cœur l'enquête que celui-ci lui avait commandée.

Qui se ressemble s'assemble, et les deux hommes étaient franchement d'instincts aussi lâches comme aussi féroces l'un que l'autre.

Peu à peu, l'ancien intendant arrivait à se persuader que l'estafier, crapuleux comme ses pareils, avait dû s'aboucher avec ceux qu'il était allé reconnaître, et qu'il allait surgir avec ces derniers afin de le mettre à rançon.

Aussi était-il en train d'étudier le moyen de sortir au plus vite du milieu des fourrés où il était venu se cacher lorsqu'il entendit marcher sous le bois.

Les yeux dilatés par l'inquiétude, il riva son regard sur l'endroit d'où provenait le bruit, la main posée sur les rênes de son cheval, prêt à sauter en selle et à déguerpir.

La tête anguleuse de l'estafier parut seule.

L'ancien intendant étudia les environs d'un regard soupçonneux, se demandant si d'autres ne le suivaient pas à distance.

— Ça y est ! — fit l'homme d'une voix sourde et joyeuse en se montrant entièrement à découvert. — Ce sont des irréguliers de Somerset. Ils dansent la gigue sans même une sentinelle pour les garder.

L'ancien intendant scruta le regard de son envoyé pour démêler s'il lui disait la vérité. L'estafier paraissait de bonne foi ; aucune rumeur ne s'entendait aux alentours, indiquant quoi que ce fût de suspect.

Stewart Bolton interrogea alors le nouveau venu, et celui-ci compléta ses déclarations.

Le teint blême de l'ancien intendant se colora légèrement : l'espérance de la haine, bientôt satisfaite sans doute, en était cause.

Les habitants du campement qu'ils avaient aperçu étaient ces hommes toujours prêts à vendre ou plutôt à louer leurs services à ceux qui les payaient le plus cher.

Il allait leur proposer une besogne relativement facile pour un salaire élevé : et il serait servi comme un roi.

Il sortit donc de dessous les arbres qui le cachaient, et gagna le terrain découvert.

— Tu me jures que les hommes de ce campement sont réellement des Anglais, — dit-il à l'estafier d'une voix incisive. — Si tu me mens, il y aura toujours une balle pour toi.

L'autre vit la résolution implacable exprimée par ses yeux vitreux à certains moments.

Et il répondit :

— Votre Honneur sait bien que j'ai trop à gagner à le bien servir pour m'exposer à perdre tout ce qui m'est dû déjà pour les dangers que j'ai courus à son service.

La poitrine de l'espion se gonfla : on l'appelait « Son Honneur » comme les nobles de haute lignée, lui l'ancien valet.

Il remonta à cheval, accompagné de son acolyte.

Et tout en continuant à se tenir sur ses gardes, prêt à tourner bride à la moindre remarque suspecte, il prit assez délibérément le chemin du campement anglais, guidé par les remarques que son compagnon avait faites lors de sa reconnaissance.

— Entendez-vous ? — fit tout à coup son compagnon. — Ils sont encore à danser leur gigue enragée.

Stewart Bolton arrêta son cheval et perçut en effet le mouvement cadencé, endiablé de l'air de danse signalé par l'estafier.

Celui-ci ne l'avait donc pas trompé. Et il reprit plus vivement sa marche.

Le terrain boisé le séparait des Anglais et empêchait ces derniers de l'apercevoir.

Il dépassa cet obstacle et aperçut une trentaine d'hommes dansant ou marquant la mesure.

Loin de l'armée écossaise, ils n'avaient pas même pris la précaution de placer une seule sentinelle.

Presque au même instant, un des Anglais l'aperçut et donna l'alarme.

La danse cessa aussitôt. Et les soudards se précipitèrent en tumulte sur leurs armes qui gisaient en désordre sur le gazon.

L'apparition de Stewart Bolton et de son acolyte n'était pas bien redoutable par elle-même.

Mais ils craignaient que ce ne fût là qu'une avant-garde.

— Halte-là ! — cria l'un d'eux en bandant son arbalète.

Cinq ou six de ses camarades l'imitèrent aussitôt, tournant vers les nouveaux venus leurs traits aigus.

Stewart Bolton blêmit légèrement

Son compagnon, non moins méprisable que lui en présence du danger, chacal plutôt que loup, se glissait déjà derrière lui.

Moins intéressé que l'agent secret aux événements en cours, il ne tenait pas à s'exposer.

— Halte ! — avait commandé le soldat avec une menace peu déguisée.

— Service de la reine Élisabeth et du lord-duc de Somerset ! — répliqua Stewart Bolton en s'efforçant de raffermir sa voix.

Cette déclaration produisit un effet visible sur ceux à qui elle s'adressait.

Ils ne modifièrent cependant pas leur attitude.

— Service de Sa Majesté et de mylord-duc, prétendez-vous, — fit celui qui avait fait retentir le commandement de halte. — Comment se fait-il que vous voyagiez ainsi loin de toute route?... Une escorte vous accompagne-t-elle?

Stewart Bolton comprit que sa réponse allait le mettre à la merci de ces coureurs de route.

Il s'y résolut cependant. Il était impossible de faire autrement.

— Je suis seul avec... mon écuyer, — dit-il. — Nous nous sommes égarés dans ces montagnes, traqués par des rebelles envoyés par l'usurpatrice, afin de m'empêcher d'accomplir ma mission.

L'usurpatrice, c'était Marie Stuart, souveraine légitime de l'Écosse, la descendante et l'héritière des anciens monarques.

Le mot « mission », dont il se servait mensongèrement, devait agir puissamment sur l'esprit de ces soudards... et les empêcherait peut-être de le malmener et de le dépouiller, ce qu'il craignait également.

Celui qui l'interrogeait, et sur la casaque duquel se voyait un reste de passementerie fanée, ayant la prétention de représenter les insignes de sergent, donna à voix basse un ordre à l'un de ses hommes.

Celui-ci s'écarta, inspecta rigoureusement le terrain découvert et les fourrés aussi profondément que le regard le permettait.

Après quoi il vint rapporter à son chef qu'il n'apercevait personne ni au loin, ni auprès.

Le cavalier disait probablement la vérité.

— Approchez donc, — prononça le sergent d'une voix radoucie, — et apprenez-nous ce que vous désirez de nous.

Et il abaissa son arbalète, imité par ceux qui, à son exemple, s'étaient mis sur la défensive.

Bolton respira : les événements paraissaient s'arranger d'emblée mieux qu'il ne l'avait appréhendé. Il s'avança donc, demeurant à cheval afin d'en imposer davantage, ainsi que son « écuyer ».

Et il raconta comment il se rendait au camp établi par un corps d'invasion anglais devant la Tour d'Avenel, vers le sud, afin d'y porter certaines instructions, lorsqu'il avait été attaqué à l'improviste par des Écossais.

— Ils devaient être instruits de notre prochain passage, — ajouta-t-il, — car ils nous ont assaillis et entourés dans un étroit défilé où la résistance était impossible et la retraite aussi dangereuse.

« Nous n'avons réussi à nous dégager qu'en leur passant sur le corps... et en laissant, hélas ! quelques-uns des nôtres sur le terrain.

Voyant les soudards attentifs, et afin de frapper davantage leur esprit, — et éviter définitivement d'être rançonné, — il exhiba les pouvoirs que Somerset lui avait remis.

C'était, on s'en souvient, pour lui, le droit de requérir aide et appui, si besoin était.

Les irréguliers auxquels il s'adressait avaient abandonné l'armée momentanément afin d'aller butiner et piller.

Ayant ravagé un malheureux hameau de quelques huttes, et ne trouvant plus moyen d'exercer leurs déprédations, ils étaient assez disposés à obéir aux ordres portés sur le parchemin qui venait de leur être communiqué.

Le sergent consulta ses hommes d'un rapide coup d'œil circulaire.

Il lui paraissait évident qu'ils se trouvaient en présence de quelque personnage important.

A vrai dire, le costume, l'allure du cavalier et de son « écuyer » n'indiquaient guère un homme de condition élevée.

Mais les dangers et les difficultés que le voyageur avait sans doute à surmonter pour accomplir sa mission, expliquaient, justifiaient un déguisement.

La preuve en était dans l'agression dont ils avaient été l'objet.

— Que pouvons-nous pour le service de Son Honneur ? — demanda-t-il en s'inclinant.

Stewart Bolton le fixa de ses prunelles venimeuses dans lesquelles flamboya un jet furtif de clarté métallique.

— Pour moi, rien, — dit-il d'un accent détaché. — Mais pour le service de Sa Majesté, peut-être beaucoup.

Et comme fouillant une à une les physionomies de tous les soudards :

— Ce qui ne m'empêchera pas de vous récompenser généreusement... car je sais que votre solde est bien peu de chose pour des enfants perdus de notre armée.

Les visages des soudards s'éclairèrent.

Voici qu'une bonne aubaine inattendue leur arrivait sans doute pour remplacer le pillage qu'ils ne trouvaient pas à exercer à leur gré dans ces pays à demi sauvages.

— Il y aura peut-être quelques coups d'épée à donner : mais ba.,est, qu'est-ce cela pour des hommes d'armes : si chaque estocade fait jaillir de l'or.

Les yeux des auditeurs de l'espion brillèrent comme des escarboucles.

Décidément, ils allaient remplacer le butin qui leur manquait par quelque autre bonne aubaine.

Et ils s'empressèrent autour de Stewart Bolton, buvant d'avance ses paroles, se souvenant qu'ils étaient coureurs de grands chemins beaucoup plus que soldats, attendant impatiemment qu'il leur désignât les proies sur lesquelles ils se voyaient d'avance se ruant avec la frénésie que donne la soif du gain.

Et une joie intense fit frémir l'ancien intendant en constatant leurs dispositions.

Trente gaillards pareils !...

Il ne s'agissait que de rejoindre Christie de Clinthill et le lionceau que l'écuyer avait fini par retrouver.

Christie avait beau être vaillant et vigoureux !

A moins qu'il n'eût une véritable petite armée à ses ordres, il finirait bien par mordre la poussière.

Et avec lui ce jeune fauve de Julien d'Avenel que Bolton se proposait de faire saigner à blanc pour être sûr qu'il ne lui échapperait plus.

— Allons ! — se dit-il en lisant sur les traits des soudards la hâte de gagner le salaire qu'il venait de faire luire à leur esprit, — je crois que, cette fois, le sire Christie de Clinthill et son protégé vont apprendre pour de bon de quel bois je me chauffe !

« Voilà, pardieu, des gaillards qui leur apprendront à danser la gigue ! »

LXI

FAIBLE INDICE

UNE heure après, les partisans avaient levé leur campement.

Ils se rangeaient autour de « Son Honneur » Stewart Bolton, et de son prétendu écuyer.

L'espion, jugeant nécessaire de consolider encore leurs bonnes dispositions, avait précisé le salaire qu'il leur attribuerait s'ils le servaient bien.

Mais, toujours prudent, il avait parlé au nom de Somerset.

Si les soudards avaient su qu'il agissait pour son propre compte, s'ils avaient appris qu'il était porteur de la somme éblouissante pour eux qu'il leur promettait, ils auraient été capables de le dépouiller de ses vêtements, d'aller chercher sur sa peau la large ceinture de cuir dans laquelle il cachait son or.

Et comme le dévaliser de suite aurait été plus sûr pour eux que de courir de nouvelles aventures, ils n'auraient pas hésité en ce cas.

Pour l'empêcher ensuite de porter plainte et de les faire châtier, ils étaient gens à le mettre à mort purement et simplement, ainsi que son estafier.

Et l'ancien intendant prenait toutes ses précautions.

— Allons, — dit-il, quand il les vit rangés autour de lui, — en marche, pour le service de notre gracieuse Majesté, et de son noble ministre !

Il indiqua le chemin qui conduisait à la route ; et quatre ou cinq irréguliers passèrent devant, en avant-garde.

Stewart Bolton avait trop peur de se trouver face à face avec Christie de Clinthill, et les auxiliaires qu'il persistait à lui supposer pour ne pas essayer en ce cas d'amortir le choc.

Arrivé sur la voie qu'il suivait dans la première partie de son voyage avec son jeune prisonnier, il étudia le sol pour découvrir si aucune troupe armée n'y était passée depuis qu'il l'avait quittée pour se diriger vers le campement des partisans.

Il n'aperçut que les empreintes laissées dans la poussière par les fers de son cheval et de celui de l'estafier, promu pour la circonstance à la dignité d'écuyer.

Les Écossais n'étaient donc point passés par là et rien ne pouvait le renseigner sur la force des adversaires vers lesquels il marchait

Perspective peu rassurante pour quelqu'un d'un courage aussi négatif que l'ancien intendant.

Mais un coup d'œil sur la bande qui l'enveloppait, les yeux allumés par la perspective du carnage et du gain, le rassura.

Ces hommes devenaient des bêtes féroces dès que leur intérêt s'en mêlait.

Il faudrait que les Écossais qu'il croyait avec Christie fussent bien nombreux pour leur résister.

Et il donna l'ordre de prendre le chemin du sud... après avoir pris soin de renforcer soigneusement son avant-garde.

Son intention était de gagner le poste dont le commandant lui avait précédemment refusé l'appui et le secours de ses soldats.

La nuit commençait à se faire sans qu'on eût encore aperçu le pavillon qui flottait au-dessus.

C'est que, talonné par la peur, Stewart Bolton avait fait une traite considérable, dans sa hâte de se mettre hors de la portée de l'ancien écuyer de Walter d'Avenel.

Les partisans, fatigués, commençaient à murmurer tout haut, parlant de chercher une pointe de rocher pour établir leur bivouac et y passer la nuit.

L'espion que cette perspective rassurait médiocrement ne cessait d'interroger l'espace.

Une étoffe qui flottait dans le ciel déjà obscurci lui arracha un soupir de soulagement.

C'était le pavillon au léopard d'Angleterre.

Cette vue ranima le courage de sa suite.

— *Stop !* Halte ! — lança tout à coup une voix devant eux.

C'était une sentinelle placée sur un roc élevé.

Et l'homme en faction, portant aussitôt un cor à ses lèvres, en tira un son particulier qui fut répété sur une suite d'escarpements entourant le poste fortifié que l'on distinguait au loin.

— Par messire Satanas, — fit le sergent des irréguliers, — voilà une position bien gardée.

Cette réflexion fit amèrement regretter à Stewart Bolton d'avoir voyagé avec tant de confiance, lui.

Par sordide avarice, il n'avait amené que deux estafiers comme escorte et

Ceux-ci lui montrèrent silencieusement un tas de cendres.

on lui avait enlevé son prisonnier. Et il lui fallait toute sa rancune pour lui faire oublier ce que sa revanche incertaine allait lui coûter.

Sa troupe s'était arrêtée.

Un détachement sortit du poste et vint pour la reconnaître.

L'espion se porta seul en avant et demanda à parler à l'officier, chef du poste.

Celui-ci prévenu reconnut le voyageur.

— J'amène des troupes pour rechercher les rebelles que vous avez refusé de poursuivre, — annonça Bolton.

L'officier balbutia que la sécurité du poste dont il était chargé, le chiffre peu élevé de sa garnison l'obligeaient à la plus extrême réserve.

— C'est pour cela que je n'ai point formulé de plainte contre vous, — fit Stewart Bolton avec autorité, en voyant le trouble de l'officier. — Vous allez seulement traiter mes troupes de votre mieux, car elles auront demain de rudes étapes à faire.

Le commandant s'empressa de protester de son zèle.

Et sur un ordre de l'agent secret, la bande qu'il avait raccolée s'avança, ayant encore assez bonne mine, les rangs reformés et marchant militairement pour défiler sous les yeux de la garnison.

Le chef du poste, désireux d'effacer toute mauvaise impression dans le souvenir du visiteur, l'invita à partager sa table et donna des ordres pour héberger largement les partisans.

Stewart Bolton accepta l'hospitalité qui lui était offerte.

N'allait-il pas être bientôt anobli ? Il l'espérait du moins.

Son prétendu écuyer, debout derrière lui, le servait ainsi qu'un homme de qualité.

— Moi qui ai servi les autres, je serai donc duc ou chevalier, j'aurai des laquais, moi aussi, — pensait-il, des vapeurs d'orgueil montant à son cerveau.

Quant aux partisans qu'il avait décidés à le suivre, l'officier ayant recommandé de les sustenter d'une façon particulière, ce fut bientôt une véritable orgie.

Un gradé de la garnison ayant voulu les rappeler au silence, il fut malmené ; et comme il avait appelé à l'aide, une rixe éclata entre les instrus et les soldats du poste.

Stewart Bolton vit arriver le jour avec un véritable soulagement.

Les soudards n'avaient fait que boire, se disputer et chanter à tue-tête toute la nuit, et il se demandait, non sans anxiété, s'ils allaient être capables de marcher.

A tout hasard, il envoya son « écuyer » demander à l'espèce de sergent qui les dirigeait si ses hommes étaient en état de se remettre en route.

— Un routier digne de ce nom n'est jamais plus dispos que lorsqu'il est ivre, — répondit ce dernier en titubant.

Et d'une voix enrouée par la boisson, il cria l'ordre de rassemblement, entremêlant ses commandements des plus grossières injures à l'adresse de ses soudards.

Un quart d'heure après, toute la troupe était rangée tant bien que mal en bataille.

Les partisans, abrutis par une nuit d'insomnie et de débauche, lourds d'eau-de-vie et de gin, semblaient à peine capables de porter leurs armes.

Malgré l'assurance donnée par leur sergent à l'estafier, l'agent secret n'était guère rassuré.

Mais il voyait le désir du chef du poste de les savoir au plus tôt hors de son enceinte fortifiée : il se résigna donc, et monta à cheval.

Sa bande enivrée s'ébranla derrière lui.

Dès que le dernier de ces étranges soldats fut passé, l'officier fit fermer les portes et lever le pont-levis.

Il n'aurait pas agi différemment s'il s'était agi d'ennemis déclarés.

Stewart Bolton et ses argousins murmurèrent de sourdes imprécations devant ce témoignage peu équivoque d'hostilité.

Le premier surtout.

Il se demandait si, excités par les liqueurs fortes, ces bandits enrégimentés ne lui feraient pas un mauvais parti, une fois arrivés dans les bois.

La fermeture du poste ne lui permettait pas de se soustraire à cette éventualité, et il dut se résigner, jetant de côté des regards inquiets sur son escorte, ayant bien plus l'air d'un prisonnier que d'un chef suprême.

L'officier du poste n'avait pu lui fournir aucune indication sur la direction prise par Christie de Clinthill depuis la rencontre dont l'espion gardait un si amer souvenir.

Il lui fallait donc se résigner et continuer à revenir sur ses pas jusqu'à l'endroit de la route où sa mauvaise étoile l'avait mis en présence de l'ancien écuyer.

Une fois là, il comptait poursuivre les Écossais comme on chasse le gibier, — à la piste.

Malgré l'écrasement résultant de leur nuit orageuse, les partisans avaient peu à peu repris leur aplomb, selon la promesse de leur sergent.

Habitués à tous les excès, ces hommes, après leur premier abrutissement, semblaient avoir retrouvé une nouvelle vigueur, sondant le terrain, flairant en quelque sorte autour d'eux, cherchant à découvrir l'ennemi.

Le sergent avisa un rocher élevé, d'escalade assez aisée.

Il appela deux de ses suivants dont il connaissait l'habilité de trappeurs.

— Holà ! grimpez là-haut, vous autres, et étudiez les alentours.

Les soudards obéirent.

— Ce sont deux limiers sans pareils dans tout le régiment, comme batteurs d'estrade, — expliqua alors le sergent à « Son Honneur » Stewart Bolton, dont il n'avait pas même pris la peine de demander l'assentiment avant de donner cet ordre.

L'ancien intendant suivait leur ascension avec une attention soutenue.

Il les vit sonder l'horizon.

Puis, tout à coup, les deux hommes quittèrent leur observatoire.

Mais, loin de rétrograder vers la troupe, on les vit descendre sur le côté du rocher et disparaître totalement.

— Ils doivent avoir remarqué quelque chose, — fit le sergent.

Pourtant, le temps s'écoulait et l'on commençait à se demander s'ils n'auraient pas été attirés dans quelque traquenard, lorsqu'on les vit reparaître sur une crête dénudée, au loin.

Ils longèrent l'arête un instant, puis se plongèrent derechef en plein bois.

Voici ce qui s'était passé :

Les deux hommes dépêchés ainsi à la découverte étaient réputés pour l'acuité de leur vue.

Ils étudiaient l'étendue d'un regard perçant, lorsque l'un d'eux crut apercevoir un mince filet de vapeur blanchâtre s'élevant du sol sur un pic écarté.

Le soudard se déplaça pour s'assurer qu'il n'était pas le jouet d'une illusion. Il ne s'était pas trompé.

Il fit part aussitôt de sa découverte à son camarade.

— C'est singulier, — observa celui-ci. — On n'aperçoit personne; ce que nous voyons ne peut être un foyer allumé par quelque voyageur, et cependant, il y a du feu là-bas!

Et s'étant rapidement consultés, les deux partisans s'étaient dirigés d'un commun accord vers l'endroit où se produisait le phénomène qui avait attiré leur attention.

Soudain, la stature de l'un d'eux réapparut sur un sommet écarté, presqueinvisible à cause de l'éloignement.

Et le son de son cor retentit.

— Ils nous appellent, — dit joyeusement le sergent. — Ils ont découvert du nouveau.

Et portant l'embouchure de sa trompette de commandement à ses lèvres, il en sonna à son tour.

Un éclair anima l'œil assombri de Bolton.

— En route! — commanda-t-il avec animation.

Il passa le premier.

En haut, sur le pic où les deux batteurs d'estrade les attendaient, ceux-ci continuaient à fouiller l'espace en attendant leur venue.

Mais aucune silhouette d'êtres humains autres que la troupe anglaise ne se montrait sous le dôme du ciel.

Aux deux tiers du chemin, l'agent secret fut obligé d'abandonner sa monture qui glissait sur le rocher aride.

Il tendit les rênes à l'estafier qu'il appelait son écuyer, pour continuer à jouer au grand personnage déguisé.

Et insensible à la fatigue, il continua de marcher en tête.

— Ah! Christie de Clintbill, — murmura-t-il, — si je te tiens cette fois avec ton petit démon de protégé, ce ne sera plus la prison que je te réserverai. Tu m'as prouvé qu'on en sort. Pas de pitié, ni pour l'un ni pour l'autre : il n'y a que la fosse d'où l'on ne revient pas.

Les partisans suivaient, excités dans leur restant d'ivresse; leur cupidité et leur férocité instinctives supputant déjà le profit qui les attendait, puisque leurs éclaireurs les appelaient.

Le père du comte de Verbrock posa enfin le pied sur le sommet où les attendaient les deux soudards envoyés à la découverte.

Ceux-ci lui montrèrent silencieusement un tas de cendres.

Ces cendres étaient éparpillées ainsi que des tisons éteints, indiquant évidemment que ceux qui avaient allumé précédemment ce foyer en avaient dispersé les débris avant leur départ.

Cela prouvait qu'ils avaient eu l'intention de ne laisser subsister aucune trace de leur passage en cet endroit, ainsi que l'aurait fait un brasier continuant à lancer dans l'air ses langues de flamme et sa fumée.

Mais le destin avait déjoué leur prudence.

Après avoir indiqué les cendres éparses, le doigt des batteurs d'estrade désignait une grosse souche, du moignon tordu de laquelle sortait un filet de fumée blanche, semblable à quelque imperceptible vapeur.

A cette vue, une lueur aiguë traversa la prunelle de Stewart Bolton, en même temps qu'un véritable halètement de chiens sentant la curée sortait de la poitrine des partisans.

Les uns et les autres avaient compris.

Ce faible indice, cette fumée insignifiante de cette souche qui avait persisté à braisiller, ce rien indiquait nettement que les Écossais étaient passés par là.

Et ils devaient être peu nombreux, à en juger par les seuls débris qui restaient.

— Tant mieux! — pensaient les soudards, — leur extermination ne sera que plus aisée.

Le sergent se baissa, ramassa le tison.

C'était une souche à demi pourrie ; le bois était à peu près réduit à l'état d'amadou.

Et tandis que les autres tisons s'étaient éteints rapidement, après que Christie de Clinthill ou Ketty les avait éparpillés, celui-ci avait continué à charbonner lentement à l'intérieur.

Actuellement, cela semblait dire aux hommes qui étaient là :

— Ceux dont vous avez résolu le massacre ont passé par ici. Cherchez : vous trouverez !

Le sergent s'était redressé, interrogeant le terrain.

— Ceux qui ont séjourné là ont quitté cet endroit depuis au moins un jour, sinon davantage : ça se reconnaît à la lenteur avec laquelle ce bois a dû brûler.

Stewart Bolton se mordit les lèvres de dépit.

Deux jours peut-être : les Écossais devaient être loin !

Mais la remarque, faite par les partisans, que les voyageurs dont ils avaient retrouvé le campement étaient certainement peu nombreux le consola, car elle fit sourdre à son esprit une pensée bien digne de lui

Peut-être, Christie n'était-il réellement accompagné d'aucune troupe de guerre, contrairement à ce qu'il avait supposé.

De plus, une femme, Ketty, l'ancienne meunière du Moulin-Joli que Bolton avait eu le temps de reconnaître, était avec lui et Julien.

Ils n'avaient donc pu s'éloigner aussi vite qu'on pouvait le craindre sans cela. Tout espoir n'était donc pas perdu.

Durant ce temps, le sergent donnait de nouveaux ordres à ses hommes.

Ceux-ci se disséminèrent aussitôt et se mirent à battre la montagne de tous côtés.

On aurait dit une meute de chasse cherchant la voie de quelque gibier.

Et c'était bien cela : leur chef leur avait enjoint de fouiller les environs jusqu'à ce qu'ils eussent relevé des indices indiquant le passage d'êtres humains.

Tout à coup, l'un d'eux poussa un cri de joie qui, répété, parvint jusqu'à l'ancien intendant et au sergent.

Il brandissait un lambeau d'étoffe qu'il venait d'apercevoir et d'enlever aux épines d'un buisson.

Stewart Bolton s'était hâté de rejoindre le soudard. Il tressaillit d'une farouche allégresse en reconnaissant que ce morceau de tissu avait sûrement appartenu à un costume de femme.

Une femme était donc passée par là.

Ce ne pouvait être que Ketty.

La piste avait été impossible à reconnaître jusqu'à cet endroit à cause de l'état rocailleux du sol.

Mais grâce à la découverte du soldat, on s'apercevait que quelques branches privées de leurs feuilles à hauteur d'homme devaient en avoir été dépouillées ainsi par la traversée de piétons à travers la cépée.

Le soldat, désireux de se faire tout à fait remarquer, indiqua, au ras du sol, une racine qui saillait, écrasée aurait-on dit par le sabot d'un animal.

— Julien a probablement gardé son cheval... — pensa l'agent secret.

Quoi qu'il en fût, ce que l'on pouvait constater indiquait clairement que les voyageurs dont on venait de retrouver les traces devaient être fort peu nombreux.

A peine deux ou trois.

— Christie de Clinthill serait donc seul avec Julien et la fille du meunier, contrairement à ce que je supposais? — se disait l'immonde Stewart Bolton.

Ivre d'un contentement silencieux, il voyait déjà dans sa pensée sa troupe rejoignant ceux dont il jurait la perte de nouveau.

Et il se délectait d'avance à leur supplice.

— Vous savez ce que je vous ai promis... si nous les rattrapons! — dit-il d'un accent rauque. — Hardi donc, mes gaillards!

Son bras montra l'étendue devant lui.

Et les partisans se précipitèrent en avant, fouillant le sol d'un regard avide, afin de ne pas perdre la piste, pressés de gagner leur salaire de sang.

LXVIII

DANS LA CAVERNE

LE soir tombait.

Julien d'Avenel, Christie et la vaillante Ketty avaient cheminé tout le jour.

Voyage pénible s'il en fût, à travers les entassements rocheux et les précipices.

Pas un sentier frayé.

Il leur était impossible de suivre la route qui était au pouvoir des Anglais.

A peine osaient-ils aller la reconnaître, de loin en loin, afin de s'assurer qu'ils étaient dans la bonne direction, et s'éloignant ensuite au plus vite, de crainte d'être aperçus par les éclaireurs ennemis.

La contrée était dénudée et, depuis le commencement du crépuscule, ils cherchaient un abri pour y passer la nuit, sans être trop exposés au froid qui sévissait sur ces hauteurs.

Christie de Clinthill aurait tout supporté sans se plaindre, lui, mais Julien, si délicat, et Ketty, une femme!...

Et impossible d'entretenir du feu!

Ç'aurait été révéler leur présence.

Ketty, qui continuait à voyager à cheval, poussa soudain une exclamation.

— Une anfractuosité là-bas, — fit-elle en étendant le bras.

Placée plus haut que ses deux compagnons, elle avait pu voir plus loin.

Suivant ses indications, la petite caravane avait modifié son itinéraire; et tandis que l'ombre s'épaisissait, elle faisait halte devant une large échancrure, ouverte au flanc d'un rocher.

Ils ne remarquaient pas qu'un homme venait de montrer la moitié de son corps sur une crête élevée qu'ils avaient franchie un instant auparavant...

Cet homme était un éclaireur de la bande enrôlée par Stewart Bolton!

Un homme venait de montrer la moitié de son corps sur une crête élevée.

Ayant vu les voyageurs faire halte devant l'espèce de grotte signalée par la jeune femme, il se dissimula parmi des broussailles et attendit, ne quittant pas du regard la petite troupe.

Christie s'était avancé à l'entrée de la grotte.

Mais l'obscurité qui commençait à envahir le ciel remplissait l'intérieur de véritables ténèbres.

Ketty tendit alors à son compagnon un tison embrasé qu'elle portait, pareille aux prêtresses antiques, chargées du feu éternel.

Son époux arracha une poignée d'herbes sèches, l'approcha du tison, et ayant enflammé cette torche rustique pénétra de nouveau dans la caverne.

C'était une énorme fissure ouverte par la nature dans la masse rocheuse.

L'ouverture, assez étroite d'abord, s'élargissait ensuite. Le guerrier lança devant lui la poignée de chaume desséché qui commençait à brûler ses doigts; et il entrevit d'étroits boyaux s'enfonçant plus loin.

Julien l'avait suivi, craignant pour Christie la rencontre de quelque fauve furieux d'être traqué dans sa tanière.

— Voici qui vaudra mieux que le feuillage d'un arbre, — dit le géant. — Nous pouvons même allumer du feu derrière une des parois de cette grotte sans qu'il risque d'être aperçu au loin.

Il ressortit joyeux et aida Ketty à descendre de cheval, tandis que Julien récoltait du bois mort aux alentours, avant que la nuit ne fût complète.

— Viens, — dit gaiement l'homme d'armes à sa compagne. — Viens voir le palais que notre bonne étoile nous a réservé pour cette nuit, grâce à toi, d'ailleurs.

Il arracha à droite et à gauche une véritable brassée d'herbes aux longues tiges desséchées et les tordit pour en faire une torche de quelque durée.

Il l'embrasa ensuite, et prenant la main de Ketty, il la guida à l'intérieur.

Son existence aventureuse avait développé chez l'ancienne habitante du Moulin-Joli le charmant courage dont elle avait donné la preuve plus d'une fois.

Elle ne fut cependant pas maîtresse d'une certaine émotion en voyant les parois rugueuses de la caverne, sur lesquelles les haletantes clartés de la torche jetaient tour à tour des lueurs fulgurantes et de l'ombre, s'ouvrir démesurément par intervalles comme les gueules noires, et menaçantes de mystérieuses galeries qui semblaient s'enfoncer dans le sol.

A ce moment, le cri que le râle de genêts pousse souvent lorsqu'il rejoint son abri, se fit entendre sur la crête où un homme était apparu à l'instant où les membres de la petite caravane faisaient halte à l'entrée de la grotte.

Au cri de l'oiseau qui venait de troubler le silence crépusculaire, un autre pareil répondit plus loin.

Des hommes qui cheminaient attentifs, aux aguets, hors de la vue des fugitifs, se regardèrent alors avec une luisance aiguë dans les prunelles.

— Avez-vous entendu?... Eh ! les rabatteurs nous signalent qu'ils les ont rejoints !

— Enfin ! — gronda une voix sourde et violente.

C'était celle de Stewart Bolton, répondant au sergent des partisans.

Ceux qui se trouvaient avec lui étaient donc les irréguliers, les brigands enrégimentés qu'il avait soudoyés.

— Oui, — reprit-il, — ils doivent être à l'étape. Marchons vite tandis que nous y voyons encore un peu. Il faut prendre la bête au gîte pour être sûr de l'avoir, morte ou vive.

Et donnant l'exemple, il précipita son allure.

Il était toujours à pied à cause de la difficulté du terrain.

Insensible aux pierres roulant sous ses talons, il allait en tête, envahi de la hâte fiévreuse de reprendre Julien et Christie et leurs compagnons, s'ils en avaient avec eux.

N'avait-il pas derrière lui, — devant lui en cas de péril, — trente hommes déterminés, fanatisés par la promesse, par l'espérance d'un salaire élevé?

Mais il ne croyait réellement plus à la présence d'un contingent quelconque autour du géant et de son jeune protégé, du fils de son maître.

Certains indices le leur auraient bien montré, si ceux qui étaient devant eux se trouvaient en nombre.

Les partisans le suivirent, se pressant derrière lui, comprenant en effet qu'il leur fallait profiter des dernières lueurs du jour.

— Eh bien ! — disait à cet instant Christie de Clinthill à celle que le meunier avait bénie comme son épouse, — penses-tu que tu as été bien inspirée en nous désignant cette ouverture? Voici qui va permettre à notre jeune seigneur et à ma petite Ketty de goûter enfin un meilleur repos que les nuits précédentes.

Mais les trous d'ombre, ouverts dans la profondeur de la caverne comme des yeux de cyclopes, troublaient malgré elle la jeune femme.

— Je ne te quitte pas, — dit-elle à son rude compagnon.

Julien avait amoncelé un tas de branches sèches contre l'entrée.

Maintenant, il cherchait de l'herbe fraîche pour son cheval.

Il meurtrissait ses mains fines à les arracher entre les déchirements du rocher.

— Julien! Julien!... — fit Christie d'un ton de reproche, — vous vous occupez de votre monture, et vous ne vous en servez même pas

— C'est la mode en France et partout de songer d'abord aux femmes dans le péril, — répondit en souriant le fils de Walter d'Avenel.

Le guerrier avait vu le tas de bois déjà réuni par le jeune homme.

Plus vigoureux et surtout d'une taille plus élevée, il s'agrippa à des branches épaisses, frappées par la foudre, ou graduellement desséchées.

Et les ayant arrachées, il les traîna dans la grotte.

Ils allaient passer une de ces nuits après lesquelles on se sent plus fort pour les fatigues de l'avenir.

L'homme blotti sur la crête ne perdait de vue aucun de leurs mouvements.

Il vit Julien attacher son cheval au tronc rabougri d'un frêne à quelques mètres de la grotte, aussi abrité que possible, et placer devant lui la récolte qu'il avait faite.

— Tant mieux! — murmura le guetteur. — A la place où est la bête, il sera possible de s'en emparer avant d'avoir donné l'éveil. Et le cheval à nous, impossible à n'importe qui de s'échapper. Il y aura haute paie!

Et sans quitter les voyageurs du regard, il écoutait derrière lui s'il n'entendait pas approcher la bande dont il était le premier éclaireur...

Christie transporta le reste du bois à l'intérieur, ainsi que les provisions de viande séchée qui formait à peu près toute leur nourriture.

Elle commençait à diminuer fortement, malgré le gibier qu'ils parvenaient à abattre parfois.

Un feu vif crépita bientôt dans un angle de la caverne, derrière un rocher qui empêchait sa clarté de se projeter sur l'entrée.

Selon toute apparence, c'était donc la sécurité.

La fumée, après avoir tourbillonné sous la voûte aux rocs déchiquetés, s'échappait ensuite par quelques étroites cavités situées en haut.

Des flammèches qui en sortaient furent aperçues par l'homme en faction sur la crête.

— Ils ont allumé du feu, — pensa-t-il. — Ils ont donc bien l'intention de passer la nuit ici. Pourvu que les autres derrière moi arrivent assez vite, nous les tenons.

Et il tourna la tête pour interroger le moutonnement des montagnes sur le chemin qu'il avait marqué, là où il avait passé.

Les ténèbres qui descendaient plus épaisses de minute en minute ne lui permirent de distinguer aucune forme animée dans le chaos des masses pétrifiées autour de lui...

Mais une rumeur faible et comme un cliquetis lointain frappèrent son oreille.

Un rire muet tendit ses lèvres.

Il venait de reconnaître l'approche précipitée de la bande à laquelle il appartenait.

Durant ce temps, le claquement joyeux des flammes emplissait la caverne où les trois voyageurs exténués s'étaient réfugiés.

Si le scintillement du foyer n'était pas visible du dehors, à cause de la disposition intérieure de la grotte et de l'endroit où Christie l'avait allumé avec intention, la fumée qui s'échappait par les cavités supérieures continuait à emporter parfois des étincelles.

Et l'homme en sentinelle ne cessait de fixer leurs lueurs éphémères ; ces étincelles signifiaient que les voyageurs étaient toujours là, qu'ils ne s'étaient pas éloignés furtivement.

— Ah ! qu'ils se hâtent, les autres ! — murmurait-il en écoutant si ceux qu'il attendait se rapprochaient.

Il avait usé de toute son habileté pour ne pas se laisser deviner par les voyageurs qu'il venait de découvrir.

Mais dans le métier hasardeux de trappeur d'hommes qu'il exerçait depuis quelques jours, il suffisait d'une pierre roulant sous ses pieds, d'un miroitement sur une plaque de ceinturon, la poignée d'une arme, pour l'avoir dénoncé.

Et, dans ce cas, il se pouvait que les trois voyageurs eussent allumé ce feu avec intention, pour s'éclipser à la faveur des ténèbres, tandis qu'on s'apprêterait avec confiance à les prendre au gîte.

Le bruit caractéristique produit par la marche d'une troupe nombreuse au milieu des rochers arriva bientôt plus clairement.

A ce moment, une ombre se dressa à quelques pas : l'homme en faction reconnut celui de ses compagnons chargé de maintenir la communication entre lui et le gros de la bande.

Stewart Bolton l'avait envoyé de nouveau en avant en éclaireur.

— Sont-ils encore loin ? — interrogea le premier.

— Non, ils me suivent. Et les autres ?...

— Devant toi. Ils se sont cachés dans une grotte. Tiens, voilà des étincelles qui sortent d'un trou de la caverne.

Le second eut un rire bas.

— Une caverne... une souricière alors... s'il n'y a pas de seconde issue.

— Même s'il y en a une seconde... S'ils ne la connaissent pas.

Son camarade se tourna vers l'endroit d'où il venait ; et le cri bref et déchirant d'un de ces oiseaux de proie qui battent la nuit de leurs lourdes ailes se fit entendre.

C'était l'avis donné au reste de la troupe qu'on pouvait avancer.

Le grincement des cailloux sur les rochers, sous des pas nombreux, suspendu un moment, reprit derrière eux, mais plus étouffé.

Les partisans, voyant qu'ils touchaient à la dernière phase de leur poursuite, prenaient tous les soins nécessaires pour réussir.

— Les voici, — dit l'homme envoyé devant eux en désignant une masse sombre.

Il s'avança pour les guider.

Quelques minutes après, Stewart Bolton et les partisans étaient auprès de celui qui avait découvert les Écossais.

— Combien sont-ils ? — interrogea l'espion.

— Trois : une espèce de géant, un tout jeune homme, m'a-t-il semblé à distance, et une femme. Celle-là est à nous, eh ! eh !

— Ils sont donc seuls ! — fit l'ancien intendant entre ses dents avec une intonation intraduisible. — Et ce sont bien eux... Sans compagnons, sans escorte ! L'enfer est bien pour moi.

Un jet rapide d'étincelles, presque aussitôt éteintes, au loin, frappa sa vue.

Le batteur d'estrade s'apprêtait à lui apprendre que c'était là que se trouvaient les fugitifs : il n'en eut pas besoin !

Stewart Bolton l'avait deviné.

— Ils sont là-bas, — souffla-t-il d'un accent brûlant. — Mais on n'aperçoit pas le feu d'où proviennent ces flammèches. Il y a donc une maison ?...

— Non, messire, une caverne.

Un rauquement de féroce volupté distendit les poumons de l'agent secret.

Une caverne ?... Une partie de ses hommes en fermerait l'issue tandis qu'il envahirait la grotte avec les autres.

Ah ! le bel égorgement qu'il se promettait !

Et ayant donné ses instructions à ses satellites, il descendit à pas de loup avec eux les pentes de la montagne, qui conduisaient vers l'abri où reposaient en toute confiance Christie de Clinthill, Ketty et le fils du chevalier d'Avenel.

LXIX

L'INVESTISSEMENT

ES trois voyageurs, après avoir allumé le feu dont les étincelles guidaient la troupe des partisans, s'étaient abandonnés à un repos bien nécessaire à la suite de leur rude journée de marche.

Étendus ou accroupis à droite et à gauche, ils regardaient avec un plaisir visible le feu claquer et crépiter joyeusement.

Ils n'avaient pas éprouvé un pareil bien-être depuis la rencontre de l'ancien écuyer et de Stewart Bolton et la délivrance de Julien.

Les jours précédents, à peine s'ils osaient embraser quelques tisons le matin, afin de faire cuire leurs aliments pour tout le reste de leur journée.

Si froides que fussent les nuits, ils ne pouvaient se réchauffer, car la moindre flamme, visible de plusieurs lieues, aurait risqué de les dénoncer.

A cette heure, au contraire, ils sentaient une saine chaleur les pénétrer et combattre l'humidité des murs rocheux de la caverne.

Lorsque le foyer cessait de lancer son ronflement tumultueux, ils entendaient au dehors le cheval s'ébrouer en broyant l'herbe tendre et fraîche que le jeune homme avait cueillie.

Il fallait pourtant secouer la torpeur qui les envahissait.

Ketty retira du bûcher de la braise qu'elle étendit devant elle, et ayant enfilé des tranches de venaison dans une branche mince les fit griller lentement.

Ils allaient pouvoir manger de la viande un peu moins coriace que celle qui composait invariablement leur repas du soir depuis qu'ils erraient de concert.

Christie suivait distraitement les jeux de la flamme sur les parois de la grotte.

Il se dressa tout à coup, de la joie dans le regard.

Les reflets rouges venaient d'allumer des scintillements sur un endroit écarté.

— Ah ! ah ! — fit-il à demi-voix, — est-ce que nous aurions la bonne fortune de rencontrer un gisement de sel rocheux ?

Les scintillements cristallins qu'il avait aperçus se trouvaient tout en haut sous la voûte.

Grâce à sa grande taille, l'ancien écuyer y arriva et gratta la surface du rocher.

A ce moment, Julien et Ketty, ayant tourné leur attention vers lui, ne remarquèrent pas le bruit d'une pierre qui venait de rouler au dehors.

Christie, dressé sur la pointe des pieds, était parvenu à recueillir dans le creux de sa main une matière cristalline.

Il la porta à sa bouche.

— C'est bien du sel, — s'exclama-t-il d'une voix joyeuse, — ou du salpêtre, ce qui est à peu près la même chose.

Certes, l'existence que menaient les trois voyageurs, avec ses inquiétudes et ses hasards, n'était guère faite pour les disposer à la gaîté.

Cependant Julien et Ketty ne purent s'empêcher de rire du ton un peu désenchanté avec lequel Christie, après s'être écrié qu'il venait de découvrir du sel, ajoutait que ce n'était peut-être que du salpêtre.

Il est vrai que, grâce à cette découverte, s'ils avaient eu du soufre à leur disposition, ils auraient pu fabriquer de la poudre, ce qui n'aurait pas été à dédaigner dans leur position.

Christie étant retourné auprès d'eux, l'un et l'autre goûtèrent, à leur tour, à la récolte du guerrier.

La découverte était, en effet, moins brillante qu'il ne l'avait espéré de prime abord; ce n'était réellement que du salpêtre.

Mais l'ancien écuyer expliqua que, dans certaines contrées, les boucaniers s'en servaient pour préparer leurs viandes de conserve.

Et ma foi, les grillades apprêtées par Ketty, saupoudrées de la bienheureuse matière, furent trouvées succulentes.

Il faisait si tiède en même temps dans la grotte, et il était si bon de se sentir à l'abri...

Durant ce temps, au dehors, Stewart Bolton et son escorte continuaient à s'avancer, guidés par les quelques étincelles que le foyer projetait par les orifices supérieurs du rocher.

Mais une grosse pierre, détachée tout à coup sous leurs pieds, et qui avait roulé sur la pente, les avait fait brusquement s'arrêter.

L'ancien intendant avait mâchonné un juron.

Cet accident n'allait-il pas avertir ceux qu'il voulait surprendre !

Mais on l'a vu, distraits par la découverte de Christie, les infortunés ne l'avaient pas remarqué.

La destinée, qui avait protégé jusqu'alors le fils de Walter d'Avenel

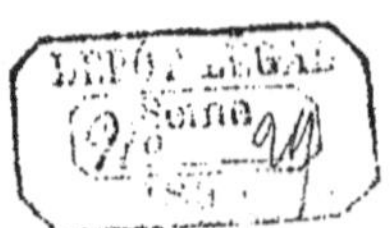

Le jeune homme songeait, le front dans sa main.

dans les circonstances les plus critiques, se détournait donc de lui ?...

Et selon la vieille légende, la Dame Blanche, protectrice de la race d'Avenel, occupée sans doute à veiller sur le chef de la famille, exposé aux dangers de la guerre, paraissait oublier l'enfant.

En ,effet, averti lui-même par la chute de cette pierre, de l'imprudence de la marche de sa troupe, opérée ainsi au milieu de la nuit sur un terrain inconnu, l'agent secret avait dépêché en avant les deux éclaireurs dont il avait pu constater le savoir faire, tandis que lui-même attendait avec le reste de sa troupe.

Les deux hommes étudiaient la route; puis, une partie du chemin reconnue, l'un d'eux venait chercher le gros de leurs camarades, tandis que l'autre continuait ses investigations.

Les partisans, et celui qui les avait pris à son service, arrivèrent ainsi à une cinquantaine de pas de la grotte.

Le cœur de l'abject Stewart Bolton sautait réellement dans sa poitrine.

Il le devinait : il n'avait qu'à étendre la main pour ainsi dire pour abattre lourdement cette main sur l'enfant qu'il avait voué à la mort.

Pour comble de joie, il allait aussi tenir absolument en son pouvoir le terrible soldat qui l'avait fait trembler si fort chaque fois qu'il s'était retrouvé en sa présence, et qui lui avait infligé de si cruelles humiliations.

Des projets de représailles effrayants avaient passé dans son esprit depuis qu'il les savait dans cette grotte, abandonnés à une confiance trompeuse.

Pour Julien et pour Christie, ce serait la mort.

Mais la mort avec des raffinements horribles qu'il ne voyait pas encore bien.

Quant à Ketty, comme c'était une femme, il l'épargnerait peut-être, se contentant, le monstre, de la livrer à sa horde abominable devant les yeux de Christie de Clinthill garrotté, — ce qui serait un premier et infernal supplice.

Quelques pas encore, et tout cela, tout cet espoir diabolique allait devenir la réalité.

Et cependant son sein battait comme s'il était encore à son premier crime.

Il se demandait si un de ces hasards, qui déjouent parfois les complots les mieux préparés, n'allait pas anéantir soudain ses criminelles espérances.

Il s'étonnait, il s'inquiétait même de ce que la lourde pierre détachée récemment de la montagne sous leurs pas n'avait pas paru donner l'éveil, d'une manière ostensible, aux trois réfugiés.

Il craignait que, se voyant découverts, ils ne se fussent glissés dehors et éloignés en rampant.

Hélas ! il pouvait se rassurer.

Les infortunés voyageurs achevaient leur bien frugal repas, en s'entretenant de l'itinéraire à suivre le lendemain.

Dans son impatience de revenir au manoir de Claymore, afin de se jeter aux genoux, puis dans les bras de celle qu'il savait à présent être sa mère, dans son désir d'essayer de retrouver et de délivrer ensuite Marguerite, — Marguerite dont il ignorait la lamentable destinée, — Julien proposait de regagner la grand'route, de la suivre hardiment.

— Ne sommes-nous pas armés de façon à résister à une première attaque ? — disait-il avec enthousiasme.

Il ajoutait que si leurs adversaires étaient par trop nombreux, ils en seraient quittes pour se jeter de nouveau dans les montagnes où ils dépisteraient facilement leurs poursuivants, habitués à ce terrain comme ils l'étaient à présent, surtout Ketty étant à cheval.

Mais le guerrier, se trouvant en quelque sorte investi d'une mission sacrée par le destin, se montrait plus prudent.

— Je me considère encore comme l'écuyer du chevalier Walter d'Avenel, — répondait-il. — Julien, pour moi, c'est comme si mon noble maître vous avait confié à ma vigilance, vous avait remis à ma garde : ma tâche ne cessera que lorsque je pourrai dire au seigneur des clans d'Avenel et de Melrose :

« Mon bon sire, voici votre fils Julien. Je vous le ramène sain et sauf.

Et il expliquait à son jeune compagnon les multiples dangers de sa courageuse proposition.

Mais ni l'un ni l'autre ne supposaient que le péril dont ils s'entretenaient fût si proche... Au dehors, le cheval renifla bruyamment.

Christie de Clinthill, un peu étonné, s'avança sur le seuil de la grotte... Les partisans, groupés en masse compacte et immobile à distance, se confondaient avec les amoncellements chaotiques de la montagne.

Christie, qui n'avait aucune raison particulière de se méfier, ne les discerna pas... Il crut que le cheval s'ébrouait à cause de la fraîcheur croissante de la nuit.

Il s'assura qu'il était solidement attaché et rentra.

Stewart Bolton avait cru voir surgir une ombre : mais l'obscurité était trop épaisse pour lui permettre d'apercevoir davantage ; d'autre part, la peau de bête qui enveloppait les pieds du guerrier, en guise de chaussures, ne s'entendait pas sur la partie gazonnée qu'il foulait à ce moment... Anxieux, il se demandait s'il n'allait pas lancer ses limiers à l'assaut, lorsqu'il entendit les pas de l'ancien écuyer qui, traversant une partie rocailleuse, se dirigeait vers la grotte.

Ses prochaines victimes n'avaient donc pas gagné le large et ne se méfiaient probablement pas.

Il avait raison d'avoir confiance... Christie de Clinthill, revenu auprès de ses compagnons, disait à cet instant :

— Les étoiles du Chariot commencent à s'avancer dans le ciel, c'est l'heure de songer au repos. Il y aura à marcher demain, tâchons de dormir.

Il prit une nouvelle brassée de menu bois et la jeta au feu.

Puis il plaça par-dessus de grosses branches qui, s'embrasant bientôt, brûleraient sans doute toute la nuit.

Après quoi, ayant placé ses pistolets à portée de sa main, il se coucha à côté, à la partie la plus rapprochée de l'ouverture, protégeant ainsi Ketty en cas de danger... et Julien d'Avenel.

Le jeune homme, assis un peu à l'écart, songeait, le front dans sa main.

L'espion, encore incertain sur ce qu'il allait ordonner, vit à ce moment un redoublement d'étincelles jaillir en haut du rocher.

Les Écossais étaient toujours là.

S'avancer, cerner la grotte? Ils seraient bientôt pris.

Mais une trentaine d'hommes?... Il suffit du faux pas d'un seul pour donner l'alarme.

— Ce Christie est une brute sublime, — pensa haineusement l'espion. — Il sera capable de faire sauter Julien d'Avenel à cheval et de se laisser héroïquement massacrer pour donner au fils de son maître le temps de se mettre en sûreté.

Or, ce n'était pas ce qu'il voulait.

Il fallait donc enlever d'abord le cheval.

La tentative était difficile.

L'ancien intendant s'approcha des deux batteurs d'estrade.

Et il leur parla si bas qu'ils l'entendaient à peine, tant il craignait que ses paroles ne parvinssent plus loin.

— Nous avons compris, — firent les deux hommes.

Ils s'éloignèrent, cheminant l'un devant l'autre, afin que le premier signalât à l'autre les difficultés du sol.

A plusieurs reprises, ils firent halte, l'oreille au guet.

Ils arrivèrent ainsi à quelques toises du cheval.

L'animal, voyant deux ombres s'avancer vers lui, avait hérissé son poil, ses naseaux dilatés.

L'un des deux partisans passa alors derrière lui, le flattant doucement de la voix. La pauvre bête tirait sur sa longe, afin de la rompre ; l'autre comprit qu'il fallait se hâter. Nul ne paraissant à l'entrée de la grotte, il s'approcha délibérément et caressa l'animal.

— Vite, maintenant, — souffla-t-il à son camarade.

Se dépouillant de leur veste et de leur justaucorps, les deux hommes en enveloppèrent alors les sabots du cheval.

Ils frissonnaient de froid ; mais cela leur importait peu, étant donnée la récompense supplémentaire que « Son Honneur » Stewart Bolton leur avait promise s'ils réussissaient.

Le premier coupa la longe d'un coup de couteau, et, la passant dans la gueule du cheval en guise de mors, l'emmena à l'écart.

Tout ceci s'était jusqu'alors accompli sans que la moindre rumeur les eût dénoncés, tant ils étaient experts en ces sortes d'aventures.

Dans la caverne, Christie commençait à s'assoupir.

Mais Julien, toujours assis et qui continuait à méditer sur les circonstances tragiques de sa vie, leva la tête.

Il avait cru entendre le battement des sabots du cheval sur le sol, mais assourdi, presque indistinct.

Une réflexion le tranquillisa rapidement.

— La brave bête piétine le sol afin de choisir une place pour se coucher, — pensa-t-il.

Il songea alors qu'il avait besoin de faire provision de nouvelles forces lui aussi pour le lendemain et pour les jours suivants.

Et il s'étendit sur la terre !...

Les auteurs de ses jours possédaient jadis des châteaux héréditaires, et lui-même n'avait que le sol nu pour reposer son corps.

Le feu continuait à projeter sur les parois ses lueurs pourpres.

Rien ne s'entendait plus, le cheval s'étant éloigné et les étoffes qui enveloppaient ses sabots étouffant tout à fait le bruit de ses pas.

Stewart Bolton et les partisans qui l'entouraient avaient essayé de suivre autant que possible les phases diverses de la tentative opérée par les deux batteurs d'estrade.

Ils virent tout à coup des ombres se mouvoir non loin d'eux.

Et les deux éclaireurs apparurent, conduisant le cheval de Julien.

Une sourde exclamation de joie farouche souleva alors la poitrine de Stewart Bolton. Ils étaient une trentaine, et le coursier sur lequel le fils de Walter d'Avenel aurait pu s'enfuir était en leur pouvoir !

LXX

FEU ET FLAMMES

LE cheval était attaché maintenant sur un tertre, où ses mouvements ne risquaient pas d'être entendus.

Il était hors de la portée de ceux qui avaient coutume de s'en servir.

Les deux batteurs d'estrade, auteurs du rapt si audacieusement acccompli, avaient repris leurs vêtements et étaient venus auprès de l'espion, pour se faire complimenter.

— Je suis content de vous, — leur dit Stewart Bolton, — et je tiendrai la promesse que je vous ai faite.

Il était, en effet, habitué à ne guère les tenir.

Pour le moment, il exultait à un tel point, qu'il n'aurait jamais cru payer trop cher le résultat qu'il venait d'obtenir.

Il importait maintenant d'investir d'une façon complète l'issue de la caverne sans être entendus par les habitants de l'intérieur.

Après un court conciliabule avec le sergent des houspailleurs, ou houspilleurs, selon le vieux nom donné aux xiv⁰ et xv⁰ siècles aux bandes anglaises indisciplinées, l'ancien intendant décida que sa troupe, divisée au préalable en deux fractions, allait se porter silencieusement vers la grotte.

Chacune d'elles s'ébranla, sous la conduite d'un des éclaireurs.

Le jaillissement intermittent d'une étincelle ou deux leur servait de point de repère.

Les deux troupes se glissaient à travers les arbres et les rochers, les hommes marchant en file indienne pour être sûrs de ne pas dévier et de ne pas signaler leur présence.

Dans la grotte, Christie de Clinthill dormait avec la pesanteur des hommes puissants dont la vigueur a besoin de se retremper solidement dans le sommeil.

Il se croyait loin de tout danger.

Puis, n'avait-il pas à portée de sa main les pistolets enlevés par lui sur le corps de l'estafier, du garde du corps de Stewart Bolton qu'il avait récemment occis?

L'heureuse et toujours énamourée Ketty avait eu l'occasion d'apprécier la vaillance et la sagesse de son mari.

Elle avait donc fermé ses doux yeux dans une quiétude pleine de confiance.

Julien, s'arrachant aux pensées qui l'obsédaient, commençait lui aussi à s'endormir.

L'occasion était donc bien propice pour le coup de main prémédité contre eux.

Le père du hideux Percy était au milieu du groupe qui était le plus proche de son objectif.

Arrivé à l'endroit où le cheval avait été attaché par le fils du chevalier d'Avenel, il attendit l'autre groupe.

Et ensemble, le fer au poing, les trente hommes s'avancèrent silencieusement vers l'ouverture de la caverne, qu'ils discernaient noire et béante devant eux.

Bolton avait deviné que les Écossais devaient dormir aux derniers reflets du feu.

En conséquence, on devait pénétrer aussi profondément que possible dans le souterrain sans faire de bruit.

Et tout à fait à portée, on s'élancerait avec ensemble sur les dormeurs, afin de les réduire à l'impuissance avant qu'ils eussent le temps de se mettre sur la défensive.

Mais un morceau de bois échappé d'un fagot transporté à l'intérieur par Christie de Clinthill craqua sous le pied même de Bolton.

Le misérable exhala un blasphème.

Julien n'était pas encore totalement endormi.

Le craquement du bois, sonnant sec et clair dans la nuit, le réveilla complètement.

Instantanément, il rapprocha ce bruit de celui qu'il avait perçu quelques instants auparavant, lorsqu'on emmenait le cheval au loin.

Il n'y avait pas alors attaché d'importance.

Mais, cette fois, il ne pouvait pas s'abuser.

Ils avaient été suivis, découverts et on s'apprêtait à s'emparer d'eux dans leur sommeil.

Dans une acuité aiguë de l'ouïe, il entendit le piétinement assourdi d'une troupe d'hommes.

Se glisser jusqu'à Christie, essayer de le réveiller sans bruit ainsi que Ketty, il n'en aurait jamais le temps.

Il se rapprocha, et brusquement l'enlaça de ses bras robustes.

Les ennemis, qu'il discernait nombreux, seraient sur eux avant que le guerrier fût réveillé.

Le fils de Walter d'Avenel tira son épée.

— Debout, Christie! — cria-t-il d'une voix forte, — nous sommes attaqués !

Stewart Bolton l'entendit, reconnut la voix de Julien.

Liv. 232. — H. GEFFROY, édit. — Reproduction interdite.   232

— Damnation ! — grinça-t-il, — le louveteau nous a devinés. Hardi, vous autres ! Il me faut boire son sang !

Lui non plus, n'ayant plus rien à ménager, ne prenait pas la peine de déguiser sa voix.

— Bolton, le traître ! — fit l'adolescent avec douleur. — Oh ! je devais m'attendre à tout de sa part !

A l'appel de Julien, l'écuyer et Ketty s'étaient réveillés brusquement.

Mais les partisans, obéissant à l'ordre qui venait de leur être donné, envahissaient la grotte, la lame en avant.

Christie fit un pas brusque, dans un mouvement instinctif pour faire tête, titubant sous la lourdeur non encore dissipée du sommeil.

Il aperçut un moutonnement de têtes grimaçantes, assoiffées de meurtre, de corps s'écrasant à l'entrée de la grotte trop étroite pour les laisser passer tous à la fois, se bousculant pour aller plus vite, se paralysant les uns les autres.

Une partie de l'amoncellement de branchages desséchés ramassés par Julien se trouvait devant lui.

Le géant se pencha, saisit presque inconsciemment le tas dans ses grands bras et lança le tout sur le foyer.

Il aimait à voir ceux qu'il combattait.

Le guerrier eut alors un rugissement véritablement terrible.

Julien venait de foncer en avant avec la bravoure légendaire de sa race.

Mais les assaillants paraissaient innombrables, et il allait être immanquablement immolé.

Le tas de bois mort que Christie venait de jeter sur le bûcher commençait à flamber avec des sifflements de fureur, — comme s'il soufflait le carnage.

Dans le vertige rapide de ses idées, le guerrier se tourna vers le foyer, et eut une inspiration soudaine.

Et se baissant de nouveau, au risque d'être aveuglé par les flammes il saisit les brandons flambants dans une brassée énorme et la jeta devant lui.

Trois fois il plongea ainsi dans le brasier et sema entre lui et les assaillants ce terrible rempart.

Ses vêtements, sa poitrine velue, sa barbe flambaient et il ne s'en apercevait pas.

Les houspailleurs, surpris par cette pluie de feu, s'étaient rejetés en arrière avec des hurlements de douleur.

Le fils du chevalier d'Avenel, saisi lui-même, avait vu avec stupeur ce mur rugissant se dresser entre sa personne et les assassins auxquels il se disposait à faire payer chèrement sa vie.

Ketty, avec son intelligence ordinaire, avait discerné rapidement le projet de son mari.

Hardie et vaillante, ramassant tout le bois qui restait, elle le lançait sur ce nouveau foyer, achevant de barrer l'entrée.

Mais cette barrière ne pouvait subsister qu'un instant.

Et les Anglais n'allaient pas tarder à recommencer leur assaut avec une fureur plus grande.

Ces derniers étaient trop nombreux ; ça alait être un massacre sommaire, inévitable.

Christie de Clinthill laissa une seconde son regard empli de pitié aller de Julien à Ketty.

Ces deux êtres également chers allaient donc être sacrifiés à la rage de ces bandits.

Oh ! il espérait bien être tué auparavant, ne point voir cela.

Stewart Bolton, lâche comme toujours, se tenait aux derniers rangs, excitant les autres au carnage.

Épargné par le feu, il trépignait positivement d'exaspération.

— Chiens fuyards ! — hurlait-il, — auriez-vous donc peur d'un homme, d'un enfant et d'une femme?... Une branche, quelque chose pour écarter ces tisons. Et sus ! Pas de quartier !...

Son accent aigre déchira, frappa l'oreille de Christie.

La tête de l'écuyer dominait la tourbe des houspailleurs.

Sous les rayons fulgurants du foyer, il distingua la face effroyablement convulsée de l'ancien intendant.

— Stewart Bolton ! — clama le géant d'un accent formidable. — Quand il y a quelque félonie, on est toujours sûr de te trouver.

« Eh bien ! si nous devons succomber, il ne sera pas dit que tu en auras profité. Du reste, nous avons un vieux compte à régler ensemble.

Il prit un de ses pistolets et visa.

L'espion vit l'arme braquée dans sa direction et se jeta de côté.

Et lâche, mais lâche jusqu'à l'infamie la moins déguisée, d'un mouvement violent, il jeta devant lui, comme un bouclier, l'estafier qui l'accompagnait, « l'écuyer de Son Honneur ».

Ni Christie de Clinthill, ni personne n'avait pu prévoir un tel degré d'ignominie.

Le chien du pistolet s'abattit, une détonation rendue formidable par la profondeur des voûtes mêla son grondement aux rugissements du feu, la flamme de la poudre brilla à travers celles du brasier.

Et l'estafier, le crâne ouvert, semant de la cervelle et du sang, la bouche béante pour un cri, — qui ne sortit pas, — chancela... s'abattit d'un coup.

Un démon protégeait réellement le traître : l'Homme-Noir de la légende, sans doute.

Une minute de stupeur saisit les houspailleurs.

C'étaient des gens de sac et de corde, mais ils savaient à l'occasion exposer leur vie, et jamais ils n'avaient vu pareille vilenie.

Mais leur appréciation, en ce moment, importait vraiment bien peu à Stewart Bolton.

Il ne voyait qu'une chose : c'est qu'il venait d'échapper au châtiment ; c'est aussi que Christie ayant fait feu d'un de ses pistolets, il ne fallait pas lui donner le temps de le recharger.

C'est qu'il fallait en finir sans tarder !

Encore livide de terreur, recroquevillé, il étendit le bras.

— Tous sur eux ! — hurla-t-il. — Et cent guinées à ceux qui me rapporteront leurs têtes.

Les partisans méprisaient l'homme, après ce qu'ils venaient de voir.

Mais ils ne l'avaient pas suivi jusque-là par dévouement.

Cent guinées !... une paie de capitaine général !

Leurs yeux s'embrasèrent réellement.

Et des clameurs de mort jaillirent de leur gorge, dans un déchaînement frénétique.

LXXI

LA RUÉE

LES houspailleurs savaient qu'ils n'avaient affaire qu'à deux hommes. Et encore l'un de ces adversaires n'était en réalité qu'un adolescent, presque un enfant.

On devine leur ardeur forcenée.

Chacun d'eux haletait d'impatience à la pensée de trancher une de ces têtes que Stewart Bolton avait offert de payer la somme de cent guinées.

C'était réellement entre eux l'effroyable émulation du meurtre.

La clameur sauvage qu'ils poussèrent en s'élançant de nouveau à l'assaut annonça aux trois voyageurs qu'ils ne devaient s'attendre à aucun quartier.

Instinctivement, Julien et Christie se placèrent devant leur compagne, pour lui faire un rempart de leurs corps.

Mais les Anglais s'arrêtèrent brusquement.

Dans le coup de fouet de leur cupidité, ils avaient oublié le mur de feu qui s'élevait à l'entrée de la grotte.

Leurs premiers rangs, brûlés par la chaleur lourde du foyer, qui maintenant faisait rage, se rejetèrent en tumulte en arrière.

De rauques exclamations surgirent de ce tumulte d'hommes refluant les uns sur les autres, — les armes toutes préparées pour le massacre qui venait de leur être ordonné faisant, pour commencer, des victimes parmi eux.

— Houspailleurs bons seulement à glapir comme des femmes, — hurla de nouveau l'espion, — arrachez donc un arbre, quelque chose enfin, pour écraser ces brandons !

— La moitié d'entre vous en faction à la porte ! — commanda le sergent d'un accent rapide. — Et que les autres me suivent.

Et sans se soucier de ceux que les piques et les épées avaient lardés, il se rejeta sur les masses de végétation qui formaient, à cette scène, un fond impressionnant.

Les flammes claquant, à l'entrée de la grotte, en tempête furieuse, y projetaient leurs lueurs sanglantes.

Et les partisans, se ruant à travers les troncs tordus, déjetés, ressemblaient à une bande de démons en furie.

Les Écossais, emprisonnés dans la grotte, avaient entendu les vociférations de Stewart Bolton.

Ils se rendaient compte que leurs instants étaient comptés.

Dès que les Anglais auraient ouvert une brèche, grâce aux instructions de l'ancien intendant, leur masse torrentielle aurait bientôt brisé la résistance du fils de Walter d'Avenel et de l'écuyer.

A la rigueur, les agresseurs n'auraient même eu qu'à attendre que les branches du bûcher fussent consumées, et cela ne pouvait tarder.

Une souffrance morale intense lacérait le cœur des trois infortunés.

Avoir l'espoir à l'âme, reposer dans la sécurité, la quiétude la plus absolue, et tomber brusquement dans une aussi atroce réalité !

Comme pour leur enlever leurs dernières illusions, s'il leur en restait, quelques-uns des soudards laissés en faction à l'orifice de la grotte tentèrent de s'approcher une nouvelle fois et d'écarter, avec le fer de leurs piques, les branches flambantes.

Mais les flammes, couchées sous une haletée de vent venue à travers quelque faille intérieure du sol, allèrent brusquement lécher leur visage, et ils n'eurent que le temps de se rejeter au loin.

Christie les vit, frôlés par les langues brûlantes, comme si l'aile d'un génie protecteur de la caverne les avait poussées vers eux.

Et une inspiration soudaine surgit dans son cerveau.

Pour que ce souffle sauveur se fît ainsi sentir, il fallait que quelque autre issue existât dans le fond de la grotte.

Il se souvint alors des cavités ténébreuses qu'ils avaient remarquées dès leur entrée.

Dans la surprise violente de l'attaque dont ils étaient l'objet, ayant à peine le temps de se mettre sur la défensive, ni les uns ni les autres n'y avaient plus songé.

Confiants, du reste, dans leur sécurité, ils ne s'étaient livrés à aucune exploration du souterrain avant de s'abandonner au sommeil, ce qui expliquait également qu'ils n'y eussent pas pensé.

Le guerrier était accoutumé à aller de l'avant et il lui en coûtait de reculer devant ce misérable Bolton qu'il méprisait autant qu'il l'abhorrait à cause des crimes dont il le savait souillé.

Mais il ne s'agissait pas de lui seul.

Il y avait Julien qu'il s'était juré de ramener aux auteurs de ses

jours; il y avait Ketty à qui le vieillard enseveli dans les lointaines solitudes voisines de la lande des Trépassés l'avait uni.

— Julien! — fit-il d'une voix basse et pressée, — les instants sont
précieux, suivez-moi.

Mais l'enfant ne l'écoutait pas, sa main nerveusement serrée sur la
garde de son épée, son regard étincelant attaché sur les partisans qu'il
voyait grouiller de l'autre côté du foyer, et n'attendant que le moment
de se ruer contre eux.

Christie vit qu'il s'apprêtait à mourir sans vouloir reculer.

L'admiration le saisit.

S'il n'avait pas eu l'absolue certitude que le jeune homme était bien
le fils de son maître, il n'aurait plus douté à cette vue.

— Julien! — reprit-il d'un accent qui contenait de la fermeté et de la
prière mêlées, — toute lutte est inutile, il faut fuir.

— Fuir?... — fit l'enfant avec un ton sublime. — Je reste!

L'âme du géant se dilata en une effusion immense.

Il ne pouvait expliquer, supplier; il n'en avait pas le temps.

Il était à deux pas de l'adolescent, il se rapprocha, courba sa grande
taille et, brusquement, l'enlaça, l'enleva de ses bras robustes.

— Ketty! — lança-t-il, — suis-nous!

Et il partit vers le fond de la caverne.

La vaillante femme venait de deviner.

Se penchant vers le foyer, elle en arracha un tison résineux qui flam-
bait en sifflant.

Christie de Clinthill, en tournant la tête pour s'assurer qu'elle l'avait
compris, l'aperçut sur ses traces, sa torche improvisée à la main.

Une force surhumaine emplissait le guerrier.

Il se trouva au fond de la grotte comme si un seul élan l'y eût porté.

Il déposa alors Julien sur le sol.

— Monseigneur, — lui dit-il, — lorsque mon maître, le chevalier
d'Avenel, fut séparé de vous qui étiez si jeune alors, il me fit jurer de
sacrifier ma vie pour conserver la vôtre. Mon devoir m'oblige à vous sauver malgré vous-même. N'oubliez pas qu'une mère éplorée, un père
malheureux entre tous attendent de vous leur bonheur.

Et montrant les cavités déchiquetées, noires et étroites, ouvertes
devant eux:

— Une de ces ouvertures conduit peut-être au dehors.

Julien d'Avenel les regarda avec un sourire amer.

L'espoir de son brave compagnon était-il justifié?

N'allaient-ils pas se hasarder dans ces étroits couloirs pour y être ensuite acculés par leurs poursuivants et massacrés avec la honte, le regret d'avoir tourné le dos ?

Mais le souvenir de Marie d'Avenel, celui du père qu'il n'avait pu voir encore le décidèrent.

— Tu as raison, Christie, — dit-il. — Marche, je t'obéirai.

Mais quelle galerie choisir parmi toutes celles qui se présentaient devant eux ?

Christie arracha des mains de Ketty le tison tout enflammé dont elle avait eu l'idée de se munir.

Et il le présenta à l'ouverture de la galerie la plus rapprochée.

La flamme se courba sous un léger courant d'air.

Mais c'était un véritable boyau.

Un de ses larges pas conduisit le guerrier à une autre ouverture plus large.

Là encore, la torche improvisée s'aviva sous le souffle errant à travers ces méandres obscurs.

— A la grâce de Dieu ! — prononça le guerrier.

Et, courbant sa taille puissante, il se hasarda le premier dans la galerie.

Le tison enlevé par Ketty au foyer et qu'il continuait à tenir éclairait insuffisamment, car sa lueur haletante flageolait sous le vent.

Christie de Clinthill pouvait rencontrer quelque gouffre ouvert sous ses pieds sans avoir eu le temps de l'apercevoir, à cause de son allure devenue aussi rapide qu'il le pouvait.

Et, dans ce cas, sa chute avertirait ceux qui le suivaient.

Julien avait remis avec tristesse son épée au fourreau.

Les trois fugitifs avançaient en tâtonnant, sans échanger une seule parole.

Christie poussait toujours devant lui à grands pas, autant du moins qu'il le pouvait.

Il pensait que, nombreux comme ils l'étaient, les partisans ne devaient pas tarder à rompre quelque branche maîtresse ou à déraciner quelque jeune bouleau.

Balayer la muraille de feu qui les arrêtait encore serait alors un jeu pour eux.

Il avait raison de le craindre.

Le sergent qui conduisait les houspailleurs avait avisé un arbre à demi couché par le vent.

— Hardi, tous ici, — avait-il commandé.

Quinze à vingt hommes s'étaient aussitôt suspendus aux branches et au tronc...

L'arbre s'abattit, couché vers la terre.

Les racines craquèrent.

L'arbre s'abattit, couché vers la terre par le poids énorme suspendu à sa tige.

Sur les indications de leur chef, les soudards s'attelèrent alors au tronc, lui faisant tracer une large circonférence, pareils aux marins qui, sur les navires, font tourner le cabestan pour arracher l'ancre.

Liv. 233. — H. GEFFROY, édit. — Reproduction interdite.   233.

Les racines qui tenaient encore, tordues, déchirées, sautèrent brusquement.

Les soudards poussèrent un hurrah.

Ils allaient pouvoir agir.

Et cinq ou six d'entre eux, prenant le tronc à deux mains, le traînèrent vers la grotte.

Mettant à profit le temps qui leur restait, les Écossais se hâtaient de s'enfoncer plus profondément dans la prolongation de la caverne.

Christie de Clinthill, qui marchait toujours en tête, constatait avec une ardente satisfaction que la voûte s'élevait, en même temps que les parois paraissaient s'élargir.

Mais il poussa tout à coup une déchirante exclamation de surprise et de désespoir.

La galerie dont il constatait avec tant de joie l'élargissement se terminait brusquement, formant une vaste poche, dans laquelle les malheureux se considérèrent une minute avec une stupeur douloureuse, à la clarté palpitante du tison résineux.

Ils étaient acculés là, ils allaient y être capturés ou massacrés immanquablement.

— Vous le voyez, Christie, — murmura avec amertume le fils de Walter d'Avenel, — à quoi nous a-t-il servi de chercher à fuir?

L'écuyer mordait ses lèvres avec une colère angoissée.

Oh! voir périr, succomber ces êtres, pour lesquels il aurait donné dix existences s'il l'avait pu!...

Mais ce courant d'air qui faisant flotter la courte flamme de la torche l'avait décidé à s'enfoncer de ce côté, il provenait pourtant de quelque part.

Avec une hâte fiévreuse, âpre, il promena de tous côtés son regard lourd, angoissé.

Il aperçut alors une étroite fissure, une lézarde plutôt.

Il s'avança... un vent froid figea la sueur d'angoisse qui perlait sur ses traits.

Alors, dans un coup de révolte, tendant la torche à Ketty, il s'élança vers cette ouverture, tâchant de l'agrandir avec ses mains, déchiquetant ses ongles.

Une faible arête de pierre sauta, entamant sa peau.

Mais le rocher devait résister, et le guerrier laissa tomber ses bras, découragé.

Julien l'avait regardé faire, le sourcil froncé.

Il prit la parole, disant :

— Il faut revenir sur nos pas. Mieux vaut encore périr sous le ciel que dans ce trou !

Sa voix avait sonné, mâle et virile.

— Oui, allons ! — répondit l'écuyer.

Il espérait regagner assez tôt la galerie extérieure où ils avaient trouvé un abri, pour se jeter encore dans un autre des boyaux souterrains qui y aboutissaient.

Comme tantôt, il se mit en tête, marchant à grands pas..

Les reflets furieux du véritable incendie qu'ils avaient allumé à l'entrée de la grotte parvenaient parfois jusqu'à eux, inondant de clarté pourpre des pans de rocher.

Ces éclats de lumière, c'était de la vie, presque de la liberté, et ils pressaient inconsciemment leur allure.

Mais soudain, une tempête de voix, de cris pleins d'une ivresse féroce, semblait-il, mais confus, lointains, suspendit leur marche.

Christie de Clinthill pâlit.

Oh ! pas de peur.

Il croyait que leurs ennemis venaient de forcer l'entrée, — et c'est pour les deux êtres qu'il aimait qu'il venait de blêmir ainsi.

Les traits de Ketty ne s'étaient cependant même pas altérés.

Elle était résignée comme l'étaient les martyrs au premier temps du christianisme : son âme semblait déjà détachée de la terre.

Quant à Julien, son œil s'était éclairé, et il avait porté sa main à la garde de son épée.

Mais la clameur menaçante entendue par eux s'était arrêtée au lieu de croître.

Les Anglais n'avaient donc pas encore franchi le seuil de la grotte ; gardien fidèle et redouté, le feu en défendait donc l'accès, le feu sacré qui brûle dans les temples !

— Avançons ! — fit résolument le soldat.

Les vociférations qui venaient de contracter leur cœur étaient celles poussées par les houspailleurs lorsque les racines de l'arbre auquel ils s'étaient attachés avaient cédé, lacérées, émiettées, déchiquetées.

Actuellement, joyeux de leur conquête, ils traînaient le tronc empanaché de feuilles vers la grotte, pour briser, grâce à lui, cette barrière de flammes.

Stevart Bolton n'avait pas quitté le seuil de l'asile encore protégé par le feu ; il était demeuré là avec les partisans laissés en faction.

Les dents grinçantes, serrées, il gardait ceux dont il avait déjà fait sa proie, dans sa pensée.

Lui absent, les houspailleurs auraient peut-être fait mauvaise garde.

Et les Écossais, profitant du relâchement de leur surveillance, étaient capables de surgir hors de leur abri et de se plonger sous les bois.

Il remarqua que les langues rouges et violettes des flammes se dirigeaient toutes de l'intérieur vers l'extérieur.

Et ignorant l'existence d'autres cavités intérieures, il en concluait que les voyageurs avaient arrangé ainsi le foyer afin de pouvoir s'ouvrir facilement un passage au milieu.

Lorsqu'il vit les partisans arriver, traînant l'arbre qu'ils étaient parvenus à arracher, il tressaillit d'aise.

— Enfin, — gronda-t-il en voyant que la première partie de ses recommandations était exécutée.

Julien, Ketty et Christie de Clinthill débouchaient à cette minute dans la grotte qu'ils avaient quittée précédemment pour chercher une issue...

Le vent, arrivant sans doute de quelque ouverture lointaine, manqua d'éteindre le tison résineux de Christie.

Mais il ne s'y arrêta même pas. Il venait d'apercevoir la nuée des soudards s'approchant, prêts à manier leur engin improvisé.

Le saisissement le cloua immobile durant quelques secondes.

Il oubliait qu'il était lui-même en pleine lumière.

Stewart Bolton, dont les yeux fouillaient partout, le distingua, lui aussi, aux éclats du feu qui inondait l'intérieur de la grotte.

Son apparition soudaine à cet endroit lui prouva que l'ombre de laquelle il venait de surgir indiquait sans doute l'existence de cavités intérieures.

Ce n'était donc pas le seul hasard, supposait-il, qui avait conduit les Écossais dans cette contrée, dans cette caverne.

— Ce Christie de Clinthill, placé devant mes pas par l'enfer, connaissait sûrement cette retraite, — grondait-il. — Peut-être a-t-elle même des issues de l'autre côté de la montagne. C'est pourquoi il y aura conduit cette harpie de Ketty et le fils de l'autre !...

Dans le paroxysme de sa fureur, une sorte d'écume moussait au coin de ses lèvres.

De son poing fermé, il désigna le géant à son escorte.

Ah ! aucun de ces trois êtres ne lui échapperait !

Il irait les chercher jusque dans les entrailles de la terre. Il avait assez d'hommes avec lui pour cela !

Et cela serait vite fait.

En effet, les houspailleurs, se servant de l'arbre apporté auprès de la grotte comme d'un bélier d'un genre nouveau, s'y étaient mis en grand nombre.

Grâce à sa haute taille, Christie de Clinthill les vit s'avancer, comprit leur dessein et poussa violemment Julien devant lui.

L'agent secret s'était détourné un instant pour exciter les houspailleurs.

— Allez! — fit-il d'un accent rauque.

Et regrettant d'avoir détourné son attention de Christie dont la haute stature lui indiquait où se trouvaient ses deux autres prochaines victimes, il se retourna, déjà frémissant d'espérance haineuse, vers l'endroit où le géant venait de lui apparaître.

O rage!... il avait disparu.

— Attaquez donc! — vomit le misérable.

Une sorte de râle étranglait sa voix, tant la fureur, la déception qui l'emplissaient étaient violentes.

Et bousculant un des houspailleurs, il planta lui aussi ses griffes dans l'arbre que les soudards charriaient, et il fonça en avant.

L'écuyer et ceux qui partageaient sa fortune s'étaient-ils aventurés dans une des cavités qu'il distinguait dans le fond, grâce à la fulgurance du bûcher?

Tout le lui faisait supposer.

De là, la véritable folie de colère qui l'embrasait.

En une poussée furieuse, la tête branchue de l'arbre arriva sur le foyer, obéissant à l'impulsion emportée de Bolton et de ses soudards.

Les charbons, les branches enflammées volèrent de partout.

Et les langues rouges de l'incendie, fouettées par le vent, s'élancèrent plus haut en même temps qu'une fumée lourde s'élevait du sol.

L'attaque sans mesure dirigée par l'agent secret, par l'espion, avait produit, momentanément, un effet contraire à celui qu'il convoitait.

Un véritable rideau lui masquait maintenant le fond de la caverne.

— Les puissances infernales sont donc contre moi! — grinça l'ancien valet, l'ancien intendant des maisons de Melrose et d'Avenel, aux instincts de hyène lâche et de tigre furieux.

Les mâchoires contractées, un rauquement plutôt qu'un cri, plutôt qu'un ordre, déchira sa gorge et passa entre ses dents serrées.

Les soudards le comprirent, ou plus exactement le devinèrent.

Ils se reculèrent de deux pas, guidés encore par lui, et repartirent en avant, balayant les dernières flammèches de la masse feuillue de l'arbre qui crépita lui-même.

Une véritable illumination emplit alors la grotte entière, faisant éclater, scintiller les stalactites, les cristaux, les gemmes suspendus à certains endroits de la voûte.

On aurait dit que la montagne elle-même venait de s'embraser dans un coup de baguette magique.

Stewart Bolton, incapable de se maîtriser plus longtemps, se rua dans la fournaise.

Toute menace du destin le rendait livide d'habitude.

Mais cette fois, après avoir si bien cru qu'il n'avait qu'à étendre le bras et qu'à fermer la main pour que c'en fût fait des malheureux qu'il traquait, sa déception l'avait réellement rendu ivre, oui, ivre de fureur.

Ce n'était plus le même homme.

Son talon écrasa des charbons ardents, une buée pourpre l'entourait.

Pareil à une bête affamée, arrivé dans la caverne, il tourna la tête de tous côtés, cherchant les proies sur lesquelles il comptait.

Personne!... Le vide!...

— Partis! — hurla-t-il.

Un bond effrayant le porta alors vers les cavités qui ouvraient tout au fond leurs gueules déchiquetées.

C'est par là qu'il avait aperçu Christie de Clinthill.

Les houspailleurs anglais l'avaient suivi.

Ils constataient, eux aussi, avec une véritable exaspération, l'absence de ceux qu'ils croyaient surprendre au gîte.

Les primes qui leur avaient été promises leur échappaient donc!

Un déchaînement d'imprécations éructa de leurs bouches : ils se voyaient leurrés du prix du sang qu'ils espéraient toucher.

Stewart Bolton s'était penché âprement sur les galeries intérieures.

Partout la nuit, nulle indication.

Mais, au moment où il bondissait de l'une à l'autre, une exclamation non humaine à force d'acuité, féroce, démoniaque, jaillit de ses lèvres, fit claquer les parois de la caverne.

Dans une de ces cavités, mais au loin, très loin, il venait d'apercevoir un point lumineux.

—Là!... — hurla-t-il, secoué de halètements, le bras étendu, presque beau... d'une démoniaque beauté, à force d'horreur concentrée. —Ils sont là!

Son visage tourné vers les soudards pour leur indiquer le chemin avait une expression à faire peur.

— Là! — clama-t-il encore.

Et sa terreur instinctive, fouettée, chassée, emportée à la fin par la soif de la revanche, — de la revanche à tout prix, — sans flambeau, sans torche, sans rien, il se rua véritablement en avant.

LXXII

LE SUAIRE DES TÉNÈBRES

CHRISTIE de Clinthill, en reparaissant dans la grotte, un instant auparavant, et en voyant que le bûcher brûlait toujours, avait eu d'abord l'intention d'étudier d'un coup d'œil les autres cavités avant de s'y aventurer de nouveau au hasard.

Il regrettait sa précipitation, causée par le souci de mettre à l'abri les êtres qu'il chérissait.

Julien était prêt à mourir, l'épée à la main. Ketty était résignée, elle aussi. Mais le soldat, s'étant juré d'assurer leur salut, devait tout faire pour y arriver...

Explorer un à un chacun de ces boyaux, c'était impossible.

Un seul moyen restait, incertain, hasardeux : étudier de laquelle de ces galeries l'air arrivait si vivement.

Il était probable que celle-ci aurait une issue directe quelque part, sur l'autre flanc de la montagne.

Mais l'attaque soudaine du foyer ne lui en avait pas laissé le temps.

Les Anglais, dirigés par Stewart Bolton, s'avançaient de nouveau, prêts à écarter les flammes qui s'opposaient à leur passage.

Les voyageurs se trouvaient à ce moment-là à l'entrée de deux galeries aboutissant à la grotte par un même orifice.

Christie y poussa violemment ses deux compagnons.

Parvenus trois pas plus loin, à l'endroit où les deux galeries bifurquaient, s'enfonçaient chacune dans une direction différente, la courte flamme de la branche résineuse que le soldat tenait toujours claqua, fouettée par le vent.

— Ici ! — indiqua ardemment Christie. — Ici !

Il ne savait pas si le chemin qu'il désignait était le bon et si, arrivés un peu plus loin, ce boyau serait assez large pour leur livrer passage.

Mais ce courant d'air indiquait une correspondance peut-être accessible avec le dehors.

Il n'avait pas le droit d'hésiter.

Et cependant le nouvel orifice qui se présentait devant eux était bas et étroit.

L'ancien écuyer s'en était bien aperçu. Et il avait pensé :

— Peut-être la voûte se relève-t-elle plus loin. En tout cas, si pousser plus avant nous devient impossible, nous ferons face à ces maudits. Et comme le passage sera beaucoup trop étroit pour leur permettre de nous attaquer tous à la fois, nous ne succomberons pas sans avoir été largement vengés.

Le couloir était juste assez large pour deux personnes de front.

Christie, ayant vu les houspailleurs près d'attaquer, restait à l'arrière-garde.

Une clarté plus violente, éblouissante, illumina soudain la grotte, projetant ses reflets jusque dans le couloir où ils étaient engagés.

C'était le claquement soudain des flammes, le bûcher éventré par Stewart Bolton et par ses hommes, les tisons projetés, éparpillés au loin et émettant leur dernier éclat avant de mourir.

Presque en même temps, une clameur, pareille, sous ces voûtes, à un coup de tonnerre, parvint jusqu'à eux, significative.

Christie fronça les sourcils, et ses traits se contractèrent.

Il venait de comprendre la signification de tout cela.

— Vite ! — haleta-t-il. — Ils sont entrés.

Mais leur marche ne pouvait être bien rapide sur ce sol inégal et sous les stalactites pendant du sommet.

A certains endroits même, ils étaient obligés de marcher totalement pliés en deux.

Ketty allait en tête. Christie lui passa la torche.

La jeune femme éclairerait la marche et cela permettrait d'avancer avec plus de rapidité ; et cependant la branche enflammée ne donnait qu'une clarté chancelante.

A ce moment, l'écho âcre d'une voix, d'une seule, frappa l'oreille du soldat.

Il reconnut celle de l'espion.

— Ils sont là ! — criait celui-ci.

Soit au bruit de leurs pas, soit à la lumière de leur flambeau hésitant, il avait découvert les fugitifs.

Ce tison enflammé permettait à peine à ces derniers de discerner les saillies des rocs qui les entravaient à chaque pas, — et il avait été cependant suffisant pour les dénoncer, les perdre irrémédiablement !

— Halte ! — souffla l'écuyer.

Ses deux compagnons obéirent.

— Là ! — hurla-t-il, — ils sont là.

Julien ne demandait pas mieux : il était bien assez peiné d'avoir à
tourner ainsi le dos à l'ennemi.

Délivré par Christie de Clinthill, il s'était moralement engagé vis-à-
vis de lui-même à se soumettre à la direction de l'ancien écuyer de son
père, et son premier éducateur dans le glorieux métier des armes.

Parfois seulement, lorsqu'il s'agissait de reculer, il se révoltait.

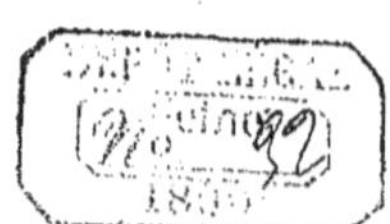

Aussi, comme il eût désiré montrer à toute cette tourbe quel sang généreux coulait dans ses veines !

Heureusement que Christie était là pour réfréner cette héroïque folie.

Il n'avait voulu cet arrêt que pour prêter l'oreille.

Le souterrain dans lequel ils se trouvaient était semblable à un énorme tuyau acoustique.

Les sons provenant de la grotte s'y répercutaient s'y propageaient avec une intensité considérable.

Il entendit un bruit de course se rapprochant d'eux, quoique très loin encore, et l'accent aigre de l'intendant résonna de nouveau.

Le soldat ne nourrissait plus aucune illusion.

Le chemin qu'ils avaient pris était connu de leur mortel ennemi. Et il paraissait résolu à les suivre.

Mais il voulait se rendre compte si l'espion de Somerset s'était engagé dans le souterrain, non pas seul, — il manquait trop de courage pour cela, — mais escorté de quelques hommes seulement.

Cette espérance fit bondir de joie une minute le cœur du soldat.

Mais presque aussitôt l'entrée du souterrain s'illumina sous l'éclat de torches frénétiquement secouées.

— A mort ! A mort ! — lancèrent trente voix sauvages.

Il n'y avait plus le moindre doute à garder.

— Allons, la meute est lâchée tout entière contre nous, — murmura Christie de Clinthill.

Il regarda le tison confié depuis un instant à la main de la jolie meunière.

Le bois commençait à charbonner, la résine était consumée.

— C'est sa clarté qui nous a dénoncés, — dit-il. — Ketty, éteins-le. Du reste, il ne tarderait pas à mourir.

Il ne se résolvait pas sans regret à cette extrémité.

Si peu que ce flambeau improvisé éclairât leur chemin ténébreux, il leur était pourtant d'un secours inappréciable.

Ils ignoraient où ils allaient.

Sans rien pour se conduire, pour se guider, leur marche allait être horriblement ralentie.

De plus, ils risquaient de se briser les os, de s'abattre dans quelque précipice ouvert peut-être à quelques pas d'eux.

La respiration manqua à l'écuyer en songeant qu'un des êtres aimés auxquels il avait voué sa vie allait peut-être se trouver perdu pour lui sans qu'il pût rien faire pour le sauver.

Pourtant ils n'avaient plus que cette chance de salut... chance de salut qui était peut-être la mort, cette suprême évasion.

Ils ne pouvaient évaluer à quelle distance ils se trouvaient de l'issue extérieure vers laquelle ils supposaient aller.

Ils ignoraient même s'ils l'atteindraient jamais.

Leur seule espérance était que Stewart Bolton et ses acolytes, cessant d'apercevoir le tison embrasé que tenait Ketty, ne vinssent à abandonner la poursuite.

La jeune femme avait bien entendu l'ordre de son mari.

Mais elle hésitait à obéir.

Elle avait peur de ces ténèbres qui allaient l'enserrer, qui allaient appesantir leur voile funèbre sur ses yeux.

— Éteins, Ketty, — réitéra le soldat.

La jeune femme ne répondit rien. Seuls ses yeux décelèrent, — tandis qu'on y voyait encore, — l'angoisse atroce de son être...

Et elle écrasa le tison contre le rocher.

La nuit sœur de la mort, — la nuit éternelle, — les enveloppait maintenant de son suaire.

Un moment d'oppression étreignit alors l'âme de ces trois créatures, — toutes si vaillantes pourtant, — en présence de l'énorme, du menaçant inconnu qui les attendait.

Mais, au loin, les satellites du misérable Bolton avançaient toujours.

Il fallait agir.

— Je vais passer devant, — annonça Christie. — Vous suivrez à quelques pas.

Et, doucement, il voulut écarter Julien.

Mais il rencontra la résistance énergique du jeune homme, de l'enfant.

— Non, — dit Julien. — La nuit est la même pour tous : pour tous les chances à courir doivent être égales aussi.

Oh ! le digne descendant d'Avenel !

Christie le pensait.

Mais les menaces semées devant les pas de l'enfant n'en étaient pas moins imminentes.

— Julien !... — supplia-t-il. — Par grâce !...

L'adolescent discerna l'angoisse véritable contenue dans ces mots.

Sa voix se fit très douce, et grave en même temps.

Une douceur dans laquelle l'écuyer retrouva des intonations de Marie d'Avenel, en même temps que sa gravité, lui rappelait l'accent méditatif de son ancien maître.

— Christie, — prononça le jeune homme, — les ténèbres nous enveloppent, l'inconnu, l'incertain, un gouffre peut-être sont devant nous, c'est vrai.

Il s'interrompit :

— Mais, écoutez. N'entendez-vous pas, derrière nous, le bruit des pas et les vociférations de ceux dont nous sommes le butin convoité ?

Le soldat n'entendait que trop.

— Le danger est donc pour tous et il est également partout. Qu'importe celui d'entre nous qui succombera le premier si nous devons succomber ?

Un lourd soupir souleva la poitrine de Christie de Clinthill en entendant ces paroles.

L'enfant avait raison, et le vieux soldat le comprenait.

Mais tout protestait en lui contre la pensée de l'affreux malheur qui risquait d'atteindre Julien le premier.

Les poursuivants étaient, en effet, encore loin.

Le gouffre, au contraire, était peut-être à deux pas.

— Avançons donc, — reprit le fils de Walter d'Avenel et de Marie de Melrose.

Et sa jeune âme raffermie, pareil à ces héros antiques que le trépas ne fit pas trembler, il joignit l'action à la parole.

Il était devenu leur guide.

Et cependant, il ne savait lui-même où il dirigeait ses pas, tel un aveugle perdu dans un pays tourmenté.

Et il marchait quand même, allant comme tous les êtres humains, — vers l'inconnu !

LXXIII

JOIE SINISTRE

ANCÉS dans cette nuit que rien n'éclaircissait, Julien d'Avenel aurait pu évoquer la légende du Juif errant, presque aussi ancienne que notre ère, vieille bientôt de deux mille ans :

— Marche ! marche !

Poussé par le destin, il poursuivait en effet sa traite incertaine.

Derrière venait Christie et, entre eux, la douce femme qui partageait leurs périls.

Palpant avec sa main droite la paroi du boyau souterrain, il allait d'un pas calme et ferme.

Son bras gauche étendu devant lui, dressé à la hauteur de sa tête, devait le prémunir contre les brusques irrégularités et les saillies du rocher.

La mesure était prudente.

Malgré cela, il alla butter contre une énorme déformation calcaire qui, pendant de la voûte, semblait vouloir souder le haut et le bas du souterrain.

Loin de se plaindre, Julien s'efforça de plaisanter.

— Vous voyez, Christie, si j'ai eu raison de vouloir rester en avant. Vous êtes trop grand de taille pour passer le premier.

Et songeant qu'une femme le suivait :

— Baissez-vous, Ketty ; appuyez sur la droite. Le passage y est plus facile.

Il continua de marcher.

— Là. Trois pas seulement à faire et vous pourrez vous redresser.

Une cuisson violente à son front indiquait pourtant qu'il venait de payer le commencement de son apprentissage dans le rôle difficile d'éclaireur qu'il refusait de céder à un autre.

Ils étaient dans une des régions les plus tourmentées du souterrain.

Les parois déchiquetées, hérissées, avançaient de partout leurs arêtes brutales.

On aurait dit que la montagne, au temps des déchirements volcaniques qui avaient produit ces cavités, avait essayé de rapprocher, de réunir ses flancs en des convulsions furieuses.

Les voyageurs des ténèbres ne cheminaient plus qu'avec une extrème difficulté.

Ce qui affectait le plus Julien, c'était la lenteur de leur marche.

Il craignait que Christie de Clinthill ne voulût malgré tout passer de nouveau.

Et cependant, meurtri, blessé par la dent aiguë de ces masses rocheuses, images d'un sinistre chaos, du sang maintenant glissait lentement au-dessus de son sourcil.

L'enfant, héroïquement, se contentait de l'essuyer, de crainte que les gouttes, tombant sur le sol, ne servissent d'indication à leurs ennemis...

C'est que ceux-ci, abondamment munis de branches résineuses, avaient rivalisé de hâte pour s'élancer dans la galerie signalée par Stewart Bolton.

La plupart d'entre eux avaient aperçu la torche révélatrice tenue par la main de la courageuse meunière.

Cette vue était bien faite pour susciter leur ardeur.

Les fugitifs étaient bien devant eux, et ils n'allaient pas perdre les primes qui leur avaient été promises.

Ce qui se produisait n'était donc qu'un léger retard.

Cela ne ferait que rendre plus vive leur satisfaction finale.

Par exemple, ils se préparaient à faire expier aux voyageurs les incertitudes par lesquelles ils les avaient fait passer.

Si Stewart Bolton désirait des tourmenteurs experts en l'art des raffinements les plus cruels, il pouvait être content.

Ce n'était pas pour rien que les irréguliers attachés à l'armée anglaise étaient redoutés des populations.

Nul n'était expert comme eux pour scier les membres d'une victime, au moyen d'une corde double attachée à ses jambes ou à ses poignets et qu'ils tordaient au moyen d'un bâton, jusqu'à détacher littéralement les chairs.

Aucun bourreau patenté ne les égalait pour griller à petit feu les pieds d'un patient.

D'autres fois, c'était la tête des infortunés tombés entre leurs mains qu'ils livraient à cet épouvantable supplice.

Ils la maintenaient tout juste à distance pour empêcher les cheveux de s'enflammer.

Cela aurait risqué d'amener trop vite la mort.

La tête alors gonflait, craquait.

Le cerveau, comprimé, cuisait lentement.

La peau du crâne se fendait, laissant fuir des jets de vapeur nauséabonde.

Les yeux distendus par les spasmes les plus atroces, par l'effroyable dilatation des tissus, semblaient vouloir jaillir de leurs orbites.

Et les misérables voués à ces effroyables tortures sollicitaient, invoquaient la mort, c'est-à-dire la délivrance, en des rauquements qui n'avaient plus rien d'humain.

Leurs bourreaux, eux, ne faisaient qu'en rire.

C'était une gloire pour ces véritables bandits de ne se laisser devancer par aucun autre dans l'art d'infliger ces tortures.

Ils y avaient recours afin de forcer les habitants à leur révéler les endroits où ils avaient enfoui leurs modestes trésors.

Et lorsque ceux-ci s'exécutaient avant d'être soumis à ces innommables épreuves, il arrivait souvent que les houspailleurs les leur infligeaient après, quand même.

Il fallait bien s'entretenir la main.

Et ces séances, dignes des temps les plus barbares, ils se proposaient de les renouveler contre les infortunés qu'ils savaient devant eux.

Ils se surpasseraient même, s'il était possible.

Les éclaireurs leur avaient appris que parmi ces infortunés se trouvaient un enfant et une femme.

Cela ne les arrêterait pas. Au contraire.

Il y aurait une double volupté pour eux à voir se débattre des êtres faibles et gracieux dans les affres de l'agonie finale qu'ils leur préparaient.

C'est pourquoi, arrachant des tisons de sapin au foyer qui continuait de se consumer lentement, éparpillé maintenant, ils s'étaient rués à la suite de Stewart Bolton.

Ils l'avaient eu vite rejoint.

Heureusement pour Julien d'Avenel et ses deux compagnons que l'exiguïté de la cavité modéra leur élan.

L'ancien intendant sentit leur haleine derrière lui.

La meute humait la chair fraîche : de là son ardeur.

La présence de ces hommes fit passer un rire muet et effrayant dans les yeux de l'espion.

Dans la rage qui le galvanisait il avait oublié sa lâcheté foncière, invétérée.

Mais ce n'avait été, ce ne pouvait être là qu'un éclair.

Et il voyait déjà, dans son esprit, Christie de Clinthill revenant sur ses pas, se dresser devant lui et le châtiant, — pour jamais.

Grâce à l'arrivée de ses satellites, il ne le craignait plus.

Il s'écrasa, s'aplatit contre la muraille de rochers.

Et le bras étendu, la voix sifflante, montrant la torche vacillante de Ketty dans le lointain.

— Là-bas! Là-bas!... L'or, la gloire, l'honneur aux plus hardis!

Il osait dire : l'honneur!...

Les Anglais sourirent.

Mais ils n'avaient plus à s'étonner de la pusillanimité honteuse de leur chef.

Leur cupidité fouettée, allumée, le plaisir d'accomplir le mal tel qu'ils le concevaient, cela leur suffisait.

Un des batteurs d'estrade qui avaient relevé la piste des trois Écossais et deux autres houspailleurs passèrent devant.

Stewart Bolton, rassuré, rassembla du geste les derniers partisans qui ne l'avaient pas encore rejoint.

Lorsqu'ils furent tous auprès de lui, les torches aux flammes rougeâtres éclairèrent violemment l'expression de basse férocité répandue sur ses traits.

C'est que lui aussi avait remarqué le vent qui sortait des cavités intérieures.

Il ne doutait donc pas qu'elles n'eussent une issue de l'autre côté de la montagne.

Mais, d'instinct, il ne croyait point à des voies latérales se ramifiant sous terre et permettant aux trois Écossais d'égarer leurs poursuivants.

Il ne s'agissait donc que de les gagner de vitesse.

La précipitation des hommes qui venaient de le devancer le rassurait à cet égard, et il était véritablement, effroyablement joyeux de ce qu'il prévoyait.

Pour comble de satisfaction, il pouvait apercevoir au loin la torche que les trois voyageurs portaient, comme pour lui servir de point de mire.

Le tumulte des houspailleurs se bousculant pour passer chacun le premier dans le passage trop étroit était aussi de nature à lui communiquer les plus haineuses espérances.

Avant peu Christie de Clinthill et son protégé auraient la bande entière sur le dos.

— On verra bien si ce fier-à-bras de Christie continuera à jouer au tranche-montagne, lorsqu'il aura tout mon monde sur les côtes, — mâchonnait-il.

Et précipitant lui-même ses pas, il répétait :

Ketty était déjà agenouillée auprès de l'adolescent.

— Allons, mes braves. Nous les aurons cette fois.

C'était un bruit de piétinements pressés, de voix furieuses dans le souterrain, les houspailleurs s'excitant, cherchant à se devancer les uns les autres.

Les quelques hommes passés en avant, la bouche close, les dents serrées, se hâtaient plus encore, les yeux braqués sur le point lumineux qui leur désignait les fugitifs.

Tout à coup, cette clarté lointaine cessa d'être visible.

Un blasphème hideux éructa alors de la bouche de l'espion.

— Ils nous ont vus à leurs trousses et ils se sont jetés dans une autre galerie, — gronda-t-il.

Tous partageaient sa croyance.

Et le dépit de manquer peut-être définitivement ces proies si convoitées doubla leur vitesse.

Il leur tardait à tous d'atteindre l'intersection de la galerie nouvelle que les Écossais avaient dû prendre, pour les apercevoir de nouveau et les serrer de plus près.

Stewart Bolton mâchonnait de sourdes malédictions; lui qui n'avait pas cru, qui n'avait pas voulu croire à l'existence d'autres galeries secondaires, voici qu'il les voyait disparaître...

Mais ce ne serait que pour peu de temps, supposait-il.

Et il courait le cou tendu en avant dans la contention de sa colère.

Il courait, ayant sorti son poignard dans son mouvement machinal, prêt à saigner lui-même l'infortuné qui lui tomberait entre les mains.

Il courait aussi vite que le permettait les rugosités du terrain, diminuant, à chaque seconde, la distance qui le séparait des malheureux Écossais.

LXXIV

LE MUR NOIR

A fureur qui remplissait Stewart Bolton était telle qu'il semblait encore une fois n'être plus le même homme.

Méprisant les difficultés que présentait la marche dans ce souterrain, il avait rejoint les quelques houspailleurs qu'il avait fait passer devant lui précédemment afin de se prémunir contre quelque retour offensif de Christie de Clinthill.

Mais ils ne rencontraient pas l'intersection du nouveau souterrain dans lequel ils supposaient tous que les trois voyageurs avaient dû se jeter.

Ils n'apercevaient nulle part non plus la torche révélatrice.

— Ils ne sont pourtant pas enfoncés sous terre! — marmottaient les Anglais.

D'après le chemin parcouru, ils avaient certainement dépassé l'endroit où la lumière avait disparu.

Quelque anfractuosité imperceptible, dissimulée dans un recoin, leur aurait-elle échappé, donnant accès dans le nouveau souterrain emprunté par les fugitifs?

Cette hypothèse expliquait seule leur insuccès présent.

Ces partisans revinrent sur leurs pas, inspectant les parois.

L'agent secret, resté seul à la même place, avec ses hommes d'avant-garde, frappait les pierres du manche de son poignard.

Il se demandait si l'ancien écuyer, habitant depuis longtemps ces solitudes, ne connaissait pas quelque passage mystérieux, l'existence de quelque rocher qui, pivotant sur son axe, ouvrirait ou fermerait le chemin.

Il essaya d'ébranler un bloc granitique dont la position lui parut singulière.

— Rien!... — avoua-t-il les dents serrées. — Pas le moindre indice.

Alors, imposant d'un geste le silence à ses hommes, il écouta, se disant que, sous ces profondeurs, la répercusion du son devait être considérable.

Brusquement, ses yeux s'éclairèrent.

Il colla son oreille contre le mur de la galerie.

Une joie violente remplaçait la colère, le sombre dépit imprimés un instant auparavant sur ses traits.

D'un mouvement soudain, il appliqua ensuite son oreille sur l'autre paroi.

Et un rire aigu tendit sa lèvre.

— Ils sont là, — fit-il d'une voix brève, saccadée. — Là, devant nous !

Sa main désignait les ténèbres de la galerie qui se prolongeait en face d'eux.

Le son se propageant à travers les molécules de la pierre, la muraille rocheuse avait en effet signalé la marche hésitante des infortunés voyageurs sur lesquels il voulait planter sa griffe.

De là son premier et ardent espoir.

Mais ce qu'il venait d'entendre pouvait aussi provenir d'une galerie voisine.

C'est alors que l'espion de Somerset avait collé son oreille sur l'autre côté de la paroi.

Là, également, le son parvenait à lui, aussi net, aussi clair.

Plus de doute : il émanait de la galerie même dans laquelle ils se trouvaient.

Julien d'Avenel, Christie de Clinthill et l'ancienne meunière du Moulin-Joli étaient donc encore devant eux.

Et si l'on avait cessé d'apercevoir la lumière de leur torche, c'est sans doute que, se voyant poursuivis, ils l'avaient éteinte afin de donner le change.

Les partisans restés auprès de lui avaient imité sa manœuvre ; ils avaient écouté, eux aussi, aux murailles de la galerie.

Ils avaient perçu des pas hésitants.

Plus d'incertitude ; en effet, ce qu'ils percevaient indiquait bien l'allure de gens qui marchent à tâtons dans les ténèbres.

Sur l'ordre de Stewart Bolton, ils hélèrent ceux de leurs compagnons qui s'étaient éloignés.

Ces derniers revenus, l'espion les harangua par ces mots rapides :

— Les Écossais sont devant nous. Ils ont éteint leur torche pour cesser d'être visibles. C'est donc qu'ils se sentent menacés. Leur précaution montre en outre qu'ils ne comptent sur aucun autre souterrain pour se dérober. A nous la belle !

— A nous la revanche... et la belle ! — répondirent les soudards d'une seule voix.

Et remplis d'une nouvelle ardeur, ils repartirent en avant.

Les fugitifs entendirent leur clameur d'allégresse.

La sonorité de ces sombres retraites qui les avait dénoncés à leur implacable et lâche ennemi les avertissait à leur tour.

— Vous le voyez, Christie, — dit le fils du chevalier d'Avenel, — votre place est aussi une place d'honneur. On nous a découverts et nous n'allons pas tarder à être attaqués.

Le soldat ne le comprenait que trop.

Il tourna sa tête puissante en arrière et crut voir s'agiter au lointain la sarabande des feux de l'enfer.

C'étaient les torches des partisans projetant sur la voûte leurs reflets haletants dans un nouvel élan.

Julien essaya de presser sa marche, insensible aux meurtrissures, aux blessures des arêtes brutales des rocs.

Mais il ne pouvait avancer qu'en tâtonnant, tandis que leurs adversaires avaient autour d'eux la clarté des branches résineuses dont il s'étaient munis.

Ketty et Christie le suivaient sans un mot.

Ce dernier comprenait que l'heure était proche en effet où il n'aurait pas à regretter d'être à l'arrière-garde, — afin d'être plus près pour combattre.

Il remarquaient cependant que le vent qui les avait fait se jeter dans ce passage inconnu devenait plus vif.

Et tous, dans la tension de leurs facultés, formulaient cette espérance : quelle délivrance, s'ils parvenaient à se trouver en plein air avant d'avoir été rejoints !

Au milieu des forêts, dans la nuit étoilée, ils pourraient continuer à espérer encore.

Ils auraient voulu rallumer leur flambeau, puisque leur piste avait été retrouvée.

Leur marche, en ce cas, aurait été plus rapide, et, conservant l'avance qu'ils avaient réussi à gagner, il serait devenu impossible à Stewart Bolton de les rejoindre.

Christie tira son briquet, et en fit jaillir des étincelles sur la branche éteinte que Ketty lui tendit.

Mais le bois ne s'enflamma pas, ne braisilla même point.

Le soldat avait fait cet essai par acquit de conscience.

Ils étaient condamnés, ils ne devaient réellement plus compter que sur le hasard, — et sur eux-mêmes s'ils étaient attaqués.

Ils venaient de franchir la zone tourmentée dans laquelle ils avaient eu tant de peine à se frayer, à trouver un passage.

Malgré les avertissements infatigables de Julien, Ketty et Christie de Clinthill avait senti plus d'une fois la dent rude de la pierre entamer leurs vêtements et leur chair.

Mais la jeune femme n'avait pas laissé une seule plainte s'exhaler de ses lèvres.

Avec sa grande taille, l'ancien écuyer devait naturellement être le plus éprouvé de tous.

Mais est-ce que cela comptait pour lui?

Il respira cependant lorsqu'ils furent sortis de ce passage difficile, heureux de pouvoir relever la tête et de respirer à peu près librement.

Julien, marchant toujours le premier, activait le pas, sa main suivant la paroi maintenant à peu près régulière du souterrain.

C'était autant de temps de gagné.

— Christie, — dit-il avec un frémissement dans l'intonation, — je crois que nous approchons; je sens le vent qui me fouette plus fort le visage.

— Dieu t'entende! — répondit le géant, le tutoyant comme il le faisait encore à certains moments solennels.

Et à part lui, ayant partagé cependant cet espoir dès le premier instant, il pensait :

— Pourvu que ce ne soit pas au contraire un indice fâcheux! Pourvu que le passage ne se rétrécisse pas, comme cela nous est déjà arrivé, ne laissant filtrer que ce courant d'air comprimé, plus vif et qui fait frémir de tant d'impatience mon pauvre Julien.

Le soldat raisonnait juste.

Un géologue au courant des phénomènes terrestres aurait raisonné comme lui.

Lorsque les traces de certaines convulsions préhistoriques serpentent sous la croûte terrestre, elles sont presque fatalement reproduites dans toute la région circonvoisine.

Et ils n'allaient pas tarder à en faire la pénible expérience.

Consentant à tout pour sa part, le guerrier songeait :

— Pourvu qu'ils puissent passer. Pourvu qu'ils soient sauvés l'un et l'autre, qu'importe ce qu'il adviendra de moi après!

Mais la galerie continuait à se prolonger régulière.

Et habitués à la complète obscurité, ils maintenaient à peu près leur avance.

L'air presque glacé séchait la sueur répandue sur leur visage après les difficultés précédentes.

Et Christie de Clinthill se laissait aller, lui aussi, à partager la confiance de Julien.

Mais celui-ci poussa tout à coup un cri sourd, un gémissement plutôt, qu'il ne put retenir.

Un choc venait de retentir en même temps.

Et l'enfant, perdant l'équilibre, tombait sur un genou.

Que s'était-il donc passé?...

Hélas! Julien cheminait, rempli déjà d'allégresse, s'attendant à voir le ciel chargé d'étoiles apparaître à ses yeux.

Mais par un de ces caprices inexplicables que l'on rencontre souvent dans les entrailles du sol, le souterrain, large et praticable jusqu'alors, s'interrompait tout à coup, laissant une sorte de muraille le fermer brusquement.

Et le fils de Walter d'Avenel avait frappé avec force de la tête sur l'obstacle imprévu.

Le choc avait été tellement rude que l'enfant avait perdu l'équilibre, ne pouvant retenir un gémissement douloureux.

— Julien! que t'arrive-t-il? — fit Christie de Clinthill d'une voix affolée.

Quittant son poste, il s'élança, les mains étendues.

Ketty était déjà agenouillée auprès de l'adolescent qui était venu tomber presque à ses pieds.

Hagard, ne pouvant se rendre compte de rien au milieu de ces ténèbres impénétrables, le soldat rencontra le corps de la jeune femme et l'interrogea tout alarmé.

Ce fut Julien qui lui répondit.

— C'est peu de chose, mon bon Christie, — fit-il en s'efforçant de raffermir son accent; — c'est le rocher contre lequel je viens de me heurter un peu durement.

Le guerrier chercha à tâtons ses mains; il lui semblait que leur contact allait lui révéler l'état exact de l'enfant.

Il les rencontra, les pressa avec anxiété, les sentant chaudes, mais sans ressort.

En même temps, il les trouva humides.

— Tu saignes! — prononça-t-il avec douleur. — Mon pauvre Julien, dis-moi la vérité, au nom du Ciel!

Le fils de Walter d'Avenel avait effectivement porté la main à sa tête dans la sensation cruellement douloureuse qu'il venait d'éprouver.

Et la liqueur de vie, — et de mort, — extravasée de son crâne sous le choc, l'avait inondée.

Mais, hélas! ce n'était pas la première atteinte éprouvée par l'enfant.

Une autre sueur de sang avait déjà marbré ses doigts, lorsqu'il l'essuyait silencieusement sur son visage pour que les gouttes tombant à terre ne révélassent pas à leurs poursuivants qu'ils avaient passé par là. Et il n'avait rien dit alors.

Julien discerna la mortelle inquiétude de leur compagnon.

Afin de le rassurer, il fit un effort pour se relever, se soustraire aux mains de Ketty qui le soutenaient.

Il y parvint.

Et un rire forcé, — il souffrait tant ! — sur les lèvres, il reprit :

— Que veux-tu, mon bon Christie, j'ai encore mon apprentissage à faire pour me diriger raisonnablement dans les ténèbres. Mais avec de la patience, cela viendra.

Son intonation rassura un peu le brave écuyer.

Il exhala un gros soupir de voir le fils de son maitre aussi malheureux, sans rien pouvoir pour lui.

Et il s'avança vers le fond, afin de reconnaître l'obstacle qui l'avait ainsi meurtri.

Une exclamation de surprise affreuse lui échappa.

Le souterrain était obstrué !

Un désespoir intense l'accablait.

Il ne comprenait que trop que Julien eût été blessé.

La paroi de la galerie s'abaissant tout à coup la fermait presque tout entière, comme si un véritable mur avait été bâti à cet endroit, — le mur noir qui enclôt les trépassés dans leur caveau.

Ils étaient pris, acculés dans cette impasse.

Il entendait au loin des rumeurs lui annonçant l'approche de plus en plus rapide des Anglais.

Il distinguait les rouges reflets de leurs torches.

Il ne resterait bientôt plus aux trois voyageurs qu'à périr en se défendant.

Dans une désespérance farouche, le soldat songea que l'endroit de la galerie où ils se trouvaient était assez large pour lui permettre de lutter utilement.

Il ferait de son corps un rempart aux deux êtres qui partageaient son sort : il le ferait aussi longtemps qu'il lui resterait un atome de vie.

— Hélas ! — pensa-t-il. — Je ne ferai que retarder leur martyre.

Mais le vent qui le frappait au visage et qui, quelques minutes auparavant, remplissait l'âme de Julien de tant de confiance ?...

Christie de Clinthill s'élança vers l'ouverture d'où venait la brise, au risque de se briser lui-même le crâne contre quelque saillie.

L'ouverture offrait une fente longitudinale : on aurait dit que les gaz

Tous ses muscles se tendirent dans une sorte de folie puissante.

LIV. 236. — H. GEFFROY, édit. — Reproduction interdite.

volcaniques renfermés sous le roc en avaient déchiré la masse pour s'ouvrir un passage.

Mais elle ne livrait pas même place à une tête d'homme.

Comme il l'avait déjà tenté dans un endroit différent, Christie de Clinthill essaya d'en ébrécher l'arête sous la pression vigoureuse de ses mains.

Mais que pouvaient même les Titans contre les rochers ?

Les rumeurs produites par l'approche de Stewart Bolton et de ses satellites se faisaient de plus en plus distinctes.

Si ces derniers étaient encore un peu éloignés, c'est que l'ancien intendant hesitait, depuis que ni lui ni ses limiers, en écoutant aux parois, ne percevaient plus le bruit de la marche des trois voyageurs.

Il craignait quelque ruse de guerre de Christie de Clinthill, quelque embûche à un coude souterrain, la chute peut-être de quelques rochers, destinés à l'écraser, à l'ensevelir, lui et les siens.

Et il n'avançait en conséquence qu'avec la plus extrême circonspection.

Mais il avançait néanmoins.

Dans quelques instants, c'en serait fait sûrement de ceux qu'il avait condamnés.

LXXV

LA MASSUE DE PIERRE

CHRISTIE de Clinthill avait éprouvé d'abord un accablement absolu en se voyant acculé. Avoir tant lutté contre tout, n'avoir jamais fléchi, — et aboutir là !...

L'écrasement qu'il ressentait le ranima, raviva son énergie par son excès même...

Dans un coup de révolte, il se retourna contre l'obstacle, palpant les murs, se baissant, cherchant il ne savait quoi pour attaquer l'ouverture trop exiguë du souterrain, l'éventrer, l'ouvrir.

Aucune pierre détachée de la masse, aucun caillou gisant à terre. Rien qui pût l'aider.

— Oh ! — fit-il, — je l'élargirai avec ma tête s'il le faut.

Ses mains convulsées se nouèrent avec une fureur désespérée contre une arête fortement saillante du rocher, une sorte de pointe avancée, épaisse et massive.

Et tous ses muscles se tendirent dans une sorte de folie puissante

Oh ! l'homme arrivé à ce point de désespoir, d'exaspération, de sombre frénésie !...

Et soudain, comme dans une hallucination, un saisissement de joie impossible dilata l'âme du géant.

Il lui semblait que le bloc avait insensiblement cédé à sa pression.

C'était le trouble de son cerveau qui lui donnait sans doute cette illusion.

Cependant, rassemblant toute sa vigueur, Christie recommença.

En effet, le rocher, miné par quelque veine intérieure, avait oscillé dans son alvéole ! Et le guerrier ne s'était pas trompé. Oui, il oscillait.

Mais si peu !...

C'en était assez pourtant avec un homme de la trempe de Christie de Clinthill.

— Oh ! je l'aurai bien ! — gronda-t-il. — Mordieu !...

Il s'attela à ce bloc comme le bœuf s'attelle au joug, à la charrue.

On entendait, dans la nuit profonde, le faible grincement de la pierre coupé par les *ahans* de la respiration du géant.

Julien, Ketty avaient deviné.

La jeune femme priait, sachant qu'elle ne pouvait que cela.

Le jeune homme, lui, aurait voulu seconder leur vaillant ami. Mais, dans ces ténèbres, il ne pouvait peut-être que le gêner. Puis, à la vérité, il était à peine capable de se soutenir.

Derrière eux, malgré ses appréhensions, Stewart Bolton et ses Anglais avançaient toujours.

Christie de Clinthill jeta vers les profondeurs de la galerie un regard chargé d'une désolation infinie.

Et les muscles de ses bras saillant comme des cordes, comme des câbles, des espèces de sanglots hoquetant dans sa poitrine, il s'accrocha à ce rocher.

Et comme il résistait toujours, il y appuya sa tête, ses épaules puissantes en une lutte surhumaine de l'être contre la matière.

Il y eut un craquement, « un ah ! » effrayant de sa gorge... un choc sourd...

Et il roula sur le sol, à côté du rocher arraché enfin de son alvéole.

L'émotion de ses deux compagnons dans cette obscurité où ils ne pouvaient se rendre compte de rien, on la devine.

Le soldat, le géant ne leur laissa pas le temps d'interroger.

Les secondes valaient des siècles.

N'essuyant même pas du revers de ses doigts la sueur qui ruisselait sur ses tempes, il se releva sur un genou, chercha en tâtonnant, autour de lui, le rocher qu'il était enfin parvenu à arracher à la montagne.

Il le souleva péniblement contre sa poitrine.

Et il marcha ainsi contre l'ouverture d'où le vent arrivait comme pour lui dire :

— Ici est la délivrance. Agis, force la fortune !

D'une de ses mains à la peau excoriée, avivée par les angles coupants du rocher, il tâta, reconnut les bords de la baie étroite par où arrivait l'air du dehors.

Et se reculant, prenant le bloc à deux mains, ainsi qu'une massue d'un autre âge, faisant penser à quelque sombre génie des ténèbres, il attaqua la montagne.

Le roc sonna contre le roc.

Sous ces voûtes profondes cela gronda comme un coup de tonnerre, — ou mieux comme l'éruption intérieure de quelque volcan près d'engloutir tout dans son œuvre de destruction.

Stewart Bolton et ses estafiers l'entendirent, et ils s'arrêtèrent glacés de terreur.

L'espion, prompt à voir partout complications et périls, crut que Christie de Clinthill avait fait partir quelque mine.

Effaré, les yeux hagards, il s'attendait à voir le souterrain s'effondrer devant lui et la voûte éventrée laisser sa masse rouler sur eux tous et les engloutir.

Les houspailleurs, quoique plus braves par tempérament et par habitude, partageaient cependant ses terreurs.

Leurs armes et leur nombre ne pourraient rien contre une semblable catastrophe.

Le bloc manié par le géant avait heurté le côté de l'ouverture par où sifflait le vent égaré dans ces solitudes ; mais ç'avait été sans l'entamer.

Ne pouvant frapper qu'au hasard, Christie n'avait pu mesurer son coup...

Il s'attendait d'ailleurs à ne pas réussir d'emblée.

Il ne savait même pas s'il aboutirait dans sa tentative hasardeuse.

Il la tentait par révolte contre le sort, afin de n'avoir rien à se reprocher si l'ancien intendant et ses acolytes les rejoignaient et frappaient sans pitié.

Après son attaque infructueuse, Christie palpa le rocher pour se rendre compte de l'effet produit, et surtout pour reconnaître où il avait touché.

Un léger éclat de la pierre sous ses doigts le lui apprit.

C'était au moins à une coudée de l'ouverture elle-même.

Rectifiant sa position, il brandit de nouveau son énorme massue et la lança encore contre le but qu'il s'était assigné.

Porté avec plus de mesure, plus d'assurance, ce choc produisit une répercussion profonde sous les voûtes du souterrain.

Stewart Bolton et ses tristes compères échangèrent un même regard rempli de trouble.

La montagne entière semblait avoir rugi.

Et certes, même braves et courageux, dans un tel endroit surtout, ils avaient le droit de tout redouter.

Le soldat ayant trouvé le point où il devait frapper, multipliait à présent ses attaques, ne sentant plus le poids de la masse qu'il maniait, insensible à la fatigue qui tordait ses membres.

Julien comprenant son impuissance dans cette tâche, réduit par conséquent au repos, sentait ses forces lui revenir peu à peu.

Et reprenant le rôle de Christie quelques instants auparavant, il regardait du côté où leurs ennemis devaient se présenter, afin de s'avancer au-devant d'eux s'ils venaient à paraître.

Et il les empêcherait d'aller plus loin !

Les empêcher d'aller plus loin, avons-nous dit, lui, presque un enfant? Oui, aussi longtemps du moins que son bras pourrait manier son épée... Mais ceux dont il attendait la venue ne bougeaient point.

Effarés, affolés par le roulement de ces rumeurs formidables, ils regardaient autour d'eux avec terreur.

Leur chef, Stewart Bolton, avait fait un premier mouvement pour s'enfuir en entendant renaître ce bruit menaçant et sinistre.

Mais leur prolongation, ces éclats répétés l'avaient cloué au sol, ne sachant pas où était pour lui le salut.

Il lui semblait que la montagne tremblait tout entière...

Soudain Christie s'arrêta dans sa lutte titanique contre le rocher.

L'énorme bloc dont il se servait échappa à sa main, en même temps qu'un éclat de pierre le frappait au visage.

La contusion violente lui arracha non un cri de douleur mais un halètement de vif contentement.

C'était l'indice que la partie attaquée venait enfin de céder.

Le guerrier ausculta en quelque sorte la plaie qu'il venait de faire.

Le dur calcaire avait bien éclaté.

Mais la fissure par laquelle le vent parvenait dans la galerie ne présentait sur ses bords qu'une échancrure aux arêtes aiguës et coupantes et dans lesquelles il était encore impossible à un corps humain de s'engager.

— Il faut achever! — murmura Christie.

Il chercha le bélier, l'instrument primitif et terrible, grâce auquel il avait obtenu ce premier résultat, et il s'en ressaisit.

Le rocher était entamé : c'était le principal.

En effet, au troisième coup, les angles qui tenaient encore sautèrent.

Le soldat poussa une clameur de triomphe.

— Le passage est ouvert! Ketty, Julien, approchez!

Calme et résolue, et résignée en même temps, la meunière du Moulin-Joli obéit.

Julien s'avança aussi, mais la tête tournée en même temps vers le fond de la galerie.

C'est qu'il avait vu se mouvoir de nouveau quelques-unes des torches frappées soudain d'immobilité lorsque les bruits terribles causés par le travail de sape formidable du géant avaient commencé à s'élever.

Le fils du chevalier d'Avenel avait deviné la stupeur, l'épouvante ressenties par leurs poursuivants.

Mais cette stupeur, cette crainte ne devaient pas toujours durer.

En effet, lorsque Christie de Clinthill s'était interrompu pour reconnaître l'effet obtenu, le batteur d'estrade et ses compagnons plus hardis partis avec lui les premiers dans le souterrain avaient échangé un regard d'intelligence.

Voici que les menaçantes rumeurs qui les avaient tous si profondément impressionnés prenaient fin, et aucun cataclysme ne s'était produit cependant.

Et cette même pensée jaillit en même temps à leur esprit :

— Qui sait si au lieu d'être causées par des manœuvres offensives, ces rumeurs redoutables n'indiquent pas, au contraire, la crainte de la part des Écossais cherchant à se mettre à l'abri de nos coups en obstruant le passage?

« Qui sait même s'ils n'essaient pas de s'ouvrir un chemin, acculés à quelque obstacle?

Dans ce dernier cas, la partie devenait terriblement belle.

Et le plus audacieux, tâchant de percer la profondeur du souterrain de son regard aigu, commença à s'avancer.

Les autres suivaient.

C'est leurs torches que Julien voyait se mouvoir, tandis qu'il se rapprochait de Christie de Clinthill.

— La brèche est ouverte, — annonça le guerrier. — Passe, Julien. Ketty te suivra.

L'enfant songea aux ennemis qui se rapprochaient, avec lenteur il est vrai, mais dont la marche était cependant ininterrompue.

— Non, Christie, chacun son tour d'être de garde en arrière.

Le géant s'apprêtait à protester.

Mais il songea que l'obstacle qu'il était parvenu à vaincre n'était peut-être pas le dernier qu'ils rencontreraient.

En ce cas, le passage pouvait devenir trop étroit pour lui permettre de remplacer celui d'entre eux qui cheminerait en tête.

Et puisque la nature lui avait dévolu la force, il devait en effet s'introduire le premier dans le boyau qu'il venait de rendre praticable pour compléter son œuvre si c'était nécessaire.

— Soit, — dit-il. — Je passerai le premier, car il y aura peut-être encore d'autres obstacles à écarter, à briser...

Il chercha sur le sol, parmi les débris tombés à ses pieds, un éclat de rocher assez fort et pourtant assez maniable pour le traîner avec lui dans la nouvelle étape qu'ils allaient entreprendre.

Le bloc dont il s'était servi pour ouvrir cette première brèche était

Stewart Bolton rejoignit ses acolytes.

d'un poids par trop lourd, il était d'un volume trop considérable pour
cela.

Et serrant, contre sa poitrine, le nouvel outil dont il venait de se
munir, le géant introduisit son corps noueux à travers la brèche.

Il touchait presque de partout.

Mais enfin il passait.

Le vent qui arrivait sur lui l'encourageait, semblant murmurer à ses oreilles :

— Constance! confiance! la délivrance est au bout : elle est proche!

— Viens, Ketty, — dit le soldat, — lorsqu'il se fut assuré que l'on pouvait aller plus loin. — Venez, Julien.

L'ancienne habitante du Moulin-Joli s'engagea à son tour dans la voie étroite suivie par son mari.

Elle, non plus, ne passa point trop facilement : la belle meunière ayant conservé une certaine opulence de formes...

Quant à Julien, tourné vers l'autre issue du souterrain, il fixait les lumières qui continuaient à s'agiter.

Pour peu que Christie fût de nouveau arrêté avant d'avoir pu gagner suffisamment de terrain, les adversaires que Julien prévoyait seraient sur eux.

Dans ce cas, le fils de Walter et de Marie de Melrose était prêt à combattre.

— Viens, Julien, — répéta la voix de Christie de Clinthill reprenant son tutoiement affectueux.

L'enfant vit qu'elle provenait déjà de loin.

Le chemin était donc redevenu réellement praticable, et il pouvait obéir à l'appel de Christie.

Il attacha encore son fier regard sur les ennemis lancés à leur poursuite.

— Allons, — murmura-t-il, — ce sera pour une autre fois!

Et il se coula à son tour, aisément, dans le passage ouvert par les coups du géant.

LXXVI

A PLAT VENTRE

OMBIEN l'homme apparaît faible et chétif à côté des grandeurs et de la puissance de la nature!

Cette sensation devient surtout irrésistible, à l'esprit de l'être humain jeté par la destinée dans les entrailles du sol et obligé, comme les termites, de se frayer un chemin tortueux sous sa masse écrasante.

Christie de Clinthill ressentait cette impression tandis qu'il essayait de se couler dans l'étroit boyau auquel aboutissait le souterrain qu'ils avaient suivi jusqu'alors.

C'était pourtant un soldat vaillant.

Mais quelle âme, même la mieux trempée, n'éprouverait un moment de malaise dans une situation aussi horrible que la sienne et que celle des deux créatures qui cheminaient derrière lui.

Savait-il seulement si cette fissure n'allait pas se fermer à peu près complètement?

L'éclat de rocher dont il s'était muni serait-il, en ce cas, suffisant pour lui permettre d'ouvrir une brèche praticable.

Il se souvenait du mal qu'il avait eu pour écailler précédemment les arêtes qui resserraient l'ouverture du tunnel, le rendant impraticable.

Et le bloc qu'il maniait alors était une masse pesante.

De plus, debout à ce moment-là, en pleine possession de tous ses moyens, sauf la vue, il avait pu déployer toutes ses forces et toute son adresse.

Tandis que maintenant, que pourrait-il faire, couché sur le ventre, ses bras et ses épaules touchant de tous côtés les parois rocheuses?

Il poursuivait néanmoins son mouvement en avant.

Des excroissances de la pierre, bosselant la surface du couloir étranglé dans lequel il se mouvait semblaient parfois vouloir lui barrer le passage...

Tout paraissait dire :

— Vous n'irez pas plus loin!

Le géant écrasait alors sa masse, s'amincissant autant que le permettait son énorme ossature.

Il infléchissait son cou, ses reins, et il tentait encore d'avancer.

Ketty et Julien avaient moins de mal.

Le chemin n'était pourtant pas facile pour eux non plus.

Les épreuves traversées par Ketty depuis l'engloutissement du Moulin-Joli dans les eaux de la Tweed avaient préparé son corps de femme aux duretés de sa vie nomade.

Mais Julien, le crâne entamé, ne devait échapper à aucune des souffrances de cet horrible voyage.

Les blessures qui avaient ouvert sa chair semblaient appeler de nouvelles plaies.

On aurait dit que le rocher, avide, altéré de sang jeune et délicat, voulait marquer chacune de ses aspérités avec celui de l'enfant.

Par moments, trop accablé, Julien se demandait s'il n'allait pas demeurer là.

Ses compagnons poursuivraient leur route tout seuls.

Quant à lui, il attendrait couché à cet endroit comme dans une fosse, et il subirait sa destinée.

Il était trop las pour essayer de la vaincre.

Si Stewart Bolton et les bandits qui suivaient l'ancien intendant de sa famille arrivaient jusqu'à ce point de la galerie, ils l'immoleraient, voilà tout.

Et déjà épuisé, l'âme et le corps à bout, il pensait :

— Je le sens, je ne souffrirai guère pour mourir.

A plusieurs reprises, il s'était arrêté.

Mais chaque fois ce n'avait été qu'une courte halte.

La pensée que Christie et que Ketty refuseraient de l'abandonner lui redonnait la force nécessaire pour se traîner un peu plus loin.

— Ma mère!... ma mère!... — invoquait-il parfois dans un appel silencieux.

Perdu au fond de ces antres obscurs, c'est vers la mère qui le croyait mort depuis longtemps qu'il tendait son âme éplorée.

Quel poète a dit qu'auprès de la mère est toujours un bon ange qui, se détachant d'elle, vole vers l'enfant qui l'implore?...

Le vent qui soufflait plus large à travers l'étroite fissure avertissait les voyageurs que leur sort allait peut-être devenir moins pénible.

— Courage, enfants, — annonça Christie, — je crois que nous aurons bientôt franchi cet affreux passage.

La voûte s'exhaussait en effet.

Mais elle n'était pas encore assez élevée pour leur permettre de se tenir debout.

Christie de Clinthill s'arrêta.

— Un moment de repos, — dit-il. — Je ne sais pas comment tu te trouves, mon pauvre Julien, atteint comme tu l'as été, ni toi, ma vaillante petite Ketty. Mais je suis harassé.

Le fils de Walter d'Avenel n'avait pas répondu.

Il reprenait son souffle sur le point d'être tari.

Le soldat l'interrogea avec inquiétude.

L'adolescent sentait bien qu'il était inutile de jeter le désespoir dans l'âme du géant.

— Je fais comme toi, mon bon Christie, — répondit-il d'une voix mal assurée, — je respire un peu.

L'ancien écuyer du chevalier d'Avenel fut rassuré par ces paroles de l'enfant.

Elles indiquaient une indépendance d'esprit qui lui paraissait de bon augure.

— Il n'y a pas trop à nous tracasser à cause du retard occasionné par cet instant de repos. Les estafiers que ce sacripant de Bolton traîne avec lui n'iront pas plus vite que nous dans l'affreux boyau dont nous venons de sortir.

« Pour ma part, j'ai bien cru un moment que j'allais y laisser mes os, encagé comme dans un moule trop étroit. Et je me demande même si nos paroissiens vont oser s'y engager.

Un rire invisible souleva ses lèvres dans la nuit qui ne permit pas de voir l'expression de contentement féroce mais bien naturel qui passa sur ses traits.

— Si je savais que ce triste bandit de Stewart Bolton s'y aventurât le premier, je vous assure que je ne ferais pas un pas de plus. Je l'attendrais ici. Et quand je l'apercevrais, éclairé par les torches que les coquins ont la chance de posséder encore embrasées, je le saisirais par le cou, et je lui déboîterai les vertèbres, crac ! Son cadavre boucherait le passage.

Le soldat exhala un soupir.

— Mais il n'y a pas à l'espérer. Il est bien trop lâche pour s'y montrer le premier.

Il était reposé ; il se remit en mouvement.

Mais un jurement sourd ne tarda pas à annoncer qu'il venait d'éprouver quelque déception violente.

Il s'était dressé sur les genoux afin d'aller plus vite.

Mais un renflement de cette masse volcanique solidifiée au temps des grands bouleversements du monde venait de s'interposer brutalement entre lui et le but.

Le géant s'aplatit de nouveau et essaya de passer au-dessous de l'obstacle.

Impossible!

Ce qu'il éprouva fut indicible après l'espérance qu'il manifestait quelques instants auparavant de voir leur tâche facilitée.

— Allons! — fit-il d'un ton sombre, — à l'ouvrage.

Il saisit la pierre dont il s'était muni en guise d'outil.

Mais il n'avait pas confiance.

Couché sur le ventre, la serrant fortement entre les deux mains, il attaqua encore le rocher.

A chaque coup, la pierre dont il se servait s'effritait, augmentant ses angoisses.

Brusquement, contre son attente, un cube énorme de gravats s'abattit devant lui, manquant de l'atteindre.

Ses coups de sape avaient déterminé l'ouverture d'une faille à un endroit où le calcaire était plus mince.

Et une ouverture plus grande qu'il n'aurait osé le prévoir existait maintenant.

Il écarta les déblais qui venaient de se faire, et s'y enfonça, respirant avec un véritable soulagement.

Le terrain offrait à présent une facilité remarquable : il semblait que le destin voulait cesser de les persécuter.

Christie s'arrêta, prêtant l'oreille afin de se rendre compte si possible de ce que devenaient leurs ennemis.

L'acoustique du souterrain était momentanément assourdie par les divers étranglements à travers lesquels les trois Écossais avaient eu tant de peine à se glisser.

Les rumeurs grâce auxquelles ils avaient pu constater jusqu'alors les progrès accomplis par les hommes de Stewart Bolton n'arrivaient plus distinctement jusqu'à eux.

Un espoir inattendu distendit alors la poitrine de l'ancien écuyer, et il murmura :

— S'ils avaient renoncé à une plus longue poursuite?...

LXXVII

L'HEURE APPROCHE...

N croit toujours à ce que l'on désire.

La situation des trois fugitifs était en réalité atroce.

Rien ne pouvait leur permettre de prévoir où ils allaient.

Ils n'avaient pour guide que le vent égaré à travers les interstices de ces passages souterrains.

Savaient-ils si l'issue à travers laquelle il filtrait n'allait pas se rétrécir de nouveau ?

Après les difficultés qu'ils avaient eu tant de peine à surmonter, toutes les appréhensions leur étaient permises.

C'est pourquoi Julien et Ketty avaient répondu du fond de leur âme aux paroles de Christie de Clinthill, appliquées à Bolton et à ses Anglais : « S'ils avaient renoncé à une plus longue poursuite!... »

Hélas! il est en effet un moment où l'homme si énergique, si vaillant qu'il soit, épuisé, à bout de résistance morale ou de force matérielle, demande une trêve.

Espérance, prière inutiles!...

Stewart Bolton, les quelques hommes plus hardis qui le précédaient, la masse de ceux qui le suivaient avaient repris leur marche, certains qu'il n'existait aucune issue latérale visible.

Averti par les échos formidables qui l'avaient tant épouvanté d'abord, l'espion politique de Somerset avait ordonné à ses hommes de frapper les parois du souterrain à intervalles très rapprochés, afin de découvrir le couloir secret par lequel les voyageurs s'étaient dérobés, — si ce passage existait.

Il croyait d'autant plus à l'existence de ce passage secret qu'il avait beau écouter, il n'entendait plus le bruit de marche qui, se propageant à travers l'épaisseur de la montagne, était précédemment parvenu jusqu'à lui.

Ces recherches avaient été interrompues par la nouvelle lutte du géant contre le rocher.

Mais celle-ci ayant été de peu de durée, la chasse à l'homme avait repris aussitôt après.

Soudain la clarté des torches, portées par ses hommes d'avant-garde, se refléta sur les gemmes cristallines d'un mur naturel qui paraissait obstruer, interrompre brusquement le souterrain.

Ils pressèrent le pas afin d'atteindre l'obstacle lui-même.

Leurs chaussures criant sur des éclats de pierre tapissant le sol, puis soudain la découverte de l'étroite anfractuosité dans laquelle les trois Écossais s'étaient engagés, leur révélèrent ce qui ne paraissait que trop être la vérité.

Stewart Bolton rejoignit ses acolytes, tandis que les éclaireurs examinaient la brèche ouverte par Christie de Clinthill.

— Ah ! — fit le cruel personnage, — pourquoi ne nous sommes-nous pas hâtés davantage, nous les tenions acculés ici.

Il s'expliquait maintenant le bruit qu'il avait comparé à celui du tonnerre et qui l'avait empli d'une si grande terreur.

Il avait été causé par les coups répétés des fugitifs contre le roc, afin de s'ouvrir un chemin.

Il en était probablement de même de ce qu'il venait d'entendre encore récemment.

Le passage dans lequel ceux dont il voulait la perte s'étaient lancés était donc bien difficile.

Au fond de lui, l'ancien intendant du manoir d'Avenel ressentait une admiration jalouse pour ces infortunés qui, sans lumière et peut-être sans outil, étaient arrivés à un tel résultat.

Mais ils ne pouvaient être bien loin, étant donné le peu de temps écoulé depuis que les dernières rumeurs avaient cessé.

Un des Anglais avait enfoncé son bras dans le boyau tortueux, essayant de l'éclairer avec sa torche.

Il n'avait distingué que les irrégularités, les saillies rugueuses du rocher qui avaient été si douloureuses pour les voyageurs, surtout pour Julien blessé à la tête.

Les moins braves d'entre les partisans, ceux qui malgré tout se trouvaient mal à l'aise sous ces voûtes profondes, étant habitués à combattre sous le ciel, se pressaient maintenant pour arriver auprès de l'ouverture pratiquée par les fugitifs.

Un d'eux, placé tout à fait à l'arrière-garde, eut une exclamation joyeuse.

Il venait de distinguer des éclaboussures de sang.

Ses camarades, plus pressés, avaient passé sans s'en apercevoir.

Il y introduit sa tête et la première partie de son corps.

On chercha alors ; les rouges stigmates se reproduisaient de loin en loin pour aboutir presque à l'entrée du boyau.

— Il y a un blessé, — fit le sergent. — Dans une troupe, un blessé c'est un traînard. Allons, la curée s'approche.

C'était aussi l'avis de Stewart Bolton en qui tout frémissait d'impatience, près de toucher à cette curée qu'on lui annonçait comme imminente.

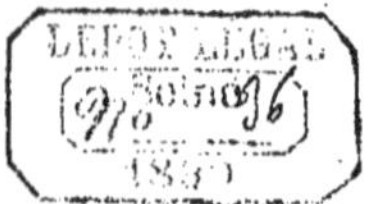

Mais, pour cela, il fallait se hasarder dans ce passage où l'on ne pouvait pénétrer qu'en rampant.

Il aurait voulu être le premier à planter ses griffes sur le malheureux qu'il devinait à peu de distance.

Cependant, s'engager le premier dans ce conduit, c'était tenter la mort.

— Vous savez ce que j'ai promis, — fit-il d'une voix rauque en promenant son œil torve sur ses bandits.

Ceux-ci hésitaient aussi.

Ils se rendaient compte que c'était se sacrifier presque sûrement que prendre la tête.

— Vous renoncez donc? — fit l'espion les dents contractées.

Les partisans se concertèrent du regard.

Lequel d'entre eux hasarderait la partie?

— Je me risque, — dit enfin à voix basse celui des éclaireurs de la troupe qui s'était fait remarquer jusqu'alors par son acharnement.

Il semblait craindre d'être entendu de l'autre côté de l'étroit passage.

Il ajouta :

— Seulement, je ne veux pas de flambeau; pas plus que celui qui viendra derrière moi n'en doit avoir. Un flambeau, c'est bon pour me désigner à ces espèces de diables indomptés que nous avons devant nous.

Il éteignit, contre le rocher, la branche de sapin qui lui servait de torche.

Et s'accrochant aux aspérités du couloir, il y introduisit sa tête et la première partie de son corps.

Il eut alors un moment d'arrêt, d'hésitation peut-être.

Puis il se remit à se mouvoir.

Ses compagnons s'étaient tus, instinctivement.

L'autre, ayant fait halte de nouveau, retira de sa ceinture un pistolet qui y était passé et l'arma.

On entendit le claquement sec du ressort.

Ce bruit était impressionnant à ces profondeurs.

Il recommença à se traîner : on percevait le frottement de ses vêtements contre les parois.

Nul ne faisait mine de le suivre.

Le sergent eut honte pour sa troupe.

Il jeta sa torche loin de lui avec colère.

— A moi le tour! — dit-il.

Et nommant quelques-uns de ses hommes :

— Wilfrid, tu passeras après moi, Jack ensuite, puis Scheker Wil-

liam, John le blond..., et les autres. C'est l'ordre! Vous garderez vos
torches, vous autres.

Et comprenant qu'il fallait donner l'exemple, il se hissa à l'ouverture
et disparut, lui aussi, dans la cavité.

Il n'avait pas parlé de Stewart Bolton : ce dernier payait. Sa place
était où il voudrait. Cela le regardait seul, sa couardise ayant été jugée
du premier moment.

L'agent secret regarda, sans dire un mot, le chef de sa troupe et les
irréguliers qu'il avait désignés se glisser successivement dans le passage.

A vrai dire, il n'était guère à ce qui se passait autour de lui.

Il écoutait, tâchant de saisir ce qui allait avoir lieu ailleurs.

Le batteur d'estrade devait être déjà loin ; l'ancien intendant s'attendait à tout instant à entendre éclater la détonation de son pistolet.

Et il tenait âprement à se rendre compte si aucune plainte ne répondait au bruit de la poudre.

Il l'attendait anxieux, espérant que les bandits rejoindraient les Écossais, et qu'ils engageraient la lutte avant que lui-même fût forcé de
suivre ses houspailleurs dans cette voie inquiétante.

Il pensait à la lutte. En vérité l'occasion était tentante pour les fugitifs
eux-mêmes.

Ils étaient en effet arrivés à un endroit où ils pouvaient se tenir
debout : un large espace séparait les parois, et le souterrain se prolongeait... on ne savait où.

Tandis que Christie de Clinthill reprenait des forces, la pensée lui
était venue de profiter de la situation exceptionnelle dans laquelle ils se
trouvaient pour passer de la retraite à l'offensive.

Il calculait les chances de sa résolution au point de vue de l'intérêt
général, lorsque Julien prit la parole.

L'adolescent avait soigneusement caché jusqu'alors l'affaiblissement
grandissant qui l'accablait.

Mais, profondément prostré malgré le repos qu'il était en train de
prendre, il désespérait de pouvoir continuer plus longtemps cette traite
affreuse.

Il préférait en finir de suite en soldat.

— Christie, — dit-il, — le ciel a eu pitié de nous en nous contrai-
gnant à mettre cette issue entre nous et nos ennemis. Ils seront obligés
de la franchir à leur tour pour nous atteindre.

« Mais un homme peut seul s'y engager en même temps : de plus, les
torches dont ces bandits sont munis les désigneront à nos coups.

« Christie, est-ce que cela ne te dit rien ?

Les poumons dilatés du soldat résonnèrent bruyamment.

— Si cela ne me dit rien, demandes-tu, Julien? Ah ! tu viens au-devant de mon désir.

Et se penchant vers l'endroit où la voix d'adolescent lui avait indiqué qu'il se trouvait, il poursuivit :

— Il y a des moments où la fuite, la retraite quand même ne valent plus rien pour l'homme d'action. Je crois que ce moment-là est venu pour nous.

« Ces écorcheurs de grand chemin persistent à nous traquer ; ils devraient savoir que le gibier forcé dans son gîte fait tête au feu. Tu as raison, Julien, nul endroit ne peut valoir mieux pour nous que ce coin de souterrain. Nos agresseurs sont une trentaine, peut-être, et nous ne sommes que deux. Mais, à la sortie de ce tunnel étranglé, deux hommes résolus braveraient une armée.

L'accent doux et pénétrant de Ketty se fit entendre alors.

— Christie, songes-tu que le fils de notre seigneur est déjà blessé?... Oublies-tu qu'il suffit d'une balle traîtresse pour avoir raison du plus intrépide?...

Le soldat mordit sa moustache.

Ce fut l'enfant qui rétorqua les arguments de la jolie meunière du Moulin-Joli.

— Notre situation ne peut devenir pire que celle que nous subissons à cette heure, — dit-il. — Des ténèbres à donner le frisson nous enveloppent.

« Nous ne savons où nous allons. Peut-être serons-nous irrévocablement arrêtés dix pas plus loin, et obligés de rétrograder ou d'attendre, immobilisés, le trépas... le massacre auquel nous sommes vraisemblablement voués.

« Ici, au contraire, nous pouvons lutter : l'avantage de la position compense l'infériorité du nombre.

« La nature semble avoir providentiellement placé, entre nous et nos adversaires, les âpres difficultés que nous sommes parvenus à surmonter, mais non sans peine.

Et s'animant :

— Le mal léger, d'ailleurs, que j'éprouve vient de l'obscurité qui nous environne ; ceux que je propose d'attendre sont munis de branches résineuses enflammées. Nous leur arracherons ce feu, symbole de la vie. Et s'il faut, malgré tout, continuer à reculer, les torches dont nous serons munis dirigeront nos pas.

Ketty se tut.

L'enfant s'était exprimé avec une force, une sorte d'éloquence qui doublait la portée de ses paroles. Cependant elle aurait voulu détourner Christie et l'enfant de ce projet.

— Julien, vous parlez comme devait le faire en vérité le fils du chevalier d'Avenel, — prononça alors l'ancien écuyer. — Julien, l'âme des vieux chefs de clan d'autrefois revit en vous, l'âme des braves dont la devise était *quand même!*

— Ce sera la mienne aussi. Christie, je ne bougerai pas d'ici avant d'avoir essayé de nouveau la force de mon bras. Nous repartirons ensuite, s'il le faut, mais non sans que le fer ait parlé.

La jeune femme ne répondit plus que par un soupir.

Elle était en effet d'un pays où les épouses, les mères et les sœurs étaient accoutumées à se taire lorsque les hommes avaient sonné la corne de bataille...

Christie de Clinthill la chercha en tâtonnant; et ayant mis la main sur son épaule, il l'écarta doucement afin qu'elle se mît un peu à l'abri.

Ketty obéit à regret.

Elle pensait :

— Que n'ai-je, moi aussi, un objet, une arme quelconque avec lequel je puisse les seconder dans l'action!

Le soldat se rapprocha de l'orifice d'où ils étaient sortis.

Et il demeura aux aguets.

Tout à coup sa main se crispa sur le rocher contre lequel elle était appuyée.

Il se tourna vers Julien adossé à côté, contre la paroi du souterrain.

— Les voici, — souffla-t-il.

— Ce n'est pas trop tôt, — murmura l'enfant.

LXXVIII

LA DERNIÈRE CARTE

CE n'est pas trop tôt! — avait soufflé Julien d'Avenel en entendant Christie lui annoncer l'approche des houspailleurs.

Il lui tardait, en effet, de voir arriver ceux qu'il avait résolu de combattre en sentant ses forces l'abandonner.

L'ancien écuyer du chevalier d'Avenel attribua ses paroles à son impatience d'en découdre, car il aurait tout préféré au sort qui attendait vraisemblablement le jeune homme, s'il avait connu son véritable état.

Et il se reprit à écouter.

Des chuchotements parvenaient jusqu'à lui, indistincts.

Soudain, une clarté faible, tamisée par les sinuosités du tunnel, vint mourir jusqu'auprès d'eux.

Le soldat eut un halètement léonin.

Mais cette éclaircie dura peu.

Elle avait été causée par le houspailleur qui, plongeant sa torche dans l'étroit boyau, essayait de l'éclairer.

De rapides et flottantes lueurs blanchirent encore les saillies du tortueux souterrain, puis elles cessèrent tout à fait d'être visibles.

Les houspailleurs et leur misérable chef renonçaient-ils à pousser plus loin?

Une attention doublée d'un regret profond continua à tenir Christie immobile.

Stewart Bolton, reconnaissant les dangers que présentait le passage franchi par les trois voyageurs, n'allait-il pas se contenter d'en faire garder l'entrée?

— Essayer de nous prendre par la faim serait digne de lui, — pensa le géant avec une véritable angoisse.

Tenter de nouveau le passage du tunnel pour revenir sur leurs pas et se heurter ainsi aux houspailleurs de garde de l'autre côté serait en effet vouloir tenter aussi le sort.

Mais Christie tressaillit presque aussitôt.

Il lui semblait avoir entendu un bruit sourd venir du boyau souterrain.

On aurait dit celui d'un corps rampant sur le sol, les vêtements frottant aux irrégularités du rocher.

Puis, un claquement sec résonna, caractéristique.

Christie, Julien et Ketty eurent la même pensée :

— C'est la batterie d'un pistolet que l'on vient d'armer.

La jeune femme sentit un frisson traverser la racine de ses cheveux.

Le fils de Walter d'Avenel, oubliant soudain la faiblesse qu'il éprouvait encore une minute avant, se rapprocha vivement de l'ouverture du passage où Christie de Clinthill se tenait, comprimant sa respiration.

On entendait la même rumeur significative venir du boyau dont ils connaissaient l'exiguïté, indiquant que quelqu'un s'y avançait.

Mais, contrairement à leur attente, aucune lumière ne brillait.

Le soupçon de la vérité traversa alors l'esprit du soldat.

— Les coquins, prévoyant que nous pourrions les attendre, auraient-ils caché leurs torches afin de nous prendre par traîtrise?

En ce cas, ils avaient compté sans le bruit de leur marche qui, si faible qu'il fût, devait cependant dénoncer leur approche.

Ce bruit, cette rumeur plutôt se faisait de plus en plus distincte.

Elle semblait même accrue, comme si de nouveaux agresseurs s'étaient joints à l'audacieux qui affrontait le premier ce passage.

Christie de Clinthill se baissa, s'agenouilla à côté de l'issue du tunnel et tira sa dague.

Mais il la remit presque aussitôt dans le fourreau.

Julien le touchait presque, et, dans l'obscurité, on a vite fait de se blesser les uns les autres.

Il venait de se souvenir que ses mains, ses doigts avaient été plus d'une fois des tenailles autrement redoutables qu'un poignard.

La tête penchée à l'ouverture du tunnel, il attendit, les bras en avant.

Il vit alors une lueur venir frapper encore une des saillies intérieures du rocher, mais pour disparaître bientôt, puis se montrer de nouveau en des apparitions intermittentes sans éclairer cependant le souterrain, en même temps que les rumeurs s'élevaient plus nettes.

C'est que le sergent s'était décidé à donner l'exemple, afin d'entraîner ses hommes hésitants, et ceux-ci suivaient, munis à présent de branches flambantes.

A l'orifice, Christie de Clinthill, toujours agenouillé, continuait à attendre.

Julien d'Avenel, debout à un pas, tenait son épée nue par la poignée et par la lame, comprenant que dans ces ténèbres il ne pourrait pas s'en servir peut-être, lui non plus, sans risquer de frapper son ami, son éducateur d'autrefois, son défenseur.

Le houspailleur à qui la soif du lucre avait communiqué l'intrépidité de passer le premier suspendait de loin en loin son mouvement pour se rendre compte de ce qui pouvait se passer devant lui.

Il se traînait sur un de ses coudes, sa main droite tenant son pistolet, prêt à faire feu.

Christie entendit le frottement de son corps à deux mètres à peine.

Soit illusion, soit développement soudain et anormal de ses facultés visuelles, il crut distinguer une masse noire se mouvant devant lui.

Il envoya ses deux mains.

Elles rencontrèrent un corps, une tête crépue, et alors, terribles comme des tentacules de vampire, elles s'agriffèrent.

Et pas un mot, pas un cri.

Il y eut une sorte de rauquement d'épouvante, de contraction, de rétraction du corps de l'individu qu'elles venaient de saisir, ce dernier, devant cette attaque sourde, dans cette nuit, dans ce silence, ayant eu la sensation non de l'étreinte d'un homme mais de quelque bête formidable, monstrueuse.

Les poignets de Christie se meurtrirent au rocher. Mais la griffe épaisse avait mordu.

L'Anglais s'arc-bouta, sentant une pression d'étau écraser son ossature.

Il se débattit, essayant de s'arracher... et fut tiré en avant.

La sueur de l'épouvante s'était collée à sa peau.

Il se rappela qu'il avait un pistolet chargé, étendit le bras et fit feu.

Une détonation sous ces voûtes profondes, déchiquetées... on aurait dit les cent voix de la mort hurlant à tous les échos.

Stewart Bolton, qui attendait, qui guettait, épiait à l'autre orifice du tunnel, eut un soubresaut d'angoisse, d'émoi, dominé soudain par une joie féroce, irradiante.

Un cri humain, aigu, irrésistible, se mêla au grondement brutal de la foudre.

Les limiers qu'il avait lancés avaient commencé à mordre : de là, le contentement violent dominant la secousse qu'il avait éprouvée à cette détonation qui avait semblé ébranler la voûte.

Et il se pencha avidement à l'ouverture du tunnel, en criant d'un accent forcené :

— Tue! tue!

— Un de plus! gronda le géant.

Il n'avait pas besoin de lancer ces excitations.

Les adversaires étaient aux prises comme les dogues qui, dans l'arène, se tiennent à la gorge par leurs crocs aigus.

Christie de Clinthill tirait à lui le premier houspailleur engagé dans le tunnel, commençant à l'étrangler sous la pression noueuse de ses phalanges ; l'autre, sentant déjà le souffle lui manquer, s'était servi de son pistolet.

Mais nulle arme ne pouvait être aussi incertaine qu'une arme à feu, dans un pareil endroit.

L'Anglais, incapable de distinguer son ennemi, avait tiré droit devant lui, espérant le toucher en plein corps.

Une des aspérités de la pierre rencontrant son poing, avait fait obliquer le canon du pistolet.

La balle était partie en éraflant un stalactite, puis avait coupé l'air de son sifflet aigu et rapide.

Et un cri, que Stewart Bolton n'avait pu ouïr qu'imprécis et bref, un cri de femme s'était fait entendre.

— Ketty, tu es touchée! — gronda l'accent désespéré de Christie. — Ah! le damné chien qui a fait cela!...

Et ses poignets secouant le bandit comme un fétu lui aplatirent la tête contre la muraille.

Le sergent avait deviné tout de suite la lutte engagée entre son éclaireur et l'ancien écuyer.

Il tordit son cou en arrière, vers les houspailleurs qui le suivaient.

— Hardi, vous autres! A la rescousse! Et de la lumière!

Et se soulevant sur ses coudes, sur ses poings, il se lança en avant, afin de sortir au plus tôt de cet affreux boyau où ils risquaient d'être assommés les uns après les autres.

— Des torches! — clama-t-il encore au moment où il débouchait à l'orifice.

Emporté par l'élan qu'il avait pris, il heurta un corps humain, étendit les mains au hasard, en rencontra un second, tous deux enlacés, noués.

Aux peaux de bêtes qui couvraient Christie de Clinthill, il reconnut un ennemi.

Dans une inspiration rapide, n'ayant pas, comme l'écuyer, son énorme force musculaire, il jugea que le poignard était l'arme de ces corps à corps dans les ténèbres.

C'est à elle qu'il eut recours...

C'était quelque chose d'horrible, d'effrayant à concevoir que ces mains, ces bras d'hommes se cherchant au milieu de cette nuit de sépulcre afin de donner la mort.

Julien s'était avancé en devinant Christie de Clinthill engagé, afin de lui prêter main-forte.

A l'éclair fulgurant de la poudre, il avait vu le géant à peu près maître de son ennemi et avait entrevu derrière lui une ombre menaçante.

Et il s'était dit que le dernier venu allait être pour lui.

Le sergent, ses doigts attachés autour du manche de son large stylet, cherchait, sous la fourrure qui recouvrait l'ancien écuyer, une place mortelle pour y planter sa lame.

— Un de plus! — gronda le géant.

— Non, un de moins! — coupa la voix brève de Julien.

Sa main gauche, cherchant dans l'incertain de la nuit, venait de rencontrer enfin la poitrine du sergent sur le parement duquel elle se crispa.

— Ah! c'est toi, le louveteau! — siffla le soudard...

A l'intonation juvénile, il avait discerné qu'il avait affaire à l'adolescent envers qui Stewart Bolton paraissait nourrir une haine particulière.

Le jeune homme venait de l'empêcher de porter un coup qu'il sentait sûr; eh bien, c'est lui qui le recevrait.

Le fils du chevalier d'Avenel tenait encore son épée par la lame, le souterrain et l'obscurité ne lui permettant pas de la manier différemment.

Le sergent la sentit s'appuyer sur son sein.

D'une secousse de sanglier, il se rejeta en arrière, se dégagea, s'arrachant à l'étreinte trop faible de l'enfant.

Au même instant, un choc sourd, effrayant de tête écrasée, résonna à un pas à peine.

Le chef des houspailleurs, si habitué qu'il fût à braver le trépas, sentit ses cheveux se hérisser.

— A moi tous! — hurla-t-il d'un accent étranglé. — Des torches, vite! vite!

Il avait l'épouvante de cette nuit et de ce qui s'y passait.

Des matières grasses, chaudes et gluantes venaient de jaillir sur lui.

C'était la cervelle du partisan dont le guerrier venait de fracasser le crâne contre les rochers.

— Ah! c'est toi qui fais feu sur les femmes, — rugissait en même temps Christie.

Et faisant vibrer l'écho:

— Ma pauvre Ketty!... Julien!

— Vole à son aide, Christie, elle sera doublement vengée, va! — répondit l'enfant.

Une sorte de soufflement affolé était sorti de la gorge du sergent en sentant la cervelle de son compagnon rejaillir sur lui.

Le son rauque de son haleine avait guidé Julien.

Et se lançant à corps perdu, au risque de briser son épée contre le roc s'il manquait son but, il la lui enfonçait à ce moment au défaut de l'épaule...

— A moi! — râla encore le sergent en s'affalant contre la paroi du souterrain.

Au cri de Julien, l'ancien écuyer s'était précipité du côté de son amie... de celle à qui il était uni, l'appelant en des termes affolés.

Ketty avait été atteinte sous le sein, ce sein qui plus tard allaiterait l'enfant qui naîtrait de leur hymen... si le sort cruel ne tranchait pas auparavant le fil de ses jours.

Elle était tombée, vagissante, au bas de la paroi rugueuse du souterrain.

A l'accent de son mari, elle releva la tête.

Et alors, du sol où elle était couchée, elle vit une grappe humaine, telle qu'un long serpent tortueux se mouvoir rapidement sous le tunnel, éclairée par les torches que portaient quelques-uns des houspailleurs.

— Christie, retourne-toi : les ennemis ! — souffla-t-elle, mettant toutes ses forces dans cet avertissement.

Un des partisans anglais était déjà debout hors du tunnel, dans le souterrain même, ayant pu échapper à Julien.

— Eh bien, soit, que l'on se voit au moins pour mourir ! — jeta Christie de Clinthill avec un éclat terrible.

Et il mit sa dague à l'air afin d'aller ravir un flambeau aux bandits, et se faire massacrer ensuite.

Un jet de clarté, éblouissant pour leurs yeux, remplaça soudain les ténèbres, les houspailleurs égrenés dans le tunnel ayant passé une torche de main en main jusqu'au premier.

Julien secoua sa tête juvénile comme pour chasser l'excès de lumière qui l'aveuglait.

Et devançant Christie, dans un élan soudain, imprévu, irrésistible, il bondit, arracha la branche résineuse à l'homme qui la tenait.

— Enfin ! — clama-t-il en brandissant son épée, heureux lui aussi de ne pas succomber dans la nuit.

Son initiative hardie, inattendue, avait décontenancé les houspailleurs.

Celui qui avait réussi à sortir du tunnel, en voyant la tête du premier de ses compagnons d'armes écrasée, ouverte, béante d'une façon si effrayante, s'était rejeté en arrière.

Dans le boyau souterrain, ses camarades avaient cessé d'avancer.

Le sergent, réduit à l'impuissance par l'énergique coup de pointe de Julien, blême et affalé contre le mur, constata l'hésitation de ses hommes.

La fureur de voir que l'on tardait tant à le venger ranima ses forces.

— Au louveteau ! — grinça-t-il d'une voix entrecoupée. — A mort le louveteau !

Ses soudards semblaient ne pas l'entendre.

D'un bras défaillant, il prit alors son pistolet et fit feu.

Un autre coup de tonnerre ébranla les entrailles de la montagne.

La balle claqua sur un angle du rocher...

Et un rugissement de colère sortit de la poitrine de Christie de Clinthill qui chancela... comme chancellent les statues des géants de bronze, sur leur socle croulant.

A cette plainte indistincte de fauve blessé, le fils de Walter d'Avenel avait détourné la tête.

Et une exclamation douloureuse, déchirante, jaillit en même temps de sa bouche et de celle de Ketty.

— Christie!

La jeune femme, oubliant sa propre situation, relevée sur un genou, tendait les bras vers l'époux que la balle venait d'atteindre dans son ricochet.

Une stupeur désespérée venait de saisir tout à coup Julien.

Moins d'une minute auparavant, il ne pensait qu'à mourir courageusement.

Et, à présent, une pitié immense l'emplissait.

Christie, Ketty... blessés tous deux.

Une détente, une transformation brusque se fit dans son être.

Son regard, instinctivement, se plongea dans la profondeur du souterrain qui se continuait régulier et accessible maintenant; il considéra la torche qu'il tenait longue encore et chargée de résine.

— Ketty... Christie... — dit-il dans l'idiome des highlanders que ces Anglais ne connaissaient point, — pourriez-vous essayer de vous traîner plus loin. Ce serait peut-être le salut. Et je vous défendrai tant que je pourrai.

Il songeait à la lenteur forcée des mouvements des houspailleurs dans le boyau où ils étaient enserrés.

Sans dire un mot, Christie de Clinthill tenta de marcher, se dirigeant vers Ketty.

Il ressemblait ainsi à quelque Titan des premiers âges de la terre, frappé par la foudre.

Julien crut prévoir son projet.

Celui des partisans qui avait réussi à sortir du tunnel les observait d'un regard louche, prêt à agir.

Le digne descendant de la vaillante race d'Avenel comprit que leur premier pas de retraite rendrait toute son audace à cet homme.

Aidé de ses compagnons près de le rejoindre, il se ruerait bientôt après eux, et le désastre ne serait que plus rapide, plus inévitable.

— A toi l'Anglais! — lança-t-il d'un accent à qui sa volonté de vaincre communiqua un éclat vibrant.

L'autre ne prévoyait pas cette attaque subite.

Il avait, comme arme principale, son coutelas de coupe-jarrets, instrument redoutable entre les mains de ces sortes de gens.

Il se courba pour éviter l'épée du jeune homme, passer sous la lame et lui planter la sienne en plein flanc.

Il y avait une sorte d'escrime pour ces coups-là, immanquables la plupart du temps.

Comme il s'élançait, son talon glissa sur de la cervelle extravasée.

Il dut se reprendre, manqua la botte qu'il préparait.

— Mauvais estafier! — cingla Julien.

Et comme le bandit revenait à la charge, l'épée du jeune homme, brusquement tendue, suffit pour l'arrêter.

Le houspailleur arriva en plein sur sa pointe, s'enferra.

Ses yeux se détendirent, l'orbite saillant tout d'un coup : sa bouche s'ouvrit...

Et son élan brusquement coupé, il pesa de tout son poids sur la rapière de Julien et glissa à terre en un lourd paquet, devant le tunnel, obstruant l'entrée.

LXXIX

JUSQU'A LA MORT

’ŒIL perdu, Christie de Clinthill avait vu le duel et son dénouement.

Le boyau souterrain était fermé par des cadavres.

Derrière, les stipendiés de Stewart Bolton, frappés de terreur, n'osaient
plus se risquer.

Eh bien, on allait tenter le sort... si Dieu le permettait.

Il arriva jusqu'auprès de Ketty.

Il titubait lourdement.

Le géant se baissa, les bras tendus vers la jeune femme.

Elle voulut le repousser, doucement.

— Non, Christie, — fit-elle. — Si je suis en état de m'échapper, je
marcherai. Sinon, abandonnez-moi à mon sort.

Le soldat ne répondit rien.

Ses mains enveloppèrent le corps de la blessée.

Un peu de rouge monta à sa face rendue pâle par la souffrance et
la faiblesse.

Et il la souleva, appuyé contre le mur, afin de ne pas tomber.

Ses bras auraient broyé un homme auparavant : ils tremblaient maintenant.

Ses talons étaient enfoncés dans le sol, afin de se raidir contre l'épuisement de ses forces.

Ketty, voyant la muette résolution empreinte sur ses traits, avait
lié ses poignets autour de son cou afin de l'aider autant du moins qu'elle
le pouvait.

Christie parvint à l'appuyer contre sa poitrine.

Il s'agissait maintenant de quitter le rocher contre lequel il était
adossé, le rocher qui venait de le soutenir.

Rassemblant toute son énergie, il s'en écarta d'un coup brusque.

Il préférait cela.

Le guerrier sembla presque flotter un moment.

Il crut qu'il allait s'abîmer au pied de l'autre paroi avec son cher et précieux fardeau.

L'amour le fortifia.

Et il ne tomba point.

Il se remit avant que Julien eût eu le temps d'arriver à son secours.

Car le valeureux enfant veillait à la fois sur lui et sur l'issue par laquelle leurs ennemis risquaient de déboucher.

Christie se mit en marche, toujours chargé de son fardeau.

Il irait ainsi jusqu'à la mort.

Julien s'était rapproché.

Il avait cheminé d'abord à reculons, tourné vers le côté où était le danger.

Il entendait en effet remuer dans le tunnel.

Les houspailleurs, poussés par Stewart Bolton, tâchaient de retirer un des cadavres qui obstruaient le passage.

Ils comptaient ensuite repousser ceux qui masquaient l'orifice extérieur, du côté des fugitifs.

— Tas de poules mouillées, prenez donc des quenouilles si vous n'êtes pas en état de tenir seulement une dague, — leur avait dit l'ancien intendant. — Quoi! un homme vous fait peur! Car son compagnon n'est qu'un enfant, et il ne compte pas.

Et comme il sentait que sa lâcheté ne lui donnait guère le droit de leur adresser des reproches, il avait ajouté :

— Du reste, si quelques-uns des nôtres y ont laissé leur peau, ce n'a pas été certainement sans marquer leur nom sur celle de leurs adversaires.

« Renoncez-vous donc à mettre la bête à bas lorsqu'elle râle déjà, et abandonnerez-vous votre part de la curée?

Chaque fois qu'il avait réveillé la cupidité de ses brigands, il avait réussi jusqu'alors...

L'instinct du lucre avait fait ces hommes soldats, les soldats du pillage.

La pensée d'avoir à achever, en effet, des blessés presque hors d'état de se défendre, les avait ébranlés.

Ils pouvaient se risquer.

La certitude de toucher enfin, de toucher presque sûrement le salaire maudit qui les avait entraînés dans cette affreuse aventure, les décida encore une fois.

Ils restaient moins nombreux pour partager la prime promise.

Leur part à chacun serait donc plus grosse : voilà tout!

L'air pur, le ciel enfin!

— Allons-y! — fit l'un deux.

Et il s'introduisit dans l'étroit boyau.

Il allait retirer le corps le plus rapproché d'eux.

Un calcul, digne du bandit qu'il était, avait dicté son initiative.

Le cadavre l'abriterait durant tout le temps de son opération.

Et lorsqu'il aurait rendu le passage à peu près libre, il laisserait le

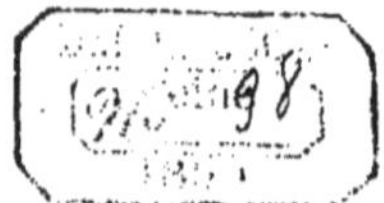

véritable danger à un autre, sous prétexte que la besogne qu'il venait d'accomplir l'avait trop fatigué.

C'est donc lui que Julien avait entendu se mouvoir.

Mais l'exiguïté du boyau était encore plus difficultueuse que le gredin ne se l'était figuré.

Traîner un cadavre au milieu de ces replis, des arêtes rocheuses, était extrêmement pénible.

Le labeur devait durer plus qu'il ne le supposait.

Épuisé, en sueur, l'individu dut s'arrêter à plusieurs reprises.

Durant ce temps, les Écossais avançaient dans le souterrain.

Les bruits inquiétants perçus par Julien dans le tunnel avaient cessé de se faire entendre, effacés par l'éloignement.

C'est alors que l'adolescent s'était rapproché de Christie.

Il l'éclairait avec sollicitude.

Plusieurs fois, il étendit la main en voyant le géant vaciller à quelque inégalité du sol.

Mais le guerrier parvenait à reprendre son aplomb, soutenu par une volonté, une énergie surhumaines.

En le sentant chanceler, Ketty le supliait de la laisser aller, de desserrer son étreinte.

— Je marcherai, — prétendait-elle. — Je me sens mieux.

Le géant ne répondait pas.

C'est que la voix de la jeune femme trahissait son mensonge.

Ils arrivèrent à un point où le sol raboteux du souterrain s'élevait comme si, pareil au cratère d'un volcan éteint, il se dirigeait vers le sommet de la montagne.

En même temps, d'énormes masses pétrifiées descendaient de la voûte très élevée, affreusement et superbement déchiquetée.

Quelques-unes de ces colossales pétrifications arrivaient plus bas que les épaules du géant.

Obligé de se courber, Christie de Clinthill sentit à plusieurs reprises ses genoux qui fléchissaient sous lui.

— Courage, Christie! — soufflait alors la voix de Julien.

L'adolescent avait remis son épée au fourreau.

Et sa jeune main, à laquelle il communiquait toute la force dont il était capable, soutenait à ces instants son ami...

Pourtant, ceux que l'on avait lancés contre eux continuaient à travailler à leur perte.

Le houspailleur engagé dans le tunnel était parvenu à en ressortir avec le cadavre qu'il s'était proposé de ramener.

Cette vue avait impressionné les autres.

— Un de moins pour partager ce qui vous reviendra, — siffla Stewart Bolton pour chasser leur inquiétude.

— Ce que dit le chef est vrai, — fit l'individu qui sortait du boyau souterrain. — Ouf! quel chemin ! Qu'un autre en profite, vite je suivrai dès que j'aurai un peu repris haleine. Les Écossais sont partis, j'ai entendu leurs pas. Mais nous les aurons vite rattrapés cette fois.

Il mentait, n'ayant rien entendu.

Mais il connaissait ses compagnons d'armes.

Braves à l'occasion, c'étaient surtout des bravaches.

Enhardi par cette affirmation, un des houspailleurs s'aventura.

Parvenu à l'autre extrémité du boyau, il écarta les cadavres tombés à l'entrée et se trouva en pleine nuit.

Aucun bruit ne s'élevait auprès de lui.

Il percevait seulement, tout à fait au loin, une rumeur assourdie.

C'était l'écho faiblissant de plus en plus, par suite de la distance, des pas de Christie de Clinthill et de Julien.

Le houspailleur se tourna vers le côté où ses camarades étaient restés.

— Il n'y a plus personne. Mais on les entend au loin. Venez vite tous.

Pour le coup, l'appréhension qui paralysait ces hommes devant ce passage d'enfer se dissipa aussitôt.

Ce fut à qui passerait le premier.

Bolton attendait, prêtant l'oreille.

On n'entendait réellement rien de suspect.

Les Écossais s'étaient donc éloignés véritablement.

L'ancien intendant se demanda s'il allait tenter lui aussi ce dangereux passage.

Il aurait éprouvé encore plus d'angoisse à demeurer seul là où il se trouvait que de suivre les houspailleurs.

D'ailleurs, l'espèce de sergent de ces bandits était resté sur le carreau, mort ou grièvement blessé, — il s'en souciait peu en somme, — et il était obligé de rester avec eux pour les commander.

Secoué malgré lui de frissons, il tenta donc à son tour cette traversée saisissante.

Par moment, aux endroits les plus difficiles, il regretta son acharnement, sa fureur sanguinaire.

S'il s'était arrêté, les bandits, exaspérés de n'aboutir à rien, auraient réclamé néanmoins leur salaire.

Et il était en leur pouvoir.

Il continua donc... Parvenu de l'autre côté, il considéra, avec une sorte de terreur, le tunnel qu'il venait de franchir.

Il se disait que si les Écossais étaient restés là et si les houspailleurs avaient persisté à vouloir forcer le passage, Christie de Clinthill et le fils de Walter d'Avenel aurait pu les exterminer jusqu'au dernier.

Il ignorait dans quel état se trouvait le brave soldat.

Ainsi qu'il l'avait fait une première fois, il colla de nouveau son oreille contre les rochers.

De nouveau, des vibrations assourdies parvinrent à lui.

— Les fugitifs ont fait du chemin, — dit-il. — Mais ils ne trouveront pas partout, je l'espère, de pareils étranglements. Du reste, ils y seraient arrêtés eux-mêmes, et comme maintenant nous savons bien où ils sont, nous les aurions vite rattrapés.

« En route donc !

Il ne songea même pas à regarder si ceux qui restaient sur le sol respiraient encore... A quoi bon, en effet, pour lui ?

Emotionné cependant par la vue de ces corps qui l'avertissaient de ce que pouvait être aussi sa destinée, il réclama une torche, ayant besoin de lumière, de clarté, pour dissiper cette impression.

Et il s'avança.

Une exclamation de joie rauque détendit bientôt ses lèvres.

Il venait d'apercevoir une flaque rouge à un endroit où aucune trace de lutte n'existait.

— On dirait que l'on a saigné un bœuf, — fit-il avec un rire âcre.

Il se souvint des détonations de pistolets entendues, repercutées par l'écho sans qu'on eût pu en distinguer le nombre.

Ce véritable cloaque sanguinolent ne devait pas provenir de Julien.

Il était trop jeune.

Et tout de suite il pensa :

— Christie aurait donc reçu une balle ?

Christie de Clinthill qu'il détestait plus que tous à présent !

Haine justifiée à ses yeux, puisque l'ancien écuyer avait fait avorter son œuvre de mal.

Plus loin, il découvrit encore une autre trace.

C'était à l'endroit où Ketty était tombée.

Il la montra gaiement aux houspailleurs.

— Vous voyez, tout s'annonce bien. Hardi donc !

Ce qu'il venait de voir, ce que les bandits venaient de constater avait transporté ceux-ci. L'heure de la curée approchait.

Et ce fut à qui devancerait les autres.

LXXX

LES ÉTOILES !...

A marche des trois fugitifs était affreusement lente.

A divers moments, Christie de Clinthill avait cessé d'avancer, reprenant haleine, rappelant ses forces.

Mais ç'avait été pour repartir aussitôt.

Il sentait que s'il s'arrêtait réellement il n'aurait pas pu aller plus loin.

Le taureau se serait abattu, terrassé.

Et il se l'était dit, il irait jusqu'à ce qu'il tombât, à bout de souffle.

Il tenait toujours Ketty serrée sur sa poitrine dans une contraction fiévreuse.

La branche qui leur servait de torche éclairait avec moins d'intensité, sa résine commençant à s'épuiser.

Christie buta tout à coup, heurtant contre un obstacle imprévu.

Il eut conscience que s'il venait à tomber, et dans l'état où il se trouvait, il ne pourrait plus se relever.

Et écrasant Ketty contre son sein pour la retenir contre lui, il avança une main vers l'obstacle, afin de se retenir.

Un saisissement le secoua.

L'objet contre lequel il venait de buter, qu'il sentait entre ses doigts, était une racine d'arbre.

— Julien ! — fit-il,   regarde !

Sa voix haletait, par suite de son épuisement...

Mais aussi à cause de son émotion !

Le fils de Walter d'Avenel activa la flamme de la branche de sapin résineux qu'il continuait à tenir.

Il l'approcha de l'objet désigné.

— Oui, — dit-il très émotionné lui aussi, — tu ne te trompes pas, c'est une racine d'arbre.

La vive et si heureuse sensation qu'ils éprouvaient s'expliquait.

Jusqu'à ce moment, ils avaient voyagé à des profondeurs inconnues.

Ils allaient ils ne savaient où...

La rencontre de cette racine leur montrait qu'ils étaient à peu de distance de la surface du sol.

C'est-à-dire qu'ils ne devaient pas être très éloignés de l'autre issue du souterrain qu'ils suivaient.

A cette minute, ils ne voulurent pas songer à la possibilité d'un empêchement, d'une difficulté dernière les arrêtant au moment de toucher le sol extérieur.

Il leur semblait que la liberté était auprès d'eux, qu'ils allaient la toucher.

Le fils du chevalier d'Avenel éleva sa torche aussi haut qu'il le pouvait.

Et sa joie s'accrut.

— Regarde à ton tour, Christie, — fit-il. — D'autres racines ayant rencontré le vide, pendent à côté de la première; regarde, ce n'est plus le rocher qui est là, c'est de la terre!...

Ils étaient donc réellement près de toucher au terme de leurs épreuves.

Ils allaient donc véritablement sortir du chaos dans lequel ils erraient depuis tant de temps.

Le soldat secoua la racine qu'il n'avait pas lâchée.

Des parcelles de terre se détachèrent du sommet.

—Prends garde, — observa Julien d'Avenel, — tu vas faire s'effondrer la voûte.

—Tant mieux! — riposta le géant. — Nous verrions enfin le ciel! Ce serait si bon. Cela me ranimerait, je crois.

Mais il fallait repartir s'ils voulaient atteindre cette issue, cette terre promise.

Christie de Clinthill détacha ses doigts de la racine qui le soutenait.

Il fit un pas en avant.

Mais la halte qu'il venait de faire avait engourdi ses membres.

La machine humaine avait continué à fonctionner jusqu'alors sous l'impulsion acquise.

Mais une fois arrêtée, elle devait rester paralysée.

Un brouillard passa sur les yeux du géant.

Machinalement il chercha un appui.

— Je n'en puis plus, — murmura-t-il.

Julien, angoissé, le soutenait et soutenait Ketty à la fois.

La masse énorme du guerrier l'écrasait.

La jeune femme se dégagea.

Et malgré sa blessure, elle aida l'adolescent à maintenir Christie encore debout.

Un vif chagrin l'emplissait.

Son généreux époux succombait, épuisé par le long effort qu'il avait dû faire pour la transporter jusque-là.

Elle se le reprochait, oubliant qu'il avait refusé qu'il en fût autrement.

Et le soldat avait eu raison, du reste, car, les dents serrées pour concentrer toute sa vigueur, Ketty se sentait déjà défaillir.

Les jarrets de l'écuyer fléchissaient.

— Assieds-toi, mon pauvre Christie, — soupira le fils de Walter.

Le géant s'affala sur le sol.

Julien avait heureusement amorti sa chute.

Ketty, s'appuyant d'une main sur la terre pour ne pas tomber, s'agenouilla devant lui.

Elle pleurait abondamment.

Deux larmes vinrent également aux yeux de l'adolescent.

Quel désespoir!... Voir terrassé, anéanti cet homme incomparable dont le courage et la force égalaient la bonté.

Christie de Clinthill, son bon génie!

Et il ne pouvait rien pour lui.

Il n'avait pas même un cordial pour le ranimer un peu.

Pas même une goutte d'eau, pas une infiltration dans la partie du souterrain où ils se trouvaient, afin de baigner, de rafraîchir ses tempes.

Ketty, toujours agenouillée, tenait son regard éploré attaché sur l'époux que, dans le déchirement affreux de son âme, elle croyait voir près de trépasser.

— C'est son sacrifice qui l'a tué! — exhalait-elle d'une voix chevrotante, hagarde, d'un accent à faire pitié.

Et elle appelait.

— Christie!... Christie!...

Le géant ne pouvait répondre...

L'âme semblait enfuie de son être.

Julien se mordait les poings de douleur et d'impuissance.

Il avait envie d'aller en avant et de voir s'il ne trouverait rien pour secourir l'infortuné, s'il ne découvrirait pas un suintement où il pût tremper son mouchoir.

Et il n'osait pas s'éloigner.

Il n'osait pas se séparer de Christie et de la jeune femme, les laisser seuls au milieu des ténèbres.

Il lui semblait qu'il les aurait abandonnés.

A la fin, il fit quelques pas en avant.

Mais comme, au point où il était parvenu, sa torche presque épuisée n'éclairait plus qu'indistinctement le malheureux ami, écrasé sur le sol, et la femme prosternée devant lui, il crut voir la tête de Christie se tourner de son côté.

Il s'arrêta, revint sur ses pas.

— Christie croirait peut-être que je suis lâche et infâme, — pensait-il.

Un temps impossible à évaluer s'écoula de la sorte.

Il semblait à Julien que la vie entière de chacun s'épuisait là.

Sa torche, dont il avait fait tomber la braise à plusieurs reprises, n'était plus qu'un tronçon qui bientôt brûlerait ses doigts.

Après une longue, une sépulcrale immobilité, Christie avait fait, cependant quelques vagues et faibles mouvements.

Mais ç'avait été pour retomber aussitôt dans une prostration absolue.

Ces mouvements étaient l'indice que la vie n'était pas, heureusement, éteinte chez lui.

Mais c'était tout.

Julien ne pensait plus guère aux ennemis qu'ils avaient laissés derrière eux.

Parfois seulement, il écoutait.

Mais c'était pour retomber aussitôt dans les préoccupations causées par leur situation présente.

Il espérait que les estafiers de Stewart Bolton, devant les difficultés et les périls de leur tâche, avaient renoncé à une plus longue poursuite.

Il dressa soudain la tête.

Il lui semblait que le silence de ces voûtes venait d'être troublé.

Il écouta cette fois anxieusement.

Christie de Clinthill était étendu sur la terre, sa tête appuyée contre le sol dont la main de Ketty le séparait seul.

Ses yeux clos se rouvrirent brusquement.

Et, dilatés, ils se fixèrent, sur la partie du souterrain qu'ils avaient parcourue précédemment.

Son crâne, rapproché de la terre, en avait perçu les vibrations plus distinctement que le bruit n'avait frappé l'ouïe de Julien.

Depuis qu'il était tombé, aucune parole n'était sortie de ses lèvres.

Sa bouche s'ouvrit dans un effort.

— Les ennemis !... — articula-t-il.

Les ennemis ?... Une expression de mâle sacrifice passa sur les traits de Julien.

Son épée était intacte.

Il protégerait, il défendrait son ami et celle qui était son épouse, jusqu'à ce qu'il tombât à son tour.

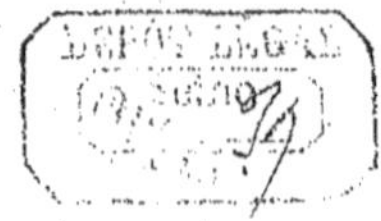

Les premiers indices de l'aube commençaient à éclaircir l'horizon.

LIV. 241. — H. GEFFROY, édit. — Reproduction interdite.

Hélas! l'infortuné!...

Si son âme était valeureuse, bien faible encore devaient être ses bras.

Dame Blanche, sainte et mystérieuse protectrice de la race d'Avenel, allez-vous laisser succomber son dernier rejeton?...

Christie de Clinthill dardait ses yeux étrangement dilatés vers le côté du souterrain d'où une rumeur trop significative venait de s'élever.

C'était Stewart Bolton et ses bandits.

Ils venaient au massacre.

La main nerveuse de Julien se crispait déjà sur la garde de la rapière enlevée sur le corps des estafiers de Bolton.

Le géant terrassé le vit.

Son regard alla de l'adolescent à Ketty, chargé d'une égale tendresse et d'une égale pitié.

Et d'un effort imprévu, qui semblait impossible, il redressa à demi son buste.

— Christie! — firent Julien et Ketty d'une seule voix.

— Les ennemis, — répéta le soldat.

Sa voix était caverneuse.

Mais la flamme de ses prunelles brûlait.

Il s'appuya sur ses mains, parvint à se rétablir sur un genou.

Là, il souffla, rappelant sa vie, ses forces.

Julien se rapprocha, craignant qu'il ne faiblît.

Le géant chercha la paroi du souterrain, y planta ses ongles.

Un « han » étouffé gonfla sa poitrine...

Et il se retrouva debout, adossé au rocher, effrayant.

— Tu voudrais aller plus loin, n'est-ce pas, Christie, — fit le fils de Walter d'Avenel d'une voix très douce. — Je suis jeune, il est vrai, mais je suis résistant. Appuie-toi sur mon épaule, de ce côté. Ketty s'appuiera sur l'autre. Et nous irons aussi loin que Dieu voudra.

Le géant secoua la tête.

L'offre de l'enfant témoignait certes de son bon cœur.

Mais lui n'était pas capable d'en profiter, au moins pour le moment.

Fuir de la sorte, à quoi bon, après tout?

Puis ce double poids ce serait véritablement trop.

Les houspailleurs et Stewart Bolton, ayant trouvé un chemin aisément praticable, avançaient avec plus de rapidité.

L'écho de la marche des fugitifs ayant cessé de se faire entendre, l'espion se disait qu'un événement imprévu avait dû se produire.

Et il avait hâte de savoir à quoi s'en tenir.

Son instinct de carnassier le poussait en avant.

Un rougeoiment lointain annonça leur venue.

— Eux ! eux ! — gronda Christie.

En des soubresauts qui tordaient ses muscles épais, il tentait de reprendre sa position de bataille.

Le souterrain affectait, par intervalles, la forme d'un serpent.

Aussi l'éclaircissement des ténèbres dénonçait-il seul l'approche des Anglais, sans permettre de les apercevoir encore.

Ils surgirent tout à coup, au dernier coude.

En même temps qu'ils devenaient aux-mêmes visibles, les houspailleurs aperçurent les trois Écossais, immobiles.

Un cri de triomphe, qui fit trembler les voûtes, jaillit de leur bouche et de celle de l'agent secret.

Et ils s'élancèrent tous.

La curée !...

Christie de Clinthill eut un soufflement rauque.

Dans une secousse galvanique, pareil à un Titan à demi foudroyé qui se redresse, il releva sa taille.

Il compta le nombre de ses adversaires... Une meute fauve.

Julien était à côté de lui, le fer à la main, grave maintenant, comme ceux qui savent qu'ils vont mourir.

Le guerrier le sentit.

Sa lourde tête se dressa vers le ciel comme pour chercher une inspiration salutaire.

Ses regards rencontrèrent les racines pendant au-dessus d'eux.

Une pensée hagarde l'envahit.

Les houspailleurs n'étaient plus qu'à dix mètres, poussant de sauvages clameurs d'assassinat.

Christie de Clinthill dressa ses bras énormes.

Les phalanges de ses doigts se plantèrent comme des tenailles dans les plus grosses racines.

Et il les secoua.

Les fruits de la vie tombent des branches, il tentait de faire tomber des racines les moissons de la mort.

De la terre se détacha.

— Saignez ! saignez ! — hurlait Stewart Bolton.

Le misérable, à la vue de ses victimes, était resté dans les derniers rangs.

La trombe assoiffée de carnage n'était que trop prête à lui obéir.

Christie se suspendit tout entier aux racines, les secouant à les arracher.

Il y eut un craquement sourd, effrayant au-dessus de lui.

C'était celui des racines latérales qui se déchiraient, se brisaient.

La voûte sembla s'abîmer...

Et un cube énorme de pierres, de terre s'effondra, entraîné par le poids de l'arbre qui désagrégé, plongeant au-dessus du vide et n'étant plus retenu par ses racines, s'enfonçait, d'un coup.

L'écuyer avait senti venir la masse.

A son cri d'avertissement, Julien avait pu se retirer à temps.

Lui-même, il avait tordu son buste en arrière, évitant d'être enseveli sous l'éboulement.

Mais le bas de son corps était pris presque jusque près de la taille.

Une clameur de saisissement, de surprise et de terreur s'était échappée en même temps de la bouche des bandits.

Et un grand silence lui succéda tout à coup, affreusement impressionnant après la tempête de clameurs.

Un silence coupé seulement par le ruissellement des pierrres qui continuaient à glisser du haut dans le vide, ruissellement qui s'arrêta à son tour...

Le silence et la nuit.

La torche de Julien d'Avenel s'était éteinte.

Il ne savait pas si d'autres flambaient du côté opposé de l'éboulement, l'effondrement obstruant, bouchant le souterrain.

A la vérité, de ce côté-là, deux torches brûlaient encore.

Celle que portait Stewart Bolton et une autre, gisant à terre, écrasées à demi sous les décombres.

Deux lumières pour permettre de constater l'horreur du tableau, et cinq ou six hommes, blêmes d'épouvante, et tassés silencieux contre le fond du souterrain pour le contempler.

C'était tout ce qui restait.

Leurs compagnons avaient disparu ensevelis, engloutis sous l'avalanche qui, de nouveau, grossissait.

Leur hallali de carnage avait eu un dénouement inattendu et terrible.

Un dénouement dont ils étaient encore tout pantelants.

.   .   .   .

La Dame Blanche protégeait-elle réellement le descendant des chevaliers d'Avenel?

Julien était lui-même tout impressionné de ce qui venait de s'accomplir, comme dans un déchaînement de tempête souterraine.

Il se demandait si Christie de Clinthill, si l'homme qui venait de le sauver une nouvelle fois, si miraculeusement, n'avait pas été enseveli dans son redoutable triomphe.

Il l'appela, anxieux.

La voix du guerrier lui répondit, assourdie.

L'adolescent s'approcha.

Il constata la situation critique de l'écuyer.

Se courbant alors, il écarta avec ses mains la terre friable, l'amoncellement pierreux qui emprisonnaient ses jambes.

En creusant, il rencontra un corps solide, c'était le bas du tronc de l'arbre dont le poids avait entraîné tout le reste de l'effondrement.

Quelques pouces plus près, Christie eût été assommé, lui aussi, sans doute.

Le géant, guidé par ses indications, s'y arc-bouta et parvint à finir de se délivrer.

La secousse fit pleuvoir une nouvelle avalanche de débris.

Et, de la voûte dégagée, un coin du firmament apparut.

Une étoile y brillait.

— Amis, — fit Julien frémissant, — voyez là-haut cet astre, astre scintillant! C'est d'un bon augure.

S'il avait été seul, il aurait essayé de s'accrocher aux arêtes ouvertes par l'effondrement dans les parois du souterrain, — au risque de rouler au fond.

Mais l'état de son sauveur et celui de Ketty ne leur permettait pas de risquer cette dangereuse ascension.

En tout cas, l'issue du souterrain ne pouvait être bien éloignée à présent.

Chacun le comprenait.

— Julien, — dit le guerrier d'un accent saccadé, — tu nous as offert tantôt de nous appuyer sur toi, j'ai refusé, croyant la route longue encore. Mais après ce qui vient d'avoir lieu, je pense, moi aussi, que nous sommes près d'arriver. J'accepte ton offre.

— Appuie-toi donc, mon brave écuyer, mon sauveur, que je puisse te rendre un peu du bien que tu m'as fait. Appuyez-vous sur moi, vous aussi, Ketty. Vous verrez si je suis fort.

Et l'enfant se plaça entre les deux blessés, heureux et fier de sa nouvelle tâche.

Soutenu par l'espoir de sortir de ces noirs séjours, il lui semblait être de taille à ne faillir sous aucun poids.

D'un côté, la large main du géant était posée sur son épaule; de l'autre, celle, plus fine et brûlante de fièvre de la jeune femme.

Chacun d'eux se cramponnait, en outre, aux parois du souterrain pour alléger son fardeau.

Et de la sorte, ils guidaient sa marche.

Ils se remirent en route…

Ils avançaient lentement, silencieusement, mais sans arrêt.

Aucun d'eux n'osait faire part aux autres de ce qu'il pensait, de ce qu'il remarquait, ayant trop peur d'une de ces déceptions qui ensuite démoralisent si affreusement.

Cependant, ils ne pouvaient s'empêcher de constater la fraîcheur plus vive et plus accentuée de l'air.

Un moment, Julien, qui marchait au milieu, avait même cru apercevoir le triangle stellaire qui se trouve au sommet de la constellation d'Orion.

Son cœur battait avec tant de force contre sa poitrine qu'il ne sentait plus ni aucune fatigue ni la charge des deux blessés appuyés sur lui.

Son pied heurta soudain une souche noueuse.

Il fit encore un ou deux pas et crut distinguer, devant ses yeux, un rideau de végétation.

Il étendit les bras, rencontra des branchages.

C'était la sortie du souterrain !…

Fébrilement, il écarta le feuillage touffu.

Et le triangle d'or qui suit Orion et qui déjà avait frappé sa vue, et cette constellation elle-même, apparurent resplendissants.

Extasiés, Christie de Clinthill et Ketty avancèrent encore de quelques mètres, appuyés sur lui.

Puis le géant s'arrêta, immobile, ses deux mains se joignirent, et il resta un instant à emplir sa vue, son âme, du spectacle de l'immensité.

— L'air pur !… le ciel enfin ! — prononça Julien, la tête dressée vers la voûte diamantée d'étoiles.

— Oui ! — répétèrent ses deux compagnons dont l'extase exaltait l'accent, — l'air pur !… le ciel !…

L'heure sombre était passée pour eux ; le ciel, qu'ils contemplaient, semblait les protéger.

Ils se laissèrent aller sur l'herbe courte et douce qu'ils sentaient sous leurs pieds.

Ils pouvaient goûter enfin un peu de vrai repos devant la grandeur bienfaisante de l'infini.

Il leur semblait qu'ils rentraient enfin dans l'humanité, qu'ils renaissaient à la vie !

LXXXI

DANS L'AUBE

ᴇs fugitifs demeurèrent longtemps à l'endroit où ils s'étaient arrêtés.

La dépense de surhumaine énergie faite par Christie de Clinthill produisait maintenant sa réaction.

L'exaltation désespérée qui l'avait réveillée de son anéantissement avait un moment décuplé sa force et lui avait permis une œuvre foudroyante, herculéenne.

Il avait gardé encore un peu de vigueur pour arriver, pour se traîner plutôt jusqu'à la sortie du souterrain.

Mais la détente était absolue.

Cette fois, le lutteur était bien terrassé.

Quant à Ketty... fleur à demi fauchée par le destin cruel, héroïque martyre, elle avait achevé, sans une plainte, sa traite endolorie.

Sa volonté sublime de ne pas empêcher ceux qu'elle aimait de sortir de l'antre dans lequel ils erraient seuls lui avait communiqué assez de résistance pour arriver au dehors.

Mais à présent, c'était fini.

Le ressort qui l'avait soutenue était brisé.

La mort eût-elle été à côté, la jeune femme aurait été incapable de faire un pas de plus.

Seul, Julien, encore sous l'empire de l'espèce d'ivresse d'action qui l'avait envahi au cours de ces derniers événements, était debout sous la voûte étoilée, le cœur tout frémissant.

La brise de la nuit séchait la sueur sur son front et sur ses membres frissonnants, sans qu'il y prêtât seulement attention.

Son regard parcourut longuement l'étendue du zénith.

Il se reporta ensuite sur ses deux compagnons.

Et un soupir muet gonfla sa poitrine.

Le destin l'avait protégé, lui. Il sortait presque indemne de cette effroyable aventure.

Mais ses deux compagnons?...

— Soyez le bienvenu, mon fils.

Ils avaient échappé aux assassins poussés contre eux : mais quelle était en échange leur nouvelle situation ?

Quelques-uns des houspailleurs avaient peut-être péri, pris sous l'effondrement.

Mais, même en admettant cette éventualité, ceux qui restaient étaient certainement assez nombreux pour justifier toutes les appréhensions dans l'avenir.

Sortis du souterrain, n'allaient-ils pas se mettre à battre les bois?

— Sais-je seulement où nous sommes? — pensa-t-il.

Étant données les courbes qu'ils avaient remarquées à plusieurs reprises dans le souterrain, peut-être n'étaient-ils même pas éloignés de la grotte dans laquelle ils avaient cherché un refuge en ce soir fatal.

Il était donc urgent de s'éloigner au plus tôt.

L'enfant chercha au-dessus de l'horizon l'étoile polaire.

La constellation que les paysans de la Bretagne, où il avait été élevé par Henri de Mercourt, appelaient le Chariot et que les astronomes désignent sous le nom de la Grande Ourse penchait son quadrige d'or au-dessus de sa tête.

Le fils de Walter d'Avenel, la prenant comme point de repère, découvrit, reconnut non loin d'elle l'étoile qu'il cherchait.

— Voilà le nord! — dit-il. — Voilà le point du globe où nous marchons depuis que nous nous sommes rencontrés. C'est la route à suivre, à travers les montagnes et les forêts, à travers tous les obstacles.

C'était donc de ce côté qu'il fallait se diriger.

Mais était-ce possible dans les conditions présentes?

Si les infortunés avaient eu au moins le cheval que les bandits avaient détaché et emmené au loin.

— En le ménageant, il aurait porté Christie et Ketty, — se dit Julien. — Hélas! nous ne devons plus compter que sur nous seuls.

Et l'enfant considérait tristement ceux qui l'avaient tiré des griffes de l'immonde Stewart Bolton.

Des soins attentifs, des remèdes, une alimentation réconfortante leur auraient été nécessaires dans leur état de fièvre et d'accablement, et après tout ce qu'ils avaient perdu de sang l'un et l'autre.

— Une nourriture fortifiante?... — se disait Julien.

Hâtivement, il chercha autour de lui, étreint par une inquiétude subite.

Il venait de songer à la venaison desséchée au feu qui formait leur subsistance, depuis qu'ils voyageaient à travers ces régions.

Le ballot exigu sur lequel ils comptaient jusqu'à ce qu'ils eussent atteint les lieux habités n'était plus là.

Il avait dû être englouti sous l'éboulement et, dans l'émotion naturelle produite par cet événement et par ses conséquences, le jeune homme l'avait oublié.

La même circonstance à laquelle ils devaient leur salut immédiat les condamnait à périr de faim.

— Oui, c'est le sort qui nous attend, — pensa le fils du chevalier d'Avenel, — à moins que je ne parvienne à capturer quelque cerf ou quelque chevreuil.

Mais il n'avait pas l'habileté de Christie pour prendre les bêtes au piège.

Et, précocement mûri par les orages qui avaient déjà tourmenté sa jeunesse, il envisageait l'avenir sous les couleurs les plus noires.

Tandis qu'il était livré à ces mornes réflexions, un murmure peu éloigné, gazouillis de quelque source glissant entre les sveltes végétations aquatiques, parvint jusqu'à lui.

Julien suspendit sa respiration.

Il ne se trompait pas; c'était bien la chanson cristalline de l'eau.

Il fit quelques pas de ce côté.

Le gazouillis frappa plus distinctement son ouïe.

La source devait courir derrière un fourré de jeunes saules dont il distinguait la masse touffue un peu plus loin.

Il contempla les deux blessés.

Le frais contact de l'eau apaiserait certainement la fièvre de leurs chairs entamées par le plomb meurtrier.

Il s'agenouilla devant Christie.

Avec une légèreté de doigt presque féminine, il dégrafa la poche à poudre, faite en cuir boucané, que le soldat portait à sa ceinture.

L'enfant versa la poudre dans sa toque posée à côté de Christie.

Le géant l'avait-il senti?

Il gisait étendu, pareil à un chêne foudroyé, immobile et les yeux fermés, laissant les fraîcheurs balsamiques de la nuit et de la forêt le pénétrer.

Ketty, étendue à côté, regardait Julien de ses yeux noyés d'une torpeur accablée.

Julien les considéra encore tour à tour, étudia le terrain aussi loin que sa vue pouvait porter.

L'immobilité de la nature entière l'entourait.

Rassuré, il se dirigea vers les végétations d'où l'appelait le rire léger du ruisseau.

Il écarta les jeunes pousses que l'humidité du terrain avait fait pousser serrées, rapprochées les unes des autres.

Et, sous le rayonnement indécis des astres, il vit luire fugitivement la moire changeante d'un ruisselet.

L'enfant y plongea ses mains avec avidité, et il y remplit l'espèce d'outre, bien peu large et bien peu profonde malheureusement, d'où il avait retiré la poudre destinée à charger les pistolets de Christie de Clinthill. -

La caresse glacée du liquide faisait du bien à la fièvre qui galopait ses veines, à lui aussi.

Se couchant à plat ventre, il but avec ardeur, puis baigna son visage, sa tête, dans le flot glissant.

C'était si bon, si apaisant sur les éraflures produites à son front par le dur contact des rocs, à travers les méandres du souterrain.

Il secoua sa longue chevelure mouillée, et, songeant à ceux qu'il avait laissés, se hâta de revenir sur ses pas.

Christie de Clinthill et Ketty étaient toujours étendus à la même place.

La jeune femme, en le voyant reparaître, devina ses intentions.

— A lui d'abord, — pria-t-elle.

Elle voulait parler de Christie.

L'adolescent s'agenouilla devant le guerrier.

Il déchira une des manchettes de sa chemise et écarta délicatement le drap qui entourait les chairs entamées de l'ancien écuyer.

Christie eut un léger tressaillement.

Julien, imbibant d'eau le linge qu'il venait de préparer, humectait doucement sa plaie.

Les yeux fatigués du géant se rouvrirent, et il murmura :

— Merci, monseigneur.

— Ne bouge pas, Christie, — repartit l'enfant.

Il lava soigneusement les lèvres de la plaie, en détachant le sang coagulé.

Les doigts des enfants sont aussi légers que ceux d'une femme.

Le dernier rejeton des Avenel nettoya la blessure elle-même sans que le blessé sentît presque le contact du linge qu'il maniait.

Un sain apaisement se glissait dans les tissus rafraîchis.

Julien versa alors de la poudre sur la plaie : c'était là le premier remède des soldats.

Et ayant déchiré sur sa propre poitrine la toile souple de sa chemise, il y posa un bandage imbibé à son tour de l'eau bienfaisante qu'il avait apportée.

Quand il eut achevé, la main du soldat chercha la sienne.

Et la serrant :

— Enfant!... quand pourrai-je te rendre le bien que tu me fais ?

La souffrance qu'il subissait, c'est pour sauver, pour protéger le fils de son maître qu'il l'endurait, et son âme généreuse se sentait pourtant l'obligée de celui-ci.

Julien prodigua ensuite les mêmes soins à Ketty.

Soins touchants par la chasteté apitoyée de celui qui les donnait.

Une femme menacée dans son existence et l'épouse de l'homme à qui il devait tant !... Double titre pour la rendre deux fois sainte, deux fois sacrée à ses yeux, pour lui communiquer, s'il se pouvait, plus de délicatesse attendrie.

On eût dit une sollicitude de frère.

Ayant renouvelé sa faible provision bientôt épuisée, il donna ensuite à boire aux blessés.

— Oh ! c'est la vie qui renaît en moi ! — murmura Christie.

Il semblait aussi à Ketty que son sang se vivifiait.

Et cependant une goutte d'eau, c'est bien peu de chose, mais c'est assez pour empêcher la plante de mourir.

L'heure s'écoulait, « la nuit achevait de tisser ses voiles ».

Le baume primitif posé sur les plaies avivées de Christie et de sa courageuse compagne produisait son effet bienfaisant, joint aux émanations salutaires des bois.

Le corps est comme une éponge subtile qui absorbe les influences bonnes ou délétères qui l'enveloppent, qui l'entourent.

Christie, en qui un peu de sa vigueur commençait à revenir, se releva sur le coude.

Son regard rencontra celui de Ketty, qui eut la force d'appeler un sourire sur ses traits : sourire de navrance héroïque.

Un soupir gonfla les poumons du soldat, et il promena, avec une lenteur pesante, sa tête autour de lui.

Les premiers indices de l'aube commençaient à éclaircir l'horizon.

Il se redressa encore un peu, étendit le bras, montrant le faible blanchissement du ciel.

— Il faut partir, — dit-il d'une voix assourdie.

Il parlait de s'éloigner, et il ne savait pas s'il pourrait faire un pas devant l'autre ; il ne pressentait que trop l'épuisement absolu de sa compagne.

Il s'était dit :

— Je la porterai encore durant cent toises, deux cents toises, et je tomberai peut-être ; mais j'irai quand même.

Il s'adressa de nouveau au fils de Walter d'Avenel :

— Julien, — pria-t-il, — rends-moi ce service, casse une branche assez épaisse et assez haute pour que je puisse m'appuyer sur elle.

L'enfant obéit.

Il appréhendait leur départ dans des conditions semblables.

Et cependant Christie l'avait dit avec raison :

Il fallait partir.

Le jour n'allait pas tarder à paraître; Stewart Bolton et les partisans anglais avaient dû sortir du souterrain, et ils n'allaient pas tarder sans doute à battre les environs.

Il revint bientôt, tenant une branche de frêne forte et légère.

Le géant le remercia et se dressa sur un genou, puis il se mit tout droit, sa haute taille se profilant sur le demi-jour grisâtre.

— Ketty, — dit-il, — essaie de te dresser à ton tour et d'atteindre le rocher qui est devant toi. Je m'y accoterai et tu t'assiéras sur mon épaule.

La jeune femme refusa...

Elle se rendait compte de l'état de son mari.

Julien se rangea à son avis avec autorité.

Il avait montré précédemment, dans le souterrain, ce dont il était capable.

— Non, — dit-il, — c'est sur moi que Ketty s'appuiera encore.

Ils s'arrêteraient lorsqu'elle serait lasse et ils se cacheraient dans quelque fourré épais.

Christie comprenait que l'adolescent avait raison.

Puis, avec la gravité et la force que Julien mettait à ses paroles, il lui semblait entendre son ancien maître lui-même, le chevalier d'Avenel.

Il se résigna donc.

Celle que nous avons connue autrefois la rieuse et gaie meunière du Moulin-Joli s'était accrochée à un jeune arbuste voisin, pour se dresser sans aucune aide et rassurer son mari.

— Allons, — dit Julien, avec une douceur affectueuse.

La souffrante posa sa main pâle sur son bras.

Ils se mirent lentement en marche dans l'aube grise et encore indistincte.

Christie de Clinthill s'avançait à côté d'eux, appuyé lourdement sur le long bâton qui soutenait sa taille.

Et ils s'enfoncèrent sous les arbres qui les déroberaient peut-être aux estafiers de Stewart Bolton, lorsque le jour se lèverait tout à fait.

LXXXII

L'ERMITE

ULIEN n'avait pas osé avouer à ses infortunés compagnons de voyage que le restant des provisions qui les avaient soutenus jusqu'alors avait disparu.

Ceux-ci, éprouvés comme ils l'étaient, n'y avaient même pas songé.

Ils cheminèrent d'abord pendant une heure environ.

Au bout de ce temps, Julien, s'apercevant que Ketty faiblissait, proposa de prendre du repos.

C'était non seulement la fatigue qui l'éprouvait, mais aussi le besoin de nourriture.

Julien confessa alors la perte qu'il avait faite de leurs aliments.

A cette révélation, l'œil de Christie de Clinthill se voila.

Ils n'avaient plus aucune nourriture, et, impotent comme il l'était, il se trouvait incapable de capturer le moindre gibier.

— Peut-être trouverons-nous quelques racines comestibles, — dit l'enfant.

— Si Dieu le veut! — répondit le soldat à qui ce malheur apparaissait comme le dernier coup.

Cependant il réagit et indiqua à Julien une liane qu'il avait appris à connaître durant son long séjour de l'automne et de l'hiver précédents, dans le désert voisin de la plaine des Trépassés.

Les racines étaient tuberculeuses et formaient une nourriture grossière, mais acceptable cependant.

Cette plante poussait d'habitude au pied des arbres au tronc desquels elle aimait à s'enrouler.

Julien d'Avenel se mit en quête.

Il se glissait de fourré en fourré, pour n'être pas aperçu de loin.

Christie de Clinthill et Ketty l'attendaient eux-mêmes dans un recoin absolument impénétrable aux regards.

L'adolescent reparut après un temps assez long.

Il rapportait une maigre provision, suffisante cependant pour apaiser leurs premiers besoins.

Le guerrier avait ramassé une brassée de bois, tout en l'attendant.

Ayant trouvé deux silex, il les frappa l'un contre l'autre, et, avec les étincelles qui en jaillirent, embrasa des feuilles mortes.

Au risque d'être trahis par la fumée de leur brasier, ils étaient obligés d'allumer du feu pour faire cuire les tubercules récoltés par Julien.

Anxieux, ils épiaient à tout instant l'horizon.

Ils redoutaient, non sans motifs, de voir apparaître ceux qui les avaient déjà une fois suivis à la piste.

Mais rien ne leur révéla l'approche de leurs ennemis.

Les racines, cuites sous la cendre brûlante, leur redonnèrent un peu de vigueur.

Et Ketty, la première, demanda à repartir.

Un peu réconfortée, elle éprouvait maintenant une réelle confusion, elle, une humble roturière, de s'appuyer sur le descendant de la noble race d'Avenel.

Il fallut que Julien insistât.

Leur voyage reprit donc dans les mêmes conditions.

Les bandits de Stewart Bolton ne paraissaient toujours pas.

Ils avaient sans doute perdu la piste... au moins pour le moment.

Mais les fugitifs étaient cependant dans d'incessantes angoisses.

Ils n'avaient que trop appris quelle était l'infernale habileté de ces hommes si redoutablement experts en fait de ruses patientes et d'embuscades.

La nuit vint sans leur avoir laissé deviner s'ils étaient suivis ou non, et sans les avoir rassurés non plus.

Le feuillage d'un arbre allait être leur seul toit.

Misérable, insuffisant abri pour des malheureux dans leur état.

Ils avaient fait à peine quelques lieues durant toute la journée.

Autant la fraîcheur de la nuit précédente, à la sortie du souterrain, leur avait été bienfaisante, autant celle-ci leur était pénible, étant tout secoués de frissons.

Et impossible d'allumer du feu à cette heure, car si le vent éparpillait la fumée, durant le jour, un foyer, visible de loin au milieu des ténèbres, les aurait sûrement trahis.

Aussi, lorsque l'aube reparut, leurs physionomies étaient-elles lamentables à voir.

Surtout celle de Ketty, plus faible.

Elle ne se plaignait toujours pas.

Mais il était facile de concevoir qu'elle ne résisterait pas longtemps.

Il demeura à peu près une demi-heure immobile, les bras étendus.

Et cependant, il fallait aller... aller quand même!

— Hélas! — se disait Julien, — que ne suis-je assez fort pour porter l'infortunée?

Le second jour, comme Ketty, après une vingtaine de pas, venait de s'arrêter, sentant ses jambes fléchir, il vit Christie de Clinthill essuyant ses joues du revers de sa main :

Le guerrier pleurait.

Pourtant, après un long repos, la jeune femme déclara qu'elle était assez rétablie pour repartir.

On recommença donc cette pénible étape.

Le soir arriva encore, ramena son repos, — et aussi son aggravation.

Julien, ayant laissé les deux époux auprès l'un de l'autre, était parti, comme chaque fois, à la recherche de la nourriture sauvage qui les empêchait de mourir tout à fait de faim.

Il s'était éloigné plus qu'il ne le pensait.

Il s'arrêta soudain, impressionné, anxieux.

Il venait d'apercevoir, à travers les arbres, une colonne de fumée.

— Serait-ce les Anglais? — murmura-t-il.

Aplati contre le sol, il écouta.

Aucune rumeur, rien.

Il devait à tout prix savoir d'où provenait cette fumée.

— Si c'était une maison? — pensa-t-il dans une brusque espérance.

Cette pensée le fit tressaillir, songeant à ceux qui l'attendaient.

Mais il n'osait y croire.

Il s'avança avec une prudence extrême, faisant halte tous les cinq ou six mètres, pour écouter.

Tout à coup, une véritable irradiation embrasa ses prunelles.

Une chaumière ou plutôt une cahute, moins encore si c'est possible, se trouvait devant lui.

Ses mains se joignirent comme pour une action de grâce instinctive.

Un toit enfin pour ceux qui attendaient son retour, débilités par leur mal... aggravé chaque jour par la fatigue, et chaque nuit par la froide humidité qui venait glacer leurs corps.

Il se rappela l'hospitalité qu'il avait reçue jadis dans une cabane de bûcheron avec Joë.

Sa pensée rapide se reporta vers le sympathique marin.

Mais ce ne fut qu'un éclair.

D'autres étaient à quelque distance, auxquels il devait songer avant tout.

Il étudia avec attention la demeure plus que modeste qu'il entrevoyait à travers les arbres.

Elle lui parut bien étroite, bien exiguë pour contenir les membres de toute une famille.

— Serait-ce la retraite de quelque bon solitaire? — se demanda-t-il.

Julien se déplaça sans bruit...

Et il alla inspecter l'autre côté de la maison.

Il distingua une porte entr'ouverte : une clôture grossière.

C'était moins une défense qu'un obstacle contre le vent et la pluie.

L'être qui habitait là se savait donc bien loin de tous lieux fréquentés, pour négliger ainsi toute précaution.

Cependant le fils de Walter d'Avenel n'apercevait personne.

L'habitant de cette demeure était peut-être à l'intérieur.

L'enfant écarta la tige d'un cornouiller qui le cachait.

Il allait demander à l'inconnu qui demeurait là s'il consentirait à recueillir des étrangers, des proscrits.

Il s'arrêta cependant, songeant :

— Cet homme n'est-il pas un ennemi ? Ne livrera-t-il pas ceux que je veux conduire auprès de lui ?

Mais, quoique bien jeune, le fils du chevalier d'Avenel, battu par l'adversité, avait acquis ce qui manque encore d'habitude à ceux de son âge.

— L'homme qui vit loin des autres ne peut être mauvais, — se dit-il.

Cette réflexion l'enhardit.

Et il s'avança résolument.

Au bruit des feuillages écartés et froissés, à celui de ses pas, la porte entr'ouverte de la cabane s'ouvrit entièrement.

Le pan d'une robe de bure apparut.

— Un ermite ! — pensa Julien.

En effet, un homme à la barbe grise, abondante et inculte, se tenait debout devant lui.

Le maître de la maison considéra le jeune homme, constata sa grande jeunesse, l'air de douceur profonde et en même temps de virilité répandu sur sa physionomie.

Son regard incisif et scrutateur prit une expression d'aménité.

— Vous êtes égaré dans ces déserts ? — questionna-t-il.

Le ton plein d'affabilité avec lequel il venait de parler encouragea le descendant des Avenel.

— Vous l'avez deviné, mon père, — répondit-il.

— Eh bien ! soyez le bienvenu, mon fils, — reprit l'ermite. — Ma demeure est petite, mais elle est assez large pour abriter un visiteur.

« Entrez, vous mangerez et vous boirez, si vous avez faim et soif.

Il s'effaçait, montrant du geste l'intérieur de son humble logis.

L'enfant demeura immobile.

Cet accueil gagnait pourtant sa confiance.

Mais ce n'était pas pour lui seulement qu'il s'était avancé vers le seuil du solitaire. Il dit encore :

— Pardonnez-moi, mon bon père, de ne pas accepter votre offre hospi-

.talière. Mais je ne suis pas seul... J'errais à l'aventure, cherchant quelque nourriture sauvage pour deux infortunés blessés, quand j'ai aperçu la fumée qui s'élevait de votre toit.

Le regard tantôt si accueillant de l'ermite s'était modifié.

Soupçonneux, il s'attachait sur l'enfant.

Ne mentait-il point?

Éprouvé sans doute lui-même par quelque tempête, il s'était retiré d'un monde qu'il avait peut-être appris à haïr.

— Vous avez donc des compagnons? — interrogea-t-il.

— Oui, deux malheureux destinés peut-être à périr si le ciel ne leur envoie aucun secours, — répondit Julien d'un accent altéré.

Le solitaire parut faire un effort pour dompter sa répugnance à rentrer de nouveau en rapport avec des créatures humaines.

— Allons à leur rencontre, s'ils ont besoin d'aide, — dit-il ensuite. — Ou, s'ils peuvent marcher, allez les chercher, tandis que je préparerai à la hâte quelque infusion de plantes aromatiques à leur intention.

— Faites, mon bon père, faites, je vais les retrouver et je les guiderai ensuite jusqu'ici, — répondit Julien.

Et sur la nouvelle assurance de l'ermite que ses deux compagnons seraient bien reçus, il se replongea dans le bois, s'éloignant à grands pas...

LXXXIII

CHARME MAGIQUE

UNE allégresse imprévue pénétrait Julien.

Il se hâtait fébrilement, en se disant :

— Quelle joie pour Christie, pour la pauvre Ketty, lorsque je leur apprendrai la découverte que je viens de faire !

Christie surtout serait heureux, il le devinait.

Le guerrier souffrait doublement, en effet.

Son mal, cruel par lui-même, n'était rien à côté du désespoir qu'il éprouvait de voir souffrir celle qui avait lié sa vie à la sienne et qu'il ne pouvait secourir.

Julien se mit à courir pour les rejoindre plus vite.

Christie de Clinthill entendit le bruit de sa course.

Il crut que l'enfant était poursuivi, ou qu'il venait, pour le moins, leur annoncer l'approche de leurs ennemis.

Il regarda Ketty avec une désolation affreuse... puis le fourreau de sa dague.

Ce double regard avait une éloquence terrible.

Le soldat ne perdrait celle qu'il aimait que pour tomber sur le corps de leurs ennemis.

Mais les traits de Julien n'exprimaient aucune alarme.

— Amis, — fit-il dès qu'il fût assez près pour être entendu, — réjouissez-vous : la destinée a enfin pitié de nous.

Que disait-il ?...

Christie, Ketty, palpitants, attendaient qu'il fût assez près pour l'interroger.

— Julien, Julien, avons-nous bien compris ? Serait-ce enfin un peu de bonheur ? — fit le géant lorsqu'il arriva auprès d'eux.

Avec une émotion communicative, le fils de Walter d'Avenel leur raconta alors la découverte effectuée par lui d'une cabane.

Il leur répéta les paroles qu'il avait échangées avec l'ermite.

Une immense félicité pénétra Christie.

Ketty allait donc voir mettre un terme à la mortelle existence qu'elle menait !

— Viens, femme, — articula-t-il avec élan. — Allons recevoir l'hospitalité que nous offre ce saint homme.

Dans son exaltation, il se pencha vers la jeune femme et l'aida lui-même à se relever.

Mais il pâlit brusquement.

Son mouvement avait déplacé l'appareil primitif posé sur sa blessure par Julien.

L'enfant le remplaça auprès de la malade, et Ketty s'appuya de nouveau sur lui.

C'était la dernière étape.

Ils débouchèrent enfin devant la cahute de l'ermite.

Lorsque celui-ci aperçut la grande ombre de Christie ployée sur son bâton rustique, lorsqu'il vit Ketty blême comme une trépassée et marchant lentement, soutenue par Julien, il ne put plus douter, hélas ! que l'adolescent ne lui eût dit la vérité.

Une grande pitié le saisit.

Il s'avança vivement à leur rencontre.

— Infortunés, — dit-il, — l'aile de l'ange noir vous a cruellement touchés. Entrez dans mon humble logis.

« Le voyageur est l'envoyé de Dieu.

Les Écossais franchirent le seuil ouvert devant eux.

Un lit de camp rustique était le seul meuble qui s'y trouvât.

L'ermite le leur désigna en les priant d'excuser sa pauvreté.

Ils s'y laissèrent tomber.

Le solitaire présenta alors, aux deux blessés, une potion balsamique qu'il avait préparée.

Ils l'absorbèrent avec l'avidité de pauvres êtres qui reviendraient à la vie.

C'était la première fois depuis bien longtemps qu'ils goûtaient à une boisson chaude et parfumée.

Et un faible coloris monta à leurs joues.

L'ermite étendit ensuite des feuilles desséchées, de grandes et souples fougères, sur le lit de camp.

Après quoi, il les invita à s'y reposer à leur aise.

— Vous serez ici chez vous, — déclara-t-il. — Ma cabane est trop exiguë pour quatre personnes. Du reste, le vœu que j'ai fait m'interdit de coucher sous le même toit que d'autres êtres humains.

« Vous dormirez donc ici ; vous y resterez jusqu'à ce que vous soyez entièrement rétablis. Quant à moi, je coucherai sous un apentis qui existe sur le côté de la chaumière.

Les voyageurs ne protestèrent pas.

Au moyen âge et encore longtemps après, il était d'usage de respecter les vœux, bien rigides parfois, de ceux que liait un serment.

— Merci, père, — dit Christie de Clinthill, — quoique nous soyons contrits de vous causer un pareil trouble. Mais ne connaîtriez-vous aucun baume pour soulager ma pauvre compagne?

— Le corps se soigne comme l'âme, — répondit l'ermite en s'exprimant par parabole.

« La vie religieuse à laquelle je me suis consacré m'interdit de toucher à un corps de femme. Mais désignez-moi seulement le siège de sa blessure et, sans en approcher la main, je la soignerai, et je la guérirai si le ciel le permet.

« Les rois de France ne disaient-ils pas, à ceux dont ils tarissaient les écrouelles : « Le roi te touche, Dieu te guérisse ! »

Ses auditeurs ne pouvaient comprendre.

Le breuvage que l'ermite leur avait préparé avait produit sur eux une influence bienfaisante.

Le solitaire leur présenta une nourriture bien simple et bien frugale, mais qu'ils absorbèrent volontiers après les dures privations des jours précédents.

La nuit arriva peu après dans la cabane, éclairée seulement par les branches du foyer qui brûlait dans l'âtre.

— Reposez-vous, essayez de dormir, — conseilla l'ermite. — Je vais prier pour vous.

Christie et Ketty s'allongèrent sur le lit de camp garni de fougères odorantes.

Quant à Julien, ayant étendu d'autres fougères dans le coin opposé de la cahute, sur le sol, il se coucha à son tour.

On entendait l'ermite moduler à voix basse ses oraisons, à côté d'eux.

Lorsqu'il eut terminé, Julien lui vit étendre ses bras, ses mains ouvertes dans la direction des deux blessés.

Le feu expirait lentement.

Une obscurité presque complète emplissait la chaumière.

Un moment, Julien, halluciné, crut voir une clarté bleuâtre envelopper la tête de l'ermite, et durant quelques secondes le même rayonnement inexplicable parut à l'extrémité de ses doigts.

Il lui sembla que la respiration de ses deux compagnons de voyage sonnait plus régulière et plus profonde.

Le solitaire demeura encore quelques intants dans la même posture.

Puis il se retira sans bruit, refermant l'huis derrière lui, afin d'empêcher la fraîcheur nocturne de pénétrer à l'intérieur.

Et, fidèle au vœu qui lui interdisait de dormir sous le même toit que d'autres êtres humains, il alla s'étendre sous un misérable auvent situé sur le côté de sa demeure et destiné d'habitude à abriter sa provision de bois contre la pluie.

A l'intérieur, le feu qui achevait de se consumer répandait une agréable tiédeur.

Aussi, leurs corps endoloris étendus sur le matelas parfumé des fougères que l'ermite avait étalées, enveloppés d'une atmosphère régulière, Ketty et Christie reposèrent-ils mieux qu'ils ne l'avaient fait jusqu'alors.

Lorsque le jour parut, Ketty sourit à son mari.

Qui dit sourire dit bien-être.

Le guerrier en fut rasséréné.

Du coup, il lui sembla qu'il n'éprouvait presque plus rien lui-même.

Illusion toute morale, d'ailleurs.

Julien, lui aussi, sentait une détente délicieuse dans tout son être.

C'est que, malgré la virilité qu'il avait montrée durant les jours terribles qu'ils venaient de vivre, il n'était qu'un enfant.

Et il avait bien besoin, lui aussi, d'une accalmie.

L'ermite avait déjà dit ses oraisons au dehors.

— La voûte des arbres est le plus noble des temples, — prétendait-il.

Sans le savoir, il était d'accord en ceci avec les peuplades primitives des plus belles contrées de l'Asie, qui recherchent, pour établir leurs modestes *chua*, sortes de pagodes rustiques, des lieux ombragés par les arbres les plus hauts.

La légende populaire est que, dès qu'une chua est édifiée à leurs pieds, la foudre ne frappe plus leurs branches élevées.

L'ermite allait du reste prier fréquemment sous les voûtes ombrageuses qui entouraient sa demeure.

Il s'approcha, en entendant parler dans la chaumière qu'il avait si généreusement cédée à ses hôtes.

Après une collation matinale prise en commun, il recommença l'espèce d'étrange cérémonie que Julien avait suivie la veille.

Il demeura à peu près une demi-heure immobile de la sorte, les bras étendus vers les deux blessés.

Julien, qui ne cessait de l'observer, ne remarqua plus les clartés bleuâtres qui l'avaient tant surpris le jour précédent.

Le jour avait rompu le charme.

Julien se rendait chaque jour sur une petite éminence.

L'ermite recommença encore le soir sa singulière opération.

Dès le lendemain, soit effet du repos, soit par toute autre cause, la fièvre qui dévorait les deux victimes des houspailleurs était presque tombée.

Christie de Clinthill et la jeune femme laissaient gravement le solitaire continuer sur eux ses soins énigmatiques.

L'habitant de ces solitudes s'était contenté de laver la plaie du guerrier, lui laissant ensuite remplir lui-même cet office auprès de sa compagne.

L'ermite l'avait dit : ses doigts ne devaient pas effleurer un corps de femme.

— Le saint homme « charme » nos blessures, — dit le géant. — J'ai entendu parler de cela autrefois par quelques-uns de mes compagnons de bataille.

« Mais je ne l'avais jamais vu faire.

Et docilement, il laissait le solitaire agir comme il l'entendait.

Les yeux de Ketty semblaient prendre un éclat plus vif.

C'était pour lui un signe suffisant pour qu'il crût à la vertu efficace du « charme ».

Et déjà, il entrevoyait le moment où ils pourraient se remettre en route.

Ketty en état de supporter le voyage, toutes difficultés disparaissaient à son esprit, accoutumé comme il l'était à s'oublier lui-même.

Cette fois, ce serait à son bras que la jeune femme accomplirait cette dernière étape.

Et tous les obstacles éloignés, supprimés, il ramènerait enfin Julien devant Walter et Marie d'Avenel, qui ne croyaient plus revoir ni leur enfant ni le soldat qui le leur présenterait, en ployant le genou devant eux.

LXXXIV

EN RETRAITE

ES journées s'écoulaient sans trouble dans la petite cabane de l'ermite.

Julien se rendait fréquemment chaque jour sur une petite éminence située à peu de distance et d'où l'on pouvait voir au loin.

Il veillait ainsi afin de ne pas être surpris par les houspailleurs de Stewart Bolton.

Mais rien ne venait rompre la majestueuse solitude de ces lieux

Le fils du chevalier d'Avenel n'osait croire que tous leurs ennemis eussent péri, engloutis sous l'effondrement du souterrain.

Il supposait plutôt que, ignorant où se trouvait la sortie de ces souterrains, ils avaient entièrement perdu la piste.

A moins que, leur nombre étant diminué et trop découragés, ils n'eussent renoncé à leur dessein.

Cette dernière hypothèse était la vraie.

Après la chute d'une partie de la voûte, sous la tentative désespérée de Christie de Clinthill, les houspailleurs étaient restés plusieurs minutes stupéfaits, terrorisés.

La torche tenue par Stewart Bolton et celle qui agonisait à terre éclairaient seules, d'une lueur rendue incertaine par l'épaisse poussière, le spectacle terrifiant qu'ils avaient sous les yeux.

Après le premier moment de stupeur, ils se regardèrent les uns les autres.

Et, machinalement, ils se comptèrent.

Il manquait huit d'entre eux.

L'éboulement avait donc fait de nombreuses victimes.

Il avait pris les plus ardents, ceux qui étaient les plus âpres au butin.

Ceux qui restaient considérèrent tour à tour l'énorme amoncellement des matériaux abattus, et, derrière eux, le souterrain enténébré.

La barrière était infranchissable.

Puis leur âme était glacée par ce dénoûment succédant aux difficultés qu'ils avaient rencontrées.

Pour tout dire : ils avaient peur.

Superstitieux ainsi qu'ils l'étaient tous malgré les crimes qui chargeaient leur conscience, ils se figuraient qu'une divinité irritée veillait sur l'inviolabilité de ces retraites ou sur les voyageurs.

Et ils avaient hâte de quitter ces lieux.

Deux torches restaient seules : et ces hommes habitués au voisinage de la mort en arrivaient à cette heure à avoir peur de se trouver plongés dans la nuit.

L'un d'eux arracha la branche de sapin engagée sous les pierres et dont la flamme menaçait d'expirer.

Ils se sentirent alors un peu soulagés.

Il leur tardait néanmoins de s'éloigner.

Un grand nombre de leurs camarades gisaient sous cet amas de débris ; ils ne songeaient même pas à essayer de les en arracher.

Ils avaient dû être écrasés du premier coup.

Un bras passait cependant à demi.

L'un des Anglais, dans un restant de solidarité, voulut essayer de retirer le malheureux qui était là, si près.

Son essai amena un nouveau ruissellement de pierres

— Veux-tu donc nous faire engloutir tous ? — crièrent les autres.

Et, la voix haletante, ils répétèrent :

— Allons-nous-en ! Allons-nous-en !

Leurs compagnons avaient une sépulture toute trouvée : il n'y avait qu'à les laisser là, et à se sauver soi-même si l'on pouvait.

Et celui qui s'était emparé de la torche brûlant sous les décombres se précipita, suivi en tumulte par ses compagnons.

Aucun d'eux n'avait seulement songé à prendre l'avis de Bolton.

Ils lui étaient assez peu reconnaissants de les avoir conduits dans cet épouvantable et infernal traquenard.

Il devait même s'estimer heureux qu'on ne fît pas retomber sur lui les conséquences de ce qui venait de se produire.

A dire vrai, la terreur qui galopait les veines de ces hommes ne laissait guère place dans leur esprit à tout autre sentiment.

Stewart Bolton se sentit bousculé par eux en passant.

Un des premiers qui passèrent à côté de lui lui avait jeté un mauvais regard. Les autres ne le regardèrent même pas.

Et il se vit seul au milieu du souterrain, les houspailleurs s'éloignant avec une rumeur de ruche affolée.

Le misérable considéra encore l'énorme éboulement qui venait de lui couper le chemin, le cataclysme qui avait ruiné en moins d'une minute tous ses farouches calculs.

Il entendit ensuite le moutonnement confus, heurté, des partisans anglais près de tourner le coude du souterrain et de disparaître à ses yeux... La terreur de ces solitudes menaçantes le saisit aussi.

Et, renonçant à tout, il pressa le pas pour les rejoindre.

Les bandits qu'il avait précédemment entraînés jusque-là se hâtaient, sans échanger aucune parole. Ils avaient déjà fait du chemin et disparu au delà de la première courbe.

L'agent secret entendait devant lui le battement confus de leurs chaussures et le cliquetis de leurs armes.

Quelque chose d'impressionnant émanait de ces rumeurs sourdes ou métalliques que nul accent humain n'accompagnait.

Ordinairement, Stewart Bolton n'appréhendait ni la nuit ni les lieux solitaires.

Mais soit contagion de la peur, soit pour toute autre cause, il ne possédait plus son assurance accoutumée.

Blême, exsangue, il se pressait, ayant peur de l'ombre qui s'étendait derrière lui. Il savait que nul ne pouvait le suivre, par suite de l'éboulement qui avait muré le souterrain.

Cependant il détournait la tête tous les dix pas, croyant entendre des bruits menaçants sur ses pas.

Un moment, l'esprit totalement déséquilibré, la vue troublée par sa persistance à fixer les ténèbres, il crut même distinguer deux points lumineux derrière lui.

Et lui, qui s'était toujours ri des démons et des stryges admis en Écosse par la croyance populaire, sentit le frisson de l'inconnu tenailler sa chair. La voix étranglée, il appela les soudards.

Son accent résonna, effrayant, dans le vide.

Les houspailleurs tressautèrent.

L'un d'eux arma son pistolet et se tourna à demi, prêt à faire feu.

Il aperçut la branche résineuse tenue par Stewart Bolton, et dont le vent produit par sa marche rapide faisait flotter la flamme.

— C'est le chef, — dit-il.

L'espion avait profité de ce moment de répit pour se rapprocher.

Il les rejoignit, haletant. Il se sentit dès lors plus rassuré.

Et ensemble, ils continuèrent à s'éloigner avec la même précipitation... Ils se trouvèrent bientôt acculés à l'étroit tunnel qui avait été le théâtre de la première résistance de Christie de Clinthill et de Julien.

Les cadavres de ceux d'entre eux qui s'y étaient mesurés contre les deux Écossais semblaient en garder et comme en défendre l'entrée.

Le sergent des houspailleurs respirait encore la première fois qu'ils avaient franchi ce passage, entraînés par Stewart Bolton.

Mais aucun soin ne lui ayant été donné, l'hémorragie qui vidait ses veines avait achevé son œuvre.

Et il avait rendu le dernier soupir dans le noir absolu qui l'enveloppait déjà comme un sépulcre.

Il avait expiré les yeux grands ouverts.

Maintenant, ses pupilles vitreuses et dilatées paraissaient fixer ces hommes comme pour leur reprocher leur abandon.

L'agent secret se sentit mal à l'aise devant ce regard.

Il lui semblait qu'il lui disait :

— Toi aussi ! Voici quel va être ton sort.

Et, écartant violemment les houspailleurs, il se présenta le premier à l'entrée de l'étroit boyau.

Un des bandits, pressé, lui aussi, de se soustraire à ce cauchemar, essaya de l'en arracher.

L'ancien intendant se meurtrit contre les parois du tunnel, mais s'agriffa aux saillies qui venaient de le blesser.

Déchiré, des lambeaux de peau enlevés, il se retourna enfin de l'autre côté. Sa torche n'était plus qu'un tronçon informe.

Celle qu'un des houspailleurs était parvenu à arracher à l'éboulement, consumée jusqu'au bout, s'était éteinte dans le passage du tunnel.

Stewart Bolton, en sueur, épuisé, courait presque, appréhendant le moment où ils allaient se trouver plongés dans les ténèbres.

La résine du tronçon qui lui restait, dévorée par la flamme, ne l'alimentait presque plus.

Ce n'était qu'une lueur qu'un souffle allait bientôt éteindre.

Le bois brûlait les doigts de l'espion.

La flamme se coucha tout à coup, bleuit...

Et l'ancien intendant n'eut plus qu'un bout de bois braisillant dans la main. Les houspailleurs qui se pressaient derrière lui vomirent de grossiers jurements et des imprécations adressées à leur chef.

Désormais, il allait falloir s'avancer à tâtons.

— Nous ne sortirons donc jamais de ces lieux de damnation et de mort ! — grogna l'un.

— C'est cet homme venu l'on ne sait d'où pour nous entraîner ici qui en est cause !

— Il est peut-être payé par la Stuart pour nous faire exterminer ! — gronda un troisième.

Ils avaient peur maintenant de s'engager dans un autre rameau de ce souterrain qu'ils n'avaient peut-être pas aperçu lorsqu'ils s'y étaient engagés à la poursuite des Écossais.

En ce cas, ils étaient perdus sans retour.

Et ils expireraient les uns après les autres, de faim et de désespoir, dans ces antres emplis d'éternelles ténèbres.

Stewart Bolton avait entendu les injures et les menaces proférées contre lui. Il n'avait rien répondu.

Il n'avait qu'une pensée : sortir de ces lieux maudits dans lesquels lui aussi avait peur de rester.

Dans son esprit troublé, il voyait la longue série de ses efforts et de ses crimes aboutir à cela : son dernier râle exhalé dans un coin de souterrain sans que personne sût même jamais ce qu'il était devenu.

Sa fortune serait donc perdue pour lui.

Anéanti tout ce qu'il avait voulu, rêvé encore !

Dans une sorte de revue rétrospective, il revoyait tout le passé. Il songeait aux dernières machinations qui, avait-il cru, allaient mettre le sceau à ses calculs ambitieux et avides.

Il songeait à Somerset et à la fille d'Ellen Mercy qu'il avait envoyée au favori de la reine.

Celui-ci ne pourrait jamais lui payer trop cher cette enfant dont la possession, c'est-à-dire la mort, devait assurer à tout jamais son repos.

— Et il me faudrait renoncer à tout cela ? — murmurait à part lui le sinistre aventurier. — Oh ! jamais !...

Et, insensible à l'écrasement de ses membres, aux arêtes aiguës de la pierre lui entaillant les mains, il poursuivait sa marche.

Parfois, quelque saillie du rocher heurtait sa tête.

Il courbait les épaules et il continuait.

Sa toque était tombée : du sang coulait à son tour sur son visage.

Mais il était insensible à tout.

Derrière lui, les houspailleurs se pressaient, aucun d'entre eux n'osant demeurer en arrière durant cette angoissante retraite.

Un moment pourtant, l'espion s'arrêta.

Il n'en pouvait plus.

Il y eut contre lui un tassement de corps humains, les soudards se buttant contre l'obstacle qu'il leur opposait.

Puis, comme par suite d'une commune entente, tous ces hommes se laissèrent aller sur le sol, épuisés.

LXXXV

LA PAIE

Si le trajet avait été relativement court pour Christie de Clinthill, Julien et Ketty, de l'endroit où l'éboulement avait eu lieu à l'autre issue du souterrain, le chemin que Stewart Bolton et les houspailleurs avaient à parcourir était autrement long.

De là, l'accablement auquel ils avaient cédé, accablement, fatigue doublés par le désarroi dans lequel ils se trouvaient.

L'ancien intendant fut le premier à retrouver son énergie.

— Debout! — fit-il après avoir soufflé un instant.

Et il repartit, conduisant la lourde meute.

Il lui semblait qu'il aurait déjà dû être arrivé à la sortie, et il n'osait s'avouer son épouvante de s'être engagé dans une autre voie.

Une exclamation brève éclata sur ses lèvres desséchées après une nouvelle période de marche.

Il avait cru entrevoir une clarté.

Il avança plus vite.

L'agent secret ne s'était pas abusé.

Un rayonnement faible tamisait l'ombre au loin.

Les houspailleurs l'avaient également distingué.

Et ils se précipitèrent, comme des fous, en avant.

La demi-obscurité qu'ils venaient d'apercevoir était celle qui régnait dans la grotte où les trois Écossais avaient cherché un refuge, le soir du jour précédent.

Le matin était levé, en effet.

C'est que le voyage avait été long, pour revenir jusque-là.

Surtout avec les conditions dans lesquelles il s'était achevé.

Que leur importait à présent?

Ils étaient arrivés; ils ne redoutaient plus d'être enterrés vivants dans ces immenses souterrains.

Lucides encore de leurs angoisses, un rire bestial et saccadé courait sur leurs faces couturées de cicatrices.

Ils traversèrent la grotte, sur le sol de laquelle gisaient des charbons

Les bandits le dépouillèrent sans pitié.

éteints, restes du brasier que Christie de Clinthill avait allumé entre lui,
Ketty, Julien et la horde anglaise.

Ils y jetèrent à peine un coup d'œil.

Ils avaient hâte, eux aussi, de se trouver au dehors, de voir le soleil,
le ciel, d'échapper à l'obsession de ces lieux.

— Enfin, j'en suis sorti! — murmura Stewart Bolton lorsqu'il fut
arrivé à l'extérieur.

Ses jambes flageolaient.

Il lui semblait que si la traite avait dû se prolonger encore quelque temps, il n'aurait pas pu pousser plus loin.

Les houspailleurs pensaient comme lui.

Écrasés sur le sol, ils échangeaient à peine quelques paroles.

Ils se comptaient.

Et une angoisse les prenait à la pensée qu'ils auraient pu rester, eux aussi, dans le souterrain.

Lorsqu'ils furent un peu reposés, ils sortirent les provisions qu'ils avaient emportées dans leur bissac et ils se mirent à manger.

Aucun d'eux n'eut la pensée d'en offrir à Stewart Bolton.

Celui-ci se dirigea vers le cadavre de l'estafier qui l'accompagnait précédemment, « son écuyer », ainsi qu'il l'avait nommé afin de jouer au gentilhomme.

Cet homme était porteur de vivres pour eux deux, lorsqu'il avait été atteint par la balle du pistolet de Christie.

Stewart Bolton allait trouver sur lui de quoi apaiser sa faim, si les fauves nocturnes n'étaient pas déjà passé par là.

Le sac attaché au flanc du mort était intact; les bêtes de proie, effrayées par l'énorme brasier allumé à l'entrée de la grotte et par le tumulte, avaient quitté le voisinage.

Tandis qu'il mangeait, l'ancien intendant réfléchissait.

Ses mauvais instincts lui revenaient tout entiers.

Il savait que deux au moins des fugitifs étaient blessés.

Ils ne seraient donc pas difficiles à rejoindre s'ils étaient parvenus à sortir du souterrain.

Et il étudiait les houspailleurs du coin de l'œil, attendant qu'ils fussent rassasiés, pour leur proposer de se remettre en campagne.

Il pensait employer l'argument qui lui avait déjà réussi à plusieurs reprises : l'appât de l'or.

Mais, leur repas terminé, les Anglais se réunirent à l'écart.

Et ils se mirent à discuter à voix basse.

Stewart Bolton était inquiet.

Deux des soudards se détachèrent enfin du groupe et se dirigèrent vers lui.

— Voici, — commanda brutalement l'un d'eux. — Les camarades et moi, nous en avons assez. Le tiers des nôtres est resté sur le carreau, y compris notre sergent. Versez-nous notre paie ; nous allons retourner au camp.

L'agent secret se mordit les lèvres.

Les bandits refusaient de le suivre plus loin.

Il voulut pourtant parlementer.

N'ayant jamais reculé devant rien lorsqu'il y avait de l'argent à gagner, il comptait sur la toute-puissance de ses promesses.

Son interlocuteur l'interrompit sans ménagement dès les premiers mots :

— Ce que vous nous promettez, nous l'avons déjà gagné amplement. Payez-nous, puis restez ou venez avec nous, comme vous voudrez.

« Mes camarades viennent de me nommer leur sergent à la place de celui que nous avons perdu, et ils n'attendent que mon commandement pour se mettre en marche.

Stewart Bolton comprit qu'il était inutile de discuter.

— Je n'ai pas assez sur moi pour vous contenter, — dit-il d'un ton hypocrite. — Retournons au camp puisque vous refusez d'achever ce qui serait pourtant si facile. Là, je pourrai vous payer généreusement.

En parlant ainsi, l'espion mentait.

Il portait sous ses vêtements une ceinture bourrée d'or.

Mais il espérait trouver un moyen pour échapper aux bandits.

Et, s'il ne parvenait pas à leur glisser entre les doigts durant le trajet, une ressource lui restait.

Arrivé au camp anglais, il présenterait ses pouvoirs au général et demanderait l'arrestation des houspailleurs.

Un moyen tout simple de s'acquitter de ses dettes.

Le nouveau sergent des partisans réfléchit une minute.

— Soit, — dit-il, pensant en effet qu'on ne voyage pas par les montagnes et les forêts avec de grosses sommes. — Nous allons donc repartir ensemble.

Il alla retrouver ses hommes.

Ceux-ci se rapprochèrent.

Et Stewart Bolton s'aperçut que, sous prétexte de disposer les uns en avant-garde et les autres en arrière-garde, le nouveau sergent le faisait entourer par les houspailleurs.

Il déguisa sa déconvenue.

L'heure du départ avait sonné.

Avec cette hypocrisie qu'il excellait à employer souvent, il se tourna vers le cadavre de l'estafier qu'ils allaient laisser livré aux dents des fauves.

— Adieu, mon pauvre écuyer ! — prononça-t-il avec une émotion qui aurait sonné horriblement faux aux oreilles d'une personne attentive.

La petite colonne s'ébranla.

Stewart Bolton comptait retrouver un peu plus loin le cheval enlevé aux Écossais.

Une fois en selle, il lui serait assez facile de brûler la politesse à sa trop vigilante escorte.

Mais l'animal avait réussi à se détacher et avait disparu.

Quant à son cheval à lui-même et à celui que montait son compagnon lorsqu'ils s'étaient mis en rapport avec les houspailleurs, ils avaient été renvoyés en arrière sous la conduite de deux des bandits, dès le moment où l'on avait découvert la piste des Écossais.

L'ancien intendant, l'espion de Somerset, était donc condamné à faire le chemin à pied, ce qui l'empêchait de s'évader.

— Bast ! je me rattraperai au camp, — conclut-il.

La route fut longue et pénible pour revenir.

Julien, Christie de Clinthill et Ketty pouvaient abandonner leurs premières inquiétudes, ils pouvaient goûter un repos réparateur dans la cabane de l'ermite, les ennemis qui les avaient si âprement poursuivis étaient loin, à cette heure, de songer à leur nuire.

Les bandits ne pensaient plus qu'à tirer le plus possible de celui qu'ils considéraient maintenant comme leur prisonnier.

Et ce dernier supputait secrètement le moyen de s'arracher de leurs griffes.

— La route est devant nous ! — s'exclama un des hommes de l'avant-garde, heureux enfin de sortir de cette région de montagnes qui leur avait été si peu favorable.

Il disait vrai.

La petite troupe y arriva bientôt.

Et Stewart Bolton reconnut le chemin qu'il avait suivi peu de jours auparavant avec Julien d'Avenel et les estafiers.

Peut-être allait-il apercevoir quelque troupe régulière dans laquelle il pourrait se jeter sans attendre d'arriver au camp anglais.

Dans son impatience de s'en assurer, il franchit d'un bond le fossé qui l'en séparait.

En retombant de l'autre côté, les pièces d'or qu'il avait dans sa ceinture résonnèrent.

Les bandits se regardèrent d'une façon significative : ils avaient entendu et compris, deviné.

L'homme qui les avait poussés dans la mémorable aventure d'où ils revenaient décimés et meurtris se jouait d'eux.

Son prétexte d'attendre son arrivée au camp pour les payer devait cacher quelque plan inavoué.

Un des soudards lui posa sans plus de façon sa main sur l'épaule, avec brutalité.

— Qu'est-ce à dire? — fit l'espion.

Il essayait de prendre un air hautain.

Le nouveau sergent des houspailleurs s'avança.

— Il y a que vous allez nous remettre l'argent monnayé que vous avez sur vous. Cela nous servira d'acompte.

Un acompte? disait-il. De quoi enrichir une compagnie tout entière! Stewart Bolton verdit.

— Ne vous ai-je pas dit que je ne possédais pas sur moi ce que je désirais vous donner... la solde à laquelle vous avez tant de droits?

Il se faisait obséquieux et rampant.

Les bandits virent là un nouveau moyen pour les leurrer.

— Voilà ce que tu nous a dit, en effet, — fit le sergent en le tutoyant sans ménagement. — Mais les pièces d'or que tu caches viennent de parler aussi. Allons, débourse!

— Je vous jure... ! — essaya de bégayer le coquin.

Le sergent posa résolument la main sur la ceinture de Bolton, pour l'empêcher de se servir de ses armes, — si, contre toute supposition étant donné sa lâcheté avérée, l'agent secret faisait mine d'y avoir recours.

En même temps deux de ses hommes dégrafaient, arrachaient plutôt les attaches de son justaucorps.

— Prenez garde de ce qu'il vous adviendra pour porter la main sur moi! — bégaya l'ancien intendant.

Les houspailleurs ne l'écoutèrent même pas.

— Une ceinture bourrée de guinées! — s'exclama l'un d'eux mettant à nu le cuir double dans lequel Bolton avait caché son trésor portatif.

Un gémissement fut exhalé par l'espion.

Sans y prêter la moindre attention, celui qui venait de parler trancha la ceinture avec le revers de son poignard.

Une pluie de pièces rutilantes inonda le sol.

Les houspailleurs se précipitèrent pour les ramasser.

Mais le sergent, laissant faire ses hommes, eut la prudence de ne pas lâcher Stewart Bolton...

Devant la perte de son or, celui-ci eut un coup de révolte.

Il y vit rouge et arracha sa dague au sergent.

— Oh! oh! — fit le soudard en lui saisissant le poignet.

Voyant ce dont il s'agissait, un des bandits occupés à cueillir l'or si providentiellement semé sur la terre abandonna sa moisson et sauta sur l'agent secret.

Le désarmer fut vite fait.

Mais alors l'ancien intendant dut payer son essai de résistance.

Presque toute la bande lui tomba dessus.

Il fut littéralement roué de coups, le coquin qui avait eu l'intention de voler d'autres coquins.

Après quoi, ses poches furent vidées, retournées, ses vêtements déchirés, fouillés jusqu'à la couture.

Les bandits le dépouillèrent sans pitié.

Se retirant ensuite à l'écart, ils évaluèrent l'importance de leur butin.

Ce qu'ils venaient de glaner d'une façon si inattendue dépassait la somme qu'ils espéraient retirer.

Le sergent se rapprocha alors de l'espion affalé, démoralisé sur le bord du chemin.

— Nous voulons bien te tenir quitte, — dit-il d'un ton rude, — voilà la route, déguerpis. Mais, qui que tu sois, ne t'avise pas de chercher à nous nuire pour nous récompenser de te laisser la vie. Car, nous arriverait-il malheur à tous de ton fait, je ne donnerais pas cher de ta peau ! Nous aurions vite trouvé des vengeurs. Adieu !

Et il étendit le bras du côté où la route remontait vers Édimbourg, ordonnant par ce geste à Stewart Bolton de s'éloigner dans cette direction.

Le traître attacha sur lui un regard lourd, le posa ensuite sur les autres bandits détenteurs de son or.

Et laissant tomber sa tête sur sa poitrine, il se mit en marche d'un pas traînant et comme mécanique.

Ses vêtements étaient en haillons, il n'avait plus une arme, plus une obole.

Il n'était plus que le fantôme de lui-même et semblait conduire son propre enterrement.

LXXXVI

LA SOUFFRANCE DE LA FAIM

EST-CE que le mal semé sur ses pas par le traître Stewart Bolton allait enfin se retourner contre lui?

L'accumulation des forfaits causés par l'insatiable, la féroce cupidité de cet homme et par la passion inavouable et inavouée qu'il nourrissait était effroyable.

Le deuil au manoir de Claymore... Julien d'Avenel, Christie de Clinthill et la pauvre et charmante Ketty cantonnés dans la retraite d'un ermite, et bénissant le ciel d'avoir trouvé cet abri passager... Marguerite, la douce fleur d'Écosse, fleur arrachée de sa tige par le vent des tempêtes, errante et sans asile... Henri de Mercourt, le noble gentilhomme de France, les fers aux mains et aux pieds dans un sombre cachot...

Voilà le bilan de cet homme, du bandit qui, il y a quelques jours encore, rêvait, couronnement suprême de son œuvre, les seigneuries d'Avenel et de Melrose, et qui erre aujourd'hui, morne et déguenillé, sur la route qui mène d'Angleterre au cœur de cette Écosse qu'il a trahie, vendue.

Détournons-nous de ce traître pour qui, comme pour tous les traîtres, la mort sera toujours trop douce.

Julien, le fils du chevalier d'Avenel, le bon Christie et l'ancienne habitante du Moulin-Joli attendent, dans l'humble cabane du solitaire, qu'une amélioration dans l'état des deux blessés leur permette de reprendre leur traite interrompue.

Laissons-leur goûter un repos dont ils ont bien besoin.

Laissons le temps et les soins énigmatiques de leur hôte produire leur effet...

Marguerite, l'enfant si délicate d'Ellen Mercy, souffre et pleure...

Le vicomte Henri de Mercourt, captif dans la première section de la Tour de Londres, sent mille tourments déchirer son cœur.

Revenons auprès d'eux.

Lorsqu'on pense aux affligés, cela les soulage, dit-on.

Marguerite, après avoir reconnu la maison où elle avait été enfermée, s'était, on s'en souvient, rejetée dans le bois.

Pauvre, faible et ignorante de tout comme elle l'était, que pouvait-elle devenir dans ces solitudes?

Elle avait marché... marché.

A tout instant, elle croyait qu'elle allait rencontrer les hommes acharnés après elle durant la nuit infernale qui venait de s'écouler.

Par moments, il lui semblait qu'elle avait rêvé durant cette nuit-là.

Toutes les choses accomplies durant ces quelques heures s'enchevêtraient confusément dans son esprit.

Délivrée, alors qu'elle ne s'y attendait pas, de la captivité à laquelle on l'avait réduite, sans qu'elle pût savoir pourquoi...

Pourchassée ensuite au moment où son sauveur et elle-même croyaient n'avoir plus rien à craindre...

Et jetée seule tout à coup au milieu de ces bois, dans ce pays qu'elle ne connaissait même pas...

Son cerveau fatigué se demandait par moments si tout cela s'était bien accompli comme elle le revoyait...

Hélas! elle n'avait qu'à regarder autour d'elle pour se convaincre de la triste, de l'implacable réalité.

Le soleil arriva sur son zénith : elle marchait, marchait toujours.

Elle était accablée, et cependant elle n'avait pas faim.

Ou plutôt elle ne savait pas si elle avait faim. Mais elle était, par contre, cruellement altérée.

Elle cueillit des herbes sauvages et les porta à sa bouche, les mâcha pour en boire le suc.

Elle était bien lasse, mais continuait néanmoins à aller devant elle, hantée par cette pensée : échapper aux valets qui avaient voulu la reprendre.

A la vérité, ces derniers avaient fini par se décourager.

Et ils avaient réintégré la demeure de Stewart Bolton et de son fils, le vicomte Percy de Verbrock, le vaste logis veuf de ses deux maîtres.

Cela n'empêchait pas l'infortunée jeune fille de croire entendre marcher à tout instant derrière elle.

Son regard, d'un charme accru par ses angoisses, plongeait alors peureusement dans les fourrés.

Et de véritables secousses galvaniques la poussaient plus fort en avant.

Son apeurement redoubla avec l'approche de la nuit.

— Oh! comme j'ai faim, — murmura-t-elle tout à coup, le besoin de son être se faisant jour, à la fin, d'une façon distincte.

— Oh! comme j'ai faim!... — murmura-t-elle.

Son existence de tendresse et de soins caressants ne l'ayant point préparée pour ces dures épreuves, elle cherchait à apercevoir quelque toit où elle pût aller frapper, n'osant pas songer que ce serait peut-être s'exposer à retomber en captivité.

La jeune fille n'avait suivi jusqu'alors aucune route frayée.

Les ombres violacées du soir restreignaient l'horizon autour d'elle.

La fatigue la terrassa et elle se laissa aller au pied d'un arbre.

Des larmes silencieuses coulèrent sur ses joues.

Elle se sentait dans un état de déperdition pire que la mort.

Puis ses paupières se fermèrent tandis que ses pleurs coulaient encore...

Va, dors, pauvre petite !...

Son âme, lasse de souffrir, venait de s'engourdir dans le sommeil.

La pauvre enfant se réveilla sous la rosée frémissant aux rameaux flexibles des arbres, dans la clarté renaissante du jour.

Son regard, étonné d'abord, lui eut vite rappelé la réalité.

Ses esprits encore confus perçurent le chant joyeux d'oiselets perchés non loin d'elle et faisant palpiter leurs ailes légères.

Quelle ironie pour son malheur que ces gais refrains.

La fille d'Ellen Mercy se redressa.

La faim maintenant la faisait véritablement souffrir.

— Mon Dieu ! mon Dieu ! — invoqua-t-elle, — ne trouverai-je réellement aucun secours ?...

Elle se dirigea tout droit devant elle, s'appuyant aux troncs des arbres tellement elle se sentait défaillir.

Au bout d'un instant, elle crut apercevoir du bleu derrière le rideau des feuillages, au loin de la verte profondeur des bois.

Cela l'encouragea.

— Si c'étaient les champs !... — fit-elle.

Elle verrait au moins à une certaine distance.

La jeune fille fit encore cinquante mètres, et son être se dilata tout à coup d'espérance.

La plaine, avec ses horizons infinis, s'étendait devant ses yeux.

L'étendue, c'est-à-dire le jour, la vie !...

Il était impossible qu'il n'existât aucune habitation par là : des terres labourées, dont elle foulait les premiers sillons, le lui indiquaient.

Les aboiements d'un chien attirèrent son attention.

La fille d'Ellen Mercy ne tarda pas à apercevoir une ferme basse, à demi cachée derrière un pli de terrain qui l'avait empêchée de l'apercevoir plus tôt.

Alors Marguerite fit halte.

En se montrant, ne courait-elle pas le risque de voir s'accroître ses malheurs?...

Mais la faim qui la tenaillait était trop atroce.

— Et les jappements du chien ont du reste révélé ma présence, — se dit-elle. — Il serait trop tard pour me cacher.

Et les yeux ardemment fixés sur cette maison où on lui donnerait peut-être un morceau de pain, elle se dirigea vers ce toit inconnu qui cachait derrière ses murs une partie de sa destinée.

Quelle serait-elle?...

Le son a une répercussion considérable sur les terres inhabitées.

L'habitation vers laquelle la jeune fille se dirigeait était isolée au milieu de la plaine qui se déroulait maintenant devant ses yeux.

C'est que ces terres étaient presque stériles, et les paysans établis là n'avaient guère trouvé que ce coin susceptible d'être cultivé.

Aussi les aboiements du chien se répercutaient-ils avec une ampleur étrange sur les échos de la forêt.

Les paysans établis là ne voyaient jamais âme qui vive.

Ils étaient à plusieurs heures de marche de tout lieu habité.

— Le chien aboie bien fort, — fit une voix chevrotante à l'intérieur de la ferme. — Qui donc peut venir par ici?

Une vieille femme se dressa avec aigreur de l'escabeau sur lequel elle était assise.

Elle entr'ouvrit la porte.

Et posant sa main flétrie au-dessus de ses yeux, elle regarda devant elle...

— Je ne vois personne, — murmura-t-elle. — Pourtant ce n'est pas pour rien que le chien a aboyé avec tant de persistance.

Elle pensa que ce pouvait être, du côté de la forêt, quelque chasseur lancé à la poursuite du gibier, et elle se disposa à gagner une petite élévation du sol d'où elle pouvait voir plus loin.

Elle aperçut alors, toute seule, une jeune fille, presque une enfant, trébuchant à travers les sillons.

LXXXVII

UN MORCEAU DE PAIN

A vieille avait eu un moment de vive surprise en voyant une fillette se diriger seule de son côté.

Excepté le collecteur d'impôts, — qu'ils voyaient trop souvent, — ils ne recevaient jamais aucun visiteur.

L'enfant venait en outre de la forêt, d'où elle paraissait être sortie.

Marguerite avait, de son côté, aperçu la vieille.

Il semble que les êtres sur qui les années ont fait peser leurs épreuves doivent être plus compatissants.

Aussi la vue de l'habitante de la grange encouragea-t-elle un peu l'enfant d'Ellen Mercy.

Elle s'avança plus rapidement.

La matrone la regardait s'approcher de ses yeux ravinés.

Marguerite fut bientôt auprès d'elle.

Elle ne savait trop ce qu'elle allait dire : elle avait si peur d'être livrée de nouveau à ses persécuteurs.

— Madame, — balbutia-t-elle, — je suis égarée... perdue...

Et une parole qui trahissait bien le désarroi de son être vint à ses lèvres toute seule... une parole que son ingénuité lui montrait en outre comme devant, — plus que toutes, — attendrir la femme qui se trouvait devant elle.

Ce fut :

— J'ai faim.

L'œil de la vieille scruta les traits de l'enfant.

Et son cœur racorni ne s'émut pas !...

Puis, rapidement, elle étudia, inventoria son costume.

Elle en remarqua la coupe simple, il est vrai, mais reconnut de suite la qualité supérieure des étoffes.

Un nœud de ruban resté sur le côté de sa robe révélait les recherches ordinaires de costume des jeunes filles nobles.

Il s'était donc passé quelque événement tragique peut-être dans la famille de celle-ci ?

A moins qu'elle ne se fût enfuie de chez elle.

— Vous habitez probablement un château près d'ici ? — interrogea-t-elle.

— Hélas ! non, je... — répondit Marguerite.

Et elle s'arrêta brusquement, n'osant regarder son interlocutrice, ayant peur qu'elle ne devinât la vérité et ne la livrât à ses précédents geôliers.

L'autre vit son trouble.

— Toi, tu t'es enfuie de chez tes parents, — pensa-t-elle.

Les exemples étaient fréquents de jeunes filles de familles nobles mais pauvres, mariées ou fiancées à peine au sortir de l'adolescence avec des seigneurs de plus haut rang.

Ces unions, imposées par l'intérêt, brisaient souvent quelque inclination secrète de celles dont on disposait ainsi, sans nul souci de leur sentiment intime.

Mais l'ambition primait tout.

La vieille fermière ne doutait pas d'avoir, devant les yeux, une de ces sacrifiées.

Oui, celle-ci, affolée, supposait-elle, avait fui le toit paternel pour se soustraire à un joug abhorré.

Et elle mourait de faim, disait-elle par surplus.

Après l'esclandre que la fillette venait vraisemblablement de faire, elle se trouvait donc doublement à sa merci.

— Elle consentira à tout, plutôt que d'être ramenée auprès de son père, — pensa la vieille qui songeait déjà à profiter de la situation de l'enfant.

« Et pourvu que je lui donne un morceau de pain, j'en ferai ma domestique et celle de mes hommes... en attendant plus et mieux. Servie par une fille noble, eh ! eh ! cela me changera un peu.

La grange était solitaire, loin de tout et de tous.

Si l'on venait à y découvrir néanmoins la jeune voyageuse, elle répondrait qu'elle avait agi seulement par charité, l'adolescente ayant refusé de lui fournir aucune indication.

Elle voulait en faire d'abord sa servante : inutile par conséquent de la traiter avec égards.

— Tu as faim ? — fit-elle.

— Oh ! oui ! — exhala Marguerite.

— Et tu serais bien contente que je te donne un morceau de pain ?

La fille d'Ellen joignit les mains.

— Je vous en remercierai à genoux.

— Mais le pain est coûteux, la récolte de seigle et de froment n'a pas donné cette année, — reprit la vieille.

Dans un calcul inhumain, elle escomptait l'exaspération du besoin, l'attente aussi prolongée chez l'enfant.

— Je ferai ce que vous voudrez... je vous servirai pour vous dédommager, — balbutia Marguerite qui sentait son âme s'en aller. — Mais... j'ai bien faim !

Les yeux de la vieille papillotèrent.

Elle avait amené l'enfant où elle voulait.

Lui servir de domestique?...

Elle grommela que la « petite » ne savait pas ce que c'était : elle ne gagnerait jamais sa nourriture.

Les mains de Marguerite, — ses mains pâles d'inanition, — s'étaient tendues de nouveau, suppliantes, vers son interlocutrice.

D'une voix si faible qu'elle devenait à peine distincte, elle protestait que nulle besogne ne la rebuterait, ne lui paraîtrait trop dure, trop pénible... Mais vite, par charité !

Qu'on lui accordât seulement un morceau de pain !

— Viens donc, — accorda la vieille. — Et tâche de ne pas me faire repentir de ma bonté.

Elle franchit le seuil de la ferme, suivie de l'enfant.

Se dirigeant vers la huche juchée en haut contre le mur, elle coupa avaricieusement un morceau de pain le plus dur qui s'y trouvait, et elle le tendit à l'enfant.

La fille d'Ellen Mercy le prit avec avidité.

Ses dents affamées entamèrent la croûte coriace.

Le besoin de l'enfant était tel qu'il lui sembla délicieux.

Mais la vieille avait mesuré parcimonieusement sa ration.

Marguerite l'eût bientôt achevée.

Son regard se dirigea de nouveau vers la huche, — son regard plus éloquent qu'une prière.

— Il faut se rationner quand on est resté longtemps sans manger, — grommela la paysanne.

La jeune fille ne répondit rien.

Elle avait encore faim : cependant, le peu qu'elle venait de prendre semblait avoir fait redescendre la vie en elle.

Pourtant, comme elle était très fatiguée, elle se laissa aller sur un escabeau.

Et elle resta là, un long moment, presque inerte d'âme, de corps et d'esprit.

Puis, la réaction produite par le repos et le peu de nourriture qu'elle avait absorbée se faisant en elle, elle se prit à songer à sa situation dans cette ferme, à ceux qu'elle avait perdus, dont on l'avait brutalement séparée, à sa mère, à Julien, à lady d'Avenel,... à tous les chers habitants du manoir de Claymore.

Les reverrait-elle jamais?

Elle eut également un souvenir attristé pour le gentilhomme qui l'avait délivrée et que les gens d'armes avaient emmené.

Que de malheurs autour d'elle, brusquement déchaînés !

Elle en vint à douter de la sainte pitié de Dieu !

Des larmes montèrent à ses yeux.

Mais elle aperçut les regards de la vieille paysanne avidement attachés sur elle.

Et elle se dressa, afin de se détourner, ne pas laisser voir ses pleurs.

— Tu t'ennuies à ne rien faire, — fit la vieille hypocritement. — La jeunesse a besoin de mouvement. Prends le balai là-bas dans ce coin, et nettoie cette salle.

« Ça te distraira un peu.

Marguerite appuya la main sur son cœur.

N'avait-elle pas proposé à la paysanne de lui tenir lieu de servante en échange du morceau de pain qu'elle lui avait donné?

Elle devait donc se soumettre.

Et dans l'effort nerveux qu'elle fit pour obéir, elle résorba, dévora ses larmes qui ne coulèrent point.

— Plus tard tu me raconteras ton histoire, si tu veux, — dit encore la vieille, pensant que la menace contenue dans ces mots stimulerait son zèle. — Ça pourra être utile !

Elle ne s'était pas trompée.

L'enfant, ayant encore présents à sa mémoire son enlèvement, sa captivité, les scènes des nuits précédentes, jeta peureusement un coup d'œil vers la vieille.

Et quoique insuffisamment forte, tout épuisée encore, elle se mit au travail aussi bien qu'elle le put, feignant de s'y absorber pour que son hôtesse ne lui demandât pas ce récit, — au moins avant qu'elle fût en état de repartir, de fuir plus loin...

Toujours plus loin !

Les paysans considéraient la jeune fille éclairée par les flammes de l'âtre.

LXXXVIII

CENDRILLON

CE soir arriva.

Le chien resté au dehors aboya joyeusement.

— Ce sont les hommes, — annonça la vieille.

Un instant après, des pas lourds retentirent à l'extérieur.

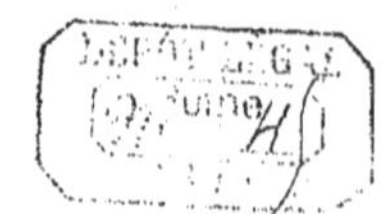

— Reste là, — ordonna la paysanne en s'adressant à Marguerite. — je vais leur parler afin qu'ils ne te renvoient pas.

L'enfant se prit à trembler.

Une porte d'étable grinça, cria, « les hommes » rentrant leurs bêtes de labour. Puis le seuil de la salle où la fille d'Ellen Mercy était restée se rouvrit et la vieille reparut, suivie de deux paysans.

La taille du premier, voûtée par la prosternation de toute une vie sur la terre, présentait les marques de décrépitude de ceux qui travaillent à toutes les intempéries ; les yeux du second, âgé de vingt ans à peine, brillaient de l'éclat métallique qu'ont les fauves des bois.

Ils s'assirent pesamment sur un banc, devant la table.

La vieille leur avait « parlé ».

Le fils se leva, allant accrocher un havresac qu'il portait sur l'épaule et, à la dérobée, son œil aux flammes ardentes s'attacha sur la jeune fille.

La nuit se faisait dans la grange : la paysanne jeta dans l'âtre une poignée de rames sèches qui crépitèrent, répandant dans la salle une lueur soudaine... Personne ne disait mot.

Les paysans considéraient la jeune fille éclairée par les flammes.

Marguerite avait eu peur en les voyant entrer.

Tournée à demi, elle n'osait les regarder.

Pourtant elle commençait à se rassurer... Elle se disait qu'on n'aurait sans doute pas l'inhumanité de la renvoyer à un pareil moment.

La paysanne plaça des écuelles sur la table, y versa une espèce d'épais brouet de pain et de farine de seigle.

Elle présenta celle qui en contenait le moins à la jeune fille.

— Mange encore, — dit-elle.

Le ton avec lequel elle venait de parler était brutal, hargneux, comme si elle « plaignait » le peu de nourriture qu'elle lui présentait.

La fille de lord Somerset et d'Ellen Mercy prit timidement l'assiette et courba la tête, souffrant de l'accent malveillant de la vieille paysanne.

Mais, enfin, on ne voulait sans doute pas la renvoyer, puisqu'on l'admettait au repas du soir.

Et elle porta à sa bouche la nourriture grossière qui allait finir d'apaiser sa faim... Elle se disait :

— Demain, je serai assez forte pour repartir. Je demanderai ma route à ces gens dont mon travail a payé la taciturne hospitalité, et j'irai... tant que Dieu voudra.

Elle repartirait le jour suivant, avait-elle pensé. Pauvre enfant, qui escomptait le lendemain !...

Ce lendemain arrivé, une voix rude réveilla la fille d'Ellen.

Le soleil était déjà sur l'horizon, et elle dormait encore à poings fermés... Après les émotions, les épreuves des jours et des nuits précédents, elle avait tant besoin de repos !

Marguerite, encore dans le trouble d'un sommeil pesant, coupé de soubresauts, passa la main sur ses yeux, regardant autour d'elle.

Elle reconnut la paysanne qui l'avait accueillie le jour précédent.

— Debout ! — dit celle-ci avec aigreur. — Cela fait du mal à la jeunesse de dormir trop longtemps.

La jeune fille quitta la couche où elle avait dormi.

La veille, après le repas, le vieux paysan avait jeté silencieusement une botte de chaume dans un recoin, — sorte de pièce étroite située entre deux murailles.

— Les hommes veulent bien consentir à te garder par charité, — avait alors annoncé la vieille. — Voilà ton lit. Tu n'auras qu'à étendre de la paille, et tu dormiras là mieux que dans la plume.

Après les deux nuits précédentes passées en plein air, dans la forêt, l'enfant avait accepté avec reconnaissance cette couche grossière.

Mais on ne lui permettait pas d'en profiter selon ses besoins.

Les paysans venaient de s'éveiller, eux.

Et sans souci de l'âge de l'enfant, de l'épuisement qui la prostrait encore, ils avaient jugé qu'elle devait se lever aussi.

Il fallait qu'elle gagnât et au delà le peu de pain qu'on lui donnerait avec avarice.

Marguerite rattachait ses cheveux dénoués pendant son sommeil.

— Tu te feras belle plus tard, — grommela la vieille. — Il faut allumer le feu pour préparer le déjeuner des hommes.

L'enfant, élevée au milieu de tendres soins au manoir de Claymore, était donc réellement devenue une servante de ferme ?

La paysanne lui montra des brindilles auprès de l'âtre.

Puis elle ajouta :

— Déterre la braise qui se trouve sous la cendre. Tu mettras alors la poignée de menues branches au-dessus et tu souffleras sur la braise.

L'enfant obéit silencieusement... pauvre petite Cendrillon !

Mais elle ne réussissait pas.

La vieille la poussa alors brutalement et la fit tomber à genoux.

— Là, approche-toi maintenant et souffle.

Les larmes aux yeux, Marguerite exécuta l'ordre ainsi donné.

Le pain qu'on s'apprêtait à lui accorder dans cette maison serait bien amer. Heureusement qu'elle partirait bientôt !

Elle parvint à éveiller enfin une petite flamme sous la cendre qui avait volé sur les cheveux et dans les yeux de l'enfant... Les brindilles crépitèrent.

La vieille y ajouta d'autre menu bois, grommelant contre la maladresse et la lenteur de sa servante.

— Allons, débrouille ! — gronda-t-elle. — Mets du gros bois.

Et comme Marguerite, ayant encore exécuté cet ordre, essuyait la cendre qui couvrait son visage, elle ricana :

— Cela te poudrera... comme les mijaurées des châteaux qui ne sont pas même capables de gagner leur vie.

Tandis que le restant du brouet de la vieille commençait à chanter sur le feu, elle reprit méchamment, en regardant du côté des hommes qui venaient de reparaître :

— Il faudra bien, pourtant, que tu nous racontes ton histoire.

Les épaules de l'enfant se serrèrent, sa tête se courba, ayant peur, avec de telles gens, de ce qui adviendrait sans nul doute après.

La paysanne constata de nouveau la crainte qu'elle avait déjà remarqué la veille chez la malheureuse exilée.

Et son regard, tourné vers les deux hommes, brilla de contentement. La « petite » portait certainement, sur la conscience, quelque chose qu'elle avait un vif intérêt à cacher. On la tenait à discrétion.

Le regard dur du vieux paysan répondit au sien.

Quant à l'œil de leur fils, luisant comme celui de l'orfraie dans la pénombre, il s'attacha avec ténacité sur la pauvre enfant.

Pour son malheur, un charme infiniment triste, et doux aussi, était répandu sur elle, avec ses cheveux que la vieille ne lui avait pas donné le temps de nouer et que la blancheur grise de la cendre recouvrait d'un poudroiement pâle, affinant encore la teinte de sa chevelure.

En se retournant, Marguerite aperçut les prunelles braisillantes du paysan. Et, instinctivement, elle se recula.

La menace de la mégère de l'obliger à raconter les événements qui l'avaient conduite auprès d'eux, le regard de ce rustre, tout cela lui faisait peur. Et elle se disait que lorsque les deux hommes se seraient éloignés, elle se remettrait en route sans plus attendre.

Maintenant elle n'osait pas.

Elle aurait craint d'être arrêtée, rattrapée par eux.

Comme le jour précédent, elle eut sa part, sordidement mesurée, de bouillie de seigle.

Puis les hommes reprirent leurs bêtes de labour et sortirent.

L'enfant était seule avec la vieille : elle allait donc pouvoir quitter cette maison qui, maintenant, lui faisait peur.

LXXXIX

TRISTE SERVAGE

MARGUERITE avait attendu ce moment pour reprendre son voyage.

— Je vous ai servie de mon mieux, — dit-elle alors à la mégère dès qu'elle fut seule avec elle. — Je vais à présent vous remercier et reprendre ma traite.

L'autre ricana :

— Eh ! eh ! la belle, on voit que tu ne sais pas ce que les moissons coûtent à lever et à mûrir. D'ailleurs tu ne peux t'en aller sans nous apprendre ce qui t'a fait te jeter ainsi dans les forêts... comme si tu avais eu peur qu'on ne te retrouve ?

Et pour achever de terroriser l'enfant :

— Les gens de la reine risqueraient de nous chercher noise. Nous ne pouvons te laisser partir sans que tu nous aies tout appris, afin de te reconduire, s'il y a lieu, vers les officiers de justice qui te ramèneront ensuite chez tes parents.

Marguerite pâlit.

Elle se vit retombant dans les griffes de ceux auxquels le chevalier français l'avait arrachée, et condamnée peut-être à un sort encore pire.

— Plus tard, je vous dirai tout, — balbutia-t-elle, ne songeant qu'à éloigner ce moment redouté.

Et elle résolut d'attendre un instant où la vieille paysanne serait occupée, pour se jeter au dehors.

Mais la paysanne ne la quittait pas.

La journée se passa sans qu'elle eût réussi à tromper sa surveillance.

— Ce sera pour cette nuit, — pensa l'enfant.

Retirée dans son réduit, elle ne s'endormit pas, attendant que plusieurs heures se fussent écoulées.

Alors elle quitta doucement l'espèce d'*in-pace* qui lui avait été désigné et voulut gagner sans bruit la porte extérieure.

Mais le chien fit entendre un grognement.

La vieille fut aussitôt debout ainsi que son fils.

— Eh bien ! — siffla la mégère, — on veut donc fausser la politesse aux gens sans même les remercier ?

Marguerite bégaya une explication.

Mais la vieille lui désigna impérieusement son réduit.

Elle était prisonnière.

Le jeune homme, lui, n'avait rien dit : mais les reflets fauves de ses prunelles étaient pires que des paroles.

— Tommy, — fit la paysanne, — pour empêcher cette petite de faire quelque sottise, tu coucheras à la porte de son logis.

Un coup de sang porta du rouge aux pommettes du jeune paysan.

Sa mère, qui s'en aperçut, lui jeta un coup d'œil singulier.

Elle comprenait qu'avec un tel gardien, la fillette ne leur échapperait sûrement pas.

Dès ce jour, l'existence de l'infortunée devint un véritable servage.

Il n'était pas de travaux trop durs, ni trop rudes, ni trop avilissants pour elle : au contraire !

La nuit, Tommy, le jeune paysan, s'étendait à l'entrée du réduit où elle couchait.

Et dans l'obscurité, elle croyait encore voir luire ses prunelles dont l'éclat lui faisait mal... l'épouvantait.

Durant la journée, la vieille ne la quittait pas des yeux.

Son sort était pire que celui d'une esclave.

Elle était fille du premier personnage du royaume d'Écosse après la reine, et on lui donnait un morceau de pain en échange de son labeur.

Maintenant elle ne savait plus quand cette captivité nouvelle prendrait fin et la désespérances des êtres condamnés à un éternel malheur avait fini par l'envahir.

Lorsque la vieille avait à s'absenter, son fils demeurait au logis.

Le vieux paysan était trop cassé ; Marguerite aurait peut-être réussi à lui échapper. Et non seulement ils n'auraient plus eu de servante, mais de plus ils craignaient les conséquences de la séquestration dont l'enfant était réellement victime.

Quant au garçon, sa mère était rassurée. Elle avait discerné la passion sauvage que l'adolescente avait fait naître en lui.

Vivant à l'écart, pareil aux animaux farouches de la forêt qui limitait leur domaine, il avait des instincts âpres et farouches comme eux.

Le hasard avait fait tomber la jeune fille chez eux ; il la couvait du regard sans rien dire, mais d'autantplus menaçant encore ; et il ne laisserait jamais s'éloigner celle qui avait mis dans ses veines le feu qui l'embrasait.

Lorsqu'il avait à demeurer avec Marguerite, il rôdait autour d'elle silencieusement, l'enveloppant des effluves lourdes sortant de ses prunelles.

La troisième fois qu'il eût à passer la journée dans la ferme seul qu'avec l'enfant, il s'en approcha enfin.

— Écoute, — lui dit-il d'une voix sourde, — tu t'ennuies ici parce que tu y vis presque seule. Moi aussi, j'y suis seul.

La flamme qui papillotait dans le creux de ses arcades sourcilières ardait avec plus d'intensité que d'habitude.

Marguerite, dans un mouvement d'émoi inconscient, se recula, effarée.

— Tu as tort! — grommela-t-il.

Il regarda du côté de la porte entr'ouverte comme pour indiquer que c'était la liberté qu'elle venait de refuser.

Il alla la fermer ensuite, lui signifiant ainsi que, puisqu'elle s'éloignait de lui, c'était fini, que sa captivité était immuable.

Et il demeura immobile dans l'ombre de la salle, en sentinelle vigilante, implacable.

— Julien! Julien!... — murmurait Marguerite dans le silence et la détresse de son cœur.

Julien, sa mère, Marie d'Avenel, tous ceux qui l'avaient connue, aimée, et le généreux gentilhomme français à qui elle devait quelques heures de liberté, où étaient-ils? qu'étaient-ils devenus?

Stewart Bolton, l'homme dont elle n'avait pas oublié le nom, s'était emparé d'elle et du fils de Walter d'Avenel, de Julien... Qu'avait fait le misérable de celui dont elle évoquait le cher souvenir dans l'affreuse angoisse qui venait de la saisir?...

Quel malheur avait peut-être fondu ensuite sur les siens?...

Des jours de mortelle angoisse suivirent...

Et pour fuir, tantôt le regard effrayant du jeune paysan, tantôt la surveillance hargneuse de la mégère, elle se réfugiait dans le travail qui lui, au moins, procure parfois des moments d'oubli.

Et tandis que les jours se succédaient dans la ferme où tous lui causaient une égale terreur, la pauvre Marguerite, l'âme en deuil, n'espérant plus en Dieu ni aux hommes, s'habituait à croire au malheur, à l'anéantissement de tout.

XC

AMIS FIDÈLES

ANS ses moments de plus grande tristesse, la fille d'Ellen Mercy pensait invinciblement au vicomte de Mercourt.

Elle songeait à lui comme à une sorte de chevalier errant, des temps anciens, venant l'arracher à son esclavage.

Ingénument confiante, elle se demandait alors s'il n'allait pas reparaître de nouveau en sauveur, en justicier.

Marguerite ne savait pas, ne pouvait savoir ce qu'il était devenu.

Mais elle avait depuis peu de temps acquis une expérience assez malheureuse pour ne pas prévoir ce qui avait dû se passer après son arrestation.

— Hélas! — se disait-elle, — le noble gentilhomme gémit sans doute dans quelque cachot, avec toutes les aggravations de peines causées par sa courageuse résistance.

La jeune fille ne se trompait pas.

Henri de Mercourt était toujours enfermé dans une des obscures cellules de la première section de la Tour de Londres.

Ce qui affligeait le plus Marguerite, c'est qu'elle pensait être la cause du malheur arrivé au gentilhomme français.

Elle s'accusait d'avoir ralenti sa retraite.

— S'il ne s'était pas retourné contre nos poursuivants pour me permettre de m'éloigner, — se disait-elle, — il aurait pu se jeter comme moi dans les bois où j'ai trouvé le salut, au moins momentanément.

Et lorsque, la nuit venue, elle se retirait dans le réduit qui lui avait été assigné et qu'elle priait, avec des larmes, pour sa mère, pour Julien, pour tous ceux qu'elle aimait, elle mêlait à sa prière le souvenir du brave gentilhomme breton.

Capturée elle-même, cloîtrée en quelque sorte dans cette ferme perdue en un lieu où jamais nul étranger ne venait, elle n'avait que la prière à employer pour lui.

Mais d'autres, plus forts, essayaient d'agir durant ce temps.

Elle était fille du premier personnage du royaume après la reine, et on lui donnait un
morceau de pain en échange de son labeur.

Fabers le corroyeur et Martial avaient attendu, durant quelques jours
encore, le retour ou plutôt des nouvelles du vicomte de Mercourt?

Ni l'un ni l'autre ne doutaient du récit fait par le portier de la
maison, vide maintenant de Stewart Bolton.

Le tronçon d'épée rapporté par l'artisan était une preuve complé-
mentaire.

LIV. 248. — H. GEFFROY, édit. — Reproduction interdite.   248

Mais ils ignoraient ce que le gentilhomme breton était devenu.

Fabers avait bien essayé de se renseigner.

Il était retourné auprès du concierge de la maison maudite.

Le prétexte de demander, de la part d'un personnage très opulent, si la demeure, — vide maintenant de ses maîtres, — n'était pas à vendre, lui avait servi d'entrée en matière.

Mais, depuis sa première visite, un affidé du duc de Somerset s'y était présenté.

Il avait intimé au portier l'ordre de se taire absolument au sujet du comte de Verbrock et sur tout ce qui s'était passé, sous peine d'être châtié d'une façon exemplaire.

C'était un des procédés de domination du ministre.

Il faisait le silence autour de ceux à qui il avait affaire.

Le silence, agent de la terreur.

Aussi Fabers n'avait-il pu obtenir le moindre renseignement de la part de cet homme.

Ce dernier regrettait même d'avoir tant parlé précédemment.

Le corroyeur vint tristement annoncer à Martial le résultat négatif de sa démarche auprès du gardien de la maison.

— C'est bien, — murmura le Breton après l'avoir écouté, — nous ne pouvons en douter, l'ordre a été donné évidemment de ne rien révéler de ce qui touche à mon maître. Il m'a tiré de la prison où l'on m'avait enchaîné ; c'est à moi qu'il appartient aujourd'hui de faire pour lui ce qu'il a fait pour moi-même.

— Mais vous êtes impotent, — objecta l'artisan. — Vos jambes brisées par les brodequins et les coins de fer ne peuvent plus guère vous porter, alors que vous sembliez aller mieux dernièrement.

« C'est l'inquiétude, l'insomnie et la fièvre qui sont causes de votre aggravation de mal. Vous ne pouvez résister à la fatigue.

— Fabers, c'est la claustration, l'immobilité qui me sont nuisibles. L'air du dehors revivifiera mon sang.

Et avec un sourire navré :

— A moins que vous n'ayez l'intention de me retenir prisonnier.

Un silence avait suivi ces paroles dans lesquelles le corroyeur discernait l'intention arrêtée de l'écuyer breton de se mettre en campagne...

Le brave artisan tremblait pour son hôte.

Rien n'avait transpiré au dehors au sujet de la présence du Breton dans la maison. La vieille servante, impénétrable, n'avait commis aucune imprudence ni soufflé mot à âme qui vive.

Martial ne bougeant pas de sa chambre, aucun indice ne pouvait donner l'éveil aux limiers de Somerset.

Mais une fois dehors?... Le courageux écuyer allait être livré à tous les hasards. C'est ce que redoutait Fabers.

Il exprima à Martial ses craintes, augmentées de celles que lui inspirait son état.

— Rassurez-vous, — répondit le Breton, — le mal que m'ont fait les tourmenteurs du lord-duc deviendra ma sauvegarde.

Et poursuivant sa pensée :

— Ceux qui conspirent ont besoin de toute leur force, de toute leur agilité, de toute leur vigueur. On ne peut raisonnablement soupçonner un infirme qui se traîne sur le pavé d'une ville de vouloir forcer les murs crénelés d'une prison telle que la Tour de Londres.

« Je ne puis marcher, je ne le sens que trop. Mais si mes jambes sont incapables de porter le poids de mon corps, mes bras sont indemnes et mes poignets solides.

Et souriant de nouveau, du sourire des résignés héroïques, il montra, en un coin, une planche provenant d'une étagère de la boutique du corroyeur.

— Cette planche est assez large pour me permettre de m'y accroupir. Des courroies y assujettiront mes jambes et l'attacheront à ma taille, ainsi que le font les culs-de-jatte qui demandent l'aumône sur le grand pont de la Cité.

Et avec un geste de puissance réelle :

— Je serai trop bas, trop près de la terre, la mère nourricière des humains, pour que les gens de Somerset viennent me dévisager.

Le corroyeur inclina le front.

Certes, il y avait de la témérité dans le projet de l'écuyer.

Mais, ainsi qu'il le disait, les estafiers de Somerset ne se douteraient certainement jamais que dans le cul-de-jatte qui se traînait péniblement à leurs pieds, il y avait un homme résolu à anéantir coûte que coûte les projets de leur maître.

Martial était décidé à aller accomplir ce qu'il appelait son devoir.

Fabers se rendit compte qu'il était inutile de chercher à le retenir.

Lui-même, d'ailleurs, était l'homme du sacrifice, et il comprenait cette résolution héroïque du Breton.

Et il se mit à confectionner lui-même le siège, le traîneau de misère et de souffrance sur lequel Martial se préparait à aller affronter l'œil inquisiteur des agents et la puissance de Somerset.

XCI

A LA RUE

EN sa qualité de corroyeur, Fabers avait monté solidement l'espèce de plate-forme sur laquelle Martial, accroupi, et se traînant à la force des poignets, devait se hasarder dans les rues de Londres.

Lorsque le siège fut prêt, Martial y croisa ses jambes malades et fixa autour de lui les courroies installées par l'artisan.

Appuyé sur ses mains, comme un être incomplet, il essaya de se mouvoir à travers la chambre.

Inhabile à cet exercice, il vaguait péniblement sur le parquet, heurtant presque à chaque mouvement les meubles et les murailles.

Il s'essaya ainsi plusieurs fois durant une journée.

La sueur coulait de ses tempes pâles et maigres, dans l'acharnement qu'il y mettait.

Mais, le soir venu, instruit par ses nombreuses expériences de la journée, il était arrivé à posséder plus d'adresse.

— Je sais me mouvoir désormais, — dit-il. — Je vous quitterai demain.

Et la résolution imprimée sur ses traits, il ajouta :

— L'écuyer Martial Dacier va disparaître de ce monde et devient désormais Patrick l'infortuné cul-de-jatte.

Son hôte n'essaya pas de réprimer un geste de tristesse.

Quelle allait être l'existence du malheureux, lié à cette espèce de pilori ambulant, auquel il était comme rivé désormais, sous peine de se dénoncer lui-même ?

L'instrument qui allait paralyser les jambes de Martial, l'obliger à se traîner au ras du sol, dans les ruisseaux fangeux, était solide, Fabers ayant employé toute son habileté professionnelle à le confectionner.

Il avait également disposé de son mieux les courroies pour ne point trop meurtrir les membres déjà endoloris de Martial.

Cependant cette position, déjà pénible pour un homme valide, n'allait-elle pas être véritablement cruelle après la torture toute récente à laquelle Martial avait été soumis dans la Tour de Londres ?

Le lendemain, avant l'aube, l'écuyer du vicomte de Mercourt quitta le lit où il reposait.

Il devait sortir de la maison du corroyeur alors qu'il ferait encore nuit. Leur sécurité mutelle exigeait qu'on ne le vît pas lorsqu'il partirait...

Fabers qui dormait d'un sommeil inquiet fut aussitôt debout. Et il se trouva bientôt auprès de l'écuyer...

Martial avait toujours en sa possession la somme que son maître, le seigneur de Kervien, lui avait remise avant le moment où ils devaient tous s'embarquer pour la France.

Non seulement cette somme était actuellement inutile au Breton; mais elle pouvait devenir dangereuse, si on venait à la découvrir sur lui, dans le métier qu'il allait faire.

Elle risquait d'indiquer que sa profession n'était qu'un prétexte.

Les mendiants loqueteux qui traînaient leur vie sur les quais de Londres ne possédaient pas en effet... d'habitude! une pareille somme.

Il prit cet argent et mit de côté quelques menues pièces; puis, s'adressant à son hôte :

— Je ne vous offre pas de vous indemniser de mon séjour chez vous, ami Fabers, — dit-il.

« Mais tout ceci m'est inutile et pourrait même devenir périlleux pour moi. Ce que je conserve me suffira amplement... en attendant que j'aie fait recette.

Il prononça ces mots avec amertume.

Il souffrait dans sa fierté d'aller tendre la main, même pour dépister les gens vendus à Somerset.

Et complétant sa pensée :

— Conservez-moi donc cette somme en prévision de l'avenir. Le jour où elle me deviendra nécessaire, je viendrai vous la redemander...

« Et si, après avoir terrassé le maître, le destin frappe définitivement le serviteur, si je succombe... cet argent m'ayant été remis pour en user à ma discrétion et à mon gré, j'ai le droit d'en disposer; qu'il devienne alors le vôtre, bon Fabers, en souvenir de mon seigneur et de moi-même.

— Si le malheur que vous prévoyez venait à se réaliser, cet argent retournerait au manoir de Kervien, — répondit gravement l'artisan.

Il serra dans son coffre le dépôt que Martial lui confiait. Et frappant sur le bois bardé de fer :

— Que vous vous présentiez de jour ou de nuit, il sera toujours là à votre disposition.

La vieille et silencieuse servante, instruite du départ imminent du Breton, avait préparé dès la veille pour lui une nourriture substantielle.

— Maître, — vint-elle annoncer à Fabers, — le repas attend notre hôte.

Les deux hommes descendirent dans l'arrière-boutique, où le couvert était mis soigneusement.

Martial mangea avec une sorte d'appétit joyeux.

La pensée qu'il allait enfin agir mettait en lui une animation d'heureux augure.

Les ténèbres qui pesaient sur la ville commençaient à s'éclaircir.

La collation était achevée.

— Il est temps de revêtir mon barnais, — prononça le Breton.

Il s'accroupit sur la planche garnie de larges et souples courroies.

Mais la vieille servante lui présenta alors un coussin qu'elle avait confectionné sans en rien dire.

Martial la remercia avec effusion.

Le coussin s'adaptait exactement à la planche, l'excellente femme en ayant pris secrètement les mesures.

Grâce à sa prévoyance muette, les souffrances qui attendaient le fils de Jean Dacier seraient plus supportables.

Martial replia sous lui ses pauvres jambes dolentes, tuméfiées.

Et bientôt, les boucles des courroies les immobilisèrent sur son siège lamentable de cul-de-jatte.

Une double et forte lanière de cuir assujettit le tout à sa ceinture.

Fabers considérait les préparatifs de son hôte avec appréhension.

— Tranquillisez-vous, — dit gaiement Martial, — grâce à l'attention de votre bonne servante je ne souffrirai pas. Mes jambes ont déjà trouvé leur place sur le coussin.

Son regard se fixa sur une sorte de couteau de chasse, à lame courte mais épaisse, suspendu sur le côté du buffet.

Fabers s'en aperçut, le décrocha et le lui tendit en disant :

— Prenez-le, il pourra vous servir.

Un éclair brilla dans l'œil du Breton, et ses doigts se serrèrent, avec un frémissement joyeux, autour du manche de corne.

Il n'avait pas osé le demander; mais, puisque son hôte le lui offrait, il l'acceptait avec reconnaissance.

Oui, comme venait de le dire celui-ci, il lui servirait peut-être !...

Martial saisit alors deux poignées de bois qu'il avait confectionnées lui-même pour y appuyer ses mains et charrier son corps.

— Et maintenant, adieu ! — dit-il avec résolution.

Il tendit une main à l'homme qui l'avait gardé à l'abri, au péril de sa propre existence.

Celui-ci lui répondit par l'étreinte des deux siennes, étreinte ardente, prolongée.

— Adieu et merci à vous aussi ! — ajouta le Breton en s'adressant à la servante dont la fidélité et la bonté avaient adouci ses peines. — Il faut partir !

— Éteins la lumière, — ordonna le corroyeur à la domestique, — afin que rien ne trahisse celui qui s'en va.

L'obscurité retombée dans la maison, il ouvrit sans bruit la porte du magasin et étudia attentivement les environs de l'église Saint-Paul.

— Vous pouvez sortir, — fit-il à voix basse. — Mais souvenez-vous que, quoi qu'il arrive, ma maison vous est toujours ouverte.

Ils échangèrent encore un adieu.

Dans un effort nerveux, Martial se laissa glisser dans la rue.

Les poignées de bois, dont il s'était muni, résonnèrent sourdement contre le sol...

Fabers, resté debout sur la porte entr'ouverte, le suivit du regard.

La forme trapue, écrasée, du cul-de-jatte disparut bientôt dans la pesanteur de la nuit qui noyait la terre.

Le bruit inégal et pénible des poignées de bois s'élevait seul, de plus en plus lointain.

Il cessa bientôt de se faire entendre.

Martial venait de tourner l'angle de l'église. Il allait de nouveau affronter la vie !...

XCII

LE CUL-DE-JATTE

Tout se modifie, change, se transforme à vue d'œil.

Où sont les emplacements exacts des ponts de bois qui, aux premiers âges de notre cher et glorieux Paris, conduisaient de la Cité aux faubourgs, épandus des deux côtés sur les rives du fleuve qui, — après avoir servi de ceinture à notre capitale, — la divise maintenant en deux parties égales dans l'expansion croissante de sa vitalité et de sa force ?

De même, si sûrs de soi qu'affectent de l'être nos voisins de l'autre côté de la Manche, qui donc, sur le sol tant de fois remué de Londres, pourrait montrer avec certitude, au milieu des transformations accomplies, le point d'atterrissage de ce qui fut jadis le premier pont de sa Cité, le vieux pont des Truands ?

Ce dernier nom lui était quelquefois donné, à cause du nombre des mendiants, infirmes, loqueteux de tout âge, de tout genre et de tout sexe qui s'y rendaient, afin d'exploiter, sur ce passage, la charité publique.

L'on n'échappait aux gémissements de l'un que pour se heurter aux lamentations d'un autre, — et parfois telle bourse, avaricieusement enfouie au fond du haut-de-chausses ou sous les plis d'une houppelande, s'ouvrait pour une faible obole.

Quelques-uns des clients habituels de cet endroit étaient déjà à leur place accoutumée, assourdissant l'air de leurs cris discordants, lorsqu'un cul-de-jatte, au visage hâve, aux yeux brillants de fièvre, apparut à son tour...

Il semblait avoir une peine particulière à traîner son corps sur le pavé raboteux.

Parvenu à la tête du pont, il fit halte un moment, passa une de ses mains sur son visage où il essuya de la sueur qui y perlait.

Il examina les deux côtés du pont, et, ébranlant de nouveau sa masse recroquevillée, alla s'échouer définitivement au pied d'un des montants de l'énorme charpente.

— La charité, par pitié, fit-il en tendant son chapeau.

Sa place n'était peut-être pas la meilleure.

D'autres mendiants étaient avant lui de chaque côté, et ceux-ci feraient sûrement les premières recettes.

Mais la charpente contre laquelle il était allé s'appuyer le protégeait du vent, et cette considération parut suffisante aux divers quêteurs d'aumône qui avaient scruté d'un regard curieux et inquiet les traits de ce nouveau venu.

Avec son infirmité, sa figure de Christ martyrisé, il leur paraissait, en effet, un concurrent sérieux.

Mais les passants commençaient à circuler nombreux ; leur nouveau « confrère », à la place qu'il venait de choisir, ne pouvait guère leur nuire et leurs voix traînardes, suppliantes, recommencèrent à faire entendre leurs litanies monotones.

Le cul-de-jatte demeura un instant immobile à son coin.

Il était affreusement pâle, ses lèvres elles-mêmes étaient toutes blanches.

— J'ai cru que je n'arriverais jamais, — pensa-t-il après s'être laissé aller d'abord à une sorte d'affaissement. — Comme cette traite a été longue et dure. Notre bonne Dame d'Auray, donnez-moi la force de persister, de continuer !...

Notre-Dame d'Auray, — disait-il ; la Vierge vénérée de la terre bretonne !

Cet homme, ce cul-de-jatte, était venu en effet de la vieille Armorique.

C'était un Français ; c'était Martial Dacier, l'écuyer du vicomte Henri de Mercourt, du seigneur de Kervien, enfermé dans la Tour de Londres.

Après avoir quitté la maison de Fabers, le corroyeur, il avait gagné le bord de la Tamise, cherchant un endroit écarté pour y attendre le jour.

Il avait résolu d'aller commencer, dès le matin, l'humiliant apprentissage du métier de mendiant, auquel il devait s'astreindre pour tromper la surveillance des estafiers de lord Somerset.

Certes, ses bras étaient demeurés vigoureux, en dépit de l'alanguissement général entraîné par les supplices auxquels il avait été soumis et par sa longue claustration.

Cependant, un corps à ébranler, à soulever, était un poids très lourd.

Et, parvenu à un endroit où nul être humain ne se montrait sur le bord du fleuve, il s'était arrêté avec une véritable satisfaction.

Il respirait, emplissant ses poumons d'air pur, après les journées qu'il venait de passer enfermé dans la maison du marchand de peausseries.

Ses jambes ramenées sous lui et dans lesquelles les chairs tenaillées gardaient le souvenir des supplices infligés lui pesaient.

Il n'osait pourtant relâcher les courroies qui les immobilisaient.

Il redoutait de ne pouvoir reprendre ensuite la position pénible à laquelle il s'était condamné.

Puis si quelqu'un était apparu !

— Non, — s'était-il dit, — je dois demeurer rivé à mon carcan. Il le faut pour que je puisse agir.

L'aube avait tardé à paraître... l'aube qui lui semblait, en ce jour, si longue à venir.

Reprenant les patins de bois sur lesquels il cramponnait ses mains, il s'était mis alors en mesure de gagner l'endroit de la ville le plus fréquenté et où il serait confondu parmi ceux qui s'y rassemblaient pour demander l'aumône.

Il avait remarqué autrefois le pont surnommé par la voix publique le pont des Truands.

— Là, dans le tas, nul ne fera attention à moi, — se dit-il.

Mais de violentes souffrances l'arrêtèrent dès les premiers pas.

Des élancements aigus traversaient ses jambes écrasées par le poids de son corps et comprimées entre les courroies.

C'était l'effet du repos.

Hélas ! son apprentissage du métier de cul-de-jatte se révélait plus dur qu'il ne s'y était attendu.

Le Breton voulut dompter la douleur ; mais il fut obligé de faire halte de nouveau.

Dans un geste désespéré il tendit ses bras vers le ciel.

Puis, ayant avalé une gorgée d'air, les dents serrées pour étouffer le mal, il essaya de repartir.

L'essai qu'il venait de faire précédemment avait échauffé ses membres. Il lui semblait qu'il souffrait un peu moins.

D'ailleurs, il voulait rester sourd au cri de sa chair, afin d'arriver quand même au but qu'il s'était fixé.

Et il remontait la rue de la Tamise, raclant le sol, semblable à un être dont un cataclysme aurait écrasé les membres inférieurs.

Malgré sa volonté de ne point céder à la souffrance, celle-ci n'avait effectivement pas tardé à s'accroître.

Il croyait sentir des pointes de feu traverser ses fibres.

Une salive épaisse se séchait sur ses lèvres.

Le cou tendu il regardait devant lui le pont des Truands qui devait être le terme de sa traite, se demandant s'il arriverait jamais.

Ses poignets faiblissaient eux-mêmes dans l'angoisse du mal qui l'étreignait.

Et l'on entendait parfois la planche sur laquelle son corps endolori était attaché, labourer plus lamentablement le sol.

Il avait réussi pourtant à atteindre le pont.

Il était temps. Le Breton était à bout.

Et ses bras frappés d'inertie étaient retombés le long de son corps martyrisé.

Mais s'abandonner à ce moment et à cet endroit était pire que tout.

On se demanderait quel était ce mendiant si impressionnable, et c'en était assez pour attirer sur lui l'attention de quelque espion.

Cette réflexion avait coulé dans les veines de Martial une force factice...

Et se raidissant encore, il était venu s'écraser au pied de cette pièce de charpente où la brise qui glissait sur le fleuve séchait la sueur d'angoisse qui perlait à ses tempes.

Les mendiants espacés sur le pont égrenaient leurs supplications éplorées.

Un passant laissa tomber son regard sur le cul-de-jatte, qui, affalé contre la paroi du pont, ne mêlait pas sa voix au concert de ses voisins.

Martial crut discerner un étonnement dangereux chez cet homme.

Il porta la main au chapeau élimé qui le couvrait.

— La charité, par pitié ! — fit-il en le tendant au piéton.

Celui-ci eut un brusque mouvement.

Il lui semblait reconnaître cette voix.

Mais il se rassura. Que pouvait avoir de commun ce cul-de-jatte, avec l'homme que son accent venait de lui rappeler ?

Et puisant, dans la poche de cuir qui pendait à sa ceinture, une menue pièce de monnaie, il la laissa tomber dans le chapeau du mendiant et poursuivit son chemin.

Martial frémit.

Le passant qui venait de lui accorder cette aumône n'était autre que le tourmenteur de la Tour de Londres, l'homme qui, sur les ordres de Somerset, avait tenaillé sa chair avec tant de férocité.

— Lui !... lui ! — pensa le Breton. — N'est-ce pas Dieu qui l'a placé sur ma route,... lui à qui nul détour n'est inconnu dans la funèbre prison où mon malheureux maître m'a remplacé, mon maître dont il connaît sûrement la captivité.

En même temps, il chercha à le suivre du regard.

Mais, accroupi au ras du sol ainsi qu'il l'était, il l'eut bientôt perdu de vue.

Martial songea alors au mouvement de surprise du tourmenteur lorsqu'il avait entendu sa voix.

— Il l'a reconnue, — pensa-t-il, — mais l'inspection de mes traits ne lui a rien dit. L'épreuve que je viens de faire sans le vouloir était dangereuse; mais elle est concluante. Le cul-de-jatte du pont des Truands ne peut évidemment être le même homme que le prisonnier évadé des souterrains de la Tour de Londres.

L'étrenne donnée par un bourreau est bienfaisante, assurait une vieille légende gauloise.

Il parut en être ainsi de la part du tourmenteur de la Tour de Londres et pour le prétendu cul-de-jatte.

Malgré les lamentations traînantes des autres mendiants, une pièce tombait maintenant de temps en temps dans le chapeau que ce dernier tendait sans dire un mot.

L'alerte qu'il avait eue en constatant le mouvement de l'homme de la Tour de Londres, lorsqu'il avait imploré sa charité, lui montrait le danger auquel il s'exposait en parlant.

D'autre part, il lui semblait toujours que des aiguillons enflammés traversaient ses muscles.

Et il avait besoin aussi de tenir ses lèvres closes pour ne pas laisser entendre des gémissements qui auraient trop vivement attiré l'attention sur lui.

Ce qu'il éprouvait commençait à devenir intolérable.

Et impossible de mettre un terme à ce martyre. Impossible de délier ces courroies qui lui causaient un mal atroce.

S'en aller? pour aller où?

— Ah! ceux qui dorment sous la terre ont fini de souffrir, au moins, — sifflait-il par moments entre ses dents serrées.

Aux instants où le mal qu'il subissait dépassait sa force de résistance, ses doigts se crispaient sur le chapeau qu'il présentait aux passants.

Des flammes de folie passaient durant ces minutes dans ses prunelles qu'il tenait baissées, ayant conscience de ce qui se passait en lui.

Ce que fut cette journée est effrayant.

Parfois Martial regardait le fleuve, se demandant s'il n'allait pas s'y précipiter.

La nuit arriva enfin, venant mettre un terme au supplice intolérable de l'infortuné.

Les piétons se faisaient rares : les mendiants quittaient leur poste les uns après les autres.

Trois d'entre eux s'éloignèrent ensemble.

Martial ne savait où aller passer la nuit.

Il supposa que ces professionnels de la mendicité regagnaient un taudis où logeaient les gens de leur espèce.

Il résolut de les suivre.

A présent l'ombre enveloppait le pont, jetant sa pesanteur lucide sur le fleuve au-dessous de lui.

Le Breton reprit les patins qui protégeaient ses mains contre le contact direct du sol.

Au premier mouvement qu'il fit, ce qu'il ressentit fut tellement violent qu'il ne put retenir un gémissement, presque un cri d'angoisse.

— Oh ! — fit-il, — je ne puis pourtant pas demeurer ici.

Cramponnant alors, avec un effort affolé, ses mains aux charpentes du pont, il tira son corps en avant.

Un halètement sourd et rauque passait entre ses mâchoires affreusement contractées.

Il arriva ainsi au bout du pont.

Là, le malheureux essaya d'implanter ses ongles dans la terre.

Il les y brisa... Et les autres mendiants s'éloignaient, en comptant leur recette.

Il allait donc râler seul, sans un abri dans cette ville, sans un coin où il pût défaire ces courroies maudites.

Dans une sorte de délire, il reprit ses poignées de bois, raidit ses muscles.

La planche sur laquelle il était accroupi rabota le sol.

— J'irai jusqu'à ce que j'expire ! — haleta Martial.

Et il s'enleva d'un nouvel effort de ses poignets.

Il ne savait plus s'il souffrait : il avait du feu dans les veines.

Le claquement saccadé des patins et de son siège d'angoisse s'élevait dans la nuit.

Les mendiants qui le précédaient s'arrêtèrent, prêtant l'oreille.

— C'est le cul-de-jatte, — dit l'un d'eux.

Et ils reprirent leur marche.

Les artères les plus animées des grandes villes avoisinent souvent des repaires immondes.

Les trois mendiants, au pas desquels Martial s'était attaché, suivaient une ruelle aux détours capricieux.

Elle devenait de plus en plus étroite, s'insinuant entre des maisons de plus en plus basses et lépreuses.

Des groupes de deux ou trois personnes, des couples stationnaient de loin en loin, obstruant entièrement le passage et dévisageant tous les nouveaux venus.

On était dans ce qu'on appelait la léproserie de Londres, quelque chose d'équivalent à ce que fut, à Paris, la Truanderie à l'époque du moyen âge.

Sans être précisément placés là en sentinelles, les individus croisés dans la rue par les trois mendiants veillaient à ce que nul intrus ne s'introduisît dans ce quartier de la ville, qu'ils considéraient comme leur domaine, — un royaume où les gens de la reine eux-mêmes n'aimaient pas à se hasarder.

Les mendiants, dont la silhouette guidait Martial, prononçaient alors quelques paroles, sortes de mots de passe, et continuaient tranquillement à avancer.

Derrière eux, le Breton, trébuchant à chaque pavé, soutenu par une frénésie désespérée et muette, continuait à se traîner.

Il arriva en face des gens qui barraient la rue.

Ceux-ci le considérèrent à leur tour.

Martial les aperçut à peine dans le brouillard qu'il avait devant les yeux, toutes ses facultés tendues vers l'ombre des trois mendiants qu'il avait résolu de suivre jusqu'à la chute finale dans l'espoir d'un abri, — d'un abri sûr, car il avait entendu parler de la solidarité de ces hommes.

Il ne prononça aucune parole, s'acharnant à soulever son corps avec tout ce qui lui restait d'énergie.

Les autres ne l'arrêtèrent point.

C'était un cul-de-jatte, un racleur de vase, ce n'était pas la peine de l'interroger ; il était de droit membre de la confrérie et avait droit de cité.

On s'était écarté, le laissant aller, trébuchant à chaque ornière.

A un dernier coude, Martial aperçut une lanterne rouge.

On aurait dit une flaque de sang lumineuse.

Il vit trois ombres passer devant.

C'étaient les mendiants du pont des Truands.

Le Breton tendit son cou, sa tête exsangue se crispa et ses patins de bois, le carcan sur lequel il était enchaîné, résonnèrent plus convulsivement sur le pavé.

A quelques pas de la lumière rouge, il déboucha sur un carrefour.

C'était le centre, le royaume inviolé de la léproserie.

Le fils de l'intendant du manoir de Kervien se trouva devant une porte étriquée, ouverte dans une ogive gothique éventrée.

La lanterne au verre épaissi de crasse durcie et huileuse éclairait, vaguement, de sa lueur sanglante, deux marches usées qui conduisaient à cette porte.

— Le calvaire ! — murmura Martial.

Il prit ses patins entre ses dents, ayant besoin de mordre pour ne pas crier.

— A... ààh ! — grinça-t-il.

Et il planta ses doigts dans les angles de la pierre pour se hisser à l'intérieur.

Il y parvint sans savoir comment.

Une salle étroite se trouvait sur la gauche, la nuit qui y régnait trouée par la flamme d'une chandelle.

Martial reprit ses patins, recommença à traîner son siège, son pilori mouvant, qui raclait les dalles, le malheureux n'ayant pas la force de le soulever, se dirigeant vers cette salle.

Au bruit, un homme à la carrure massive, à la barbe hirsute, parut sur le seuil, regarda le cul-de-jatte.

— Que veux-tu, toi? — interrogea-t-il avec rudesse.

Martial entr'ouvrit la bouche.

Mais il réfléchit à temps et ne parla pas, se contentant de porter la main à sa tête pour faire signe qu'il voulait dormir.

— Tu réclames la paillasse, compris, — bougonna l'homme. — Cul-de-jatte et muet, c'est complet. Ici au rez-de-chaussée ou au premier?... Choisis?

Il montrait une porte à deux pas de là.

Sans un geste, n'ayant de la force que pour l'impulsion mécanique qui le soutenait, Martial, le corps déjeté, marcha vers cet endroit.

C'était un réduit étroit, un caveau plutôt, sorte de niche pour trois ou quatre dormeurs à peine, avec un peu de paille étendue à terre.

Le Breton se tordit jusqu'à cette paille.

La porte ouverte du réduit éclairait l'intérieur.

Au dehors, le logeur attendait...

Lorsqu'il vit le pauvre Martial atteindre le fond, il referma la porte sans un mot.

Martial se trouvait plongé dans les ténèbres.

Il était seul.

Alors, d'un coup violent, avec une sorte de frénésie rauque, désespérée, le malheureux fit sauter les boucles des courroies qui le martyrisaient.

Ses jambes gonflées, durcies, échappèrent aux liens qui les broyaient affreusement.

Et il tomba sur la paille...

Il resta là à la renverse, des râlements sourds dans la gorge, sur la couche où il s'était affalé, comme mort, dans son trou d'ombre, pareil à un sépulcre.

A un dernier coude, Martial aperçut une lanterne rouge.

XCIII

LA SAINTE PÈGRE

ARTIAL était resté longtemps dans cet état de torpeur écrasée.

Ses jambes tuméfiées, gonflées à éclater, lui semblaient de plomb, — du plomb fondu, brûlant, corrodant ses fibres.

— Ah ! — murmurait-il par moments, — c'est trop ! c'est intolérable. Oh ! les chiens qui me déchiquètent... qui me broient les os !

Il exhalait cela en un demi-délire, l'excès insoutenable de la souffrance mettant, devant son cerveau, des bandes de chiens au poil hérissé se disputant ses membres dans lesquels leurs crocs s'enfonçaient.

La nuit s'avançait.

La porte du réduit dans lequel il était étendu s'ouvrit une nouvelle fois...

Au jet de lumière projeté alors dans l'intérieur, Martial aperçut confusément un des habitués de ce royaume de la basse pègre, titubant, tordu, appuyé sur une béquille et se soutenant aussi au mur pour ne pas tomber ivre de gin.

L'homme arriva jusqu'à la couche de paille, jeta un regard sur Martial afin de chercher sa place à lui.

Et il se laissa choir à côté, tandis que la porte se refermait, de la lumière étant inutile à ceux que l'on logeait là.

C'était, en effet, l'endroit le plus misérable de cette hôtellerie étrange, le dortoir de la dernière catégorie.

L'ivrogne s'était étendu lourdement sur la paille.

Une minute après, il ronflait.

— Dormir!... — murmura le Breton. — Dormir, ce serait l'anéantissement, l'oubli; il me semble que ce serait le ciel.

Mais comment trouver le repos avec le déchirement lamentable de son être?

Pourtant, dans la fièvre qui l'assommait, il finit pas s'assoupir.

Son corps, incapable de servir plus longtemps d'aliment à la douleur, trouvait enfin son repos dans une sorte d'anéantissement morbide.

Il dormait... Mais de quel sommeil, jusqu'à ce que le sang, qui recommençait à circuler dans ses veines, eût expulsé les parties qui s'y étaient coagulées.

Alors, un peu de bien-être, — tel un coin du paradis après les fureurs de l'enfer, — s'insinua doucement en lui, et un rêve meilleur posa ses ailes sur son esprit.

Il revoyait sa Bretagne inoubliée, le manoir de Kervien, les grandes roches moussues, les forêts profondes et aimées où chantaient les oiseaux dont il connaissait tous les noms...

Le soleil brillait, l'aveuglait...

Il ouvrit les yeux, retiré du sommeil par cette clarté d'aurore.

Un rayon de jour, passant à travers un semblant de lucarne, une fente plutôt ménagée dans la muraille, donnait en plein sur son visage.

Encore sous l'influence du songe qu'il venait de revivre, Martial resta un instant sans se rendre compte de l'endroit où il était.

Son regard rencontra l'homme étendu non loin de lui et qui continuait à dormir pesamment.

Alors il se souvint.

— Je suis donc parvenu à dormir, — fit-il. — Allons, la nature a repris ses droits. Elle me rappelle ma tâche,

Il sentit quelque chose de dur dans la poche de sa casaque.

C'était un morceau de pain que la vieille servante du corroyeur lui avait remis la veille avant qu'il s'en allât.

Mais sa souffrance, durant la journée précédente, ne lui avait pas permis de sentir la faim.

Le Breton porta le pain à sa bouche.

Il était sec. Cependant il le mangea avec avidité : il y avait plus de vingt-quatre heures qu'il n'avait rien pris.

Son misérable repas terminé, il voulut se lever, retourner au pont des Truands où il devait se montrer encore pour jouer le rôle auquel il s'était voué.

N'était-il pas, ne devait-il pas continuer à être le cul-de-jatte, vivant des aumônes qu'on voulait bien lui accorder ?

L'écuyer du vicomte de Mercourt attira alors à lui le siège de douleur, le morne carcan auquel il était condamné.

Et il essaya de replier ses jambes sur le coussin qui le recouvrait.

Le mouvement qu'il fit réveilla violemment la sensibilité assoupie de ses membres.

Martial voulut passer outre, dominer le mal, et ressentit au cœur un coup si brusque qu'il crut qu'il allait s'évanouir.

— Serais-je donc condamné à demeurer là ? — souffla-t-il avec désespoir.

Il attendit un moment, laissant, à la révolte de ses fibres, le temps de s'apaiser...

Et il tenta encore de s'atteler à cette planche qui faisait de lui le cul-de-jatte voué au ruisseau... aux fanges de la cité.

Il dut y renoncer.

Ses tentatives précédentes avaient réveillé, plus aiguë maintenant, la souffrance mal endormie.

Et la matière disait à l'homme :

— Tu n'iras pas plus loin !

Martial, vaincu, se laissa aller sur la paille qu'il avait quittée.

Ses mains se joignirent dans un spasme de désespoir, tandis qu'il murmurait :

— Serai-je donc contraint de demeurer ici ?...

Il sentait à présent courir dans ses jambes les lames de feu qui l'avaient si affreusement martyrisé la veille.

Les heures passaient.

Brusquement la porte s'ouvrit, et l'homme, qui l'avait introduit dans ce caveau, lorsqu'il s'était présenté, se montra.

— Eh bien! assez dormi, je crois! — grogna-t-il.

C'était l'habitude chez lui lorsque le moment était arrivé de venir mettre les pensionnaires dehors.

On payait pour la nuit et non pour la journée.

Il vit les yeux grands ouverts de Martial, s'approcha de l'ivrogne et le secoua.

Ce dernier eut un rauquement vague dans son sommeil, puis ouvrit les yeux.

— Houp! debout! — fit le logeur.

— Chien d'enfer! tu ne peux pas me laisser dormir pour le penny dont je paie ta paille pourrie, — bégaya l'autre d'une voix pâteuse.

Cependant, comme il connaissait les usages de l'endroit, il se mettait sur son séant, cherchant sa béquille autour de lui pour se mettre debout.

Le logeur la lui poussa du pied.

Puis il se retourna vers Martial.

— Et toi, voyons?

Le Breton serra convulsivement les lèvres pour ne point parler.

Avec une expression de désespoir trop réel, hélas! il secoua la tête en montrant ses jambes gonflées.

Le béquillard, qui le regardait, se mit à rire.

— Il n'est pas habitué, — dit-il. — Ce sont les courroies qui lui ont coupé la peau. Cul-de-jatte, le métier est bon. Moi aussi, j'y ai pensé; mais n'est pas cul-de-jatte qui veut.

Le logeur haussa les épaules avec mépris.

Le muet, — il croyait que Martial l'était, — payait son apprentissage; et il était probablement condamné à la paille pour la journée, comme un vieux cheval fourbu.

Mais lui tenait à toucher son obole et à la toucher double, en ce cas.

— Rester là? — fit-il hargneux. — La paille ne se donne pas. C'est deux sous pour la nuit, autant pour le jour, à donner de suite.

Le béquillard riait toujours.

— A l'escarcelle, le cul-de-jatte, puisque tu es si gourmand! — nargua-t-il.

Et l'ivresse lui ayant laissé l'humeur enjouée:

— Tu es un bon, tout de même, et sois tranquille, la pègre ne parlera pas. Cul-de-jatte ou béquillard, on est tous des frères.

Un peu de joie descendit dans l'âme de Martial : ces paroles de l'autre mendiant lui montraient qu'on ne le trahirait pas.

Tandis que l'ivrogne sortait, appuyé sur sa béquille, il prit dans sa poche une partie des aumônes qu'il avait reçues la veille et tendit au logeur ce qu'il lui demandait.

Celui-ci, voyant qu'il avait fait recette, s'humanisa.

— On t'apportera une écuelle de soupe à midi si tu veux. C'est deux sous aussi.

Martial inclina la tête en signe d'acceptation.

Il lui tardait d'être seul.

Le logeur reparti, il retomba sur sa couche.

— Je vais donc voir s'écouler une journée inutile de plus. Un jour de plus de captivité pour mon maître.

Il se le reprochait comme une faute.

Cependant n'avait-il pas fait ce qu'il avait pu pour repartir, reprendre son harnais de misère ?

Mais la nature était la plus forte. C'était elle qui le clouait là inactif, impuissant.

— Cet homme l'a dit tantôt, je paie mon apprentissage. Mais plus tard !... Le cul-de-jatte saura bien montrer qui il est !

Ah ! il rattraperait bien cette journée de perdue.

Et une chose le consolait, le ranimait, c'était la déclaration du béquillard que les gens de la pègre ne trahiraient pas sa fausse infirmité, pas plus qu'ils ne trahissaient celles qu'ils simulaient ou aggravaient tous en apparence pour exploiter la charité publique.

Ah ! se traîner, ramper, se glisser dans l'ombre, pareil aux gens au milieu desquels il était arrivé à se trouver, et se dresser soudain en pleine lumière, frapper et sauver, être justicier et libérateur !

Et toujours étendu sur la paille, laissant ses jambes torturées se dégonfler peu à peu, cette journée lui parut moins longue, en s'abandonnant à ses pensées...

XCIV

UN PASSANT CHARITABLE

NE journée et deux nuits de repos avaient fait un grand bien à Martial.

Aussi, le surlendemain matin, lorsque le logeur rouvrit la porte pour mettre ses pensionnaires dehors, il trouva le Breton en train de boucler ses courroies.

Le réduit dans lequel ce dernier venait de passer trente-six heures avait été plus peuplé durant cette dernière nuitée.

Outre le béquillard, client assidu probablement, un aveugle véritable et un lépreux immonde, effrayant à voir, avaient partagé cette hospitalité.

Des stigmates purulents couraient sur la peau de celui-ci. Mais cela ne suffisait pas, vraisemblablement, à son ambition, car, tandis que Martial Dacier assujettissait son pauvre corps sur la planche où il allait se traîner de nouveau, le lépreux sortait d'une besace sordide un pot de couleur, un pinceau...

Et employant tour à tour le contenu de ce pot et des sachets de poudre placés ensuite à côté de lui, il s'était mis à se tatouer avec un art étrange et véritablement stupéfiant.

Quand le logeur eut annoncé de son ton rogue que le moment de déguerpir était venu, il ne se dérangea pas, poursuivant sa besogne, ne se cachant pas.

Il savait que rien de ce qui se passait dans le royaume de la pègre mendiante ne transpirait au dehors.

Un mélange d'horreur et d'admiration pénétrait Martial en voyant l'étalage de plaies hideuses qui couvraient maintenant ces jambes déjà gangrenées.

Le béquillard, qui regardait aussi, se mit à rire.

— Eh ! le cul-de-jatte, tu te dis que ce qu'il fait est moins pénible que de se lier les jambes avec des courroies. Tout le monde n'a pas la chance d'avoir la lèpre comme lui pour y ajouter quelques fioritures.

« Mais il paraît que ça se prend. Si le cœur t'en dit...

Un frisson de dégoût secoua Martial.

La poursuite à laquelle il s'était condamné pour arriver à son but était écœurante.

Cet homme en train de donner à ses membres l'aspect d'une immense plaie chancreuse était réellement un lépreux, quoique les cicatrices et les coutures nauséabondes qui crispaient sa chair ne lui parussent pas suffisantes pour provoquer assez fructueusement la pitié publique.

Et c'était contagieux.

Bancals, aveugles, lépreux, tous les résidus humains, voilà au milieu de quoi il se trouvait.

Qui sait si, lorsqu'il sortirait enfin de ces voisinages, il n'emporterait pas, dans son sang, quelques-uns de ces germes pestilentiels.

Et cependant il ne pouvait plus revenir en arrière, à présent ; il était descendu dans ce monde obscur des truands : il devait aller jusqu'au bout !...

Et, pour se raffermir, il pensa :

— Les agents de Somerset ne viendront pas m'y découvrir. Ils n'oseraient s'aventurer sans être en force dans ce qu'on appelle le royaume de la léproserie.

L'espèce d'inviolabilité dont jouissaient les mendiants et tire-laine de profession dès qu'ils avaient mis le pied dans le recoin sordide de la cité où ils avaient établi leur quartier général, devenait une protection pour Martial.

Il saurait où se réfugier, le jour où il se sentirait menacé.

En attendant, il allait affronter de nouveau le grand jour et le regard des sbires du lord-chief de justice.

Il reprit donc les patins de bois sur lesquels il s'appuyait pour traîner son corps dolent.

— Tu repars à la récolte, le cul-de-jatte ? — fit le béquillard.

Martial inclina la tête.

Il devait continuer à jouer le rôle de muet qu'il avait adopté à la suite du mouvement de surprise constaté par lui chez le tourmenteur de la Tour de Londres.

Pourvu que ce changement, que ce mutisme qu'il s'infligeait ne lui nuisît pas lui-même.

C'était pourtant nécessaire : il y avait trop de danger à faire entendre le son de sa voix par d'autres, plus perspicaces peut-être que le... charitable bourreau n'avait paru l'être.

Il se souleva sur ses poignets, et la planche sur laquelle son buste était attaché racla la paille, écorchant le sol raboteux.

— Bonne chance ! — lui cria le béquillard.

Le Breton le remercia par un sourire nerveux.

Une flamme étouffée s'y cachait.

Bonne chance! — lui avait souhaité l'autre. Que son vœu se réalisât bientôt. Et le fils de Jean Dacier cesserait de tenir sa bouche close; il ne serait plus le mendiant qui se traîne, faible et chétif.

Il arriva sur le seuil de l'infecte hôtellerie où il venait de passer un temps si long, lui semblait-il.

Le carrefour de la léproserie était devant lui avec ses maisons aux façades dégradées, avec son cloaque où quelques chiens faméliques se vautraient.

Malgré la répulsion que lui inspirait cette vue, Martial respira pourtant avec force.

C'était de l'air, un peu de ciel entrevu entre les toitures, après la claustration à laquelle il venait d'être condamné dans le bouge... où il avait été heureux néanmoins de trouver un abri !

Il s'accrocha à la muraille et se laissa glisser le long des marches écornées et branlantes.

Il s'orienta facilement, reprit la ruelle qui l'avait amené là, l'avant-veille...

La planche sur laquelle il était ligotté cahotait aux ornières profondes qui creusaient le terrain.

C'était le moment de l'émigration des truands vers la ville; du moins de ceux qui se répandaient dans Londres pour glaner les aumônes.

C'était aussi l'heure de la rentrée pour certains autres, les plus hardis, les plus forts ou les plus impatients.

Ces derniers aimaient mieux prendre que tendre la main : ça allait plus vite, et cela rapportait quelquefois davantage, — quand le métier ne rapportait pas un bout de chanvre à l'extrémité d'une potence.

Martial les croisait, la mine patibulaire et féroce, avec leur coutelas pendant au côté.

Ils allaient dormir ou boire, pendant que la longue file des mendiants s'écoulait, boitant, se tordant, se traînant.

Les uns et les autres étaient tranquilles ici : les archers du lord-chief de justice ne viendraient pas les y relancer.

Martial souffrait moins que l'avant-veille.

Puis, au milieu de cette population étrange, sauvage et vile en même temps, une sorte de fièvre l'emplissait.

Ces hommes qu'il croisait et dont quelques-uns avaient du sang sur leurs loques personnifiaient la lutte, — la lutte de leurs instincts grossiers et sanguinaires, soit, mais en somme la lutte !

LA DAME BLANCHE

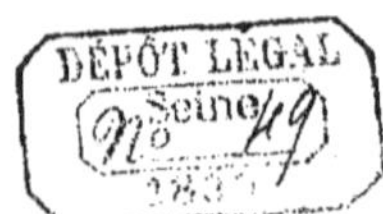

Il avait envoyé sa servante parcourir les endroits où les mendiants avaient l'habitude
de se tenir.

Lord Somerset était le maître pour tous, mais il ne l'était pas pour eux, en fait.

Et inconsciemment il se disait que l'on pourrait accomplir quelque chose de fort, de puissant avec ces hommes, bien tenus dans la main.

La ruelle s'élargissait, les maisons étaient moins lézardées ; c'était la véritable capitale de l'Angleterre, celle où pesaient, incontestés, le pouvoir d'Elisabeth et celui plus lourd encore de son favori.

— Allons! — fit Martial en s'appuyant nerveusement sur les patins de bois qui lui permettaient d'avancer parmi les cloaques et de tirer en avant le poids de son corps.

Et il affronta à son tour la ville où tout était menace et imprévu pour lui...

Il reprit le chemin du pont où il avait passé une journée si atroce, la première fois.

Ses jambes lui semblaient encore bien lourdes; mais, grâce au repos et aussi à l'agitation qu'il ressentait, ce n'était heureusement pas comparable aux tourments de l'avant-veille.

Quand il déboucha à la tête du pont des Truands, il vit quelques-uns des quêteurs habituels installés déjà à leur place.

Chacun avait en quelque sorte son emplacement réservé.

Martial se dirigea donc vers le poste un peu écarté qui avait précédemment été le sien.

Le lourd carré de bois auquel ses courroies le scellaient sonna lugubrement sur le tablier du pont.

Et le Breton vint s'échouer contre la pièce de charpente où il avait passé de si mortelles heures.

Il essuya la sueur qui perlait à ses tempes et à son front.

Quoiqu'il fût un peu endurci maintenant, la route était dure et longue.

Les courroies se tendaient sur ses jambes déjà engourdies.

Et il n'était encore qu'au commencement de la journée.

.   .   .   .

Les passants commençaient à circuler.

Le concert traînard des mendiants sollicitant l'aumône avec un accent et des paroles toujours semblables s'élevait déjà.

Seul, le cul-de-jatte faisait tache dans cet ensemble.

Il tendait silencieusement sa main dans laquelle, rarement, une pièce de monnaie infime tombait.

On ne donnait guère qu'à ceux dont le ton faisait le mieux vibrer la pitié de ceux qui les entendaient.

Soudain l'œil volontairement alourdi du cul-de-jatte papillota, mais durant une seconde à peine.

Il venait de reconnaître une figure de connaissance.

C'était Fabers le corroyeur.

La veille, celui-ci avait envoyé sa servante parcourir tous les endroits où se tiennent les mendiants.

C'est qu'un événement toujours redouté et cependant imprévu s'était produit.

Le même soir où Martial, râlant, épuisé de corps et d'âme était allé échouer dans un bouge de la grande léproserie, au moment où le corroyeur s'apprêtait à fermer sa boutique, un homme s'était présenté sous prétexte d'achats à faire.

Tandis qu'il tenait le marchand immobilisé derrière son comptoir, il s'était avancé sur le pas de la porte pour examiner la marchandise sous le jour déclinant, et il avait toussé fortement.

Cinq hommes postés isolément aux alentours avaient alors répondu à son appel et envahi le magasin.

Fabers avait eu d'abord un moment d'alarme.

— Malgré toutes nos précautions, les satellites du duc ont flairé l'ennemi, — se dit-il.

Mais sa faiblesse ne devait pas durer.

L'écuyer français était parti depuis le matin et lui seul serait pris.

Depuis longtemps, Fabers prévoyait cette catastrophe : après le fils assassiné, le père jeté aux gehennes : c'était dans l'ordre.

Et l'artisan eut bien vite repris toute sa fermeté.

— Tu caches un étranger, un conspirateur dans ta demeure, — avait dit alors l'homme qui s'était présenté le premier, — où est-il?

— Cherche!

Ce seul mot de réponse. Et le corroyeur avait attendu, les bras croisés sur la poitrine.

Les argousins avaient alors fouillé, éventré, ravagé la maison.

Nulle part, aucun indice, nulle trace indiquant le séjour d'un étranger.

Depuis le matin, la vieille servante, active et minutieuse, avait fait disparaître tout ce qui était de nature à indiquer qu'une troisième personne habitait la veille le logis.

— Nous aurions donc été mal renseignés, — grommelait le chef des sbires. — Ou bien l'oiseau aurait-il quitté le nid à temps?

Dans ce cas, il y avait une contre-police prévenant ceux sur qui on voulait lancer le filet?

Cependant puisqu'on ne découvrait rien...

Et les argousins préférant croire, dans leur amour-propre, qu'ils avaient été inexactement informés plutôt que d'avoir été joués par-dessous main, avaient fini par se retirer en proférant des menaces.

— Allons, mon tour n'est pas encore arrivé aujourd'hui, — s'était dit Fabers.

Et sombre, soucieux, il avait définitivement fermé sa boutique.

Nul n'avait pu dénoncer la présence de Martial chez le corroyeur, mais il suffisait d'un marchand remarquant l'augmentation des provisions achetées ordinairement chez lui pour susciter les soupçons, pensait Fabers.

Et comme, après le meurtre dont son fils avait été victime, il était de ceux dont le nom était inscrit sur les registres secrets comme suspects, il n'en fallait pas davantage pour le désigner comme le complice probable de ces Français audacieux qui tenaient en échec la puissance du favori.

Mais quel était le sort de Martial, si la police connaissait sa présence à Londres?

Aussi, le lendemain, avait-il envoyé sa servante parcourir tous les endroits de la capitale où les mendiants avaient l'habitude de se tenir.

Elle devait prévenir le Breton qu'il était recherché.

Ce jour-là, l'écuyer d'Henri de Mercourt était gisant, hors d'état de se mouvoir, dans un réduit de la grande léproserie.

Aussi, le soir venu, la vieille et fidèle domestique avait-elle dû apprendre à son maître qu'elle n'avait pas aperçu leur ancien hôte.

— Serait-il déjà pris? — avait alors murmuré le loyal artisan. — Dans ce cas, le mal serait donc le plus fort. Il n'y aurait alors plus d'espoir

Et dans le fond de sa pensée, il avait ajouté :

— J'irai moi-même demain.

Il était en marche depuis près d'une heure, ayant visité d'abord le péristyle des temples les plus en vue, lorsqu'il déboucha sur le pont des Truands.

Le rayon magnétique des yeux du cul-de-jatte attira les siens.

Il distingua une forme humaine écrasée à terre, la reconnut aussitôt.

— Enfin! — murmura-t-il. — Il est libre encore.

Les guetteurs d'aumône faisaient entendre leurs lamentations monotones.

Le corroyeur distribua quelques charités, de façon à ce que nul ne fût surpris de le voir aborder le cul-de-jatte.

Lorsqu'il arriva à portée de Martial celui-ci tendit la main.

Fabers qui allait passer indifférent, en apparence, feignit de l'apercevoir pour la première fois.

Il mit la main à son escarcelle et se rapprochant, à voix très basse, rapide :

— Méfiez-vous. Vous êtes signalé. Depuis hier je vous cherche. Où vous cachez-vous ?

Il attendait une réponse, faisant semblant de choisir une pièce de monnaie.

D'un coup d'œil prompt, Martial observa que les autres mendiants, ayant remarqué la générosité du piéton, se retournaient vers le cul-de-jatte, pour voir s'il lui donnerait à lui aussi.

Il ne pouvait répondre, ils auraient vu remuer ses lèvres.

Et puisque Fabers l'avertissait que les limiers étaient en chasse après lui, savait-il si un des agents de Somerset ne se cachait pas parmi ces traîneurs de besace ?

Il appuya donc sa main sur sa poitrine comme pour remercier le charitable passant de son offrande, et ce fut tout.

Mais ce qui était éloquent, ce fut l'intensité du regard qu'il attacha sur Fabers, regard de gratitude ardente, contenue, profonde…

Et le corroyeur s'éloigna en murmurant :

— Martial n'a pu me parler à cause d'un motif que j'ignore. Mais il est libre encore. Les argousins m'ont laissé libre moi aussi. Somerset, tu commandes à une armée de soudards et à des hordes de policiers. Tu es puissant et fort. Mais il suffit de l'aile d'un oiseau pour déchaîner une avalanche.

« Somerset, le nombre de ceux dont tu as suscité la haine s'élève et monte chaque jour : je ne mourrai peut-être pas sans voir venger le meurtre de mon fils.

XCV

DU MINISTRE AU PRISONNIER

Les jours se succèdent, éternellement uniformes pour les prisonniers. Ou plutôt c'est toujours la même journée qui dure, pour eux, un an ou un demi-siècle, selon le temps qu'ils passent murés dans le sépulcre de leur cachot.

Deux captifs enfermés depuis quelque temps dans la Tour de Londres voyaient cette morne succession de journées toujours pareilles se prolonger sans espoir.

L'un à peine au sortir de l'adolescence présentait, sur un visage précocement flétri, tous les signes d'une caducité saisissante, répulsive même.

L'autre, dans la force de l'âge, montrait un visage grave et viril, mais sur qui les orages de la vie et les périls des batailles avaient laissé, en même temps qu'une profonde mélancolie, une sorte d'harmonie, de beauté morale, puissante et grave.

Ce dernier était le vicomte Henri de Mercourt; l'autre avait nom Percy Bolton et avait été fait comte de Verbrock par la reine Élisabeth, sur l'intervention du duc de Somerset.

Le fils de Stewart Bolton rongeait son frein dans la cellule où il avait été conduit.

Ses lèvres minces, serrées l'une contre l'autre, il ruminait les pensées et les calculs les plus compliqués, édifiant des projets pour toutes les circonstances qui pouvaient se présenter dans sa nouvelle situation.

Il s'attendait à la visite du gouverneur de la citadelle, ou de son second, à un interrogatoire quelconque de la part d'une créature du lord-chief de justice, et il préparait des réponses pour chacun d'eux, un plan d'opération étroit et rigoureux.

Et telle était la puissance de raisonnement de ce jeune homme encore imberbe et blême et au regard insaisissable, qu'il n'avait à craindre aucun des hommes retors et rusés dont il s'attendait à subir les questions.

Mais nul ne se montrait.

On paraissait l'oublier

Ceci lui était plus dur que tout, et par instants le faisait encore pâlir davantage, si c'est possible.

C'est qu'il savait par expérience que ceux dont la personnalité semble ainsi vouée à l'oubli dans ce funeste séjour étaient à peu près perdus pour la vie...

Leurs proches pouvaient faire psalmodier pour eux le *De Profundis* final. Aussi, quand le geôlier lui apportait sa nourriture, lui demandait-il chaque fois à comparaître devant Somerset.

— J'ai des révélations de la dernière importance à faire au lord-chief, — prétendait-il sans se lasser.

Le fils de Stewart Bolton n'avait nulle crainte de comparaître devant le terrible favori.

Il avait au contraire confiance dans la souplesse et les ressources équivoques de son esprit.

Au fond de lui, il méprisait la brutalité du chef de reîtres heureux qu'il voyait dans le ministre redouté de la reine.

Sans la faveur de la souveraine qui le maintenait à son poste, il sentait que cet homme n'aurait pas tenu vingt-quatre heures.

Et seul à seul, en tête à tête, lui, malgré sa jeunesse, il espérait bien manœuvrer de telle façon que la porte du cabinet du terrible favori se rouvrirait pour le rendre à la liberté, non pour le faire reconduire dans son cachot.

Le geôlier à qui il renouvelait chaque jour sa demande ne répondait même pas. Ses chefs, reconnaissant quel serpent dangereux ils avaient sous leur garde, lui avaient, on s'en souvient, défendu d'entrer en pourparlers avec le fils de Stewart Bolton, sous n'importe quel prétexte.

Percy, voyant l'insuccès de ses prières, avait modifié son plan.

— Si lord Somerset ne veut pas m'entendre, — dit-il au geôlier en adoptant une nouvelle attitude, — qu'il me fasse interroger par la personne qu'il daignera désigner à ce sujet. Mais Son Honneur regrettera peut-être alors de n'avoir pas recueilli mes paroles lui-même.

C'était là le trait venimeux, la menace cachée.

Cela signifiait :

— Prenez garde, si vous refusez de m'entendre. Il y a des secrets qu'il n'est pas bon de laisser recueillir par d'autres.

Et si Somerset, dans un calcul qu'il ne pouvait prévoir, ou plutôt par simple vengeance, s'obstinait à prolonger sa captivité, il voulait faire naître chez lui la crainte de quelque confidence redoutable, échappant au fils de Stewart Bolton dans un moment de dépit, confidence recueillie par un geôlier, puis répétée, colportée bientôt au dehors.

Il resterait dans son cachot de la Tour de Londres.

Et cette confidence, cette révélation, ne devait-ce pas être celle de l'existence de la fille issue du faux mariage de Somerset et d'Ellen ?

N'était-ce pas la jalousie et l'orgueil de la reine fouettés de telle façon qu'elle devrait forcément être sans pitié pour l'amant qui s'était joué d'elle au point de contracter une union clandestine, au moment où il simulait pour sa souveraine un amour sans bornes ?

Le gouverneur de la citadelle, inquiété par cette persistance du prison-

Liv. 252. — H. GEFFROY, édit. — Reproduction interdite.   252 

nier et par le changement de son langage, crut devoir prévenir Somerset des instances réitérées de Percy pour être entendu.

Mais, redoutant de susciter la colère du brutal ministre, en répétant les menaces déguisées du comte de Verbrock, il se contenta de les indiquer par des allusions voilées.

Il ne pouvait prévoir le redoutable secret qui, en tête à tête, faisait égaux le favori d'Élisabeth et l'éphèbe flétri de la Tour de Londres.

N'ayant d'intelligence que pour le genre d'intrigues qui l'avait élevé où il était, le duc de Somerset ne comprit pas les allusions du gouverneur de la citadelle.

Et celui-ci n'osa pas insister. Cela coûtait trop cher quelquefois, lorsque le maître était de mauvaise humeur, comme ce jour-là.

— Laissez-le moisir encore. Et le secret le plus absolu ! — réitéra Somerset, lorsque le gouverneur eut achevé son rapport.

Et il le congédia.

Que lui importaient à cette heure les dires de Percy Bolton ?

Des préoccupations multiples durcissaient le front du favori.

Et souvent, au milieu de la nuit, sa lampe brûlait encore dans son cabinet de travail, éclairant ses veilles agitées.

Il avait fait mettre en campagne un certain nombre de chercheurs de proie, les plus habiles dans leur métier, afin de découvrir ce que Marguerite était devenue.

Les valets de Percy Bolton qui l'avaient traquée toute la nuit avaient en effet relevé, le jour venu, des traces indéniables attestant qu'elle s'était rejetée du côté de la ville.

C'étaient des lambeaux d'étoffe arrachées à sa robe dans la précipitation de sa retraite au moment où elle avait craint d'être cernée et était revenue sur ses pas.

Un coup de vent, le pied de quelque garde ou de quelque autre laquais avait emporté jusqu'aux derniers buissons de la forêt un autre morceau déchiré de cette même étoffe.

C'était au bord d'un chemin qui, bifurquant à quelques toises de la maison de Stewart Bolton, regagnait Londres de deux côtés.

Les argousins, après quelques recherches hâtives dans les bois, n'avaient pas hésité à voir dans ce lambeau de tissu l'indication que la jeune fille, ayant réussi à échapper aux valets, s'était hâtée d'aller chercher un refuge dans Londres même.

En sa qualité de lord-chief de la haute justice, lord Mercy y avait eu autrefois des relations très nombreuses.

Sa fille Ellen avait dû rester en rapport avec quelques amis fidèles, elle en avait sans doute parlé souvent à son enfant. Et Marguerite était allée frapper à la porte d'une de ces maisons amies.

Mettre la main sur la fille d'Ellen Mercy, sur sa fille à lui, en personne : ah ! quel soulagement !

Mais ce n'était pas tout. Marguerite était libre !

Elle n'était pas la seule de sa famille cachée sans doute dans Londres. Et, par moments, Somerset voyait un gouffre devant lui.

Mais s'emparer de sa fille, n'était-ce pas conjurer le premier des périls qu'il entrevoyait, lui qui avait fait si souvent trembler les autres ?

Sa présence à Londres le menaçait plus directement, mais il aurait aussi à aller la chercher moins loin.

— Oui, c'est bien ainsi que cela a dû se passer, — se dit Somerset en recevant le rapport de ses agents. — Elle s'est réfugiée à Londres dans une maison sûre. Il me faut découvrir ceux qui donnent asile à cette maudite ressuscitée. Cela aura un double avantage : je me débarrasserai ainsi définitivement d'un enfant qui a eu le tort de vivre jusqu'ici, et je me déferai en même temps d'ennemis que je ne me connaissais pas.

« Les amis de mes ennemis sont mes ennemis !

Quant à éprouver le moindre remords, le moindre regret caché au tréfonds de son cœur en décidant d'ores et déjà le dernier supplice de son enfant : il n'y songeait même pas.

Elle lui faisait obstacle : elle était une menace, il la supprimait, voilà tout. Marguerite disparue, il abattrait aussi d'autres ennemis dont l'existence plissait son front. Après l'enfant, l'aïeul, pensait-il. Puis d'autres encore. Le fils de Stewart Bolton lui importait bien peu.

Ne ne le tenait-il pas en lieu sûr ?

Il resterait donc dans son cachot de la Tour de Londres jusqu'à ce que le moment fût venu de l'utiliser, si cela était un jour nécessaire.

En attendant, Somerset croyait n'avoir pas à craindre ses intrigues, car il redoutait par moments la duplicité froide de cet adolescent sur les lèvres duquel le sourire n'apparaissait jamais... C'est pourquoi il avait dit au gouverneur de la Tour de Londres, en le congédiant :

— Laissez-le moisir encore. Et le secret le plus absolu !

Dans l'esprit de Somerset, la prolongation de sa captivité devait montrer au fils de Stewart Bolton qu'il y avait témérité à braver plus puissant que soi, et elle ferait sans doute de lui plus tard un instrument docile... Car Somerset ne voulait que des instruments.

Par la mise au secret, il croyait être à l'abri contre toute révélation. L'imprudent !...

XCVI

LES TERREURS DU FAVORI

OMERSET tenait donc en son pouvoir les deux hommes qui menaçaient le plus gravement sa sécurité.

Et, chose singulière, chacun d'eux se trouvait ainsi mêlé à sa vie... à cause d'Ellen Mercy!

Percy, comme chargé par son père Stewart Bolton d'obtenir de lui tout ce que rêvait sa cupidité et son ambition, en échange de la livraison de Marguerite — de Marguerite, qu'il avait menacée en termes couverts, mais suffisamment explicites, de remettre entre les mains de ses enne-mis, s'il refusait de lui donner satisfaction.

Quant à Henri de Mercourt, c'est également avec le nom, avec le souvenir d'Ellen qu'il avait attaqué le ministre tout-puissant.

Et ce n'était point de vaines fanfaronnades que les agissements de ce dernier, puisqu'il avait trouvé le moyen d'ouvrir les remparts jusqu'alors invulnérables de la Tour de Londres... puisqu'il était allé arracher, dans le tombeau véritable où il était emmuré vivant, le vieux lord Mercy, le père de cette même Ellen dont le souvenir pesait d'un tel poids sur la pensée du sinistre favori.

Il était si tranquille, si confiant précédemment, les croyant mortes l'une et l'autre.

Il avait même payé assez cher pour leur assassinat!

Henri de Mercourt devait connaître sûrement le secret de leur exis-tence, puisqu'il avait déployé tant d'efforts, tant de persévérance pour délivrer lord Mercy.

Somerset se disait qu'Ellen lui avait peut-être promis sa main en échange du salut de son père.

L'amant de la reine ne doutait pas que le gentilhomme français ne fût en effet l'auteur du patient et hardi coup de force qui avait arraché l'ancien lord-chief de justice de son cachot.

Le seigneur du manoir de Kervien n'avait-il pas marqué en quelque sorte la trace de son passage en arrachant aussi à sa captivité Martial, son écuyer breton?

Quant à l'évasion du duc de Noxford, accomplie en même temps, le duc rouge n'osait l'attribuer à un pur hasard ayant seul amené, dans le cachot du descendant des Lancastre, la galerie souterraine creusée par Henri de Mercourt et Wilkie.

Et, si le souci alourdissait ainsi son front, c'est qu'il tremblait devant les relations que cette triple et audacieuse évasion indiquait, croyait-il, entre le hardi gentilhomme breton et le duc de Noxford.

En sa qualité de rejeton d'une ancienne famille royale, pour qui toutes les sympathies n'étaient pas éteintes encore, ce dernier était en état de grouper autour de lui un parti de mécontents, de lever même une armée imposante.

De son côté, lord Mercy était regretté de tous ceux qui persistaient à croire que la justice n'est pas un vain mot.

Toute la bourgeoisie se dresserait certainement à son appel pour se joindre aux troupes du duc de Noxfort, devenu, en quelque sorte, le libérateur du peuple.

Et la reine Élisabeth d'Angleterre, voyant cette fois son trône menacé, se retournerait certainement contre le favori qui mettait sa couronne elle-même en péril.

Il la connaissait assez pour être certain qu'elle n'hésiterait pas à le sacrifier.

Aussi, Somerset n'avait-il pas dormi toutes les nuits depuis le coup de force d'Henri de Mercourt, en proie à des appréhensions plus lourdes à mesure que le temps s'écoulait.

L'arrestation du seigneur de Kervien, la nuit même où il avait arraché la fille d'Ellen aux griffes du comte de Verbrock, n'avait fait que le confirmer dans ces inquiétudes.

Il ignorait que cette même nuit lord Mercy, brisé par sa longue captivité, s'embarquait pour la France, tandis que le duc de Noxford allait chercher un refuge dans les montagnes, — en se réservant d'agir, il est vrai, quand l'heure arriverait.

Il ne pouvait savoir non plus que le vicomte de Mercourt avait découvert, par hasard, la fille d'Ellen dans la maison de Stewart Bolton et de son fils, et qu'il avait amené la jeune fille avec lui sans savoir encore qui elle était.

Le raisonnement, la réflexion, qui, — chose singulière et cependant réelle, — trompent si souvent, avaient convaincu Somerset qu'il y avait dans tout cela un concours de circonstances soigneusement préparé et voulu.

Pour lui, Henri de Mercourt, caché dans Londres, avait été averti par Ellen elle-même du rapt de Marguerite, accompli par Stewart Bolton ; et après avoir délivré l'aïeul, il était allé sauver l'enfant.

— Ou bien ces gens-là ont l'enfer pour eux, ou ma police saura les déterrer là où ils se cachent, — murmurait-il de temps à autre en arpentait son cabinet.

Sa police ?...

Il y avait des moments où il se demandait si elle ne le trahissait pas elle-même.

Et il tremblait alors.

Comment se faisait-il, en effet, que Henri de Mercourt et ses complices fussent parvenus à creuser le long souterrain qui les avait conduits jusque sous un des bastions de la citadelle ?

Par quel miracle avait-ils pu mener à bonne fin un tel labeur de géant sans que rien n'en eût transpiré au dehors ?

Et il rapprochait le succès de cette audacieuse opération avec la brusque disparition des deux argousins, l'un aux jambes torses, au mufle de dogue, l'autre au corps de squelette, au facies d'escogriffe, qui connaissaient si bien le vicomte de Mercourt, contre qui ils avaient déjà opéré.

Ensevelis, noyés sous la vase, au fond du puisard, dans le souterrain, leurs cadavres ne devaient jamais plus revoir le jour.

Et leur maître, leur chef suprême avait en apparence le droit de les accuser de s'être laissés corrompre et d'avoir cherché un asile à l'étranger, pour se soustraire à sa colère.

— Malheur à celui qui serait tenté de les imiter ! — monologuait le terrible favori dans ses allées et venues de véritable fauve, entre les murs de son cabinet désert.

Il ne supportait plus âme qui vive auprès de lui, ni secrétaire ni personne, voulant rester seul avec le noir soupçon qui lui rongeait le cœur.

Seuls, les policiers pouvaient avoir accès auprès de lui, de jour comme de nuit, pour venir lui apprendre soit la capture de Marguerite, soit celle de Mercy, ou bien celle du duc de Noxford ou de leurs affidés.

Alors, seulement, il respirerait.

Et il avait adressé les plus épouvantables menaces à ses argousins, au cas où l'un deux viendrait à faillir à sa tâche

Aussi un acharnement féroce poussait-il, dans tous recoins de Londres, la meute affolée et furieuse des sbires.

Le moindre indice suffisait pour attirer leurs investigations haineuses, désespérées.

C'est ainsi que Fabers avait vu sa boutique envahie.

Il y avait eu assez de quelques propos entendus par un agent sur l'augmentation des provisions achetées par la vieille servante, pour attirer leur attention.

C'était bien ce que le corroyeur supposait par instants, rien autre n'ayant pu donner l'éveil.

Et comme son nom était sur la liste de ceux qui avaient eu à se plaindre de la tyrannie du favori, il n'en avait pas fallu davantage.

Cette fois, les argousins avaient frappé juste, à quelques heures près : il n'y avait eu qu'un retard !

Quelle joie pour Somerset, au milieu des angoisses cachées et d'autant plus violentes qui le tenaillaient, si ses limiers étaient venus lui apprendre qu'ils avaient retrouvé l'écuyer évadé !

Tenir le maître et le serviteur à sa merci : quelles représailles déjà !

— Ah ! — grondait-il en constatant que toutes les recherches étaient inutiles, — le jour de la défaite arriverait-il aussi pour moi ?... Allons donc !

« Ce Mercourt est en mon pouvoir; il m'appartient. Lorsqu'on arrache les ongles à un homme, un à un, lorsqu'on plante des tiges de fer rouges dans sa chair avec une lenteur calculée, lorsqu'on extrait la moelle de ses os, plus profondément à chaque question restée sans réponse, il n'est pas d'énergie humaine qui y tienne...

« Et ce Breton, ce Français me livrera bien le secret, tous les secrets que mes limiers ne peuvent découvrir.

Il pensait au complot qu'il croyait organisé entre Henri de Mercourt, lord Mercy et le duc de Noxford, une entente dont l'idée seule le faisait blêmir.

Et mâchant les poils fauves de sa moustache, de la sueur au front à la pensée des supplices qu'il venait d'évoquer :

— Non, pas cela. Ou, du moins, pas tout de suite. On a vu des suppliciés se trancher la langue d'un coup de dent pour se mettre hors d'état de parler...

« Non, ce que je dois employer, c'est la diplomatie, ce sont les paroles captieuses d'abord, les promesses, l'offre de l'oubli, du pardon, si cet homme veut parler.

« Il est amoureux; pour retourner auprès d'Ellen, il me dira tout. Et alors... oh! oui, c'est alors qu'il connaîtra toutes les horreurs de la torture... celle qui fait jaillir l'âme du corps réduit en bouillie.

Et Somerset, ayant pour la centième fois exhalé ces paroles entre ses dents serrées, demeura immobile au milieu de la vaste pièce où il se tenait, inaccessible à tous.

Oui, c'était ainsi qu'il devait procéder.

L'enjeu de la partie était trop important : c'était la domination, la puissance, s'il se trouvait en présence d'une ligue de ses ennemis, ainsi que tout semblait le lui indiquer.

Il frappa sur un timbre.

Un visage hésitant se montra.

Le jour déclinait aux vitraux de la salle.

Le favori reconnut vaguement un de ses serviteurs.

— Mon cheval... mon escorte! — fit-il d'une voix impérieuse.

Et soulevant la portière, ouvrant la porte qui conduisait à ses appartements privés, il alla s'armer.

Le duc de Somerset, lord-chief de la haute justice, favori de la reine, ne sortait jamais qu'entouré d'une forte escorte, une cotte de maille sous son pourpoint de velours ou de soie, et solidement armé.

Un instant après, il descendait le large escalier de son palais aux somptueux revêtements de marbre.

Une vingtaine de cavaliers aux cuirasses étincelantes étaient déjà en selle, attendant le maître.

Le duc-rouge monta sur le cheval que maintenait son écuyer, tandis qu'un page lui présentait l'étrier.

Deux cavaliers passèrent devant, et les sabots des chevaux résonnèrent sous la voûte vis-à-vis de laquelle Henri de Mercourt ne guettait plus son ennemi, car une double chaîne le retenait toujours captif dans son cachot de la première section de la Tour de Londres.

Aujourd'hui, ce n'était plus le gentilhomme français qui cherchait le duc de Somerset...

C'était le duc-rouge qui se rendait auprès de lui.

Les deux hommes allaient se retrouver face à face!

— Homme de sang, homme de boue!... fit-il d'une voix éclatante.

XCVII

TÊTE A TÊTE

Henri de Mercourt avait cessé de compter les jours qui coulaient dans la demi-obscurité de la cellule où on l'avait relégué.

Cette seule distraction de tout captif, qui consiste à se remémorer le laps de temps écoulé depuis qu'il a été séparé de la communion des autres hommes, ne pouvait qu'affaiblir son âme.

C'est pourquoi il y avait renoncé.

Il chassait même cette pensée dès qu'elle se présentait, inconsciemment, à son esprit.

Mais, si ferme que fût sa volonté de ne songer à rien de ce qui était de nature à abattre son courage, il ne pouvait cependant défendre à son esprit de revenir vers ceux qu'il avait laissés au dehors de ces murs.

Ayant vécu près du tiers de sa vie avec le souvenir d'Ellen, il aurait fallu lui arracher le cœur pour qu'il ne s'oubliât pas à évoquer son image, telle qu'elle revivait dans son esprit, — telle qu'il l'avait entrevue autrefois en Bretagne durant les quelques heures inoubliables qui avaient décidé de sa vie, sa vie définitivement brisée, semblait-il.

Il revoyait aussi la frêle et déjà gracieuse silhouette de Marguerite.

Une évocation appelait l'autre.

Et un soupir montait de sa poitrine, car l'existence même de celle-ci signifiait que le cœur d'Ellen n'était pas resté vierge.

Certes, c'était là la loi de la nature. Et cependant, malgré la raison que le gentilhomme français appelait à son aide, ces réflexions lui faisaient mal.

Henri de Mercourt tâchait alors de panser la souffrance qu'il ressentait en concentrant ses pensées sur la fillette qu'il avait laissée seule, sur l'enfant qu'il aimait instinctivement à cause de l'amour qu'il portait à la mère.

Il se demandait ce qu'elle avait pu devenir après leur séparation, après son arrestation à lui.

— Est-elle parvenue à se soustraire définitivement à ceux qui devaient voir en elle une sorte d'otage, puisqu'ils la gardaient ainsi recluse ? — se demandait-il.

C'est en réfléchissant au sort de Marguerite qu'il regrettait le plus sa captivité.

Libre lui-même, l'enfant eût été sauvée certainement.

— Je l'aurais reconduite auprès de celle à qui on l'avait arrachée, — se disait-il. — Et elle aurait été mon guide, mon ange tutélaire auprès d'Ellen.

Les prisonniers parlent parfois à demi-voix, rompant ainsi le silence trop sépulcral de leurs cachots.

Henri de Mercourt venait de prononcer ces mots entre haut et bas, lui aussi, — le nom d'Ellen étant toujours doux à son oreille, — lorsqu'un bruit retentissant s'éleva dans le couloir qui précédait sa double cellule.

Le gentilhomme eut un brusque frémissement.

Aucune rumeur ne s'élevait jamais dans ces lieux de désolation.

Que signifiait donc ceci ?...

La prison s'emplissait-elle de nouvelles victimes, amenées ensemble, « une fournée », à la suite de quelque conspiration avortée peut-être ?

Un bruyant claquement de serrures à la porte de la première des deux étroites pièces qui composaient sa prison ne lui laissa pas le loisir d'autres hypothèses.

Des pas résonnèrent ; il entendit un bruit d'éperons.

La taille du gentilhomme français se redressa de toute sa hauteur. C'était donc pour lui que s'approchaient ces visiteurs ?... des soldats probablement.

Comme un trait de feu ceci passa dans son cerveau :

— Viendraient-ils me chercher... pour le dernier supplice ?

Mais il ne faiblit pas, il ne pâlit même point. Il était habitué à songer au trépas.

La deuxième porte s'ouvrit, repoussée toute grande.

Lord Somerset apparut, immobile sur le seuil, le sourcil contracté.

Les deux hommes, le prisonnier et le tyran, se regardèrent, se pénétrant d'un regard aigu au plus profond de l'âme.

Derrière le duc-rouge, des porte-clefs, le gouverneur de la citadelle et son lieutenant se pressaient, attendant.

Même dans l'intérieur de la Tour de Londres, le favori de la reine avait une cour...

Il est vrai que c'était une cour de geôliers !

Le ministre avait espéré que son apparition soudaine impressionnerait le prisonnier.

Voyant que celui-ci continuait à le fixer, il fit deux pas dans l'intérieur du cachot.

— Me reconnais-tu ? — interrogea-t-il orgueilleusement.

— Il y a longtemps que je ne t'ai vu, Somerset, — répliqua Henri de Mercourt d'une voix ferme, — mais tes traits ont trop bien conservé leur caractère odieux, bas et louche, pour que je ne te reconnaisse pas. Que me veux-tu ?

Le favori crispa sa main sur la poignée de sa dague.

Quoi, les hommes qui l'accompagnaient courbaient le front devant lui, et un captif, un homme dont il pouvait faire tomber la tête d'un signe osait le braver, le provoquer même !...

Il se contint, cependant, se souvenant du mobile qui l'avait amené.

Et redevenant froid, tout à fait maître de lui :

— Cet homme est-il solidement enchaîné ? — fit-il en se tournant vers les geôliers qui attendaient.

— Oui, monseigneur, — répondit humblement le surveillant sous la garde de qui était placé le cachot du gentilhomme français.

— Qu'on vérifie ses fers !

Ces paroles sortirent des lèvres de Somerset, brèves et dures.

Le gouverneur de la citadelle s'avança.

Et lui-même, obséquieusement, ne laissant pas à un simple geôlier le soin de remplir cet office, il inspecta les anneaux scellés dans le mur et ensuite ceux qu'on avait rivés autour des membres du prisonnier.

Celui-ci le regardait opérer avec un air de mépris souverain.

— Vous n'êtes donc pas gentilhomme ?... — prononça-t-il comme le commandant de la citadelle achevait son inspection.

En effet, en entendant l'ordre de Somerset, le geôlier ordinaire avait fait un mouvement pour obéir, mais il avait été moins empressé et moins prompt que son chef.

Le gouverneur rougit.

Mais son œil se posa en dessous sur l'imprudent qui venait de châtier son abaissement, par cette seule question.

Il se promettait de lui faire expier ses paroles : c'était facile !

Il y eut alors un instant de silence.

Somerset s'était attendu à trouver un homme abattu, démoralisé par la prison, et au lieu de cela il rencontrait un adversaire frémissant, au front levé.

— Laissez-nous, — ordonna-t-il enfin à ceux qui l'accompagnaient.

Le gouverneur s'inclina, et avec inquiétude, — une inquiétude plus feinte que réelle, — car malgré son obséquiosité, Somerset était un maître dur pour lui aussi :

— Monseigneur ne craint-il pas de demeurer seul auprès d'un prisonnier aussi dangereux ?...

— Ne m'avez-vous pas assuré que ses fers étaient solides ?

— En effet, monseigneur.

— Eh bien ! allez m'attendre devant la première porte de ce cachot... prêt à répondre à mon appel.

Son œil terne venait de se poser sur Henri de Mercourt en prononçant ces derniers mots. De l'appréhension s'y lisait.

Mais il avait examiné déjà les dimensions du cachot, et il se disait que le peu de longueur des chaînes ne permettrait pas au vicomte de Mercourt de s'approcher de lui pour peu qu'il se tînt à distance.

Nul n'avait bougé cependant, lisant son hésitation sur ses traits.

— Allez! — reprit Somerset.

Il n'y avait plus qu'à obéir, et tous s'éloignèrent, officiers et porte-clefs.

Le favori de la reine les suivit jusqu'à la première porte, sur le seuil de laquelle ils s'arrêtèrent.

Ils étaient assez loin pour ne pas entendre sans doute, à moins d'éclat de voix, les paroles qui allaient être échangées entre le visiteur et le captif.

Mais cette distance n'était néanmoins pas telle qu'ils ne pussent répondre au premier cri de Somerset.

Celui-ci repoussa la porte qui fermait la cellule elle-même.

Il alla ensuite se placer sous la lucarne qui éclairait l'étroit réduit.

Il resterait ainsi dans l'ombre, tandis que la clarté tomberait en plein sur la figure de son adversaire.

En s'éloignant de la porte, ce que les deux hommes allaient se dire risquait moins aussi de parvenir au dehors.

Henri de Mercourt avait suivi les évolutions de son ennemi sans desserrer les lèvres.

Celui-ci l'étudia durant quelques minutes, cherchant de quelle manière entamer l'entretien.

Il avait eu trop de preuves de l'énergie du gentilhomme français; il venait surtout de le trouver trop résolu pour ne pas user de toute sa diplomatie.

— Vicomte de Mercourt, — prononça-t-il d'une voie sourde, — vous ne vous attendiez sans doute pas à ma visite?

Il ne tutoyait plus son prisonnier.

Il avait eu vite compris que, quoique dans les fers, l'ancien commandant du *Saint-Michel* était résolu à ne pas se laisser manquer de respect.

— En effet, duc, — repartit le seigneur de Kervien, — je n'attendais que celle du bourreau.

Un éclair luisit dans les yeux du duc-rouge, visible malgré l'ombre dans laquelle il s'était placé.

Sa visite ne faisait peut-être que devancer celle dont parlait le prisonnier avec tant d'assurance.

— Ce n'est cependant pas un ennemi qui vient auprès de vous! — reprit-il d'un accent tellement assourdi qu'il fut à peine entendu, comme s'il comprenait que la fausseté de ses paroles était éclatante.

— Est-ce un ami?

— ... Peut-être...

— A quel prix, alors?

L'intonation d'Henri de Mercourt était cinglante.

On aurait cru que c'était lui qui était libre, que c'était lui qui tenait son rival à sa merci.

Dès la première minute, il s'était dit que le duc de Somerset obéissait à un bas calcul secret en pénétrant dans son cachot.

Il savait qu'il n'avait rien à espérer, rien à attendre de l'homme qui avait essayé de le faire assassiner autrefois, de l'homme qui avait lancé ensuite sur lui ses argousins les plus féroces.

Somerset s'était mordu les lèvres à ces dernières paroles.

Pourtant, étant donné les angoisses que l'évasion de lord Mercy et du duc de Noxford avait fait naître chez lui, il jugeait la partie trop grave pour abandonner déjà son calme mensonger.

— Vicomte de Mercourt, — reprit-il donc, — un malentendu regrettable nous a séparés. Obéissant à un souvenir que je respecte, vous avez cru voir en moi l'ennemi d'une famille à laquelle vous attache un culte chevaleresque. Votre amour pour Ellen Mercy vous a aveuglé.

Somerset s'arrêta.

Il attendait une réplique, quelque sarcasme même de son interlocuteur.

Il comptait y trouver une indication pour continuer.

Mais la bouche du prisonnier resta close. Seul, ses yeux, éclatants au milieu de son visage pâle, dévoraient le sanguinaire duc.

L'infâme osait évoquer le souvenir d'Ellen Mercy, lui son bourreau, le persécuteur éhonté de sa famille?...

Somerset reprit, le regardant en dessous :

— Vous avez voulu vous ériger en justicier. Oubliant que vous êtes étranger, vous avez essayé de venir troubler la paix de ce royaume. Vous deviez prévoir cependant que ses lois sont formelles... leur application rigoureuse...

— Et que vous êtes chargé de les appliquer, n'est-ce pas, duc de Somerset, puisque que vous portez le titre de lord-chief de la haute justice.

— Je suis le plus humble des serviteurs de ma souveraine.

— Était-ce donc à elle que je m'attaquais en venant vous demander ce que vous avez fait d'Ellen Mercy et de son père?

— Lord Mercy avait trahi Sa Majesté. Et la main de la reine avait signé son ordre d'encellulement.

— Encellulement, le mot est exquis, appliqué à un véritable sépulcre.

Le visage de Somerset prit sa véritable expression de contentement haineux.

— Un sépulcre, dites-vous, vicomte de Mercourt, vous avez donc vu le cachot dans lequel lord Mercy était enfermé. Vous avez donc été en rapport avec ce prisonnier félon, puisque vous êtes si bien renseigné? Voilà un aveu que recueille d'habitude la hache du bourreau.

— Ne vous ai-je pas dit que je l'attendais?

— Soit, — reprit Somerset en affectant de nouveau le calme, — vous avez tiré l'épée contre la reine, et tombé en son pouvoir, vous êtes prêt à payer votre faute de votre vie, comme un véritable gentilhomme. Mais je suis homme aussi, et je n'ignore pas à quels entraînements une passion malheureuse peut pousser un brave chevalier aux sentiments exaltés. C'est pour cela que je suis ici.

Et, mesurant ses paroles :

— Vous êtes venu en Angleterre, une première fois, chargé d'un message de votre auguste souveraine, et l'on vous doit, à ce titre, des égards particuliers. Les ennemis de Celle qui occupe le trône de la Grande-Bretagne se sont servi, en outre, de cet amour auquel je faisais allusion tout à l'heure, pour vous jeter dans leurs complots : c'est encore un motif d'indulgence. Sa Majesté sait tout cela, et c'est elle qui m'envoie, afin de vous montrer que l'on n'entend pas vous traiter comme un prisonnier ordinaire.

Un pli d'ironie contracta les lèvres d'Henri de Mercourt; mais il n'interrompit point, contrairement à l'espoir de son interlocuteur.

— Eh! bien, — reprit Somerset après une pause, — répondez à la générosité de Sa Majesté par le repentir et il me sera facile d'obtenir d'elle une clémence toute prête à se manifester...

« Donnez-lui un gage de ce repentir, et... qui sait?... un navire vous ramènera en France...

Il hésita...

— En France, d'où il vous sera loisible de repartir pour un autre pays, où votre cœur, si amèrement troublé, trouvera enfin le repos et la joie.

Henri de Mercourt passa sa main, alourdie de chaînes, sur son front.

Le tentateur abject avait touché la plaie.

Mais le seigneur de Kervien se raidit.

Et redressant sa taille un instant ployée, fixant Somerset bien en face :

— Et ce gage, quel est-il?

— Révélez l'endroit où se cachent le duc de Noxford et lord Mercy, les ennemis de la reine.

L'immonde favori osait demander au fier et noble prisonnier qu'il lui livrât le père de la femme qu'il aimait!

Cela lui paraissait naturel. Ne s'était-il pas hâté lui-même, jadis, afin de gagner les faveurs d'Élisabeth, de se constituer le geôlier de lord Mercy dont il venait d'épouser secrètement la fille, contraint par le vieillard à racheter son honneur ?

Le prisonnier feignit de n'avoir pas bien entendu.

En réalité, il craignait d'avoir mal compris, quel que fût le mépris qu'il éprouvât pour son visiteur.

— Répétez, duc !

Somerset crut qu'il hésitait, ébranlé.

Et se penchant en avant, l'haleine rauque :

— Indiquez-moi le secret de la retraite de ces hommes que je vous ai nommés et vous êtes libre, — reprit-il d'une voix sifflante.

Les bras du prisonnier se tendirent alors dans un élan indigné, faisant claquer les chaînes qui les paralysaient.

— Homme de sang, homme de boue ! — fit-il d'une voix éclatante. Tu me crois donc semblable à toi que tu oses me proposer un tel marché ?

« S'il est vrai que ta reine t'ait donné une telle mission. . si cela est vrai, entends-tu, car de ta bouche ne sort qu'infamie et mensonge, retourne auprès d'elle, et dis-lui que je ne suis pas son... favori, moi, pour commettre un tel crime.

La dague de Somerset jaillit hors du fourreau et une lueur sanglante passa dans ses yeux.

Sa liaison avec la reine n'avait pu échapper aux yeux perçants des courtisans, et lui-même était trop intéressé à ce qu'on la soupçonnât afin de voir son pouvoir moins disputé.

Mais il connaissait le caractère altier et vindicatif d'Élisabeth.

Femme stérile, la reine d'Angleterre voulait que l'on crût à sa vertu ! Elle voulait être aux yeux de tous la souveraine pour qui nulle passion humaine n'existe.

Elle avait pris Somerset pour amant parce que c'était un soudard et un homme sans scrupules, et aussi parce qu'elle l'élevait si haut, de si bas, qu'elle se croyait sûre de lui.

Instruite que de telles paroles avaient été prononcés devant Somerset sans qu'il les eût châtiées aussitôt mortellement, elle serait sans pitié pour lui et le briserait comme verre, il le savait.

Mais le bruit des chaînes violemment agitées par Henri de Mercourt dans ses gestes de mépris et de malédiction avait couvert sa voix.

Et comme Somerset avait la dague levée, prêt à frapper, la porte du cachot fut violemment repoussée à l'intérieur.

L'Homme Noir... la Dame Blanche!... Le Principe du mal... L'Ange du bien!...

Le gouverneur et ceux qui attendaient avec lui à la première porte, ayant entendu les accents irrités du prisonnier et les cliquetis des fers, avaient cru que le duc rouge était en danger.

Et ils se précipitaient à son secours.

Somerset laissa tomber sur eux un regard rapide, sombre et affolé en même temps, se demandant s'ils avaient entendu.

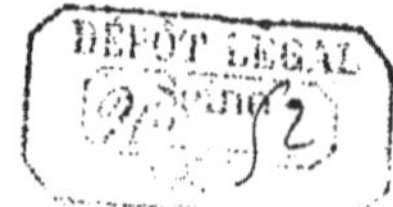

Il ne distingua sur leurs physionomies que le sentiment de la crainte : celle que leur maître trouvât qu'ils n'avaient pas accouru assez vite à son aide.

Le bruit des chaînes, l'éloignement les avait empêchés de saisir les terribles paroles des prisonniers.

Il respira alors.

Mais après la terreur qu'il venait d'éprouver, la rage alluma son sang...

— Ah ! c'est ainsi, — fit-il en menaçant le captif de son poing où sa lame nue luisait encore, — eh bien ! la torture déliera ta langue.

— Oui, pour te maudire ! — clama le seigneur de Kervin.

Et, avec une grandeur saisissante, son bras enchaîné montra la porte de son cachot au duc rouge.

Il était prisonnier, et il chassait son persécuteur de sa geôle, il en chassait le chef de cette justice chaque jour davantage prostituée, le favori indigne et méprisé.

Le duc de Somerset eut un rauquement fauve, un geste fou de menace...

Et courbant malgré lui les épaules sous ce bras, ce doigt tendu, qui le poursuivaient, le clouaient au pilori de l'ignominie, blême, avec des taches sanguines par plaques sur les joues, il sortit à reculons.

Et la porte du cachot se referma sur le gentilhomme français, toujours debout, transfiguré.

XCVIII

UNE FAIBLE AUMONE

Oh! les drames de la vie, les âpres tempêtes s'abattant sur les êtres comme les autans s'abattent sur les arbres tordus et gémissants.

On croirait parfois que des hordes d'esprits malfaisants, de puissances hostiles s'acharnent sur les créatures humaines livrées à leur merci, en une ruée effroyable.

L'Homme Noir... la Dame Blanche!... Le principe du mal... l'ange du bien!... La légende serait donc éternelle, — comme l'est la douleur?

Oh! semence de la haine éparpillée aux quatre coins du monde par le vent des orages — et qui ne lève que trop!... ne croit-on point en voir les fruits empoisonnés.

Ces fruits, hélas! les voici donc:

Le manoir de Claymore vide des êtres jeunes et purs qui y entretenaient la joie sereine et douce dans la mélancolie des souvenirs anciens; et là où était le sourire, les larmes à présent.

Au milieu d'un site abandonné, et par cela même plus apaisant peut-être, trois créatures prostrées par la souffrance corporelle: Julien d'Avenel, cédant enfin au poids accumulé de tout ce qu'il supporte silencieusement depuis le jour de son enlèvement, Christie le géant de fer, au flanc ouvert par une balle venimeuse, Ketty, âme d'héroïsme et de grâce mêlées, terrassée elle aussi par un plomb inhumain; et pour rattacher à la vie leurs pauvres corps chancelants par trop d'épreuves un ermite n'ayant, afin de les soigner, que quelques simples, cueillis par lui dans la forêt.

Moins heureux qu'eux encore, cette fleur délicate, Marguerite, pâle et blanche maintenant comme sa sœur, l'autre fleur poétique dont elle porte le nom... Marguerite échouée dans une grange sordide, où elle n'a fait qu'échanger une captivité pour une autre et vouée au fouet qui la guette; Marguerite sans famille et pleurant, dans la solitude de ses nuits, la mère exilée de son enfant dans les pays du nord et l'aïeul dont on lui a parlé, emporté par la mer vers les contrées du sud.

Henri de Mercourt, le héros au cœur inébranlable qui lui a révélé l'existence de ce noble ancêtre, Henri de Mercourt, cadenassé sous de doubles murailles... et l'homme qui rêve le projet insensé de faire pour le

seigneur de Kervien ce que le gentilhomme français a accompli pour lui-
même, Martial réduit à se traîner, tel qu'un cul-de-jatte infirme et
impuissant, parmi les rues de la cité au ciel triste et gris comme le mal
lui-même.

Et celui dont l'épée pourrait peut-être quelque chose pour eux,
Walter d'Avenel, luttant au milieu d'une armée improvisée contre l'invasion des hordes étrangères, enchaîné là par le devoir en des heures désespérées, cherchant la mort et ne la trouvant pas; et celui qui combattait
sous ses ordres pour deux, le bon et terrible Joë, seul par les chemins,
afin de regagner à marches forcées ce manoir de Claymore où on lui a
volé l'adolescent que, tranquille et rassuré, il y avait laissé :

Et... parmi le désert des montagnes, sur la route tortueuse, seul
comme le démon du mal, un homme au faciès de malédiction, Stewart
Bolton, triplant les étapes, dans une fureur concentrée et sombre dans le
but d'atteindre, lui aussi, ce manoir de Claymore, d'y arriver le premier
afin que ceux qui lui ont échappé ne trouvent en y apparaissant que
l'anéantissement de tout dans la ruine et la mort!...

Et pour empêcher cette œuvre finale et fatale de s'accomplir, pour que
le spectre du mal ne plane pas, ricanant dans son triomphe, au-dessus de
son empire de mort, deux hommes seulement isolés et sans lien entre eux,
Joë le colosse primitif sur le chemin désert et, sur un pont de Londres,
un cul-de-jatte tendant la main!...

. . . .

Martial la présentait à ceux qui passaient sur le pont, sa main déchar-
née, amaigrie par les souffrances physiques qu'il s'imposait afin de rester
à son poste.

Il la tendait au tourmenteur de la Tour de Londres, comme aux autres
piétons, lorsque celui-ci, ayant déchiqueté les membres et fait craquer
les os de quelque patient, regagnait sa demeure située de l'autre côté de
l'eau.

Plus d'une fois, en le regardant s'avancer, le Breton scrutait ses traits
avec unté acuiaee rdnte, sedisant qu'il avait peut-être rempli son sanglant office sur le vicomte de Mercourt.

Et la pensée lui venait de l'attendre un soir, au moment où le pont
était solitaire.

— Je débouclerais mes courroies à l'avance, — se disait-il. — Et
comme il sera sans défiance devant le cul-de-jatte infirme qu'il me croit
être, je me dresserai brusquement et je l'acculerai contre le bord, afin de
l'empêcher de fuir. Je l'interrogerai alors sur mon maître, et s'il l'a torturé, malheur à lui !

Lorsque ces suggestions lui venaient, il serrait le manche du coutelas que Fabers lui avait remis.

Un seul coup de cette lame large et forte dans la poitrine du bourreau, ce serait assez pour en terminer.

Et Martial aurait vite fait ensuite de faire basculer son corps par-dessus le parapet, — dans le fleuve qui emporterait le cadavre n'importe où.

Mais il abandonnait cette idée ; le sang laisse des traces, la disparition de cet homme attirerait les investigations des argousins.

Puis surtout cette exécution serait inutile, car la mort de ce tourmenteur dont il connaissait l'application farouche à son œuvre, ne serait pas la délivrance d'Henri de Mercourt.

— Non, plus tard, — pensait le Breton.

Pourtant, si à force de le voir chaque jour, cet homme arrivait un moment à le reconnaître ?...

— Tant pis pour lui, alors ! — se dit Martial qui avait envisagé cette hypothèse.—Ce jour-là sera celui marqué par le destin pour sa disparition !...

Heureusement que l'homme de la Tour de Londres ne faisait pas une attention excessive au cul-de-jatte au milieu de l'affluence des mendiants qui obstruaient le pont des Truands.

Il avait bien remarqué, il est vrai, que ce nouveau quêteur d'aumônes ne faisait plus entendre de supplique.

Mais son habitude des prisons, où passaient quelquefois des miséreux qui avaient voulu cumuler la mendicité et le crime, lui avait appris qu'ils variaient en certains cas leurs procédés.

Être cloué sur une planche ne devait pas rapporter assez au cul-de-jatte, pensait-il, et il y avait joint la profession de muet.

Cela ne le préoccupait pas davantage, croyant cependant retrouver sur ses traits comme un air de connaissance, de « déjà vu ».

— Bast ! c'est l'effet de sa voix traînarde le jour où il m'a sollicité, — se persuadait alors le tourmenteur. — Tous ces truands ont un accent de famille.

Et parfois, lorsqu'une de ses victimes avait bien hurlé, bien râlé, lui procurant une jubilation d'artiste dans l'art de faire passer le supplice par toutes les gammes de l'horreur, il laissait tomber une aumône dans la main émaciée du cul-de-jatte qui abaissait ses prunelles afin que l'homme n'en saisît pas la luisance.

La nuit venue, Martial regagnait la léproserie où il se trouvait à l'abri.

Il réintégrait le réduit dans lequel il avait couché la première nuit, devenu lui aussi un client, au même titre que le béquillard et les autres.

On se connaissait maintenant, on était de la même secte. Il faisait

partie de la grande pègre, et il savait que si les agents venaient à le
reconnaître au dehors et qu'ils ne fussent pas en nombre, il n'aurait qu'à
répéter le mot d'ordre qu'il avait entendu pour être délivré.

Ce mot, il l'avait gravé dans sa mémoire.

Par une dernière et suprême précaution, il n'avait avoué à personne
que son mutisme était simulé.

Mais le projet d'employer son admission dans la truanderie pour
délivrer le vicomte de Mercourt s'ancrait de plus en plus dans son esprit.

Fabers passait de temps en temps sur le pont, ou bien il envoyait sa
servante dans la crainte que son passage ne finît par être remarqué.

Il faisait l'aumône à deux ou trois pauvres et au cul-de-jatte.

Les deux hommes ne se disaient rien, mais le regard qu'ils échangeaient contenait un monde de pensées.

Et le corroyeur s'éloignait, comprenant que le moment n'était pas
encore venu où Martial avait besoin de lui.

Comme il passait, une fois, le cul-de-jatte fut secoué d'une toux
rauque, une toux affreuse : il devait avoir si froid réduit à l'immobilité
sur ce pont fouetté par la brise.

Et son œil, attaché sur le corroyeur, brilla d'un éclat inaccoutumé

Fabers comprit que le Breton voulait lui parler.

Il s'approcha davantage, feignant de chercher dans sa bourse.

Les lèvres du cul-de-jatte s'agitèrent rapidement, vraisemblablement
dans la contraction de la toux qui lui déchirait la gorge.

Et le corroyeur s'éloigna de son pas paisible.

Martial venait de demander qu'il lui fît parvenir cinq ou six pièces
d'or le lendemain.

Le matin du jour suivant, l'artisan choisit six pièces dont le son était
le plus clair dans le petit trésor que Martial lui avait laissé, et il les
enveloppa dans un morceau de linge.

Il se fit ensuite apporter un gros morceau de pain par sa servante.

Avec un couteau il enleva la mie en ayant soin de suivre les parties
où la pâte était le plus soufflée, afin que le trait du couteau marquât le
moins possible.

Il glissa le petit paquet à l'intérieur et replaça la mie enlevée, tout
cela en présence de la vieille.

Ceci accompli, il fit une légère entaille vers le milieu de la miche.

— Mets ce pain dans ton panier, — dit-il à la servante.

Celle-ci obéit.

— Maintenant tu vas te rendre sur le pont des Truands. Le cul-de-
jatte te demandera l'aumône. Tu prendras le pain, tu le couperas en

deux, là où j'ai donné un premier coup de couteau et tu lui donneras la première moitié, celle où j'avais enlevé la mie.

— Et l'autre partie?

Que demandait-elle là?... Qu'importait le reste?...

Mais à l'expression du regard de sa servante, Fabers comprit qu'il commettait une imprudence en lui ordonnant de faire cette charité au cul-de-jatte seul.

— L'autre moitié, tu la donneras ouvertement à un autre pauvre, en le priant de dire une oraison pour toi ou un des tiens.

— C'est bien, maître, il sera fait maintenant comme vous l'ordonnez.

Elle cacha son front ridé sous sa coiffe et s'achemina vers la Tamise à petits pas, son panier au bras.

Arrivée à la tête du pont des Truands, son œil rapetissé par l'âge en fouilla la longueur : Martial Dacier était à sa place habituelle.

Quelques bourgeois marchaient devant elle ; et de la double haie des loqueteux échoués de chaque côté partaient les lamentations accoutumées.

Quelques rares pièces tombèrent dans les écuelles ou les feutres crasseux, mais aucune charité n'alla au cul-de-jatte : on ne l'entendait pas.

La vieille arriva devant lui de son pas mesuré.

La main de l'infirme se tendit de nouveau, légèrement tremblante peut-être.

La femme parut considérer le cul-de-jatte avec compassion, ouvrit son panier et coupant en deux parties le pain qui s'y trouvait, lui donna le morceau dans lequel Fabers avait placé les pièces d'or.

— Voici une pauvre aumône, — prononça-t-elle.

Martial entendit, saisit le sens de ses paroles.

Il devina que la miche contenait probablement ce qu'il avait demandé, et il l'enfouit dans sa besace.

La servante continuait sa traite.

Un manchot agitait son moignon informe : elle lui remit le reste du pain en lui demandant de ne pas l'oublier dans ses prières.

Après quoi elle continua son chemin et s'engagea dans le faubourg où elle fit diverses emplettes.

Une heure après, elle était de retour auprès de son maître par un détour soigneusement étudié.

— C'est fait, — annonça-t-elle.

Fabers hocha la tête, le visage grave et sombre.

Quand ce mot, « c'est fait », s'appliquerait-il à la réparation de tout le mal causé par le favori de la reine, quand serait-il prononcé par un justicier devant le cadavre de Somerset... de l'homme qui avait tué son fils?...

XCIX

LE SERGENT RECRUTEUR

LE cul-de-jatte quitta sa place plutôt que d'habitude ce soir-là.
Il était probablement découragé par le peu de recette qu'il avait fait.

Martial était devenu plus expert dans le maniement des lourds patins de bois sur lesquels il s'appuyait pour traîner son corps à travers les ornières.

Et le siège sur lequel il était attaché par des courroies résonnait sur le sol dans sa marche plus rapide.

Il ne tarda pas à s'engager dans la ruelle nauséabonde qu'il connaissait bien maintenant et qui conduisait dans la léproserie.

— Eh! te voici de bien bonne heure aujourd'hui, le cul-de-jatte, — fit le logeur en l'apercevant.

Le Breton ne répondit même pas par cette sorte de son rauque et guttural auquel il avait recours quelquefois pour montrer qu'il avait compris.

Et il s'enfonça dans le réduit où il reposait chaque nuit.

Un peu de jour filtrait encore à travers l'espèce de meurtrière qui servait à renouveler l'air dans le caveau.

Martial avait repoussé la porte sur lui. Il s'assura qu'aucun œil curieux n'était appliqué aux fentes, tira de sa besace le morceau de pain que lui avait remis la servante de Fabers et le rompit doucement.

Ses doigts rencontrèrent un corps dur.

— C'est ce que j'ai demandé, — fit-il avec joie. — Je vais pouvoir agir. Ou plutôt je vais pouvoir essayer.

Il compta les pièces en évitant d'être entendu; puis, en prenant une, il l'introduisit entre deux coutures de son justaucorps.

Quant aux autres, il les glissa dans la ceinture de son haut-de-chausses ouverte avec son couteau et qu'il recousit à la hâte.

Lorsque le premier des autres habitués de l'endroit parut, Martial était en train de dévorer son morceau de pain.

Il attendait le béquillard.

— Tu as peur que l'on entre, attends, reprit l'autre.

Un martellement intermittent sur le carrelage à moitié arraché du
corridor ou plutôt du boyau qui en tenait lieu l'avisa de son approche.

La porte, poussée toute grande, montra le truand assommé par l'alcool
comme d'habitude et qui se tenait au mur pour ne pas choir avant d'arriver
jusqu'à la couche de paille, sa béquille continuant à fonctionner par un
miracle d'équilibre.

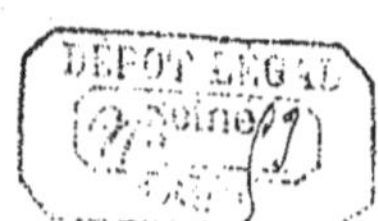

L'homme arriva jusqu'à la litière étendue sur le sol, y atteignant plus par la force de l'habitude que par conscience du chemin à parcourir.

Et il s'affala comme une masse.

— Il est ivre comme une souche, — pensa Martial. — Ce sera pour demain.

Le lendemain matin, quand le logeur rouvrit la porte du réduit, annonçant de son ton rogue que l'heure était venue de déguerpir, Martial cramponna ses doigts sur la manche du béquillard, et le regarda avec insistance.

Celui-ci, dégrisé par son sommeil de toute la nuit, le considéra, surpris, se disant que le cul-de-jatte n'agissait pas sans motif.

— Quoi ! tu veux que je reste ? — fit-il à voix basse.

Le regard fugitivement étincelant de Martial lui répondit, leurs compagnons d'auberge n'ayant pas besoin pour le moment de savoir qu'il voulait demeurer seul avec l'autre.

— Le cul-de-jatte doit avoir quelque chose de sérieux, — pensa le béquillard.

Et, déjà à demi dressé, il se rassit sur la paille en marmottant :

— Voilà que la terre tourne encore... comme si elle était ronde.

Et il s'allongea de nouveau avec un hoquet.

Leurs compagnons sortirent un à un, et le logeur alla se renfermer dans son trou, se disant que le cul-de-jatte devait avoir les jambes enflées par les courroies comme certains jours, et que le bénéfice sur lui serait double.

Quant au béquillard, il n'allait probablement pas tarder à sortir pour aller à la curée. Donc pas à s'inquiéter.

— Voyons, que me veux-tu ? — fit le béquillard lorsqu'il n'y eut plus personne autour d'eux.

Martial désigna la porte.

— Tu as peur que l'on entre. Attends ! — reprit l'autre.

Il se dressa sur une jambe, prit sa béquille et la força contre le battant.

— Pas plus difficile que cela. Es-tu content ? Eh bien ! vas-y maintenant.

Le Breton écarta son justaucorps et montra, au truand, la pièce qu'il y avait cachée.

Les yeux de ce dernier pétillèrent.

— De l'or. La reine t'aurait-elle fait l'aumône, le cul-de-jatte ? Elle la ferait plutôt de cinq coudées de corde au bout d'un gibet que d'une guinée !

Un rire silencieux passa sur les lèvres de Martial.

— Tu as coupé alors l'escarcelle suspendue à la ceinture de quelque riche bourgeoise?...

Martial secoua négativement la tête.

— Au diable soit du rébus! — exclama le truand. — Enfin, tu l'as prise n'importe où; la pièce a l'air de bon alliage, c'est le principal. Mais si tu me la montres, c'est sans doute pour me payer une bonne rasade de gin.

Martial secoua affirmativement la tête, et dans un mouvement soudain fit le geste de la lui remettre.

— Tu me la donnerais? Prends garde, le cul-de-jatte; dans la pègre on n'aime pas qu'un frère se moque de l'autre.

Le Breton haussa les épaules, et, faisant de nouveau le geste de mettre la pièce d'or dans la main de son vis-à-vis, la désigna de nouveau, puis compta sur ses doigts une, deux, trois, cinq, six... jusqu'à dix.

Dix pièces d'or!... Une fortune! De quoi s'enivrer durant toute une année sans discontinuer? Le truand eut un éblouissement.

— C'est bien vrai, tu m'offrirais cela?

Martial répondit par le son guttural qu'il employait quelquefois pour approuver.

— Tu es donc un richard fourvoyé dans la sainte pègre. Et que faut-il faire?

Le cul-de-jatte attendait cette question.

Lentement, les yeux dans les yeux de son interlocuteur, il mit à l'air le couteau de chasse dont Fabers lui avait fait cadeau.

A cette vue, le béquillard eut une grimace.

— Oh! oh! — bégaya-t-il soudain refroidi; — il faut jouer de la miséricorde, ce n'est guère ma partie. Saigner quelqu'un de sang-froid, non, vois-tu, le cul-de-jatte, pour tous les trésors du pape...

Le visage émacié du Breton rayonna : il avait donc bien jugé l'homme à qui il s'adressait.

De nouveau il haussa les épaules avec un rire, son rire muet si impressionnant.

Et, se dressant à demi sur son buste, il fit mine de retrousser sa moustache, campant son coutelas au côté, comme un soldat le fait d'une épée, la tête droite, l'allure militaire.

Que voulait-il donc dire? L'esprit de son compagnon se perdait en suppositions.

Une poussée d'impatience porta le sang au visage de Martial.

Il eut envie d'ouvrir la bouche et de crier tout ce qu'il avait dans le cerveau et dans le cœur.

Mais, ainsi qu'il l'avait craint déjà, il se demanda si l'homme qui était devant lui, dans l'ivresse de l'alcool, ne parlerait pas un moment ou l'autre du cul-de-jatte qui avait cessé d'être muet pour lui proposer de l'or... de l'or à poignées.

Il étouffa donc les paroles près de jaillir de sa bouche.

Et, laissant dans sa ceinture le fourreau de son coutelas, il fit jaillir la lame qu'il brandit comme une épée, faisant semblant de frapper d'estoc et de taille.

— Bravo cette fois, — exclama le béquillard. — Car c'est la guerre, je crois, c'est la bonne guerre, si je comprends bien ?

La guerre, c'était bien cela. Martial approuva, rayonnant.

Le béquillard semblait transfiguré. Et, la voix chaude, il reprit :

— L'assassinat, vois-tu, le cul-de-jatte, ce n'est pas mon genre. Mais la bataille tant qu'on voudra, car j'ai été soldat. Et s'il me manque une jambe c'est qu'un chirurgien me l'a coupée à tout hasard, traversée par un coup de lance et brisée à terre par le sabot d'un cheval. Et comme les rois ne font pas de pension aux gens comme nous, je me suis fait truand.

Il ne semblait réellement plus le même homme.

Dressé sur son unique jambe, se soutenant au mur de la main gauche, il semblait provoquer des ennemis invisibles.

— Ah ! — fit-il, — endosser de nouveau la casaque et ceindre la rapière, voilà qui serait beau.

Mais une tristesse soudaine tomba sur ses traits.

— Comme si ce rêve était possible, dans l'état où je suis. La belle figure que ferait un soldat appuyé sur une béquille, pour marcher au pas.

« Tu as voulu te moquer de moi, le cul-de-jatte. Ce n'est pas bien, car tu ne sais pas le chagrin que tu me causes.

Martial constata l'affliction véritable peinte sur les traits de son vis-à-vis.

Dans une effusion ardente, il lui prit les mains, les serrant avec force entre les siennes : une pression spontanée et sympathique.

Et son œil employé à traduire ce qu'il ressentait depuis qu'il était descendu dans les bas-fonds de Londres puisque, pour tous, il était muet, exprimait une véritable et fraternelle compasssion.

Le truand s'en rendit compte.

— Allons, je ne t'en veux pas, le cul-de-jatte, — fit-il, — même si tu t'es un peu moqué de moi avec l'offre de ta pièce d'or. Ça m'a fait du bien de me rappeler le passé. C'est bien le passé pour toujours. Car il n'y a pas un chef de troupe qui consentirait à m'enrôler à présent.

— Si! — fit Martial en inclinant la tête avec une signification énergique. — Moi!

Et son poing frappa sa poitrine avec force.

— Toi! ai-je bien compris, voyons, le cul-de-jatte? Tu serais donc
passé sergent-recruteur de truands! Mais, en ce cas, ce n'est pas un seul
homme que tu vas lever, je suppose, car un béquillard tout seul cela ne
constituerait pas une fameuse armée.

Le Breton compta alors rapidement sur ses doigts, jusqu'à cinquante.

— Cinquante truands!...

L'écuyer d'Henri de Mercourt approuva.

— Tu possèdes donc les trésors de Crésus pour parler ainsi?...
quoique le mot parler soit une façon de dire, dès l'instant que tu es
muet.

Martial venait de juger l'homme. Et puis, dans certains cas, il faut
savoir aller de l'avant.

Il frappa donc sur les autres pièces cachées dans la ceinture de son
haut-de-chausses.

Après ce qu'il entendait, le béquillard ne pouvait plus douter.

— Oh! oh! — exclama-t-il, — le métier de cul-de-jatte est donc bien
avantageux qu'il permet d'être assez riche pour enrôler un régiment de
truands, si j'en juge par le son qui vient de frapper mon oreille.

« Et, foi de truand, c'est à se demander si tes courroies et tes patins
n'ont pas été imaginés pour les besoins de la cause.

L'œil de Martial s'assombrit et un éclair fauve s'y alluma. Se
serait-il trompé sur le compte de son vis-à-vis? Et celui-ci allait-il le
trahir?

En ce, cas Martial était bien décidé; son compagnon ne sortirait pas
vivant du réduit où ils se trouvaient tête à tête.

Les règlements de comptes avec le couteau étaient assez fréquents
entre gens de la pègre pour que nul des habitués de la léproserie ne
s'étonnât de ce meurtre.

Puis il arriverait ensuite ce qu'il arriverait. Peu importait!

Sa maxime implacable était : mort aux traîtres!

Le béquillard remarqua sans doute le soupçon qui venait de traverser
son esprit.

— Mais sois tranquille, camarade, — dit-il, — qui que tu sois et quoi
que tu veuilles, tu fais partie maintenant de la sainte pègre comme moi.
Les truands ne se sont jamais vendus entre eux.

Malgré ces paroles rassurantes, depuis que Martial exerçait la profession de mendiant pour dépister les argousins de Somerset, il avait

entendu parler dans la léproserie de certains cas de trahison perpétrés entre truands.

Mais ces trahisons avaient été suivies de châtiments si épouvantables que l'on frémissait en entendant ces récits.

Les truands, assemblés en cour de justice, avaient chaque fois condamné le félon à des supplices horribles, afin de servir d'exemple.

Ces exécutions avaient lieu au centre même du carrefour sur lequel donnait la lucarne qui éclairait le réduit où les deux hommes se trouvaient réunis à cette heure.

Martial étendit le bras, montrant l'étroite place aux maisons lépreuses.

Le béquillard resta un moment sans répondre, cherchant la signification de ce geste.

Puis il se mit à rire.

— Tu veux dire qu'il en coûte cher de devenir un traître dans la sainte pègre. Tu as raison. Mais si les chefs frappent aussi sur ceux qui la déshonorent, c'est que la trahison y est détestée de tous. Aussi, ce n'est pas par peur que je t'ai parlé ainsi. Le béquillard n'a jamais eu peur.

En prononçant ces mots, la face du truand, ravinée par la misère, ravagée par l'ivrognerie, avait pris une expression martiale.

Martial, tranquillisé, gagné définitivement, lui serra de nouveau les mains.

Ce témoignage de confiance et d'amitié conquit son compagnon.

— Merci, le cul-de-jatte. On est truand, mais on est un homme. Et je vais te le prouver. Tu veux enrôler des compagnons pour un coup à toi, n'est-ce pas? Mais tu es muet, ce qui ne rend pas la besogne facile. Puis tu n'es pas très ancien dans la pègre, ce qui pourrait mettre plus d'un des nôtres en défiance. Eh bien! pour te montrer que je suis avec toi, je t'offre de t'aider à recruter le nombre de compagnons que tu désires.

Les yeux de Martial étincelèrent.

Amener le béquillard à engager du monde pour le projet secret qu'il nourrissait, c'est ce qu'il avait en vue en s'adressant à lui.

Ce dernier était bien plus ancien dans le monde de la truanderie, ainsi qu'il venait de le faire observer, et il en connaissait les chefs. Il était au courant de bien des choses encore ignorées par le Breton.

Puis, ainsi que l'avait dit l'ancien soldat, le mutisme affecté par l'écuyer d'Henri de Mercourt constituait à lui seul un obstacle presque invincible pour opérer lui-même cet enrôlement.

Il avait en effet besoin de beaucoup de monde pour ce qu'il voulait faire, car le plan qu'il avait formé, hardi entre tous, ne consistait en effet en rien moins qu'à attaquer ouvertement un des postes de la Tour de Londres et de pousser, à la tête de ses truands, jusqu'au cachot du seigneur de Kervien.

La tentative était plus que téméraire, certes.

Mais le fils de Jean Dacier présumait qu'elle pouvait réussir justement parce qu'elle était en dehors de tout ce que l'on devait prévoir.

Quant à risquer sa vie?... Martial ne désirait qu'une chose, être épargné par les balles ou les piques des défenseurs de la Tour jusqu'à ce qu'il eût brisé les fers de son maître.

Tomber avant ce serait peut-être en effet la débandade des auxiliaires qu'il espérait engager.

Ensuite il paierait volontiers, de son trépas, la rançon de sa victoire.

L'attaque, la lutte elle-même ne l'inquiétait pas : c'était le jeu de la vie et de la mort, la mort si belle dans le triomphe.

Mais, depuis que la pensée avait germé dans son cerveau de pénétrer, lui aussi, en libérateur dans la sombre enceinte de la Tour de Londres, depuis qu'elle s'y était ancrée avec sa vaillante et tenace obstination de Breton, c'était la question de l'enrôlement lui-même qui l'obsédait, qui le hantait.

Le cul-de-jatte, le muet s'exprimant par signes, jamais il n'arriverait, d'autant plus que son affiliation à la sainte pègre n'était pas assez ancienne.

Les truands n'auraient pas confiance en un homme qu'ils n'avaient pas eu le temps de connaître suffisamment.

Avec le béquillard, c'était différent. Tous le voyaient depuis longtemps dans la léproserie ; et ce qui aurait été impossible, irréalisable pour Martial seul, allait devenir facile, ou tout au moins praticable.

De là le contentement de l'écuyer d'Henri de Mercourt en entendant la proposition de l'ancien soldat.

Celui-ci reprit :

— Ça te va? Je vais donc devenir moi-même ton sergent-recruteur. Il y a parmi les compagnons quelques vieux soudards comme moi ; des hommes qui n'ont pas souvent peur. Quand on suit le métier des armes et que l'on quitte la hallebarde ou le mousquet après on n'est guère plus bon à rien, un métier ayant tué l'autre. Je m'adresserai à eux. Puis l'on verra aussi auprès d'autres, si ceux-là ne sont pas assez nombreux.

« Mais, voyons, la peau d'un truand vaut encore quelques pièces d'or, si détériorée qu'elle soit ; tu m'as indiqué que tu voudrais en avoir une cinquantaine, combien penserais-tu donner à chacun?

Martial esquissa un geste vague, voulant laisser son interlocuteur indiquer lui-même la somme qu'il croyait bon d'allouer à chacun, suivant son mérite.

Le béquillard énonça alors à Martial quelle était selon lui la somme nécessaire pour décider les truands à risquer leur vie.

Les hommes dévoyés, habitués à l'orgie grossière, qui fréquentaient la grande léproserie, les affiliés de la sainte pègre ne demandaient qu'à se laisser aller à leurs instincts.

Ne pas manger comptait pour peu : s'abreuver de gin, d'alcools âpres et brûlants était tout pour eux.

Et cela n'était pas bien cher dans leur monde.

Il ne fallait même pas à chacun d'eux la somme que Martial avait offerte au béquillard.

Il est vrai que ce dernier, en sa qualité de sergent-recruteur, avait droit à une haute paye.

Avec l'argent que le Breton avait confié à Fabers, il pourrait donc avoir au moins le nombre de truands qu'il avait indiqué.

— Ce n'est pas bien cher pour un homme, — fit le boiteux. — Mais c'est une somme, sais-tu, s'il en faut une cinquantaine.

L'écuyer d'Henri de Mercourt haussa les épaules et frappa de nouveau sur sa ceinture où les pièces rendirent leur son métallique, le Breton indiquant par là que cette question n'était pas faite pour l'embarrasser.

— Va donc pour cinquante, — fit joyeusement le béquillard.

« Cinquante hommes, peste! une demi-compagnie. Avec cela, on pourrait conquérir même la Tour de Londres.

Un rire aigu passa sur les lèvres muettes du cul-de-jatte.

La Tour de Londres...

Le béquillard ne savait pas si bien dire

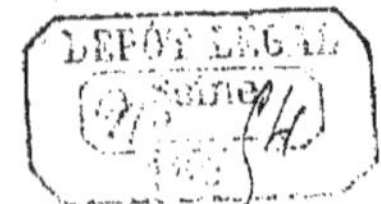

Et, ainsi prosterné, il réunit ses deux mains dans une des siennes et les baisa longuement.

C

PAROLES D'AMOUR ET DE MORT

Le duc de Somerset avait quitté le vicomte de Mercourt dans un état d'exaspération facile à supposer.

La diplomatie à laquelle il avait eu recours ne lui avait servi de rien, au contraire !

Ce n'était pas la peine d'avoir violenté sa nature pour se heurter au mépris dédaigneux du gentilhomme français.

Aussi formait-il les plus sinistres projets, tandis qu'il regagnait son palais, taciturne, le sourcil contracté, entre les cavaliers de son escorte.

Il dirigeait par moments sur eux un regard louche.

A ces instants, il avait l'impression que ces soldats, que ces gardes l'entouraient comme un prisonnier et non comme un maître redouté.

La hauteur avec laquelle le Français l'avait traité accroissait les alarmes qui l'agitaient avant cette visite.

Il se disait qu'Henri de Mercourt devait être bien sûr de l'avenir pour avoir montré tant d'audace.

Et, dans son ignorance de ce que lord Mercy était devenu, il ne croyait que davantage à un complot dont il serait la victime.

Obsédé par ces pensées, il cherchait à discerner dans la dernière entrevue qu'il avait eue avec la reine des symptômes rassurants ou alarmants, au sujet de sa fausse position pour laquelle il tremblait plus que jamais.

D'autant plus, il le savait, que les favoris disgraciés expient souvent de leur vie ou de leur liberté leur trop longue domination.

Sa royale maîtresse n'allait-elle pas retirer la main qui le soutenait, au moment même où il se trouvait le plus menacé ?

Mais, même dans les emportements de la passion, l'énigmatique et sombre Elisabeth ne livrait guère le secret de ses pensées.

— Il faut que je la voie, — se dit le favori. — Je lirai bien dans son âme hypocrite.

Et détournant son cheval de la route qu'il suivait, il se dirigea vers le palais où trônait la femme qui, non satisfaite du titre et de sa souveraineté actuels voulait charger sa tête de la couronne d'Angleterre et d'Écosse.

Les gardes veillaient, noyés dans l'ombre qui enveloppait la résidence royale, lorsque Somerset parut devant l'entrée principale entouré de son escorte.

Le palais dans lequel méditait la Catherine de Médicis anglaise avait quelques fenêtres seulement éclairées, d'une lumière indécise et morne.

Somerset porta aussitôt son regard vers une étroite ouverture ogivale.

— Elle ne dort pas encore, — se dit-il.

Cette fenêtre était celle du cabinet de la reine.

Durant le jour, cette étroite et haute ouverture ne laissait pénétrer qu'une clarté indécise dans la pièce trop vaste où se tenait presque toujours la rivale, l'ennemie de Marie Stuart.

L'altière princesse veillait encore à cette heure où chacun autour d'elle s'abandonnait au repos.

Dans le silence de sa méditation que nul ne venait troubler, elle songeait sans doute au but qu'elle s'était assigné :

— Le continent aux peuples latins : le reste à moi.

Marie Stuart était un obstacle pour la réalisation de ce rêve. C'est pourquoi elle poursuivait la ruine de la reine d'Écosse, et c'est pour cela aussi qu'elle avait permis à Somerset d'agir.

La rancune, la haine secrète du favori concordaient avec ses projets ambitieux.

Et c'est à ces projets, à eux seuls qu'elle songeait, insensible à tout, comme elle l'était si souvent dans la vie, lorsque Somerset arriva devant son palais.

Les sentinelles ne pouvaient reconnaître à cette heure le costume des gardes qui escortaient le ministre.

Elles firent donc entendre leur qui-vive accoutumé.

L'écuyer qui commandait l'escorte répondit par ce seul mot :

— Somerset!...

Ce nom valait un mot de passe; il représentait la toute-puissance du favori à l'esprit de la soldatesque infime, — de même qu'il la représentait aussi, du reste, aux yeux de ceux qui approchaient assez le duc rouge pour avoir éprouvé directement le poids de sa domination.

C'est pour cela que, dans son orgueil de servir un tel maître, l'écuyer avait dédaigné de donner le mot de passe.

Les fonctionnaires abaissèrent leurs armes.

Et Somerset pénétra sous le porche royal, entouré de son escorte qui alla se ranger dans la cour intérieure.

Le duc mit pied à terre, et ayant laissé la bride de son cheval aux mains de son écuyer, suivit les pages, accourus au-devant de lui avec des torchères.

Arrivé au pied de l'escalier qui conduisait aux appartements de la reine, Somerset jeta un coup d'œil sur sa toilette et secoua la poussière qu'il avait pu prendre en chemin.

Il tenait à paraître avec tous ses avantages devant Elisabeth.

Quelques minutes après, il frappait d'une façon particulière à la porte du cabinet dans lequel il avait constaté, en approchant du palais, que sa royale maîtresse veillait encore.

Un flottement d'étoffes amples, un pas mesuré et lent lui répondirent de l'intérieur

Puis, sans que l'on eût répondu, la porte s'ouvrit.

Et le visage à l'expression impérieuse d'Elisabeth apparut.

Elle avait reconnu le signal de son amant et elle avait ouvert elle-même sans recourir à l'intermédiaire compliqué des pages ou des camérières dont elle se souciait peu au milieu des méditations qui la tenaient quand Somerset était venu troubler sa solitude...

Son visage aux prunelles aiguës, éclairé par les torchères, interrogea celui du visiteur.

Somerset s'inclina profondément, s'agenouillant presque.

— Ah! c'est vous, duc, — fit-elle.

Et après une demi-minute d'hésitation.

— Entrez !

A l'expression peinte sur les traits de son altière maîtresse, Somerset avait craint une rebuffade, peut-être même la signification brutale que l'heure était passée où la reine consentait à écouter son ministre.

C'est pourquoi il s'était incliné si bas.

Mais la souveraine consentait à le recevoir même à ce moment tardif où il n'avait pas l'habitude de se présenter, lorsqu'elle ne l'attendait pas expressément : il releva sa taille de toute sa hauteur et entra, la tête orgueilleuse, derrière la reine.

— Que me veux-tu, Somerset ? — fit la souveraine de sa voix assourdie, lorsque la porte fut refermée.

— Ma reine serait-elle mécontente que les heures paraissent si longues loin d'elle à son plus fidèle esclave ...oui, si longues, qu'il ait voulu en abréger la durée... en se rapprochant de celle à qui il a voué sa vie?

Élisabeth sourit passagèrement, équivoquement.

Ces hommages étaient banaux et grossiers ; ils produisaient cependant leur effet sur elle. Et sous son masque volontairement immuable, sa secrète vanité de femme y était sensible.

Somerset s'en aperçut, prit une des mains de la souveraine et y posa ses lèvres.

Mais Élisabeth avait eu le temps de se reprendre, de se ressaisir ; et elle pensa que son amant devait avoir des motifs assez graves pour justifier sa visite à cette heure.

Leur liaison durait en effet depuis trop longtemps pour lui causer de telles impatiences amoureuses.

Son regard railleur s'attacha sur son amant, implacable comme il l'était dans ce cas.

— Tu te fais vieux, Somerset !

Le favori se mordit les lèvres devant le ton et le regard qui avaient souligné ces paroles.

Sa redoutable maîtresse n'allait-elle pas lui signifier la fin de sa faveur ?

— Oui, tu es bien vieux, — reprit la voix sanglante d'Élisabeth, — pour songer à venir roucouler comme un page. Que veux-tu donc ?

Le duc cessa de trembler.

Avec sa profonde pénétration, sa maîtresse avait lu en lui, avait discerné le motif plausible de sa venue.

— Vous savez combien je vous suis dévoué, Élisabeth, — fit-il alors, osant lui donner simplement son nom, espérant ramener en elle le souvenir des moments d'abandon où il ne prononçait plus que son nom de femme, d'amante, dans l'ivresse de la volupté.

Et, enhardi, il poursuivit :

— Votre bonheur, la prospérité de votre règne sont mon souci constant.

Élisabeth sourit de son même sourire équivoque.

— Je vous crois, duc... Cette prospérité dont vous parlez ne fait-elle pas la vôtre ?

Le favori se sentit touché.

Il secoua la tête avec une mélancolie feinte, qui allait mal avec sa nature et son aspect.

— Vous me méconnaissez, Élisabeth.

— Ou je vous connais trop.

— C'est vrai, il y a des années déjà que j'ai, pour la première fois, ployé le genou devant vous, comme les anciens le faisaient devant leurs idoles. Je me suis alors juré d'employer tout ce qui me restait de jours à vivre pour votre gloire.

Somerset essaya de donner un accent ému à ses paroles. Mais son émotion sonnait faux, Élisabeth s'en aperçut aisément.

— Ce que vous me dites là, duc, est d'un cœur excellent et tout à fait digne d'un favori, — persifla-t-elle.

Et heureuse de faire expier sa prodigieuse fortune à l'homme qu'elle avait élevé :

— Le duc de Somerset, le courtisan dont la reine a fait son lord-chief de la haute justice aurait trop à perdre en effet à l'affaiblissement du pouvoir de sa souveraine.

— Élisabeth, — murmura le favori, — vous êtes cruelle... vous n'êtes pas juste.

La rivale de Marie Stuart s'était assise, son visage contracté par la joie mauvaise qu'elle éprouvait de persécuter son amant, — cet homme dont elle connaissait la puissance sur les autres et qui n'était qu'un jouet dans sa main.

Somerset s'approcha d'elle et s'agenouilla.

— Élisabeth, tu prends plaisir à me tourmenter, — dit-il. — Voici comment je me venge.

Et ainsi prosterné, appuyant en hésitant un de ses bras sur la taille de sa souveraine, de sa maîtresse, il réunit ses deux mains dans une des siennes et les baisa longuement.

La sceptique souveraine n'ignorait pas ce qu'il y avait d'exagéré et de factice dans ces démonstrations

Cependant une ivresse inconsciente la prenait, un orgueil différent de celui qu'elle éprouvait comme dominatrice d'un peuple, en voyant prosterné, tremblant et enveloppant à la fois, cet homme dont elle connaissait le caractère farouche.

Aussi avait-elle moins fait attention au tutoiement auquel il avait eu recours qu'au trouble que tout cela révélait en lui.

Somerset vit qu'elle était touchée de son humilité.

Il espéra même avoir de nouveau ressuscité en elle un peu de la volupté, de l'amour passager qu'il avait parfois éveillé dans son sein, au premier temps de leur liaison.

Aussi, d'une voix basse, contenue, et dans laquelle il essayait de mettre un tremblement que l'on pût croire causé par la passion, il reprit :

— C'est parce que la sécurité et le bonheur de celle que j'aime ne me laissaient point goûter de repos que je suis ici.

Elisabeth d'Angleterre plongea la lame aiguë de son regard dans celui de son favori : elle y découvrit une angoisse réelle.

Ce qui l'avait amené était donc bien grave.

— Que veux-tu dire, Somerset?... — interrogea-t-elle.

— Je veux dire, ma reine, que depuis le complot d'une audace inouïe qui a amené l'évasion du duc de Noxfort, de lord Mercy et d'un Français obscur mais dangereux, ma police ne cesse de fouiller Londres.

« On n'a découvert le gîte d'aucun de ces hommes, pas plus qu'on n'a relevé la trace de leur passage dans les environs. On dirait qu'ils se sont évanouis au sortir de la citadelle.

— Vraiment?... — fit Elisabeth, le sourcil contracté. — Tes agents auront mal cherché.

— Peut-être, en effet. Et je me suis demandé souvent si quelques-uns d'entre eux ne trahissaient pas... s'ils ne trahissaient pas la cause de leur souveraine.

La main nerveuse de la rivale de Marie Stuart se crispa violemment sur celle de Somerset.

Le favori, voyant qu'il l'avait reconquise, se remit debout.

Il poursuivit :

— De puissants intérêts pouvaient seuls servir de moteur aux hommes assez opiniâtres pour creuser le passage qui a abouti au cachot du duc de Noxford. L'origine du duc, la famille de laquelle il descend ne montrent que trop le but de ses libérateurs.

— C'est vrai, — fit Elisabeth l'accent rauque, — c'est un Lancastre.

Somerset continua :

— Le complot ne serait donc pas dirigé seulement contre le ministre coupable de trop bien servir sa souveraine, afin d'affaiblir l'autorité de celle-ci, comme cela a eu lieu si souvent. Ce serait une conspiration anti-dynastique. Ceux qui l'ont fomentée ne peuvent avoir arraché le descendant de l'ancienne famille régnante des Lancastre de sa prison... que pour le pousser au trône !

La femme qui portait avec tant d'énergie le poids de la couronne d'Angleterre se dressa à son tour d'un effort nerveux.

— Oui, tu dois avoir raison, — siffla-t-elle. — Et plus d'une fois également, depuis l'évasion du duc, j'ai pensé malgré moi à cela. Noxford prétendant au trône?... Ah! malheur! malheur à celui qui s'attaque à moi !...

Elle marchait dans le cabinet d'un pas rapide, le front baissé dans une méditation lourde et profonde, ses prunelles où des flammes fauves passaient semblant percer l'espace.

— Pourtant, — émit-elle, — pourquoi avoir délivré lord Mercy, et ce Français..., un Breton, m'avais-tu dit... je crois ?

— La mort... et c'est ma fille!...

— Lord Mercy, c'est justement leur agent le plus redoutable. Lord
Mercy qui disait : la justice d'abord, comme s'il ajoutait la reine après.
Des ennemis insaisissables ont soigneusement entretenu chez le peuple
la légende de sa justice impartiale, incorruptible. Le duc de Noxford
à la tête de la noblesse, Lord Mercy entraînant la bourgeoisie : le
danger est visible... Quant à ce Français, venu exprès en Angleterre avec

un de ses compatriotes pour se mêler à ce complot, il avait trop de secrets pour qu'on le laissât dans sa prison, — ajouta-t-il encore.

Frappée par ses paroles, la reine d'Angleterre posa son front brûlant sur le vitrail de l'étroite fenêtre, son œil attaché sur la ville endormie, comme si elle voulait en percer le mystère.

— Les traîtres ! — gronda-t-elle. — Ils ne savent pas à qui ils s'attaquent.

Et s'adressant brusquement à Somerset :

— Il faut changer vos agents, duc. Ces hommes vous jouent.

— Je l'ai déjà fait, Majesté.

— C'est bien. Quel que soit le rang de ceux dont ils mettront les trames au jour, le tourmenteur n'aura jamais de supplices assez effroyables pour eux, je le jure !

Elisabeth s'arrêta, posa ses deux mains sur l'épaule de son amant.

— Si tu savais combien les intrigues, les machinations de tous ces gens m'ont causé d'insomnies !...

— Elisabeth, je l'ai deviné trop souvent à la pâleur qui couvrait vos traits, parfois, lorsque je venais vous entretenir des affaires de l'Etat.

« Au moins vous pouvez me rendre cette justice que j'ai toujours agi, et agi sans trêve, pour démasquer vos ennemis, dont j'ai fait les miens mêmes... au point d'encourir parfois vos injustes rigueurs.

« Leur intérêt et ceux de leurs partisans secrets ne consistaient-ils pas à éloigner de vous le ministre trop vigilant, le serviteur trop fidèle?... Cela ne m'a pas rebuté, étant soutenu par l'amour que je vous ai voué, Elisabeth.

— L'amour... dis-tu ?

Elle croyait aux emportements de la passion, mais peu à l'amour.

— Tu as raison, cependant, — reprit-elle, — lorsque l'on veut détruire un édifice, on l'attaque pierre par pierre, et le but de nos ennemis est facile à deviner. Mais que le duc Noxford et les autres prennent bien garde ; le jour où, définitivement victorieuse... en Écosse, je serai débarrassée de la Stuart, ce jour-là je ferai tomber assez de têtes autour de moi, celles de mes ennemis et celles des tiens, pour que toutes les autres demeurent courbées à jamais.

Somerset aspira l'air avec force.

Il avait gagné la partie qu'il était venu jouer : la reine convaincue par les apparences, venait de solidariser sa cause avec celle de son favori, et l'orage était conjuré à l'avance, quelle que pût en être la violence.

Ils continuèrent à s'entretenir des événements qui avaient amené pro-

bablement Somerset auprès de sa royale et altière maîtresse... un entretien dans lequel des noms étaient prononcés et ceux qui les portaient
désignés d'avance pour le bourreau.

En même temps que ces paroles sanguinaires tombaient de leur bouche, Somerset, se souvenant de l'influence que la griserie des caresses
avait eu plus d'une fois sur sa dure souveraine, enveloppait de nouveau sa
taille de son bras.

Horreur!... Les sentences de mort et les paroles d'amour alternaient
sur leurs lèvres...

Un page alla donner l'ordre à l'escorte du duc rouge de retourner à
son palais.

Celui qui la renvoyait allait passer le reste de cette nuit auprès de la
reine qui, pour détendre son cerveau, puisait par moments l'oubli dans
ses transports de reître brutal.

Les courtisans auraient beau mépriser Somerset le lendemain, il ne
serait que plus puissant.

CI

LENDEMAIN

ﻉﻉﻉ ORSQUE, le jour venu, Somerset regagna son palais, las de sa nuit de volupté, un fauve contentement brillait sur son visage.

Élisabeth, énamourée, lui avait donné de telles assurances qu'il n'avait rien à redouter, quoi qu'il arrivât.

Les ennemis de son pouvoir pouvaient lever la tête ; ils pouvaient même obtenir de premiers succès, le sort de la reine resterait fixé au sien.

La souveraine ombrageuse et farouche, après avoir fait trembler Somerset l'avait ainsi rendu plus fort et plus audacieux, après chacune des crises qui avaient semblé menacer le favori.

Quelques heures de tête-à-tête, de solitude, et chaque fois l'amant d'Élisabeth avait reconquis toute son influence.

— Le duc de Noxford et lord Mercy auront beau faire, — se disait Somerset avec un sombre sourire, — je ne les crains plus. D'ailleurs ils m'ont laissé un otage, Henri de Mercourt. Ce que la diplomatie a été impuissante à faire, mon bourreau saura bien l'obtenir.

Il lui tardait d'avoir interrogé les chefs de sa police pour connaître les résultats de leurs opérations durant la nuit qui venait de s'écouler.

— Un bonheur ne va pas sans un autre, — pensait le favori. — Mes argousins sont capables d'avoir découvert quelque piste.

Encore botté, éperonné, il entra dans son cabinet, et, se laissant aller dans un fauteuil, ordonna au laquais accouru de lui amener successivement chacun des hommes chargés de ses principales escouades d'agents.

Digne favori de sa souveraine, Somerset était trop soupçonneux, lui aussi, pour placer sa confiance en un seul homme et le charger de la direction générale de sa police.

Un subordonné aussi puissant l'aurait tenu lui-même.

Stewart Bolton avait bien rempli, pendant un temps assez long, la charge de chef principal de sa police personnelle.

Mais Somerset avait trouvé à la fin qu'il connaissait trop de secrets.

Et c'est beaucoup à cause de cela qu'il l'avait envoyé en Écosse, afin de l'éloigner.

Et l'événement venait de lui montrer qu'il avait eu raison en lui enlevant le pouvoir occulte trop considérable que l'ancien intendant du duc de Melrose commençait à prendre.

La tentative de chantage essayée par lui, de complicité avec le comte de Verbrock, au moyen de la fille d'Ellen Mercy, en était la preuve.

Cette enfant disparue si soudainement, Somerset se demandait parfois si elle existait réellement, si l'agent secret n'avait pas essayé de lui faire peur en l'abusant.

Mais les gardes, les valets qui avaient capturé le vicomte de Mercourt étaient unanimes; ils avaient tous vu la jeune fille, et le favori était obligé de conclure qu'elle se cachait sans doute dans une retraite sûre.

La pensée de cette enfant venait de surgir importune à son esprit, au moment où il faisait appeler les chefs de ses escouades policières.

— Non, — se disait-il, — tout danger n'est pas écarté, tant que cette enfant vivra. Élisabeth a juré de me défendre contre mes ennemis qui sont les siens, proclame-t-elle. Mais l'enfant née d'Ellen Mercy et de moi, à l'époque où la reine m'accordait déjà ses faveurs, c'est la preuve que je la la trompais... Et cela, elle ne me le pardonnerait pas. Je la connais. Elle est implacable dans ses ressentiments.

Aussi interrogea-t-il rapidement le premier des chefs de ses policiers qui se présenta.

Cet argousin était chargé de la surveillance d'un certain nombre de courtisans dont le favori appréhendait l'influence auprès de la reine.

Après les promesses formelles de celle-ci durant la nuit qui venait de s'écouler, il ne les craignait plus guère.

Il fit appeler immédiatement après l'individu à qui il avait ordonné de retrouver Marguerite.

— Eh bien! — lui dit-il d'un ton rude, — m'amènes-tu enfin celle que je t'ai désignée?

L'homme plia les épaules.

— Monseigneur a pu apprécier mon zèle. Moi-même je ne laisse aucun repos à mes hommes... Monseigneur se souvient de certain suspect qu'il m'avait été ordonné de retrouver : le bout d'un fourreau d'épée, un morceau de fer insignifiant m'a suffi pour reconstituer toute sa piste... et il est maintenant à l'abri entre quatre murs solides.

L'argousin rappela ce témoignage de son habileté avec un orgueil visible.

Tandis qu'il parlait, Somerset attachait sur lui son regard torve.

Le coquin employait sans doute ce préambule afin de se faire attribuer double prime.

Ou bien s'apprêtait-il à se faire pardonner son impuissance en rappelant ses anciens hauts faits? Dans ce cas, il n'était donc encore arrivé à rien...

— Ceci, c'est de l'histoire ancienne, — fit-il d'un ton rogue. — Tes chiens de chasse et toi, avez-vous trouvé enfin cette misérable fille?

L'homme se fit bas, couchant.

— Monseigneur, nous avons fouillé Londres rue par rue, carrefour à carrefour. Nous avons, les uns ou les autres, bu avec tous les valets, pénétré partout où un rat pouvait se glisser... Eh bien, monseigneur, seule la Tamise ne garde pas la trace de ceux qu'une barque emporte au loin. Cette enfant n'est plus à Londres ou bien nous l'aurions trouvée.

— Partie!... — murmura Somerset.

Son poing fermé pesa un moment sur la table où s'étalaient des parchemins et des vélins.

Oui, c'était cela peut-être. Le danger était écarté dans ce cas. Écarté seulement, c'est pourquoi la mort valait mieux.

Son front se creusa d'un pli lourd.

— La mort... et c'est ma fille!...

Mais les lèvres du bandit placé à la tête de la justice se tendirent.

— Ma fille, allons donc! C'est une ennemie, consciente ou non. Et les ennemis, on les supprime!

Son regard sanglant s'attacha de nouveau sur l'argousin.

— Tu ne veux donc pas faire ta fortune?

La façon dont il prononça ces paroles alluma des flammes luisantes dans les prunelles aiguës du policier.

— Que faut-il faire, monseigneur? — siffla-t-il.

Somerset rapprocha son visage de celui de son agent, lui soufflant ces paroles sur sa face fuyante:

— Ce qu'il faut faire?... Il est parfois des êtres insaisissables: on les aperçoit et ils vous passent entre les doigts. Il semble qu'une divinité les protège contre la prison ouverte pour eux. Eh bien, ceux-là, lorsqu'on ne peut les avoir vivants... on les tue... et on en prend la tête!

Son accent se fit plus sourd:

— Et cette tête, je la mettrais dans le plateau d'une balance, et dans l'autre plateau je placerais son poids d'argent monnayé.

Les mains, les doigts crochus de l'argousin tremblaient.

Il avait discerné la volonté du maître, et il croyait voir, palper le salaire promis.

Une fortune, comme avait dit Somerset.

— Je fouillerai de nouveau Londres jusque dans ses entrailles, — fit-il d'un ton rauque; — je battrai l'Angleterre entière avec mes chiens de chasse, si vous m'en donnez licence; je flairerai, jusque dans leurs recoins les plus cachés, les moindres barques du quai... surtout celles qui sont parties, au fur et à mesure qu'elles reviendront.

Pour être bien certain que la récompense serait celle que le maître venait d'énoncer, il ajouta encore :

— Mais monseigneur connaît les fatigues, les périls, les charges d'une telle campagne.

— Ne te l'ai-je pas dit, — gronda le favori, le père dénaturé, — la tête de cette enfant dans un des plateaux de la balance, l'argent dans l'autre.

Il prit sur la table des carrés de vélin où étaient inscrites par ses scribes des formules spéciales pour les agents chargés de missions occultes.

Somerset y appliqua son sceau, et les tendant à l'argousin :

— Voici pour ton escouade et pour toi. Allez donc. Mais surtout rappelle-toi ce que je t'ai dit.

L'individu prit les papiers.

Somerset se souvint de ce que l'agent venait d'objecter touchant les dépenses d'une telle campagne.

Il se dressa, ouvrit un coffre de fer, et en tira un peu de cet or au moyen duquel il faisait mouvoir la foule d'espions qui l'aidaient à soutenir sa domination.

Il savait qu'avec ceci, ni péril ni fatigues n'arrêtaient ces hommes... ces hommes qu'il ne paierait jamais trop cher, s'ils le débarrassaient de la menace que l'existence de Marguerite faisait peser sur lui.

Le sbire se saisit avec cupidité de la somme que son chef lui accordait... une avance en quelque sorte sur sa prise prochaine.

Et voulant lui donner confiance :

— L'enfer s'en mêlera, — grinça-t-il, — ou bien je vous apporterai la femme ou la tête!

Et il se retira, longeant les murs, semblant déjà guetter la proie qu'il s'était promise.

Pauvre Marguerite, la retraite où elle passait une si triste existence allait-elle continuer à la cacher... maintenant que de trop sinistres promesses stimulaient ceux qui avaient promis de s'emparer d'elle, vivante ou morte?

Sa jeune tête, si belle et adoucie encore par le chagrin, allait-elle tomber sous le couteau d'un bandit?...

. . . .

Lorsque l'argousin se fut retiré, Somerset resta un instant à songer avant de faire appeler ses autres policiers.

Il ne connaissait même pas sa fille, cette enfant dont il s'était cru jusqu'alors débarrassé à tout jamais.

Comment saurait-il si celle que ses estafiers lui amèneraient, — ou dont ils lui porteraient le cadavre entier ou mutilé, — était bien le fruit de son hymen secret avec Ellen Mercy?

Le misérable sourit affreusement.

— J'enverrai cette tête coupée à Ellen, la mère saura reconnaître l'enfant!

Et, satisfait à cette pensée, il fit appeler les autres policiers.

De la part de tous, le même résultat négatif au sujet de lord Mercy, du duc de Noxford comme de Martial.

Le déguisement de l'écuyer breton, son séjour constant, régulier dans la léproserie avaient totalement mis en défaut la pénétration des espions.

Somerset se rongeait les ongles en entendant tous ces hommes avouer leur impuissance.

Et malgré la protection dont Élisabeth avait promis de le couvrir, il se prenait à trembler, car il croyait voir là l'indice d'une trame si savamment ourdie, qu'il avait peur pour le trône même de celle qui formait son suprême appui.

— On signale une sourde agitation parmi les truands, — lui apprit un des agents.

Somerset haussa les épaules.

Les truands?... Que lui importaient ces miséreux?...

Des gens de mendicité ou de coups de miséricorde, au coin d'une borne, dans le but de dérober un manteau ou une escarcelle...

Il se souciait vraiment bien de cela!

Et il congédia brutalement l'homme qui venait de lui faire ce rapport.

Somerset ne soupçonnait pas que, traînant son corps endolori sur le carcan d'un cul-de-jatte, les lèvres toujours closes dans un effort continu pour ne jamais prononcer une parole, Martial s'était réfugié parmi ces hommes que le puissant duc traitait avec tant de mépris.

Il ne savait pas que l'agitation qu'on lui signalait était l'annonce, le prélude d'une secousse qui devait faire trembler son pouvoir sur ses bases.

Demeuré seul, ses agents partis, chargés de missions nouvelles, il demeura à songer.

Clignant de l'œil, il leur confiait la nouvelle.

— Noxford, lord Mercy, ce Breton délivré en même temps qu'eux,
tous les trois devenus introuvables!... Ce que pense l'agent chargé de
retrouver la fille d'Ellen serait-il vrai aussi pour ces trois hommes?...
Auraient-ils quitté Londres, allant préparer un soulèvement dans les
provinces?

Un moment, il se demanda si, épuisés comme ils devaient l'être par leur longue captivité, ces infortunés, victimes de sa haine et de son ambition pendant tant de temps, n'étaient pas allés chercher le repos dans quelque retraite lointaine.

Mais une telle supposition ne pouvait demeurer dans son âme troublée.

Il ne voulait voir autour de lui qu'intrigue, haine et vengeance.

Et il abandonna la pensée que ces hommes, qui avaient tant de motifs de rancune et de représailles contre lui et contre la tyrannique Élisabeth, avaient pu aller chercher le repos dans une retraite lointaine.

S'ils s'étaient éloignés, ce ne pouvait être assurément que pour aller préparer les hostilités.

— Un soulèvement général, — fit-il à mi-voix avec une sorte de terreur, — coïncidant avec la guerre d'Écosse, le trône d'Élisabeth y résisterait-il? Les agents que j'ai envoyés à franc étrier dans les montagnes du duché de Noxford ne tarderont à revenir et à m'apprendre si le descendant des Lancastre y a reparu et s'il a fait des préparatifs de guerre.

Et oubliant l'orgueil qui l'emplissait le matin, en sortant de l'alcôve de la reine, le duc de Somerset demeura taciturne, les dents contractées, le front appuyé sur son poing fermé, croyant voir un des cachots de cette Tour de Londres, où gémissaient un si grand nombre de ses victimes, se refermer à son tour sur lui, — jusqu'à l'heure où paraîtrait, dans les brumes du matin, le bourreau portant, sur son épaule, la hache vengeresse...

CII

SAVANTE TACTIQUE

SOMERSET avait eu tort, — et combien ! — de dédaigner les rapports qui lui signalaient une effervescence inaccoutumée parmi les gueux et truands de Londres.

La léproserie était bien terre d'asile pour ces derniers, mais une des mouches de Somerset se glissait de temps en temps avec inquiétude à ses abords, et en déguisant soigneusement sous des haillons sa véritable profession.

C'est ainsi que l'un de ces espions avait pu remarquer une certaine effervescence chez quelques-uns des hôtes du royaume de la sainte pègre.

Cette agitation, à laquelle le ministre attachait si peu d'importance, était cependant dirigée contre lui, sans que, il est vrai, un seul homme en fût instruit. — Voici ce qui la causait :

Le lendemain du jour où avait eu lieu l'entretien, à la suite duquel une entente était intervenue entre ce Breton et le béquillard, entretien durant lequel Martial ne s'expliquait que par signes, le truand attendit que leurs compagnons de gîte fussent partis.

— J'ai réfléchi depuis hier, le cul-de-jatte, — dit-il.

Les nerfs de Martial se contractèrent.

Il appréhenda que son interlocuteur ne refusât la mission dont il avait déclaré se charger la veille.

Peut-être allait-il simplement élever ses prétentions. En ce cas, l'entente restait encore possible, mais le symptôme était inquiétant.

Et Martial regrettait déjà le contentement qui l'emplissait depuis leur singulière conversation.

Avec des êtres déclassés comme les truands, il aurait dû, en effet, s'attendre à tout.

— Pourvu que ce ne soit pas une trahison ! — se disait-il aussi avec angoisse.

Et son regard, empli d'une attention amère, s'attacha sur son vis-à-vis, indiquant qu'il l'écoutait.

S'il discernait dans les paroles du béquillard quelque chose de louche, sa résolution était prise d'avance.

Dès le jour où il avait quitté la maison de Fabers le corroyeur, Martial avait fait le sacrifice de son existence.

Son but seul lui importait. Et ce but était la délivrance de son maître.

Malheur, par conséquent, à qui se placerait entre ce but et lui, qu'il fût truand ou non !

— Oui, — reprit l'ancien soldat, — j'ai eu le temps de combiner tout cela, tandis que j'attendais l'aumône devant le temple où j'ai mon poste ordinaire. M'adresser à chacun de nos compagnons, un à un, ce sera bien long.

« Les premiers que j'aurai enrôlés auront le loisir de se décourager, pendant tout le temps que je mettrai à en engager d'autres. Les truands sont comme de vieux enfants, il faudrait frapper un grand coup.

Le visage de Martial s'était rasséréné.

Loin de songer à le dénoncer, l'homme auquel il s'était adressé avait au contraire cherché les moyens d'un succès plus rapide et plus sûr.

— Voici ma proposition, — reprit le béquillard. — Tu l'accepteras ou non, comme tu voudras, le cul-de-jatte. Mais je fréquente la léproserie depuis plus longtemps que toi. Et la vue d'une bouteille de gin et de whisky est irrésistible pour un véritable truand.

Le projet qu'il expliqua était simple.

Il y avait une salle large et voûtée de l'autre côté du carrefour, une cave plutôt qu'autre chose.

On se réunissait là les jours de liesse générale.

Une vieille mégère rendue veuve par la potence y donnait à boire.

On était d'autant plus en sûreté chez elle que, depuis le supplice du truand auquel elle s'était accouplée, elle nourrissait, pour les limiers du lord-chief de justice, une haine farouche.

Elle paraissait les sentir véritablement.

— Un d'entre eux a essayé de s'y aventurer, profitant d'un de nos jours de fête, — dit le béquillard afin de rassurer Martial, — la vieille lui a arraché le bandeau qui masquait les deux tiers de sa face. Et l'argousin s'est esquivé avec des morceaux de peau en moins, enlevés par les couteaux de chacun... Eh bien ! le cul-de-jatte paiera à boire là, un de ces soirs, à tous ceux de la tribu qui voudront entrer... Et ils s'écraseront à la porte pour profiter de l'aubaine, — ajouta le béquillard en riant. — Je serai à côté de toi pour te présenter à ceux qui ne te connaissent pas encore. Et lorsque les bouteilles seront à moitié vides, je ferai le speech. Tu verras alors.

« Ça te va-t-il?

Les yeux de Martial flambèrent.

Il voyait déjà la foule grouillante entassée dans le caveau, les faces allumées par l'alcool.

Il croyait entendre le discours en argot du béquillard et les acclamations forcenées des truands, sous la poussée de la boisson.

Mais un pli de contrariété indiqua chez lui une réflexion soudaine.

— Qu'y a-t-il, le cul-de-jatte? Quelque chose qui ne va pas?...

Le Breton exhiba les pièces d'or qu'il cachait dans ses habits et hocha la tête d'un air inquiet.

— Je vois ce qui te préoccupe, — fit son interlocuteur. — Tu te dis que cela coûtera chaud, n'est-ce-pas? D'abord les boissons fermentées ne sont pas chères sous le gouvernement du seigneur duc de Somerset : c'est un des moyens employés par lui pour faire rester le peuple tranquille. Un peuple ivre n'est pas à craindre!

« Puis, vois-tu! les truands ont le gosier reconnaissant : ce que tu leur auras donné à boire, ils ne te le réclameront pas en espèces monnayées pour le coup d'estoc. Tu y gagneras même.

L'auditeur eut un geste d'indifférence.

Que lui importait la dépense : le résultat était tout.

— Eh bien, veux-tu que je convoque la sainte pègre, comme je viens de te le proposer?

Pour réponse, le muet plaça les pièces d'or qu'il avait dans la main de son compagnon.

— Oh! oh!... on fera grande beuverie, alors, — prononça gaiement le boiteux. — J'accepte d'ailleurs. La vieille truande serait capable de n'avoir pas confiance en moi, quand je lui dirais que je veux payer à festoyer à toute la truanderie. La vue de ceci dissipera son incrédulité.

Martial montra le soleil à travers la fente qui éclairait le réduit et fit le geste de dormir.

— Tu veux dire si la réunion sera pour cette nuit?...

Une inclinaison de tête de Martial lui répondit.

— La plupart des camarades sont partis à la quête. Les autres, ceux qui pratiquent la détrousse, commencent à dormir, fatigués par leur nuit de guet. Ce soir, avant qu'ils repartent en maraude, on les préviendra : on avisera en même temps ceux qui rentreront de l'aumône. Ce sera donc pour demain.

Et joyeux comme un vieux cheval de guerre retraité qui entend sonner une fanfare :

— Je vais à la taverne, en sortant d'ici, pour prévenir la vieille. Elle se chargera du message pour tous les compagnons qui iront boire chez elle dans la journée. Tu vas voir si des yeux vont luire de joie. Ventre de daim, comme disait feu mon capitaine de guerre, quelle liesse!

Il crut discerner une appréhension dans le regard de Martial.

— Tu as peur peut-être que je ne commence moi-même par festoyer, ce matin même? Rassure-toi, camarade. Dans la compagnie où j'étais enrôlé, on ne se grisait qu'après la bataille. Je serai sobre comme une nonne. Je le suis toujours jusqu'au soir, d'habitude, afin de faire recette... ayant toujours tout bu la veille.

Il se mit à rire de cet aveu. Puis :

— Mais sois tranquille; même l'escarcelle pleine, comme elle ne l'a jamais été depuis des années, je le serai néanmoins. On est franc truand, c'est vrai, mais ce qu'un autre membre de la confrérie vous a confié est sacré, sache-le... Et n'es-tu pas truand comme moi, frère de la pègre, venu d'où je ne sais, il est vrai, mais traînant ton carcan, tendant ton écuelle aux passants pour qu'ils y laissent tomber leur obole, couchant à la paille et ne trahissant pas le serment muet qui nous lie tous, — ce qui t'a sacré, dès le premier jour, frère de chacun et, toi aussi, franc truand de la sainte pègre.

Cette étrange tirade jaillie d'un trait de ses lèvres avec entrain, il tendit la main à Martial.

Celui-ci la serra avec force : il avait besoin d'avoir foi, et, involontairement, il tâchait de transfuser, dans cette pression, un peu de l'énergie cachée, du feu sacré qui l'animait.

Le soldat amputé reprit sa béquille.

— Adieu, — dit-il. — Je vais chez la vieille; à ce soir !

Il se dirigea vers la porte du réduit. Martial entendit le manche de bois qui le soutenait claquer sur le carrelage branlant de l'entrée, puis sonner sur les marches disjointes.

Il colla alors son œil sur la meurtrière.

Le béquillard se dirigeait vers la taverne au plafond écrasé qu'il avait désigné.

Le Breton le vit s'y introduire.

Les minutes lui paraissaient longues.

Il se demandait si le truand, sentant de l'or dans ses poches, n'allait pas céder à la terrible tentation.

Il ne respira librement que lorsqu'il le vit reparaître, appuyé sur sa béquille qui sonnait lourdement sur les ornières.

Le soudard réformé sifflait joyeusement un vieil air de marche et béquillait en mesure.

Il avait tenu la première partie de sa promesse et avait annoncé à la vieille le grand festoiement qu'il se proposait d'offrir à la confrérie avec un camarade, afin de célébrer le noviciat de celui-ci dans la grande pègre.

Et pour bien montrer que ce n'était point là jactance d'ivrogne, il avait fait luire ses jaunets, argument magique.

L'écuyer d'Henri de Mercourt le suivit des yeux jusqu'à ce qu'il eût disparu dans la ruelle qui servait d'exutoire au flot qui, chaque jour, se déversait sur Londres et qui le ramenait fidèlement jusqu'à l'aube suivante.

Martial replia alors ses pauvres jambes sur la planche souillée de boue qui lui servait à porter son corps ; il saisit ses patins de bois.

Et il quitta à son tour son réduit, se rendant dans la ville où les argousins, fouaillés par Somerset, le cherchaient avec un redoublement d'ardeur.

Mais le béquillard le devançait.

Et tous ceux qu'il apercevait de la confrérie, il les accostait.

Clignant de l'œil, il leur confiait la nouvelle.

— Grande vidaison de cruches de gin, pleines jusqu'au bord ; après, cascatelle de pièces roulantes et chantantes. Et l'on verra parmi les truands s'il y a des hommes, pour un bon coup.

Et les yeux luisaient chez ceux à qui il donnait cet avis.

Et les uns les autres, se frottant les mains, échangeaient des phrases d'argot, se déclarant prêts pour l'orgie, — et s'il fallait, pour autre chose aussi.

Cette « autre chose » qu'ils ne connaissaient pas, mais où ils devinaient que, après les cruchons de gin, leurs coutelas auraient à jouer un rôle !

CIII

LES QUAKERS

ABERS était dans sa boutique, soucieux.

Il avait vu repasser devant sa porte des figures suspectes, à l'air fouilleur et sournois.

Ce n'étaient point les agents qui avaient perquisitionné chez lui : ceux-ci étaient brûlés.

C'étaient des nouveaux qui avaient remplacé les anciens et qui cherchaient à le prendre en défaut.

On avait fait une nouvelle enquête sur lui.

Et les renseignements, pris avec minutie à son sujet, avaient confirmé que la vieille servante avait acheté longtemps des provisions hors de proportion avec l'existence de deux personnes âgées.

Un limier des plus habiles avait tenté alors de circonvenir la domestique.

Mais celle-ci se tenait sur ses gardes.

Ce mutisme même devait être une indication.

Et Fabers sentait qu'une surveillance de nuit et de jour était exercée sur sa demeure.

Aussi s'abstenait-il depuis plusieurs jours de se hasarder sur le pont des truands.

Il craignait, non sans raison, qu'un regard échangé avec Martial ne suffît aux espions qu'il savait attachés à ses pas.

Et, assis derrière son comptoir, il se demandait comment tout cela se terminerait.

Somerset était bien puissant, et Martial était bien isolé pour pouvoir lutter contre le terrible favori.

Un claquement de bois, un martellement cahotant, venu du dehors, attira tout à coup son attention.

Il connaissait ce bruit, et il tressaillit tout à coup.

On aurait dit le tapage produit contre les pavés par les patins et le carcan sur lequel l'écuyer breton était attaché.

Fabers ressentit un violent frémissement.

Un homme était assis sur l'escabeau : c'était le béquillard.

Martial ne le voyant plus, ayant une communication urgente à lui faire, avait-il pris la résolution de venir le trouver, comptant sur son aspect sordide et miséreux pour braver les soupçons des policiers?...

— Il est perdu dans ce cas, — pensa l'honnête corroyeur. — Et nous aussi.

Il s'était dressé à demi; il retomba sur son escabeau, son regard fixé avec anxiété sur le seuil.

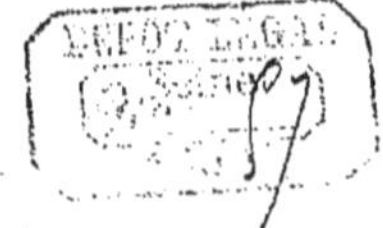

Une ombre y parut au ras du sol, se traînant péniblement.

C'était bien l'écuyer breton.

Les patins, la planche sur laquelle il était accroupi résonnaient plus bruyamment. Mais il ne regarda même pas du côté de la boutique de l'artisan.

Un des espions chargé de surveiller la maison du corroyeur se trouvait à quelques pas. Le cul-de-jatte se dirigea vers lui en cahotant et lui tendit son écuelle de fer, pareille à toutes celles dans lesquelles les mendiants ordinaires sollicitaient l'aumône.

L'autre tourna le dos.

Il avait autre chose à faire vraiment qu'à gaspiller son salaire.

Il n'avait pas, comme le bourreau de la Tour de Londres, des remords vagues, qui se traduisaient par de rares et superstitieuses aumônes.

Et le cul-de-jatte continua son chemin, s'arrêtant devant quiconque il apercevait.

Fabers, revenu de son premier saisissement, s'était approché de la vitrine où il était caché aux regards des argousins.

Et il étudia les mouvements de Martial.

Celui-ci, arrivé au carrefour, alla quêter à droite et à gauche, s'arrangeant pour demeurer sans affectation en vue de la maison où il avait autrefois trouvé un abri.

— Il veut se faire voir de moi, — pensa le marchand de cuir.

Il décrocha, de son support, un paquet de peaux.

Et, s'avançant sur le pas de la porte, il les secoua, feignant de faire tomber les insectes qui pouvaient les dégrader.

Puis il rentra, prit un nouveau paquet, recommença le même manège, ainsi de suite pendant un long moment, comme un honnête commerçant soucieux du bon entretien de sa marchandise.

Le cul-de-jatte continuait au loin ses opérations, tendant, avec une muette prière, sa misérable écuelle à tous ceux qu'il apercevait.

Et il disparut dans la rue voisine, quelque infime pièce résonnant parfois sur le fer bosselé, crevassé, qu'il présentait aux allants et venants.

— Fabers m'a aperçu, — se disait-il.

Et il alla reprendre sa place accoutumée sur le pont.

Le corroyeur, rentré dans sa boutique, s'absorba dans une profonde méditation.

Il était évident que l'écuyer breton désirait lui parler.

Mais comment se rapprocher de lui sans que cette rencontre servît d'indication aux limiers attachés à ses pas?

Fabers quitta brusquement le siège sur lequel il était retombé.

Une inspiration venait de surgir dans son esprit.

Depuis quelque temps, un vent de prosélytisme plus ardent encore qu'auparavant soufflait dans la ville parmi la population convertie au protestantisme.

Les zélés parlaient même de pénétrer dans la grande léproserie, afin de convertir les truands.

Les plus fervents insinuaient même d'employer la force au besoin, afin d'empêcher ces malheureux, qui vivaient comme des mécréants, de perdre définitivement leur âme.

En réalité, nul n'osait s'aventurer parmi ce monde de la pègre que l'on savait peu endurant.

Mais Martial n'y avait-il pas trouvé un abri?

Cette réflexion venait d'être un trait de lumière pour le corroyeur.

Il connaissait le siège d'une de ces sectes de quakers fanatiques.

Eh bien! il allait s'enrôler parmi eux.

Affectant l'ardeur la plus grande, il demanderait la mission d'aller convertir les truands qui vivaient dans l'impiété, pour le grand scandale des véritables chrétiens.

— Je trouverai bien moyen d'aborder de la sorte l'écuyer français sans nous exposer l'un ou l'autre, — se disait-il.

A peine ces pensées eurent-elles traversé son cerveau qu'il se dressa, avertissant sa servante qu'il allait sortir, et l'invitant à lui apporter sa Bible. Un instant après, il mettait le pied dans la rue, sa Bible sous le bras.

Immédiatement, un passant se mit à le suivre, tandis qu'un autre intrus continuait à demeurer en observation devant la demeure du corroyeur.

Ce dernier fut bientôt devant le local d'une de ces sectes religieuses qui, déjà à cette époque, foisonnaient en Angleterre.

Les propagandistes les plus actifs du groupe s'y trouvaient, et Fabers leur communiqua son projet d'aller évangéliser les truands, appuyant sa proposition de nombreuses citations de l'Écriture sainte.

Sa proposition fut accueillie avec des transports d'enthousiasme.

Et l'on n'eut pas d'expressions assez admiratives, assez lyriques, pour le « martyr » qui allait affronter les terribles dangers qui l'attendaient en franchissant le seuil du royaume des truands.

Dans leur entraînement, les membres les plus exaltés de la secte offrirent de se joindre à lui, pour aller partager sa noble mission et porter ensemble la bonne parole.

Fabers accepta, certain que la moitié au moins de ses futurs compagnons se déroberaient au dernier moment.

— Et à quelle date notre frère a-t-il l'intention de commencer son noble apostolat? — demanda le doyen de la secte.

— L'Écriture a dit : Fais le bien aujourd'hui plutôt que demain ; à l'instant plutôt que dans une heure. Je propose à mes frères de répandre aujourd'hui même l'avis de cette croisade parmi ces malheureux truands qui sont encore dans les ténèbres de l'erreur, de façon qu'ils soient plus nombreux au prêche que j'irai faire demain au milieu d'eux en compagnie de ceux d'entre mes frères que n'effraient pas les supplices que ces mécréants réservent à ceux qui s'aventurent dans ce qu'ils appellent leur royaume, oubliant que le véritable royaume est celui des cieux.

— Nous irons tous! — clamèrent quatre ou cinq quakers, avec une diminution d'enthousiasme visible cependant.

— En attendant, allons annoncer la bonne nouvelle aux infidèles répandus dans la ville, — reprit le chœur tout entier, afin d'effacer l'impression produite par le manque d'élan de la motion précédente.

Et le groupe entier sortit dans un religieux tumulte, heureux de s'offrir en exemple à la population, — et d'éclipser les sectes rivales.

Comme il convenait, on allait commencer par le pont des truands, puisque c'était l'endroit où l'on rencontrait le plus de ces malheureux réunis.

La pieuse assemblée y déboucha bientôt, annonçant en termes emphatiques aux mendiants qui s'y trouvaient la mission salutaire décidée par le conseil de la secte.

Quelques aumônes tombèrent même dans les écuelles des miséreux, afin de les bien disposer si possible.

Le limier de police qui avait continué à emboîter le pas à Fabers commençait à se dire qu'il faisait certainement fausse route.

Lorsqu'il vit les quakers entreprendre tour à tour chaque mendiant avec une abondance de paroles et de citations religieuses exubérante, il fut à peu près convaincu qu'il avait affaire, en Fabers et ses compagnons, à des exaltés dont le zèle confinait à la folie religieuse.

Entouré de ses nouveaux frères, Fabers accosta le cul-de-jatte.

Martial, en le voyant approcher, attacha rapidement sur lui la flamme fiévreuse de ses prunelles.

Il devinait que la venue du corroyeur était la conséquence de son apparition à lui devant sa boutique quelques heures avant.

Lorsqu'il entendit annoncer le prêche que Fabers se proposait d'aller donner au centre du quartier général de la sainte pègre, sous le patronage de la secte, il palpita de joie.

Le courageux artisan avait certainement imaginé ce moyen pour se rapprocher de lui et pouvoir s'entretenir ensemble sans éveiller les suspicions de la police qui l'épiait; Martial s'en était aperçu, lui aussi.

Mais presque aussitôt l'angoisse de ce qui pouvait arriver lorsque les truands verraient un bourgeois franchir leurs limites s'empara de lui.

Il fut sur le point de rompre le mutisme qu'il s'était imposé jusqu'alors, pour l'en dissuader.

Mais il aperçut à quelques pas la louche physionomie de l'agent secret, et sa bouche resta scellée.

Il devait marcher vers son but immuablement et n'avait pas le droit de rien faire qui risquât d'en entraver la réalisation, — quoi qu'il pût advenir.

Les quakers étaient passés, catéchisant, haranguant les mendiants de l'autre extrémité du pont.

Ils s'éloignèrent ensuite, allant porter aux autres lieux de réunion des membres de la sainte pègre l'annonce de la grande mission projetée.

Le policier les avait abandonnés après un moment d'hésitation.

Ce que faisaient ces gens-là n'avait aucun intérêt pour lui, et il était convaincu que l'on avait décidément suivi une fausse piste, — à moins que Fabers ne se fût amusé à l'amener au loin pour dégarnir les abords de sa demeure.

Et il en reprit à la hâte le chemin.

En réalité, Fabers était radieux. Il avait pu accoster Martial sans aucun danger.

Et ce dernier, avisé, allait certainement trouver le moyen de se trouver seul avec lui le lendemain aux abords de la léproserie, sinon dans le centre même, et ils auraient alors sans doute, d'une façon complète, l'entretien que l'écuyer du comte de Mercourt devait juger nécessaire, à en juger d'après sa démarche.

Le corroyeur n'ignorait pas, en effet, qu'il y avait plus que témérité à vouloir pénétrer sur le territoire de la léproserie.

Ceux qui avaient eu parfois cette audace n'en étaient jamais revenus indemnes.

Il comptait que Martial, avisé, l'attendrait aux abords du quartier des truands.

Et s'il leur était impossible de causer à cet endroit, le Breton prendrait certainement d'ici là les dispositions indiquées par la situation.

— A tout prendre, les truands ne sont pas tous d'aussi mauvais diables qu'ils en ont l'air, — se disait-il. — Avec quelques pièces de monnaie adroitement distribuées, ils sont capables d'écouter le prêche qui leur est annoncé, — sans m'écorcher vivant ainsi qu'ils ont pratiqué, assure-t-on, à certains arrogants qui ont voulu aller les braver chez eux.

D'ailleurs, traqué comme il l'était par la police et ne sachant ce qui se passait du côté de Martial, Fabers ne voyait que ce moyen hasardeux pour se réunir, se concerter.

Pour le reste, il s'en remettait à sa bonne étoile.

Les truands ne se montreraient peut-être pas intraitables pour un homme qui arriverait auprès d'eux, des paroles de fraternité à la bouche et des largesses plein les mains.

Les avis que les quakers l'aidaient à répandre ouvriraient la voie, et Martial ferait le reste probablement.

— Puis, — s'était-il dit, — à la volonté de Dieu !

Le cul-de-jatte avait regardé le corroyeur s'éloigner avec ses compagnons, tandis que les autres mendiants s'entretenaient entre eux de l'extraordinaire nouvelle d'un prêche au milieu même de leur quartier.

Ils discutaient déjà ce qu'il convenait de faire, prévoyant instinctivement une manne bienfaisante tombant entre leurs mains sous la forme d'espèces tintantes et trébuchantes pour les bien disposer à la prière.

— Il faudra voir ce que diront les chefs, — dirent-ils en fin de compte.

Martial les écoutait, le front soucieux.

L'accueil que les chefs de la léproserie feraient à la résolution suggérée certainement aux quakers par le corroyeur l'inquiétait, le troublait.

Dans la même soirée, le prêche, la venue de Fabers parmi ces truands si jaloux de l'inviolabité de leur retraite, et d'autre part la réunion projetée par le béquillard, le gin et les autres boissons coulant à profusion.

Comment tout cela allait-il se passer ?...

Le cul-de-jatte voyait déjà luire les couteaux de ces hommes ivres; il les voyait faire deux victimes du même coup, car il y était résolu, il ne laisserait pas assassiner l'imprudent qui, pour se rapprocher de lui, n'hésitait pas à se rendre au milieu de cette population redoutée.

Mourir, pour un soldat, comme il l'était, c'était peu de chose.

Mais, en ce cas, c'était son maître, Henri de Mercourt, condamné pour jamais et muré pour la vie entre les murs de la Tour de Londres.

CIV

L'OGIER

A cohue des Truands encombrait le carrefour qui formait leur quartier général.

Le bruit était venu en effet à l'oreille de chacun des habitants de la léproserie qu'un grand festoiement devait y être offert par un nouveau membre de la confrérie, afin de célébrer son entrée récente dans la sainte pègre.

Des femmes même, dont les oripeaux drapaient curieusement la beauté, réelle quelquefois, s'y trouvaient, mêlées aux mendiants, quêteurs ou solliciteurs, selon le genre d'opérations auxquelles ils se livraient.

Quelques-unes s'appuyaient sur de grands diables terriblement découplés, au visage vide d'un œil, aux mâchoires ébréchés, au nez écrasé par quelque coup de masse d'armes, à la mine peu rassurante.

Tout ce monde se tassait, se pressait devant la taverne désignée l'avant-veille à Martial par le béquillard.

Et le flot entrait lentement, gêné par la masse même franchissant la porte cintrée, étroite et ne permettant du reste pas le passage d'un grand nombre de gens à la fois.

De nombreux truands et truandes ; écornifleurs et ribaudes « esbaudis » siégeaient déjà à l'intérieur, pendant que la vieille tavernière garnissait les tables de cruches de gin, et d'autres spiritueux, ainsi que de coupes, tasses et gobelets de grès, de fer et d'étain différents, disparates, de toutes formes et toutes couleurs, dont les fêlures, les brèches, les bosses nombreuses attestaient les glorieux et anciens services.

A quelques tables, elle plaça seulement des cruchons, mais bien pleins, les récipients manquant pour boire.

Les plus hardis, — comme aussi certains des plus cauteleux, — parmi les truands se hâtèrent de prendre place à ces tables.

Buvant à même le pot, on ne verrait pas s'ils prenaient plus que leur part de la régalade.

Vers le fond de la salle, une table placée devant les rangs des autres, mais non moins sordide, était chargée de quelques brocs de plus.

Elle était réservée aux chefs de la sainte pègre : au grand conseil, ainsi que l'on nommait la réunion des dignitaires de la léproserie.

Tout à fait contre le mur, une sorte d'estrade avait été disposée.

Oh! bien rudimentaire, une table aussi, tout simplement, avec un escabeau au-dessus.

A côté de l'escabeau deux verres, et une petite jarre d'hydromel.

Un homme était assis sur l'escabeau; c'était le béquillard, son moignon de cuisse pointant vers l'assistance, comme menace.

A côté se trouvait un corps accroupi, à peu près informe à voir ainsi perché sur la table.

Ce dernier n'était autre que Martial, c'est-à-dire le cul-de-jatte.

Il était sous les armes, c'est-à-dire qu'il avait bouclé le lourd siège confessionné par Fabers, autour de ses hanches et de ses jambes repliées sous lui.

C'était un surcroît de malaise pour le Breton, après la journée déjà passée au carcan.

Mais la circonstance voulait qu'il parût avec tout son prestige.

Et quel effet eût produit un cul-de-jatte campé sur un siège comme tout le monde.

L'écuyer d'Henri de Mercourt constatait, avec une sorte d'anxiété, le nombre des Truands.

L'idée du béquillard avait porté, — même au delà de leurs espérances à tous deux.

Une circonstance imprévue était venue ajouter à l'émoi joyeux de la fête annoncée et augmenter l'affluence, faisant délaisser pour une nuit leurs occupations par ceux des malandrins dont la profession consistait à soulager obligeamment de leur escarcelle, les passants rencontrés dans les endroits écartés. N'avait-on pas annoncé, en effet, l'idée folle, impossible, de certains bourgeois de la cité, de venir se livrer à des mômeries au cœur même de la païenne léproserie?

Un festoiement soigné aux frais d'un néophyte et ensuite l'amusante folie d'un prêche, mais c'était une bonne aubaine comme on n'en avait pas eu de longtemps, comme il ne s'en produirait peut-être jamais dans une existence de truands.

— Aussi, — avaient décidé les chefs, amusés de cette coïncidence, — lorsque les quakers viendraient, on les jucherait sur la table entre le cul-de-jatte et le béquillard.

Ce serait véritablement très drôle.

— Et ma foi, — déclarait l'un d'eux, — on ne les écorchera peut-être pas, s'ils nous font rire assez congrument.

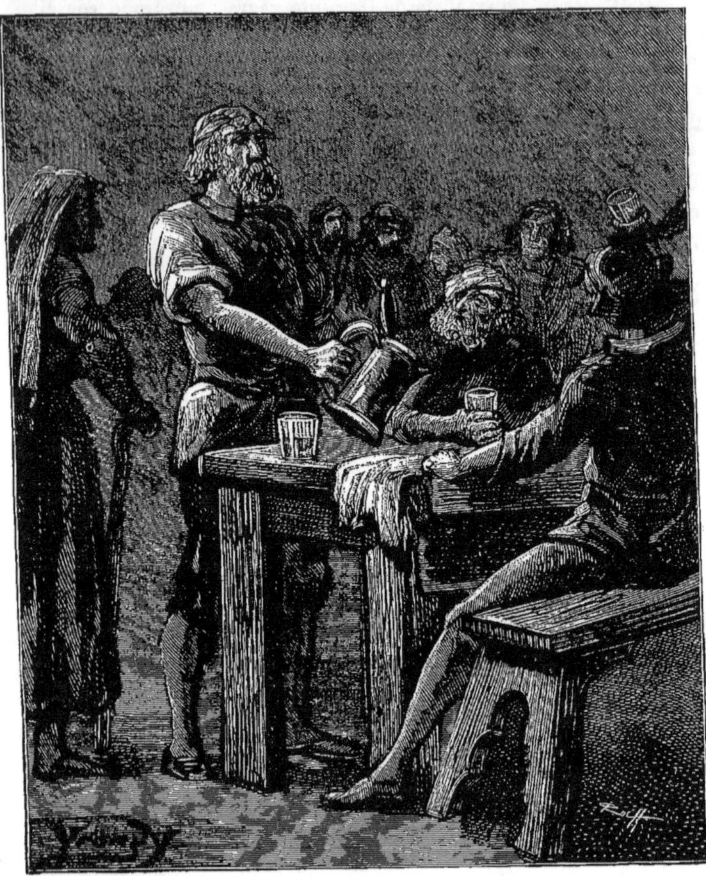

C'était le chef des Truands qui réclamait le silence à sa manière.

L'anxiété du cul-de-jatte, de Martial, avait deux causes.

L'affluence des buveurs dépassant les prévisions même de « son sergent recruteur » risquait de rendre insuffisante la somme qu'il lui avait
remise pour ces dépenses.

La vieille truande qui exploitait la taverne avait exigé, il est vrai, une
avance assez forte. Mais ce qu'elle avait reçu ne paraissait devoir être
qu'un acompte infime pour peu que la foule progressât encore.

C'était à croire en vérité qu'il sortait des truands de dessous les pierres.

Et Martial se demandait comment il s'en tirerait avec la cabaretière, si Fabers ne lui faisait tenir pour le moins quelques guinées.

Fabers!... C'était là l'autre sujet de ses préoccupations, celui qui l'étreignait véritablement.

A tout prendre, si la dépense dépassait la somme dont il disposait, il en serait quitte pour subir la fureur de la vieille truande qui n'était pas des plus commodes, affirmait-on. Et les confrères de la sainte pègre ne seraient que plus amusés d'avoir bu sans même que la tavernière fût payée.

Mais le corroyeur? qu'allait-il advenir de la téméraire invention qu'il avait eue de pénétrer dans l'antre des truands afin de pouvoir l'approcher et converser avec lui.

Selon les prévisions de l'artisan, Martial avait stationné longtemps à l'entrée de la léproserie afin d'empêcher Fabers d'aller plus loin.

Mais l'heure avançant, le béquillard était intervenu et l'en avait arraché, presque par force, afin qu'il se trouvât à sa place d'honneur sur l'estrade, dans la taverne.

Surpris par la résistance du cul-de-jatte, l'ancien soldat l'avait alors interrogé, lui demandant si quelque lien existait entre lui et ces quakers qui venaient d'annoncer leur visite d'une façon si inattendue.

Le mutisme apparent de Martial lui permettait de répondre sans rien préciser et pour cause.

Et le béquillard avait conclu vaguement que ces prêcheurs de truands n'étaient peut-être que des affidés du cul-de-jatte.

— C'est peut-être bien pour eux qu'il est venu enrôler du monde. Et ils veulent voir comment cela va se passer, — se disait-il.

Dans ce cas, il comprenait les perplexités du camarade.

— N'aie pas peur, — fit-il obéissant à cette idée, — je vais m'arranger pour que ces visiteurs ne courent pas trop de risques... s'ils sont prudents.

« J'ai engagé déjà une dizaine de gaillards qui ont vu la poudre des couleuvrines et manié la pique ou l'épée à deux mains comme moi. J'ai commencé par ceux-là sachant qu'un mot suffirait avec eux.

La physionomie de Martial s'était éclaircie.

D'où cette remarque du béquillard :

— C'est ce que tu désires, eh bien! pourquoi ne pas me l'avoir fait comprendre plus tôt? On ne te demande pas tes secrets, camarade, d'abord parce qu'il est difficile à un muet de vous les dire à l'oreille.

Mais c'est égal, je pourrais ne pas toujours deviner. Et alors... Car, c'est tout de même une grosse partie que jouent tes amis, — si ces drôles d'apôtres sont de tes amis, — de vouloir pénétrer les mystères de la léproserie.

Aussi, actuellement, Martial songeait-il à ce qui se passerait lorsque Fabers et ses compagnons, s'il ne se présentait pas seul, franchiraient le seuil de cette salle, lorsqu'ils se trouveraient au milieu de ces êtres dévoyés et farouches surexcités par l'alcool.

Il était fermement résolu à jouer du coutelas si c'était nécessaire : et il en jouait terriblement à l'occasion.

Il y avait bien aussi l'espèce de garde à qui le béquillard, dans son intuition prudente, avait donné l'ordre d'entourer, d'escorter, d'isoler les imprudents visiteurs. Et les gaillards qui la composaient étaient même gens à allonger un coup de lame à un confrère trop remuant

Mais que pourraient une dizaine d'hommes contre plusieurs centaines d'êtres en fureur?

Heureusement, comme il le remarquait, que les chefs prenaient la chose en plaisanterie.

— Pourvu que cela continue seulement, — se disait le Breton

Et avec une perplexité grandissante, il voyait la cohue s'engouffrer, s'empiler dans la salle devenue peu à peu trop étroite.

Un coup violent retentit soudain, faisant taire à peu près le tumulte qui s'élevait de cette multitude attablée.

C'était le compagnon de Martial qui venait de frapper, de sa béquille, en guise de sonnette, la table sur laquelle ils trônaient tous les deux.

— Silence pour notre frère le béquillard, — tonna d'une voix forte, enrouée par la boisson, un des chefs en heurtant à son tour la table de son poing démesuré.

Celui qui venait de jeter cet ordre était un individu énorme, épais, une face, un corps de ruminant : il portait le titre d'archonte.

Les quelques bourdonnements qui duraient encore cessèrent de se faire entendre.

Le « sergent recruteur » voyait que l'assistance commençait à s'impatienter devant les cruches encore entières, et il jugeait le moment venu de commencer la fête.

— Frères et compagnons, — lança-t-il, — moi, le Béquillard, franc truand depuis que l'on a enterré la jambe dont vous ne voyez plus que le moignon, je vous présente un nouveau frère, avec l'assentiment de nos vaillants chefs, que nous avons convié avec vous au baptême du néophyte sous les espèces du gin, du whisky, du brandy et de l'hydromel que ledit néophyte vous offre généreusement.

L'orateur se dressa sur la seule jambe qui lui restait, en prononçant ces dernières paroles avec élan.

Une acclamation unanime, rauque, étourdissante et joyeuse répondit, faisant trembler la voûte basse de la salle.

Lorsqu'elle fut un peu apaisée, l'orateur étendit la main pour réclamer encore l'attention.

— Camarades, — fit-il, — dans la noble truanderie comme chez les profanes, lorsque le maître de la maison a des convives, c'est à lui à les inviter à manger ou à boire.

Et se tournant vers Martial :

— Cul-de-jatte, maintenant que la présention est faite, à toi la parole.

Le Breton fit résonner le plateau de la table sous ses patins de bois, afin de se rapprocher davantage du bord, c'est-à-dire de la foule.

L'espèce de carcan sur lequel ses jambes et son corps étaient rivés résonna dans un choc bref, sonore, énergique.

Ce béquillard l'avait invité à parler, et il était muet, — ou du moins il passait pour l'être, auprès de ceux qui le connaissaient dans l'assistance.

D'un geste viril et saccadé, le Breton prit un des gobelets d'étain battu qui se trouvaient sur la table au-dessus de laquelle il était juché.

Il le remplit ainsi que celui du béquillard.

Puis faisant entendre l'espèce de grondement guttural particulier à ceux à qui la parole a été refusée et qui voudraient parler, il promena dans un mouvement circulaire la cruche de grès qu'il tenait, en l'air, autour de lui, comme s'il voulait en emplir les coupes de chacun.

Les truands comprirent qu'il les invitait à s'en servir.

Une acclamation s'éleva.

— Bravo ! le cul-de-jatte !

— Tu es bien plus éloquent qu'un pasteur au prêche !

Et les gobelets, les tasses, les bols se remplirent.

Le cul-de-jatte se souleva sur son poignet gauche autant qu'il le put.

Son verre choqua celui du béquillard, ce dernier représentant, dans la circonstance, toute la secte haillonneuse et dépenaillée.

Il le tendit ensuite vers tous les coins de la salle.

D'un mouvement unanime, truands, ribauds, écornifleurs, quêteurs, tire-laine, ruffians et malandrins, ribaudes, truandes et mendiantes s étaient dressés, le verre à la main, le bras tendu.

— A toi, le cul-de-jatte !

Quelques voix ajoutèrent :

— A toi le béquillard !

Ceux qui portaient cette santé englobaient l'ancien soudard dans leur remerciment comme parrain du néophyte dans la réjouissance qui leur était donnée.

Martial fit entendre encore son grondement rauque et porta son verre à ses lèvres.

Tous l'imitèrent.

Du poste exhaussé où il se trouvait, il vit les faces se contracter de plaisir, les yeux s'allumer, tandis que les liqueurs brûlantes corrodaient les palais de leur saveur caustique.

Il avait fait servir à ses invités les alcools pour lesquels ils préféraient à l'occasion se priver de pain.

Mais pour lui et pour le béquillard il y avait seulement de l'hydromel.

L'alcool portait à la tête, et si cette fête avait été donnée aux truands afin de les exalter et de les bien disposer à accepter la proposition que le béquillard devait leur faire lorsqu'ils auraient le cerveau échauffé, eux avaient besoin de conserver toute leur présence d'esprit.

L'ancien soudard éclopé avait bien fait d'abord la grimace en apprenant qu'il allait être condamné à cette continence pendant que les autres se livreraient devant eux à leur orgie, comme pour augmenter ses regrets.

Mais le cul-de-jatte, se frappant la poitrine avec force, avait indiqué qu'il était résolu à boire de l'eau lui, s'il le fallait.

— Tu as raison, camarade, — avait reconnu le béquillard. — Les chefs n'ont pas le droit de faire comme les soldats. Je me rattraperai plus tard.

Et actuellement il absorbait mélancoliquement l'inoffensif hydromel versé par Martial, tandis que les truands avalaient le gin et le whisky par lampées.

Les coupes à moitié vides, les buveurs s'étaient rassis, laissant l'eau-de-vie grossièrement aromatisée sécher sur leurs lèvres en les corrodant.

Le plus vieux des truands assis à la table des chefs se dressa alors.

Il avait fait longtemps le coupeur d'escarcelles, tant qu'il avait été jeune et vigoureux.

Devenu trop âgé pour conserver la main assez leste et pour jouer du coutelas à l'occasion, — lorsqu'on résistait, — il s'était fait mendiant.

Il avait perdu un œil dans quelque bataille ou quelque rixe : la peau d'une joue presque entière lui avait été enlevée dans une circonstance pareille sans doute.

Actuellement, une barbe presque totalement blanche et hirsute, embroussaillée et sale, pendait sur un côté de son visage, quelques rares mèches poussant en touffes sur l'autre côté, entre des espaces de peau rouge et luisante.

A son aspect, les truands interrompirent leurs propos joyeux.

— Camarades, écoutez tous ! — cria-t-il, — et retenez mes paroles.

« Au nom du grand conseil, au nom du royaume des truands tout entier, je proclame le cul-de-jatte présent sur cette estrade, frère de la sainte pègre, avec tous les privilèges qui s'attachent à ce titre.

« Camarades et frères en truanderie, une nouvelle santé pour consacrer l'initiation de ce nouveau frère.

Le vieux et affreux truand quitta sa place et vint choquer son gobelet contre celui de Martial, puis le vida d'un trait.

Les bras étaient tendus de nouveau vers le Breton.

Puis les récipients se vidèrent tous.

Et un véritable hourvari de voix s'éleva, remplissant la salle.

La fête était déchaînée et pleine licence était donnée à chacun.

Martial, ses yeux ardemment attachés sur la cohue, en suivait les grossiers ébats.

Des chansons en argot se faisaient entendre en divers endroits, confondant leurs accents âcres ; des femmes les accompagnaient avec des voix éraillées par l'habitude de la boisson.

— Ça marche bien, — dit le béquillard à voix basse à Martial.

Ça marchait bien, c'est-à-dire que les pots de liqueur alcoolique se vidaient rapidement et que l'ivresse n'allait pas tarder à envahir la plupart des individus qui étaient là.

Le béquillard, familiarisé avec les habitudes des gueux, jugeait préférable d'attendre ce moment pour commencer son rôle de sergent recruteur.

Les truands, allumés par l'alcool, accepteraient avec empressement l'offre qui leur serait faite, puisqu'elle leur permettrait de renouveler leur ivresse, de la renouveler même plusieurs fois.

Mais ces hommes, accoutumés à ne supporter aucun frein, seraient ivres aussi lorsque Fabers se présenterait.

Et à mesure que le temps s'écoulait, l'écuyer d'Henri de Mercourt ne tremblait que davantage à la pensée de voir paraître le corroyeur au milieu de cette tourbe, livrée bientôt à tous ses instincts.

Le béquillard vit son front soucieux.

— Tu penses peut-être à ceux qui vont venir ? — interrogea-t-il.

Le Breton jugea inutile de dissimuler davantage.

Il avait besoin de son compagnon pour protéger celui qu'il attendait.

Le salut de Fabers exigeait que Martial n'essayât pas de rien lui cacher.

— Oui, — fit-il en inclinant la tête.

— Eh bien, — reprit le béquillard, — de la façon dont les choses sont en train, je ne serais pas surpris de trouver facilement une centaine de gaillards dans cette foule, au lieu de quarante et cinquante comme tu réclames.

« Ces hommes enrôlés, ils sont à tes ordres. Tu leur ordonneras, — où je le ferai pour toi, — de protéger les prédicants annoncés.

Et voyant que Martial ne croyait guère à leur obéissance dans le cas présent, il compléta :

— S'il le faut, on leur dira que le prêche annoncé n'était qu'un prétexte et que ce sont tes affidés.

« Alors, ça ira tout seul. Que le chef soit truand ou bourgeois, cela importe peu dès que ce chef paie.

Martial eut à peine le temps d'arrêter le mot de protestation venu sur ses lèvres.

Avouer publiquement que Fabers était d'accord avec lui, c'était la perte du corroyeur dès qu'il serait sorti de la léproserie.

Si quelques-uns des quakers l'accompagnaient, par impossible, ils ne manqueraient pas de répéter au dehors que l'artisan était de connivence avec les truands pour un complot mystérieux sans doute.

En tout cas, un des truands pouvait parler au dehors, ne serait-ce que par vantardise.

Et la police en éveil de Somerset aurait vite fait de s'emparer de la nouvelle victime ainsi désignée.

La main du Breton se cramponna avec force sur celle de l'ancien soldat en même temps qu'il faisait un violent signe de tête négatif.

Cette entente ne devait pas être avouée.

Alors, le béquillard demeura songeur, commençant à partager les appréhensions de Martial, en présence du tumulte croissant, des flammes allumées dans les regards par l'alcool.

CV

LES ENROLEMENTS

LES choppes d'un grand nombre de truands étaient vides.

Quelques-uns, assoiffés par le commencement d'ivresse qu'ils ressentaient, avaient redemandé à boire.

— C'est l'heure, — prononça l'ancien soldat.

Et, se mettant debout, il frappa de nouveau avec force, de sa béquille, le bois de la table sur laquelle Martial et lui se trouvaient juchés.

Un peu d'accalmie se produisit.

Le « sergent recruteur » en profita pour essayer de se faire entendre.

— Camarades, — cria-t-il de sa voix la plus forte, — j'ai une communication à vous adresser de la part de notre nouveau frère.

— Une communication?... C'est comme à la chambre des seigneurs, alors, — fit lourdement l'archonte que le gin avait assommé à demi. — Va pour la communication. Je me figurerai que je suis lord Pimbroche ou tout autre.

Des interjections, des interrogations, des rires abrutis partaient de tous les coins de la salle, ceux qui se trouvaient le plus loin n'ayant pas compris.

Le béquillard eut encore recours à son bâton... manié à tour de bras cette fois.

Un broc de fer, heurtant en même temps la table, finit par éteindre à peu près le hourvari.

C'était le chef des Truands qui réclamait lui aussi le silence à sa manière et que la reconnaissance du gosier incitait à aider le béquillard comme la première fois.

— Compagnons ! — lança aussitôt l'ancien soldat afin de s'emparer immédiatement de l'attention générale, — une fête qui s'achèverait de la sorte, maintenant, ne serait pas complète.

— C'est vrai, il manque les prédicants ! — ricana un interrupteur.

— Oui, qu'on apporte les prédicants ! — surenchérit un second, — afin que je fasse des lanières de leur peau pour remplacer la courroie de mon coutelas.

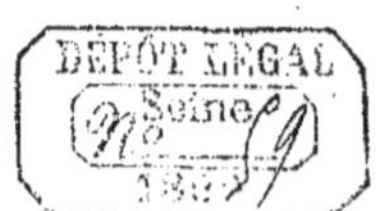

Une acclamation féroce retentit.

Martial entendit et frémit.

Son regard chercha l'homme qui venait de parler, afin de lui enfoncer, lui-même, son coutelas dans la gorge, à la moindre hostilité, afin de l'empêcher de donner l'exemple lorsque Fabers apparaîtrait.

— Laissons les prédicants tranquilles, — repartit le béquillard. — S'ils se présentent on leur offrira un gobelet de gin, s'ils ont soif ; un jour de liesse pareil, les frères de la sainte pègre sont hospitaliers.

La proposition amusa la cohue.

Eh bien ! oui, ma foi, on offrirait à boire aux visiteurs. Et leur prêche serait une diversion.

Cela finirait la fête. Pour le reste, on verrait ensuite.

— Non, il ne s'agit pas des prédicants qui ont l'intention de visiter le noble royaume de la truanderie, — reprit le béquillard, — mais de nous-mêmes.

— Ah ! ah !... Voyons le béquillard !...

— Truands, ribauds, écornifleurs et autres membres de la confrérie, vous n'ignorez pas que c'est avec de beaux deniers trébuchants et roulants que l'on se procure la délicieuse liqueur parfumée qui est devant chacun de vous !

— Allons donc ! ma bonne gueule est à sec ! — clama quelqu'un.

— La mienne aussi, — appuyèrent cinquante voix.

Et, de tous côtés, des bras se tendirent montrant les chopes taries.

Le béquillard empoignant la sienne, la retourna sens dessus dessous pour montrer qu'il était logé à la même enseigne, — ce qui fit rire.

Il s'empressa d'ajouter :

— Notre nouveau frère a bien fait les choses en employant tout ce qu'il avait recueilli d'aumônes depuis qu'il exerce le métier à vous offrir cette réjouissance. Eh bien ! il veut, il entend faire mieux encore.

— Bravo ! Vive le cul-de-jatte !

— Vive le béquillard ! — émit l'obstiné, un affamé de justice probablement, qui dans toute acclamation, mêlait le nom de l'ancien soldat à celui de son ami.

— Vider quelques verres de gin ? Cela ne compte pas, — reprit le soudard amputé. — C'est tout juste suffisant pour donner des regrets le lendemain et s'attrister de ne pouvoir continuer.

« Ce que veut votre nouveau frère, c'est vous procurer le moyen de recommencer le jour suivant, et encore le jour suivant... et ainsi de suite.

— Jusqu'à la consommation des siècles ! — hurla un truand qui avait été clerc. — *In sæcula sæculorum, amen.*

— Oui, toujours! toujours! — appuyèrent cent, deux cents voix.

— Eh bien! camarades, il ne s'agit que de l'écouter et d'avoir un peu de sang dans les veines. Et, je vous le garantis, vous boirez pendant des jours et des nuits à votre soif.

A ces dernières paroles, les interruptions, les réflexions, les drôleries aussi qui avaient ponctué, jusqu'à ce moment, le discours de l'ancien soudard cessèrent tout à coup presque complètement.

Il semblait que, dans leur ivresse, les auditeurs se rendaient compte que quelque chose de grave allait être décidé.

Martial et son interprète échangèrent un coup d'œil rapide, impressionné.

Ce dernier fit tinter, dans sa main les quelques pièces d'or qui lui restaient.

— Compagnons, — reprit-il avec force, — lequel d'entre vous serait heureux de sentir ceci dans son gousset?... Lequel aimerait à en avoir le double, le triple?...

Un rire joyeux et âcre en même temps lui répondit :

— Donne! — fit celui des truands assis à la table des chefs et qui avait déjà pris la parole... — Et tu verras !

— Eh ! bien que ceux, qui dans la sainte pègre, ont la main et le cœur solide, que ceux dont le poignet à l'habitude de manier l'estoc s'avancent. Et tout à l'heure ils tiendront, ils verront reluire, entre leurs doigts, une de ces belles pièces pour être bien sûrs que je ne mens pas. Et, après l'heure fixée par le chef, la besogne faite, ils en recevront cinq fois, six fois autant. Ne vous l'ai-je pas dit, de quoi boire jusqu'à extinction de votre soif.

« De l'or... de l'or... qui veut de l'or?...

Une sorte de rugissement fauve, secoua la salle.

Et une poussée formidable se produisit sur l'estrade.

Parmi les premiers dans cette ruée se trouvait le truand assis à la première table avec les autres membres du grand conseil, le colosse énorme, à la tête épaisse et pesante, l'archonte, titubant.

— Le chef, dis-tu, quel est le chef ? — cria une voix au béquillard sous le coup de fouet de la boisson.

— Le voici !

Et l'orateur désigna le cul-de-jatte.

Il y eut une minute haletante parmi cette foule affolée par la pensée du gain énorme et des spiritueux, devant cet homme rampant sur le sol et qui, après leur avoir procuré l'orgie qui les secouait, leur en promettait d'autres.

Était-ce de l'admiration, de la stupeur, de la frénésie ?...

Martial s'accrocha au béquillard et à l'escabeau qui se trouvait auprès d'eux, et d'un effort, d'un seul coup se haussa dessus.

D'un mouvement violent, il dégaina le couteau de chasse caché sous ses vêtements, et il le brandit, tandis qu'un rauquement farouche sortait de son corps recroquevillé.

Les truands s'arrêtèrent dans leur ruée, impressionnés par cette face pâle au milieu de laquelle les prunelles flambaient comme des charbons ardents.

Ils n'avaient pas à hésiter : il était bien le chef qu'il fallait à la horde de démons qui haletait devant lui.

Une acclamation féroce retentit.

Et plus terribles que celui du cul-de-jatte d'autres coutelas surgirent, luisant dans la clarté fumeuse.

— De l'or ou la mort! — gronda l'Archonte.

Ces mots furent répétés, comme un écho farouche.

Ils étaient plus de cent ruffians à proférer ces clameurs.

Martial n'aurait jamais eu trop de soldats à son gré pour réaliser ce qu'il avait médité.

Mais il ne pouvait payer tous ceux qui se présentaient !

— Le camarade a assez de quarante d'entre vous, — reprit le béquillard en essayant de dominer le tumulte. — Comme vous êtes tous des braves, et puisque l'Archonte veut être des nôtres, il désignera lui-même ceux qu'il choisit pour nous accompagner.

Un murmure violent avait éclaté en entendant le béquillard annoncer l'intention d'éliminer un grand nombre de truands.

Mais au nom de l'Archonte, tous se turent.

Le respect de l'autorité établie parmi eux était singulier, chez ces hommes vivant hors de toute loi.

Ils allaient donc attendre que le dignitaire des gueux eût désigné ceux qui feraient partie de l'expédition ou du coup de main préparé par le cul-de-jatte, car il ne pouvait évidemment s'agir d'autre chose.

Les paroles du béquillard et les gestes significatifs du cul-de-jatte ne laissaient effectivement place à aucune incertitude.

En entendant prononcer son nom ou plutôt le titre sous lequel il était connu, le dignitaire des gueux agita confusément son corps énorme.

— Me voilà, — dit-il. — Qu'est-ce qu'il y a?

— Moi ! l'Archonte. Moi ! — crièrent cent voix en même temps.

Le chef des truands avait l'ivresse pesante.

Il avait vu le béquillard montrer les jaunets fauves et Martial se dresser à demi sur l'escabeau en agitant son couteau de chasse.

Son intelligence obtuse, oblitérée encore davantage par la boisson, avait vaguement compris qu'il s'agissait de dégainer pour gagner ces pièces d'or que l'on faisait voir.

Et il s'était présenté.

Le reste n'était pas encore entré dans son cerveau.

Le béquillard lui expliqua ce qu'on attendait de lui.

— Choisir d'autres compagnons? — fit-il la bouche pâteuse. — C'est bien simple.

Il s'appuya à la table sur laquelle Martial et l'ancien soldat se tenaient toujours.

Et, ainsi consolidé, il développa sa taille; sa tête monstrueuse, ses épaules noueuses dépassant l'assistance.

— Attention! — cria-t-il d'un accent enroué.

Les cous étaient tendus, toutes les faces congestionnées par la boisson ou devenues absolument livides étaient attachées sur lui.

— Mahomet... Le Merle... Traîne-la-Mort... l'Irlandais... Quatre-Pattes!... — désigna-t-il d'abord.

Ceux qu'il nommait coupaient la cohue à grands renforts de coudes et au milieu de sourdes imprécations.

Et ils venaient se ranger devant l'estrade entre Martial, son adjoint et le dignitaire des gueux, d'une part, et la foule des truands de l'autre.

L'ancien soldat rayonnait.

Il constatait que, malgré son état d'ébriété accentué, l'Archonte triait sur le volet la fine fleur de la confrérie.

Une quarantaine de gaillards, osseux ou replets, mais au faciès peu rassurant étaient rangés autour de l'estrade, ayant obligé le reste de l'assemblée à rétrograder.

Quelques-uns d'entre eux étaient manchots, d'autres boiteux.

Mais malgré ces infirmités ils étaient réputés comme des adversaires redoutables pour ceux à qui ils s'attaquaient.

L'Archonte s'arrêta.

Une tempête de protestations s'éleva alors.

Nul ne consentait à être exclu. Les pièces d'or montrées par le béquillard à la fin de l'orgie rendaient ces hommes enragés.

Les lames rengainées surgirent.

L'ancien soldat inspecta rapidement la haie épaisse qui séparait leur table des mécontents.

Ces derniers auraient été capables de les assaillir pour se venger de leur déception.

Une dizaine de truands surtout se montraient irrités.

Quant à Martial, ses yeux luisaient.

Il se disait que plus sa troupe serait considérable, et plus il aurait des chances de succès pour l'exécution de son plan.

Descendu de l'escabeau sur lequel il était grimpé, il planta nerveusement sa griffe sur l'épaule de l'Archonte.

Et comme celui-ci le regardait, cherchant à discerner le motif de son intervention, le cul-de-jatte désigna tour à tour les plus exaltés des réclamants.

— Je saisis ton idée, — fit l'hercule de sa voix enrouée. — Parbleu ! on leur distribuera la part de ceux qui seront restés sur le carreau.

Et il les appela.

Une nouvelle ruée se produisit de la part de ces derniers, plus furieuse après la crainte qu'ils venaient d'avoir d'être éliminés.

Et Martial compta avec un muet et âpre orgueil la troupe dépenaillée, aux visages couturés, aux yeux féroces, rangée devant lui.

— Camarades, — clama alors le béquillard afin de calmer les autres, — on ne peut pas donner plus de filles à marier que l'on n'en a ; on ne peut pas non plus distribuer plus de guinées qu'on n'en possède dans son escarcelle. Mais pour consoler ceux que l'on n'a pas pu enrôler pour le moment le chef leur offre une nouvelle lampée de gin.

« Ohé ! l'hôtelière, encore quelques cruches, et du meilleur !

La vieille truande grommela quelques sourdes malédictions, trouvant que l'on avait déjà beaucoup bu, relativement aux avances qu'elle avait reçues, tandis que les truands qui venaient d'être laissés de côté regagnaient leurs places afin de profiter au moins de la compensation annoncée.

— A boire, à moi aussi ! — grogna l'Archonte, — j'y ai bien droit, je présume.

La vieille s'éloigna en bougonnant.

Mais les ribaudes qui l'aidaient apportèrent des brocs remplis de nouveau.

Et l'orgie recommença plus horrible, les malandrins nouvellement engagés songeant déjà à boire l'acompte qui devait leur être remis.

Quoique satisfait du résultat qu'il venait d'obtenir, Martial suivait avec perplexité sur tous ces hommes, les progrès de l'ivresse arrivée à son paroxysme...

Lorsqu'un bruit nouveau se fit entendre !

Et la porte s'ouvrit sous une poussée du dehors.

CVI

AUX COUTEAUX !

UN silence soudain s'était fait autour des tables les plus rapprochées de l'entrée.

Et ces mots furent prononcés :

— Le prédicant !...

Un homme portant le costume des petits bourgeois de Londres venait en effet d'apparaître.

C'était Fabers.

Il s'arrêta sur le seuil, embrassant d'un regard circulaire la large salle voûtée, à l'entrée de laquelle il se trouvait.

La vue de ces faces avinées, empourprées ou rendues livides par l'orgie, de ces yeux clignotants ou féroces, de cet entassement de haillons, de plaies, de corps sentant la misère et la débauche... cette vision d'enfer le saisit malgré lui.

L'odeur âcre, émanée de cet amoncellement d'êtres loqueteux et hurlant, l'avait pris à la gorge.

Il avait la bravoure calme de l'homme habitué à regarder la vie en face...

Et il l'avait montré en affrontant le territoire justement redouté de la truanderie, afin de pouvoir se rapprocher de l'écuyer d'Henri de Mercourt, réfugié dans ces bas-fonds de Londres.

Et cependant l'aspect de ces visages couturés, ravinés, — et chez presque tous dégradés ou sinistres, — l'impressionnait malgré lui.

Après la première minute, il chercha Martial.

Celui-ci l'avait aperçu dès son apparition.

Mais, accroupi sur le carcan que Fabers lui-même avait confectionné, il était à peu près invisible dans l'agglomération de toutes ces têtes grimaçantes.

Fabers était resté seul de tous les quakers qui devaient venir porter la bonne parole.

Deux d'entre les plus braves l'avaient bien accompagné jusqu'aux limites du royaume des truands.

Mais arrivés là, à la vue de la petite troupe que Martial et le béquil-

— A mort, la profane! Aux couteaux!

lard avaient armés pour les attendre et les protéger, le cœur leur avait manqué.

Et n'osant pas aller au delà, ils avaient annoncé à Fabers qu'ils attendraient son retour à cet endroit, en priant Dieu de le bien protéger.

C'était là ce que désirait l'artisan.

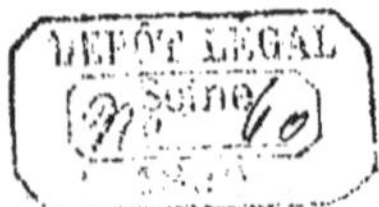

Il s'était donc hâté d'accepter, en les invitant à être extrêmement prudents en ce qui les concernait eux-mêmes.

La présence des anciens soldats recrutés, en premier lieu, par le béquillard était pour lui l'avis que Martial avait pris des précautions afin de protéger sa venue.

L'écuyer du seigneur de Kervien l'attendait donc, et la présence des quakers pourrait présenter des inconvénients.

Il s'était affilié à leur secte pour trouver le moyen de se rapprocher du cul-de-jatte, mais il ne tenait pas à leur société.

— S'il y a du danger, — se disait-il, — ces hommes, plus préoccupés de discussions religieuses que d'action, ne me protégeront guère, et ils peuvent remarquer mon conciliabule avec le cul-de-jatte.

Et il avait suivi sans crainte les guides envoyés au-devant de lui.

Ceux-ci n'avaient pas des mines très rassurantes, en vérité, mais Fabers savait qu'il ne venait pas chez des gentilshommes.

Parvenu au carrefour qui formait le quartier général de la léproserie, les cris, les clameurs qui s'échappaient de la taverne avaient frappé son oreille.

— Où me conduisez-vous ? — avait-il alors demandé à ses conducteurs.

Ceux-ci avaient désigné la taverne et avaient répondu :

— C'est là qu'on vous attend.

Intrigué, le corroyeur avait continué d'avancer.

Une vague inquiétude le hantait cependant.

Il connaissait les légendes qui couraient sur le royaume des truands et ses farouches habitants.

Et il se demandait si, ses relations avec le cul-de-jatte ayant été connues, par suite même de l'intervention de ce dernier pour le garantir contre tout danger, les hôtes de la léproserie n'avaient pas établi quelque tribunal mystérieux, afin de punir Martial de sa connivence avec un profane.

— A moins que ce ne soit là quelque sabbat de ces damnés, — avait murmuré à part lui le corroyeur.

Il ne pouvait plus reculer.

Puis, depuis la mort de son fils, seul désormais sur la terre, la vie n'avait plus d'attraits pour lui.

Parvenu sur le seuil de la taverne, la porte s'était ouverte tout à coup devant lui, poussée par un de ses guides : Fabers était apparu... et s'était arrêté, étourdi par le spectacle qu'il avait sous les yeux.

Il se trouvait en présence du monde des truands, révélé soudain à lui dans toute son horreur.

En vérité, il y avait là de quoi troubler l'homme le plus brave du monde et lui n'était qu'un modeste marchand.

Lorsque le corroyeur fut un peu revenu de sa surprise, il chercha à reconnaître Martial dans cette foule hurlante.

Mais comment distinguer quelqu'un parmi ces centaines de faces grimaçantes?

Le cul-de-jatte saisit nerveusement le poignet de l'ancien soldat.

— Fais-le venir ici! — semblèrent dire son regard ardent et son geste.

— Francs truands qui accompagnez le visiteur, — clama alors la voix du béquillard, — conduisez le profane jusqu'auprès du Grand Conseil et de nous!

Cet ordre devait soustraire le corroyeur à la malveillance des buveurs qui commençaient à se rassembler autour de lui.

— Place! — intimèrent les hommes qui l'avaient accompagné jusqu'alors.

Quelques-uns murmurèrent, mécontents.

Mais l'autorité du Grand Conseil que l'orateur venait d'invoquer fit taire leur résistance.

Et les premiers rangs s'écartèrent.

Fabers regarda alors vers le côté d'où était parti le commandement.

Et entre les rangs un peu éclairés, il aperçut, il distingua, sur l'estrade, le visage de Martial, tourmenté par l'anxiété.

L'écuyer était là, Fabers ne devait pas hésiter.

Il avança courageusement.

— A la potence le profane! — hurla à ce moment l'un des ribauds.

Des accents rauques répétèrent cette clameur sauvage.

Les gueux croyaient qu'on conduisait le visiteur auprès du Grand Conseil pour le juger.

Le visiteur entendit ces cris de menace, et il se demanda si, malgré la présence de Martial, il sortirait vivant de cet enfer.

Heureusement que les anciens soudards, enrôlés dès la première heure, se serraient étroitement autour de lui.

Malgré le rempart qu'ils formaient, un bandit essaya de lui décocher un coup de couteau lorsqu'il passa devant lui, une avance sur le châtiment qui attendait l'audacieux.

Il y eut une courte lutte entre les truands de l'escorte et l'individu et ceux aussi qui prenaient parti pour lui.

Mais le béquillard avait bien choisi son monde.

Ils restaient fidèles à la consigne donnée, raffermis par le nom du Grand Conseil que l'ancien soldat venait de citer adroitement.

La petite troupe finit par arriver entre la table où Martial se tenait toujours, et celle des chefs de la léproserie.

Qu'allait-il se passer ?

Les truands répandus dans la salle se le demandaient, s'attendant à un régal encore inédit, pour terminer dignement la fête.

Les hommes récemment enrôlés étaient encore groupés autour de l'estrade.

Ils attendaient la solde d'avance qui leur avait été promise.

Le béquillard se pencha vers l'Archonte toujours appuyé contre le rebord de la table, afin de soutenir le poids de sa masse ébranlée par la boisson.

Et il lui parla rapidement à l'oreille.

Le chef alourdi par l'ivresse dressa sa tête de taureau abruti vers le visiteur, comme si les paroles qu'il entendait arrivaient difficilement à son cerveau.

Ses lèvres épaisses s'agitèrent, comme pour une interrogation probablement.

Le béquillard insista.

— Compris, — fit l'hercule.

Un broc de fer, manié par sa main puissante, s'écrasa sur la table. — Il en avait déjà à moitié aplati un : peu lui importait, c'était le cul-de-jatte qui payait.

— Holà ! — cria-t-il d'une voix tonitruante malgré l'empâtement de sa langue, — moi l'Archonte, je réclame le silence !

Le broc écrasé sous sa poigne redoutable avait résonné comme un gong.

Il répéta ses paroles une seconde fois. Cela suffit.

Les vociférations s'arrêtèrent.

Le chef des truands avança alors sa masse ballottante entre les rangs des gueux embauchés.

Ses mains charnues et musculeuses s'accotèrent aux épaules de deux d'entre eux, afin de soutenir son poids.

— Or çà, — dit-il, — puisque le prédicant est venu et qu'on l'a invité, il est de politesse de truands qu'on l'écoute : ça nous amusera...

— Qu'on nous le livre ! — protesta un groupe de turbulents.

Le colosse, provoqué par le tumulte de ce rassemblement, tourna de son côté sa face empourprée par la fureur...

— On ne touchera pas à un poil de sa barbe, — répliqua-t-il ; — d'abord parce qu'il est l'hôte invité du royaume des truands, ensuite parce que je le veux !

— A mort le profane! Aux couteaux! — réitéra un ruffian.

L'Archonte n'était pas le dignitaire le plus élevé de la hideuse confrérie, mais il en était le plus redouté, à cause de sa force musculaire, réellement effrayante et de son opiniâtreté de fauve, une fois que la colère s'était ancrée sous son crâne.

Cette colère, allumée en lui par les réclamations violentes des mécontents, dans lesquelles il avait vu une provocation directe, fut exaspérée par ce dernier cri.

Il était, de plus, soutenu par les cinquante truands désignés par lui pour servir dans la troupe recrutée au nom du cul-de-jatte.

Ces hommes lui étaient donc tout acquis, et comme ils étaient les plus belliqueux, les plus aptes au métier des armes, la querelle, si elle s'engageait, allait être terrible.

Il fit tête aux opposants.

Quelques-uns, se solidarisant avec l'hercule, avaient déjà mis leurs coutelas à l'air.

Les protestataires, de leur côté, faisaient luire leurs lames.

La rouge liqueur de sang allait probablement couler sur le sol, après l'alcool.

CVII

FRÈRE PRÊCHEUR

ABERS et Martial lui-même éprouvaient une oppression intense devant l'égorgement auquel ils étaient près d'assister.

La victoire resterait vraisemblablement à leurs partisans.

Mais une telle lutte entre ces murs, sous ces voûtes basses, dans cette clarté fumeuse avait quelque chose de particulièrement sinistre.

Cependant, il leur fallait à tout prix dominer ce qu'ils éprouvaient.

Ils devaient se hâter au contraire de profiter de ce qui se produisait pour échanger ce qu'ils avaient à se dire.

Toute l'attention était concentrée sur les deux partis.

Nul ne s'occupait plus de Fabers, de l'homme dont la venue avait déchaîné cet orage.

L'artisan et le Breton se rapprochèrent simultanément.

— Fabers, — souffla le cul-de-jatte, la tête baissée pour que l'on ne vît pas remuer ses lèvres, — j'ai besoin du tiers de la somme que je vous ai remise.

A tout hasard, le corroyeur avait apporté une plus forte somme.

Il s'était dit que c'était peut-être aller ainsi au-devant du désir de Martial.

Cet argent pouvait aussi lui servir à racheter sa vie et sa liberté d'entre les mains des truands.

Il regarda derrière lui.

L'Archonte, dédaignant pour le moment de se servir de la hache qu'il portait suspendue à la ceinture, venait de saisir un escabeau et l'avait jeté comme une catapulte sur les braillards qui le provoquaient.

Le siège, lancé trop haut, arrivant sur la muraille avec la force d'un projectile, s'y brisait à cet instant en dix morceaux.

Fabers prit rapidement, sous ses vêtements, le sac qui contenait la somme dont il s'était muni et le glissa à Martial.

Celui-ci l'enfouit dans sa besace de mendiant.

— Merci! — fit son regard plus que sa voix.

— Est-ce tout?...

— Non. Attendez-vous à tout événement avant la fin de la semaine. Tenez une barque prête, à White-Cross.

— Pour fuir ?...

— Je l'espère... Et que votre porte s'ouvre de suite si vous entendez frapper trois coups et puis deux.

— Oui ! — fit Fabers.

Martial lui serra rapidement, fortement la main, pour lui recommander le silence et l'attention.

Les membres du Grand Conseil des truands, voyant que la lutte allait s'engager, venaient d'intervenir, et Martial et Fabers devaient continuer à paraître s'ignorer.

Le Breton devait également redevenir muet, aucun des habitants de ce quartier n'ayant jamais entendu sa voix.

Le doyen des truands avec qui le cul-de-jatte avait trinqué au commencement de cette soirée agitée, debout sur un siège, haranguait la multitude.

— De par le Grand Conseil, — venait de proclamer sa voix aigre.

Et ayant fait entendre le nom de cette autorité suprême, il avait ajouté :

— Le prédicant ayant prévenu nos frères de sa visite et n'ayant pas reçu défense de franchir les limites du noble royaume, doit être accueilli comme un hôte.

« Paix donc entre vous, mes frères. Et que ce profane nous fasse son speech s'il en a toujours envie. Après quoi, il videra avec nous une pinte de brandy pour qu'il soit bien établi que les truands ne l'ont pas molesté.

« Et il sera reconduit ensuite jusque sur les domaines de la reine. Tel est l'ordre.

Les chefs de la sainte pègre avaient prononcé régulièrement : il n'y avait plus qu'à s'incliner.

Quelques murmures se firent entendre, bientôt éteints.

Le doyen s'adressa alors à Fabers :

— Parle, seigneur révérend. Mais sois bref surtout, car chez eux les truands ne sont pas toujours de caractère très patient.

Fabers ne songea même pas à sourire du titre de révérend, c'est-à-dire de pasteur, qui lui était donné.

Il avait accompli jusqu'alors une partie de sa tâche : il lui fallait l'achever, sans exciter l'irritation de ces hommes, afin de sortir de cet enfer et d'aller faire les préparatifs indiqués par Martial.

— Nobles auditeurs, — commença-t-il donc, — mon discours ne sera pas long, grâces en soient adressées au Dieu souverain, car tous les hommes sont frères, a dit l'Écriture, et entre frères on se comprend sans beaucoup de phrases.

Les truands, flattés de ce début, firent entendre quelques murmures approbatifs. Même ceux qui s'étaient montrés le plus hostiles sentirent tomber une partie de leur humeur farouche.

Voyant que des dispositions meilleures se manifestaient, le nouvel apôtre, — apôtre pour la circonstance, — prononça un speech court et véritablement ému sur la charité entre les hommes.

Martial croyait entendre un des frères prêcheurs qui passaient en Bretagne aux temps des retraites religieuses.

L'orateur finit en annonçant que les membres de sa secte et lui, afin de mettre une fois de plus leurs actes d'accord avec leurs principes, feraient le lendemain une abondante distribution d'aumônes aux pauvres mendiants.

Il n'avait plus rien, ayant remis à Martial tout ce qu'il possédait sur lui : de là cette promesse !

Les quêteurs d'aumônes, en l'entendant, manifestèrent une joie expressive : ils prévoyaient pour le jour suivant une abondante moisson.

Après la fête de ce jour, ils allaient remplir leur gousset le lendemain ; ils traversaient réellement une heureuse période.

Les dernières paroles du prédicant avaient donc retourné les plus malveillants ; et comme les mendiants formaient les trois quarts de l'assistance, Fabers pouvait espérer sortir vivant de ce repaire.

L'Archonte s'approcha alors du visiteur.

— C'est avec moi que tu vas trinquer, — lui dit-il alors de sa voix rude ; — car, sans ma présence, je crois que tu aurais passé un mauvais quart d'heure.

Maintenant, il tardait à l'écuyer d'Henri de Mercourt de savoir Fabers à l'abri.

Cette nouvelle intervention de l'hercule risquait à présent de gâter les choses.

Il attira l'attention du béquillard et lui désigna le corroyeur ainsi que l'escorte qui l'avait accompagné pour venir.

L'ancien soldat était d'avis, lui aussi, qu'il valait mieux en finir le plus tôt possible.

Il se pencha donc vers l'Archonte avant que de nouvelles rasades l'eussent totalement abruti, et de nouveau il lui parla à l'oreille.

L'hercule était pareil à tous les êtres trop matériels, à la fois opiniâtre et facilement influençable.

Il dodelina de la tête, approbativement, tandis que le béquillard lui parlait.

Les quakers étaient réunis dans le local ordinaire de leur secte.

Et ébranlant soudainement son énorme corpulence :

— Allons, vous autres ! — commanda-t-il aux hommes d'escorte toujours rassemblés autour de l'artisan, — attention, à votre poste. Et quand j'aurai bu une gorgée avec le prédicant, reconduisez-le aux limites de notre royaume.

Il présenta lui-même à Fabers un gobelet d'eau-de-vie plein jusqu'au bord, trinqua et vida le sien d'un trait.

Le corroyeur absorba la moitié de l'affreuse, mais chaude liqueur.

Après ce qui venait de se passer, elle n'était pas de trop.

Il échangea un regard éloquent avec Martial, salua l'assemblée et se dirigea lentement vers la porte, entouré de son escorte, à laquelle le béquillard s'était joint, emmenant avec lui une vingtaine d'autres gaillards, en cas d'un guet-apens de ceux qui, — fidèles à la tradition barbare en usage dans la grande léproserie, — avaient réclamé le supplice du profane.

Cette force imposante ainsi que l'annonce faite par Fabers d'abondantes distributions d'argent devaient le soustraire au sort de tous ceux qui avaient essayé avant lui de pénétrer dans ce quartier redouté. Grâce à toutes ces précautions, le nouvel « apôtre » arriva sain et sauf à l'endroit où il avait laissé les deux quakers qui devaient l'y attendre.

Ceux-ci, voyant les heures se succéder et tremblant pour eux-mêmes, avaient quitté la place, persuadés que Fabers avait payé son audace de son existence. Ils s'en étaient allés en se disant que leur secte comptait un martyr, ce qui allait leur faire d'ailleurs une propagande énorme.

Et l'artisan reprit le chemin de sa demeure, exténué et soucieux.

Les rapides paroles échangées avec Martial étaient présentes à son esprit comme s'il les entendait résonner à l'instant même. L'écuyer d'Henri de Mercourt avait trouvé un moyen pour délivrer son maître.

Était-ce par la ruse ou grâce au concours armé des truands?

Fabers venait de constater quelle force farouche, obstinée, pouvaient représenter ces gens réunis, bien commandés et bien dirigés.

Il avait même été sur le point de payer cette expérience de sa vie.

— Les événements sont près de s'accomplir, — se disait le marchand de cuir, — puisque le Breton m'a chargé de tenir une barque prête.

Mais ce n'était pas le moment d'aller s'occuper de cette mission difficile. Il fallait agir à bon escient, à cause du secret à obtenir du patron de ce navire.

Ce ne pouvait être, du reste, pour cette nuit : Martial le lui eût dit.

Le plan, les moyens d'action du Breton, Fabers ignorait tout. Mais il n'était pas absolument impossible de sortir de la Tour de Londres; la récente évasion de lord Mercy, du duc de Noxford et de Martial lui-même en était la preuve.

Et Fabers reprit le chemin de sa demeure.

En approchant, il distingua, en des coins d'ombre, les silhouettes d'argousins embusqués.

La surveillance était toujours aussi active autour de sa maison.

Il feignit de ne pas s'en apercevoir et rentra chez lui, en murmurant à voix basse des versets de la Bible qu'il portait sous son bras.

CVIII

LE REVENANT

E lendemain, au matin, les quakers étaient réunis dans le local ordinaire de leur secte.

Les deux « délégués » qui devaient accompagner Fabers jusqu'au bout expliquaient comment les truands s'étaient opposés à leur entrée à tous trois sur leurs domaines.

D'après les deux « délégués », Fabers avait été seul admis comme leur doyen, malgré leurs protestations ardentes pour aller partager sa gloire ou son martyre.

— Hélas! — gémissaient-ils, — ces hommes farouches ont été intraitables. Tout au plus nous ont-ils autorisés à attendre dans une masure située aux confins de leur territoire.

« Nous y sommes demeurés en prières jusqu'au matin, où une troupe hirsute est venue nous déclarer que notre infortuné frère avait été supplicié avec d'horribles raffinements de cruauté.

L'assemblée, réunie au grand complet pour entendre le récit de cette mission retentissante, frémit.

Mais, en même temps, quelle renommée unique pour la secte!

Elle avait un martyr!...

On discutait déjà sur les moyens à employer pour donner le plus grand retentissement possible à cet événement lamentable, — et de nature à éclipser à jamais toutes les sectes rivales, — lorsqu'on frappa à l'huis.

Et Fabers parut!

Ce fut d'abord une stupeur saisissante : les deux délégués étaient près de croire à un revenant.

Lorsqu'on fut bien certain d'avoir affaire à l' « apôtre » en chair et en os, il y eut une déception véritable.

Après un premier moment d'embarras, le président prit sur lui d'adresser ses plus chaudes félicitations au corroyeur, lui répétant le récit des deux quakers chargés de l'accompagner.

L'artisan devina ce qui avait dû se passer.

Il avait pu éprouver que les terreurs de ses compagnons étaient assez justifiées.

Il ne releva donc pas les inexactitudes de leur récit, et donna modestement le récit de sa mission.

Il fit connaître l'engagement qu'il avait pris de distribuer des aumônes aux truands qui exerçaient la mendicité.

Les deux « délégués », désirant que Fabers ne divulguât pas leur pusillanimité, proposèrent une somme élevée qui fut votée d'acclamation.

Le corroyeur y joignit ce qu'il avait destiné lui-même à cet usage.

Et la secte, heureuse de manifester quand même, fière d'entourer son « apôtre », lequel avait accompli une œuvre mémorable, le suivit au-dehors, allant faire pleuvoir la manne de ses largesses dans les écuelles des mendiants enchantés.

Le cul-de-jatte se trouvait à son poste, lui aussi, sur le pont.

En plaçant directement son aumône dans sa main, entre deux paroles de bénédiction, Falbers trouva moyen de lui glisser :

— Je vais m'occuper de la barque.

Et il s'éloigna, allant continuer ses bonnes œuvres avec les autres quakers radieux.

. . . .

Les deux hommes étaient donc prêt à l'action, chacun en ce qui le concernait.

La veille, dans la truanderie, lorsque le « prédicant » avait pu franchir de nouveau le seuil de l'infecte taverne, afin de revenir parmi de véritables êtres humains, Martial était demeuré sur son estrade, le front coupé d'une ride, et songeant à l'exécution matérielle de son plan.

Il avait à présent des soldats, il possédait sur lui l'argent de leur solde et Fabers allait faire le nécessaire pour dérober le vicomte de Mercourt aux sbires de Somerset, si l'on réussissait.

— Et l'audace réussit toujours, — se persuadait le Breton.

Le béquillard était revenu, bientôt après, lui annoncer que le prédicant avait regagné Londres sain et sauf.

Il fallait donc donner aux truands l'avance de solde promise.

Accroupi sur son estrade, Martial désigna d'abord l'Archonte.

Le chef de truands se traîna : ses dernières rasades l'avaient définitivement assommé.

Il était tel un taureau aux trois quarts abattu.

Il détacha pourtant la hache qui pendait à sa ceinture et la posa sur la table devant Martial.

Le cul-de-jatte posa deux pièces d'or sur l'épaisse et lourde lame.

L'hercule eut un rire bestial et alla boire encore.

Pour semblable salaire, il saignerait la reine si on le lui commandait.

Après lui, les autres truands engagés défilèrent l'un après l'autre.

Chacun d'eux posait devant l'écuyer breton la lame nue de son coutelas, de sa dague pesante ou du glaive d'origine sarrasine, répandu parmi les bandits de cette époque, on ne sait comment.

Le cul-de-jatte posait sur la lame une des pièces fauves auxquelles il devait une véritable puissance parmi ces hommes indisciplinés, lui le dernier venu parmi eux.

Cette arme déposée ainsi à ses pieds, cette somme prise sur l'arme même, tout cela constituait un serment muet, terrible.

Cela signifiait que le possesseur de cette arme vendait le bras qui maniait l'arme, en même temps que le glaive lui-même.

Le béquillard voulut à son tour prêter ce serment d'autant plus que Martial, ne pouvant parler, ne pouvait le désigner comme le premier après lui.

Il s'était muni d'une épée courte, mais forte, à la lame large et tranchante des deux côtés.

L'ancien soldat l'avait choisie ainsi afin de pouvoir s'en servir facilement malgré sa béquille.

Il dégaina lentement, solennellement, et le dernier de tous il plaça son épée en travers devant Martial.

Dans l'ancienne tradition, la pointe tournée contre celui à qui il la présentait, c'eût été appeler la mort du chef dans le combat.

Une à une, Martial posa quatre pièces d'or sur la large lame.

Un murmure d'admiration et d'envie passa parmi les truands.

Le béquillard était au-dessus d'eux dans des proportions énormes : il était même au-dessus de l'Archonte, du double.

En même temps, un respect inconscient, une sorte de terreur mystérieuse les envahissait pour ce cul-de-jatte, ce miséreux réduit à mendier comme eux, et qui cependant possédait de telles richesses.

Le béquillard toucha la poignée de son épée.

— Que cette lame me perce le cœur si je trahis ! — prononça-t-il avec force.

— Amen ! — répliquèrent d'une seule voix les autres truands, l'Archonte lui-même.

Il avait quitté en titubant sa place, pour mieux voir, et son esprit avait conservé encore assez de raison pour comprendre.

Et il avait répété à son tour la formule qui répondait à celle prononcée par le béquillard, — et en usage de temps immémorial parmi les truands et malandrins.

Cette tâche terminée, Martial, s'agriffant des mains à l'estrade, en était redescendu.

Reprenant ses patins, faisant résonner, sur le sol durci, le bois du carcan où il était attaché, il avait traversé la salle, se dirigeant vers le réduit où il couchait.

Il était brisé par la tension d'esprit, les angoisses éprouvées au cours de cette soirée, plus encore que son misérable corps n'était endolori par les courroies qui le martyrisaient.

Impressionnés malgré leur rudesse par la vue de cet homme chétif et rampant à terre, les truands s'écartèrent devant lui.

Le béquillard, libre enfin de se livrer à ses instincts et altéré par l'ivresse des autres, demeurait, résolu à boire jusqu'au matin... assez riche pour n'avoir pas à mendier le lendemain!

Martial, rentré dans son taudis, avait débouclé les cruelles courroies de son carcan.

Mais il ne pouvait dormir.

Trop de préoccupations, haletantes, pressantes maintenant, encombraient son cerveau... trop de souffrances matérielles maîtrisées, dominées jusqu'alors, torturaient son corps.

Mais, le lendemain, il reprenait son carcan, les lourds patins sur lesquels il cramponnait ses mains, pour charrier ses membres repliés.

Il avait besoin d'être à son poste, comme les autres truands, pour que les agents de Somerset ne vissent en lui que le banal mendiant de profession.

Il voulait y être aussi pour s'assurer que rien n'était arrivé à Fabers et être définitivement rassuré sur son sort, comme savoir également qu'il pouvait compter sur lui.

Accablé de fatigue, de souffrances, il était radieux.

L'heure approchait!...

CIX

FACTION NOCTURNE

C'EST le soir.

Le pont des Truands commence à se démunir de sa garnison habituelle, de la garde fidèle qui en occupe les abords et les deux extrémités, durant la journée.

Isolément ou par groupes de deux ou trois, les dépenaillés, les loqueteux, les traîne-misère, qui y ont psalmodié leurs mélopées traînantes durant des heures, ont quitté la place.

La récolte a été suffisante et ils ont hâte d'aller faire luire, aux quinquets fumeux des tavernes, les piécettes arrachées à la générosité hésitante des passants.

Le carrefour de la léproserie les attend ; il y a du gin et du brandy chez la vieille truande.

Un des mendiants seul est demeuré à son poste.

On l'aperçoit à peine dans l'obscurité qui tombe.

Sans doute, écarté comme il l'est vers le milieu du pont, il n'a pas dû recueillir d'abondantes aumônes.

Et il persiste à demeurer là, espérant probablement grossir sa moisson.

Calcul bien précaire !... Ramassé, rapetissé, accroupi sur le tablier du pont, presque invisible dans l'ombre du parapet, comment peut-il attirer l'attention des bourgeois dont le nombre devient de plus en plus réduit ?

Un piéton passe... le mendiant tend son écuelle ; mais l'autre n'a pas même détourné la tête.

Aucune parole n'est sortie de la bouche du quémandeur ; il est muet.

Comment dans ces conditions peut-il compter faire naître la pitié, puisqu'on ne l'entend pas... puisqu'on l'aperçoit à peine, ne pouvant distinguer si c'est un homme ou un animal énorme qui est là accroupi, attaché sur une misérable planche en guise de siège.

Muet et cul-de-jatte par surcroît ! Pauvre diable, il n'est pas parmi les favorisés de ceux qui pratiquent sa profession.

La nuit se fait de plus en plus épaisse ; à peine si quelque voyageur passe maintenant de loin en loin devant lui.

Le mendiant demeure cependant fidèlement à son poste. Il ne tend plus son écuelle à ceux qui, à intervalles espacés, font retentir le sol sous leurs pas rapides.

Ramassé sur lui-même, ses yeux, démesurément ouverts, sont — chose étrange! — toujours fixés vers le même côté.

Ce n'est donc point le souci de grossir son pécule qui le retient là ; il attend peut-être quelqu'un.

Ce doit être cela, car, à deux ou trois reprises, il a eu un vif mouvement d'attention en voyant apparaître un passant.

Mais ce n'était vraisemblablement pas celui qu'il espérait voir, car le mendiant a continué sa faction.

Enfin un nouvel arrivant sort de la rue qui fait face et aboutit à la Tamise... Son allure est pressée.

Le cul-de-jatte dresse la tête : cette fois, il ne se trompe sans doute point ; il reconnaît bien ce pas, quoiqu'il le trouve plus rapide que d'habitude.

Il quitte alors son coin d'ombre, essaie de se mettre en vue. Et lorsque le piéton arrive, il tend son écuelle, en faisant entendre le grognement rauque employé par certains muets pour attirer l'attention.

A la vue de cette masse sombre, en entendant ce rauquement guttural, le nouveau venu s'est écarté d'abord, avec un mouvement non équivoque d'inquiétude.

— C'est toi, le cul-de-jatte, — fait-il d'un ton bourru, — que Satanas, ton patron, te confonde, pour la frayeur que tu occasionnes aux honnêtes gens attardés.

En disant cela, l'homme avait fait un mouvement pour reprendre sa marche.

Le mendiant se rapprocha de lui en agitant son écuelle, dans laquelle un vieux sou sonnaillait lugubrement.

Il s'approchait à le toucher. Mais l'autre s'écarta.

— Je n'ai pas le temps ce soir. Peste soit de toi! J'ai à faire à la Tour ce soir, monseigneur désirant me voir opérer en personne.

Et il s'en alla en marmottant des injures.

Le cul-de-jatte était resté immobile, inerte.

Que venait de dire l'individu qui s'éloignait?... Monseigneur, c'est-à-dire le lord-duc Somerset devait aller voir donner la question à un patient dans la Tour de Londres!

La torture était donc un délassement pour le cruel favori?

Peut-être! Mais il y avait plus aussi : s'il voulait voir « travailler » un prisonnier, c'était sans nul doute afin de recueillir les paroles qui lui échapperaient sous la douleur.

Le bourreau se détourna.

Alors, dans la nuit et dans le silence absolu du pont redevenu désert, les lèvres du mendiant, — que tous ceux qui étaient passés là avaient cru muet, — s'agitèrent. Et ces mots en sortirent prononcés tout bas :

— Quel est l'homme que Somerset considère assez comme son ennemi personnel pour avoir intérêt à assister à sa torture? qui? sinon le seigneur de Kervien, mon maître!

Et comme répondant à une objection intérieure :

Liv. 264. — H. GEFFROY, édit. — Reproduction interdite.

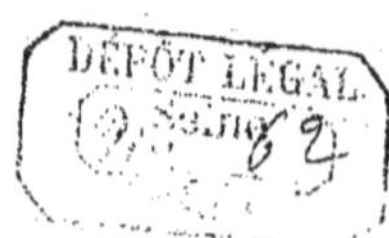

— Il m'a bien livré au tortionnaire en sa présence, moi qui ne suis que le serviteur cependant. Oh! il faut que je sache.

Un homme seul pourrait le renseigner : celui qui venait de passer et qui lui avait jeté brutalement ces paroles.

Voilà plusieurs soirs que le cul-de-jatte le guettait, afin de se trouver seul à seul avec lui.

C'était le bourreau de la Tour de Londres, et il traversait le pont chaque jour, trois ou quatre fois, demeurant de l'autre côté de l'eau.

Mais ce n'est pas à la clarté du soleil que Martial pouvait le rencontrer sans témoin. Il s'était dit qu'il réussirait bien un soir où son service dans la prison, assez irrégulier, retiendrait le tourmenteur plus tard que d'habitude. Et il l'aborderait alors.

De là, sa longue faction ce soir, succédant à celles des nuits précédentes.

Mais il avait mal calculé ses mouvements : l'homme de la torture, effrayé par l'aspect de ce corps rampant à cette heure tardive, s'était éloigné vivement, ne laissant pas au cul-de-jatte le temps de l'approcher... Puis, il venait de le dire, il était pressé : on l'attendait pour donner la question.

L'écuyer d'Henri de Mercourt darda son regard sur le côté d'où il avait disparu.

— Oh! je saurai!... — murmura-t-il. — Je saurai quand même !

Les maisons de l'autre côté de l'eau étaient espacées. Entre certaines d'entre elles s'étendaient de grands espaces noirs.

Le cul-de-jatte avait son couteau, son lourd et large couteau de chasse... Il était devenu habile dans le mouvement des patins qui lui servaient à se mouvoir ; et lorsqu'il le voulait, chaque fois qu'il s'enlevait à la force des poignets, le terrain qu'il parcourait était plus grand que le pas d'un homme.

Et, brusquement, ses patins de bois mordirent le sol.

Il avait pris son parti ; il allait suivre cet homme qu'il n'avait pu arrêter au passage : il le rejoindrait!... Et jouant le tout pour le tout, cessant de feindre le mutisme, il le forcerait à parler.

— Oui, il le faut, — se dit-il. — Il le faut ; ne serait-ce que pour connaître l'endroit de la prison où ils ont enfermé mon maître!

En quelques brassées puissantes, il eût bientôt atteint la tête du pont.

Devant lui, déjà loin, une ombre se mouvait, le cul-de-jatte redoubla d'ardeur... Il gagnait du terrain.

Mais soudain l'ombre qu'il suivait s'arrêta.

Le bourreau se détourna : il avait entendu le claquement des patins de bois, derrière lui... Martial fit halte également.

N'entendant plus rien, ne pouvant distinguer le corps ramassé, écrasé de Martial, convaincu qu'il s'était trompé, l'homme reprit sa marche, l'écuyer aussi.

Mais on ne l'entendait plus : profitant de l'arrêt qui venait d'avoir lieu, il avait attaché ses patins à sa ceinture.

Et c'est sur les mains... sur ses mains nues qu'il se traînait à présent.

Les rugosités du terrain n'allaient pas tarder à érailler sa peau, à entamer sa chair, qu'importait !...

Par un miracle d'équilibre, la plate-forme sur laquelle il était attaché, ne touchant elle-même le sol que par ses angles, ne résonnait pas.

Et terré, rapetissé contre le sol, il était invisible, confondu avec les tas de débris, qui par endroits obstruaient les bords du chemin.

L'haleine sifflante, il se rapprochait.

Un moment, il avait pensé à défaire ses courroies. Mais ses jambes, engourdies comme elles l'étaient chaque fois qu'il détachait son carcan, auraient été incapables d'aucun mouvement pendant un temps assez long.

Il lui fallait donc rejoindre cet homme, tel qu'il était, infirme !

L'autre debout, lui paralysé par ses courroies, cela ne l'arrêtait pas... Quand il aurait planté ses griffes sur cet ouvrier de tortures, il était sûr que celui-ci ne lui échapperait pas.

Si grand et si fort qu'il fût, il aurait bientôt terrassé le colosse.

Et alors roulés l'un et l'autre sur le sol, le bourreau parlerait, — car le poignard délie les langues.

Le Breton se disait tout cela, les dents serrées, les tempes battantes.

Les graviers du chemin déchiraient ses mains : il ne le sentait pas. Un éclat de poterie, aigu et tranchant, sur lequel il porta à faux, entama son poignet : il ne s'en aperçut pas davantage.

Dans une sorte de mouvement machinal, il répétait seulement :

— Rattraper cet homme !... ce tortionnaire !...

Des maisons basses, à moitié enfouies sous les verdures noires, à cette heure, d'étroits jardins montraient à droite et à gauche leur toiture écrasée.

Le tourmenteur de la Tour de Londres poussa une porte ouverte dans la barrière d'un de ces jardins, en même temps qu'il criait, d'une voix hargneuse, un nom de femme.

Il y eut un claquement de loquet, provenant de la maison même : un faisceau de lumière vint mourir jusque sur le chemin. La porte du jardin se referma, et celui qui l'avait poussée disparut à l'intérieur.

Martial s'était arrêté... Sa main souillée de terre se porta à son front pour en essuyer la sueur !

— C'est fini, — murmura-t-il. — Au moins pour l'instant.

CX

A DEUX DE JEU

L'ÉCUYER d'Henri de Mercourt, le faux cul-de-jatte, tenait ses regards attachés sur le jardin et la maison où le bourreau venait de s'introduire.

Ses dents déchiquetaient le bord de ses lèvres dans la déception violente, douloureuse qu'il ressentait.

Depuis tout le temps qu'il cherchait le moyen de se trouver sans témoins avec cet homme... et il venait de laisser s'échapper cette occasion!

Mais ne lui avait-il pas dit en grommelant qu'il aurait à revenir à la Tour de Londres?

— Non, tout n'est pas perdu, — réfléchit le Breton. — Il ne va pas tarder sans doute à ressortir.

Il étudia le terrain autour de lui.

Il y avait bien, entre les maisons, des emplacements vides, enténébrés. Mais ces bâtisses n'étaient, en somme, pas tellement éloignées que, s'il attaquait le tourmenteur à cet endroit et si celui-ci appelait à l'aide, on ne pût entendre ses cris, et accourir.

— Non, — pensa le cul-de-jatte, — c'est peut-être un bien pour un mal que je n'ai pu le rattraper. Si même j'avais fait jouer le couteau pour l'empêcher de me dénoncer aux voisins, sortis à son secours, il aurait sans doute vécu assez longtemps pour dire qui j'étais.

Et alors c'en était bien fini de l'espoir de délivrer son maître.

Il avait sous la main, prête à marcher, une troupe de truands habitués à la bataille; ce n'était pas le cas de compromettre le succès de tout.

— Ici, ce serait trop incertain, trop aléatoire, — reprit-il. — C'est sur le pont que j'ai revu ce tortionnaire pour la première fois : c'est là que je dois encore l'attendre.

Depuis qu'il y passait les jours et les nuits presque entières aux aguets, il avait eu le temps de constater qu'il ne passait plus âme qui vive après le couvre-feu.

Or, ce moment était proche.

Le Breton jeta encore un regard vers la demeure du bourreau. Rien n'avait bougé : le funèbre maître du logis prenait sans doute son repas, faisant provision de forces pour la sinistre soirée à laquelle son chef l'avait convié.

Martial détacha ses patins, les reprit.

Et lentement, calculant ce qu'il allait faire, il revint sur ses pas.

A présent, il sentait les érosions produites sur la peau de ses mains par les graviers anguleux, ainsi que la déchirure venimeuse de son poignet.

Mais cela ne comptait pas. Ce qui existait seul, c'était le dénoûment de cette soirée.

Dans une heure, dans moins peut-être, il saurait dans quel antre de cette citadelle maudite il devrait aller chercher Henri de Mercourt; ou bien il ne lui resterait plus qu'à périr en essayant de le venger, s'il ne voulait pas aller annoncer à son père, au vieux et fidèle gardien du manoir de Kervien, que c'en était fait du dernier rejeton de cette race.

Et il se remit en route.

Ses patins de bois ne sonnaient que faiblement sur le sol, afin que le bourreau ne les entendît pas, et ne fût point mis sur ses gardes.

Martial gagna assez rapidement le pont des Truands.

— Personne, pas un passant, — dit-il.

Après la promenade qu'il venait de faire, il reconnaissait qu'il était réellement impossible de mieux choisir.

Il poussa jusqu'au milieu.

— Voici l'endroit où je dois me poster; à égale distance des deux extrémités. Les habitants des maisons situées sur le bord de la Tamise entendront moins les éclats de voix... s'il y en a !

Et sa main, en dégageant le manche de son couteau de chasse, pour qu'il fût plus facile à prendre, souligna son intention.

Mais si, contre toute supposition, l'individu qu'il attendait là ne lui laissait pas le temps de planter sur lui ses phalanges nerveuses... s'il parvenait à s'enfuir?

Dans ce cas il serait impossible au Breton de le rejoindre, ses jambes étant ligottées, emprisonnées dans les courroies.

Un claquement sec de boucle dont on fait sauter l'ardillon se fit entendre alors... D'autres froissements de métal suivirent.

Et les courroies qui paralysaient le faux cul-de-jatte se détachèrent.

Ses genoux, repliés depuis le matin, jouèrent lentement, faiblement, ankylosés par leur longue immobilité.

Une lourdeur énorme semblait charger ses jambes, non encore guéries du reste des brutalités féroces de l'homme qu'il attendait.

Le Breton essaya de se dresser à demi; mais il ne le put et retomba lourdement sur son siège de cul-de-jatte.

— Misérable corps! — gronda-t-il.

Peut-être ne devait-il pas regretter de n'avoir pu retenir le tortionnaire à son premier passage, s'il y avait eu lutte violente.

Martial, pour en finir, aurait été capable de couper ses courroies d'un coup de tranchant.

Et ce n'aurait été que pour retomber inerte, plus impuissant encore qu'auparavant.

A présent, il en était à désirer que l'homme dont il guettait la venue depuis tant de temps tardât encore à paraître.

Il fit une seconde tentative, s'accrochant au parapet du pont.

Cette fois, la torpeur qui paralysait ses muscles était un peu dissipée: la circulation du sang avait recommencé dans ses veines contractées.

Et il parvint à se tenir debout, quoique vacillant encore, appuyé sur le garde-fou.

— Allons, cela va mieux, — murmura-t-il. — Le bourreau pourra bientôt venir. Je serai en état de le recevoir.

La souffrance qu'il ressentait n'était pas causée seulement par le repliement prolongé de ses jambes sur son siège de cul-de-jatte.

Ses chairs et ses os gardaient, — et garderaient encore longtemps, hélas! — le souvenir des traitements barbares qui les avaient fait craquer et saigner.

Et l'homme qui lui avait fait tout ce mal allait se présenter dans un instant seul, et sans plus de défense que lui-même. Quelle revanche!...

Non! Pas le moindre frémissement de colère chez le Breton, chez le Français.

Punir: il n'y pensait pas. Sauver, c'était assez.

Ce tortionnaire, si féroce qu'il fût, n'avait été qu'un instrument! c'était en outre sur Martial qu'il avait appliqué sa science cruelle: celui-ci n'avait pas le droit de souvenir, car il n'était pas là pour son compte.

Telle était du moins sa pensée, serviteur mû seulement par la conscience austère de son devoir.

— Ce bourreau a été un instrument de persécution entre les mains d'un autre, comme il va devenir sans doute un outil de libération entre les miennes, un outil que l'on brise, que l'on rejette, lorsqu'il a servi.

Et Martial replongea son regard, un regard qui en disait long, sur le fleuve obscur, tourbillonnant:

Continuant à s'appuyer sur le parapet, il s'essaya à marcher.

Oui, cela allait mieux, réellement.

Et il se tourna du côté où se trouvait la maison du bourreau, impatient de le voir se présenter, à présent que lui-même était prêt.

Mais les instants passaient.

Anxieux, le fils de Jean Dacier se demandait si ce que cet homme avait dit était bien exact, s'il était véritablement attendu de nouveau ce soir là à la Tour de Londres.

— Oh ! — souffla-t-il, — si j'avais laissé passer l'occasion !...

Il allait et venait, en proie à la plus mortelle inquiétude, lorsque le vent de la nuit lui apporta le retentissement d'une marche lointaine.

Martial s'arrêta, courbé en deux, le cou tendu.

Cela provenait bien de la rive où le bourreau demeurait. Mais était-ce cet homme ou un autre piéton ?

Une ombre apparut à l'extrémité du pont...

Martial se plia en deux, doucement, s'accroupit sur le sol, reprenant sans bruit sa position ordinaire de cul-de-jatte.

Son carcan avec ses courroies, ses patins de bois étaient dissimulés contre le parapet, cachés dans son ombre.

Le voyageur continuait à avancer.

Toujours accroupi, rasant le sol, le Français vint se poster au milieu même du passage :

Le pont était peu large : de cette façon, le piéton quel qu'il fût, ne pourrait pas passer assez loin de lui pour qu'il ne pût le reconnaître et l'arrêter, si c'était celui qu'il attendait.

L'autre poursuivait sa marche ne se doutant de rien.

Mais à une vingtaine de pas, il distingua la masse sombre de Martial, aplati sur le sol.

— Holà ! — fit-il. — Qui va là ?

Un frémissement joyeux fit bondir le sang de l'écuyer jusqu'à son cerveau.

Cet accent, il le reconnaissait : c'était celui de l'homme de la Tour de Londres.

Il n'avait donc pas prolongé en vain sa faction ; l'instant était venu !

Aucune réponse ne sortit cependant de sa bouche. N'était-il pas le cul-de-jatte, le mendiant muet du pont des Truands ?

Le nouveau venu grommela quelques paroles inintelligibles.

Sans doute croyait-il avoir devant lui quelque matelot tombé ivremort au milieu du pont, tandis qu'il sortait de quelque taverne.

Il porta néanmoins sa main à une courte et large épée, une sorte de dague tranchante dont il s'était armé avant de sortir.

Il fit quelques pas en avant, prêt à la tirer.

Martial avait discerné son hésitation. Il se rappela le métier qu'il avait adopté pour pouvoir circuler dans Londres.

Il fit tomber une pièce de monnaie dans son écuelle de fer qui sonna, tendue au bout de son bras, comme lorsqu'il implorait l'aumône.

— Un mendiant? encore le cul-de-jatte, alors! — grogna le bourreau rassuré. — Ah çà! tu ne dors jamais, toi. Et les édits, qui défendent à tes pareils de circuler la nuit, qu'en fais-tu, maître truand?...

Il s'approcha, en disant cela, totalement rassuré.

L'écuelle de fer fit entendre de nouveau son claquement quémandeur.

— Va-t'en au diable! pour la peur que tu m'as encore faite, — repartit le piéton. — Je demanderai au sergent du guet s'il ne va pas te balayer bientôt!

Il passait, marmottant ces menaces, irrité contre le mendiant obstiné qui venait de lui causer cette frayeur, et abandonnant la poignée de sa dague.

L'éclat visuel des prunelles de Martial, décuplé par la contention de ses facultés et de ses forces, avait suivi tous ses mouvements.

Le Breton aperçut l'arme pendant à la ceinture du bourreau.

Celui-ci allait le dépasser, refusant de s'arrêter...

Le bras gauche du Français s'étendit, saisissant l'homme au poignet brusquement.

— Truand! — gronda ce dernier.

Il voulut frapper avec son pied, comme on le fait pour un chien, le mendiant assez audacieux pour porter la main sur lui.

Mais un hoquet de stupeur lui échappa. Le cul-de-jatte avait jeté son écuelle, et, avec une dextérité violente, de son autre main devenue libre il lui arrachait son épée qui volait dans le fleuve.

— Trahison! A moi! — voulut-il crier.

Mais d'une détente soudaine, le cul-de-jatte avait bondi, s'était mis sur ses pieds.

Et cette même main qui venait de désarmer le tourmenteur, s'écrasait sur sa bouche, lui faisant un bâillon.

Le bourreau vit qu'un guet-apens lui avait été tendu. Et il se rejeta en arrière, essayant de se dégager.

Mais la poigne de l'écuyer était nerveuse et solide.

Puis, il s'était préparé depuis longtemps à cette rencontre, et il savait qu'il fallait vaincre ou voir tout périr autour de lui.

Un bras coupé... il aurait continué à tenir son homme avec l'autre!

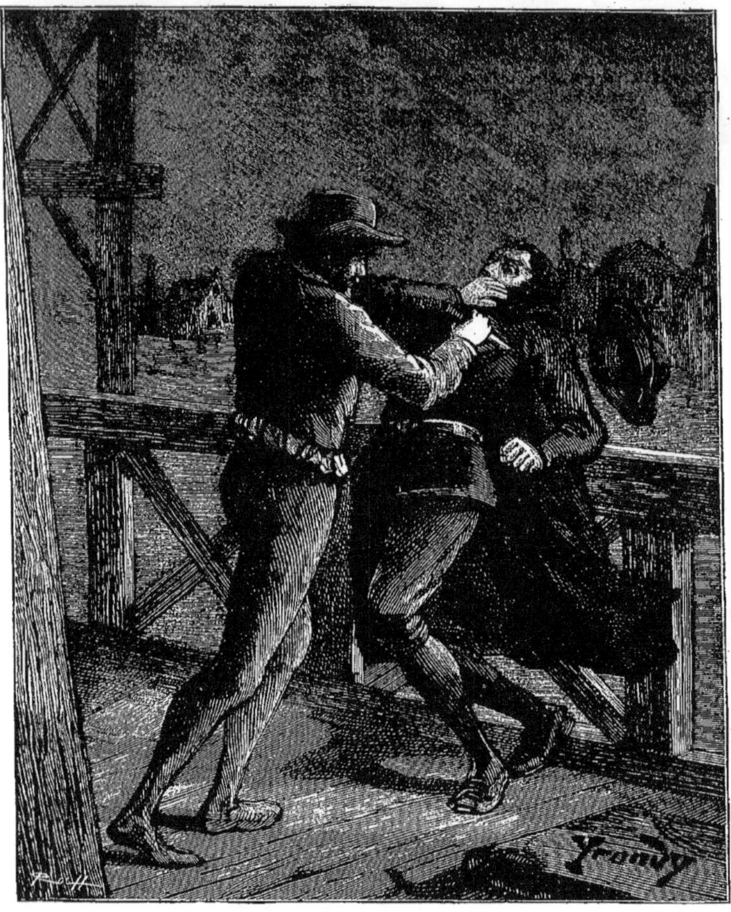

Il appuya la lame un peu plus fort.

Le bourreau comprit que c'était une lutte sans pitié, sans merci.

Dans un coup de fureur, une folie d'épouvante, il mordit violemment la main qui le bâillonnait et l'étouffait en même temps.

—Le chien-loup! — haleta Martial, sans lâcher.

L'homme paraissait résolu à lutter; en outre, le hasard risquait d'amener quelque passant.

Il fallait en finir.

Le tourmenteur s'était servi de ses dents : lui aussi allait employer les siennes.

Et, approchant brusquement sa tête, il mordit son adversaire en pleine poitrine, en pleine casaque, le tenant ainsi, l'étau de ses mâchoires serré sur le drap, dans un corps à corps sauvage, effrayant.

En même temps, de sa main redevenue libre, il tirait son couteau de chasse, l'arme qu'il ne cessait de porter cachée sous ses vêtements, depuis son départ de chez Fabers.

Et la pointe de la lame se planta de quelques lignes dans le sein du bourreau. L'heure n'était plus aux ménagements !

Et alors il cessa de maintenir son adversaire avec ses dents, — le tenant avec son couteau.

L'autre fit un bond, en profitant pour se dérober.

Mais l'écuyer s'y attendait. Comme soudé à lui, il le suivit, jusqu'au parapet où le bourreau butta des reins, acculé.

— Ta vie est à moi ! — souffla alors Martial, d'une voix brève, sourde, rapide. — Un mouvement pour m'échapper, le commencement seulement d'un appel, et j'enfonce !

Il appuya la lame un peu plus fort.

— As-tu compris?...

Une espèce de halètement passant à travers le bâillon vivant qui étouffait l'Anglais lui répondit.

Martial souleva légèrement sa main, prêt à l'appesantir de nouveau sur les lèvres de l'homme si, malgré sa menace, celui-ci essayait de jeter un cri d'alarme... chose bien improbable, du reste.

Le bourreau aspira une gorgée d'air violente : la pointe du couteau mordait toujours.

L'épouvante chassant le sang de son cœur, il dévisageait, dans la nuit qui estompait tout, l'adversaire au pouvoir duquel il se trouvait.

Il lui semblait reconnaître le faciès maigre et osseux du mendiant qu'il avait pris si longtemps pour un cul-de-jatte. Mais il n'était pas sûr... il sentait la folie galoper dans son cerveau.

Martial souleva entièrement sa main.

— Tu te tais. C'est bien. C'est là ce que tu as de mieux à faire. Un conseil encore cependant : pas un mouvement car il aurait pour toi les mêmes conséquences qu'un cri : la pointe qui effleure ta chair ne demande qu'à s'y enfoncer.

« Maintenant, donne-moi tes poignets.

L'homme tendit les bras, lentement, peureusement.

Martial enserra les deux poignets entre ses doigts osseux, secs, aussi meurtrissants qu'un anneau de fer dans l'exaltation fiévreuse qui triplait ses forces.

— Écoute, — reprit-il alors, — on n'attaque pas un homme sans motif. Ce n'est pas pour ta bourse. Mais tu étais pressé et j'avais, moi, une question à t'adresser. Il s'agit de me répondre.

La pointe pénétra un peu plus dans la chair du bourreau.

— De me répondre sans détours !

— Parlez, — hoqueta le vaincu.

L'écuyer d'Henri de Mercourt rapprocha son visage de celui du tortionnaire, le couvrant de son regard qui luisait réellement dans ces ténèbres.

— Fais bien attention à ce que tu vas dire. Où allais-tu à cette heure ?

— A la Tour de Londres.

C'était ce que le triste personnage avait déclaré précédemment, alors qu'il se rendait chez lui.

Il avait donc dit la vérité à ce moment-là.

— A la Tour de Londres. Pourquoi faire ?

— Pour donner la question à un prisonnier.

— On a toute la journée pour cela ! Tu mens !...

— J'en fais serment, — râla l'homme. — Monseigneur le lord-duc m'a fait commander pour cette séance. Il veut y assister.

Un frémissement secoua les nerfs de Martial. Il se rappela que Somerset avait choisi la nuit autrefois pour le soumettre, lui aussi, à la torture.

Le misérable favori avait donc l'habitude de désigner cette heure pour les « opérations » qui l'intéressaient personnellement.

Et il y avait, dans la forteresse, un prisonnier retenu là par la seule haine du favori : c'était le vicomte de Mercourt. Etait-ce donc lui que le soudard devenu ministre s'apprêtait à faire torturer.

— Tu connais le nom du prisonnier à qui tu devais donner la question. Quel est-il ?

Sa voix tremblait en posant cette question.

Le bourreau ne répondit pas.

La pointe du couteau de chasse entra un peu plus dans sa chair.

— Grâce !... — hoqueta le tortionnaire. — Je dirai tout. Je ne connais pas son nom, je ne l'ai pas retenu. Je sais seulement que c'est un gentilhomme français.

Les doigts de Martial se serrèrent convulsivement à le faire crier.

— Son nom ? — reprit-il impérieux.

— Grâce, je l'ignore, vous ai-je dit. Le nom d'un étranger, cela m'importait peu. Il est seul de sa nation, dans la citadelle.

« Il est seul!... » La déclaration était explicite, terrible en sa brièveté.

— C'est lui, c'est mon maître, — pensa l'écuyer.

Mais un soupçon lui vint que cet homme, ayant reconnu à son accent qu'il était français, lui aussi, ne le trompât.

— Je vois bien que tu veux me jouer, en refusant de me dire le nom de ce prisonnier! — fit-il avec force. — Tant pis pour toi!

Et il força résolument sur le stylet.

La lame entra et le misérable qu'il tenait en son pouvoir eut un véritable vagissement d'agonie.

— Sur mon salut! — râla-t-il, — j'ai dit la vérité!

Martial cessa d'appuyer.

— Eh bien! — reprit-il. — Je vais savoir si tu es aussi sincère que tu le prétends. A quel endroit se trouve le cachot de ce gentilhomme français?

Le tourmenteur crut que son interrogateur avait des moyens de se renseigner. C'était assez admissible à l'entendre parler.

— Dans la première section.

— La première section? — répéta Martial. — Où est cela?

Lorsqu'il avait été enfermé lui-même dans la Tour de Londres, on s'était contenté de le transporter dans le haut du donjon, sa jambe brisée ne nécessitant pas envers lui des précautions extraordinaires.

Plus tard, on l'avait transféré dans les souterrains, les véritables oubliettes de ce lieu de désespoir.

Il ignorait donc où se trouvait le lieu de supplice dont parlait le geôlier, au milieu du dédale de cet enfer.

Mais sa seconde question venait d'être une révélation pour l'homme qu'il maintenait.

L'accent de Martial l'avait déjà frappé.

Il avait reconnu en lui un étranger: de plus, ne lui avait-il pas semblé entendre le cul-de-jatte prononcer quelques mots, la première fois qu'il lui avait demandé l'aumône.

Il avait cru s'être trompé depuis, le voyant observer ensuite un mutisme complet envers tout le monde.

Mais à présent, il ne pouvait plus s'abuser...

Il finissait par le reconnaître dans l'obscurité.

De plus, c'était aussi la même voix qu'il avait entendue la première fois où ce mendiant avait paru sur le pont des Truands, — et où il s'était oublié sans doute.

Et il en était sûr, à présent, cette voix, c'était également celle d'un prisonnier français qu'il avait torturé jadis en présence du duc de Somerset, jusqu'à son évanouissement.

Ce captif, ce Français était l'écuyer d'un gentilhomme de même nationalité, recherché en vain à cette époque par la police du duc... Il avait été délivré depuis à la suite d'un audacieux coup de force... Et aujourd'hui c'était son maître qui était sous les verrous.

Et le serviteur, l'écuyer, c'était cet homme qui, sous un déguisement de mendiant, avait réussi à dépister les plus fins limiers et qui venait de lui tendre à lui-même ce guet-apens, dans le but de savoir où était exactement enfermé son maître, — pour aller le disputer sans doute à ses geôliers... Tout cela passa dans son esprit. La trame était visible.

Bourreau et geôliers, tous sont solidaires : qu'il échappât à cet ennemi qui croyait le tenir, qu'il prévînt à temps Somerset du complot, et ce dernier le récompenserait magnifiquement... Il rusa donc.

— Vous me demandez où est la première section? — fit-il. — Voici...

Et d'un élan brusque, il sauta de côté, un cri d'alarme jaillissant de sa gorge. Un rauquement de fureur exprima tout ce qu'éprouvait Martial.

Allait-il laisser cet homme se dérober sans avoir obtenu de lui ce qu'il était absolument nécessaire qu'il connût, pour tâcher de sauver son maître... Sa main, nouée autour des poignets du tourmenteur, n'avait pu résister à sa brusque secousse.

Son couteau de chasse ne le tenait plus pantelant sous sa pointe.

L'écuyer s'enleva d'un bond terrible : un véritable bond de fauve irrité. Et il tomba, des deux mains à la fois, sur le fuyard, avant que celui-ci eût repris un nouvel élan.

Deux mains, avons-nous dit, deux griffes plutôt qui s'enfoncèrent dans ses épaules, dans sa chair.

— Ah! gredin! — siffla-t-il. — C'est là ta réponse!

Son ennemi fléchit sous l'attaque.

Le Français l'avait repris : il serait certainement sans pitié!

Celui-ci comprenait en effet que, après le cri d'appel poussé par le tourmenteur, il fallait agir vite, — car il y avait tout à craindre d'une intervention imprévue.

Le bourreau eut un halètement étouffé en sentant de nouveau la pointe d'acier sur sa chair.

Mais ce n'était plus à la poitrine maintenant.

Les vêtements protègent toujours un peu; et c'est dans la gorge de son antagoniste que l'écuyer venait de piquer sa lame : il toucherait ainsi plus tôt au but. Et l'accent cinglant :

— Réponds de suite !... Où sont situés les cachots de la première section ? N'essaie pas de me tromper,... car on est sans pitié pour les ôtages qui vous ont menti.

Son prisonnier s'avoua qu'il ne pouvait plus espérer se dérober au faux cul-de-jatte.

— La première section est au bas du donjon, avant d'arriver à l'entrée des souterrains.

— Comment les cachots en sont-ils disposés ?

— A droite et à gauche d'un couloir voûté.

Et avec un contentement venimeux, malgré sa situation critique, heureux de montrer au Français, — car il ne doutait plus d'avoir affaire à un de ces étrangers exécrés par lui, — que le vicomte de Mercourt n'avait aucune chance de recouvrer sa liberté par la force ou par la ruse :

— Les cellules sont doubles... et les prisonniers enchaînés dans celle du fond, percée seulement sous la voûte d'un trou où le corps d'un homme ne peut pas passer... une porte ferrée... une seconde cellule vide... puis une autre porte ferrée également... impossible de sortir de là.

Le plaisir qu'il éprouvait à donner ces détails était visible.

Il se vengeait par le découragement qu'il jetait, croyait-il, dans l'âme de celui qui l'écoutait.

— Et maintenant que tu as eu de moi ce que tu voulais, laisse-moi partir. On m'attend à la Tour de Londres pour y remplir mon office.

Lâcher cet homme, c'était enfantin. Il s'empresserait de dénoncer son agresseur, de tout raconter. Et puis... et puis !...

Martial cherchait le moyen de le traîner jusque dans la léproserie où il le laisserait à la garde de quelques-uns de ses truands.

Il serait moins fort. Le bourreau se crut déjà libre.

Sa rancune avait besoin de s'épancher.

— Mylord-duc va s'impatienter, c'est au gentilhomme français que je vais donner la question. Adieu.

Ce fut comme un coup de poignard dans le cœur du Breton.

— Et tu oses t'en vanter !... — rugit-il.

L'hésitation qui retenait encore son bras cessa brusquement.

— Eh bien! ce ne sera pas toi, au moins, qui commettras ce crime.

Et son arme s'enfonça jusqu'à la garde dans la gorge du misérable.

Un flot de sang, poussé au dehors avec un sifflement lugubre, jaillit de la plaie : la lame avait perforé la trachée, et l'air qui remplissait les poumons sortait par ce trou.

— Mon maître ne sera pas torturé ce soir ! — gronda Martial. — Et d'ici demain... il aura passé des heures !...

Au moment de poignarder cet homme pour l'empêcher de le dénoncer, il avait reculé, ne pouvant se résoudre à frapper un ennemi sans défense. Mais la dernière phrase, jetée avec une méchanceté féroce par le bourreau, avait fouetté sa colère.

La vision de son maître en proie aux abominables tortures dont lui-même connaissait les horribles raffinements, avait électrisé son bras.

Et maintenant, le tourmenteur féroce qui se réjouissait d'avance de l'affreuse besogne qui l'attendait, ployait, retenu contre le parapet par la seule vigueur de l'écuyer.

— Morte la bête, mort le venin ! — prononça Martial.

Il prit à deux mains le corps du bourreau, le souleva d'un effort nerveux, l'appuya sur le garde-fou.

— Va où Dieu veut ! — prononça-t-il.

Et il lâcha le cadavre au-dessus du noir intense du fleuve.

Un sourd jaillissement d'eau arriva jusqu'à lui. La Tamise avait ouvert et refermé la tombe toujours ouverte de son sein.

Somerset n'aurait pas son valet de torture cette nuit pour martyriser, pour supplicier son ennemi.

Martial Dacier se détourna ; mais il tressaillit.

Le résonnement de pas cadencés venait d'arriver à lui.

Ce devait être la patrouille nocturne dont le tourmenteur avait menacé le faux cul-de-jatte, un instant auparavant.

Les soldats du guet avaient certainement entendu l'appel du bourreau, et ils venaient voir ce dont il s'agissait.

Leur allure était en effet plus précipitée qu'à l'ordinaire.

— Pris au dernier moment ?... — souffla Martial.

Il eut envie de se jeter sur la rive du fleuve opposée à celle par laquelle cette patrouille arrivait.

Mais si un agent de Somerset se trouvait sur son chemin ? S'il le reconnaissait ?...

Non, il valait mieux jouer d'audace.

Son déguisement de cul-de-jatte l'avait protégé jusqu'alors : sans doute, lui continuerait-il la même immunité.

L'écuyer d'Henri de Mercourt reprit à la hâte le lourd carcan sur lequel il traînait chaque jour son corps endolori, et en boucla rapidement les courroies autour de lui.

Et, saisissant ses patins de bois, il gagna aussi vite qu'il le put la tête du pont où la patrouille était près de se montrer.

Il réussit à en sortir, tandis que l'escouade du guet était encore sur la berge...

Le sergent le héla... Le cul-de-jatte s'approcha docilement.

Mais son couteau de chasse était sorti de sa gaine, sous ses vêtements, que Martial devinait éclaboussés de sang.

Si les soudards s'en apercevaient, ou si le sergent se montrait trop pressant, sa résolution était déjà prise.

Un coup de couteau trancherait ses courroies, et comme ses jambes n'avaient pas eu le temps de s'engourdir de nouveau, un élan le mettrait debout... Et l'arme qu'il maniait si terriblement, lui ouvrant alors un passage, il s'élancerait devant lui, tâchant d'atteindre la léproserie avant que les soldats, revenus de leur saisissement, n'eussent eu le temps de le rattraper.

Les limites du domaine des Truands franchies, il n'avait presque plus rien à redouter.

Le sergent, en voyant s'avancer cette forme rampante, eut un jurement.

— Un de ces maudits culs-de-jatte de la truanderie dehors à cette heure?... Il s'imagine donc que tout Londres est le royaume des gueux !...

Et comme Martial n'était plus qu'à quelques pas :

— Où vas-tu de la sorte, toi ? On a appelé à l'aide, que se passe-t-il ?

Le cul-de-jatte fit entendre l'espèce de son guttural des gens atteints de mutisme, en même temps que son écuelle de fer faisait sonner, devant le bas officier, la lourde pièce de monnaie qu'il venait d'y mettre.

— Cul-de-jatte et muet, et sourd, par surcroît, probablement aussi. C'est bien la peine de l'interroger?... Un avorton qui n'entendrait même pas tonner les pièces de canon de la Tour de Londres, le jour de la fête de la reine...

« Ousté ! au large, en attendant les trois coudées de corde que le bourreau réserve sans doute à ton vilain corps.

Et s'adressant à ses hommes :

— Suivez-moi, vous autres.

L'escouade s'ébranla de nouveau, tandis que le cul-de-jatte, semblable à quelqu'un qui n'aurait pas entendu, pas compris, présentait stupidement son écuelle de mendiant aux soldats, après l'avoir tendue à leur chef. La patrouille se dirigea à grands pas vers le pont...

Martial sentit alors un peu de sueur perler à ses tempes.

— Je m'en suis tiré, — murmura-t-il. — C'est le cas de ne point m'attarder. Il ne faut pas tenter le sort !

Et reprenant ses patins, faisant saillir les tendons de ses poignets dans la dépense de ses forces, il s'éloigna à véritables pas de géant... lui qui, cependant, se traînait sur la terre !

La patrouille se dirigea à grands pas vers le pont.

CXI

ÉCHEC AU MAITRE

CE que le tourmenteur de la Tour de Londres avait affirmé à Martial Dacier était exact. Le duc de Somerset avait donné l'ordre au gouverneur de la Tour de Londres de tout préparer pour appliquer la question à Henri de Mercourt.

Cette « opération » devait avoir lieu le soir.

Le favori de la reine aurait alors davantage le temps de savourer les jouissances que le lent supplice de son ennemi promettait de lui réserver.

Puis il ne voulait pas être pressé, afin d'arracher au torturé les secrets qu'il supposait possédés par celui-ci.

Sa dernière entrevue privée avec la reine, sa dernière nuit d'amour l'avait absolument rassuré sur son honteux crédit.

Mais il était nécessaire que la puissance d'Élisabeth elle-même demeurât intacte pour que son pouvoir à lui continuât à subsister

Aussi comptait-il frapper d'un véritable coup de massue et anéantir la conspiration imaginaire qui troublait son sommeil, en obligeant Henri de Mercourt à lui révéler les secrets auxquels Somerset persistait à croire.

Les hallucinantes inquiétudes d'un despote allaient donc causer le supplice d'un innocent.

A l'heure où Martial parvenait à écarter les soupçons des soldats du guet et s'éloignait de ces parages devenus trop dangereux, le duc rouge était seul dans son cabinet où brûlait une torchère de cire.

Il réfléchissait à la nouvelle entrevue qu'il allait avoir avec Henri de Mercourt.

— Ce sera la dernière, — se disait-il.

Tout redoutable qu'il fût, Somerset n'évoquait pas sans anxiété l'image du seigneur de Kervien.

Il avait encore présent à la mémoire son précédent entretien avec le prisonnier de la première section.

Il voyait Henri de Mercourt, chargé de fers, lui montrant la porte de son cachot, dans un geste de souveraine hauteur et d'immense mépris.

Et il courbait encore la tête inconsciemment, comme il l'avait fait ce jour-là, malgré lui, en présence des geôliers.

— Vais-je donc trembler devant un captif impuissant? — se dit-il avec colère.

Il jeta un regard sur une pendule accrochée au mur, et venue d'Italie où des ouvriers génois l'avaient fabriquée sur le modèle de celles que quelques navigateurs avaient importées des pays musulmans.

L'heure qu'il avait fixée au gouverneur de la Tour de Londres pour ce supplice n'était pas encore arrivée.

Lorsque le sombre ministre d'Élisabeth se rendait dans la prison où gémissait un si grand nombre de ses ennemis, de ses victimes, il avait l'habitude d'attendre que la nuit fût assez avancée.

Malgré l'escorte dont il avait la précaution de se faire suivre, la crainte le hantait toujours de quelque attentat, lors de ces visites.

Il redoutait, en effet, qu'un parent, un ami de quelqu'un de ceux qu'il retenait dans les fers, le voyant passer et se rendre dans ce lieu de persécution, ne pût retenir sa colère et ne vengeât d'un seul coup toutes ses victimes.

Somerset trouvait le temps long : la volupté qu'il s'était promise tardait bien à venir.

Il se dressa enfin : le moment du départ venait de sonner.

Il frappa sur un timbre.

— Mon escorte! — commanda-t-il.

Le triste personnage ne prévenait jamais à l'avance le personnel attaché à sa personne des sorties qu'il avait l'intention d'effectuer.

Pareil à tous les tyrans, il redoutait toujours un complot.

Voyant partout et en toutes circonstances des traîtres autour de lui, il redoutait qu'un de ses gardes, de connivence avec des conjurés, n'avertît ceux-ci, et ne le fît tomber dans une embuscade.

Le favori avait sur lui sa cotte de mailles, cachée sous ses somptueux vêtements; il était prêt à partir.

Il sortit de son cabinet et descendit le large escalier au bas duquel veillaient des sentinelles : ses gardes se rangeaient déjà, accoutumés à obéir au premier signal.

— Les ordres de monseigneur?... — sollicita son écuyer.

— A la Tour! — répondit Somerset d'une voix creuse.

Et le sombre despote franchit le seuil.

Dehors, son regard fouillait les carrefours, ayant peur toujours de voir surgir quelque affidié de ceux qu'il persistait à accuser de desseins hostiles.

Il ne fut rassuré que lorsqu'il se trouva dans l'enceinte de la citadelle où il se présenta plus sombre, plus farouche que jamais.

Les gardiens, impressionnés eux-mêmes, immobiles, serrés contre les angles, regardaient avec terreur passer cet homme silencieux et menaçant, même envers ceux qui lui étaient acquis corps et âme.

Le gouverneur était accouru à sa rencontre.

Il savait qu'il était facile à son maître redouté de le faire descendre des somptueux appartements qu'il habitait dans un des cachots réservés à ses pensionnaires.

Le favori répondit à peine aux salutations de l'officier, et mettant pied à terre, il commença à se diriger vers la cour du donjon.

Depuis qu'il venait, de loin en loin, dans la sombre forteresse, il en connaissait les détours.

Le gouverneur se précipita au-devant de lui avec une obséquiosité décelant son appréhension de la colère qu'il redoutait de la part de son visiteur.

Le favori fronça le sourcil.

— Monseigneur, — balbutia l'officier, — le tourmenteur de la prison devrait être là depuis longtemps. Je lui ai transmis des ordres précis. Je ne sais pourquoi cet homme n'est pas encore arrivé.

— C'est ainsi que mes volontés sont obéies!... — siffla Somerset.

Son interlocuteur était visiblement désolé, affolé.

— Monseigneur ne doute pas de mon zèle... J'ai suivi ses instructions à la lettre. C'est ce misérable bourreau!... Il se sera attardé à boire dans quelque bouge et sera tombé ivre-mort.

Le duc rouge mordit sa moustache avec rage.

— Il me le paiera cher!... — murmura-t-il.

Et il marcha un moment de long en large, tandis que l'officier l'assurait de son dévouement.

Mais le bourreau ne se présentait toujours pas, — et pour cause!

— Il y a son valet... — hasarda le gouverneur.

Somerset réfléchit une minute, l'œil en dessous.

Il avait vu opérer le chef : il savait qu'avec lui c'était la gradation savante des tortures.

Le valet, au contraire, manquait du savoir-faire nécessaire, surtout dans la circonstance présente.

Il était capable de ne pas faire souffrir le gentilhomme français avec assez d'art, avec assez d'intensité pour arracher les paroles de ses lèvres, — ou capable de le tuer trop vite :

— Monseigneur veut-il que l'on appelle le valet?...

« Il est fort habile aussi.

Le favori regarda son interlocuteur sous ses sourcils froncés, hésitant encore.

Puis un « non » rogue tomba de sa bouche.

— Ce bourreau sera mis au cachot, dès qu'il reparaîtra, — ajouta-t-il. — Cela lui apprendra à faire son devoir... et à me faire attendre.

Somerset se demandait même si le tourmenteur n'avait pas été acheté par les amis d'Henri de Mercourt, afin d'éviter la torture à celui-ci.

Mais il réfléchit au temps depuis lequel cet homme exerçait son métier à la Tour de Londres, sans que rien l'eût jamais fait dévier de son devoir.

Une affirmation d'obéissance empressée lui avait répondu lorsqu'il avait ordonné de châtier sévèrement l'absence du bourreau.

Le gouverneur n'aurait garde de le manquer : un subalterne qui l'exposait à la colère du duc !

Sous sa violente irritation, une véritable inquiétude obsédait le favori de la reine.

L'absence de cet homme était inexplicable, et s'il ne croyait pas à sa trahison, il craignait quelque meurtre commis par les complices du gentilhomme français.

Et il voyait là la preuve d'une organisation puissante menaçant et la reine et lui-même.

Il demeura un instant immobile, seul, bourrelé par les pressentiments qui le hantaient depuis quelque temps, malgré l'appui de la souveraine.

Puis il fixa le gouverneur.

— Conduisez-moi au cachot du comte de Verbrock, — dit-il tout à coup.

Il ne voulait pas être venu pour rien.

On saurait probablement le lendemain la cause de cette absence du tourmenteur, et ce ne serait qu'un jour de répit accordé à Henri de Mercourt.

Mais il allait profiter de cette circonstance pour interroger le fils de Stewart Bolton : celui-ci, qui avait possédé plusieurs jours la fille d'Ellen en son pouvoir, avait peut-être recueilli d'elle certains aveux dont il pourrait tirer profit.

— En lui faisant espérer sa libération, j'obtiendrai de lui tout ce que je voudrai, — s'était dit Somerset.

CXII

DIVERSION

LE gouverneur de la citadelle s'était hâté de déférer à l'ordre de son puissant chef et de le conduire auprès du prisonnier qu'il venait d'indiquer.

Il était trop heureux d'un dérivatif qui détournât l'irritation de celui-ci.

Prenant lui-même une des torches que tenaient les gardiens, il passa humblement devant Somerset, afin d'éclairer sa marche...

Le fils de Stewart Bolton, assis sur le bord de son grabat, songeait dans la nuit, ne pouvant trouver le sommeil, lorsque le bruit d'un grand nombre de personnes montant les escaliers parvint jusqu'à lui, malgré l'épaisseur des murs.

— Serait-ce un nouveau prisonnier que l'on amènerait? — pensait-il.

Il se souvint qu'il y avait eu moins de monde le jour où on l'avait conduit lui-même dans ce cachot qu'il n'avait plus quitté depuis.

— Alors serait-ce donc pour moi? — se dit-il frémissant.

Tous ses nerfs étaient tendus, le prisonnier tâchant de se rendre compte de ce qui se passait exactement.

Il eut soudain une violente secousse intérieure.

Il lui semblait qu'on s'était arrêté devant la porte de sa cellule.

Percy se mit debout : une raie de lumière soulignait, de son trait vif, le bas de sa porte.

Un chuchotement se fit entendre, et il perçut un cliquetis de clefs.

L'une d'elles s'introduisit dans la serrure principale de l'huis qui fermait son cachot, puis successivement d'autres jouèrent dans les autres systèmes de fermeture établis pour enlever toute velléité d'évasion aux pensionnaires de ces demeures désolées.

C'était bien pour lui qu'on venait.

Et de même qu'il avait été enfermé de nuit dans ce cachot, c'est de nuit aussi qu'y paraissaient ces visiteurs inattendus... lui apportant peut-être sa liberté.

Il était bien dans les conditions que désirait son visiteur.

Le lourd battant de bois et de fer fut repoussé à l'intérieur, et les lumières portées par le gouverneur et le chef-guichetier firent clignoter les yeux du prisonnier.

Il les rouvrit aussitôt afin de reconnaître les nouveaux venus, et une exclamation étouffée expira sur ses lèvres.

— Lui!... — exhala-t-il intérieurement.

Dans sa surprise, sa joie ardente, il avait repris assez d'empire sur lui-même pour garder le silence.

Somerset devant qui il demandait à comparaître depuis si longtemps, Somerset par qui il se croyait condamné sans retour, puisqu'on n'avait jamais rien répondu à ses déclarations et à ses prières, le puissant ministre était devant lui.

Sous ses paupières volontairement abaissées, il le regardait, l'étudiait, tandis que son visiteur laissait de son côté peser sur lui son œil brutal, incisif.

L'hypocrisie féline du jeune homme et la force dominatrice du soudard parvenu presque à la plus haute domination allaient de nouveaux se trouver aux prises.

Le duc rouge soupesait en quelque sorte la vigueur de l'habitant de la pièce dans laquelle il venait d'entrer.

S'il n'avait pu secouer une peur invincible le jour où il avait voulu demeurer en tête à tête avec le vicomte de Mercourt dans son cachot, il n'en était pas de même vis-à-vis du fils de l'ancien intendant.

Celui-ci, malgré son jeune âge, avait la perfidie redoutable : il ne serait jamais l'homme de la lutte ouverte et franche.

Le favori se tourna vers le gouverneur.

— Qu'on nous laisse, — fit-il.

Son accent sonnait, bref et tranchant, comme d'habitude, les courtisans n'étant pour lui que des valets.

Le gouverneur de la citadelle planta la torche qu'il tenait dans une poignée de fer scellée dans le mur, — en prévision des interrogatoires nocturnes des magistrats.

— Nous nous retirons sur les premières marches, monseigneur, — annonça-t-il... — Un appel de mylord-duc, et nous sommes à ses ordres.

Somerset ne daigna pas répondre : ces égards n'étaient pas nécessaires avec ceux qui dépendaient de lui.

Un demi-sourire, ironique, passa sur les lèvres minces de Percy.

Les personnages qui l'avaient escorté sortirent, refermant la porte sur lui.

Le ministre d'Élisabeth, l'amant de la reine, écouta le pas de ces hommes s'éloigner sans qu'il quittât une seconde Percy du regard.

Ce pâle jeune homme, ce captif tenait dans ses mains la continuation de la faveur royale dont Somerset bénéficiait.

Une indiscrétion de lui, et Élisabeth instruite que Somerset avait contracté un mariage secret à l'époque même où elle commençait à lui accorder un amour qui devait l'élever si haut, Élisabeth, apprenant qu'un enfant était né de ce mariage clandestin, et que cette enfant vivait, comme une raillerie sanglante pour sa passion bafouée, était capable de ne trouver aucune vengeance assez cruelle envers celui qui l'avait trompée.

Ce jeune homme au visage émacié, aux yeux fuyants, tenait peut-être aussi dans ses mêmes mains sèches et sans couleur le salut personnel de cette reine.

Et, malgré lui, Somerset, à qui des milliers d'hommes obéissaient aveuglément, se sentait petit devant cet adolescent maigre et captif.

— Stewart Bolton était ténébreux et fourbe, — pensa-t-il. — Mais le fils serait réellement dangereux. Heureusement que, moi vivant, il ne sortira plus d'ici.

Il l'avait fait élever publiquement à la noblesse pour humilier les courtisans; mais il n'hésitait pas à le briser pour jamais, dès l'instant qu'il devenait à craindre.

Et le premier il engagea l'entretien.

Du reste, Percy était bien trop circonspect pour ne pas laisser son adversaire commencer l'action.

— Eh bien! — dit le visiteur, — tu as eu le temps de réfléchir à l'inconvénient qu'il y a à vouloir s'attaquer à qui te voulait uniquement du bien?

Le fils de Stewart Bolton jugea bon d'employer la feinte qui était son arme favorite.

— Mais, mylord-duc, à qui pouvais-je songer à m'attaquer, moi, dont le corps est faible et chétif et qui, d'autre part, n'ai point encore l'âge où l'on est expert dans le maniement périlleux de l'intrigue?

« On m'aura calomnié auprès de vous, mylord. Ne suis-je pas le fils de votre plus ancien et plus zélé serviteur?...

— Ancien... zélé... je ne nie point. Quoique j'aie payé largement les services du père... et même ceux que le fils ne m'a pas encore rendus.

— Faites ouvrir définitivement cette porte devant moi, mylord, et puisque je suis en retard sur vos bienfaits, rassurez-vous, je m'acquitterai sans délai.

Le favori ne releva pas cette proposition, cette insinuation.

Le fils de Bolton s'en aperçut; une flamme courte passa dans ses prunelles.

Somerset n'était pas venu avec l'intention de lui rendre la liberté : il saurait s'en souvenir.

— Tu parles de dévouement et tu as osé me menacer de révéler l'existence de... je ne sais quelle jeune fille, si je n'accordais pas des domaines immenses...

La voix de Percy Bolton comte de Verbrock se fit plus basse, — et plus troublante, pour celui qui était en face de lui.

— Monseigneur, cette jeune fille existe... et vous le savez bien.

— Qui te dit que je le sais ?

— Votre visite.

Somerset se mordit les lèvres.

Il fit deux ou trois pas dans le cachot. Puis, essayant de créer une diversion :

— J'ai fait la fortune de ton père, toi-même je t'ai fait comte. Et voilà votre reconnaissance !

Un demi-sourire, ironique, passa sur les lèvres minces de Percy.

— Si vous m'aviez fait comte réellement, monseigneur, vous ne me tutoieriez plus.

L'orgueil du jeune homme, aussi irréductible que sa duplicité était profonde, lui faisait tenir tête, même dans les fers, à son puissant ennemi.

— Le serpent a le dard acéré, — pensa Somerset. — Mais tout cela se paiera cher !

Et rusant, lui aussi :

— C'est vrai, mon brave Percy, je vous ai vu si jeune. C'est la suite de l'affection que je vous avais vouée. Et quand cette malheureuse question sera vidée...

« Voyons, d'où aviez-vous tiré cette jeune fille ?...

Le prisonnier devina l'inquiétude de son visiteur.

— Le pli que je vous ai remis de la part de mon père était assez explicite, je crois, monseigneur.

— Toujours cette histoire.

— Les morts revivent parfois.

Le favori passa la main sur son front.

Il les croyait bien ensevelis pour jamais, ces êtres qui osaient en effet reparaître : lady Ellen et son enfant. Oui, ils étaient ressuscités, paraissait-il. Mais, patience, que les limiers mis en campagne pussent retrouver leurs traces. Et cette fois, ils ne reviendraient plus l'importuner.

Il s'approcha du prisonnier à le toucher, ne redoutant pas la violence de celui-ci.

— Eh bien ! comte de Verbrock, indiquez-moi les moyens de mettre la main sur cette prétendue... ou vraie fille d'Ellen Mercy, et ces fers tomberont aussitôt.

Le fils de Stewart Bolton se rappela l'expression mauvaise des traits de lord Somerset, doublée de son silence significatif, lorsque, au début de leur entretien, Percy lui avait demandé s'il venait lui faire rendre la liberté.

Il savait Somerset implacable envers ceux qui avaient essayé de lutter contre lui, lorsque ses adversaires avaient perdu les armes qui faisaient leur force.

Le favori, ayant obtenu de lui le moyen de s'emparer de Marguerite, s'empresserait de refermer la porte de son cachot sur l'imprudent qui, par cela même, ne devait plus lui être utile et dont la présence au dehors risquait au contraire d'être une gêne.

D'ailleurs, depuis que la jeune fille lui avait été enlevée par le gentilhomme français, par Henri de Mercourt, le fils de Stewart Bolton ignorait ce qu'elle était devenue.

Cette raison seule l'obligeait à essayer de son côté de tromper Somerset.

— Faites-moi sortir de cette prison, mylord-duc; et moi-même je conduirai cette jeune fille auprès de vous.

Somerset le regarda en dessous : il crut voir une clarté louche sous les cils baissés du digne fils de l'espion.

Percy avait l'esprit fécond en ruses : une fois hors de la Tour de Londres, il serait capable de disparaître subrepticement; et avide de vengeance comme il devait l'être, il était de caractère à tout faire pour précipiter la chute de l'homme à qui il avait dû les angoisses de la captivité.

Stewart Bolton était devenu on ne savait plus quoi en Écosse, ayant disparu tout à coup, préparant peut-être quelque trame contre le favori dont il ne pouvait plus rien tirer.

Lord Mercy, l'aïeul de l'enfant retrouvée par ce scélérat de Bolton, le duc de Noxford étaient en liberté; Somerset qui sentait par moments des sueurs d'angoisse sourdre à son front n'avait pas besoin de compliquer la situation en lâchant le jeune léopard au dehors.

Il essaya encore de circonvenir le prisonnier, tentant de lui faire dire quelles relations Marguerite pouvait avoir dans Londres ou ailleurs.

Mais le fils de Stewart Bolton ne pouvait lui répondre : et il ne l'aurait même pas fait s'il avait connu quoi que ce fût.

Avec Somerset, c'était donnant donnant.

Devinant l'embarras de son visiteur, de son geôlier, il se contenta de laisser tomber ces mots :

— Je n'ai qu'à vous confirmer, mylord, ce que je vous ai déclaré tantôt.

Et il ajouta :

— Sur la sainte Bible, je fais serment de vous ramener, vivante ou morte, celle que vous savez.

Un parjure lui importait peu.

Ce fut ce que pensa Somerset : lui-même avait si souvent juré le mensonge qu'il ne croyait plus à personne.

— Est-ce ton dernier mot? — interrogea-t-il durement.

— Est-ce le vôtre, monseigneur?

— Eh bien! pourris en prison, puisque tu y tiens, — gronda le favori.

Il attendit encore une minute, espérant que le fils de Stewart Bolton, ne voyant d'autres recours que sa générosité, se déciderait à parler.

Mais celui-ci avait discerné aussi l'arrière-pensée de son geôlier.

S'il ignorait le refuge actuel de la fille d'Ellen Mercy, il se savait assez habile pour le découvrir, — sauf à la livrer ensuite ou non à Somerset selon son intérêt.

Il savait surtout qu'il ne devait prononcer aucune parole capable de renseigner son interlocuteur s'il voulait sortir de cette géhenne.

Voyant qu'il ne pouvait rien obtenir de lui, le lord-chief de la haute justice frappa alors de son poing fermé la porte du cachot.

Le gouverneur de la citadelle et ceux qui étaient avec lui se précipitèrent à son appel.

— C'est terminé, — annonça le Duc-Rouge.

Il regarda encore le fils de Stewart Bolton pour savoir s'il allait se résoudre à parler, mais celui-ci, debout, gardait un mutisme absolu.

— Adieu donc, comte de Verbrock, — se décida-t-il à prononcer enfin.

— Adieu, duc de Somerset, — répartit le jeune homme de sa voix froide et blanche.

Le ministre étouffa une imprécation et sortit, suivi de son escorte.

La porte se referma derrière lui, et Percy Bolton retomba dans la nuit...

CXIII

L'ENFER DU DÉMON

Le Duc-Rouge, le favori de la reine, sortit très mécontent de son entrevue avec le fils de Stewart Bolton.

Les gens de cette famille étaient décidément de rudes jouteurs.

Percy, presque encore adolescent, égalait déjà son père, si même il ne le dépassait.

Et tandis qu'il descendait silencieusement l'escalier, Somerset se demandait s'il n'avait pas eu tort de sévir.

Les prétentions de l'ancien intendant, ses exigeances pour employer une expression plus juste aux yeux du duc, étaient énormes en vérité.

Il les avait trouvées d'autant plus outrecuidantes que l'espion venait ainsi sur ses propres brisées.

En effet, si Somerset avait eu l'intention d'épouser autrefois la fille du duc de Melrose, c'est qu'il convoitait déjà, à cette époque, les riches domaines dont la jeune fille devait être l'unique héritière.

Mais puisqu'elle lui avait préféré le chevalier d'Avenel et que les deux apanages se trouvaient réunis, puisqu'il considérait en outre Walter comme son ennemi personnel, le favori avait également englobé les terres étendues du clan d'Avenel dans la nouvelle dotation qu'il se réservait.

C'est là surtout ce qui l'avait irrité

Le maître chanteur exigeait un salaire par trop élevé.

Mais à présent, en face de complications qu'il redoutait, devant le mutisme circonspect et glacé du comte de Verbrock, Somerset se disait qu'il avait peut-être été mal inspiré en refusant le marché qu'on lui proposait : ces domaines contre la livraison brutale de Marguerite.

La reine se montrait plus éprise que jamais, et en manœuvrant avec tant soi peu d'habileté, il lui aurait été facile de se faire concéder d'autres domaines non moins opulents et moins loin de Londres.

Car, il y réfléchissait, les territoires de Melrose et d'Avenel étaient situés au milieu de populations bien turbulentes, et il serait obligé d'y entretenir une garnison coûteuse pour y faire respecter son enseigne.

Et encore sa sécurité ne serait jamais complète. D'autant plus que si les événements venaient à mal tourner en Écosse, lui, Somerset, aurait eu sa fille, — cette fille dont il avait si grand intérêt à se défaire, — et Stewart Bolton aurait vu le clan d'Avenel lui échapper.

— Oui, j'ai agi trop précipitamment, — monologuait-il intérieurement en descendant l'interminable escalier. — Sais-je seulement comment va finir cette guerre d'Écosse ?... Nos troupes qui devaient marcher sans désemparer sur Édimbourg se trouvent arrêtées par ce maudit chevalier d'Avenel. L'effet de leur récent succès contre l'armée de Mac Sveeny est annulé. Le soulèvement général de tous les chefs de clans devait suivre celui de lord Rosberg ; et, au contraire, depuis quelque temps, de nouvelles recrues viennent journellement se joindre aux forces de ce Walter d'Avenel dont j'ai bien cru tenir la tête autrefois, lorsqu'il était enfermé ici même, entre ces murailles.

Et, regardant avec défiance autour de lui :

— Cette prison ne m'a jamais été favorable : elle a toujours laissé fuir ceux que je haïssais ou que je redoutais le plus.

Et troublé par cette constatation, ayant peur de l'avenir, tremblant malgré lui de voir ces murs sinistres se refermer sur lui-même, il se disait que s'il avait manœuvré autrement avec Percy et son père, la fille d'Ellen Mercy, — la sienne en définitive, — serait depuis longtemps entre ses mains.

— Et elle ne troublerait plus mon repos, — ajouta-t-il avec un éclair sinistre dans le regard.

Il arrivait au pied du bâtiment au haut duquel il avait laissé Percy Bolton.

La cour s'emplissait d'une ombre impénétrable.

La torche que tenait le gouverneur commençait, en effet, à charbonner, et la lanterne du gardien ne traçait que très juste autour d'eux son cercle lumineux.

Dans ces ténèbres rébarbatives, le souvenir qui venait de traverser l'esprit de Somerset, — lui montrant ses principaux ennemis parvenant à sortir de ces lieux hostiles, et cela malgré l'armée des gardiens, l'épaisseur des guichets, la hauteur des tours, — lui restait plus absolu.

Dans un besoin anxieux de se rassurer, il voulut se rendre compte que ses autres victimes s'y trouvaient au moins, qu'elles y étaient toutes.

Pris de soupçons soudains, il tint à s'assurer que leurs portes étaient bien verrouillées, leurs chaînes assez épaisses et assez solides, — et assez lourdes, — pour les écraser de leur poids.

Ses regards pleins de doute s'attachaient en dessous sur le gouverneur de la Tour de Londres et sur tous ses subordonnés, voyant en eux des ennemis secrets peut-être.

— Descendons dans les souterrains, — ordonna-t-il.

Mais le coup d'œil qu'il venait d'attacher sur ses suivants lui avait montré le peu d'importance, la faiblesse de l'escorte personnelle qui l'accompagnait.

L'histoire lui avait révélé la multitude des complots ourdis souvent contre les favoris des monarques.

Un coup de main hardi faisait tomber sous le poignard ou enfermer entre les quatre murs étroits d'un in-pace le puissant du jour.

Et le souverain, moitié par allégement moitié par contrainte, sanctionnait la chute du serviteur devenu trop considérable.

— Un sergent et trois hommes de confiance, — commanda-t-il encore.

Sa voix avait résonné sourde et caverneuse.

Elle semblait indiquer une âme troublée.

Les criminels ont parfois ainsi des angoisses persistantes, des cauchemars qu'ils rêvent tout éveillés, lorsque le destin est près de se lasser.

On dirait qu'ils sentent venir l'expiation.

Un de ses officiers alla faire exécuter son ordre.

L'amant de la reine vit s'avancer les gardes qu'il avait réclamés.

Ils marchaient en faisant retentir leurs armes pesantes.

Leur vue rassura le maître.

Il distinguait non loin la masse épaisse de ses autres soldats. Chacun d'eux était attaché à lui par quelque lien, avantage donné à un proche parent ou méfait impuni, sans compter la haute paie.

Lui disparu, ces hommes perdaient tout. C'est pourquoi il savait pouvoir compter sur eux.

Ils étaient assez nombreux pour tenir en respect la garnison de la citadelle, en cas de conjuration.

Leur vue rassura le Duc-Rouge, tandis que la présence de quelques-uns d'entre eux, — immédiatement autour de lui, — le garantissait contre tout coup de force imprévu.

Il dit un mot encore.

Et le gardien de la section dans laquelle Percy se trouvait enfermé alla quérir une torche neuve dans le poste des geôliers et la remit à un des officiers du duc.

Dans sa défiance, celui-ci ne voulait pas laisser les gens de la prison

Les truands se mirent en marche.

éclairer seuls sa marche, dans les souterrains où ils allaient descendre.

Le cortège arriva silencieusement au pied du donjon.

Somerset jeta un regard oblique vers la partie où le vicomte de Mercourt se trouvait enfermé.

Il éprouvait la lancinante tentation d'aller s'assurer qu'il était toujours solidement ferré.

Mais une sorte de pudeur inconsciente, de honte instinctive le retint.

Il avait encore présente devant les yeux l'attitude hautaine du gentilhomme français, lui montrant la porte de son cachot avec une dignité dont il sentait toujours le poids écrasant.

D'un geste, il désigna au gouverneur l'escalier descendant dans les entrailles de la terre.

— Passez devant ! — dit-il.

Il tenait à surveiller chacun de ses pas.

Et lui-même s'engagea à sa suite sur les degrés, entouré de ses gardes.

L'humidité froide qui l'étreignit dès les premiers degrés fit se dilater ses traits de contentement.

On devait souffrir horriblement dans un pareil séjour.

Les physionomies inquiètes, à la fois bestiales et sournoises de trois hommes, frappèrent sa vue au seuil de cet enfer.

C'étaient des guichetiers de garde, placés là en permanence depuis l'attentat qui avait amené Henri de Mercourt et Wilkie en libérateurs dans cet antre jusque-là inviolé.

Au premier carrefour de cette cité souterraine, le Duc-Rouge rencontra un nouveau gardien, les pistolets et la dague à la ceinture.

Et ainsi de suite tous les vingt mètres.

Il y avait ainsi dix hommes pour remplacer le vieux Chooner, le dogue des souterrains, — enseveli sous l'explosion qui avait suivi et protégé la fuite de lord Mercy, du duc de Noxford, de Martial et de leurs libérateurs.

Outre ces dix hommes, placés de distance en distance, et les sentinelles de l'entrée, des patrouilles nombreuses parcouraient fréquemment ces lieux lunèbres.

Somerset et sa cruelle souveraine s'imaginaient ainsi rendre impossible toute autre tentative pareille à celle que le gentilhomme français avait si heureusement menée à bonne fin.

Le Duc-Rouge constata avec plaisir que les ordres qu'il avait donnés à ce sujet étaient bien exécutés.

Et il sentait sa confiance renaître envers ceux qu'il avait chargés de veiller sur l'immense prison.

Il commença avec un sombre contentement la visite des cachots euxmêmes, tenant à bien se repaître de la vue de ceux qui y languissaient.

Le favori s'arrêta un moment, hésitant, devant un cachot vide.

C'était une espèce de trou dans la terre, un peu plus long que large, — juste à peu près assez de place pour permettre à un homme de s'y coucher ainsi que dans une fosse.

Il songeait à Henri de Mercourt.

Cet in-pace le tentait horriblement.

Mais Somerset n'aimait pas à faire de longues stations dans ces caveaux : ils étaient trop glacials pour lui.

C'est pourquoi il avait l'habitude de faire enfermer, dans des cellules sûres, les captifs à qui il se proposait de faire appliquer la question.

Et le tourmenteur de la Tour avait un client réservé dans la personne du seigneur de Kervien, si son supplice avait été retardé.

Puis, malgré lui aussi, Somerset n'avait pas confiance dans les souterrains pour le gentilhomme français.

Il craignait que Henri de Mercourt ne connût d'une façon quelconque quelque issue secrète, puisqu'il avait réussi à s'y introduire à plusieurs reprises.

Et il jugea encore plus certain de le laisser dans une des doubles cellules de la première section où il était matériellement impossible à son ennemi de se soustraire au sort qu'il lui avait réservé.

Et il passa.

Il continua sa haineuse visite, se délectant à la vue de chacun des malheureux qu'il retenait dans ces antres maudits.

Quelques-uns se traînaient à ses genoux, lui criant leur innocence ou implorant sa générosité.

Il les repoussait du pied, ne les redoutant plus.

D'autres, par contre, lui jetaient leur malédiction à la face.

— Vous aurez demain la visite du bourreau, — répliquait-il.

Et le misérable ricanait.

Ils pouvaient le maudire : il les tenait à sa merci, et il ne les lâcherait pas ; ces caveaux seraient leurs tombeaux.

Et il poursuivait sa farouche visite, se rassasiant avec une volupté ardente des sanglots, des souffrances, du désespoir, des râles d'agonie de ceux dont l'éternelle captivité assurait sa domination,

Il était bien le démon de cet enfer !

CXIV

LE SERMENT DES TRUANDS

Mais, tandis que le cruel favori poursuivait cette sombre promenade, d'autres événements se passaient au grand air.

Martial, après sa rencontre avec la patrouille, avait gagné sans encombre la grande léproserie.

Les truands devaient l'y attendre.

D'après ses instructions formelles, ceux-ci ne quittaient pas la nuit le royaume des gueux où il pouvait venir les chercher d'un moment à l'autre.

Pour leur faire prendre patience, le faux cul-de-jatte leur avait ouvert en quelque sorte un crédit chez la vieille truande, dans le cabaret de laquelle avait eu la grande réunion, la fête à la suite de laquelle ils avaient été enrôlés.

Martial et Fabers ayant trouvé moyen de se revoir, le second avait remis à l'écuyer d'Henri de Mercourt le complément de la somme que celui-ci lui avait confiée autrefois.

Et le cul-de-jatte en avait versé une partie entre les mains de la tenancière, afin de donner à boire chaque nuit à ses hommes.

Suffisamment pour les retenir et pas assez pour les enivrer.

Le béquillard était naturellement avec eux.

Il éprouvait une violente tentation de se livrer à son plaisir favori.

Mais il avait donné sa parole au cul-de-jatte qu'il veillerait sur leurs soldats : il était son lieutenant.

Il mettait son point d'honneur à rester fidèle aux engagements pris.

Et il se condamnait à boire de l'hydromel avec fureur, avec des jurements intérieurs, mais s'y astreignant tout de même stoïquement, après un petit, tout petit verre de gin qu'il s'était accordé, — afin de se donner du courage et résister à la tentation, — s'était-il dit tout bas.

C'est égal, il désirait vivement que l'on en vînt aux mains le plus tôt possible, afin de voir cesser cette faction, prenant réellement en horreur cet hydromel qu'il ingurgitait par besoin de boire, — de boire quand même.

Ce soir-là, assis dans la taverne, il marmottait que ce serait encore une veillée comme les autres, une veillée blanche, lorsque la porte branlante s'ouvrit et le cul-de-jatte parut.

Ce ne serait pas une veillée blanche, non : le regard éclatant de Martial l'annonçait, ce serait une veillée rouge !

Une exclamation sortit de la bouche de béquillard en l'apercevant à cette heure.

Un grognement joyeux lui fit écho.

Il sortait des bouches avides des truands.

On allait donc cogner !...

Et ils pourraient boire enfin à leur soif, leur besogne faite, leur salaire tombé dans leur main.

Martial avait eu l'idée d'une mesure ingénieuse pour leur donner en même temps patience et confiance.

Voler, escroquer des bourgeois était pain béni pour un truand.

Mais entre eux, c'était différent, et les chefs du royaume des gueux étaient impitoyables pour les manquements à cette loi.

Lorsqu'on baptisait un nouveau truand, on lui donnait habituellement le titre de frère de la sainte Pègre.

De là l'obligation de se porter secours les uns aux autres, quand c'était possible, et l'interdiction de nuire à un autre frère.

Martial ne pouvait circuler avec le restant de la somme que Fabers avait trouvé moyen de lui faire passer. Et il avait versé le salaire des hommes qu'il avait engagés, entre les mains du Grand Conseil.

Il se débarrassait de la sorte, et, quoi qu'il arrivât, les soldats seraient payés.

Cette décision avait, en effet, donné la plus grande confiance aux truands.

Mais, en attendant, ils ne buvaient tout de même pas leur saoul. Et ils n'étaient pas fâchés de voir arriver le moment décisif.

En deux larges foulées de ses patins, Martial arriva jusqu'auprès du béquillard.

— Eh bien ! est-ce pour cette nuit ? — questionna celui-ci.

Le cul-de-jatte se dressa aussi haut qu'il pût sur un de ses poignets et, tirant son couteau, il le brandit avec un grondement rauque.

— Oui ! oui ! le fer au vent ! — répondirent les gueux en l'imitant.

Cinquante, soixante lames montrèrent leur pointe aiguë, leurs larges tranchants sous la lueur fumeuse des quelques quinquets qui brûlaient.

Le béquillard s'aperçut alors qu'il y avait du rouge sur l'acier secoué par Martial.

— Eh ! eh ! — fit-il. — On dirait que l'outil a déjà servi, c'est bon signe !

— Oui, il vous a ouvert le passage ! — fut sur le point de lui jeter l'écuyer.

Mais n'était-il pas le muet ?...

Ces hommes n'ignoraient pas que sa paralysie était factice ; presque tous les truands qui se livraient à la mendicité truquaient ou simulaient totalement les infirmités dont ils se servaient pour soutirer les aumônes des gens de la cité.

Mais ils le croyaient cependant privé de la parole.

Il devait les laisser dans leur erreur ne sachant pas trop ce qui risquait d'arriver.

Mais son regard, plus éloquent que des mots, parla pour lui.

— Tu as commencé à besogner ; en route donc ! — clama le béquillard.

Un coup formidable retentit, faisant craquer et trembler la table sur laquelle il venait d'être asséné.

C'était l'Archonte qui venait de se signaler ainsi, en se servant du revers de sa hache.

— Oui, un dernier verre de gin, et en route ! — grogna-t-il de sa voix rauque.

— Un dernier verre de gin ?...

Martial hésita.

— Eh bien ! soit, — pensa-t-il, — encore un verre et ils deviendront terribles comme des loups furieux.

Il lui restait encore deux ou trois pièces d'or. Il en lança une sur une table et montra un des brocs.

Une exclamation de joie forcenée répondit à cette générosité.

— Ça, vois-tu, le cul-de-jatte, — émit l'accent enroué de l'Archonte, — ça vaut quelque chose. Eh bien ! sang pour sang, chair pour chair. C'est l'Archonte qui le dit, et il ne s'en dédira pas.

— Oui, sang pour sang ! chacun l'un pour l'autre, — approuva la cohue transportée.

La vieille et ses servantes apportèrent de nouveaux cruchons.

Martial remplit un gobelet pour lui et aussi celui du béquillard.

— Merci, — murmura l'ancien soldat, — car, vrai, si tu savais ce que l'envie me tenaillait parfois.

— Brave gueux, — pensa l'écuyer.

Et sa main serra celle du soudard.

Celui-ci répondit à son étreinte.

Il n'avait pas besoin de prononcer le serment qui liait sa vie à celle de Martial, comme venait de le faire l'Archonte.

La pression ardente de ses doigts était significative.

Ils trinquèrent, et la liqueur brûlante introduisit son feu dans leurs veines.

D'une secousse brusque, Martial fit sauter une des boucles qui le tenaient ligotté sur son pilori, l'autre résista.

D'un coup de sa lame il trancha net la courroie.

Il n'avait plus besoin de ruser.

Ou il succomberait, ou la victoire lui assurerait sa retraite.

Il allait montrer qui il était, ouvertement, franchement.

Puis, un cul-de-jatte ne pouvait combattre.

Ses jambes engourdies le paralysaient : il demeura inerte durant une minute ou deux.

Ses compagnons bouclaient leurs ceinturons, attachaient les fourreaux de leurs armes à grand bruit.

Il se mit debout enfin, d'un seul élan.

Et sa taille maigre et nerveuse redressée, sa tête pâlie par tout ce qu'il avait volontairement enduré, — éclairée par la flamme ardente de ses prunelles, — il était vraiment le chef.

— Tu n'as pas d'épée, — fit le béquillard.

Le Français eut un geste de magnifique insouciance.

Il en prendrait une sur le premier ennemi terrassé.

Son grondement rugueux sortit de nouveau de sa poitrine, la flamme de son couteau de chasse étincela encore, et il marcha vers la porte, à grands pas saccadés et comme mécaniques par suite de la longue immobilité de ses jambes.

Soldat étrange et terrible, le béquillard le suivit, faisant résonner le sol sous le bout ferré de sa béquille et en lançant un commandement.

Une ruée se produisit, au milieu de laquelle émergea la masse éléphantesque de l'Archonte.

D'un coup de ses épaules, il se fit place, arriva au premier rang, énorme et terrible.

— Oui, en avant, enfants de la sainte pègre, — lança-t-il. — Et encore une fois, chair pour chair ! sang pour sang !

CXV

L'APPROCHE !

ARRIVÉ au carrefour, Martial fit halte.

La cohue de l'armée qui le suivait imita son mouvement, et sur un geste de lui s'écarta, s'aligna presque instinctivement, la plupart de ceux qui étaient là, ayant jadis servi dans les camps, débris, scories des armes, ayant échoué pour diverses raisons dans le monde des gueux.

L'écuyer d'Henri de Mercourt s'assura qu'aucun d'eux ne faisait défaut.

L'Archonte s'était placé tout seul à leur tête, comme à la parade, sa stature, sa corpulence bestiale les dominant.

— De quel côté?... — interrogea brièvement le béquillard.

Martial indiqua du doigt la direction de la Tour de Londres et joignit l'exemple au geste.

Les truands se mirent en marche.

Ils avaient rompu leurs rangs, semblant avoir hâte d'arriver plus vite.

Minuit était passé depuis longtemps : Londres dormait.

Cette heure venue, les villes étaient absolument désertes à cette époque...

Les coureurs d'aventures étaient eux-mêmes plus que rares dans les ruelles noires comme des couloirs de l'enfer.

Néanmoins, au moment de sortir de la léproserie, Martial indiqua une nouvelle halte.

Il entendait derrière lui le piétinement confus de cette masse d'hommes ainsi que le cliquetis significatif des armes.

Les bourgeois imparfaitement endormis n'allaient pas manquer d'être réveillés par tout ce bruit, cette rumeur guerrière.

Ils allaient peut-être croire à la sortie en force des truands pour mettre la ville à sac.

Les archers, avertis, étaient capables d'accourir pour barrer la route à la petite expédition.

Et son corps ramassé en boule, il roula sur lui-même avec rapidité, franchissant en un clin
d'œil la distance qui le séparait des autres truands.

Et la troupe des gueux n'était pas en nombre suffisant pour résister à
l'attaque de légions entières.

D'ailleurs, Martial avait d'impérieuses raisons pour désirer passer le
plus possible inaperçu avec ceux qui l'accompagnaient.

Sous son déguisement de cul-de-jatte, il était venu errer à plusieurs
reprises autour de la citadelle où il avait langui si longtemps, où son
maître lui-même était reclus.

Il cherchait le point faible de la lourde forteresse, l'endroit susceptible d'être attaqué à l'improviste par une cinquantaine d'hommes.

Il avait cru le découvrir dans une poterne isolée et qui datait probablement des premiers temps de la construction du sombre édifice.

Cette poterne donnait directement sur le fossé qui la séparait du reste de la ville.

L'avant-dernière fois où le Français était allé y errer, en se traînant péniblement sur ses patins, il avait vu cette poterne s'entr'ouvrir à demi un court instant, et un gardien pousser de là, dans le fossé, des détritus qu'il achevait de balayer.

Tout en continuant son chemin, le prétendu cul-de-jatte s'était approché jusqu'au bord du fossé.

Et il avait vu alors, tout au fond, sous la poterne elle-même, un tas assez élevé d'immondices, indiquant qu'elle servait uniquement d'exutoire, lors des nettoyages de cette partie de la citadelle.

Tandis qu'il faisait ces observations, un bruit de verrous et de barre de fer parvenait à lui.

Aucune passerelle, ou quoi que ce fût, n'indiquait que cette porte servît depuis très longtemps à aucun autre usage.

Elle devait donc n'être que très peu défendue, si même elle l'était d'une façon spéciale.

— C'est par là que je rentrerai dans la Tour de Londres, — s'était dit le vaillant écuyer.

Et c'est vers cette issue qu'il avait résolu d'amener sa troupe.

Mais encore fallait-il y arriver sans avoir donné l'éveil.

Sans cela, que feraient-ils contre des remparts garnis de soldats?

Que pourraient leurs épés et leurs coutelas contre les pièces de canon vomissant leurs projectiles sur eux du haut des batteries?...

La prudence la plus extrême devenait donc indispensable à partir de ce moment.

Martial toucha dix de ses hommes du bout des doigts et les poussa un peu.

— Tu veux séparer la troupe en escouades de dix soldats chaque. J'ai compris, — fit le béquillard.

Et cherchant la raison de cette détermination.

— Serait-ce pour que chaque escouade chemine isolément et avec le moins de bruit possible?

Une vive approbation du Français lui montra qu'il avait présumé juste.

Habitué comme il l'avait été longtemps aux mouvements de troupes, le soudard se dit que des groupes de dix personnes, distants les uns des autres d'une cinquantaine de mètres et prenant certaines précautions, ne devaient pas faire un grand tumulte.

Et il le proposa à Martial, lequel accepta d'un signe de tête.

Mais cela allait espacer la petite armée sur une grande distance.

Il faut des chefs aux troupes pour les rallier le cas échéant.

Martial toucha le bras de l'Archonte de son doigt sec et nerveux.

— Qu'est-ce que tu veux, le cul-de-jatte? — fit celui-ci obéissant à la force de l'habitude.

Et il suivit docilement l'écuyer.

Martial le conduisit jusqu'à la seconde moitié des détachements, le plantant à leur tête.

— Tu veux que je commande ceux qui sont derrière, comme toi tu commanderas ceux qui sont devant. Va donc, ce sera fait. Et attention vous autres, les enfants!...

« Quoique ce soit un drôle de métier, tout de même, d'obéir à un général qui parle muet. Heureusement que le gin m'a délié le cerveau...

Les ordres étaient donnés : les escouades à cinquante pas l'une de l'autre. A cinquante pas?... On n'y voyait guère à cette distance.

Martial et le béquillard se mirent en mouvement à la tête de la première fraction.

Les truands évitaient de laisser traîner leurs savates et tenaient les fourreaux de leurs armes pour les empêcher de sonnailler.

Et comme ils avaient l'habitude d'étouffer le bruit de leurs pas lorsqu'ils allaient en maraude, on ne les entendait guère plus qu'une troupe de chats noctambulant.

Quant au béquillard, il avait noué un chiffon au bout de son bâton, afin d'amortir le bruit, et avait attaché son épée avec sa ceinture.

Lorsque la seconde escouade cessa de voir la première, ceux qui la composaient s'ébranlèrent à leur tour avec les mêmes attentions.

Ce fut ensuite au tour des autres, successivement.

Et bientôt la cohorte entière fut en mouvement.

On entendait une rumeur vague, plus semblable à un battement lointain et étouffé de houle qu'à un écho de pas humains.

Cependant deux ou trois fenêtres s'entr'ouvrirent, s'entre-bâillèrent peureusement.

Mais ceux qui s'y hasardèrent s'empressèrent de les refermer hâtivement en voyant des files d'hommes silencieux paraître et se replonger dans le noir.

Il leur semblait qu'ils voyaient défiler toutes les troupes de Londres.

Et s'attendant à quelque coup de force ténébreux, ils tenaient à ne pas se faire remarquer afin de n'être pas compromis.

Arrivé à une trentaine de pas de la citadelle, le chef de l'expédition fit stationner son monde.

Et, marchant sur la pointe des pieds, il alla, tout seul, reconnaître la position.

Un factionnaire circulait sur le haut du rempart, non loin de l'endroit où le fils de Jean Dacier venait d'apparaître.

Mais il marchait toujours dans le même sens au lieu de revenir sur ses pas, ainsi que le font les sentinelles qui n'ont à surveiller qu'un étroit périmètre.

La silhouette de l'homme de garde se perdit même bientôt dans les ténèbres.

Les remparts, de ce côté, étant extrêmement élevés et la seule issue y existant étant cette poterne à peu près condamnée, et sans aucun passage la faisant communiquer avec la ville, cette sentinelle n'était guère mise à cet endroit que pour la forme.

De là la grande étendue de terrain placé sous sa surveillance.

Martial revint rapidement sur ses pas et fit signe à ceux qui l'avaient attendu de le suivre.

Il marchait sur la pointe des pieds : les autres n'avaient besoin d'aucune recommandation ; son exemple suffisait.

Le plus embarrassé était le béquillard qui pestait intérieurement contre son infirmité.

L'escouade arriva sans encombre au fossé où elle descendit rapidement.

La sentinelle en vedette sur le rempart revenait ; le chef fit coucher tout son monde dont le groupement écrasé, immobile, se confondait avec les bossellements de terrain.

Le béquillard avait dû lâcher son bâton pour se laisser aller dans le fossé.

Il avait glissé sur la seule jambe qu'il lui restait, sans trop savoir comment il y était parvenu.

Il jugea tout de suite les nécessités de la situation.

Et se penchant à l'oreille du « cul-de-jatte » :

— Il faut avertir les autres. Jean-le-Roux, un de nos hommes, est adroit et prompt comme un singe : il faudrait l'envoyer.

Martial serra fortement la main de son lieutenant en signe d'acquiescement.

Il s'applaudissait de s'être attaché l'ancien soldat.

Malgré les défauts résultant du milieu dans lequel il vivait, le soudard était une nature franche et loyale, en même temps qu'un esprit très avisé lorsque la boisson ne le troublait pas.

Et depuis plusieurs jours, avec une véritable force de caractère, le pauvre diable se maîtrisait, et non certes sans mérite, se privant de boire.

Le béquillard se coucha presque derrière ses compagnons.

Le truand dont il venait de parler était séparé de lui par deux autres hommes.

Il le saisit par son collet, l'attira doucement et chuchota quelque chose à son oreille.

— Bien, — fit l'autre.

Décrochant sans bruit son ceinturon, Jean-le-Roux le confia à un voisin.

Puis ayant regardé du côté du rempart où la sentinelle continuait à déambuler, il se colla en quelque sorte au revers du fossé et s'éleva sur la crête d'un effort continu et si régulier qu'on croyait ne point le voir bouger.

— Il fait l'acrobate certains jours, sur les places de Londres, — expliqua succinctement le béquillard à Martial, indiquant ainsi la raison de son habileté.

Parvenu au haut du talus, Jean-le-Roux regarda de nouveau vers le rempart.

Puis, son corps se recroquevilla brusquement.

Et, ramassé en boule, il roula sur lui-même avec rapidité, franchissant en un clin d'œil la distance qui le séparait des autres truands, — ou plutôt de la rue par laquelle ils allaient déboucher.

Si le soldat en faction sur le rempart regardait par là, à ce moment, il devait croire certainement à quelque gros chien en train de voguer par la ville.

Il arriva tout juste à temps.

La première file de la seconde escouade apparaissait déjà en dehors des maisons.

Mais à la vue de cette masse noire roulant vers eux, les hommes qui la formaient, mus par leur instinct des embuscades, reculèrent d'eux-mêmes, prévoyant quelque complication, se rejetant dans l'ombre.

Jean-le-Roux les y suivit.

Et là, dépliant ses bras et ses jambes, il se redressa d'un seul coup devant eux.

Et aussi peu essoufflé que s'il venait de parcourir ce chemin comme tout le monde, il leur transmit tranquillement les instructions dont le béquillard l'avait chargé.

En haut, le factionnaire poursuivait sa traite monotone, rien ne s'étant passé, visiblement, qui fût de nature à l'inquiéter.

Le parcours qu'il avait à effectuer étant assez long, l'obscurité épaisse, il cessa bientôt d'être visible.

— Leste ! — souffla Jean-le-Roux.

Les autres partirent, rasant le sol, et allèrent s'affaler dans le fossé.

Mais un trop gros tassement d'êtres humains aurait fini par être visible.

Martial profita du moment pour porter son détachement sous le rempart lui-même. Là, il était absolument impossible à la sentinelle de les apercevoir.

En haut, le soldat continuait son large va-et-vient.

Les escouades des truands se présentaient une à une : Jean-le-Roux les attendait et leur donnait le mot.

Quand ce fut au tour de l'Archonte d'apprendre qu'il devait gagner le fossé sans se faire entendre ni sans se faire voir, il grommela entre ses dents un jurement terrible.

Il ne pouvait pourtant pas se couper en morceaux pour dissimuler son énorme masse ?... Et marcher sans bruit ?... Lorsqu'il posait son pied à terre, on eût dit le sabot d'un bœuf !

Pourtant il le fallait.

On attendit, pour son détachement, un moment où le soldat était le plus loin possible.

L'hercule s'ébranla alors, retenant sa respiration dans l'espoir de se rendre ainsi plus léger.

Et il effectua le passage redouté, à moitié porté, traîné par ses hommes. Arrivé tout de même au bord du fossé, il essaya de se cramponner, tomba au fond comme un ballot, avec un bruit sourd.

Martial l'entendit de l'autre côté ; ses lèvres se serrèrent avec angoisse : pourvu que le factionnaire ne l'eût pas entendu ?... D'autant plus que le bruit monte !

En même temps, cessant de se contenir, l'Archonte rouvrait sa bouche et son haleine en sortait, bruyante comme la ventilation d'un soufflet de forge.

— Je croyais que j'allais étouffer, — murmura-t-il.

Son tour approchait où il lui faudrait passer, lui aussi, de l'autre côté.

Martial attendait ce moment avec anxiété.

Il tremblait que son corps colossal, saillant au-dessus du reste de la troupe, ne fût remarqué par la sentinelle de la tour, tandis qu'ils étaient tous blottis contre le bord extérieur du fossé.

Et, en effet, le soldat s'arrêta presque au-dessus.

Mais son regard se promenait seulement sur la ville sous l'impression de la vague mélancolie qui envahit l'être isolé dans la nuit.

Et il reprit sa promenade.

L'Archonte se hâta d'effectuer encore cette traversée. Et Martial se sentit plus rassuré.

Les derniers détachements avaient manœuvré avec le même bonheur, par suite de la sagesse des dispositions prises et aussi des circonstances qui, jusqu'à maintenant, les avaient facilitées.

— Allons !... A la poterne maintenant ! — pensa l'écuyer du vicomte Henri de Mercourt.

Et il s'avança suivi des truands, collés les uns et les autres contre la muraille.

La seconde partie de la tâche restait à accomplir, la plus difficile... la plus redoutable.

CXVI

LA COURTE ÉCHELLE

ARTIAL, arrivé le premier sous la poterne, fit halte.

Il s'agissait maintenant d'atteindre jusqu'à ce seuil dont toutes les ferrures devaient être encore plus étroitement assujetties la nuit qu'elles ne l'étaient d'habitude.

Il avait bien pensé un moment à se procurer une échelle dans le chantier d'une maison en construction qu'il avait vu non loin de là, au cours de ses précédentes investigations.

Mais traîner une échelle sur une distance assez grande était avertir que l'on se préparait à tenter une escalade quelque part.

C'eût été par trop courir le risque de se faire remarquer par le soldat en faction sur le haut du rempart.

— On s'en passera, — avait donc conclu l'écuyer.

Et prompt à prendre au parti:

— A défaut d'une échelle de maçon, on emploiera l'échelle humaine.

C'est-à-dire que les assaillants allaient se faire la courte échelle.

Mais il fallait expliquer rapidement cela à ses hommes.

Martial bouillait de s'être condamné au mutisme, ç'aurait été si facile et si vite fait, en deux mots.

Mais le fils de Jean Dacier, obligé de renoncer à son rôle de cul-de-jatte, voulait au moins rester le muet.

Son coup de force et de surprise était tellement audacieux qu'il n'en pouvait en vérité prévoir les conséquences.

Et au cas où il viendrait à échouer, savait-il si, continuant à demeurer le muet, l'errant, le vagabond, il ne pourrait pas être encore utile à son maître?

Les paroles sautaient parfois toutes seules à ses lèvres et c'est à force de volonté et de surveillance qu'il les retenait au passage.

Aussi était-il très heureux de s'être attaché le béquillard dont l'esprit en éveil le comprenait assez vite en général.

Martial lui frappa sur l'épaule et s'arc-bouta contre le mur.

Au second coup, un éclat sauta.

Mais, fait peu ordinaire jusqu'alors, la perspicacité de celui-ci se trouva en défaut.

L'écuyer serra nerveusement ses poings. A cet instant, dans la situation où ils se trouvaient, chaque seconde valait un siècle.

Depuis l'attentat heureux du vicomte de Mercourt et de Wilkie, des rondes circulaient à l'extérieur de la Tour de Londres, à des intervalles irréguliers.

Que l'une d'elles vint à passer, et ceux qui la composaient apercevraient certainement ce groupement inattendu contre le rempart.

Et alors, que ne fallait-il pas prévoir !...

Le Français prit nerveusement un des truands, le poussa contre le mur, à sa place, et se servant de cette minique qu'il employait si énergiquement sauta sur ses épaules.

— La courte échelle !... — exclama sourdement le béquillard. — Triple buse, qui ne l'avais pas deviné. Comme s'il pouvait exister un autre moyen d'arriver là-haut.

Le chef de l'expédition approuva vivement. Oui, c'était bien cela.

Seulement, il fallait l'échelle double, deux hommes à côté l'un de l'autre.

— Les plus robustes ! — spécifia le béquillard.

Plusieurs hommes se présentèrent dont l'Archonte.

Martial l'écarta. L'hercule se mit à rire.

Quoi, le cul-de-jatte doutait donc de lui, de sa vigueur. Il eut envie d'envoyer rouler ce chef, qui le méconnaissait, et ceux qu'il lui préférait au fond du fossé, pour leur montrer ce qu'il était.

Le chef le toucha du doigt, et le taureau s'écarta grognant mais soumis par la simple pression de ce doigt qui semblait entrer dans sa chair.

L'échelle double étant formée, deux hommes avaient grimpé sur les épaules des deux premiers, puis deux autres encore sur ceux-ci.

La pyramide atteignait presque, maintenant, le bas de la poterne.

Martial montra alors celle-ci à l'Archonte, puis toucha la hache de ce dernier, en faisant le geste d'attaquer cette fermeture.

Un nouveau et énorme rire souleva l'épaisse poitrine de l'hercule : il comprenait à quelle tâche le cul-de-jatte l'avait réservé.

Eh bien ! celui-ci allait voir de quoi il était capable.

Cinq ou six truands se tassèrent pour lui servir en quelque sorte de premiers échelons, car il n'était guère ingambe.

Et il commença de là son ascension, écrasant les pauvres diables sur qui il mettait les pieds.

Il avait laissé sa hache à terre afin de pouvoir s'accrocher avec les mains.

Un instant, la pyramide manqua crouler sous lui. Son poids était par trop lourd.

Il parvint cependant à se jucher au sommet, et à s'y maintenir.

On lui fit passer son arme, et son instrument.

Il le prit, noua sur le manche ses doigts épais. Le cul-de-jatte ne l'avait pas encore vu opérer ; — il allait être jugé.

Un han sourd et bref haleta. Il y eut un sifflement d'outil, et un coup formidable, sonore et violent comme celui d'une catapulte, retentit.

L'Archonte venait de frapper.

Mais le tranchant s'était émoussé sur une lame de fer, le démolisseur n'ayant pu choisir son endroit à cause de l'obscurité.

Un jurement suivit, émis par l'hercule irrité. Cette satanée porte lui avait dégradé sa hache : on allait voir.

Il palpa rapidement la poterne, leva de nouveau les bras, ses muscles tendus comme des cordes, et frappa de nouveau.

Au second coup, un éclat sauta.

Un bravo s'éleva, lancé par vingt voix au fond du fossé, surexcitant l'amour-propre de l'Archonte.

Et sa hache s'abattit une troisième fois, s'enfonçant en plein dans la poterne, faisant sauter des boulons.

Et cela recommença. Il battait maintenant sans s'arrêter, ainsi que le mouvement régulier d'un pendule, écrasant, mâchant les ferrures, hachant littéralement la porte.

Mais le soldat en sentinelle sur le rempart avait sursauté au premier coup.

Se penchant aussitôt au-dessus du bastion, il avait vaguement distingué en bas un amoncellement sombre de formes humaines.

D'ailleurs, le bruit retentissant qui continuait à s'élever ne pouvait lui laisser aucun doute.

Et courant vers le bord opposé du rempart, du côté qui donnait sur l'intérieur de la citadelle, il poussa son cri d'alarme, angoissant, prolongé.

Il n'avait pas besoin, du reste, de donner l'éveil.

Les coups de hache assénés par l'Archonte dans la poterne, aussi retentissants que s'ils avaient été donnés avec un bélier, se répercutaient à l'intérieur avec une sonorité, un écho effrayants.

Les geôliers, les soldats, tous avaient été frappés d'une stupeur mêlée d'épouvante.

Ayant encore présent à l'esprit le souvenir de l'explosion qui avait suivi la dernière évasion de certains prisonniers des souterrains, ils se demandaient si la population soulevée, ou au moins quelque parti puissant n'attaquait pas la citadelle pour commencer la révolte.

Les captifs, eux, tressaillaient d'allégresse.

C'était la deuxième fois depuis peu de temps que des événements étranges et menaçants se produisaient dans la sinistre demeure.

Et comme leur sort ne pouvait être aggravé, ils exultaient dans leurs fers, quelques-uns les secouant avec fureur, avec une fauve ivresse.

CXVII

SANG POUR SANG!

SOMERSET prolongeait, avec une féroce volupté, sa promenade à travers les cachots des souterrains.

On a représenté Louis XI se faisant ménager des retraits auprès des oubliettes dans lesquelles il enfermait ses ennemis, afin d'aller écouter leurs plaintes, se délecter de leurs gémissements.

Somerset, lui, se faisait ouvrir, une à une, à cette heure, les portes des in-pace dans lesquels étaient enchaînés les infortunés dont la situation lui avait porté ombrage.

Et savourant le spectacle de leur abaissement et de leurs souffrances, il ne sentait que davantage sa propre puissance.

Le temps passait durant cette descente aux enfers, pire que celle du Dante, lorsqu'un bruit sinistre arriva jusqu'au fond du souterrain.

Le sol avait paru trembler dans une vibration prolongée.

Le son se propageait sous terre avec une intensité considérable ; ce que l'on venait d'entendre n'était autre que l'écho intérieur des formidables coups de la lourde hache au moyen desquels l'Archonte des truands jetait la poterne à bas, bois et ferrures.

Somerset s'arrêta, pâlissant soudain.

— Qu'est-ce cela ? — fit-il d'une voix altérée.

Le gouverneur avait entendu, lui aussi, ainsi que tout le monde.

L'accent non moins troublé, il répondit :

— Je ne sais, monseigneur.

Il n'osait exprimer ce qu'il supposait, ses craintes s'accroissant dans les profondeurs de ce souterrain.

Le favori attacha sur lui son œil sanglant, empli soudain de tous les soupçons qui l'avaient hanté un moment, accrus encore, changés en la persuasion de quelque complot.

Et déjà lâche, il hésitait entre la colère et la supplication, tremblant malgré les gardes qui l'entouraient, sur le point de mendier l'indication d'un passage secret, connu peut-être du gouverneur, afin de se dérober au châtiment qu'il croyait voir s'approcher.

Un des gardiens placés à l'entrée des souterrains accourut.

— Messire, on attaque la forteresse! — cria-t-il haletant en s'adressant au gouverneur. — C'est sur la face nord!

On attaquait la Tour de l'extérieur!

Ce n'était donc pas un complot fomenté dans la citadelle, de telle sorte que la perte du favori fût immédiate, inéluctable :

Cette pensée rendit aussitôt toute son audace, toute son assurance à ce dernier.

— Fermez solidement les cachots! — ordonna-t-il en grinçant des dents. — Et malheur si un seul prisonnier vient à s'évader. Suivez-moi, vous autres!

Et, tirant son épée, il s'élança vers l'issue des souterrains.

. . . .

Sur la face nord, ainsi que venait de l'annoncer le guichetier, l'Archonte continuait sa tâche, imperturbablement.

Les geôliers, les soldats de la garnison, après les premiers instants de stupeur et d'effroi, s'étaient repris.

Se groupant peureusement, afin de n'être pas sacrifiés isolément par les assaillants dont ils ignoraient le nombre et les moyens d'action, ils couraient du côté où l'attaque se produisait.

Mais, durant ce temps, le terrible instrument manié par le bras de fer de l'hercule achevait son œuvre.

La barre de fer qui maintenait la fermeture tenait seule encore.

Il sauta sur l'appui de la poterne, l'empoigna, l'arracha de son alvéole, déjà ébranlée et la lança à l'intérieur avec fracas.

— Ça y est! — cria-t-il avec un accent de triomphe joyeux. — Là-dedans vous autres!

Martial avait déjà gravi l'échelle formée par les truands étagés. L'Archonte lui tendit les mains.

Mais ce dernier avait pris pied sans attendre son aide.

Et il fit deux ou trois pas dans le couloir obscur, afin de barrer le passage aux défenseurs de la place et de donner le temps aux truands de venir le rejoindre.

Il n'avait que son coutelas : son pied heurta la barre de fer jetée à l'intérieur par l'Archonte.

Il se baissa, la saisit.

Voilà qui valait autant qu'une épée.

Entraînés par le premier succès de cette attaque, les Truands se ruaient à l'envi vers la poterne et Martial sentit leur troupe derrière lui.

Il dut avancer davantage encore : ils se gênaient mutuellement dans ce coin de couloir devenu trop étroit ; ils avaient besoin du large.

Mais on n'y voyait plus et l'écuyer marchait à tâtons, lorsqu'une lumière dissipa soudain l'obscurité du passage.

C'étaient les premiers défenseurs de la citadelle qui avançaient en hésitant et éclairant craintivement leur marche.

— Enfin ! — pensa Martial.

Et, non point parce qu'il songeait au mutisme auquel il s'était astreint, mais sentant instinctivement qu'une attaque silencieuse et foudroyante devait être plus impressionnante que du tumulte, il bondit sans bruit, sa barre de fer levée.

Les truands le virent, et l'exemple dominant leurs habitudes si bruyantes d'ordinaire, ils se ruèrent sans un cri sur ses traces.

Les défenseurs de la citadelle s'étaient arrêtés, effarés, en voyant s'avancer comme un torrent cette horde obscure et muette.

Ils étaient une douzaine à peine... Mais les compagnons de Martial n'étaient guère plus nombreux pour le moment.

Peut-être même l'étaient-ils moins encore. Ils l'ignoraient, suivant leur chef... Il y eut un sifflement pareil à celui d'un fléau coupant l'air, et un corps s'abattit, fauché, une tête crevée par la barre de fer que maniait Martial : ce fut le commencement.

Des rauquements fauves suivirent, puis des cliquetis d'armes, les gardiens tombèrent ou lâchèrent pied, balayés par le flot qu'ils avaient attendu.

Dans cet intervalle, les autres truands atteignaient à leur tour l'ouverture. Le béquillard restait un des derniers, à cause de la jambe qui lui manquait, pestant et jurant.

Mais nul ne faisait attention à lui, les truands étant excités par les ordres rauques de l'Archonte qui les saisissait dès qu'ils apparaissaient, les jetant à l'intérieur.

Les hommes qui faisaient la courte échelle restaient seuls.

L'hercule empoigna celui qui couronnait l'une des deux rangées, l'enleva comme un fétu.

— Et moi ! misère et mort ! — hurla le béquillard, — moi donc ! je suis le lieutenant.

L'Archonte fit entendre son gros rire.

— Toi, le béquillard, attends !

Deux hommes restaient encore dans le fossé avec lui, incapables les uns et les autres d'arriver jusqu'à la poterne.

L'Archonte déroula tranquillement une ceinture dont il s'était paré avant de partir pour la bataille. Et il la laissa pendre au dehors.

— Attrape, — fit-il.

L'amputé prit sa béquille aux dents, se cramponna des deux mains à l'étoffe. Et l'hercule l'enleva d'un coup.

Une fois sur le bord, l'ancien soldat n'eut que ces mots :

— Le chef?...

Mais il n'eut pas besoin de réponse.

Un piétinement ardent, un froissement d'armes l'avait déjà renseigné.

Alors, au tumulte du combat naissant, un bruit étrange se mêla : comme un martellement précipité résonnant sous la voûte.

C'était le bout ferré de la béquille dont le chiffon précédemment attaché était tombé.

La lanterne qui avait permis à Martial et à ses truands d'y voir clair, brûlait toujours, tombée en un coin, échappée à celui qui la tenait auparavant et qui gisait à terre lui-même.

Ses rayons montraient un homme déguenillé, sautant sur une seule jambe et s'appuyant par moments sur une sorte d'échasse, fantastique dans cette demi-obscurité, et qui chaque fois qu'elle touchait terre, le portait dix coudées plus loin.

Martial et les truands, rassemblés d'abord autour de lui, ayant brisé la résistance des premiers opposants qu'ils avaient rencontrés, avaient poussé en avant.

Il s'agissait de gagner la sortie du couloir, de prendre position à son entrée pour permettre à tous leurs compagnons de pénétrer dans la citadelle, de se former. Pas besoin d'ordres pour cela.

L'accord entre les soldats et le chef avait été instinctif.

Mais, cinq ou six pas plus loin, un fort groupe d'archers, sortis d'un corps de garde peu éloigné, avait surgi brusquement, dévalant d'un escalier latéral inaperçu encore par les assaillants.

Ceux-ci n'étaient plus des guichetiers, des gardiens de prison, plus habitués à la brutalité qu'à la bravoure. C'étaient des soldats accoutumés à la lutte, dressés à manœuvrer au commandement.

Glissant à temps dans le couloir, ils s'étaient formés sur deux rangs, présentant la pointe de leurs piques.

Ils devaient tenir assez longtemps pour donner, au reste de la garnison, le temps ne se rassembler.

Les truands essayèrent de les ébranler, de passer sous leurs piques afin de leur planter le coutelas ou l'épée dans le flanc.

Mais les archers, un pied en arrière, le corps penché, formaient un mur vivant de pointes aiguës.

Dans l'intérieur, on entendait des commandements, des appels militaires. Les défenseurs de la forteresse accouraient en force.

Martial eut un grondement farouche : il fallait sortir de là à tout prix. La barre qu'il n'avait pas abandonnée traça un moulinet terrible.

Et il repartit sur les archers, à corps perdu.

Une pique se détacha du rang invincible formé jusqu'alors, afin de le prendre au vol en quelque sorte. Ce fut la faute.

L'arme informe, maniée par l'écuyer français, rencontra le fer du soldat, l'arracha aux doigts qui le tenaient, l'envoya brisée contre le mur. La brèche était ouverte : une épée y passa ainsi qu'un homme.

Cet homme, en se détournant, plongea encore sa lame dans le dos de l'archer de droite, tandis que celui de gauche s'affaissait sous le fer de Martial brandi de nouveau, et de nouveau abattu.

Il y eut un court corps à corps, et les archers furent balayés comme les gardiens qui s'étaient présentés d'abord l'avaient été.

Et l'impulsion acquise porta les assaillants jusqu'à l'extrémité de la voûte, au grand air.

La vue des étoiles transporta le vaillant et brave chef.

Il s'orienta rapidement, cherchant le sommet dominant du donjon, au bas duquel s'étendaient les cachots de la première section.

Et l'ayant découvert, il le montra de la main, tandis que son cri rauque sortait de sa poitrine.

Il ne prit pas le temps de s'assurer s'il était suivi de toute sa troupe.

Il fallait aller vite surtout, il savait qu'il avait du monde autour de lui : c'était l'essentiel.

Les autres viendraient après lui prêter main-forte.

La cour dans laquelle il se trouvait, située derrière le donjon, lui était inconnue. Mais que lui importait ?...

Quelques minutes de course et elle serait franchie.

Comme il arrivait au milieu, une ligne sombre apparut soudain entre lui et le donjon. C'était la garnison qui accourait !

En même temps, des lumières surgissaient à diverses ouvertures, éclairant suffisamment la cour.

Les truands à la vue de la troupe eurent un moment d'hésitation.

Seuls, ceux qui entouraient immédiatement leur chef le suivirent encore.

Ce symptôme n'échappa pas aux soldats.

Et ils chargèrent, afin de disperser la troupe envahissante avant qu'elle ne se fût reformée et que des secours ne lui fussent parvenus.

Martial et son élite reçurent le choc.

— Sang pour sang! me voici!... tête et mort!

La vue du donjon auquel il touchait presque élevant l'âme de l'écuyer aux dernières limites de l'héroïsme, il luttait comme un lion.

Une véritable barrière de corps étendus, de têtes béantes le protégeait contre les assauts trop nombreux de ceux qui l'assaillaient.

Mais, en se détournant à demi, il s'aperçut que les truands, réunis par petits groupes, faiblissaient déjà.

Un halètement douloureux déchira sa poitrine.

— Achevez celui-là. C'est le chef ! — fit une voix.

C'était celle d'un des gardiens qui, les premiers, avaient eu affaire aux assaillants... Aussitôt une trombe humaine partit sur Martial !

Pour un ennemi abattu, dix semblaient renaître.

L'écuyer d'Henri de Mercourt, dans un coup de découragement, chercha autour de lui une aide, un secours.

Alors, fendant les adversaires aux prises, un combattant étrange apparut... Il avançait par bonds d'échassier, avec une seule jambe valide.

— Tiens bon, le cul-de-jatte ! — cria-t-il. — C'est moi, le béquillard !

Et il plongea dans la cohue armée qui accablait Martial.

Un vide se fit devant lui, car sa main droite maniait terriblement une lourde épée, tandis que la gauche tenait sa béquille.

Un bancal le suivit, besognant d'une façon effroyable du seul bras qui lui restait : un coup à lui, avec lequel il décousait un homme du creux de la poitrine à la taille, mettant les boyaux à l'air.

C'était donc une bande sortie du monde des sorciers que cette troupe étrange, effrayante, et dont le chef se servait d'une massue, dédaignant l'épée?... Les soldats eurent à leur tour une hésitation. Mais trois hommes seulement devant eux?... Leur inquiétude dura peu. Eh bien ! ma foi, on allait les saigner tous trois.

Le béquillard jugea la situation critique.

S'appuyant sur son bois, il se redressa de toute sa taille.

Et ce cri, le serment de guerre des truands, claqua sur ses lèvres : — Chair pour chair !... Le chef est en péril ! A nous... Sang pour sang !...

Sang pour sang... Un accent rauque, bestial répondit.

Et une massue sombre, éléphantesque apparut, s'avançant comme un léviathan, renversant tout devant elle par son seul poids.

— Sang pour sang ! me voici !... Tête et mort !

Et faisant claquer le sol sous ses larges pieds pour s'enlever, l'Archonte des truands apparut, brandissant son énorme hache.

Les ferrailles de la potence l'avaient un peu émoussée peut-être, mais le tranchant suffisait encore pour ouvrir les crânes.

Il allait le montrer aux soldats anglais.

CXVIII

ENCORE UN PAS

ARTIAL était dégagé.

Il fallait passer de l'avant quand même et toujours.

Il montra le donjon d'un geste ardent.

Les truands, électrisés par l'exemple du béquillard et de l'Archonte ainsi que des deux ou trois hommes qui les suivaient s'étaient repris.

Retrouvant leurs avantages maintenant que la masse rigide des soldats de profession était rompue, ils se servaient de leurs armes, étranges parfois, avec une maestria à donner le frisson.

Le béquillard inspecta le champ de bataille du coup d'œil d'un capitaine habitué au maniement des troupes.

Il avait vu le geste de Martial, avait deviné son intention.

Or, il était le lieutenant, il devait assurer l'exécution des volontés du chef.

— Compagnons et frères, — lança-t-il de sa voix la plus éclatante, — serrez-vous et en avant tous !

Les truands l'entendirent.

Refoulant les ennemis qui tenaient encore devant eux, dédaignant ceux qui se trouvaient sur les côtés, ils s'agglomérèrent, se joignirent en une masse compacte.

Et ils se rallièrent à l'ordre de leur lieutenant.

Comme fanion, ils avaient devant eux, l'énorme, l'effrayante stature de l'Archonte dont les pieds écrasaient ceux qu'il avait renversés.

La troupe des gueux était réduite d'un quart. Mais ceux qui restaient avaient subi le choc des soldats de la garnison.

Et l'audace, l'enthousiasme les rendaient plus forts qu'au début.

Ils chargèrent donc avec ensemble.

Et suivant immédiatement le chef, le béquillard, ils s'engouffrèrent dans le passage qui conduisait à la cour du donjon.

La taille énorme de l'Archonte leur servait de point de ralliement.

Et tant qu'ils le verraient debout, ils marcheraient, ils iraient de l'avant.

Martial, en débouchant dans la cour du donjon, eut un véritable cri d'allégresse.

Il la reconnaissait trop bien : il ne pouvait pas se tromper !

Son maître !... son maître était là. Encore quelques minutes et Martial briserait ses fers, l'entraînerait avec lui dans sa retraite par le même chemin qui l'avait amené, avant que les troupes casernées à l'intérieur ne fussent arrivées au secours de la forteresse.

Un fanal, qui brûlait au fond de l'escalier du donjon, projetait légèrement sa clarté à l'intérieur, lui montrait distinctement le chemin.

Mais un ruissellement de lumières effaça brusquement celle-ci.

Et le costume trop connu des gardes de Somerset apparut brusquement.

C'était la moitié de l'escorte du Duc-Rouge qui avait mis pied à terre et s'avançait vers les assaillants.

Derrière, sur les côtés, se tassait la masse des gardiens appelés à la défense, les soldats échappés au combat.

Dans le fond, tout à fait, saillaient des têtes de chevaux, des reflets de cuirasses : le reste de l'escorte du favori, prête à intervenir au moment favorable pour écraser ce qui resterait d'assaillants.

Somerset lui-même, se souvenant enfin qu'il avait été soldat, s'était placé au milieu de ses gardes à pied, de ceux qui allaient engager le combat.

Un double rang le protégeait d'ailleurs.

Voici comment cela s'était fait :

Le favori, sorti précipitamment du souterrain, s'était rendu d'abord au milieu de son escorte.

Là, plus rassuré, il avait reçu les rapports des hommes qui, engagés avec les truands dès l'entrée de ceux-ci, avaient pu se dérober à leurs coups.

Encore affolés par le combat, ils avaient parlé d'un guerrier étrange qui paraissait être le chef, car chacun le suivait, et qui combattait sans dire un mot, se faisant place avec une barre de fer... de soldats à qui il manquait un bras... d'autres qui combattaient avec une béquille ou en se tordant sur un moignon de jambe, tous terribles d'ailleurs.

Somerset crut d'abord que la terreur avait rendu ses hommes fous.

Ce qu'il remarquait cependant c'est que le duc de Noxford n'était pas à la tête des envahisseurs.

L'attaque de la citadelle ne se rapportait donc pas à l'immense conspiration qu'il croyait dirigée par le descendant des Lancastre et qui troublait ses nuits.

Mais si ceux qui le renseignaient n'avaient pas totalement perdu la raison, que se passait-il donc en réalité ?

Avait-il affaire à une audacieuse mutinerie, à quelque tentative à main armée afin de délivrer un prisonnier, tentative encouragée par le succès de celle d'Henri de Mercourt ?

Et Somerset songea tout de suite au fils de Stewart Bolton, se souvenant de sa réserve ironique.

C'était cela. Le dangereux comte de Verbrock devait avoir des relations secrètes avec le dehors et il avait lui-même préparé cette agression, du fond de sa cellule.

Le Duc-Rouge lui refusait sa liberté... eh bien ! il allait la prendre.

Somerset pensa en conséquence que les affirmations des soldats pouvaient être exactes.

Le fils de Stewart Bolton, n'ayant aucune sympathie dans la noblesse qui le méprisait trop, avait dû faire engager la lie des écumeurs de la ville, truands et autres.

La colère, la conscience de la valeur des soldats de son escorte rendirent tout son courage au favori, si pusillanime tout à l'heure.

— La moitié de l'escorte à pied ! — commanda-t-il d'une voix brève. — Tout ce qui reste de la garnison sur les ailes; les gardiens derrière !...

De la même intonation rapide et coupante, il ordonna à un officier qui l'avait accompagné dans les souterrains de prendre la direction de l'autre moitié de l'escorte restée à cheval, et de charger sans merci les mutins dès qu'il les verrait ébranlés.

Lui-même s'était placé au centre, afin d'inspirer la confiance et de diriger l'action, un de ses affidés tenant du reste, derrière, un cheval de main, pour lui permettre de sauter en selle, et de fuir s'il était nécessaire.

Dix torches portées par des gardiens s'étaient enflammées, inondant les murs lugubres de la forteresse de leur clarté sanglante et la nouvelle cohorte s'était avancée.

C'est elle qui venait de surgir dans la cour du donjon, alors que Martial entrevoyait le but, alors qu'il ne lui restait qu'un court trajet à faire pour arriver auprès de celui qu'il avait fait le serment de ne point abandonner.

Une véritable lamentation déchira son être.

Mais il vaincrait. Il triompherait quand même. Devrait-il rester seul, — seul et couvert de plaies pour briser les fers du seigneur de sa famille.

Il avait constaté précédemment l'inquiétude des truands en face des troupes régulières.

Il ne voulut pas leur laisser le temps de céder à cette impression.

Et, poussant son rugissement rauque et effrayant qui valait des mots, il se détourna, fonça le premier sur les nouveaux adversaires qui se présentaient.

— Bravo ! — cria à côté de lui le béquillard, — c'est la vraie tactique. Frères de la sainte pègre, en avant aussi ! Sang pour sang, aujourd'hui. Liesse et fête demain !

— Sang pour sang ! — répéta la voix tonitruante de l'Archonte.

Et il partit, lui aussi, épais et monstrueux, sa hache déjà levée.

Somerset vit arriver cette trombe, — réellement infernale, — à l'éclatante et en même temps fantastique lumière des torches.

Il vit cet homme, sautant comme un échassier boiteux sur sa béquille, du feu dans les yeux ; il vit des corps tordus, des membres claudicants, des reins déjetés ; il vit l'espèce de monstre humain, haut et large comme une bête fabuleuse ; et tout cela dardant ses yeux féroces et ses armes sur lesquelles coulait du rouge...

Il vit enfin ce chef silencieux dont on lui avait déjà parlé et qu'il lui sembla avoir déjà aperçu quelque part, — il ne savait où, — n'ayant pas le temps de chercher.

Il eut la sensation de ce que l'aspect de cette horde pouvait avoir de démoralisant pour ses troupes. Et il voulut réagir.

— Soldats ! — cria-t-il de toute la force de sa voix, — par Saint-Georges, bataille et joie, ce ne sont que les vils gueux de Londres !

Au fond, il ne savait pas si bien dire, ayant lancé cela au hasard.

Mais sa voix avait retenti, répercutée entre les murailles.

Martial l'entendit : un rictus tendit ses traits ; il venait de reconnaître la voix de Somerset.

Somerset, l'ennemi, le persécuteur de son maître, le sien !

Ses yeux, devenus de feu, fouillèrent la masse des ennemis dont quelques mètres le séparaient encore, y cherchant celui qui venait de parler.

Il l'aperçut, le reconnut enfin à son costume, puis à ses traits gravés impérissablement dans sa mémoire.

Alors la volonté intangible qui l'avait jusqu'alors condamné au silence cessa d'exister avec les causes qui la lui avaient imposée.

Une voix claqua, stridente, comme si elle venait de l'au-delà, faisant écho sur les murs bastionnés, arrivant jusqu'au fond du cachot d'Henri de Mercourt...

Cette voix, frappant de stupeur les truands eux-mêmes, renfermait des éclats de tonnerre. Et elle jeta ces mots terribles :

— Somerset ! Dieu me met en présence de toi. Si tu n'es pas un lâche, à nous deux !

CXIX

PAUVRE BÉQUILLARD !...

UNE stupeur inexprimable avait saisi les truands en entendant ce défi éclatant jeté par Martial.

Leur chef n'était donc pas muet comme ils l'avaient tous cru.

L'étonnement était surtout considérable chez le béquillard, — et en même temps l'admiration.

Quoi, lui qui avait vécu dans son intimité, jamais il ne s'était douté, aperçu du rien.

Quelle force de volonté, quelle énergie il avait fallu à cet homme pour conserver inébranlablement ce mutisme.

Comme l'ancien soldat regrettait d'être impotent ! Avec un tel chef, il serait allé au bout du monde.

Les truands éprouvaient une sensation analogue.

Quant à l'Archonte, un travail confus et lent se faisait dans sa lourde tête.

Cet homme nouvellement entré dans la truanderie et qui, se traînant à terre sur son misérable pilori de cul-de-jatte, était cependant assez riche pour enrôler un grand nombre d'entre eux, lui apparaissait comme une sorte de chevalier des légendes d'antan aux grands projets mystérieux.

Il trouvait la confirmation de cela dans sa provocation directe au duc de Somerset, à cet homme que les truands, dans leur dédaigneux éloignement de ce qui se passait autour d'eux, considéraient un peu comme le véritable souverain du reste de l'Angleterre.

Les autres compagnons de Martial avaient ressenti, eux aussi, une impression identique en voyant leur chef appeler en combat singulier le potentat, le chef ennemi.

Et instinctivement, ils s'étaient arrêtés, abaissant leurs armes, attendant avec une sorte de naïveté que les deux adversaires eussent vidé leur querelle en champ clos.

Le favori d'Élisabeth la Sanglante avait entendu la provocation claire et nette de Martial.

— Somerset, Dieu me met en présence de toi. Si tu n'es pas un lâche, à nous deux!

Il lui semblait reconnaître cette voix, mais sans pouvoir préciser dans quelles circonstances elle avait déjà frappé son oreille.

Et il se demandait si c'était quelque seigneur disparu depuis longtemps de la cour, afin d'éviter les persécutions dont le favori était coutumier, et qui apparaissait brusquement en vengeur après avoir recruté les échappés de toutes les léproseries et truanderies du royaume, ayant trouvé ce moyen pour que le secret fût mieux gardé qu'il ne l'aurait été de la part de gentilshommes ou de soldats de profession.

Et, avançant son buste, il tâchait de reconnaître cet adversaire, sans sortir pourtant du double rang de ses gardes qui le protégeaient.

Un guichetier, derrière lui, tenait une torche.

Somerset la lui arracha et la secoua au bout de son bras pour en faire jaillir un surcroît de flammes, éclairer, d'une lueur plus vive, le visage de cet ennemi.

— Tu as donc bien mauvaise mémoire, Somerset ! — cingla la voix de Martial. — Quand nous nous verrons de plus près tu me reconnaîtras mieux.

S'enlevant d'un bond soudain, que nul ne prévoyait, il reprit terre à deux pas à peine de Somerset, mais les gardes pointèrent leurs épées vers lui pour défendre leur maître.

Il arracha l'une de ces épées d'un geste nerveux, et, se mettant hors de portée d'un nouvel élan, jeta cette nouvelle provocation au cauteleux favori :

— Tu aurais pu craindre l'arme dont je me servais, duc de Somerset. Regarde, j'ai pris une épée.

« Sors donc hors des rangs des hommes qui te gardent si mal puisqu'ils se laissent désarmer et viens seul ici, poitrine contre poitrine, fer contre fer.

« Viens donc encore, une fois, si tu n'es pas le dernier des lâches, comme tu es le dernier des bandits !

Les lèvres du Duc-Rouge blêmirent, ses prunelles semblèrent distiller du venin, en même temps qu'un âpre contentement faisait battre ses veines.

L'homme qui le provoquait avait trop parlé.

Quoiqu'il se fût montré beaucoup plus laconique autrefois, l'amant de la reine se souvenait maintenant, grâce à l'accent étranger, de ce nouvel ennemi qui venait trahir.

— Ah ! — murmura-t-il entre ses dents, — Henri de Mercourt, il paraît que tu comptes bien peu sur la reconnaissance du duc de Noxford et de lord Mercy, puisque tu envoies ton écuyer racoler tous les rebuts du monde des truands pour venir ouvrir les portes de ta prison !...

Et son audace, s'accroissant avec la véritable perception de la situation, avec la confiance, — puisque ce qu'il voyait lui montrait l'inanité du complot dont l'appréhension l'empêchait de dormir depuis tant de jours, — il releva la tête.

Repris entièrement par tous ses instincts farouches et mauvais, ayant besoin de se soulager de tout ce qu'il avait éprouvé d'angoisse jusqu'à cette heure précise, sa voix âpre commanda :

— Sus ! à ces mendiants et tire-laine. Tuez ! tuez tout ! excepté leur chef qu'il me faut vivant. En avant ! Et tuez ! tuez !...

— Lâche ! — répliqua la voix stridente de Martial. — En avant ! compagnons !

Un accent, pareil à un sourd roulement de tonnerre, lui répondit, sorti de la large poitrine de l'Archonte et répétant le même ordre.

Et l'hercule, le léviathan, fonça devant lui, ainsi que le béquillard, tous deux aux côtés de Martial.

Partout où les truands voyaient leur Archonte, ils suivaient.

Somerset les avait qualifiés de mendiants et de tire-laine : mais ces misérables, — et ces miséreux, — avaient aussi tenu l'épée ou la pique autrefois.

Et ils venaient de le montrer; ils étaient prêts à le prouver de nouveau.

Les gardes de Somerset avaient leur maître au milieu d'eux, l'homme qui leur payait leur haute solde.

Les soldats ralliés autour de cette dernière troupe, les gardiens de la prison, ces derniers surtout, allaient lutter sous les yeux de celui qui avait droit au titre de lord-chief de la haute justice, — et de qui ils dépendaient étroitement.

L'action allait donc être décisive.

Et la troupe de Somerset s'ébranla.

L'élan de Martial, du béquillard et de l'Archonte, la poussée unanime des truands devait abréger la moitié du chemin aux défenseurs du misérable duc.

Le garde, désarmé par Martial, avait cru pouvoir ramasser la barre de fer que l'écuyer avait rejetée.

Mais il ne savait pas s'en servir, et sa propre épée, passée dans la main du Français, en se plantant dans sa gorge, la fit tomber de ses doigts inhabiles.

L'écuyer d'Henri de Mercourt voulait arriver jusqu'à Somerset, et, pour cela, il immolait tout ce qui s'interposait entre eux.

Le Duc-Rouge vit tomber le soldat.

Il prévit le but du chef des assaillants : c'était de se trouver en sa présence et de le forcer à accepter le combat ou, à défaut, de le frapper sans pitié.

Et lui qui avait été brave cependant autrefois, — brave, surtout lorsqu'il supposait être le plus fort, — devenu réellement le lâche dont venait de parler Martial, poussa un autre de ses gardes en avant, s'en fit un bouclier.

— Noble abject! — cingla le Français.

Et, dédaignant de frapper l'esclave, il le renversa violemment, voulant atteindre le maître.

— Tuez-le donc! — hurla Somerset oubliant, dans sa terreur, qu'il avait recommandé de le prendre vivant, un instant avant.

L'ordre n'était pas facile à exécuter.

Les rangs des gardes et ceux des truands, mêlés, confondus, offraient un aspect terrible.

A droite de Somerset, un vide énorme commençait à se creuser autour d'une espèce de monstre rugueux et farouche.

Il était ouvert par l'Archonte, dont la hache, dans un moulinet effroyable, brisait tout ce qu'elle rencontrait, épées, piques, cuirasses ou têtes.

En face, le fils de Jean d'Acier continuant d'avancer, immuable comme la fatalité, contre l'indigne ministre.

A droite de celui-ci, sur la gauche du favori, le béquillard ferraillant pour deux s'il n'avait qu'un bras de libre!

Le brave soudard avait entendu le dernier ordre de Somerset et, ne quittant pas le « cul-de-jatte », il veillait, tout en combattant, à parer les coups traîtres qui pouvaient lui être portés.

Le gouverneur, ne voulant pas s'être solidarisé jusqu'au bout avec le favori s'il devait périr dans l'engagement, s'était éclipsé sous prétexte d'aller faire tirer le canon d'alarme.

La moitié des torches étaient éteintes ou mouraient à terre, écrasées, piétinées, ceux qui les tenaient ayant succombé pour la plupart.

Somerset sentit près de lui le vent de l'épée de Martial, il aperçut, à côté, le tournoiement vertigineux de la hache de l'hercule : il se rejeta en arrière.

— Le lâche fuit! — lança Martial.

Le duc ne répondit pas, mais un rictus haineux tordit ses lèvres : le serviteur du vicomte de Mercourt ne le poursuivrait pas dans sa retraite.

Sa main droite, cachée sous son justaucorps, reparut armée d'un pistolet.

C'était une arme fabriquée exprès pour lui, de façon à pouvoir être cachée sous ses vêtements, — et qu'il portait toujours, afin de se défendre en cas de surprise.

Il visa Martial en pleine poitrine et fit feu.

Le Français vit luire l'éclair de l'arme.

Mais quelqu'un autre avait suivi les mouvements du duc ; c'était le béquillard.

Ah ! s'il avait eu un pistolet, lui aussi !...

Mais il n'avait que son épée, et ce vil grand seigneur était trop loin.

— Chef ! — cria-t-il pour avertir Martial. — Attention !

Mais il était trop tard...

Alors, le pauvre vieux soudard eut un mouvement instinctif, sublime.

Sa béquille, d'un effort violent, le poussa en avant, entre le pistolet du duc et la victime qu'il voulait atteindre : il sentit la chaleur de la poudre...

Et brusquement, sa béquille lui échappant, il demeura une seconde encore debout sur la seule jambe qui lui restât, puis s'abattit...

Sublime abnégation !...

Entre deux coups d'épée, Martial avait discerné son mouvement.

Il avait vu l'éclair jaillir du pistolet. Ce qui précéda s'était accompli dans la durée de cet éclair rapide.

Il eut l'intuition de la vérité, du sacrifice héroïque et simple du soldat.

— Mon pauvre béquillard !... — fit-il avec douleur.

Son regard, empli de pitié, rencontra l'œil mourant de l'homme qui venait de se sacrifier.

— Que veux-tu, — sembla lui répondre celui-ci, — j'étais un pauvre vieux soldat réduit à tendre la main, tandis que toi tu es jeune et dirigé sans doute par un noble mobile. Tu me vengeras !

L'écuyer parut le comprendre.

— Oh ! oui, châtiment et vengeance ! — gronda-t-il.

Et, avec une fureur accrue encore si possible, il fonça sur Somerset.

Son épée arriva jusqu'à la poitrine du favori.

L'amant d'Élisabeth n'eut que le temps de parer. Il comprit qu'il ne parviendrait jamais assez tôt à sauter en selle et à éviter cet ennemi implacable.

— Chargez ! mais chargez donc ! — criait-il en grinçant des dents aux cavaliers qui, restés en réserve, se demandaient déjà s'ils ne devraient pas intervenir.

Prêts à partir, ceux-ci n'eurent qu'à toucher leurs chevaux de l'éperon, et une trombe vivante se rua en avant.

L'Archonte reçut le choc d'un cheval en pleine poitrine : il chancela, se remit, empoigna le cavalier à la ceinture, l'arracha de ses arçons, le balança en l'air un instant et le lança à deux toises de là.

La charge effrayante, subie par les truands comme une chose à laquelle il fallait s'attendre, était passée.

Un grand nombre des soldats de Martial, et des autres aussi gisaient à terre, renversés, écrasés sous les sabots des chevaux.

Somerset en avait profité pour saisir les rênes de la monture qu'on lui tenait en réserve et sauter dessus.

Martial, épargné par la charge, vit qu'il allait lui échapper... Il vit sa tentative héroïque avortée... et cela au moment précis du triomphe final.

Une chose pouvait tout rétablir : la mort du misérable duc.

Et se séparant des quelques truands restés debout, il courut vers l'ennemi qui se dérobait.

Mais les cavaliers avaient tourné bride.

Seulement, les couteaux avaient remplacé les épées entre les doigts de ceux qu'ils écrasaient et plus d'un des gardes avait vidé les étriers.

Qu'importe, ils étaient passés de nouveau.

Un groupe compact de truands seulement restaient debout.

Autour d'eux un carnage, il est vrai : mais leur extermination était évidente, fatale. Ils se comptèrent rapidement, virent que tout était perdu.

Le cri de sauve-qui-peut haleta alors dans la bouche de l'un d'eux.

Et comme un vol d'orfraies, encore redoutables, effrayants même dans leur fuite, les jambes tordues, les reins déjetés, leurs traits balafrés, creusés de nouvelles plaies, ils se précipitèrent dans la nuit, rasant la terre, reprenant le chemin qu'ils avaient suivi en venant, afin de n'être pas massacrés entre ces murs.

L'Archonte les vit fuir.

Un rugissement, un beuglement rauque sortit de sa poitrine velue

Ils fuyaient en abandonnant le chef, en oubliant leur serment.

Lui aussi pouvait s'échapper, mais le « cul-de-jatte », trop avancé, était perdu sans retour.

Somerset s'en aperçut, lui aussi.

Son épée désigna Martial, tandis qu'il jetait son cheval en arrière pour se maintenir hors de sa portée.

— A lui ! — grinça-t-il. — A lui, tous !... Et vivant maintenant. Je le veux vivant !

Et il exultait, frénétique, jugeant que c'était bien fini, et voulant en vie cet ennemi qui avait menacé son existence, afin de le faire mourir dans une agonie que nul damné n'avait encore jamais connue.

A cet ordre, à cette désignation, les gardes, les geôliers qui restaient valides se ruèrent sur Martial, désireux de venger l'hécatombe de leurs compagnons et la frayeur qu'ils avaient eue.

Chacun d'eux désirant être le premier à mettre la main sur lui afin de complaire au duc.

Un homme seul n'était plus guère dangereux : ils pouvaient donc se montrer braves impunément.

Dans son cerveau lourd, l'Archonte en avait conscience.

Le mugissement jailli de sa gorge à la vue de leurs compagnons dispersés s'acheva dans une intonation de détresse et d'angoisse.

— Sang pour sang! — lança-t-il d'un accent de tonnerre.

Et monstrueux, fauve, irrésistible, il se jeta en avant, sans même se servir de sa hache, refoulant, brisant de son poids seul tout ce qu'il rencontrait.

Il arriva au milieu des soldats, auprès de Martial, l'empoigna brusquement par la taille, le jeta sur son épaule, laboura encore une fois de son corps de taureau la masse des soldats qui s'étaient reformés, surgit hors de leurs rangs.

Et par bonds énormes et lourds, il rejoignit les autres truands fugitifs.

Un geôlier, blotti contre la tour du donjon, essaya de lui planter traîtreusement au passage sa dague dans le flanc.

D'un revers de hache le truand décolla sa tête qui alla rouler contre la muraille... et il passa.

CXX

ERRANT

ARTIAL, sauvé par l'étreinte de l'hercule, essayait de se dégager, ne voulant pas survivre à la ruine de ses espérances.

Mais la pression du bras qui l'emportait était pareille à celle d'une machine, et non d'un homme.

Il était obligé de vivre et Somerset n'aurait pas la nouvelle victime qu'il voyait déjà en sa possession.

La fureur du favori, portée à son paroxysme, le faisait écumer.

Ce fut avec un véritable hoquet, les paroles sortant inintelligibles de son gosier, qu'il hurla qu'il voulait quand même sa proie : il la voulait à tout prix.

On obéit, refroidi cependant par le sort de l'individu que l'hercule venait de marquer, — pour l'éternité.

Mais les truands qui fuyaient avaient entendu la formule redoutée de serment, jetée de nouveau par l'Archonte aux échos de la sinistre citadelle.

Ils avaient reconnu sa voix, s'étaient arrêtés.

Ils virent arriver les poursuivants et se retournèrent en grinçant.

Les soldats eurent peur de pousser à bout ces hommes plus près de l'enfer que de la terre, et n'osèrent pas les aborder.

L'Archonte et les survivants de cette ardente épopée arrivèrent dans la première cour, où ils avaient mis le pied après le passage de la poterne.

L'hercule massif n'avait pas lâché son fardeau.

Dans son intelligence faite d'instinct animal, il pensait que ce n'était pas la peine d'avoir tiré « le cul-de-jatte » du milieu des escogriffes qui s'apprêtaient à le saigner comme un poulet, pour le laisser aller se faire casser la tête de nouveau : car il en était bien capable.

Et ils s'engouffrèrent tous dans le corridor dont ils avaient si prestement délogé les défenseurs à leur arrivée, sous la conduite de Martial.

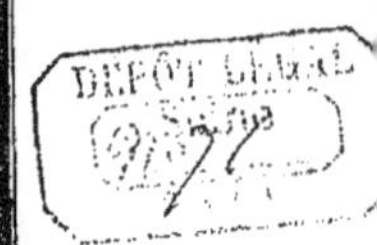

Serrant Martial à l'écraser, il empoigna le tissu de sa seule main restée libre
et se laissa glisser.

La lanterne tombée à terre, lors de ce premier engagement, brûlait
toujours, leur indiquant le chemin.

Le dernier l'écrasa du pied en passant, l'éteignit.

Une étoile qui brillait à l'extrémité leur indiquait l'ouverture: ils
n'avaient pas besoin de montrer aux autres ce qu'ils allaient faire.

Le premier qui arriva devant la poterne s'accroupit, glissant sur le ventre, s'accrocha des mains au bord de la pierre, lâcha tout et tomba dans le fossé à la renverse.

— Ouf ! — fit-il en se redressant.

Un autre suivit.

Sur l'épaule de l'Archonte, Martial, étourdi le premier moment, continuait à se débattre.

— Par la sainte confrérie des gueux, — marmotta l'hercule, — le lâcher, tout serait à recommencer. Or çà, vous autres, déroulez ma ceinture et l'attachez à quelque ferraille solide !

Les autres comprirent.

Le dignitaire de la truanderie avait tiré en l'air plusieurs d'entre eux suspendus à cette bande d'étoffe ; il voulait descendre avec sans lâcher le chef.

Il fallait surtout se hâter, des commandements entendus dans l'intérieur de la citadelle leur indiquant qu'on n'allait pas tarder à venir les relancer.

Des mains de truands aussi expertes à soulager un passant de sa bourse que de son manteau eurent vite déroulé et fixé la ceinture à un des gonds de la poterne.

L'Archonte s'accroupit en faisant craquer ses buffleteries. Serrant Martial à l'écraser, il empoigna le tissu de sa seule main restée libre, se laissa glisser.

A mi-chemin, l'étoffe craqua. Qu'importait ? A cette distance, l'hercule pouvait faire le saut, et il toucha terre. Presque au même instant, se faufilant comme des chats, ceux qui restaient encore en haut les eurent rejoints.

— Maintenant, au large ! — commanda l'Archonte.

— Laisse-moi aller ! — suppliait Martial.

Mais discutailler était plus long que de sortir du fossé et gagner la ruelle, « le-cul-de-jatte » tout en nerfs ne pesant pas plus qu'un enfant sur l'épaule de l'hercule.

Et il ne fallait pas languir, si l'on ne voulait point recevoir quelques biscayens envoyés par les fusils de rempart.

Un « han » vigoureux, non pas à cause du fardeau dont il était chargé, mais à cause de son propre poids...

Et l'Archonte gravit le talus, se trouva sur le glacis avec ses compagnons, et poussa d'un trait jusqu'à la ruelle où la tombée d'ombre qui l'emplissait les déroba enfin.

Arrivé là, l'hercule desserra l'étreinte qui rivait Martial sur ses reins.

— On est sorti, — fit-il. — Tu peux descendre. Quoique mon avis soit qu'il ne ferait pas bon de trop languir ici.

L'écuyer d'Henri de Mercourt en recouvrant sa liberté, en touchant la terre des pieds, eut un gémissement de désespoir.

— Ah ! — fit-il. — Pourquoi m'avoir arraché de là-bas ?...

— Ils étaient dix ou quinze sur toi. Ils allaient te vider les tripes.

Le fils de Jean Dacier leva ses mains crispées vers le ciel.

Mourir, c'est ce qu'il aurait voulu, puisque la fortune l'avait trahi au dernier moment.

Qui sait ; peut-être, eût-il assez vécu pour entraîner Somerset avec lui dans la tombe ?...

Mais c'était le destin : les fils de France étaient sans doute destinés à pleurer des larmes de sang sur ce sol maudit.

Comme il se lamentait, une vive lueur parut soudain à l'ouverture que fermait autrefois la poterne, éventrée par l'Archonte des truands.

Ce dernier la montra à Martial.

— Nous n'avons rien eu à nous reprocher si nous avons été vaincus, — dit-il. — Ils étaient trop, et ce sont les chevaux qui nous ont achevés. Mais, tu vois, on nous a suivis : demeurer plus longtemps ici, ce serait vouloir notre perte à tous.

— Tu as raison, l'Archonte, — prononça Martial d'une voix sourde. — Tu as déjà tant fait pour moi que je ne pourrai jamais m'acquitter. Et vouloir t'exposer davantage, ainsi que nos frères, serait criminel. En marche donc !

Morne, silencieux, la tête penchée sur sa poitrine, il refit en sens inverse le chemin qu'il parcourait quelques heures auparavant, à la tête d'une troupe étrange mais redoutable, — elle venait de le montrer.

Maintenant, une dizaine d'hommes restaient seuls autour de lui, de lui qui avait voulu périr et à qui le sort n'avait même pas accordé cette consolation.

Qu'allait-il faire, à présent ? Qu'allait-il devenir ?

Tout espoir d'arracher son maître du cachot où il était enfermé était bien perdu pour jamais.

Il avait juré à son père, au vieux et fidèle Jean Dacier de ne jamais abandonner leur seigneur.

Il ne lui restait plus qu'à aller se livrer à Somerset afin de périr avec lui.

Et intérieurement il pensait :

— Ce misérable favori m'accordera-t-il seulement cette triste faveur ?

Ils arrivèrent à l'entrée du quartier adopté par les gueux comme leur domaine.

Martial s'arrêta.

— Ici, — dit-il lentement, — vous n'aurez plus rien à craindre. La somme d'argent que j'ai remise aux autres membres du grand conseil, partagée entre vous, vous indemnisera un peu de l'aide courageuse que vous m'avez donnée. Cette somme n'est pas un paiement : des braves comme vous, — et comme ceux qui sont restés là-bas, — on ne peut pas les payer. Nous allons nous séparer.

Il pensait entre autres au pauvre béquillard, tué en recevant pour lui la balle que Somerset lui destinait.

— Tu ne viens pas avec nous? — fit l'Archonte attristé. — Ils vont te prendre.

— Qu'importe!

Les Truands se considérèrent tristement dans la pénombre qui laissait passer un peu de clarté entre les maisons plus écartées du carrefour.

L'accent avec lequel celui qu'ils continuaient à appeler « le cul-de-jatte » venait de prononcer ce mot indiquait un tel regret qu'ils en étaient touchés eux-mêmes, si dévoyés qu'ils fussent.

Puis, il y avait les paroles que Martial venait de prononcer auparavant.

Ils n'étaient pas habitués à entendre parler de la sorte : l'homme qui avait été leur chef dans cette malheureuse expédition, — où il s'était constamment tenu au plus fort du danger, — montrait qu'il ne les considérait pas comme des mercenaires à qui l'on jette quelques pièces d'or ou de monnaie, le combat fini.

Il venait de les élever vis-à-vis d'eux-mêmes; et ils se trouvaient émus, affligés, à la pensée des hasards qu'il allait affronter dans cette ville pleine de périls maintenant pour eux tous.

Martial s'adressa à l'hercule :

— L'Archonte, — prononça-t-il, — ma vie ne vaut peut-être pas grand'chose, à l'heure actuelle. Tu me l'as sauvée cependant. Laisse-moi t'embrasser.

A ces mots, quelque chose d'étrange, d'inconnu se leva dans la brute sublime à certaines heures à qui il s'adressait.

Cet homme qui tenait de la bête par sa force effrayante et par son instinct crut sentir qu'il avait un cœur.

— Je veux bien, — dit-il d'une voix toute remuée, — quoique je ne sois qu'un truand.

Il baissa sa taille énorme, et les deux hommes s'embrassèrent.

Il sembla à l'hercule qu'il avait comme un picotement sous la paupière... comme si une larme d'émotion était jamais venue aux yeux d'un frère de la sainte pègre !

— Adieu tous ! — fit Martial.

— Adieu, — répondit l'Archonte d'une voix sourde et tremblante, — je n'ai pas le droit de te demander où tu vas. Mais si tu te trouves en danger, reviens auprès de nous. Nul n'osera venir t'y chercher.

— Je te le promets, je vous le promets à tous. Adieu. Adieu!...

— Oui, adieu, et toujours sang pour sang ! — prononça l'Archonte.

Et Martial de son pas nerveux et saccadé s'enfonça à travers la ville, tandis que les truands échappés au massacre pénétraient dans le dédale des ruelles au fond desquelles Somerset n'oserait pas venir les relancer, tout maître du royaume qu'il fût.

Ils n'échangeaient aucune parole, tout entiers aux sensations confuses qui les agitaient après ce combat terrible et cette séparation émouvante d'avec leur chef.

Leur chef?...

Martial s'était éloigné d'eux et n'était plus qu'un banni dont chaque seconde menaçait la liberté, l'existence même.

Reconnu par Somerset, il devenait plus que jamais la proie désignée aux limiers de police répandus par centaines dans Londres.

Et la tête en feu, le désespoir au cœur, il marchait dans la nuit.

Où allait-il ?

CXXI

FUREUR DE LACHE

L'INITIATIVE hardie de l'Archonte des truands, en arrachant, par la force, Martial du milieu de la mêlée, avait détruit toutes les prévisions.

Le duc de Somerset, surpris par l'intrusion foudroyante de l'hercule et par sa retraite immédiate en emportant l'écuyer de ses bras puissants, le Duc-Rouge s'accusait d'avoir manqué de décision.

En cravachant de coups de plat d'épée ses soldats qui venaient de se laisser intimider par le retour offensif des derniers truands, il les avait obligés à revenir sur les gueux.

Mais ceux-ci avaient fait du chemin dans l'intervalle, et lorsque le duc, chassant ses soldats devant lui comme des chiens peureux, était arrivé en face de la poterne, l'écuyer d'Henri de Mercourt et ses compagnons se trouvaient hors de portée.

La colère du favori était d'autant plus effrayante que, Martial échappé de ses mains, il perdait la victime expiatoire qu'il se promettait comme représailles.

Le gouverneur se représenta à ce moment, déclarant que, au lieu de faire tirer le canon d'alarme, il avait jugé préférable d'envoyer tout son monde disponible, afin d'écraser définitivement ces mécréants.

— J'ai agi ainsi, monseigneur, après réflexion, sauf à faire tirer, si les rebelles recevaient du renfort, pensant que vous m'approuveriez de ne pas avoir voulu troubler le repos de Sa Majesté par l'inquiétude que le bruit du canon ne pouvait manquer de lui causer.

Et il ajouta que les émissaires chargés de le tenir au courant l'ayant prévenu de la retraite des rebelles, il se hâtait de venir féliciter « mylord-duc » de se trouver sain et sauf.

Le favori tourna vers lui un regard irrité.

Il était l'amant de la reine, mais il ne pardonnait pas à ceux qui mettaient cette même reine en avant pour justifier leurs actes.

Ces gens-là semblaient lui dire qu'il n'était que le second du royaume.

Le gouverneur en indiquant le motif pour lequel il n'avait pas fait tirer le canon d'alarme venait de mettre le comble à sa colère.

Et de nouveau repris par les soupçons qui le hantaient, il se demandait si le chef de la citadelle n'avait pas en réalité retardé le plus possible, afin de voir qui allait triompher.

Cette fois-ci, il ne se trompait pas.

Il lui montra la poterne fracassée, le bois réduit en miettes, à l'ouverture béante.

Et d'une voix cinglante dans laquelle sifflait l'irritation d'avoir vu lui-même l'autorité de la reine mise en avant, comme si lui ne comptait pas.

— Vous parlez de Sa Majesté... Eh bien ! lorsque la reine confie une forteresse à un de ses serviteurs, est-ce dans cet état que son ministre doit la trouver ? Doit-il franchir cette enceinte pour y subir les insultes d'une troupe de bandits entrés ici comme dans un bouge quelconque ?

« Remettez sur-le-champ le commandement entre les mains de votre lieutenant. Et retirez-vous dans votre appartement, en attendant qu'il soit statué sur votre sort.

Le gouverneur pâlit.

Le favori le destituait Plus encore, à partir de cette minute, il devenait lui-même prisonnier, ses appartements se trouvant situés à l'intérieur de la citadelle.

Somerset, mis en train par l'exécution qu'il venait de faire, promenait partout autour de lui des regards enflammés.

Tous les fronts se courbaient.

Il était heureux de faire trembler à son tour, lui qui, tout à l'heure, tremblait si misérablement.

Le gouverneur s'était incliné, et avait obéi, allant s'enfermer en attendant le bon plaisir du maître.

Au fond, lui qui s'était toujours montré si obséquieux, lui qui avait affiché des raffinements de zèle féroce lorsque Somerset faisait appliquer en personne la question à quelqu'un de ses ennemis, il regrettait que le fer d'un des assaillants n'eût pas tranché les jours de ce ministre abhorré.

Son lieutenant, se faisant le plus humble, le plus petit possible, afin d'acquérir la faveur du maître, afin de remplacer son chef disgracié, demanda ses ordres à Somerset pour réparer la violation de cette issue, proposant une porte de fer massif, un corps de garde nombreux.

Somerset approuvait. Jamais ce lieu maudit, gage de sa domination, ne serait trop bien gardé.

Un exprès était parti requérir de nouvelles troupes.

En attendant leur arrivée, il voulut se donner une satisfaction à laquelle il jugeait qu'il avait bien droit.

— Laissez un poste nombreux ici, — ordonna-t-il. — Et conduisez-moi au cachot du prisonnier français.

Un instant après, il se présentait à l'entrée de cette première section dont Martial s'était vu si près à un moment.

Les portes de la double cellule, — du fond de laquelle le prisonnier avait entendu une partie du tumulte, — s'ouvrirent avec fracas.

Et le favori entra, le sourcil contracté, l'œil sanglant.

Si menaçante que fut son entrée, Henri de Mercourt accueillit sa venue avec une joie profonde.

Il allait apprendre sans doute ce qui s'était passé.

Il avait cru entendre la voix de Martial.

Mais il ne pouvait, il n'osait croire à rien...

Son pauvre écuyer avait dû repartir pour la France. Et s'il était resté à Londres, souffrant, sans appui, sans relations puissantes, qu'aurait-il pu faire, si même il avait réussi à se dérober aux espions de Somerset?...

Il imposa cependant l'indifférence à ses traits, attendant ce que son haineux visiteur allait lui apprendre.

— Tu ne t'attendais pas à ma visite, n'est-ce pas? — jeta le Duc-Rouge d'un ton âcre et dur.

— L'homme doit s'attendre à tout.

— Vraiment?...

Somerset étudiait en dessous l'hôte du cachot, cherchant par quelle phrase s'assurer si le prisonnier était au courant du coup de force dont la forteresse venait d'être l'objet et s'il l'avait lui-même commandé.

— N'as-tu donc pas entendu, tantôt? — fit-il enfin.

— Quiconque est doué du sens de l'ouïe entend ce qui se passe.

— Trêve d'équivoques et de sentences! — gronda le duc, exaspéré par cette froideur dédaigneuse. — Les cris de mort qui remplissaient cette cour il y a quelques instants, le cliquetis des armes, certaine voix trop connue de toi ont dû frapper clairement ton oreille... Cette voix surtout, celle de ton complice...

— Celle de mon complice, — répliqua le seigneur de Kervien avec la même froideur.

Au fond de lui pourtant son âme palpitait.

Il ne s'était donc pas abusé en croyant discerner l'accent de Martial, son complice ainsi que le dénommait ce misérable duc, chargé de tels crimes que ses complices réels, — à lui, — étaient innombrables, — comme ses crimes.

Des flammèches jaillirent.

Cette impassibilité fit éclater Somerset, lui fit oublier la diplomatie
dont il voulait user :

— Ah ! tu feins l'ignorance, seigneur mille fois hypocrite et fourbe,
comme si, avec je ne sais quel art infernal, tu n'avais pas conservé des
relations avec le dehors... comme si tu ne savais pas aussi bien que moi
que ce complice n'est autre que ton misérable écuyer !...

« Et tu te dis qu'ayant échoué, étant parvenu à sortir de la citadelle, il recommencera. Je te jure que non ! J'écartèlerai plutôt moi-même, des mains que voici, mes lâches argousins, si avant deux fois vingt-quatre heures ils ne l'ont pas conduit devant moi garrotté, ligotté pour être pendu comme on le fait des chiens malfaisants !

Une secousse galvanique secoua le corps d'Henri de Mercourt, faisant claquer ses fers, en dépit de son empire sur lui-même.

Martial était parvenu à sortir de cet asile de malédiction après son insuccès. Il était libre encore !

C'était donc bien lui dont il avait perçu, reconnu l'accent.

C'était lui qui avait trouvé moyen de venir attaquer Somerset, le tigre sanguinaire et vil, jusque dans son antre.

S'il avait pu réaliser ce miracle, s'il était parvenu à se soustraire jusqu'alors à la police acharnée de leur ennemi, c'est qu'il avait sans doute mis en œuvre des moyens puissants.

Et il saurait encore se dérober comme il l'avait fait déjà.

Cependant si le sort qui venait de se montrer contraire à ses espérances venait à tourner de nouveau contre lui ?

La pensée des supplices qui attendaient le fidèle et vaillant serviteur s'il retombait sous la coupe de leur implacable et féroce ennemi le glaça d'horreur.

— Mon Dieu ! — murmura-t-il intérieurement, — faites qu'il renonce à ses projets téméraires, et étendez votre protection sur lui.

— Tu te tais ! — éructa Somerset parvenu aux dernières limites de la rage, — tu te tais, parce que tu comprends que chacune de tes paroles serait un aveu... et parce que tu as peur du tortionnaire, peur du bourreau ?

Un sourire hautain fut la réponse.

Somerset alors se tourna vers ceux qui étaient présents, ses menaces englobant tout le monde.

— Ah ! je comprends pourquoi le tourmenteur ne s'est pas rendu ce soir aux ordres qui lui avaient été donnés de venir appliquer la question à ce prisonnier.

« Il fallait le conserver intact pour que ses affidés pussent l'emmener avec eux. C'est ce bourreau lui-même qui sentira demain les engins de la torture lui déchirer les chairs pour l'obliger à nommer les conspirateurs auxquels il s'est vendu.

« Ah ! il y a des traîtres parmi mes serviteurs. Eh bien ! malheur, malheur à vous !... Après le bourreau, les geôliers...

Son regard écrasa le lieutenant-gouverneur qui l'avait accompagné.

— Les officiers mêmes, s'il le faut. Car, je le jure, je serai sans pitié.

Il toisa encore le gentilhomme français.

— Et quant à toi, mort et extinction sur ton nom ! Il y a trop long-temps vraiment que le sang français n'a coulé !

Et il sortit violemment.

Terrorisés, tous ceux qui venaient d'assister à cet éclat le suivirent, tremblants pour leur existence, refermant les deux portes du cachot avec un redoublement de précautions.

Une véritable frénésie de rage emplissait le favori.

Sans sa présence dans la citadelle, c'est-à-dire exactement sans la présence de ses gardes, le coup de force organisé par l'écuyer du gentilhomme français réussissait.

Cela n'avait pu se produire évidemment sans des complicités cachées.

Mais on n'oserait pas de sitôt conspirer de nouveau contre lui, il en répondait.

Et quant au vicomte de Mercourt, il comprenait certainement que tout espoir était fini maintenant, et il devait trembler...

Somerset se trompait, jugeant les autres d'après lui-même.

Henri de Mercourt, pieux comme ceux de sa race, remerciait le ciel d'avoir protégé son fidèle écuyer, son noble et brave ami.

Et il appelait la mort qui, en terminant ses jours si éprouvés, apprendrait à Martial que tout était fini, et le déciderait à revenir dans le pays natal, auprès de son vieux père.

CXXII

JUSTICIER !

LE favori d'Élisabeth avait quitté la Tour de Londres.

Avant son départ, des instructions rigoureuses, comminatoires étaient tombées en phrases hachées de ses lèvres, adressées au nouveau gouverneur.

La disgrâce du prédécesseur de celui-ci, disgrâce qui ne faisait peut-être que précéder de quelques heures ou de quelques jours un châtiment sévère, devait montrer au nouveau titulaire quel danger il y avait à ne pas servir assez fidèlement ou même avec assez de vigilance son redoutable maître.

Le bras des truands avait creusé des vides nombreux parmi les gardes de Somerset.

Des troupes ordinaires renforçaient, grossissaient son escorte.

Un quadruple rang de cavaliers et de fantassins l'entouraient, le protégeant contre toute attaque subite.

Des escouades serrées et nombreuses ouvraient et fermaient la marche, prêtes à se servir de leurs armes.

Somerset rentrait chez lui gardé comme un tyran et tremblant comme un lâche.

La vue des truands dans la citadelle lui avait bien montré l'inanité de ses craintes, au sujet du duc de Noxford et de lord Mercy.

Mais l'audace de l'écuyer français, la facilité avec laquelle il avait recruté une bande, redoutable en somme, le troublait cependant.

Et malgré l'escorte formidable qui l'entourait, il jetait des regards inquiets à droite et à gauche, s'attendant à chaque instant à voir une poignée d'hommes héroïques fondre sur ses troupes, et s'ouvrir un passage jusqu'à lui.

Il ne se sentit rassuré que lorsqu'il eut franchi le seuil de son palais et que la lourde porte s'en fut refermée.

Maintenant, avec les sentinelles qui veillaient au dehors, avec les soldats nombreux qui gardaient sa demeure au dedans, il avait la conscience de ne plus avoir rien à craindre.

Par exemple, il allait prendre sa revanche.

Il était rentré depuis quelques instants seulement, que tout ce qui lui restait de policiers disponibles partait, avec l'ordre impérieux de retrouver à tout prix Martial...

Après avoir quitté les truands, celui-ci avait pris les rues qui conduisaient vers la demeure de Fabers.

Il allait apprendre à ce dernier par suite de quelles circonstances fatales il se trouvait seul, errant et fugitif, au lieu d'avoir délivré son maître. Mais il se rappela que la maison du corroyeur était étroitement surveillée.

La porte de l'artisan se serait ouverte devant lui depuis quelques instants à peine que la maison serait cernée par les argousins aux aguets.

Martial était assez indifférent à ce qui pouvait lui arriver.

Mais, se présenter chez leur ancien hôte, c'était causer la perte de celui-ci.

— Fabers apprendra certainement demain, par la rumeur publique, les événements de cette nuit, — se dit-il.

L'écuyer d'Henri de Mercourt ne doutait pas de tomber bientôt entre les griffes des limiers que Somerset allait sûrement lancer après lui, en plus de ceux qui battaient déjà le pavé.

Alors un besoin le prit de revoir les lieux où s'étaient déroulés les derniers événements, comme pour un adieu.

Et il se dirigea vers le pont des Truands où il avait stationné si longtemps, accroupi, le corps rivé sur son pilori de cul-de-jatte.

Sur ce même pont avait eu lieu sa lutte contre le tourmenteur de la Tour de Londres, lutte terminée par la mort de cet homme.

Il avait évité, pour ce jour-là, la torture de son infortuné maître.

— Hélas! — murmura-t-il, — ce n'aura été qu'un retard.

Alors la pensée de ce maître à qui il s'était voué si aveuglément l'excita à aller revoir aussi l'endroit où le noble gentilhomme avait été capturé, — alors qu'il ne lui restait plus qu'un tronçon d'épée.

Le pont était absolument désert, ainsi que les rues avoisinantes, comme si tout voulait l'engager à ces visites de la dernière heure.

Martial suivit la Tamise durant quelques instants, sans rencontrer encore âme qui vive.

Puis il la quitta, marchant vers la maison de Stewart Bolton.

— Somerset, ta police veille bien mal! — murmura-t-il ironiquement en constatant la sécurité dont il paraissait jouir.

A un carrefour, deux hommes qui chuchotaient à voix basse entendirent le bruit de ses pas et se retournèrent de son côté.

Mais, à la façon instinctive dont ils s'étaient effacés, rapetissés, Martial reconnut deux argousins.

Alors, dans une bravade, il marcha droit vers eux.

Les autres, en voyant ce passant obliquer nettement de leur côté au lieu de se cacher, estimèrent qu'il ne devait certainement avoir aucun motif de crainte.

Et ne tenant pas à ce que cet homme les reconnût à l'occasion, ils quittèrent la place et s'enfoncèrent dans une ruelle latérale.

Un rire amer crispa alors les traits du fils de Jean Dacier.

La police de Somerset ne voulait donc réellement pas de lui.

— Serait-ce un présage, une sorte d'avertissement ? — se dit-il.

Et reprenant son premier itinéraire, il continua à se rapprocher de la demeure de l'espion, de l'ancien intendant d'Avenel et de Melrose.

Mais, là aussi, tout était ténèbres et silence.

La maison était vide : Stewart Bolton errait l'on ne savait où, Percy continuait à être enfermé dans la Tour de Londres, les valets avaient été licenciés.

Seul le portier était resté, habitant son petit pavillon auprès de la porte, avec ordre, de la part de Somerset, de signaler toutes les personnes qui viendraient à se présenter.

L'écuyer considéra longuement le vaste corps de logis, et la grille qui en défendait l'approche.

— Voici donc, — fit-il, — le seuil qui a coûté la liberté au seigneur de Kervien. Sans la visite qu'il a faite là, nous serions, à cette heure, ensemble au manoir.

Une colère, un mouvement de haine l'envahit pour ce toit, cause de tant de malheurs.

Il lui sembla que tous les maux soufferts, tout le sang versé, — et versé sans profit, — dénonçaient cette demeure de mort.

D'un mouvement violent, à peine réfléchi, Martial saisit la poignée de la sonnette qu'il apercevait confusément, et il l'agita avec force.

La cloche résonna bruyamment, lamentablement, dans ce silence noir.

Le concierge brusquement tressauta. Et Martial entendit que l'on battait le briquet. Il attendit.

Dans quel but cette attente? Il n'eût pu l'indiquer au juste lui-même.

Une force impulsive le poussait à entrer, il était en train de braver le sort : un peu plus ou un peu moins, qu'importait?

Quelques minutes s'écoulèrent; une porte grinça de l'autre côté du mur, une clarté argenta les feuilles des arbres.

— Qui va là? — fit en même temps une voix.

Celui qui interrogeait ne paraissait guère rassuré.

— Ouvre! — répondit laconiquement Martial.

Le portier s'avança en hésitant et fit glisser le judas.

— Pas ceci ; la porte! — ordonna l'écuyer.

— Mais au nom de qui venez-vous?

— Au nom de celui qui peut tout! — répliqua le visiteur avec impatience.

Pour le gardien de la porte, celui qui pouvait tout, c'était le favori de la reine.

Il se soumit donc, peu tranquillisé par cette visite singulière au milieu de la nuit, se demandant si l'on ne venait pas l'arrêter lui aussi.

Martial referma lui-même la porte et en prit la clé. Après quoi :

— Maintenant, conduis-moi vers la maison.

Le concierge voulut parlementer. Un regard terrible de son énigmatique visiteur glaça le sang dans ses veines.

Il prit silencieusement une clé suspendue à l'entrée de son corps de logis, et tenant toujours son flambeau allumé marcha vers le perron.

Martial suivait : un projet vengeur, grandiose, se formait dans son esprit.

Il attendit que son guide eût ouvert et l'eût introduit dans la première pièce.

— Pose ce flambeau là, — commanda-t-il alors, — et va te recoucher. Mets-toi au lit tranquillement et sans bruit, entends-tu, si tu tiens à ta misérable vie.

L'autre attacha son regard effaré sur le visage de l'écuyer.

Mais l'impression farouche qu'il y discerna lui donna le frisson.

— J'obéis à l'envoyé de milord-duc, — fit-il d'une voix blanche.

Et laissant le flambeau sur la table qui venait de lui être désignée, il se retira, se demandant angoissé ce qui allait se passer encore.

Martial referma la porte du perron derrière lui, comme il avait refermé celle de la rue.

Après quoi, revenant dans la salle où il avait été introduit, il l'inspecta rapidement.

Des casiers en bois mince et précieux, des tables, des sièges légers finement arabesqués garnissaient les côtés, les angles de la pièce.

— Voilà qui va me servir à souhait, — murmura-t-il.

Prenant le flambeau, il passa dans une pièce voisine : il y remarqua des tentures montant presque au plafond, d'autres meubles, et amoncela ceux-ci sous les hautes et flottantes draperies.

Martial parcourut ainsi tout le rez-de-chaussée avec une certaine fièvre.

Et, chose étrange, il assemblait, amoncelait dans chacune des salles tout ce qui les meublait, comme si tout cela allait être emporté d'un bloc au dehors.

Mais, avec son couteau de chasse, il éventrait les coussins des fauteuils et des canapés, en écharpant la bourre.

Dans une espèce de resserre, il découvrit quelques bottes de paille dont il s'empara avec un vif contentement.

L'écuyer entassa une partie de cette paille dans la première des salles et enchevêtra au-dessus, légèrement, les meubles riches qui la garnissaient.

Le reste fut distribué dans deux ou trois autres pièces.

— Cela va flamber comme une torche, — fit Martial.

L'incendie, la destruction de ce repaire, c'était donc le projet formé par Martial ?

Le concierge s'était bien enfermé dans son pavillon, ainsi que Martial le lui avait ordonné.

Mais, au lieu de se coucher, il avait braqué son œil à la fente de deux volets entrebâillés.

Il vit de la lumière aller et venir, et, très intrigué, il pensa que cet étrange et peu endurant visiteur devait rechercher quelque manuscrit oublié lors de la première perquisition.

Mais un grincement de serrure plus sonore lui fit croire que Martial rouvrait la porte du perron.

Et revoyant, dans son esprit, le visage menaçant de Martial, il abandonna vivement son poste et, se dévêtant à la hâte, se replongea entre ses draps.

De cette façon, si le visiteur le hélait en passant, il n'aurait pas à exercer son courroux.

En réalité, Martial ne songeait pas encore à s'en aller.

Ayant achevé assez rapidement ses préparatifs, il retourna dans la pièce la plus éloignée,

— Allons, — dit-il — puisque cette maison maudite, cette demeure qui a tout l'air d'un tombeau a abrité ceux qui ont fait le malheur de mon maître et notre malheur à tous, qu'elle périsse !

Il se baissa et approcha la flamme qui l'éclairait du tas d'étoupe et de paille placé sous les meubles.

Des flammèches jaillirent, léchant les barreaux des chaises, les portes ouvertes des bahuts, les pieds torses des tables, et elles s'élancèrent d'un coup, en sifflant, presque jusqu'aux tentures qui s'embrasèrent.

L'enfant courba le front, et elle sortit.

— Et d'une ! — prononça Martial.

Il passa à côté et fit de même. Mais comme la fumée même de la salle voisine le suffoquait, il ouvrit une fenêtre.

Les flammes redoublèrent alors de violence, et l'écuyer d'Henri de Mercourt n'eut que le temps de passer dans la pièce voisine.

Mais actuellement, avant de communiquer le feu aux bûchers qu'il avait organisés, il avait la précaution d'ouvrir toutes les fenêtres.

La violence du foyer devenait tout de suite effrayante.

Le portier, recroquevillé dans son lit, voyait, à travers les ais de sa fenêtre, une vive clarté illuminer la nuit.

Et il n'osait se lever, tremblant de tous ses membres, épouvanté encore davantage par toutes les suppositions qui traversaient son esprit.

Martial arrivait à ce moment dans la salle où cet homme l'avait introduit d'abord.

Là encore il accomplit son implacable besogne.

— Dieu fasse que le mal soit détruit ainsi que le repaire où il a été engendré, — prononça-t-il avec force.

Et contemplant les flammes qui se ruaient à l'assaut des plafonds et des boiseries en hurlant, il mit le pied sur le perron laissant la porte grande ouverte.

Dans les premières pièces où il avait déchaîné le feu, l'incendie avait déjà gagné l'étage au-dessus.

Martial s'en aperçut : une expression de contentement grave et recueilli passa sur ses traits.

Et il descendit les degrés, lentement, comme un justicier.

Arrivé devant le corps de logis du gardien, il heurta la porte du poing.

L'homme qui habitait là n'était pour rien dans les événements qui avaient eu lieu : il ne devait pas être englobé dans le châtiment.

— Lève-toi, — lui cria Martial. — Je te rends ta liberté.

Et il se dirigea du même pas tranquille vers la poterne qu'il ouvrit.

Il se détourna, regarda longuement la somptueuse demeure attaquée de partout à la fois par les flammes.

Puis il s'engagea dans la rue, s'enfonça dans l'obscurité.

Il se dirigeait vers le bois sur la lisière duquel le vicomte de Mercourt avait été fait prisonnier, la dernière étape de la route qu'il voulait effectuer avant de se livrer à sa destinée.

Des rumeurs de tocsin parvinrent à lui, mêlées aux clameurs d'épouvante du portier qui courait au hasard en criant au feu.

Martial haussa les épaules et murmura :

— On peut sonner toutes les cloches de Londres. Lorsque les secours arriveront, cette maison ne sera plus qu'un brasier.

« Demain elle ne sera plus qu'un tas de cendres.

Et il s'engagea entre les fourrés qui commençaient à pousser çà et là pour de là se diriger il ne savait où...

CXXIII

LA FERME ISOLÉE

ARTIAL cheminait à la lueur de l'incendie qui continuait à dévorer la maison de Stewart Bolton.

Des rumeurs humaines parvenaient parfois jusqu'à lui, lui montrant que des secours étaient arrivés.

Secours impuissants, car le feu ne diminuait pas d'intensité !...

Martial atteignit la limite de la forêt proprement dite.

Là, la marche devenait difficile; du reste, le tronçon d'épée que Fabers lui avait rapporté avait été recueilli par le corroyeur sur la lisière même du bois, indiquant l'endroit où le seigneur de Kervien avait été pris.

Son écuyer n'avait donc pas à aller plus loin.

Et il s'assit tourné vers la ville.

Les flammes qui dévoraient la maison de Stewart Bolton ainsi qu'une grande partie de ses richesses ardaient toujours avec autant de violence.

Au bout de plusieurs heures seulement, elles diminuèrent d'intensité, lançant parfois comme de derniers râles. Puis elles s'affaissèrent peu à peu, ne laissant monter que des fumées.

La demeure, le repaire de Stewart Bolton et de son misérable fils était anéanti.

Le jour commençait à se lever.

Martial se redressa : une expression de vie nouvelle remplaçait sur ses traits la rigidité qui s'y était étendue depuis sa sortie de la Tour de Londres.

Une inspiration lui était venue pendant les heures qui venaient de s'écouler.

Au moment où lord Mercy, Wilkie et la femme de ce dernier partaient pour France, où Martial avait refusé de les suivre, le duc de Noxford lui avait dit que s'il avait besoin de lui un jour, il n'avait qu'à aller le trouver.

Et l'écuyer venait de s'en souvenir.

— Je vais me rendre auprès de lui, — s'était-il dit. — Et puisque c'est au vicomte de Mercourt qu'il doit la liberté, je lui demanderai le même service pour son bienfaiteur.

Le descendant des Lancastres, libre et retourné au milieu de ses vassaux armés, était une puissance avec laquelle la reine et Somerset se trouvaient obligés de compter.

Martial s'était dit que là où la force n'avait pu réussir, la diplomatie serait peut-être plus heureuse, et que l'on ne refuserait pas la liberté d'un prisonnier au grand seigneur en état maintenant de soulever une rébellion.

Mais où était situé le duché de Noxford? Vers le nord : c'était tout ce que savait Martial.

— Allons, — dit-il, — vers le nord. Quand je serai assez loin de Londres, je demanderai mon chemin.

Il lui restait encore deux pièces d'or, — plus la pièce que le duc lui avait remise comme signe de reconnaissance, la nuit où ils s'étaient séparés.

Le voyageur ne pouvait aller bien loin avec cette somme.

— Je mendierai, — se dit-il.

Et il s'enfonça hardiment dans la forêt, tenant à ne pas tomber sous la coupe de l'ennemi de son maître, maintenant qu'il avait un objectif.

Se guidant sur le soleil, il marchait toujours vers le nord.

Mais le jour s'avançait, et après les énormes fatigues de la veille et de cette nuit sans sommeil, la faim commençait à le tenailler.

Un orme, au tronc puissamment érigé, présentait non loin de lui ses branches basses; il s'en servit pour grimper le long de son tronc et tâcher de voir au loin s'il n'apercevait pas quelques chaumières de forestiers où il pût aller demander un morceau de pain.

Entre les ondulations velues, il crut voir passer au loin une paire de bœufs attelés au joug et traînant une charrue.

Il y avait donc une ferme par là.

C'était assez loin de la ville pour que les paysans fussent encore dans l'ignorance des événements de la veille.

Du reste, Martial resterait chez eux, tout juste le temps de demander le morceau de pain dont il avait besoin, et il se replongerait ensuite dans la forêt.

Il lui fallait des forces pour accomplir le voyage inconnu dont il avait eu la pensée : il ne devait pas hésiter.

Et descendant de son observatoire, il coupa à travers les fourrés vers l'endroit, une clairière probablement, où il avait vu passer les bœufs de labour.

C'était loin, et le Français se demandait s'il ne s'était pas fourvoyé, lorsqu'un beuglement mélancolique l'encouragea.

Il redoubla d'efforts et aperçut enfin une paire de bœufs trapus.

Mais ils avaient quitté la charrue et regagnaient une ferme d'aspect assez piètre, dont Martial apercevait le toit.

Un homme, un paysan, les suivait.

Le voyageur sauta dans le sillon, cessant de voir le paysan et son attelage rustique, dont une ondulation du sol le séparait.

Il allait à grands pas, sa marche ne s'entendait point sur la terre meuble.

Il apparut soudain à une dizaine de toises du cultivateur.

Celui-ci l'aperçut alors ; une expression malveillante vint immédiatement sur ces traits, en même temps qu'une inquiétude visible.

— Voilà un hôte qui ne déguise guère le déplaisir que ma visite lui occasionne, — pensa l'écuyer d'Henri de Mercourt.

Mais il était trop en vue pour reculer. Puis aussi il avait faim. Et comme il était résolu à payer le morceau de pain noir qu'il se proposait de demander, le plus simple était de ne point remarquer la mauvaise mine qu'on lui faisait.

Le paysan s'arrêta, son aiguillon dans la main droite comme une arme défensive.

— Salut au maître de ces champs, — commença Martial en l'abordant. — J'ai voulu prendre au plus court en passant par les bois et je vois que j'ai eu tort de quitter la route. Au nom de la Sainte-Bible, je viens vous prier de me donner, contre argent, quelque chose à manger.

L'homme inspecta le nouveau venu.

Le combat de la veille avait fortement entamé le costume déjà bien précaire du chef des truands, dans l'assaut livré aux défenseurs de la Tour de Londres.

Aussi le paysan, jugeant qu'il avait à faire à quelque miséreux, marmotta que sa grange n'était pas une auberge.

— Aussi est-ce au nom des paroles du Christ : Demandez et l'on vous donnera, que je me présente à vous, reprit l'écuyer. Et je vous paierai le peu de nourriture que vous me donnerez le double de ce qu'elle vaut.

La cupidité fit alors briller les traits de l'autre.

— Venez donc, — dit-il, — puisque vous invoquez la parole du Christ, et que vous avez de quoi payer.

Et il conduisit Martial vers la ferme devant laquelle les bœufs attendaient leur maître.

Le paysan allongea un coup d'aiguillon aux ruminants qui entrèrent dans l'étable, puis il franchit le seuil de la salle, en disant d'une voix rude et peu avenante :

— Femme, voici un homme qui demande à manger ; il a de quoi payer d'honnêtes gens comme nous qui se dérangent pour lui venir en aide.

Martial avait suivi son peu obligeant introducteur.

Il n'aperçut pas d'abord la maîtresse du logis, mais il distingua par contre, non loin de la porte, une jeune fille pâle et triste, une adolescente plutôt, occupée à un labeur grossier.

Avec stupeur, il remarqua que le costume de l'enfant, quoique fripé et sillonné de déchirures, réparées hâtivement, ne répondait pas au travail auquel elle était adonnée.

Accoutumé par la vie qu'il menait à tout observer, il constata en outre que ce costume paraissait avoir été fait sans doute pour elle.

Ce n'était donc pas quelque robe portée autrefois par la fille d'une châtelaine des environs et donné ensuite par celle-ci.

— Voilà une jeune fille qui paraît être d'une condition autre que celle de ce paysan, — pensa-t-il.

Et ses yeux interrogèrent l'attitude penchée de la jeune fille et en même temps la délicatesse de ses traits.

L'enfant n'avait même pas regardé en entendant marcher.

Son existence paraissait être celle des créatures frappées par la fatalité et qui demeurent ployées sous son poids écrasant.

Mais, en entendant annoncer la présence d'un étranger, elle releva vivement la tête.

Et son regard se posa avec une curiosité ardente sur le nouveau venu, tandis que cette pensée s'élevait de son âme :

Serait-ce un libérateur ?...

Son regard croisa celui si franc et si énergique de l'écuyer. Et Martial comprit qu'il y avait un mystère dans l'existence de l'enfant qui se trouvait là.

La jeune fille lut en même temps de la sympathie dans ses yeux.

Mais ces observations devaient s'arrêter là.

La femme du paysan surgit d'une pièce voisine où elle s'était rendue momentanément.

Elle se tourna d'abord vers l'enfant avec un visage irrité.

— Que fais-tu là, toi? A l'écurie, houste! Va donner leur fourrage aux bestiaux.

En même temps, elle levait la main.

L'enfant courba le front et sortit.

La malheureuse traitée si brutalement, celle dont l'aspect rempli d'une désolation si éloquente et la grâce native avaient frappé l'esprit de Martial, était une créature sans défense... une abandonnée du ciel jusqu'alors.

C'était l'infortunée victime ravie par Stewart Bolton à sa mère dans l'Écosse lointaine.

C'était Marguerite !

Martial feignit de ne pas remarquer la façon dont on s'était hâté d'éloigner la jeune fille, comme si on avait peur qu'elle ne causât avec un étranger.

Il ne s'appartenait pas.

Il n'avait pas le droit de jouer aux chevaliers errants, défenseurs de la veuve et de l'orphelin.

Mais il lui semblait aussi que s'il passait indifférent à côté d'iniquités ou de souffrances imméritées, pareilles à celle qu'il croyait deviner, cela ne pourrait porter bonheur à la mission qu'il allait encore essayer de remplir et qui contenait son dernier espoir.

CXXIV

UNE NOUVELLE TACHE

LA paysanne avait accueilli le voyageur avec encore plus de mauvaise humeur que son mari ne l'avait fait.

Le coup d'œil qu'elle laissa tomber un moment sur Martial, lorsque Marguerite se fut retirée, avait le charbonnement de celui des oiseaux de nuit.

D'un geste, elle appela le paysan dans la pièce d'où elle venait de sortir et Martial l'entendit qui chuchotait :

— Pourquoi as-tu amené ce vagabond ici ? Nous n'avons nul besoin de ces espèces de coureurs venus on ne sait d'où, ni dans quel but chez nous !

L'homme grogna alors qu'il ne l'avait point cherché et raconta en deux mots la rencontre.

— A-t-il seulement de l'argent pour payer, comme il s'en vante ? — grinça encore la mégère.

Et résolue à s'en assurer, elle retourna auprès de Martial.

Autant elle était aigre et hargneuse, quelques minutes auparavant, autant elle se fit geignarde.

Ils étaient bien pauvres, prétendait-elle ; la récolte avait été mauvaise, et malgré leur bon cœur ils possédaient tout juste assez pour eux... juste assez pour ne pas mourir de faim.

Martial ne répondit pas et sortit de sa ceinture une des deux pièces d'or qui lui restaient.

Et la posant sur la table devant lui, le doigt appuyé sur la pièce.

— Si vous êtes dépourvus de provisions, vous aurez cependant assez de pièces de bronze et d'argent pour changer ceci.

La vieille eut une tension de ses doigts tordus en griffes pour s'emparer de l'or : mais elle se contint.

L'accent mielleux, mais toujours âcre malgré ses efforts, elle reprit :

— Nous sommes bien à court, comme je vous le disais. Cependant, puisque mon homme vous a conduit ici, je vais essayer de vous donner quelque chose.... Oh ! bien peu, malheureusement.

— Je m'appelle Marguerite, je suis la fille de lady Ellen Mercy.

Et comme un morceau de pain ne lui eût pas permis de demander une rétribution assez élevée, elle mit à réchauffer quelques légumes qui restaient du repas précédent, y ajoutant un morceau de lard.

Elle aurait voulu savoir cet étranger à vingt lieues de là : ils n'avaient pas besoin de gens pour voir ce qu'ils faisaient ; mais puisque leur mauvaise étoile avait tant fait que de le leur amener, il fallait qu'il les indemnisât largement.

Le paysan, rasséréné par la vue de la pièce d'or, était allé s'assurer que leur « mauvaise gueuse de servante » avait donné exactement leur herbage aux bœufs.

La vieille était à la cuisine, Martial se mit sur la porte.

La silhouette plaintive, affligée, de l'enfant dont la vue avait déjà si fortement impressionné Martial, reparut à l'une des dépendances.

La fille d'Ellen Mercy savait pourtant que, si elle était trouvée là par la cruelle mégère dont elle était devenue la proie, elle paierait cher cette audace.

Il lui était défendu de s'approcher même de la porte quand un des membres de l'horrible famille n'était pas présent.

Une fois déjà, elle avait essayé d'enfreindre cet ordre pour se rejeter de nouveau dans la forêt et elle avait été tellement rouée de coups qu'elle était demeurée plusieurs jours toute meurtrie.

Mais la présence inattendue de cet étranger, le regard interrogateur et bon qu'il avait attaché sur elle, lui avait donné le courage de braver le courroux de ses bourreaux.

Elle parlerait à cet inconnu, elle le supplierait de l'emmener ; s'il le fallait, elle lui dirait même qui elle était.

Il paraissait avoir eu une pitié instinctive tout d'abord pour elle, il faciliterait peut-être son départ de cette maison où elle était esclave, et il ne la trahirait pas.

D'ailleurs, elle ne pouvait être plus malheureuse.

Immobile à l'endroit où Martial venait de l'apercevoir, elle dressa vers lui ses grands yeux pleins de supplication.

— Oh ! il y a vraiment quelque chose de secret au sujet de cette enfant, — murmura Martial.

Il comprit qu'elle se cachait, observa que la paysanne était toujours dans sa cuisine, l'homme auprès de ses bœufs, et s'avança rapidement auprès de Marguerite.

— Mon enfant, — dit-il d'une voix basse, — les minutes pressent peut-être ; il me semble que vous désirez quelque chose de moi. Parlez vite. Qui êtes-vous ? que voulez-vous ?

— Je suis une captive. Qui que vous soyez, de grâce emmenez-moi. Délivrez-moi !

— Une captive dans cette ferme ?... Ces gens-là ne sont donc pas vos parents !

Marguerite hésita :

— Mes parents sont loin, — balbutia-t-elle.

— Écoutez, — fit précipitamment Martial, — ce que vous demandez est grave, mon enfant. Vous devez avoir confiance en moi et me dire sans détour qui vous êtes, pour que je sache si je ne dois pas hésiter à prendre votre cause en mains...

— Mon Dieu ! — fit Marguerite en dressant ses mains vers le ciel comme pour y chercher une inspiration.

Et livrant enfin son secret tout entier :

— Je m'appelle Marguerite, je suis la fille de lady Ellen Mercy !

— Ellen Mercy ! — fit Martial en lui saisissant les mains avec élan. — La fille de lord Mercy. Ah ! fallût-il exposer cent fois ma vie, je vous sauverai !...

Ellen Mercy ! ce souvenir dont il ne connaissait que trop la puissance sur son infortuné maître !

N'était-ce pas lutter encore pour lui que lutter pour elle, pour cette enfant ?

Une irradiation passa dans les prunelles de la tendre amie de Lucien d'Avenel.

Ce voyageur que le destin envoyait vers elle connaissait sa famille : il venait de prononcer le nom de lord Mercy, cet aïeul dont le gentilhomme français lui avait déjà parlé aussi.

Ce Dieu qu'elle venait d'invoquer avait donc pitié d'elle ?

Mais Martial entendit le bruit lourd des pas du paysan résonner vers le seuil de l'étable.

— Retirez-vous, — indiqua précipitamment l'écuyer. — Tenez-vous à portée de la salle où l'on me servira à manger, et à mon appel, quoi qu'il arrive, accourez.

« Confiance !

L'enfant n'eut que le temps de se jeter derrière une meule de fourrage, afin de n'être pas aperçue du paysan.

Mais Martial lut dans son regard, plus expressif que des paroles ne pourraient l'être, tout son espoir et toute la gratitude qu'elle ressentait déjà.

Il feignit de se promener d'un air indifférent.

La fille d'Ellen Mercy, l'enfant qui avait déclaré avec tant de raison qu'elle menait une vie d'esclave, avait regagné l'intérieur de la ferme.

Et s'efforçant de dominer les agitations qui s'élevaient tumultueusement en elle, elle s'était remise, auprès de sa persécutrice, au travail auquel elle était occupée à l'entrée du visiteur.

La paysanne, supputant maintenant le gain qu'elle comptait bien retirer de cet inconnu, ne faisait pas attention à elle.

Heureusement pour Marguerite; sans quoi l'enfant était en proie à une telle émotion qu'elle s'en serait certainement aperçue.

— Tiens, porte ceci sur la table, dans la salle, — ordonna-t-elle.

Puis se ravisant :

— Non, reste là. Tu ne demanderais pas mieux que d'aller faire les yeux doux à ce vagabond.

Et elle jeta sur l'enfant un regard soupçonneux.

Marguerite, accablée de confusion par cet outrage, avait baissé le front, ce qui ne permit pas à la mégère de remarquer l'éclat qui avait rempli ses prunelles lorsqu'elle lui avait donné l'ordre de se rendre auprès de Martial.

Et la repoussant brutalement dans sa cuisine, la femme alla porter elle-même au voyageur ce qu'elle lui avait préparé.

Martial la vit arriver avec plaisir chargée de la nourriture qu'elle venait de préparer. Il était dans la force de l'âge et il avait dépensé tellement d'énergie que sa vigueur épuisée réclamait de nouvelles ressources.

Voici en outre que sa tâche s'aggravait.

A ce qu'il comprenait, ces paysans séquestraient l'enfant, la retenant par la terreur et les mauvais traitements.

Ils ne consentiraient pas à la laisser emmener.

Et s'il y avait lutte, Martial voulait être prêt.

Après l'avoir servi, la paysanne s'était assise dans la salle entre Martial et la porte.

Elle paraissait craindre qu'après s'être rassasié, il ne s'esquivât sans payer. Et elle s'était mise là afin de le surveiller.

Le Français pensa que c'était une occasion toute naturelle pour essayer de l'interroger.

— Alors la récolte n'a pas été bien bonne l'année dernière ? — dit-il en appelant sur ses traits la plus naïve bonhomie.

— Hélas! non, et nous sommes bien pauvres, bien privés de tout,

— Pourtant les champs qui entourent votre ferme sont étendus..., vous avez une servante, ce qui indique d'habitude que l'on est assez à son aise...

« Il est vrai que cette jeune fille est peut-être votre parente ?

En prononçant ces derniers mots, Martial étudia le visage de la femme d'une façon indifférente en apparence.

Il vit battre ses paupières comme chez une personne qu'une question embarrasse terriblement.

Et elle balbutia, elle grommela plutôt quelques monosyllabes incompréhensibles.

— Ah ! ah ! elle élude l'interrogation, — remarqua intérieurement l'écuyer d'Henri de Mercourt. — Donc, l'enfant a dit vrai !

Malgré toutes les apparences, il aurait pu être dupe des mensonges d'une précoce intrigante, quoique, en réalité, la jeune fille qui avait fait appel à sa pitié ne pouvait prévoir qu'il connaissait lord Mercy.

Mais l'embarras hargneux de la paysanne, en montrant qu'elle avait quelque chose à cacher, donnait un poids singulier à l'assertion de l'enfant, affirmant qu'elle était là comme une esclave moderne.

— Elle paraît avoir une belle peur de vous ! — reprit-il en riant. — J'ai entendu les quelques mots qu'elle a dit quand vous l'avez renvoyée. Il me semble que je connais cet accent : de quel pays est-elle donc ?

Les lèvres de la femme se serrèrent.

De quoi se mêlait ce vagabond, et quel besoin avait-il de s'occuper de cette petite va-nu-pieds.

Et elle répondit en bougonnant :

— Est-ce que je sais d'où elle est ? Mon mari l'a engagée sur le marché à Wolwood.

« Une mendiante que nous gardons par charité !

Et la lueur aiguë de son regard attachée sur le questionneur montra sa colère de le voir aussi curieux.

Son mari venait d'entrer au moment où elle terminait ; et son regard à l'expression mauvaise, allant de Martial au paysan, exprima sa colère de ce qu'il avait amené un visiteur.

— Diable ! — fit cependant encore Martial, — elle avait de bien jolies fanfreluches pour une mendiante, quand vous l'avez engagée !

A ces derniers mots, une lividité passagère s'étendit, vite dissipée d'ailleurs, sur le visage de la paysanne.

Et elle échangea avec son mari un coup d'œil d'une expression sinistre, un coup d'œil chargé de pensées de meurtre.

Dans l'idée des deux misérables, cet homme, cet inconnu n'était pas venu là par hasard.

Il devait connaître les parents de la jeune fille qu'ils séquestraient depuis si longtemps, et l'enfant elle-même ; peut-être avait-il été chargé de la retrouver ?

Et les deux bourreaux de Marguerite venaient d'avoir ensemble la vision des juges, de la prison.

Non, ce voyageur ne repartirait pas.

Il n'irait pas les dénoncer et cette mauvaise petite gale, qu'il avait reconnue sans nul doute, continuerait à les servir, en expiant les alarmes qu'elle leur occasionnait.

Martial était près d'achever son repas.

La paysanne s'approcha, appelant, sur ses traits anguleux, un sourire dont tout indiquait la contrainte, — un sourire qui était à lui seul un avertissement.

— Cela va-t-il mieux ? — fit-elle hypocritement. — Dame, ce n'est rien de bien succulent, il est vrai. Mais quand on fait ce qu'on peut... Aussi il ne faut pas faire attention si je vous ai reçu un peu brusquement tantôt.

« Je n'avais rien de prêt, et les femmes, vous le savez, ont leur amour-propre de cuisinières.

« Mais vous avez l'air d'avoir beaucoup cheminé et vous devez être las. Reposez-vous donc ici.

« Ce soir, vous mangerez mieux, vous dormirez sur la bonne paille parfumée, et demain vous vous remettrez en route.

Martial avait surpris sans tressaillir le regard échangé entre les habitants de la maison. Il plongea ses claires prunelles dans celles de son interlocutrice.

Il réfléchit durant quelques secondes, tandis qu'il fouillait en quelque sorte l'âme de la sinistre mégère.

A eux deux, l'homme et la femme, ils n'étaient guère à redouter, il est vrai, pour un homme habitué à jouer avec le danger comme Martial.

Mais il s'agissait non pas de lui seul, mais aussi, mais surtout de la jeune fille.

L'écuyer ne connaissait pas le pays : peut-être y avait-il d'autres habitants dans un recoin de ces lieux perdus, et le paysan les ameuterait contre Martial.

La nuit, les chances de Martial seraient plus grandes. Et une fois dans les bois avec Marguerite, les coquins auraient de la difficulté à les rattraper.

Il haussa donc les épaules.

— Ma foi, — conclut-il, — ce n'est pas de refus ; car je suis bien las en vérité.

Un éclair de joie passa dans les yeux de la femme.

Il acceptait : un coup de bêche sur la tête, et il serait hors d'état de se défendre.

Quelques autres coups encore, et nul ne viendrait sans doute plus se mêler de leurs affaires.

Martial n'avait aucune illusion :

On allait tenter de l'assassiner.

Mais il veillerait, et il n'était pas aussi facile à abattre que ces bandits si dignes l'un et l'autre se le figuraient.

A ce moment, des pas résonnèrent au dehors et le fils des deux paysans parut.

A la vue d'un étranger, son regard fauve et sournois interrogea ses parents.

Un geste du père accompagné d'un rictus d'une signification terrible lui recommanda la prudence.

Martial s'aperçut que le fils le dévisageait en dessous, semblant ausculter ses membres, évaluer sa force.

Il ne s'attendait pas à ce nouvel adversaire.

— Le louveteau est digne de ceux qui l'ont créé, — pensa-t-il.

Et il s'applaudit d'avoir accepté l'offre de la femme.

A son premier mot, à son premier acte d'intervention, la paysanne se serait certainement précipitée sur Marguerite, afin de la mettre hors d'état de fuir.

Et Martial ne savait pas s'il aurait réussi à la dégager de ses griffes de harpie, ayant lui-même deux adversaires sur les bras.

Mais on allait essayer de l'assassiner à la faveur des ténèbres, et lui aussi, grâce à cette obscurité, pourrait réussir un coup de surprise, prendre ces coquins à l'improviste.

Restait seulement à savoir qui devancerait l'autre.

Tout compte fait, si la nuit comportait ses dangers, elle offrait aussi ses ressources ; et il aimait même mieux ça.

Et il se disposa donc à attendre ces ténèbres à la faveur desquelles ses hôtes avaient projeté de l'assassiner.

il saisit la hache, la brandit au-dessus de Martial endormi.

CXXV

ASSASSINS A L'ŒUVRE

LE crépuscule descendit sur la ferme, teignant toutes choses de sa teinte uniforme et sombre.

Une lampe formée d'un brin de moelle de sureau baignant dans un peu d'huile s'alluma dans la salle basse.

LIV. 277. — H. GEFFROY, édit. — Reproduction interdite.   277

Martial avait passé, sous divers prétextes, les heures qui venaient de s'écouler devant la grange, en surveillant ses dégagements.

Il craignait que les habitants de cette demeure équivoque n'entraînassent ailleurs la fille d'Ellen Mercy.

Le paysan et son fils ne s'étaient pas éloignés non plus.

Dans un conciliabule tenu à voix basse, les trois gredins avaient arrêté le plan de l'attentat couvé dans l'esprit de la paysanne.

Et si Martial surveillait les diverses issues de la ferme en dissimulant sa faction de son mieux, eux ne le perdaient pas de vue, résolu à l'attaquer en plein jour s'il le fallait, au cas où son acceptation de passer la nuit à la ferme n'ayant été qu'une ruse, il tenterait de s'éloigner.

L'obscurité arrivée, l'écuyer, malgré les invitations de ses hôtes, attendit que toutes les portes extérieures fussent fermées avant de rentrer dans la salle.

Il voulait être bien certain qu'on n'allait pas profiter de ce moment pour emmener Marguerite ailleurs.

Les bruits acquièrent à cette heure une intensité considérable.

L'écuyer d'Henri de Mercourt était encore dehors lorsque la voix de Marguerite parvint à lui, répondant à un commandement acariâtre de la paysanne.

La jeune fille se trouvait donc toujours là, et l'on ne paraissait pas avoir l'intention de l'éloigner.

Martial tranquillisé pénétra alors à l'intérieur.

Afin de lui inspirer confiance, la paysanne servit, sur la table, le souper du voyageur avec celui de son mari et de son fils.

Quant à elle, elle mangerait à la cuisine avec sa servante, déclarat-elle.

Le repas achevé, le paysan tapa sur l'épaule du Français d'un air jovial.

— Une bonne nuit là-dessus, et demain vous pourrez faire dix lieues d'une traite si le cœur vous en dit. Un lit de bonne paille de seigle vous attend dans le grenier au-dessus de l'étable où couche notre fils.

Il mentait. Depuis la nuit où Marguerite avait tenté de s'évader, le jeune homme couchait à un endroit choisi pour lui barrer le passage.

Et ainsi rapproché d'elle, son œil fauve la couvait durant ses insomnies.

Un jour ou l'autre elle deviendrait bien sa proie.

Aussi, avait-il accueilli avec ardeur le projet de supprimer cet inconnu qui venait peut-être avec l'intention de la lui ravir.

Martial avait fait un mouvement comme pour se dresser, à l'instigation de son hôte.

Puis il retomba lourdement sur son siège.

— Tout à l'heure, — bégaya-t-il. — On est bien ici.

L'avis que sa place avait été préparée dans l'étable lui montrait le plan probable des tristes gens chez lesquels il était tombé.

Les deux hommes comptaient sans doute l'assaillir pendant son sommeil et faire disparaître ensuite son cadavre sans que la jeune fille eût rien vu.

Martial appuya sa tête sur son coude pareil aux gens qui s'endorment à la fin de leur repas.

Ses hôtes se regardèrent avec colère : il leur tardait d'en avoir fini.

Pourtant le brutaliser aurait été capable de le mettre sur ses gardes.

Le projet de Martial était de les lasser.

A travers une porte entre-bâillée, il avait vu passer la plaintive silhouette de la fille d'Ellen Mercy, un lumignon à la main.

Et un froissement étouffé de paille, provenant justement d'à côté de lui, avait indiqué que la pauvre enfant, obéissant vraisemblablement aux ordres donnés, était allée se coucher, incertaine au sujet de ce qui allait suivre.

L'écuyer attendait que l'un des deux hommes se fût éloigné.

Dans ce cas, et sans plus attendre, il s'élancerait vers l'endroit où se trouvait Marguerite, et il l'entraînerait au dehors.

Mais les paysans ne bougeaient pas de là, impatients, irrités.

Martial, accablé par la fatigue de la nuit précédente, sentait, d'autre part, le sommeil qu'il simulait alourdir véritablement ses paupières.

Les deux hommes qui le surveillaient s'en aperçurent.

Autant valait en finir de suite.

La femme désigna silencieusement une hache accrochée au mur et fit le geste d'en asséner un coup sur la tête du voyageur.

Le fils montra qu'il avait compris.

Allongeant doucement le bras vers la muraille, il saisit la hache, la brandit au-dessus de Martial presque endormi.

Le père empoigna une bêche énorme pour achever ensuite le blessé si le premier choc de la hache n'avait pas suffi.

La femme dardait des yeux féroces : les trois criminels retenaient leur respiration.

Mais le fer de la bêche heurta le pied d'un escabeau.

Le bruit réveilla brusquement Martial.

Il entendit le sifflement de la hache, devina tout, et d'un bond se trouva sur ses jarrets, se jeta de côté.

— Ah! lâches coquins, — cria-t-il. — Voilà donc votre hospitalité!

Les deux paysans avaient eu un même rauquement de colère en voyant leur coup avorté.

— A mort! à mort! — grinça la femme.

Martial avait toujours le couteau de chasse que Fabers lui avait remis. Mais c'était sa seule arme.

Avant qu'il eût abordé ses meurtriers, le tranchant de la hache ou le fer de la bêche brandis avec fureur l'auraient atteint...

Et il voulait vaincre!

Il le voulait pour Marguerite; il le voulait pour son maître.

Il se jeta derrière une table, mettant ce rempart entre ses agresseurs et lui.

— Vous abandonnez donc enfin le masque, — gronda-t-il en même temps, — voleurs d'enfants, vils geôliers de malheureuses que vous supposez sans défense?

— Vous l'entendez! — grinça la paysanne. — Il n'y a plus à hésiter; il faut qu'il périsse! Est-ce que vous auriez peur d'un seul homme?

Et elle-même, s'armant de la cognée à refendre le bois pour l'âtre, essaya de passer derrière lui.

— Au large, la gueuse! — fit Martial.

Et se retournant, dédaignant de se servir du poignard contre une femme, d'une détente de son poing noué sur le manche, il l'envoya rouler à terre.

La tête de la mégère porta contre le mur, craqua...

Et elle demeura à terre comme un paquet, assommée, le crâne fêlé contre le mur où il avait porté.

Elle n'irait point paralyser Marguerite, lorsque celui qui combattait pour elle l'appellerait.

L'enfant avait entendu les paroles cinglantes de Martial, auxquelles les cris de mort de la paysanne avaient répondu aussitôt.

Dressée sur sa couche, les yeux dilatés, son visage amaigri couvert d'une pâleur livide, elle écoutait... les battement de son cœur arrêtés.

Elle perçut le bruit d'une chute... un cri bref et étouffé.

— Mon Dieu! — fit-elle, en joignant ses mains tremblantes.

En voyant tomber la furie qui s'apprêtait à frapper l'étranger par derrière, le paysan et son fils avaient, d'un mouvement, tourné l'obstacle mis par Martial entre lui et eux.

L'écuyer les vit arriver ensemble.

Maintenant c'était bien la mort pour quelqu'un d'eux.

Mais pour qui serait-ce?

Le mari était le plus près. Martial discerna dans un tourbillon le moulinet de son énorme bêche.

Il se baissa, empoigna un escabeau et, se redressant dans un jet de ressort, le tendit, l'éleva au-dessus de sa tête comme un bouclier!

Le paysan abattait maintenant l'outil de toutes ses forces, visant à la tête.

Le fer de la bêche rencontra l'escabeau, l'entraîna, et le manche se cassa avec un claquement sec.

— Manqué! — lança en français l'écuyer.

Et se courbant, dans un mouvement d'une rapidité foudroyante, il arriva jusqu'au bandit.

Il n'avait plus affaire à une femme : la lame de son couteau de chasse brilla, disparut.

— Hââàh!... — éructa le paysan.

Ses bras parurent chercher en l'air, et il s'affala d'un coup.

Il ne restait plus que le fils.

Plus jeune que Martial, il était cependant très vigoureux ; la hache dont il était armé, affûtée de frais, était un instrument de combat redoutable.

Il arriva sur Martial au moment où celui-ci était aux prises avec le père.

L'écuyer n'eut que le temps d'éviter la hache dont il sentit le frôlement.

— A toi, méchant louveteau! — menaça-t-il.

Mais le châtiment de ce fils de bandit, bandit lui-même, n'était qu'une question secondaire pour le Français.

Il y avait surtout la jeune fille [qu'il s'était promis de délivrer.

Et un seul ennemi cela comptait si peu pour Martial!

Et sa voix, changeant d'intonation, lança cet appel :

— Marguerite, accourez! Voici l'heure, Marguerite!

CXXVI

LE LOUVETEAU

A fille d'Ellen Mercy, immobile, tous les sens comme suspendus, écoutait toujours dans le réduit où elle couchait.

L'âme convulsée dans l'angoisse qui l'étreignait, elle entendit le cri d'appel de Martial.

Un élan galvanique la mit debout.

Et Marguerite parut sur le seuil de la salle, les yeux hagards... Elle demeura clouée au sol par le saisissement, l'épouvante.

Le paysan était étendu sur le carrelage, sa face écrasant la brique, le corps à demi replié.

La paysanne, tombée contre le mur, le crâne craquelé dans le choc, le visage inondé de sang, s'était redressée à demi, le buste appuyé contre cette muraille, et dévorant des yeux l'étranger et son fils aux prises.

Son visage, rendu plus blême par le sang qui y ruisselait, avait une expression de fureur impuissante, mais saisissante.

La fille d'Ellen Mercy vit tout cela, aperçut les deux hommes aux prises, et ses nerfs délicats d'enfant frémirent dans une sensation indicible.

Le cadavre, cette femme au crâne ouvert, aux yeux de démon, ces deux hommes cherchant à se frapper!...

A ce moment, la hache du jeune paysan, traçant de nouveau une trajectoire rapide, foudroyante, s'abaissait sur Martial, profitant des quelques secondes pendant lesquelles l'écuyer s'était détourné pour voir si Marguerite apparaissait.

Cette courte distraction avait bien dérobé le louveteau au châtiment qui l'attendait sans cela.

Mais quant à lui permettre d'accomplir le crime préparé, il y avait encore loin.

Martial veillait, un œil sur l'endroit où il avait entrevu l'enfant, un autre sur le jeune bandit.

Un recul à gauche de son corps et le large tranchant passa sans l'atteindre.

Et cette fois, par exemple, le gredin allait voir ce qu'il en coûtait de s'acharner ainsi.

Le jeune paysan ayant manqué son coup, et voyant Martial revenir sur lui, avait fait un mouvement pour fuir.

Il venait de constater comment ce voyageur, qu'ils croyaient assassiner avec tant de facilité, maniait le couteau de chasse qu'il avait mis au clair.

C'est alors que Marguerite surgit sur le seuil.

L'apparition de la fille d'Ellen Mercy donna non pas du courage, mais de la rage au sinistre louveteau.

Cet homme allait lui enlever leur prisonnière, la jeune fille qu'il convoitait depuis si longtemps avec une opiniâtreté sourde et violente, et dont il se rapprochait peu à peu, prêt à se ruer sur elle, un jour où l'autre, cédant à ses instincts.

Il se refusa à la perdre.

— Ah! c'est elle que tu veux! — grinça-t-il.

Et se jetant derrière l'escabeau qui avait servi à Martial pour parer le coup de bêche du père, il lui décocha un nouveau coup de hache, asséné de toutes ses forces.

— Bravo! — fit Martial avec un accent ironique, — le coquin se montre tel qu'il est.

Et agile comme il l'était redevenu, et comme l'avait rendu en outre la pratique des armes, lui qui avait été le professeur de Julien d'Avenel, d'un mouvement classique dans l'escrime de combat, il fit un pas de côté, bref et prompt, laissa la hache tracer sa trajectoire dans le vide et partit sur le haineux gredin.

— Au flanc! — clama-t-il, visant là.

Le jeune paysan l'entendit, vit son assurance.

La rage et non la bravoure l'animait; il venait de manquer encore cette dernière attaque : il se vit sur le point d'expier à son tour le crime que lui et les siens avaient voulu commettre.

Et abandonnant les auteurs de ses jours, croyant déjà sentir, dans sa chair, la lame vengeresse, il fit volte-face, se rua vers la porte qu'il ouvrit d'une secousse et s'élança au dehors.

Martial qui l'avait suivi jusque sur le seuil vit son ombre se plonger dans les ténèbres, entendit le bruit de sa course s'éloigner rapidement.

Essayer de l'atteindre. A quoi bon?

Au contraire, il était sage de profiter de la circonstance pour emmener Marguerite au plus vite. Du reste, Martial pouvait-il savoir si le jeune gredin n'allait pas appeler du secours?

Laissant donc cette graine d'assassin échapper au sort qu'il méritait si bien, l'écuyer revint sur ses pas.

L'enfant était toujours à la même place, médusée, paralysée par la vue du cadavre étendu, par l'œil aux flammes d'enfer de la femme saignante et adossée au mur.

Martial lui saisit le poignet.

— Venez vite! — dit-il, — quittons cette maison.

Et il l'entraîna.

Arrivé sur le seuil, il écouta encore. Le bruit de la course du jeune paysan avait cessé de se faire entendre.

Sentant qu'il n'était pas poursuivi, il s'était arrêté et s'était tapi derrière un buisson.

Il restait là aux aguets, sa hache à la main.

Martial s'orienta rapidement.

— En route, — dit-il.

Et tenant de sa main gauche le bras de Marguerite, il longea la grange, se dirigeant avec elle vers les bois dont on distinguait à quelque distance la masse sombre.

Il gardait toujours son couteau de chasse dégainé, en cas où le fuyard serait blotti quelque part sur leur passage, en prévision en somme d'une attaque quelconque.

De l'abri dans lequel il était terré, le louveteau distingua ses pas et ceux plus légers de Marguerite.

— Il l'emmène! — siffla-t-il entre ses dents.

Et dans un dernier accès de férocité, il se porta à leur rencontre, marchant sur la pointe des pieds, afin d'assaillir Martial à l'improviste.

Mais l'écuyer se défiait, aux écoutes. Il perçut la marche étouffée du jeune bandit.

Et il fit brusquement face.

— Ah! le chacal revient, — fit-il à voix haute, — eh bien! tant mieux!

Son pied rencontra un silex. Il se baissa, le ramassa et le lança avec force sur le paysan dont il entrevoyait l'ombre, comme on jette une pierre à un chien.

Et il partit ensuite sur lui.

Le paysan eut un grincement de colère lâche, la peur du couteau manié dans la nuit.

Il tendit sa hache avec un blasphème et, pivotant, se rejeta dans les sillons où ses pieds lourds s'enfonçaient, faisant jaillir la terre.

Marguerite parut sur le seuil de la salle, les yeux hagards.

— Allons, — pensa Martial, — je vois qu'il aboie plus qu'il ne mord.

Et il revint vers Marguerite restée debout, glacée par la sueur de l'angoisse, en disant :

— Je crois que nous pouvons repartir ; le drôle a détalé... à moins qu'il n'ait quelques estafiers de son acabit par là !

Liv. 278. — H. GEFFROY, édit. — Reproduction interdite.   278

La jeune fille ne répondit pas.

Cette nuit, les luttes qui venaient d'avoir lieu lui rappelaient une autre nuit, où elle avait assisté aussi à des péripéties dont sa mémoire gardait le souvenir ineffaçable.

C'était celle où le vicomte de Mercourt avait fait cesser sa captivité, et où, après avoir tenu tête si longtemps aux valets et aux soldats envoyés contre lui, il avait fini par succomber, par être pris.

Des événements semblables allaient-ils encore se produire ?

Persécutée déjà cruellement par le sort, malgré son jeune âge, elle n'osait se livrer à l'espérance.

Son bras nerveusement serré entre les doigts de l'écuyer, elle allait du même pas rapide que lui, son cœur battant avec force.

Ils atteignirent enfin la forêt.

— Ce n'est pas trop tôt ! — fit Martial employant sa langue natale pour la deuxième fois de cette soirée.

Marguerite ne pouvait comprendre, mais elle se rappela que le gentilhomme auquel elle avait dû sa liberté une première fois était étranger.

Et elle fut frappée de ce caractère de sa destinée qui, la faisant persécuter par les Anglais, suscitait des étrangers pour la défendre.

Et cependant elle ignorait que le chef de ces Anglais était son père ; il est vrai qu'il était en même temps son plus cruel ennemi.

Toujours entraînée par son guide, elle franchit enfin la lisière de cette forêt qu'elle avait quittée autrefois pour tomber dans ce dur esclavage.

Martial respira alors largement.

Sans un mot, il suspendit sa marche, arrêta celle de sa jeune compagne et tendit l'oreille.

Aucune rumeur n'était plus perceptible. Le fils des paysans, voyant qu'il n'était pas poursuivi, s'était accroupi dans un creux de terrain et attendait.

Rempli de fureur, tous les levains de la passion déçue et de la vengeance déchaînés en lui, il écoutait s'éloigner l'étranger et l'enfant, la jeune fille à laquelle il avait dit :

— Tu seras à moi !

Rempli d'une rage décuplée par le sentiment de sa lâcheté et de son impuissance, le jeune misérable se reprochait d'avoir tant attendu.

Il avait des mouvements convulsifs pour se jeter après eux, livrer un dernier combat à l'homme qui emmenait l'enfant et la lui arracher.

Mais il croyait toujours voir luire le large et fort couteau de chasse, et la peur le clouait là où il était.

Le froissement des feuillages l'avertit qu'ils venaient enfin d'entrer dans le bois.

Le paysan se dressa alors.

Et à pas de loup il avança.

Il arriva jusqu'à la limite de la forêt et écouta un moment le bruit de leur marche indiqué d'une façon distincte par la plainte des branches écartées devant eux.

Il tendit alors son bras armé vers eux, en un geste de menace dernière.

Et courbant pesamment la tête, acceptant sa défaite, l'abandon de ses espoirs abjects, il retourna lentement vers la ferme où gisaient les auteurs de ses jours non moins infâmes que lui, — et qu'il avait oubliés sous l'influence de ses mauvais instincts.

Au loin, dans la profondeur des forêts, le bruit produit par la marche de Martial et de Marguerite se prolongeait, arrivant d'une façon de moins en moins distincte.

Se guidant sur l'étoile polaire, l'étoile du Septentrion, l'écuyer d'Henri de Mercourt conduisait sa jeune compagne vers le Nord, ne sachant pour le reste où ils allaient et s'en remettant à la destinée...

CXXVII

A L'ERMITAGE

Laissons la fille d'Ellen Mercy poursuivre son voyage hasardeux en compagnie de Martial.

Elle a en lui un guide d'une valeur et d'une sagesse éprouvées.

Et si les destins ne leur sont pas trop contraires, peut-être tout espoir n'est-il pas perdu pour eux.

Peut-être !... dit en effet l'Avenir.

Des forêts où ils sont engagés, revenons vers d'autres forêts, où l'homme menacé par ses semblables se réfugie chaque fois qu'il le peut, comme si, rapproché davantage de la vie menée par les humains aux âges primitifs, il avait moins à craindre.

C'est beaucoup plus au Nord.

Un jeune homme au visage à la fois affiné et viril y songe à celle qui erre ailleurs sous la conduite de l'écuyer d'Henri de Mercourt.

Ce jeune homme c'est Julien d'Avenel.

Continuant à séjourner dans la chaumière de l'ermite qui avait consenti à le recevoir avec ses deux compagnons de route et de souffrances, il y attendait que les graves blessures reçues par Christie de Clinthill fussent en voie de guérison, ainsi que le mal causé à la charmante et courageuse Ketty par la balle d'un des gardiens aux gages de l'abominable Stewart Bolton.

Le fils de Walter d'Avenel avait lui-même le plus grand besoin de cette halte, de ce repos.

Mais les jours lui paraissaient d'une longueur horrible.

Il lui tardait tant de se retrouver auprès de sa mère !... A présent qu'il savait qui il était, il avait une si furieuse impatience d'aller se prosterner devant le vaillant chevalier qui défendait pied à pied l'intégrité de la patrie en lui disant :

— Mon père, votre fils, Julien d'Avenel est à vos genoux.

Ces saints devoirs remplis, il avait une telle hâte de faire appel à sa jeune vaillance pour se mettre à la recherche de Marguerite.

Maintenant qu'il était instruit de tant de choses, il lui semblait qu'il n'aurait pas longtemps à errer, et qu'il la retrouverait.

Hélas ! il ignorait quelle distance énorme les séparait l'un de l'autre.

Il ne pouvait savoir que leur ennemi avait fait emporter la jeune fille sur la mer où nulle trace ne reste du passage des êtres, et qu'elle se trouvait dans un autre royaume.

Christie de Clinthill était un tel chêne vigoureux et puissant.

Et chez lui la nature agissait victorieusement afin de se délivrer du mal qui l'altérait.

Mais c'est presque à bout portant qu'il avait été touché. De plus, la perte de sang qu'il avait subie était considérable.

De là, un état d'affaiblissement invincible et qui mettait le géant dans de véritables rages.

Il n'avait, pour le calmer, que la vue de Ketty.

L'ancienne habitante du Moulin Joli ne possédait pas la vigueur herculéenne de son mari.

Et le sourire qu'elle appelait sur ses lèvres pour le rassurer, lorsqu'il tournait ses regards de son côté, soulignait au contraire la maigreur et la décoloration de ses traits.

Même si Christie n'eût pas été atteint, pour elle seule ils auraient été obligés de prolonger leur séjour.

Et Christie, le terrible mécréant, disait naïvement à l'ermite :

— Mon père, vous dont les prières doivent être efficaces, demandez, je vous prie, au ciel, la guérison de ma chère compagne.

Le solitaire souriait en faisant la promesse sollicitée par le brave guerrier...

C'est que peu d'instants auparavant, l'excellent Christie avait juré comme un païen, et malmené un tant soit peu ce bon Dieu dont il invitait leur hôte à implorer la bienveillance.

Le jour vint enfin où, par la vertu des simples employées par le solitaire, en guise de médicaments, à moins que ce ne fût grâce à l'effet de ses prières mêlées aux imprécations du capitaine d'armes, et à ses traitements secrets, un mieux réellement sensible se manifesta chez la jeune femme.

Du coup, il sembla à Christie de Clinthill qu'il était lui-même complètement rétabli.

Reprenant ses habitudes de trappeur qui leur avaient permis de vivre durant l'hiver qu'il avait passé avec Ketty bloqués par la neige auprès de la lande des Trépassés, il s'accoutumait de nouveau, peu à peu, à faire de l'exercice et à supporter de prochaines fatigues en allant capturer de menues bêtes de venaison.

Cela variait leur nourriture et ranimait les forces de la jeune femme, en même temps que ces viandes au fumet sauvage remettaient une nouvelle vigueur dans son propre sang.

Ketty commençait à vaguer maintenant autour de la cabane de l'ermite.

Souvent, elle parlait de leur départ, se désolant de sa faiblesse, comprenant qu'elle était un obstacle au départ de Christie et du fils du chevalier d'Avenel.

Le jour vint où elle se déclara positivement en état de se remettre en route.

En prévision de ce moment, le soldat avait fait boucaner des quartiers de gibier, soigneusement enveloppés de feuilles aromatiques.

Une longue et solide tige de cornouiller, bâton de voyage et massue à la fois, attendait dans un coin, ainsi qu'une branche de houx plus légère pour sa compagne.

Julien lui-même avait essayé de tromper l'impatience de l'attente en sculptant au couteau l'écusson d'Avenel au pommeau de la canne noueuse sur laquelle il comptait s'appuyer pour le restant de son voyage.

Le soldat lui en avait fourni le dessin, lui expliquant, avec une gravité religieuse, le sens héraldique des armes de sa famille.

Enfin, un matin, les trois voyageurs reprirent le bâton du vagabond que tout homme est sur la terre !

Ils firent de touchants adieux au solitaire qui les avait accueillis et soignés avec tant de bonté.

— Mon père, — dit Julien, — veuillez me donner votre bénédiction.

Et il s'agenouilla devant le saint homme.

C'était en dehors de la cabane, dans le large et puissant décor de la seule nature.

L'ermite leva avec inspiration les yeux vers le ciel, comme pour y chercher, comme pour invoquer la puissance universelle.

Et il abaissa lentement ses mains au-dessus de la tête inclinée du jeune homme...

Au cours de leur long séjour, ses hôtes lui avaient appris le nom de l'adolescent et ses malheurs.

— Allez, fils du noble chevalier d'Avenel, — prononça-t-il d'une voix grave. — Et puissiez-vous retrouver, auprès de la famille qui n'a cessé de vous pleurer, un abri définitif.

« Allez avec confiance.

« Trop d'événements se sont accomplis pour que l'heure de votre bonheur final ne soit pas proche.

« Mes faibles mais ferventes prières vous accompagneront.

Ketty et Christie de Clinthill avaient imité le fils de leur maître, et ils reçurent avec ferveur eux aussi la bénédiction de l'ermite.

Mais cela ne paraissait pourtant pas suffisamment démonstratif au guerrier après la générosité que le digne solitaire avait montrée envers eux.

Il en sacrait d'émotion…

— Mille dieux !

Et s'étant redressé, il le serra vigoureusement dans ses bras.

— Je vois que vous pourrez véritablement continuer votre voyage, — dit l'ermite en souriant.

« Vous avez manqué m'étouffer.

Les trois voyageurs échangèrent avec lui un dernier adieu et se mirent en route.

Un instant après, le solitaire avait cessé de les apercevoir, et eux-mêmes ne distinguèrent plus l'humble toit où ils avaient reçu si fort à propos l'hospitalité.

L'existence hasardeuse des coureurs de forêts recommençait donc pour eux.

Ils étaient partis à l'aube afin de pouvoir faire un assez long trajet avant la nuit.

Mais il fallait, d'autre part, compter avec la convalescence de la jeune femme.

Aussi, étant arrivés vers le milieu du jour au bord d'une étroite et fraîche rivière, y firent-ils halte.

C'était dans un site délicieux, comme si les plus agréables prémisses voulaient saluer cette première journée.

Lorsqu'ils en repartirent, ils étaient complètement reposés, les uns et les autres.

Ils marchaient sans hâte, afin de ménager les forces de leur compagne.

Il fallait que l'entraînement à la marche lui vînt peu à peu, afin qu'elle n'en fût pas trop éprouvée.

Christie tournait ses regards vers elle avec une sollicitude inquiète.

Ketty lui souriait alors.

Et le soldat se surprit parfois à chantonner.

Lorsque le soir vint, le crépuscule, si inquiétant toujours au milieu des vastes solitudes, les trouva réunis sous un large sapin centenaire, dont l'extrémité des branches, ployant sous le poids de leurs ramures, effleurait le sol.

Ils y seraient garantis aussi suffisamment qu'ils pouvaient l'espérer contre la fraîcheur de la nuit.

Rien ne vint troubler leur sommeil.

Lorsque le lendemain le jour parut, Ketty regarda son mari d'un air presque heureux....

Elle ne ressentait aucun mal de cette nuit passée en plein air.

Au contraire!

Elle était rajeunie!

Tranquillisé, rassuré, Christie fit jaillir des étincelles du contact de deux silex dont il avait eu soin de se munir, et un feu clair chanta bientôt.

Lorsque les branches furent consumées, Christie, expert comme un boucanier, écarta la braise et plaça au-dessus, enfilées à des branchettes encore vertes et difficilement combustibles, quelques tranches de venaison.

La fraîcheur leur donnait faim et ils trouvèrent exquis ce repas substantiel mais sommaire.

L'appétit qu'ils venaient de montrer indiquait qu'ils étaient vigoureux et dispos.

Et leur repas terminé, ils se remirent allègrement en route.

Christie, marchant en tête, sifflait un air militaire pour entraîner le pas...

— Quelque chose à manger, de grâce!

CXXVIII

L'ESPION AU CAMP

E fils du chevalier d'Avenel, Christie, l'impeccable soldat, et Ketty, toujours aussi charmante qu'elle était vaillante, n'étaient pas les seuls à avoir pour objectif le manoir de Claymore.

Stewart Bolton s'était juré d'y retourner lui aussi.

Et tandis que les trois voyageurs étaient obligés de faire un séjour prolongé dans la cabane de l'ermite, il gagnait du terrain.

Il est vrai qu'il lui avait fallu du temps après la sortie de la grotte, où sa haine sauvage s'était brisée, pour atteindre la route.

Et ce n'avait été que pour se voir dépouillé par les bandits, les houspailleurs qu'il avait enrôlés.

Plus d'argent, plus de cheval, plus aucune ressource au milieu de cette contrée naturellement déserte et rendue plus désolée encore par la guerre : la situation devenait critique pour lui.

Le misérable était obligé de voyager à pied, seul, à la merci du plus faible ennemi.

Lâche comme il l'était naturellement avec ses idées, l'ancien intendant ne possédait pas en effet la force de caractère qui permet de faire face au moindre péril, lorsque tout ne concourait pas à le garantir.

Il s'attendait à tout instant à voir apparaître ceux qu'il avait voulu faire périr.

Le plus léger bruit sur les côtés du chemin, le craquement des feuilles mortes sous les foulées d'un chevreuil égaré le faisaient pâlir.

Et son regard s'attachait avec épouvante sur l'endroit d'où provenaient ces rumeurs, croyant voir surgir des vengeurs, des justiciers.

Lui aussi connut alors les souffrances qu'il avait infligées aux autres, la soif qui donne la fièvre et le vertige, la faim qui exténue.

Chancelant, affolé, il en arriva à cueillir des poignées d'herbe, à arracher des feuilles nouvellement poussées pour essayer d'apaiser un peu cette horrible souffrance de la faim qui tordait ses entrailles.

Il grelotta alors, lui aussi, sous la souffrance des nuits passées en plein air, sans feu, sans rien pour se couvrir, car, outre son or, cet or auquel il tenait si furieusement, les houspailleurs lui avaient enlevé son manteau, un d'eux l'ayant trouvé à sa convenance.

Nuits abominables, durant lesquelles il n'osait souvent pas s'endormir, s'imaginant qu'on l'avait guetté, épié, et qu'on attendait son sommeil pour venir l'assassiner.

La fatigue l'emportait pourtant sur la frayeur, à la fin, et ses yeux se fermaient.

Mais c'était pour se réveiller en sursaut, couvert de sueur, voyant, dans des cauchemars impitoyables, des mains vengeresses abaisser sur lui l'acier mortel.

Et il passait alors le reste de ces nuits affreuses à écouter, dans le délire de l'épouvante, tous les bruits confus des forêts.

C'était le châtiment qui commençait.

Le châtiment terrible, effroyable, lorsqu'il se décide à sévir sur qui l'a mérité, — et dont il ignorait encore la marche menaçante.

En effet, les symptômes avant-coureurs de l'heure d'expiation s'amoncelaient. Son fils, — pour qui il nourrissait le seul sentiment humain qui existât en lui, — son fils, captif dans cette Tour de Londres où lui, Stewart Bolton, avait fait enfermer tant d'innocents, sa maison livrée aux flammes et déchaînant sa ruine, tout cela n'était-il pas significatif?

Et lorsque l'aube reparaissait, hâve, décharné, blême à faire peur, ayant broyé entre ses dents quelques poignées d'oseille sauvage ou quelques racines qu'il avait appris à connaître autrefois, l'ancien intendant recommençait à se traîner, incarnation véritable de la malédiction antique...

Son effroyable détresse ne cessa qu'à son arrivée au camp anglais où il s'était arrêté autrefois, lorsqu'il avait quitté les ruines avec Julien garrotté entre les deux estafiers.

L'espion avait conservé, concentré le peu de forces qui lui restait pour arriver jusque-là, où cent fois il avait désespéré de parvenir.

Il se disait que si le malheur faisait que le camp eût été levé, s'il avait été transporté ailleurs, ce serait fini... il tomberait sur le bord de la route! Et il rendrait là le dernier soupir, semblable aux bêtes errantes qui expirent au coin d'une pierre — et y attendent la lente décomposition de leur corps.

Lorsqu'il atteignit les approches du camp, les sentinelles, en apercevant ce cadavre ambulant, cette ruine d'homme aux vêtements en loques, furent sur le point d'achever d'un coup d'arquebuse sa misérable vie.

Ce devait être quelque espion égaré.

L'exécution, en ce cas, ne serait jamais assez prompte.

Mais l'abject personnage tomba à genoux, les mains jointes, implorant leur pitié.

Il avait été dépouillé et traité de la sorte par les Écossais, — prétendit-il.

Et il demanda d'une voix râlante à être conduit au chef.

Il avait les plus graves communications à lui faire, assurait-il, mêlant les noms de Somerset et du lord anglais, qui commandait l'expédition... Les factionnaires le remirent alors à l'officier du poste de grand'garde dont ils dépendaient.

Celui-ci voulut interroger le nouveau venu.

— Quelque chose à manger, de grâce, — supplia Stewart Bolton. — Je vous satisferai ensuite, je vous dirai tout ce que vous voudrez.

Le chef du poste lui fit donner une écuellée de soupe et le misérable se jeta dessus comme l'aurait fait un chien affamé.

Il demanda ensuite à boire.

Un soldat lui tendit sa gourde d'eau-de-vie de genièvre.

L'agent secret la porta à ses lèvres avec avidité et aspira le liquide brûlant avec une âpreté telle que son visage blême s'empourpra d'un coup et qu'il chancela à demi foudroyé.

Il fallut que le soldat lui arrachât la gourde.

Stewart Bolton demeura un instant comme anéanti, assommé par le liquide qu'il venait d'absorber.

Il sortit de cet état, essuya la sueur qui coulait de son front, ruisselait de ses tempes, de ses joues.

S'adressant ensuite à l'officier, il lui dit :

— Je suis passé ici, il y a quelque temps, j'ai séjourné pendant plusieurs heures dans votre camp. Peut-être m'y avez-vous vu... dans un autre équipage. J'étais à cheval et j'avais avec moi deux cavaliers armés surveillant un jeune homme garrotté.

Il ajouta après une minute :

— Si vous croyez maintenant devoir me poser quelques questions, faites-le. Mais il vaudrait mieux me faire conduire auprès de votre général à qui je communiquerai ce que je dois lui apprendre.

L'officier se rappela en effet le séjour fait autrefois dans le camp par l'agent et ses estafiers encadrant entre eux le fils de Walter d'Avenel ligotté...

Mais il lui était impossible de reconnaître dans l'individu hâve, cadavéreux, en haillons, qui se traînait devant lui et d'aspect réellement abject dans cet état, le cavalier à l'attitude à la fois sournoise et arrogante qui avait franchi leurs lignes à cette époque.

Cependant les détails fournis par cet individu étaient précis.

Et il donna ordre à un sergent de le mener au quartier du commandant du camp, après l'avoir fait entourer d'une solide escouade pour le cas où l'on aurait en lui un espion particulièrement rusé et adroit.

Le chef du poste ne se trompait pas en flairant lui aussi un espion dans Stewart Bolton.

L'ancien intendant avait rempli ce rôle au profit de Somerset et de l'Angleterre. Il l'aurait joué aussi bien en faveur de Marie Stuart et de l'Écosse. Il aurait suffi seulement d'y mettre le prix.

Il est vrai qu'il y avait ses sentiments secrets, inavoués et inavouables, qui avaient constamment poussé le misérable à rechercher la destruction et la ruine de la maison d'Avenel.

Mais il était assez hypocrite, assez fourbe, pour poursuivre sa haine et la satisfaction de sa honteuse passion au service de l'une ou de l'autre nation. Pour plus de sûreté, on lui banda les yeux.

Stewart Bolton arriva ainsi jusqu'à la tente du chef où on lui enleva son bandeau.

Prévenu que l'homme qui s'était présenté à ses avant-postes prétendait avoir une communication importante à lui faire, le général anglais l'interrogea.

— Qui es-tu et que me veux-tu? — demanda-t-il avec hauteur, peu favorablement disposé lui aussi par l'aspect de ce nouveau venu.

Les houspailleurs avaient rapacement dépouillé l'agent secret, jusqu'à la moindre de ses pièces de monnaie.

Mais les papiers, cela n'avait aucune valeur pour eux, ne sachant pas même lire, à l'exception de leur sergent qui avait péri au cours de l'expédition... Leur nouveau chef, élu à sa place, avait bien songé une seconde à les lui enlever, se souvenant que Stewart Bolton s'en était autorisé pour se présenter comme délégué de lord Somerset.

Mais il les lui avait laissés en haussant les épaules de mépris.

Comme si des titres pareils étaient confiés à des gens équivoques dans le genre de l'homme qui les avait enrôlés.

Ce dédain devait être le salut momentané de l'agent secret.

Il avait entendu la hautaine question du général.

— Ceci va apprendre à Votre Honneur qui je suis, — répliqua Stewart Bolton au commandant du camp.

Et il lui tendit le mandat qu'il avait déjà présenté à son passage précédent. Le général reconnut le papier du premier coup d'œil.

Et toisant avec rudesse son visiteur de mauvaise mine :

— Où as-tu volé ça?...

— Je ne l'ai pas volé, messire.

— Où l'as-tu trouvé alors? Parle, vite, si tu ne veux pas que je fasse attacher à ton intention quelques brasses de corde à une branche d'arbre.

Stewart Bolton verdit.

Il ne lui manquait plus que d'avoir surmonté les privations affreuses par lesquelles il venait de passer pour venir se faire pendre ici.

— Je suis donc bien changé, — balbutia-t-il, — puisque Votre Honneur ne me reconnaît pas !

Et d'un accent précipité, il rappela au général anglais les détails de sa précédente visite à son camp, lui fournissant des renseignements précis.

Alors celui-ci ne put plus douter, et il l'avoua. A partir de ce moment, l'ancien intendant, le fourbe criminel se sentit rassuré. Il ne craignait plus d'être pendu comme on le menaçait peu d'instants auparavant.

A la vérité, ce supplice aurait été trop doux pour lui.

Il méritait mieux !

CXXIX

DÉNONCIATIONS ET MENSONGES

E général avait donc reconnu la qualité, le titre d'agent secret que Stewart Bolton portait toujours.

Il lui demanda alors par suite de quelles circonstances il se trouvait dans un pareil état.

D'un accent amer, sifflant, Stewart Bolton lui raconta comment il avait été dépouillé par des partisans détachés de l'armée anglaise elle-même.

Il aspirait trop à pouvoir se venger pour ne pas les dénoncer.

La menace qui lui avait été faite de ne pas l'épargner en cas justement de dénonciation ne l'arrêtait pas.

D'abord, il allait s'éloigner de l'armée; ensuite il avait projeté de regagner Londres aussitôt après avoir réalisé les serments de destruction et d'anéantissement qu'il avait formés contre le manoir de Claymore et ses habitants, quoi qu'il dût lui en coûter.

Bien entendu, il présenta les événements sous un jour uniquement favorable à lui-même.

Il rappela que Julien devait lui servir d'otage pour obtenir la reddition de la citadelle d'Avenel à la couronne d'Angleterre.

Attaqué par une bande de partisans écossais, prétendit-il, son prisonnier lui avait été enlevé.

Grâce à ses moyens personnels d'investigation et en s'exposant aux plus grands dangers, il était parvenu à savoir que le chef de ces Écossais, un ancien écuyer du chevalier d'Avenel, une espèce de géant, était porteur de documents secrets de la dernière importance.

Et continuant ses inventions, Stewart Bolton déclara qu'il n'avait eu de cesse avant d'avoir rencontré une troupe anglaise, afin de se jeter à la poursuite des Écossais et s'emparer de ces papiers, lesquels, il le savait de bonne part, avaient trait à tout un plan de soulèvement général des clans des montagnes contre les Anglais.

Les Écossais s'étant divisés, une de leurs bandes venait de lui glisser entre les doigts et il se disposait à les prendre dans un coup de filet magnifique cette fois, lorsque ses houspailleurs s'étaient mutinés et l'avaient dépouillé et essayé de le tuer.

— Je n'ai échappé que par miracle et en me cachant à leur tentative homicide, — termina Bolton. — Et j'ai tout lieu de croire qu'ils ont eu des pourparlers criminels avec des émissaires ennemis et se sont concertés avec eux, afin de m'empêcher d'arriver à un résultat d'une importance capitale pour le triomphe de notre cause.

Par cette accusation venimeuse, il faisait condamner d'avance au gibet, dont on le menaçait lui-même peu auparavant, les bandits qui avaient osé se retourner contre lui.

L'état dans lequel Stewart Bolton se trouvait pouvait passer pour une preuve.

Devant les affirmations réitérées de l'homme muni des pouvoirs secrets de Somerset, le général entra dans une violente colère.

Et il ordonna que, dès leur rentrée au camp, — s'ils osaient y reparaître, — les houspailleurs fussent entourés, désarmés et condamnés sur-le-champ à la pendaison.

Des éclairs de contentement illuminèrent les traits décharnés de Stewart Bolton en entendant cet arrêt.

Ces soudards, qui avaient pratiqué leur métier de bandits contre lui-même, apprendraient à leurs dépens que les loups ne doivent pas se dévorer entre eux.

Mais il pencha la tête dans une pose accablée pour masquer la satisfaction qu'il éprouvait.

Le général, ayant congédié les personnes présentes, lui demanda des indications sur les mouvements des Écossais.

Payant d'audace, Stewart Bolton raconta avoir aperçu un corps nombreux de highlanders, partis de la région méridionale, se diriger vers le nord en évitant les routes frayées.

Lui-même n'avait pu les observer qu'en se terrant dans un creux de rocher.

L'ancien intendant de Melrose et d'Avenel, en passe d'inventions, crut devoir ajouter encore qu'il avait constaté l'embrasement de nombreux signaux sur les sommets éloignés des montagnes.

D'après ses diverses observations, cela indiquait certainement d'importants mouvements de troupes.

Il se disait qu'il pouvait mentir impunément.

Les endroits désignés par lui étaient trop loin, l'accès en était trop hasardeux, surtout après ses déclarations, pour qu'on allât vérifier l'exactitude de celles-ci.

Du reste, il rendait ses avis d'autant plus précieux qu'ils dépeignaient une situation moins rassurante.

Le commandant du camp le remercia donc vivement, se félicitant de ce que l'agent secret eût pu regagner ses lignes pour lui apporter ces renseignements.

Il l'invita en conséquence à se reposer parmi ses troupes, et à s'y refaire aussi longtemps qu'il le désirerait.

— Je vais faire mettre une tente à votre disposition, — annonça-t-il.

Stewart Bolton accepta volontiers.

Une nuit de véritable sommeil n'était pas de trop après toutes celles qu'il venait de passer dans un qui-vive incessant.

Mais quant à prolonger son séjour au camp, il n'y tenait plus en aucune façon.

Le hasard, qui noue et dénoue tant de choses, pouvait apprendre au général les... exagérations de son récit.

Et Stewart Bolton préférait, en ce cas, être loin de ses lignes.

Saluant son interlocuteur, il se rendit donc dans la tente que celui-ci lui avait fait rapidement préparer.

Il y était depuis un instant, allongé avec délices sur une épaisse couche de fougères parfumées, lorsqu'un soldat lui apporta des vêtements.

C'était une attention du commandant du camp, afin de lui permettre de changer les loques lamentables qui le couvraient.

L'espion les reçut avec des démonstrations de contentement qu'il chargea le porteur de faire connaître au généreux envoyeur.

Et loin de regretter les mensonges dont il venait d'user, il s'en applaudit au contraire, leur attribuant ces libéralités inattendues.

Des ordres sillonnaient le camp, au même instant ; le général prenait toutes ses dispositions pour combattre l'ennemi imaginaire qu'on lui avait signalé.

Des patrouilles partaient dans toutes les directions, afin de relever l'approche des highlanders s'ils se dirigeaient de ces côtés.

Stewart Bolton riait silencieusement, ironiquement, en troquant ses haillons contre les vêtements posés auprès de lui, de tout ce tumulte dont il était l'auteur...

Et il passa le reste de la journée à se reposer, allongé sur son lit de fougères, avec une véritable volupté, établissant en même temps, les dernières étapes, les dernières phases des coups terribles qu'il se préparait à

— C'est Joë, le marin, l'ancien pirate du *Forward*.

porter, avant de quitter cette Écosse qui, réellement, commençait à devenir dangereuse pour lui.

Le général, convaincu de sa bonne foi, lui envoya des mets de sa propre table.

— C'est dommage que je ne puisse passer une semaine ici, — se disait l'ancien intendant. — C'est presque le paradis après l'existence que je viens de mener!

Mais il pourrait être imprudent de trop tenter le sort en prolongeant son séjour.

Puis, il lui fallait devancer l'arrivée de Christie de Clinthill et de Julien au manoir de Claymore, afin d'obtenir la réalisation complète de son plan.

Aussi, le lendemain, après une nuit de sommeil réconfortant, se rendit-il auprès du commandant du camp.

— Je viens vous remercier, messire, de l'hospitalité si généreuse que vous m'avez accordée, — commença-t-il. — Je me ferai un plaisir de la porter à la connaissance de Son Honneur le lord-duc de Somerset.

« Mais mon devoir a ses exigences et il me faut prendre congé de vous.

Son interlocuteur n'avait aucune raison de douter de ses assertions.

L'agent secret, poussé par les obligations de sa mission, d'ordre surtout politique, devait aller la continuer ailleurs ; le soldat n'avait qu'à s'incliner.

— Je ne pourrai pas vous fournir une escorte bien importante, — dit-il, — afin d'être prêt à toutes les éventualités que vos renseignements m'obligent à prévoir.

— Aussi cinq ou six cavaliers disciplinés et un cheval pour moi-même me suffiront-ils, — répondit l'espion.

Le général trouva que c'était peu, en égard aux dangers qui les environnaient.

Stewart Bolton s'en aperçut.

— Que Votre Honneur se rassure, — fit-il. — La présence de ces quelques cavaliers m'est seulement nécessaire en cas de trop mauvaise rencontre dans le reste de la région montagneuse que j'ai encore à traverser. Mais mon intention est de les renvoyer dès que j'approcherai des lignes écossaises où leur présence ne pourrait que nuire à l'accomplissement du reste de ma mission.

Le général comprit que son interlocuteur devait disposer de moyens particuliers pour aborder les positions des réguliers écossais.

Il lui annonça qu'il allait donner des ordres pour son départ, et dit quelques mots à un homme de planton au seuil de sa tente.

Puis prenant une bourse :

— Vous avez été totalement dépouillé, — dit-il. — Permettez-moi de vous offrir ceci. Il y a là quelques pièces d'or qui vous permettront d'attendre de nouveaux subsides.

Stewart Bolton prit la bourse que lui offrait son hôte en remerciant d'une voix remplie d'une feinte émotion.

En réalité, il était obligé de se maîtriser pour ne pas happer avec avarice cet or qu'on lui offrait.

Et déjà même, dans la sécheresse aride de son cœur, il trouvait que son généreux donateur était bien regardant de ne pas lui faire un cadeau plus important.

Un sergent vint annoncer que l'escorte commandée était prête.

Stewart Bolton sortit, accompagné de son hôte qui resta debout, en dehors de sa tente surmontée du pavillon anglais.

Il y avait là dix cavaliers solides et bien montés, au lieu de cinq ou six comme l'agent secret l'avait demandé.

L'un d'eux tenait, en plus, un cheval tout harnaché pour Stewart Bolton.

— Allons, — pensa ironiquement l'ancien intendant, le maître fourbe, — la providence fait bien les choses.

Ayant de nouveau remercié, avec une effusion menteuse, le commandant du camp, il se mit en selle.

Il s'aperçut alors que les fontes contenaient deux pistolets chargés et des munitions.

— Je vois que Votre Honneur n'a rien négligé, en général prévoyant, pour le service de Sa Majesté et de mylord-duc. — dit-il. — Que Votre Honneur me permette d'ajouter que je ne manquerai de le signaler dans mon rapport.

Et saluant le général avec une humilité et, à la fois, un air de protection, il lâcha les rênes à son cheval.

Et il s'éloigna suivi de la solide escorte qu'on lui avait donnée.

CXXX

LE NORD

IL en est de certains lieux comme de centres aimantés. Tout converge vers ces points.

Une force d'attraction, puissante, ardente, constante s'en dégage.

De même que, malgré tous les efforts de l'intelligence ou des armes, des faits se produisent, fatals, irrésistibles, de même que ces faits sont écrits en lettres ineffaçables au livre de la destinée, — de même aussi certains lieux semblent marqués, indiqués par la Fatalité pour l'accomplissement de ces faits, pour l'aboutissement de tout.

Le nord : le pôle magnétique...

Est-ce par sujétion à cette loi?... Attraction physique ou attraction de l'âme ?

Perdus dans les forêts qui, à cette époque lointaine, couvraient une grande partie du sol de l'Angleterre, Martial et Marguerite, la fille d'Ellen Mercy, se dirigent au hasard vers le nord.

Par delà la frontière qui les sépare, en Écosse, Julien d'Avenel, Christie de Clinthill, Ketty subissent eux aussi la même impulsion.

C'est vers le nord également que Stewart Bolton se dirige de nouveau.

Et seul, dressant sur les plaines sa stature puissante et mélancolique, un homme oriente également sa marche vers le septentrion.

C'est Joë, le marin, l'ancien pirate du *Forward*.

Depuis qu'il avait quitté l'armée du chevalier d'Avenel, Joë ne cessait de cheminer « le cap » sur le manoir de Claymore, selon son style d'homme de la mer.

Instruit par les marches et les contremarches auxquelles la guerre l'avait astreint, renseigné par les évolutions qu'il avait dû faire, il suivait les chemins isolés de traverse, prenant les plus directs, tranquillement, intrépidement.

Il avait au côté sa large et pesante épée et ne redoutait ni personne ni rien.

Parfois, cependant, lorsqu'il rencontrait quelque accident de terrain, lorsqu'il arrivait au débouché, au croisement de deux routes, ou bien lorsqu'il rencontrait quelque bouquet d'arbres ou un coin forestier, il étudiait tout avec un soin attentif, pesant.

Il semblait flairer les choses.

Il interrogeait le sol, relevant les empreintes de pas qu'il y rencontrait parfois.

Et quelqu'un qui eût été à côté de lui l'aurait entendu murmurer :

— Ce n'est pas son pied.

Le souvenir de la personne dont il parlait était donc bien ancré dans sa mémoire qu'il se sentait capable de reconnaître l'empreinte de sa chaussure à travers les plaines et les vallonnements de l'Écosse ?

Celui dont il parlait ainsi c'était Julien d'Avenel... Julien que le marin avait vu grandir à peu près comme un père voit grandir son enfant.

Parfois, il rencontrait une chaumière ou quelque hôtellerie, à l'entrée des bourgs qui se trouvaient sur son passage.

Il en interrogeait alors les habitants, dépeignant Julien, demandant si on ne l'avait pas aperçu, soit seul, soit garrotté ou non, en compagnie d'autres gens armés sans doute.

La réponse était toujours négative.

Cela ne le surprenait pas. Il posait ces questions par acquit de conscience.

Mais il lui semblait que « son petit mousse » n'avait pas dû passer par là.

Il ne le *sentait* pas dans ces contrées.

Et son pas large et régulier, qui creusait chaque fois le terrain sous son lourd talon, continuait à l'emporter, pas assez vite à son gré, vers le manoir de Claymore dont chaque jour le rapprochait davantage

— Là, — se disait-il, — j'interrogerai les dernières traces qui sont restées de lui, je causerai avec les gens des environs ; lady d'Avenel, lady Ellen et leurs serviteurs me parleront de lui ; il me semble que là, je *prendrai le vent.*

Ce terme de marin indiquait bien que jusque-là il se sentait sans moyen d'action, sans direction.

Joë pensait à lady Avenel, à Ellen Mercy, et à leur entourage pour lui fournir des indications avec lesquelles il se mettrait en campagne, seul, terrible, opiniâtre.

Hélas ! que pourraient lui apprendre les uns et les autres ?

Mais il trouverait un logis bien morne, un seuil frappé de désolation.

La disparition simultanée des chers enfants y avait laissé un vide immense.

Et les deux femmes, les deux mères passaient de longs moments à se regarder sans parler.

Marie d'Avenel ne connaissait pourtant pas toute l'étendue de la perte qu'elle avait faite.

Elle ignorait que c'était son fils que des bandits, demeurés inconnus, lui avaient enlevé, de même qu'ils avaient enlevé sa fille à lady Avenel.

Marie Stuart avait bien prescrit des mesures pour découvrir les auteurs de ce rapt aussi audacieux que criminel.

Mais reine au pouvoir précaire, on a vu que ses ordres avaient été sans effet.

Du reste, Stewart Bolton n'avait mis dans la confidence que les deux estafiers qu'il avait amenés ensuite, afin de les avoir comme gardes du corps et geôliers de son jeune prisonnier.

En les prenant avec lui, il avait été mû aussi par l'intention de les soustraire à la tentation de jaser, — ce qui aurait risqué d'arriver, après l'absorption de quelques verres de gin ou de whisky de trop.

La prudence extrême montrée par Stewart Bolton dans cette circonstance aurait donc rendu stériles, vraisemblablement, les recherches d'une police plus zélée que ne l'était celle de l'infortunée souveraine.

Marie Stuart, voyant qu'elle ne pouvait rien pour les deux châtelaines si éprouvées, avait essayé de les consoler, de distraire leur commune douleur en les appelant à sa cour.

Marie d'Avenel, qui n'avait pas de raison admissible pour refuser cette auguste invitation, s'était rendue seule auprès de sa souveraine.

S'abstenir eût été non seulement une injure imméritée envers la reine d'Écosse... ç'aurait été dire aussi, en quelque sorte, que ce n'était pas la peine pour l'épouse de l'illustre chevalier d'Avenel d'aller figurer dans une cour à la veille de disparaître peut-être.

Une telle pensée ne pouvait venir dans l'esprit de celle dont le mari portait avec tant d'éclat le titre de chevalier de la reine.

D'ailleurs, afin de mettre ses nobles invitées à l'abri de toute inquiétude, comme de toute agression durant le trajet du manoir de Claymore à Edimbourg, Marie Stuart avait envoyé un officier entouré de plusieurs de ses gardes leur porter son invitation avec l'ordre de rester à leur disposition.

De cette façon, Marie d'Avenel pourrait laisser, durant son absence, son château sous la surveillance de ses fidèles serviteurs.

Ces égards, ces affectueuses prévenances avaient touché les deux femmes, et lady d'Avenel arrivée auprès de la reine lui exprima leur commune reconnaissance, en même temps que les regrets d'Ellen Mercy qui ne voulait attrister l'auguste souveraine par le spectacle de sa douleur.

Et elle-même n'avait fait qu'un court séjour à Edimbourg.

Prenant congé de la reine après deux ou trois jours de présence à Edimbourg, logée au palais, elle était allée retrouver son amie.

Les larmes d'Ellen Mercy la rappelaient.

Et aussi un sentiment qu'elle ne pouvait analyser, ignorante de la vérité.

Mais les lieux où ont vécu ceux qui vous tiennent de près ont comme un charme endolori.

Et ce charme, Marie d'Avenel le ressentait, rempli de mélancolie... et cependant puissant... irrésistible!

CXXXI

LES TROIS GRACES

Marie d'Avenel était donc de retour du manoir de Claymore depuis quelques jours, lorsque Halbert, le mari de Mysie, toujours aussi vaillant, en dépit des années qui commençaient à charger sa tête, se présenta, annonçant que l'on apercevait de nombreux cavaliers à l'extrémité de l'allée.

— Serait-ce Walter? — s'écria Marie d'Avenel.

Mais l'exaltation de sa joie soudaine fut de courte durée.

Son époux, le défenseur de la cause nationale n'aurait pas déserté son poste d'honneur à un pareil moment.

Des courriers l'auraient du reste prévenue ou seraient allés porter à la reine l'annonce de son retour.

Et Marie Stuart qui n'oubliait pas de lui communiquer les nouvelles qui lui parvenaient du chevalier d'Avenel n'aurait certainement pas négligé ce soin dans un cas pareil.

Elle se rendit cependant en hâte sur le seuil du manoir.

Elle venait d'arriver sur le perron et se penchait anxieuse sur la balustrade afin de reconnaître les nouveaux arrivants, lorsque une forme gracieuse se détacha de la masse des cavaliers.

Et une amazone, montée sur une cavale isabelle, s'avança au petit galop.

La plume blanche qui ondulait légèrement au-dessus de sa coiffure flottait au mouvement cadencé de sa monture, sa longue robe flottante battait derrière elle en plis harmonieux.

L'animation de la course colorait ses traits, faisant briller l'émail de ses yeux.

Deux autres jeunes amazones, dissimulées jusqu'alors parmi les gentilshommes et hommes d'armes, s'étaient fait jour, elles aussi, à travers leurs rangs.

Et, fleurs de grâce, au parfum de chevalerie de ces temps lointains, elles laissaient caracoler leurs montures à quelques pas en arrière de celle qui venait de passer devant.

Lady d'Avenel reconnut Marie Stuart et, dans son sillage, ses poétiques

Une amazone, montée sur une cavale isabelle, s'avança au petit galop.

suivantes, les deux Marie qui devaient être fidèles à son malheur comme elles avaient été fidèles à sa prospérité.

C'étaient bien en effet les deux jeunes filles de race noble, qui portaient comme leur souveraine le joli prénom de Marie, et que Marie Stuart avait appelées à sa cour lorsqu'elle était montée sur le trône.

Lorsque la châtelaine de Claymore qui portait aussi ce nom charmant paraissait au palais royal, toujours attachante avec sa beauté mélancolique, les courtisans, devenus rares autour de la descendante des Stuarts, se disaient en montrant le groupe ravissant :

— C'est un jour de bonheur et de charme, voyez la reine et les trois Marie. Des païens diraient que ce sont les grâces réunies.

Cette réunion exquise, célébrée par les trouvères de ces temps embrumés par les siècles, allait se produire ce jour-là au manoir de Claymore.

Marie d'Avenel descendit les degrés du perron à la rencontre de l'auguste visiteuse.

La reine d'Écosse débouchait à ce moment dans le large demi-cercle tracé au milieu des arbres géants de la forêt par les jardins feuillus qui entouraient le manoir.

Les serviteurs d'Avenel se précipitèrent pour tenir le cheval de la souveraine.

Mais ils n'étaient point gentilshommes : aussi un de ses officiers, plantant ses éperons au vif dans le flanc de son étalon, arriva-t-il au galop pour remplir cet honneur.

— Laissez, gentil capitaine, — lui dit Marie Stuart avec son sourire divin, — les gens d'Avenel sont de féaux sujets d'Écosse. Leurs parchemins sont écrits sur leur corps avec la pointe des épées ennemies. La reine leur octroie licence de tenir la bride de sa haquenée.

Et comme lady d'Avenel se trouvait auprès d'elle, ayant cessé de tenir ses rênes, la souveraine appuya une de ses mains sur la sienne et se laissa glisser légèrement à terre.

La châtelaine, pliant alors à demi le genou, porta la main royale à ses lèvres.

Ellen Mercy parut à ce moment.

Ayant appris la venue de l'illustre visiteuse, elle avait fait trêve à sa douleur.

Les yeux creusés par les larmes, mais forçant un lent sourire à les éclairer passagèrement, elle s'avança.

Et son genou toucha la terre lorsqu'elle se trouva en présence de la descendante des Stuarts.

Celle-ci la releva avec une tendre affection :

— Pauvre mère, — dit-elle, — puisque vous n'aviez pas voulu venir, de crainte de montrer vos larmes à celle qui en a tant versé, c'est moi qui me rends auprès de vous.

Et comme Ellen balbutiait des remercîments, Marie Stuart reprit :

— Je suis venue aujourd'hui parce qu'il n'y a pas que des épreuves dans la vie. Il y a aussi des jours de joie... comme pour annoncer peut-être le retour complet du bonheur.

— Majesté !... que voulez-vous dire?... Oh ! vous si bonne, vous ne voudriez pas faire naître de fausses espérances dans l'âme d'une mère aussi éprouvée que je le suis.

La descendante des Stuarts secoua la tête.

— Non, pauvre mère, je n'aurais point la cruelle intention de vous laisser concevoir un espoir encore irréalisé, hélas ! Mais la reine est cependant messagère de contentement et de consolation aujourd'hui.

« Et qui sait si le proverbe du beau pays de France où je vécus jadis ne deviendra point vrai : *un bonheur ne va pas sans l'autre.*

Ellen Mercy, ne sachant de quoi la visiteuse pouvait vouloir parler, la considérait attentive, palpitante.

Les deux jeunes amazones qui faisaient partie de sa suite, les deux Marie avaient mis pied à terre et se tenaient à quelques pas.

— Çà, mes gentes mies, — insista Marie Stuart, — rentrons au manoir, si la dame châtelaine nous y veut bien admettre, les nouvelles que j'apporte seront plus douces à dire, assises, proches les unes des autres, sans apparat gênant les élans si doux de cœurs de femmes.

Marie d'Avenel regardait tour à tour la reine et Ellen, ne pouvant prévoir ce que promettaient les paroles un peu énigmatiques de la royale visiteuse.

Avec la gravité qu'apportaient, à ces sortes de circonstances, les nobles d'autrefois, elle introduisit l'ancienne reine de France, celle qui, maintenant, était reine d'Ecosse dans la salle où se trouvaient les portraits des membres de la famille d'Avenel, qui avaient siégé autrefois à la cour ainsi que leurs ancêtres les plus illustres.

Alors, avec une grâce exquise, Marie Stuart rejeta loin d'elle toute l'étiquette, comme elle le faisait souvent avec les femmes qu'elle avait appris à aimer.

— Chère lady, — dit-elle à Ellen, — je vous ai promis liesse et consolation en tant que se peut dans votre deuil; la reine ne vous saurait leurrer. Comme vous ne l'ignorez point toutes, j'ai conservé tendre souvenance du gentil et si doux pays de France. Certains là-bas aussi s'y remémorent encore de la veuve de leur roi mort si jeune...

Son œil se voila.

— Oui, si jeune que l'oubli ne peut venir en moi de sa jeunesse si brave et si vite tranchée. Des amis si fidèles m'y sont restés, par delà la mer, que certains parfois viennent combattre pour moi... comme ce gentil page qui fut aussi votre hôte, chère Marie, et qu'on vous a ravi dans le même coup de trahison.

Elle voulait parler de Julien.

Julien... Marguerite, les deux plaies saignantes !

Aussi se hâta-t-elle d'ajouter :

— Or, d'autres, nobles et prudes hommes d'armes viennent de débarquer aussi dans le but de défendre la couronne de leur ancienne reine ; douze chevaliers de France avec leur équipage.

« Et c'est bénédiction pour nous, car l'un d'eux justement m'a narré des nouvelles que j'ai pensé toucher lady Mercy. Dites-moi, votre père Mercy, ancien lord-chief de justice d'Angleterre, avait bien été reclus dans la Tour de Londres par la cruelle Elisabeth ?

— Hélas ! oui, madame. Et ce fut le commencement de nos malheurs. Mais, de grâce, pourquoi Votre Majesté me pose-t-elle cette question ? Est-ce que... ?

Elle ne savait que songer.

L'infortuné vieillard avait-il succombé ? Mais la reine lui avait, au contraire, parlé d'heureuse nouvelle.

Il aurait donc été gracié dans ce cas ?... Gracié !... Depuis quand Elisabeth et depuis quand le monstre qui partageait la puissance avec elle avaient-ils fait grâce à quelqu'un ?

Mais alors quoi ? que s'était-il passé ? que se passait-il donc ?

Lord Mercy n'était plus à un âge où réaliser une évasion est une chose possible.

Et l'œil d'Ellen s'attacha avec une expression de prières et d'angoisse intenses sur celle qui venait de prononcer le nom de l'ancien chef de la haute justice.

Marie Stuart vit la supplication exprimée par toute son attitude.

— Rassurez-vous, vous ai-je dit, puisque la nouvelle est bonne, votre illustre père est vivant ; il est en France.

— En France !...

— Il y a débarqué récemment, avec deux autres compagnons de voyage.

Les mains d'Ellen se nouèrent l'une à l'autre.

— Votre Majesté a bien prononcé les paroles que je viens d'entendre... je ne suis pas le jouet d'une erreur ; mon père vénéré, mon infortuné père serait enfin sorti de cet enfer que l'on nomme la Tour de Londres ?...

Et paraissant chercher autour d'elle, comme pour trouver une explication à ce qu'elle venait d'ouïr :

— Mais si mon père a été gracié, si justice lui a été enfin rendue, pourquoi n'est-il pas resté à Londres ?

« Pourquoi, étant donné son grand âge et le besoin de soins et de repos qu'il doit avoir, a-t-il entrepris ce voyage, franchi la mer ?...

Elle se perdait dans les suppositions qui traversaient, rapides, son esprit.

Marie Stuart, comprenant ses perplexités, ses incertitudes, tout ce qui se passait en elle, se hâta de poursuivre :

— Lord Mercy est arrivé avec ses deux compagnons au manoir de Kervien.

La reine espérait que ce serait là un trait de lumière pour la fille de l'ancien lord-chief de justice, le maître de ce château devant être, sans doute, un ami de leur famille.

Le manoir de Kervien ?... Ellen s'interrogeait, ne pouvant savoir.

Puis, tout à coup, un souvenir se leva, surgit en elle, du fond du passé.

Le nom de cette résidence ne lui était pas inconnu ; il sonnait dans sa mémoire, mais ainsi qu'un écho lointain... très lointain...

Oui, elle avait franchi cette demeure : mais il y avait longtemps, très longtemps.

· Et Ellen se rappelait maintenant.

C'était au temps de sa jeunesse, durant un voyage qu'elle avait fait en France avec son père.

Il lui sembla même qu'une figure de chevalier jeune et grave lui apparaissait sur ce seuil.

Cette physionomie sérieuse et méditative était même restée longtemps dans son souvenir, puis s'en était effacée sous le coup d'aile meurtrier des événements.

Mais il y avait plus encore.

Et les regards d'Ellen et de Marie d'Avenel se croisant soudain exprimèrent la même pensée.

Le manoir de Kervien n'était-ce pas là l'asile où Julien avait passé une partie de sa seconde enfance ?

Quel lien, quelle corrélation étrange entre tout cela !

Et l'œil de la fille des ducs de Melrose brilla pendant un instant d'une lueur plus hagarde que celui d'Ellen.

Mais le torrent des sensations que ces paroles venaient de susciter chez Ellen Mercy emportait celle-ci.

Son père avait donc conservé des relations avec le maître de ce château, se disait-elle, puisque c'était là qu'il était allé chercher un asile ?

— Oh! Majesté, — balbutia-t-elle, — la nouvelle que vous m'avez apportée serait-elle bien vraie? Ne vous aurait-on pas abusée? Ne se serait-on pas trompé?

Après tant d'années, après avoir fini par renoncer même à l'espoir, elle n'osait pas s'abandonner à cette joie consolatrice.

Jusqu'alors sans nouvelles de ce père, elle en avait même porté le deuil elle-même, car elle savait que quelques-uns de ceux que l'on enferme dans des cachots, pour satisfaire au caprice des souverains, disparaissent souvent de la vie sans que rien vienne le révéler aux membres de leur famille.

C'était comme s'ils avaient cessé d'exister du moment où la porte de leur prison se refermait sur eux.

Mais la reine d'Écosse avait secoué la tête avec une ferme confiance répondant aux paroles par lesquelles Ellen exprimait la crainte qu'on l'eût conduite en erreur.

— Ceux qui vont mourir ne mentent pas, — dit-elle. — Je vous l'ai annoncé, chère Mylady, cette nouvelle m'a été apportée par un gentilhomme français venu pour combattre dans les rangs de mon armée.

Et se tournant vers l'une des deux jeunes filles qui l'avaient accompagnée :

— Charmante Marie, veuillez faire dire au baron de Haulmont que la reine le mande auprès d'elle.

La gracieuse « écuyère », ainsi que l'on désignait parfois les deux demoiselles d'honneur de Marie Stuart, s'inclina et sortit.

Ellen croisa alors avec force ses bras sur sa poitrine; une anxiété ardente la poignait dans l'attente du nouveau visiteur qui arrivait, porteur de la révélation d'une telle annonciation !

CXXXII

UN COIN DE CIEL

QUELQUES instants, rapides et cependant terriblement longs pour celle qui attendait toute bouleversée, s'écoulèrent.

Puis « la gente écuyère » reparut, tout sourire très doux et toute grâce.

Et s'inclinant :

— Madame, — annonça-t-elle, — j'ai transmis au sire capitaine de votre escorte, debout au pied du perron, l'ordre de Votre Majesté.

— Merci, mignonne, — répondit la reine d'Ecosse, en prononçant ce dernier mot en français, la langue si douce à son souvenir.

Un bruit d'éperons sonna alors dans le corridor du manoir.

Et après trois coups gravement frappés par Halbert qui avait entendu le commandement transmis par la jeune suivante, l'huis s'ouvrit lentement...

Et un chevalier parut à l'entrée, attendant, immobile.

Une grande émotion étreignit Ellen à l'aspect de cet homme à l'armure pesante que le sort semblait avoir envoyé combattre dans ces contrées afin de venir lui parler de celui qu'elle croyait disparu.

— Entrez, sire baron, — invita Marie Stuart, en la langue du pays de France, — entrez, et répétez à lady Ellen Mercy que voici ce que vous nous avez narré touchant lord Mercy, son vénéré père.

Le chevalier français fit quelques pas en avant, avec un respect profond...

Il savait que, outre la descendante des Stuarts, il se trouvait devant l'épouse du guerrier rapidement devenu célèbre par delà les mers, et qui commandait aux armées de la souveraine d'Écosse.

Marie Stuart venait en outre de lui montrer Ellen.

— Dame et reine, — prononça-t-il, — voici comment j'ai eu connaissance des faits que vous m'avez accordé licence de vous conter.

« Je me dirigeais vers le port où j'avais rendez-vous avec les onze autres seigneurs français en compagnie desquels je suis venu offrir

Un chevalier apparut à l'entrée, attendant, immobile.

mon épée à Votre Majesté, afin de monter sur le bateau qui devait nous
conduire en Écosse, lorsque, en cours de route, j'ai reçu l'hospitalité
dans un château du duché de Bretagne.

« Mon hôte, ayant connaissance de mes projets, m'a appris que des
événements d'une certaine importance et qu'il vous intéresserait peut-
être de connaître avaient dû se produire en Angleterre, car un noble

personnage de ce pays, un vieillard, suivi d'un serviteur et de la femme de celui-ci, autant qu'on le savait, était venu chercher refuge en nos contrées. Ce vieillard étranger portait le nom de lord Mercy, et il avait, dès son débarquement, cheminé directement jusqu'au manoir de Kervien où il s'était arrêté.

Le guerrier cessa alors de parler.

— Merci, sire baron, — fit la reine. — Nous tâcherons de savoir ce que ces événements peuvent importer pour notre couronne, si cruellement menacée par notre ennemie.

Ellen appuyait convulsivement sa main sur son sein.

Un vieillard... lord Mercy... la source d'où le seigneur français tenait ces renseignements, tout cela ne permettait guère plus de douter...

Mais, en ce cas, son père avait donc vécu en Angleterre ne sachant pas ce que sa fille était devenue, se croyant sans famille?

Et cela jusqu'au jour sans doute où, devant d'autres menaces, lui qui avait été tant éprouvé déjà, il avait dû fuir en France.

— Ah! que n'est-il venu en Écosse, — gémit-elle.

Le sort, en effet, les eût fait tomber alors dans les bras l'un de l'autre. Il y eut un instant de silence après les paroles qui venaient de jaillir de son cœur.

Ce fut Ellen qui le rompit par ces mots adressés au guerrier :

— Le navire qui vous a amenés n'est peut-être pas encore reparti, messire; oh! y prendre passage, me rendre moi aussi en France et aller embrasser les genoux du noble proscrit qui me donna le jour!

Mais un accablement voila soudain son exaltation.

— M'en aller, m'éloigner, tandis que mon enfant n'est pas encore retrouvée!...

« Oh! quel déchirement!...

« Mon père à l'étranger, ma fille victime d'un destin que je ne puis connaître et me voici ne sachant que devenir, que faire...

Ellen cacha son visage dans ses doigts convulsés sous l'oppression qui l'étreignait. La main, douce comme une main de fée, de Marie Stuart les écarta.

— Oui, restez; qui sait si l'enfant qu'on vous a ravie momentanément n'est pas plus près de vous que vous ne le supposez? Qui sait si un jour prochain ne va pas vous la rendre?...

— Ah! si cela était!...

S'exprimant comme une amie et non comme une reine, la descendante des Stuarts poursuivit :

— Et si le navire qui m'a amené ces douze généreux chevaliers ne vous conduit pas en France, il peut emporter un message de vous.

— Oh! oui! merci, madame, merci pour la consolation que vous daignez m'apporter.

Et brusquement Ellen tomba à genoux.

Et prenant convulsivement la main de la reine, elle la porta à ses lèvres en prononçant encore ces mots avec une intonation profonde :

— Merci !...

— Relevez-vous, Ellen, — dit la fille des Stuarts avec cette simplicité que ses ennemis acharnés lui reconnaissaient eux-mêmes, — heureuse serai-je si j'ai pu faire naître un seul sourire en vous. Grâces soient rendues surtout aux nobles guerriers dont la venue est déjà messagère d'espoir.

La fille de lord Mercy exprima alors, au baron de Hautmont, cette reconnaissance qu'elle ressentait déjà.

Et demandant, pour quelques instants, congé à la reine, elle alla, toute palpitante, rédiger en quelques phrases, émues, tremblantes, le message que le chevalier français devait emporter à Édimbourg, et remettre au capitaine du navire qui les avait conduits en Écosse, lui et ses compagnons.

Lettre dans laquelle le cœur versait toute son émotion, et où l'on pouvait, en quelque sorte, voir l'âme à travers les mots.

Un moment la plume d'Ellen s'arrêta ; un soupir déchirant contracta sa poitrine : elle ne pouvait parler de Marguerite au vieillard.

Elle ne pouvait mentir, et elle ne voulait pas que son premier message fût en quelque sorte un message de deuil.

Durant ce temps, Marie Stuart s'entretenait avec la châtelaine d'Avenel... Elle lui parlait de Walter : elle lui disait sa vaillance et ses succès.

Secondé par Mac Sweeny, il avait arrêté les progrès des Anglais au moment où les ennemis de la patrie, après leur guet-apens dans les montagnes, croyaient n'avoir plus qu'à marcher sur Édimbourg.

— Allez, sire baron, — disait-elle en s'adressant au chevalier français, — vous et vos nobles amis aurez un chef digne de vous.

Marie d'Avenel écoutait palpitante ces paroles.

Le séjour de son époux aux armées était pour elle un sujet d'angoisse perpétuelle. Mais les paroles de sa souveraine faisaient vibrer cependant les fibres profondes de son être.

Elle était fière pour son époux, pour Walter d'Avenel, celui que ses adversaires aussi commençaient à nommer *le chevalier sans peur et sans reproche*.

Ellen reparut à ce moment, portant la missive qu'elle avait libellée pour lord Mercy.

Elle la tendit au gentilhomme français.

— Ce dépôt parviendra à son adresse, noble dame, je crois pouvoir m'en porter garant, — assura ce dernier.

La mission d'espoir et de consolation que Marie Stuart avait voulu remplir était terminée.

Heureuse d'avoir fait un peu de bien, elle sortit du manoir la main appuyée sur l'épaule de Marie d'Avenel, ce qui était grand signe d'affection de la part de ceux qui occupaient les trônes.

Et elle descendit lentement les degrés du perron, attachant son regard sur l'épaisseur des bois qui l'entouraient, comme avec un regret de quitter ces lieux si calmes pour rentrer dans son palais où le souci des affaires d'État la reprendrait tout entière...

Ce lourd souci de la politique qui devait charger sa tête... jusqu'au jour où elle roulerait sous la hache du bourreau d'Élisabeth...

Elle enviait ce calme asile, cette retraite isolée au milieu des arbres centenaires, mais elle oubliait à ce moment que la haine était venue là aussi semer la douleur.

Elle ignorait que, non satisfaite encore, elle se disposait à mettre le couronnement à son œuvre en détruisant cet asile lui-même, et en anéantissant avec lui les hôtes qu'il contenait.

Stewart Bolton approchait en effet d'Édimbourg, mûrissant des projets dans lesquels il prévoyait toutes les chances contraires afin d'atteindre cette fois son but, — pleinement, irrévocablement.

Et avec sa profonde scélératesse, sa redoutable habileté, il n'y avait que trop lieu de craindre que, résolu comme il l'était à tout sacrifier — ambition, cupidité, passions — à sa haine, il ne réussît cette fois. C'en serait fait alors de ce dernier abri de la race d'Avenel, — de ceux qui l'habitaient...

Et la légende de la Dame Blanche détruite, — tout serait dit à jamais sur cette race si longtemps protégée par elle à travers toutes les épreuves.

L'heure approchait en effet du règlement final, — l'heure où tout se résoud, se termine...

. . . .

Marie Stuart remonta sur sa monture, respectueusement tenue en main par les serviteurs du manoir.

Ses deux gracieuses suivantes se placèrent, écuyères exquises, derrière elle. Un dernier mot d'adieu, un geste s'échangèrent entre la souveraine et celles qu'elle quittait.

Et Marie Stuart, faisant volter son palefroi, la cavalcade royale s'enfonça sous l'épaisse allée ouverte dans la forêt aux arbres séculaires.

CXXXIII

TERRE D'ASILE

E gentilhomme français que la reine avait présenté à Ellen Mercy et à Marie d'Avenel, de retour à Édimbourg songea à la promesse qu'il avait faite à la fille de l'ancien chef de la haute justice.

Ayant dépouillé l'armure qu'il avait revêtue pour se joindre à la suite de la reine, il se rendit à bord du navire qui avait amené la petite et vaillante troupe dont il faisait partie.

Souvent, en effet, durant la guerre cruelle qu'elle eut à soutenir contre une ennemie implacable et avide, Marie Stuart vit ainsi des guerriers héroïques partir des rives de France et venir lutter pour leur ancienne reine.

Le baron de Hautmont demanda au capitaine du voilier de se charger de la lettre qu'Ellen adressait à son père.

Il lui en expliqua l'importance.

— Soyez rassuré, messire, — lui déclara le marin, — elle arrivera à bon port. Mieux que cela, je la remettrai moi-même à celui à qui elle est destinée.

Et il ajouta qu'il avait des parents par là : il profiterait de l'occasion pour aller les voir et accomplirait jusqu'au bout ainsi la mission dont il était heureux d'être chargé.

Et il refusa en conséquence, de ce chef, toute rémunération, indiquant qu'il comptait mettre à la voile dès le jour suivant, après avoir renouvelé ses approvisionnements.

Le lendemain, en effet, le pavillon fleurdelysé de France claquait joyeusement à la cime de son mât au-dessus des flots tumultueux de ces mers du nord presque toujours tourmentées.

Et Ellen était aussitôt avertie par le gentilhomme français qui tenait à lui donner cette marque de déférence et de respectueuse sympathie.

Cette fois, le guerrier était accompagné de plusieurs de ses compagnons, car ayant hâte de rejoindre l'armée, avant de partir, ils avaient voulu venir saluer l'épouse du général sous les ordres duquel ils allaient combattre.

Et Marie d'Avenel, sensible à leur démarche, saisit avec empressement cette occasion de se rapprocher en quelque sorte de celui dont la guerre la séparait, par une de ces lettres qui faisaient tant de bien au guerrier qui avait tout sacrifié pour rester fidèle aux fières traditions de sa race.

Lorsque les guerriers de France eurent de nouveau quitté le manoir de Claymore, les deux femmes, les deux mères, restèrent absorbées dans leurs méditations.

Marie, reprise tout entière par la mélancolie ancrée dans son âme par les événements, refaisait par la pensée le voyage de son existence depuis son union avec Walter, là-bas, sur les bords de la Tweed, jusqu'à cette heure.

Ellen était peut-être plus impressionnée encore.

Et à son insu, une espérance se levait dans son cœur.

Ainsi que l'avait dit la reine, il lui semblait que c'était là l'annonce d'une aurore nouvelle.

Comme si le retour de l'aïeul devait indiquer celui du jeune être disparu !

Le retour de l'aïeul ?... Et si une similitude de nom, une différence d'orthographe avait abusé le baron de Hautmont ?

Maintenant Ellen ne voulait pas s'arrêter à cette crainte. Cela lui aurait fait trop de mal.

Elle avait raison de chasser ces doutes.

Lord Mercy était réellement arrivé au manoir de Kervien, accompagné de Wilkie et d'Annie.

Avant de s'embarquer, il avait été convenu entre Henri de Mercourt et le père d'Ellen que ce dernier accepterait l'hospitalité dans son château.

Et le seigneur de Kervien avait ajouté que si des circonstances quelconques venaient à les séparer, chacun se rendrait de son côté au manoir.

C'était là le rendez-vous général.

En prévision de ces événements non prévus par lord Mercy, mais que le vicomte de Mercourt, lui, ne prévoyait que trop, il avait même remis une courte lettre au vieillard.

Elle était destinée à Jean Dacier.

Le vieil et fidèle intendant, à sa lecture, devait mettre le château à la disposition de lord Mercy et des personnes l'accompagnant.

Il devait considérer le père d'Ellen comme son propre maître.

La décision arrêtée en commun de fixer le manoir de Kervien comme lieu de rendez-vous devait donc engager lord Mercy à s'y rendre au plus tôt, dès son débarquement sur la côte de France.

Il ignorait si Henri de Mercourt, séparé d'eux au dernier moment, n'avait pas quitté l'Angleterre par un autre côté, peut-être même avec Martial.

Lord Mercy l'espérait même.

Le gentilhomme français, voué à cette vie de lutte qu'il avait volontairement choisie, devait s'être ménagé divers moyens de retraite.

Savait-on s'il n'avait pas débarqué déjà dans un autre des innombrables petits ports qui dentelaient le rivage de la Manche et de l'Océan.

Aussi, malgré son grand âge et la faiblesse résultant de sa longue claustration sans air et sans lumière, le vieillard ne voulut prendre d'autre repos que le temps strictement nécessaire pour se procurer les moyens de continuer leur voyage par terre.

Le vent du sud-ouest, — le suroît, — les avait juste retenus en mer plus longtemps qu'on n'en met d'habitude pour venir d'Angleterre en France.

— Le vicomte de Mercourt ne nous a-t-il pas devancés? — disait-il.

Et il prévoyait les inquiétudes du gentilhomme qui, après tant de périls hardiment bravés, se verrait sans nouvelles de celui qu'il avait sauvé.

Wilkie et la vaillante Annie partageaient silencieusement son impatience.

Ils avaient appris à aimer, à estimer profondément Henri de Mercourt pendant le temps si long où ils avaient partagé ses périls.

Et il leur tardait à eux aussi d'atteindre le château de Kervien.

Ils comptaient les jours et les heures.

Mais c'était, hélas ! sans partager la confiance de leur noble maître, de lord Mercy.

Au cours des conversations que le gentilhomme français avait eues avec Wilkie durant leurs longs tête-à-tête, il n'avait jamais fait allusion à des moyens d'action ou de retraite différents.

Et cependant, l'ancien geôlier de la Tour de Londres en avait la conviction justifiée, le seigneur de Kervien ne lui avait rien caché.

Aussi les craintes les plus vives et non la confiance obsédaient son esprit, tandis que, ayant quitté le sloop qui les avait emportés loin de Londres, il se mettait en quête d'un carrosse afin de permettre à lord Mercy, déjà tant éprouvé, de continuer ce voyage sans ressentir de trop pénibles fatigues.

L'ayant trouvé assez rapidement, ils ne tardaient pas à se mettre en route.

Mais les chemins étaient souvent difficiles, sinueux, et ils mirent plusieurs jours pour arriver à destination.

Un soir, au moment où le crépuscule commençait à tomber et qu'ils se demandaient avec une certaine anxiété s'ils ne s'étaient pas égarés, ils aperçurent de hauts toits ardoisés, encadrés de tours en poivrière, aux murailles bronzées par le temps.

Cette vue redonna du courage à leur postillon et il fouetta ses chevaux fatigués.

— C'est ici, — lui avait crié Wilkie. — Je reconnais le manoir.

Il reconnaissait le manoir de Kervien, — prétendait-il, — et il n'y était jamais venu.

L'ancien geôlier ne mentait pas cependant.

Au cours de leur long isolement dans le souterrain qu'ils avaient creusé pour aboutir sous la Tour de Londres et délivrer les prisonniers, Henri de Mercourt l'avait souvent dépeint à son compagnon de travail

— Ce sera votre retraite, Wilkie, ainsi que celle de votre femme, si je succombe et que vous puissiez gagner la France, — répétait-il.

Il lui en avait donc fait si minutieusement le portrait et à tant de reprises que l'ancien porte-clés de la Tour de Londres pouvait dire en toute assurance :

— Je le reconnais.

Le gentilhomme français lui avait en outre communiqué de nombreux renseignements, des détails intimes, des choses secrètes connues seulement du châtelain et de Jean Dacier.

— De cette façon, — lui avait-il dit, — vous n'aurez qu'à vous présenter à mon brave intendant, vous lui direz de ma part qu'il vous traite comme mon hôte à moi.

« Et afin qu'il n'ait aucun doute, vous ajouterez que je vous ai chargé de lui répéter les détails que je vous ai donnés.

De son côté, lord Mercy, en un rapide retour en arrière, venait de retrouver, dans une vision, ce même paysage, ce même château ; mais c'était au cours d'une matinée radieuse.

A cette époque, il n'était point avec Wilkie et sa femme comme aujourd'hui ; il ne voyageait point en proscrit.

Une fille tendrement aimée et incarnant en elle toutes les grâces délicates du Nord l'accompagnait, heureuse et souriante.

Ils voyageaient alors pour leur plaisir, lord Mercy ayant voulu lui faire connaître le riant pays de France.

Le regard du vieillard se voila, quoique la vue du castel fût de nature à le contenter après l'inquiétude qu'ils avaient tous éprouvée d'être peut-être contraints de passer la nuit en plein air.

Il cherchait Ellen autour de lui, et il ne l'apercevait plus.

Wilkie ouvrit la portière et sauta à terre.

— Hélas ! — pensa-t-il, enclin à une morne affliction, — qu'est-elle devenue ? Vit-elle seulement encore ?

Durant le rapide laps de temps qui s'était écoulé entre le jour où le vicomte de Mercourt et Wilkie l'avaient délivré et le moment de leur embarquement, on avait essayé de se renseigner.

Mais les hôtes chez lesquels Wilkie l'avait conduit n'avaient pu apprendre et lui répéter qu'une chose : c'est que la Tour d'Avenel où Ellen s'était réfugiée autrefois était assiégée et défendue, assurait-on, par une poignée de highlanders, sans chef véritable, et réduits à leur propre force.

Les braves gens qui s'étaient chargés de prendre des renseignements pour le malheureux père n'avaient pu pousser leurs questions plus loin, afin de ne pas éveiller les soupçons.

Mais ce qu'ils avaient appris ne permettait pas de supposer qu'il y eût d'autres femmes dans la cidatelle que celles des paysans qui avaient cherché un refuge derrière ces remparts.

Lord Mercy était donc parti sans nouvelles d'Ellen.

Et aujourd'hui, en face de cette demeure où ils avaient passé jadis quelques heures d'une journée radieuse, le vieillard sentait un accablement profond le prostrer.

Il revenait seul vers ce seuil... seul... comme il allait traîner les quelques jours qu'il lui restait encore à vivre, sa fille, son enfant unique ayant péri peut-être après avoir traversé les plus cruelles épreuves.

Un soupir profond souleva sa poitrine.

Et ce fut en proie à une émotion déchirante, dans laquelle tout le passé revivait plein de contrastes affligeants, qu'il arrêta ses regards sur la demeure où il devait trouver le repos matériel.

Oui, c'était seul, sans parent, sans famille qu'il allait franchir le pont-levis toujours abaissé depuis un demi-siècle, du vieux manoir de Kervien.

CXXXIV

LOGIS SANS MAITRE

EAN DACIER, le vieil intendant, vaquait tristement à ses occupations accoutumées, lorsque les cahots d'un véhicule sautant au loin aux ornières du chemin vinrent jusqu'à son oreille.

L'endroit d'où provenait ce bruit était masqué par des masses de végétation.

Jean Dacier crut qu'il s'agissait de quelque charrette de paysan traversant les domaines qui dépendaient du manoir.

Et il se plongea de nouveau dans les réflexions mélancoliques dont cette rumeur l'avait tiré passagèrement.

Le vieillard était bien triste, en effet.

Il y avait longtemps que son maître était parti ainsi que Martial.

Et depuis, le fidèle serviteur n'avait eu d'autres nouvelles que celles transmises par Jean le Bègue, afin d'envoyer en Angleterre l'argent réclamé par le vicomte de Mercourt.

Qu'était devenu le seigneur de Kervien depuis ce moment ? Qu'était devenu son fils ?

Rien ne pouvait le lui apprendre.

Il voyait les jours succéder aux jours en faisant croître ses alarmes.

Par moments, il cherchait autour de lui, dans le pays, un homme assez hardi, assez intelligent et assez fidèle pour l'envoyer en Angleterre, à Londres, se mettre à la recherche de ceux dont l'absence l'angoissait de plus en plus.

Mais il ne l'osait pas.

Il craignait d'encourir les reproches de son maître.

Et parcourant tristement les vastes salles du vieux manoir dans lequel erraient quelques domestiques silencieux, l'excellent vieillard se disait qu'il était bien âgé.

Et il se demandait ce qu'il arriverait s'il venait à trépasser avant que le seigneur de Kervien ne reparût.

— Reviendra-t-il seulement ? — se demandait-il accablé. — N'a-t-il pas laissé déjà sa dépouille sur le sol maudit de l'Angleterre ?

Stoïquement, par devoir, il faisait passer son maître le premier.

Mais une larme finissant par se faire jour sous ses paupières, il ajoutait :

— Mourir, m'en aller, sans mon fils auprès de moi, entouré seulement par des étrangers, comme un paria sans famille ?

Le roulement éloigné de la voiture avait interrompu ces douloureuses réflexions.

Mais ç'avait été pour les reprendre aussitôt.

Soudain un des rares serviteurs qui empêchaient le château de ressembler à une demeure abandonnée accourut.

— Maître, — annonça-t-il en donnant à Jean Dacier le titre qui lui était resté de son ancienne profession, — maître, un carrosse vient de déboucher dans l'allée.

— Dis-tu vrai?... Un carrosse !... Ciel, si c'était notre seigneur et mon fils Martial?

Il se précipita vers une des fenêtres qui donnaient sur l'avenue.

On ne l'avait pas trompé.

Le vieillard joignit les mains.

Et, après avoir contemplé le véhicule, il quitta à la hâte l'observatoire où il venait de paraître pour courir au-devant des voyageurs.

Mais un découragement subit tomba sur lui.

Le vicomte de Mercourt, un marin, ne serait pas venu ainsi dans un carrosse, puisque la mer était si près.

En tout cas, et s'il voyageait par terre, ç'aurait été certainement à cheval, ce qui lui aurait permis de cheminer beaucoup plus vite.

— Ce ne peut être eux, — murmura-t-il. — A moins que l'un ou l'autre ne soit blessé ou gravement malade.

Cette dernière pensée le secoua violemment.

Et il se précipita dans l'escalier, oubliant son grand âge pour parvenir au plus vite sur le pont-levis.

Il y parut, tandis que le carrosse, emporté par ses deux vigoureux postiers, énergiquement conduits, n'en étaient plus qu'à une cinquantaine de mètres. Ils furent vite franchis.

En même temps, Jean Dacier vit une tête blanche passer par la portière.

— Je le disais bien, — fit-il à mi-voix, — ce n'est pas eux.

Après l'espoir passager qu'il venait de concevoir, il éprouvait un redoublement d'affliction.

Mais ce carrosse amenait des visiteurs, ou plutôt des voyageurs égarés sans doute et qui venaient demander l'hospitalité, car le crépuscule s'épaississait de plus en plus.

Jean Dacier se souvint que cette hospitalité avait toujours été généreusement exercée au manoir.

Et malgré la désillusion si affligeante qu'il venait d'éprouver, il
s'avança.

Le carrosse s'arrêtait à ce moment.

— Ne sommes-nous pas au manoir de Kervien ? — interrogea alors le
postillon.

— C'est bien ici en effet la demeure des seigneurs de Kervien, —
repartit l'intendant. — Elle a toujours été ouverte aux voyageurs qui s'y
présentaient. Celui qui y commande est loin de nous ; soyez cependant les
bienvenus sous son toit, vous et les personnes que vous conduisez, quelles
qu'elles soient.

Lord Mercy et ses deux compagnons avaient entendu.

Wilkie ouvrit la portière et sauta à terre afin de permettre à lord
Mercy de descendre.

Le père d'Ellen parut à son tour, le visage grave et triste, sa taille,
brisée par sa longue détention, conservant cependant un air de dignité,
de majesté naturel, imposant.

Les paroles de bienvenue prononcées par Jean Dacier venaient de
détruire l'espérance qu'il s'était obstiné à conserver : Henri de Mercourt
n'avait pas reparu.

Il fit quelques pas vers Jean Dacier qui, à son apparition, s'était
respectueusement incliné.

— Le vicomte de Mercourt n'est pas ici, venez-vous de dire ? — fit-il.
— Mais ne serait-il pas absent momentanément ?

L'intendant comprit que le visiteur devait connaître son maître.

— Hélas ! noble étranger, — répondit-il, — il y a longtemps que
ceux à qui il a remis la garde de sa demeure ne l'ont revu. Mais vous
le connaissez, sans doute, puisque vous m'interrogez à son sujet ?

Aucune illusion n'était plus possible.

Les paroles de celui qui venait de répondre à l'ancien lord-chief de
justice, l'accent rempli de tristesse avec lequel il s'exprimait indiquaient
au père d'Ellen que le seigneur de Kervien n'avait réellement pas reparu.

Toutes les suppositions, toutes les craintes qui avaient hanté son
esprit et qu'il avait chassées, ne voulant pas y céder, étaient donc
justifiées !

Henri de Mercourt avait dû tomber entre les serres de leur ennemi
commun, l'implacable Somerset.

Martial n'était pas revenu non plus, l'accent de Jean Dacier étant trop
affligé.

— Ce n'est donc pas le jour de bonheur que j'espérais, — prononça-t-il d'une voix lente et douloureuse. — Mais vous-même n'êtes-vous pas maître Jean Dacier, l'intendant des domaines du vicomte de Mercourt?

— J'ai cet honneur, monseigneur.

Lord Mercy prit alors, sous son vêtement, un pli froissé à cause du temps depuis lequel il en était chargé.

— Puisque le ciel ne me permet pas de rencontrer ici votre noble et vaillant seigneur, voici ce qu'il m'a remis pour vous.

— Un message, une lettre du vicomte?

Jean Dacier se demanda s'il ne s'abusait point, s'il avait bien entendu.

Si son maître n'avait par reparu, il était donc encore vivant puisque cet étranger, cet inconnu lui tendait un papier en affirmant qu'il le tenait de sa main.

Dans cet écrit il était peut-être aussi question de Martial.

— Des nouvelles de monseigneur?... — prononça-t-il.

Il émit cependant ces mots avec une sorte de doute, comme s'il avait craint une déception finale.

— Oui, du vicomte Henri de Mercourt, mon sauveur, — appuya le père d'Ellen.

Son sauveur, venait de déclarer cet inconnu.

Son accent indiquait un étranger, un sujet de cette farouche reine d'Angleterre dont le seigneur de Kervien était allé braver la puissance.

Jean Dacier prit avec émotion le papier que l'ancien chef de la haute justice lui tendait et il l'ouvrit, le lut avec une hâte fébrile.

Quelques mots seulement : l'invitation de recevoir et de traiter, comme son propre maître, lord Mercy, le porteur du présent.

A part cela, point de nouvelles, rien au sujet de son fils.

Le fidèle intendant fut un moment comme décontenancé, éperdu devant ce mutisme en ce qui concernait son seigneur et Martial.

Il se demanda même durant quelques secondes si cette lettre n'était pas apocryphe.

Mais il n'y avait aucun doute à concevoir. Il reconnaissait bien l'écriture de son maître.

Puis le nom du visiteur : lord Mercy... il se souvenait.

C'était le noble étranger qui, parcourant les sites les plus intéressants de la France, avait paru un matin au seuil de ce même manoir où il se présentait cette fois au déclin du jour.

Une jeune fille d'une beauté et d'un charme éblouissants l'accompagnait alors.

Ils étaient repartis, et le calme avait disparu pour jamais à partir de ce moment dans l'esprit du seigneur de Kervien, — comme si ces visiteurs avaient emporté son âme en s'en allant.

Et voici que, brisé par l'âge, cruellement vieilli par d'amères épreuves, le voyageur d'autrefois revenait seul, porteur de ce billet libellé par Henri de Mercourt. Et ce vieillard donnait le titre de sauveur au gentilhomme français.

Le vieil intendant inclina sa tête couronnée de cheveux blancs.

— Monseigneur, — prononça-t-il, — mon affectionné maître me commande de vous traiter avec honneur. C'est votre serviteur que vous avez devant vous à partir de cet instant. Veuillez considérer le manoir de Kervien comme votre fief, ainsi que ceux qui vous accompagnent.

Il avait cru apercevoir une ombre dans le carrosse.

C'était Annie qui attendait, s'effaçant avec modestie, elle qui savait être si vaillante à l'occasion.

— Entrons, — dit gravement lord Mercy, — aussi bien, le jour qui finit nous indique la fin de notre étape.

Et, conduit par Jean Dacier, il franchit le pont-levis, accompagné de Wilkie. Le carrosse suivit, portant Annie.

L'intendant conduisit les trois voyageurs dans la salle d'honneur du château, et donna immédiatement des ordres pour leur servir au plus tôt une collation réconfortante, tandis que d'autres serviteurs allaient leur préparer des chambres

En pénétrant dans cette salle, deux larmes montèrent aux yeux de l'ancien chef de la haute justice d'Angleterre.

Il se souvenait du temps où il y était entré, conduit par le maître du logis, tandis que sa fille, son Ellen, s'appuyait à son bras.

Mais le vent de l'adversité avait soufflé en rafales et tous avaient été dispersés. Savait-il seulement ceux qui avaient péri?...

Il se laissa tomber dans un des fauteuils armoriés, Wilkie et Annie se tenant debout et silencieux derrière lui, respectant sa douleur.

Mais lord Mercy n'ignorait pas que le vieil intendant était le père de Martial, le fidèle écuyer.

Et repoussant pour un moment les souvenirs pénibles qui l'absorbaient, il voulut donner à ce père des nouvelles de son fils.

Il jugea aussi qu'il devait expliquer à Jean Dacier ce qui s'était passé à Londres et pourquoi il revenait seul.

— D'abord, — dit-il, — laissez-moi vous annoncer que votre fils, le brave écuyer du vicomte de Mercourt, était vivant et libre au moment où nous avons quitté l'Angleterre.

Le vieux père avait scellé jusqu'alors, sur ses lèvres, les ardentes questions près d'y affluer. Mais en entendant les paroles du voyageur, son cœur se distendit brusquement. Ses mains se joignirent en tremblant sous l'émotion profonde qui l'agitait.

— Mon fils !... — balbutia-t-il. — Mon Martial encore vivant et en liberté. Oh ! soyez béni, noble étranger, pour la nouvelle que vous m'apportez... depuis si longtemps qu'il était parti sans que rien ne m'ait appris ce qu'il était devenu !

Et s'agenouillant presque, lui, un vieillard, devant l'autre vieillard, devant l'autre père :

— Oh ! si vous saviez le baume que vous avez mis sur mon cœur. Il me semble que vous venez de me rendre ce fils dont vous me parlez.

Lord Mercy lui apprit alors que s'il avait été si longtemps dans l'ignorance du sort de Martial, c'est que celui-ci était captif, Henri de Mercourt ayant reculé devant le chagrin de lui envoyer une telle nouvelle.

— Oui, il était emprisonné dans la Tour de Londres, ainsi que je l'étais moi-même, — compléta-t-il.

Et montrant l'ancien geôlier et sa femme, il expliqua comment Henri de Mercourt et Wilkie les avaient délivrés tandis qu'Annie veillait sur le salut commun dans la maison où aboutissait le souterrain.

— Noble maître, — prononça Jean Dacier, — il n'a pas voulu abandonner son serviteur, accroissant les dangers qu'il courait pour rompre vos fers à vous-même, noble seigneur !

Et tendant ses deux mains à Wilkie et à sa femme :

— Comment vous remercierai-je, l'un et l'autre, oh ! vous qui avez aidé à arracher mon fils des cachots réputés comme inabordables.

Sa voix tremblait en prononçant ces paroles.

Lord Mercy l'instruisit alors des événements qui s'étaient produits au moment de faire voile pour la France, et comment, après avoir attendu longtemps après l'heure convenue, Martial ne voyant pas apparaître son maître avait refusé de s'embarquer.

Une lueur de fierté illumina alors les yeux du vieil intendant.

— Mon fils a bien fait, — prononça-t-il avec force. — Sa destinée est dans la main de Dieu. Mais maintenant que vous m'avez appris tout cela, je puis mourir moi-même, je m'en irai consolé.

La consolation sereine, ou plutôt la résignation, n'était-ce pas la règle de conduite de ceux sur qui la griffe cruelle de la vie s'est abattue.

Tous ceux qui étaient là avaient senti l'orage tournoyer plus ou moins au-dessus d'eux...

Souvent Jean Dacier montait dans une des tours.

La retraite de lord Mercy dans le manoir de Kervien était une halte une accalmie dans cette tempête.

C'était au moins un abri momentané.

Il s'y installa donc momentanément avec le brave Wilkie et sa femme, empressés autour de lui comme des serviteurs compatissants, en attendant soit des nouvelles d'Henri de Mercourt, soit des événements qui, espérait-il, n'allaient pas tarder à se produire.

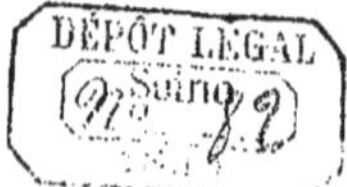

CXXIV

UN NAVIRE

ORD Mercy ne pouvait être instruit des complications qui s'étaient accomplies la nuit même où il quittait Londres.

Il ignorait comment Henri de Mercourt était tombé au pouvoir des agents de Somerset, — et partant au pouvoir de son ennemi, — après avoir enlevé au fils de Stewart Bolton la fille d'Ellen, c'est-à-dire la petite fille de lord Mercy lui-même.

En faisant cela, Henri de Mercourt semblait avoir été un agent de la destinée, car les gardes qui venaient s'emparer du comte de Verbrock quelques instants plus tard l'auraient découverte.

Elle eût été livrée dans ce cas au cruel Somerset.

Et l'infâme duc, ajoutant à ses autres forfaits, le crime de parricide, ç'aurait été la mort de l'innocente jeune fille.

Mais comme si tout bien devait avoir par contre-coup une victime expiatoire, une sorte d'otage aux mains du génie du mal qui, à certains moments, semble mener le monde, le gentilhomme français avait payé sa bonne action de sa liberté,

Qui sait s'il ne la paierait pas de sa vie?

Les épouvantables tortures qui attendaient, dans leurs cachots, les ennemis personnels du Duc-Rouge, de l'infernal Somerset n'allaient-elles même pas précéder son dernier supplice, avec les horribles raffinements que le sanguinaire favori était capable d'employer vis-à-vis d'un adversaire pareil.

Il devait s'y attendre, surtout après l'attaque de la Tour de Londres, par Martial et par ses truands.

Lord Mercy ignorait tout cela, sans quoi les plus affreuses transes l'eussent bourrelé.

Et considérant son grand âge, le peu de temps qui lui restait encore à vivre, il aurait été capable d'écrire à Somerset et à Elisabeth.

Il leur aurait proposé de réintégrer son cachot à condition que l'on rendît la liberté à l'homme qui l'avait sauvé lui-même.

Sans croire au malheur qui s'était produit, il se disait en effet qu'il agirait ainsi si le gentilhomme français venait à être capturé.

Dans un assaut de générosité digne de l'un et l'autre, il paierait de la sorte la dette de reconnaissance contractée envers son sauveur en rachetant à son tour son élargissement.

Mais il attendait, pensant le vicomte de Mercourt attelé à quelque œuvre nouvelle.

Jean Dacier partageait sa conviction.

Si Martial avait tenu à demeurer à Londres, c'est qu'il savait probablement où rencontrer son maître.

Appuyés l'un sur l'autre, tout espoir n'était peut-être pas perdu en ce qui les concernait.

Et l'on attendait tous les jours au manoir de Kervien, soit un courrier annonçant quelque nouveau fait d'armes, quelque trait de folie impossible et sublime, soit, mieux encore, leur retour.

Et, souvent, Jean Dacier montait dans l'une des tours où l'on voyait au loin la mer par-dessus les soulèvements rocheux des falaises et les moutonnements des grands arbres.

Il cherchait à l'horizon s'il n'apercevait pas quelque voile étrangère au pays se dirigeant vers ce point de la côte...

Durant ce temps, en Ecosse, un navire français quittait le port qui forme en quelque sorte comme le prolongement d'Edimbourg.

Il emportait le message palpitant écrit par Ellen à la suite de la visite de Marie Stuart, de la reine d'Ecosse au manoir de Claymore.

Mais il y a loin du cap Finistère aux côtes de l'Ecosse.

La goélette qui avait transporté dans cette dernière contrée les chevaliers français résolus à combattre et à mourir pour la poétique veuve de leur ancien roi, avait dû louvoyer, manœuvrer longuement pour éviter les croisières des navires anglais, la première fois, lorsqu'elle avait quitté la France.

De là, déjà, un accroissement considérable dans la durée de leur voyage.

Le drapeau français flottait bien au mât du navire.

Mais Catherine de Médicis régnait en France sous le nom d'un de ses faibles fils.

Politique profonde, il est vrai, elle n'avait rien cependant de l'âme française.

Son génie cruel et despotique sympathisait avec celui de l'implacable Elisabeth.

Et elle éprouvait une joie réelle à voir abaisser Marie Stuart, la veuve de son fils, dont l'influence, toute de charme et de grâce, avait mis autrefois la sienne en péril.

La noblesse française demandait à voler au secours de celle qui portait le double titre de reine de France et d'Ecosse.

Catherine de Médicis refusait de répondre à ses vœux.

De plus, afin de décourager les initiatives individuelles qui risquaient de se produire, elle laissait Elisabeth libre de faire ce qu'elle voulait contre nos compatriotes.

Les navires de guerre anglais arrêtaient sans le moindre ménagement tous ceux qui, partis de nos rivages, passaient à leur portée.

Le drapeau de France ne protégeait plus nos nationaux contre leurs insultes. On voyait alors, comme dans trop de circonstances, notre pays livré aux étrangers.

L'astucieuse et sanglante Italienne à qui l'on doit ces paroles : « Le cadavre d'un ennemi sent toujours bon » se souciait bien de la véritable grandeur de la France au dehors!...

Cette fille de marchands, traitant l'administration de la France comme une affaire, avait, disait-elle, à combattre avant tout les ennemis de l'intérieur, — afin d'assurer sa domination absolue et celle de ses créatures.

Oh! quels rapprochements douloureux de l'histoire!...

Les Anglais pouvaient, alors, comme aujourd'hui, faire de la Manche un lac anglais.

Et comme tous ceux qui partaient de loin en loin à leurs risques et périls porter secours à la veuve de leur roi, le baron de Hautmont et ses onze compagnons, ainsi que leurs écuyers et valets d'armes avaient dû louvoyer, chercher le vent pour se tenir sous les côtes de France afin d'échapper aux croisières anglaises.

Ayant réussi à franchir le Pas-de-Calais, le patron de leur bateau avait été ensuite obligé de mettre le cap vers la Hollande et le Danemark pour se soustraire à une corvette de haute voilure entrevue au loin et dont il ne discernait que trop les intentions.

Ce n'est qu'après l'avoir distancée, grâce à l'obscurité, qu'il avait pu ensuite pointer vers le nord, vers l'Ecosse.

Aujourd'hui, quoique ne redoutant plus autant les coureurs de mer d'Elisabeth et de son favori, le marin ne tenait pas davantage à les rencontrer.

Ceux-ci, comprenant d'où ils venaient, étaient en effet bien capables de capturer son navire, de l'emmener dans un port anglais et de ne le relâcher qu'après un temps plus ou moins long, non sans incarcérer par surcroît son capitaine.

Cela avait été fait déjà dans plusieurs circonstances, dans le but de décourager nos marins.

Et comme il avait accepté de porter la lettre d'Ellen à son père, au manoir de Kervien, le patron de la goélette tenait moins que jamais à se laisser prendre.

Faisant de nouveau voile vers la Hollande, il changea de route après en avoir reconnu les côtes et s'arrangea pour arriver en vue du Pas-de-Calais, non plus de nuit cette fois, mais de jour.

Il n'avait plus de voyageurs, et son but était de se réfugier dans le premier port français qu'il rencontrerait s'il venait à apercevoir le drapeau orné du léopard anglais, — la bête de proie.

Longeant de très près les dentelures de la côte, il se tenait ainsi à l'abri des persécutions de nos rivaux.

Grâce à cette tactique, mais après avoir vu se prolonger son voyage, le marin parvint enfin jusqu'à l'Océan.

Ici, tout changeait : l'Angleterre était plus loin, la mer devenait immense, il y avait du large pour filer.

Sa nef se couvrit de toile et les vents l'emportèrent vers le sud de toute la puissance de leur aile aérienne.

Jean Dacier était dans celle des tours où il avait coutume d'aller inspecter l'étendue de la mer, distante comme on le sait du château de Kervien.

Il aperçut, telle une mouette qui raserait les flots, un navire de dimension moyenne, glissant avec rapidité, toutes voiles dehors.

La nef s'approchait, de plus en plus distincte.

Elle obliquait vers la côte, se dirigeant selon toute probabilité, vers un port de refuge situé à quelques lieues au nord.

— Espoir vain, — pensa le vieil intendant, — ce n'est pas encore pour nous !

Un bateau pêcheur errait à quelques encâblures en avant du port.

Jean Dacier qui était sur le point de redescendre vit le voilier se rapprocher de la barque et bientôt carguer ses voiles comme pour se mettre en rapport avec ceux qui la montaient.

Assez intrigué, le père de Martial demeura en observation.

Il vit les deux bateaux presque bord à bord. Puis le voilier borda de nouveau sa toile.

Et, laissant le port sans y entrer, il reprit sa course au sud.

Mais il serrait visiblement la côte.

Une émotion irrésistible s'empara alors du vieillard, le clouant à sa place les yeux attachés, rivés sur la nef.

Les cimes touffues de la forêt, le chaos des rocs de la falaise la masqua durant un laps de temps qui sembla énorme à l'intendant d'Henri de Mercourt.

Soudain le navire, — une forte goélette, — reparut.

Son petit équipage amenait la plus grande partie de sa toile, et il ne naviguait plus que sous sa grande voile, ralentissant sensiblement son allure.

L'émotion qui étreignait le père de Martial le fit alors trembler et pâlir, — pâlir et trembler de joie et d'anxiété.

Ce navire se préparait-il à aborder dans la crique située au bout des domaines de la seigneurie de Kervien?

Un coup de barre qui fit obliquer le voilier, le dirigeant droit vers cette anse, fit cesser ses derniers doutes.

On baissait en même temps sa grand'voile, la goélette poussée seulement par l'impulsion acquise.

Cette fois, aucune incertitude n'était plus possible.

Jean Dacier, insensible au fardeau de l'âge qui chargeait ses épaules, s'élança dans l'escalier en criant :

— Un navire! un navire qui aborde au rivage!

CXXXVI

DANS LA BAIE DE KERVIEN

A voix du vieil intendant, du père de Martial avait résonné, éclatante, à travers les vastes corridors du manoir de Kervien.

Les serviteurs l'avaient entendu, et ils accouraient vérifier le fait, heureux d'avance de ce qu'ils supposaient déjà être le retour de leur maître.

Wilkie, qui habitait au centre du manoir, auprès de l'appartement donné à lord Mercy, crut discerner l'accent de Jean Dacier.

Il sortit, demandant ce qui se passait.

Un domestique le lui apprit.

Frémissant de joie, il courut aussitôt auprès du père d'Ellen, afin de le prévenir.

— Monseigneur, une heureuse nouvelle. Un navire enfin. Ce doit être notre hôte et, avec lui, son fidèle et vaillant écuyer.

— Wilkie, est-ce bien vrai?

— Maître Jean Dacier vient, paraît-il, de voir, du haut de la tour, le navire aborder.

— Oh! je veux me rendre au rivage. J'éprouvais tant d'inquiétudes, depuis que nous sommes ici.

Lord Mercy prononça ces paroles avec une vive agitation, demandant à l'ancien geôlier de lui donner de suite des vêtements de route.

Mais l'illustre proscrit était bien cassé, bien faible.

Le carrosse qui l'avait amené était reparti avec le postillon qui les avait conduits au manoir de Kervien.

Le trajet du château au bord de la mer devait être très fatigant pour lui, et il serait bien longtemps à arriver.

— Mylord, — objecta Wilkie, — il y a loin d'ici au rivage, et vous êtes très âgé. Laissez-moi aller à votre place. J'apprendrai au sire de Kervien que vous vouliez venir, mais que vous avez cédé à mes instances. Je lui dirai que vous m'avez laissé partir à votre place parce que je suis plus jeune, plus ingambe et que je pourrai être rendu plus vite auprès de lui.

L'ancien lord-chief de la haute justice d'Angleterre sentait que le brave Wilkie avait raison.

Mais ne pas être présent au débarquement de son sauveur lui semblait de l'ingratitude.

On percevait le tumulte de gens affairés descendant en grande hâte le large escalier.

— Entendez-vous, monseigneur, — insista le geôlier d'autrefois, — les gens du château courent au-devant de leur maître. Permettez-moi de me joindre à eux, afin que je n'arrive pas trop tard.

La porte restée entr'ouverte laissa arriver la voix palpitante du vieil intendant.

Il frappa et entra presque aussitôt.

— Monseigneur, — annonçait-il en se rapprochant d'un pas ardent, la vieillesse l'ayant laissé vigoureux. — monseigneur, un voilier vient d'accoster!

Lord Mercy le fixa avec des yeux brillants.

— Vous êtes bien sûr?... Un jour de joie, enfin!... Allons!

— Mylord!... — supplia Wilkie.

Le père d'Ellen secoua la tête.

— Hélas! ce que c'est que de plier sous le fardeau des années. Puisque maître Jean Dacier est déjà prêt à partir, il me faut bien avouer que mes jambes ne me porteraient plus assez vite pour arriver en même temps que ceux qui ont hâte d'aller saluer, d'aller recevoir le chef qui leur manque depuis tant d'années. Car je veux croire que c'est lui et que votre valeureux fils l'accompagne, — fit le proscrit en s'adressant à l'intendant.

Et se tournant de nouveau vers Wilkie :

— Allez donc avec eux, puisque je ne suis plus qu'un invalide; et dites au seigneur de Kervien... dites-lui bien que lord Mercy aurait voulu être le premier à embrasser son sauveur.

— Cela sera fait, mylord, — affirma l'ancien porte-clés.

Annie, qui avait entendu, lui tendit aussitôt son manteau.

Elle était tout heureuse d'apprendre l'arrivée du vicomte de Mercourt.

La courageuse femme avait appris à l'apprécier depuis le jour, lointain déjà, où son mari l'avait recueilli, inanimé, près de leur cabane isolée.

Le seigneur de Kervien était peut-être, pour elle, moins et plus qu'un gentilhomme ordinaire, possesseur d'un fief considérable.

Son existence secrète dans le souterrain, qu'il avait creusé avec l'an-

Et soudain le papier trembla dans sa main.

cien geôlier, l'intimité causée par des dangers multiples avaient établi
entre eux tous une intimité, une amitié réelle.

Et elle se réjouissait ardemment de la rentrée de l'infatigable lutteur
dans son pays, de la cessation des dangers incessants auxquels il était en
butte.

Ainsi que tous les autres habitants du manoir, elle croyait que la nef
signalée ramenait Henri de Mercourt et Martial.

Liv. 285. — H. GEFFROY, édit. — Reproduction interdite.

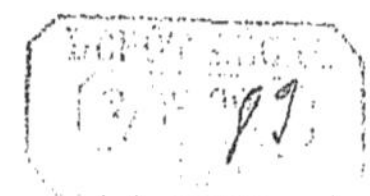

Nul n'eût songé, en effet, à prévoir le contraire.

Avec une ardeur qu'on n'aurait pas supposée chez un homme aussi âgé, Jean Dacier, ayant pris congé de lord Mercy, descendait déjà les derniers degrés.

Sur son ordre, une servante était allée lui chercher son manteau, plus son long bâton de cornouiller pour lui permettre de marcher plus vite.

Wilkie le rejoignit sur le pont-levis.

Et ils se mirent en route ensemble accompagnés de deux gars solides et déjà souriants.

Lord Mercy, debout au balcon de pierre de sa chambre, les regarda s'éloigner à grands pas, regrettant plus vivement que jamais un accablement dû davantage au long martyre qu'il avait enduré dans le sépulcre souterrain de la Tour de Londres qu'au nombre de ses jours, si élevé pourtant.

Les quatre piétons cessèrent bientôt d'être visibles, cachés par le couvert des arbres.

Durant ce temps, le navire aperçu par Jean Dacier pénétrait complètement dans la crique, — que l'on appelait dans le pays la baie de Kervien.

Son capitaine faisait lancer constamment la sonde quoique le pêcheur qu'il avait accosté quelques lieues plus haut lui eût assuré qu'elle était d'un abri sûr.

Mais c'était ce qu'on appelle un marin fini, et s'il avait su damer le pion aux Anglais, c'est qu'il avait l'œil à tout, une fois en mer.

Quelques cahutes étaient nichées à une dizaine de mètres de la mer, à l'abri de rochers les protégeant contre les vents les plus violents du large...

A la vue d'une goélette inconnue, des femmes, des enfants, deux ou trois vieux trop déjetés pour aller encore au large sortirent des cabanes.

Ceux qui étaient le plus près furent bientôt rendus jusqu'aux brisants.

— Ohé, braves gens, — leur cria le marin, — est-ce bien ici la baie de Kervien ?

— C'est ici même, — lui répondit-on.

En voyant un navire s'avancer dans la crique, les habitants des cabanes avaient cru d'abord, eux aussi, que c'était leur seigneur qui revenait.

Des exclamations de joie couraient déjà entre eux.

Mais la question du capitaine leur montra que le seigneur Kervien n'était certainement pas à bord.

— Peut-être est-ce un message du châtelain pour maître Jean Dacier, — se dirent-ils alors.

La goélette avançait doucement, achevant de couper l'eau sous la force de l'impulsion acquise.

Sur un commandement, une ancre fut lancée à l'eau, à l'avant, puis une autre à l'arrière.

Et le bateau s'immobilisa.

Le canot suspendu à la poupe fut mis à la mer, et le pilote y prit place avec deux de ses matelots.

Et l'on rama vers la terre.

Le capitaine sauta allégrement sur la grève.

Il n'était pas fâché de toucher du pied le sol de France, de le sentir solidement sous lui, après la navigation hasardeuse qu'il venait de faire.

Toute la population du petit bourg l'attendait avec impatience, supposant qu'il apportait des nouvelles des disparus.

Lorsqu'on entendit s'enquérir de la direction à suivre pour gagner au plus court le manoir de Kervien, il n'y eut plus de doute pour personne et les interrogations se croisèrent.

Mais le marin ne pouvait leur répondre : il ne connaissait pas le seigneur de Kervien.

Il savait qu'il avait à se rendre à son manoir, voilà tout.

Et il refusa de s'expliquer davantage, estimant qu'il ne lui appartenait pas de divulguer ce qui l'y conduisait.

Durant ce temps, Jean Dacier, Wilkie et leurs compagnons voyaient diminuer la distance qui les séparait du rivage.

Cessant de cheminer sous bois, ils aperçurent enfin les falaises et la goélette balancée doucement par le remous.

Ils pressèrent encore davantage le pas.

Les femmes des pêcheurs les aperçurent.

— Voici justement maître Jean Dacier, l'intendant du manoir, — annoncèrent-elles.

Et quelques-unes, qui avaient aperçu Wilkie en allant porter du poisson au château, ajoutèrent :

— Le serviteur de lord Mercy, l'étranger logé au manoir l'accompagne.

— Lord Mercy?... Vous avez bien dit? — interrogea le marin. — Allons, ma commission sera facile à exécuter.

Et il fit quelques pas à la rencontre des nouveaux arrivants.

Jean Dacier, d'un regard rapide, avait inspecté le rivage.

Ni son maître, ni Martial ne s'y trouvaient.

L'espoir si radieux qui l'avait transporté en apercevant la barque n'était donc pas justifié.

A moins que ceux qu'il avait espéré revoir ne fussent alités sur la goélette.

Un désappointement cruel l'accablait.

Néanmoins, il lui tardait d'avoir rejoint le marin et de savoir à quoi s'en tenir.

Ils se trouvèrent bientôt face à face et le marin se découvrit à la vue du vieillard.

— C'est, me dit-on, à l'intendant du manoir que j'ai affaire à cette heure?

— Oui, capitaine, — répliqua le père de Martial. — Puis-je vous être utile à quelque chose?

— Ce sera, si vous voulez bien y consentir, à me servir de guide et d'introducteur en la demeure du seigneur de Kervien.

— Vous avez affaire au manoir. Apportez-vous des nouvelles de notre châtelain... et de son écuyer?

Le marin secoua la tête.

— Non, bon père. Ces braves gens du rivage m'ont déjà adressé semblable question. Je n'ai pas pu les contenter non plus. Je n'ai malheureusement point eu l'honneur de voir ceux dont vous me parlez.

Jean Dacier porta la main à son front devenu de la pâleur de l'ivoire.

Il s'était réjoui trop tôt. Il ne pouvait plus en douter.

Et la déception était immense après un aussi vif espoir.

Le navigateur s'aperçut de la tristesse imprimée sur ses traits.

Il voulut y faire diversion.

— On m'a dit aussi que parmi vous se trouvait un serviteur de lord Mercy, lequel habite actuellement le logis où j'ai à me rendre.

— Je suis en effet le serviteur de celui que vous venez de nommer, — prononça Wilkie.

Tous étaient attentifs.

Wilkie et Jean Dacier espéraient encore que si Henri de Mercourt et son écuyer n'avaient pu ou n'avaient pas voulu s'embarquer, ils mandaient des nouvelles importantes, quelque avis confidentiel à lord Mercy.

Ils ne pouvaient prévoir la vérité.

— Eh bien, — reprit le marin, — si vous voulez me conduire, j'irai remplir auprès de lord Mercy la tâche dont je suis chargé.

Sur la réponse affirmative qui lui fut faite, il remonta à son bord, revêtit une vareuse neuve, prit dans son coffre, la lettre d'Ellen, et l'ayant cachée dans sa poitrine redescendit à terre.

— Allons, — dit-il à Wilkie et à Jean Dacier. — Je suis prêt à vous suivre.

Et il se plaça à côté d'eux avec un de ses matelots.

L'homme était prudent, et il se considérait comme astreint à certaines précautions tant qu'il ne se serait pas déchargé du dépôt qui lui avait été confié.

Le trajet de la mer au manoir s'effectua presque silencieusement.

Jean Dacier et Wilkie, le vieux père surtout, sentaient des questions nombreuses, pressantes, leur brûler les lèvres.

Cependant ils n'osaient pas les formuler.

Si ce marin avait reçu certaines communications directes ou indirectes du vicomte de Mercourt, ils devaient s'abstenir de l'interroger, dès l'instant qu'il s'agissait peut-être de choses confidentielles.

Pourtant le vieil intendant, ne pouvant retenir son oppression, crut pouvoir dire :

— Nous avions eu une bien vive joie. Nous croyions que c'était mon maître qui revenait... mon maître au sujet duquel nous sommes inquiets, et mon fils qui l'a suivi en Angleterre en qualité d'écuyer.

Le marin comprit l'angoisse du vieux père.

Et il déclara qu'il ne venait pas d'Angleterre mais d'Écosse.

Le pays où régnait la cruelle Élisabeth n'était pas hospitalier pour les nôtres ; et il raconta les manœuvres auxquelles il avait dû avoir recours pour se dérober aux croiseurs anglais.

Ses compagnons de route l'écoutaient, mais leur esprit dérouté se demandait quel rapport il pouvait exister entre la présence du vicomte de Mercourt et de Martial, — qui se trouvaient à Londres aux dernières nouvelles, — et la venue de ce marin parti, assurait-il, des côtes lointaines de l'Écosse.

Et retombés dans leur mutisme, tout aux pensées qui traversaient leur esprit, ils pressaient le pas.

A l'arrivée, on allait sans doute leur révéler cette vérité qu'ils ne pouvaient même pas entrevoir.

CXXXVII

L'INATTENDU !

ORD Mercy n'avait pas quitté le balcon.

Il s'attendait à tout instant à voir apparaître le vicomte de Mercourt, prêt, dans ce cas, à se porter immédiatement à sa rencontre et à le serrer dans ses bras.

Soudain un groupe de piétons se montra sur la partie du chemin que les arbres touffus laissaient à découvert.

Le regard du père d'Ellen inventoria rapidement ceux qui en faisaient partie.

Et la déception, le regret éprouvés déjà par Wilkie et par le vieil intendant, déception doublée d'un véritable accablement chez le père de Martial, saisirent aussitôt l'ancien lord-chief de justice.

— Ce n'est pas lui ! — murmura-t-il.

Le navire dont l'apparition avait soulevé tant de joie dans l'âme du vieux Jean Dacier et tant d'espoir chez tous n'était peut-être venu jeter l'ancre dans la crique que par suite de quelque avarie.

Pourtant lord Mercy distinguait des étrangers entre l'intendant et l'ancien geôlier.

Ces hommes portaient en outre le costume ordinaire des gens de mer.

Jean Dacier, relevant la tête, l'aperçut au balcon et le montra au capitaine de la goélette.

— Voilà lord Mercy.

Celui à qui il parlait se découvrit.

Les pas des quatre hommes résonnèrent sur le pont-levis, les autres serviteurs du manoir suivaient à une certaine distance.

Et ils pénétrèrent sous le porche.

— Veuillez m'accompagner, — dit alors l'intendant au porteur de la lettre d'Ellen. — Je vais vous conduire auprès de mylord.

Il passa le premier, commençant à gravir les marches du grand escalier.

Le marin suivait, ayant commandé à son servant d'équipage de l'attendre.

Il était dans le château; la prévoyance qui l'avait incité à se faire accompagner par un des siens durant le chemin en forêt n'avait plus de raison d'être.

Wilkie fermait la marche.

Lord Mercy était rentré dans son appartement, se demandant si ces visiteurs qu'il venait d'apercevoir appartenaient au navire signalé par l'intendant et si leur présence avait un rapport avec son séjour au manoir ou avec l'absence du maître du logis.

Annie se présenta alors devant lui.

— Monseigneur, — annonça-t-elle, — l'intendant du château et mon mari viennent d'arriver. Ils demandent à faire comparaître en votre présence le capitaine du navire récemment arrivé.

— Le vicomte de Mercourt n'y est donc pas réellement?

— Il paraît malheureusement que non, monseigneur.

— L'homme qui se présente nous porte peut-être de ses nouvelles, faites-le venir. Je languis de le voir, de l'interroger.

Et le père d'Ellen attendit, debout au milieu de la large pièce dans laquelle il se trouvait, tourné vers la porte.

Annie, étant allée prévenir les visiteurs que le proscrit les réclamait au plus tôt, rouvrit, et le marin pénétra dans la pièce, encadré par ses deux interlocuteurs.

— Mylord, — prononça le vieil intendant, — voici le capitaine du navire qui est arrivé il y a quelques heures. Il a, paraît-il, une communication pour Votre Seigneurie.

Le proscrit fit vivement quelques pas vers le marin.

— Des nouvelles de ceux qui nous manquent, sans doute. Parlez, vite. Les personnes qui sont là peuvent entendre ce que vous avez à me dire.

— Monseigneur, — fit respectueusement le marin, — c'est probablement devant lord Mercy, ancien chef de la haute justice anglaise, et banni actuellement de ce royaume, que j'ai l'honneur de me trouver?

— Oui, je suis bien lord Mercy, mais parlez, de grâce. D'où venez-vous? De quoi vous a-t-on chargé?

— J'arrive d'Écosse.

— D'Écosse, dites-vous?...

Et à part lui, il pensa :

— Le vicomte de Mercourt s'y serait-il réfugié?

Il ne pouvait prévoir l'émotion qui l'attendait.

— Oui, monseigneur, d'Écosse, du port d'Édimbourg, où j'ai conduit des gentilshommes français désireux de combattre dans l'armée de la reine Marie Stuart.

« Et voici ce que l'un d'eux m'a confié pour vous, monseigneur, pour lord Mercy, avec recommandation expresse de le lui remettre en main propre.

Et il retira de l'intérieur de sa vareuse la lettre qu'il y avait placée avant de quitter son bateau.

Le proscrit ne pouvait comprendre quel lien il pouvait y avoir entre les gentilshommes dont on lui parlait et lui-même.

Il lut machinalement la suscription du message que le visiteur lui présentait, constata qu'elle portait réellement son nom, et descella les cachets, l'ouvrit.

Et soudain le papier trembla entre ses mains, une pâleur si brusque envahit ses traits que Wilkie et Jean Dacier, pris de crainte, s'élancèrent pour le soutenir.

Mais en même temps que le sang refluant trop violemment au cœur du vieillard se retirait de ses traits, une flamme subite, inconnue, remplissait ses yeux.

Et d'un geste fébrile, il écarta ceux qui venaient à son secours, en même temps qu'il reportait avidement son regard sur le papier.

Il lisait, il dévorait, il devinait ces lignes malgré le tremblement nerveux de ses poignets.

Ses lèvres closes se descellèrent enfin.

Et ces mots y passèrent, confuses, haletantes :

— Ma fille!... Mon Ellen!... Oh! mon Dieu!... Ma fille!...

Le marin s'était discrètement reculé près de la porte.

Mais ces paroles parvinrent à lui, de même qu'elles étaient entendues par les autres assistants.

Wilkie et Annie se regardaient avec une émotion muette.

La fille de leur bienfaiteur, celle dont on n'avait pu retrouver la trace et que l'on croyait morte depuis des années, engloutie par la tempête qui s'était déchaînée sur eux tous!... Voici qu'elle révélait son existence. Voici qu'elle avait appris la délivrance de son vieux père et sa présence au manoir de Kervien!

Comment? ils ne pouvaient s'en rendre compte.

Et dans leur âme simple et croyante, dévoués comme ils l'étaient, des actions de grâces montaient, ardentes, de leur être vers le ciel.

Lord Mercy ne s'interrogeait même pas sur le mystère qui avait appris à Ellen les événements accomplis.

Il ne voyait que sa lettre, cette lettre qui était pour lui comme une résurrection de son enfant.

Il la lisait, la relisait, avec ses yeux, avec son cœur.

— Mylord, — annonça-t-il avec émotion, — une voile au sud !

Et tout le passé, tout l'intervalle écoulé depuis le jour de sa disgrâce, de son emprisonnement, les longues souffrances subies, le cachot sans air et sans lumière dans lequel il avait agonisé durant des années, ayant survécu par suite d'il ne savait quel miracle, tout cela disparaissait, était annulé.

Il revenait aux jours heureux où ses lèvres de père se posaient au réveil sur un front d'enfant affectueuse et grave.

Pour la deuxième fois, il relut cette épître bénie.

Puis ses bras tremblants se levèrent lentement vers le ciel, et ces mots montèrent vers les nues :

— Mon Dieu! vous m'aviez abattu, vous aviez dispersé ma famille, ravi l'enfant au père et le père à l'enfant. Mais voici qu'à l'heure où je n'espérais plus, vous me rendez ma fille. Oh! mon Dieu, mon Dieu...

Son regard, ramené vers la terre, rencontra celui du marin, immobile et visiblement heureux d'avoir été messager de tant de joie et de tant de bonheur.

Lord Mercy franchit l'espace qui les séparait, les bras ouverts, en disant d'un accent vibrant :

— Oh! vous qui venez de me causer une telle félicité, soyez remercié, soyez béni par un père à qui ce jour donne plus que la vie.

Le capitaine de la goélette répondit chaudement à l'étreinte du vieillard.

Sa main était loyale, elle était vaillante et courageuse à l'occasion, elle pouvait donc serrer celle des plus nobles.

— Demandez-moi tout ce que vous voudrez, — ajouta lord Mercy. — Jamais je ne croirai assez vous récompenser.

En prononçant ces mots, deux larmes d'émotion roulèrent sur les joues du proscrit.

Annie s'essuyait les yeux.

Le marin montra ces saintes larmes. Et simple, le sourire du contentement sur les traits, il répondit :

— Ma récompense, monseigneur, la voici.

CXXXVIII

VOILE AMIE

A situation, l'existence, venaient de changer brusquement pour lord Mercy, à la minute précise où la lettre d'Ellen lui avait été remise.

La veille, il n'était en quelque sorte qu'un attristé passager de la vie, sans attache sur la terre.

Maintenant un lien, lien puissant, lien très doux, le rattachait à cette terre qu'il se voyait près de quitter avec le désenchantement de ceux qui, longtemps privés de la liberté, ne la retrouvent que pour constater autour d'eux le désert de tout.

Les malheurs immérités qu'il avait subis, la dignité, la majesté grave de son attitude, une bonté que les persécutions n'avaient pas atteinte lui avaient conquis rapidement la sympathie des serviteurs du manoir et des autres habitants des domaines d'Henri de Mercourt.

Aussi chacun s'entretenait-il de l'heureuse nouvelle qui venait de lui être annoncée.

Le vieil intendant, faisant taire le chagrin que lui occasionnait l'incertitude dans laquelle il était retombé au sujet de Martial et d'Henri de Mercourt, trouvait, dans son cœur de père, assez d'abnégation pour se réjouir du bonheur arrivé à l'ami de son maître.

Il pensait en outre :

— Cette lettre vient de nous révéler en même temps, et l'existence de celle que mon maître n'a cessé d'aimer et le lieu de sa résidence. Pourquoi notre cher seigneur n'est-il point ici?... Sa vie errante serait terminée, et la tranquillité, le bonheur souriant, redescendraient sur ce toit abandonné par celui à qui il appartient?

Quant à l'ancien geôlier et à sa femme, on juge quels devaient être leurs sentiments.

Puisque la fille de leur ancien bienfaiteur était encore vivante, ils voyaient lord Mercy et Ellen se réunissant.

Ils s'établiraient soit en France, soit en Écosse.

Et toutes agitations, toutes vicissitudes seraient oubliées dès ce jour pour le maître auquel les services qu'ils avaient reçus de lui et ceux qu'ils lui avaient rendus à leur tour au centuple les avaient attachés inaltérablement.

Lord Mercy avait demandé au capitaine de la goélette de ne pas s'en aller sans le prévenir. Il avait à lui parler encore.

Et Jean Dacier, ajoutant ses instances aux témoignages de gratitude du père d'Ellen, obligea en quelque sorte le marin à passer la nuit au manoir.

Cette nuit fut une longue veillée pour lord Mercy.

Le sommeil désertait ses paupières, et il ne songeait pas à l'y appeler.

D'incessantes palpitations de joie traversaient son être, et c'était si bon de sentir ces effluves nouvelles, ce bonheur profond.

En même temps, il réfléchissait aux moyens de se rapprocher d'Ellen, de presser son enfant dans ses bras.

Lorsque le jour se leva sans qu'il eût fermé les yeux, il fit appeler le marin à qui il devait ces saines ivresses, et il lui demanda de le conduire en Écosse, auprès de sa fille.

— Vous transporter en Écosse, monseigneur?... Ma goélette en vient, il est vrai, et elle a déjà fait des trajets plus longs. Mais le voyage est hasardeux. Je l'ai effectué avec douze chevaliers armés et leurs valets d'armes. Si, malgré toutes nos précautions, nous avions été abordés par quelque brick anglais, nous pouvions combattre. Mais un vieillard serait une proie bien facile.

Et il ajouta :

— Vous sortez à peine des cachots de la Tour de Londres, m'a-t-on appris. Songez au danger qu'il y aurait pour vous d'y revenir, si nous étions abordés et pris.

— Ce tombeau ou un autre, qu'importe après tout? — répliqua le vieillard.

Son interlocuteur lui parla en outre d'un édit promulgué récemment, assurait-on, et qui interdisait de porter tout secours à la reine d'Écosse.

Quiconque enfreignait cet ordre acceptait dès lors les risques de sa désobéissance.

Par conséquent, au cas très probable où ils seraient rencontrés par un navire anglais, ils seraient pris, ne pouvant se réfugier dans aucun port français puisqu'ils seraient en état d'infraction contre l'édit royal.

Il expliqua qu'il avait couru les mêmes risques, il est vrai, avec le baron de Hautmont, mais ils étaient partis du port de Honfleur, et de l'embouchure de la Seine au Pas de Calais, le voyage avait été vite accompli, tandis que, la baie de Kervien se trouvant sur l'Océan, il faudrait longer presque la Manche tout entière.

Ces paroles justifiaient le soin qu'il avait eu de suivre la côte française au retour, car n'ayant personne à son bord, il pouvait sans crainte se réfugier dans un de nos ports.

Rien n'ébranla lord Mercy.

Le marin, constatant la fermeté actuelle de sa décision, lui fit connaître alors son désir de passer quelque temps auprès de parents qu'il avait à une trentaine de lieues de là.

— Il y a longtemps que je ne les ai vus, monseigneur. Je vais donc aller les trouver. Durant mon séjour auprès d'eux, je réfléchirai à votre proposition. De votre côté, vous aurez tout loisir d'envisager les hasards de ce voyage.

Lord Mercy secoua sa tête vénérable.

— Ma résolution est immuable, à moins que le vicomte de Mercourt ne réclame mon aide, car je lui dois tout; ou bien à moins que je n'apprenne le départ de ma fille pour la France. Mais sa lettre ne me laisse pas prévoir une telle éventualité. Elle m'annonce au contraire qu'un abri sûr m'attend à la cour d'Écosse, dont la reine a voulu lui porter elle-même l'annonce de ma délivrance.

« Allez donc auprès des parents dont vous me parlez, puisque vous y tenez absolument. Et si vous êtes réellement un descendant des marins sans peur qui illustrèrent votre pays, revenez ensuite me trouver; je n'aurai pas changé d'avis.

Le capitaine de la goélette quitta le manoir après cet entretien, regagna son bord et leva l'ancre.

Pendant dix jours, lord Mercy guetta son apparition, montant lui-même au sommet de la tour pour étudier la mer.

Le navire avait descendu au sud. Le chef déchu de la haute justice anglaise regardait de ce côté; mais il tournait aussi, par moments, son attention vers le nord, espérant toujours y découvrir quelque voile annonciatrice du retour d'Henri de Mercourt et de son écuyer...

Attente vaine. Le gentilhomme français, toujours captif dans la Tour de Londres, voyait les rigueurs de sa captivité s'accroître par suite de l'échec de l'attaque tentée par Martial contre la citadelle, — cette sublime folie qui avait été si près de réussir, car la présence seule de Somerset, ou plutôt de ses gardes nombreux, l'avaient fait échouer.

Et de son côté, Martial, conduit par le destin qui dirige les hommes et les événements, aussi aveugles les uns que les autres, ayant libéré Marguerite de l'esclavage qu'elle subissait chez les paysans cruels chez lesquels elle était tombée, Martial, guidant, soutenant, protégeant la petite fille du proscrit, l'enfant ignorée de lord Mercy, poursuivait avec elle sa traite vers le nord.

Lord Mercy, ne voyant pas revenir le capitaine de la goélette, commençait à céder au découragement.

L'homme de mer avait dû renoncer définitivement à tout nouveau voyage en Écosse, effrayé par les risques à courir.

On était au matin du onzième jour ; Wilkie, qui remplaçait souvent, sur son observatoire élevé, celui qu'il nommait son maître, descendit auprès de lui en grande hâte.

— Mylord, — annonça-t-il avec émotion, — une voile au sud !

Le vieillard, méprisant la fatigue, voulait gravir lui aussi les hauts étages de la Tour.

Il voulait s'assurer que le navire qui se présentait était bien le même qui lui avait apporté cette joie immense : le baiser de son enfant.

Il avait vu la goélette s'éloigner ; il avait conscience qu'il la reconnaîtrait.

Lorsqu'il arriva à l'observatoire si fréquenté depuis quelque temps, son regard animé par l'espoir et la crainte tomba sur la baie de Kervien.

— C'est lui, c'est le navire qui m'a apporté la lettre de ma fille ! — exclama-t-il.

Ses yeux n'avaient plus la netteté de vision d'autrefois ; et cependant il était sûr de ne pas se tromper.

Les somnambules voient les yeux fermés : ils distinguent même les objets que l'on place derrière leur tête ; ils voient, dit-on, par leur cerveau ; lui voyait avec son cœur. Et il était sûr de ne point s'abuser.

Wilkie qui l'escortait et dont la vue était plus nette fut de son avis.

Et une vive émotion l'agitait aussi.

Le retour de la goélette allait-il être leur départ du manoir de Kervien ? l'occasion de nouveaux hasards en mer ? la réunion du père et de la fille... le repos final ?...

Redescendu dans son appartement, lord Mercy ne tenait pas en place.

Il s'avançait toutes les cinq minutes sur le balcon de pierre pour voir si le visiteur qu'il attendait allait se présenter.

Déjà de nouveaux doutes, de nouvelles perplexités recommençaient à l'obséder.

Le marin tardait probablement de la sorte parce qu'il n'avait qu'un refus à lui communiquer.

Mais, dans ce cas, l'énergique vieillard était décidé à faire appel à la bonne volonté de quelqu'un d'autre.

Vers le milieu du jour le marin apparut.

Introduit auprès de lord Mercy, ses paroles furent simples :

— Monseigneur, — dit-il, — je suis à vos ordres.

Lord Mercy lui tendit les bras dans une ardente effusion de joie.

— Ah! enfin! — s'écria-t-il.

Et de sa voix profonde, il ajouta :

— Capitaine, le salaire n'est rien entre nous. C'est un père, un homme qui a connu toutes les amertumes de la vie à qui vous ouvrez le ciel. Celui qui juge les consciences de chacun vous récompensera plus que je ne pourrais le faire.

— Je transporte des marchandises et parfois des voyageurs pour payer mon équipage et élever ma famille, — répondit l'homme de la mer. — Mais c'est parce que je sais combien la fortune fut rigoureuse pour vous, monseigneur, que j'ai répondu à votre appel.

« Aussi ayez confiance en moi, ou bien mon navire sera englouti au fond de la mer, ou bien vous aborderez en Écosse.

Il annonça alors à lord Mercy que, ayant bien pesé, après ses deux voyages précédents, les périls que présentait cette navigation, il avait pris des précautions en conséquence.

— J'ai armé ma goélette de quatre bonnes couleuvrines afin de nous défendre si nous sommes attaqués. Notre marche n'en sera guère ralentie, car j'ai augmenté ma voilure et les boulets me servent de lest.

Et il ajouta :

— Je vous l'ai dit, mylord, mon navire sera englouti dans les flots ou vous arriverez à bon port.

A ces paroles énergiques, la tête couronnée de cheveux blancs de lord Mercy se redressa.

— Mes bras ne sont plus assez vigoureux pour combattre, — dit-il avec une gravité puissante. — Mais s'il y a lutte, je vous promets d'être avec vous sur le pont. Quoi qu'il arrive, j'y resterai aussi longtemps que durera le combat, et si je dois succomber, ce sera là que je tomberai !

Annie faisait flotter son mouchoir.

CXXXIX

A TOUTE VITESSE

E jour de l'embarquement arriva.

Jean Dacier l'avait vu se rapprocher avec un regret inconscient.

La présence de lord Mercy, de Wilkie et de sa femme donnaient un peu de vie au manoir.

Liv. 287. — H. GEFFROY, édit. — Reproduction interdite.

287

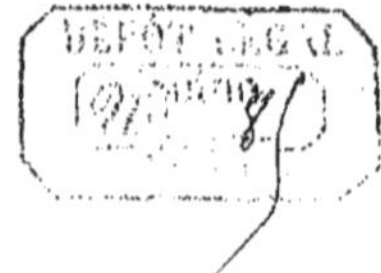

Il ressentait moins, ainsi, l'éloignement rempli de menaces de son maître et de Martial.

Les hôtes du château partis, il allait se retrouver tout entier avec ses pensées, ses craintes continues.

Une seule chose le consolait un peu et glissait dans son esprit une lueur d'espoir.

De lui-même, lord Mercy lui avait promis de profiter de ce qu'il serait proche de l'Angleterre pour chercher à avoir des nouvelles d'Henri de Mercourt et de Martial.

Il annonçait même son intention de mettre à cet effet en campagne des gens hardis et circonspects, avec ordre de porter secours aux deux Français s'il y avait lieu.

— Il sera peut-être plus facile à votre maître et à Martial de venir se mettre à l'abri en Écosse qu'en France d'où la mer les sépare, — avait-il expliqué encore.

Et, en effet, la réflexion aidant, ces paroles faisaient rentrer l'espoir dans le cœur du vieil intendant.

On devait prendre la mer au milieu du jour seulement.

Le capitaine de la goélette avait l'intention d'entrer dans la Manche à la nuit tombante.

De cette façon ils feraient le plus de chemin possible à la faveur des ténèbres.

Lord Mercy avait pensé à laisser Wilkie et sa femme au manoir de Kervien, afin de ne pas les exposer aux hasards d'un voyage sur l'issue duquel il était impossible de se prononcer.

Mais les deux époux avaient refusé avec autant de simplicité que de résolution l'un et l'autre.

Et l'heure ayant sonné de quitter le château, ils vinrent se placer auprès de lui.

Le père d'Ellen fit alors ses adieux aux serviteurs qui l'avaient traité avec tant d'égards.

Et il se mit en route ainsi que l'ancien geôlier et Annie, accompagnés de Jean Dacier qui voulait ne se séparer d'eux tous qu'au dernier moment.

Arrivé au bord de la mer, le vieil intendant se découvrit avec respect en exprimant ses vœux à ses hôtes.

— Maître, — dit lord Mercy, — vous avez accueilli le proscrit comme s'il avait été votre seigneur lui-même, plus même, comme s'il avait été un membre de votre famille. Maître, nous sommes deux vieillards que des angoisses semblables oppressent ; embrassez-moi !

L'accolade les avait réunis, puis les mains de Wilkie et du loyal intendant s'étaient jointes.

Et les voyageurs descendirent dans le canot qui les attendait.

Quelques minutes après, ils étaient à bord.

Le capitaine leur montra alors sa mâture.

La goélette était mâtée en brick comme auparavant. Mais des portants avaient été ajoutés pour augmenter d'une façon considérable la surface de voiles.

— Ainsi que je vous l'avais annoncé, monseigneur, nous avons compensé de la sorte le supplément de poids que nous pouvons avoir en artillerie.

Il passa la main sur une des quatre coulevrines placées par couples de chaque côté du pont.

— Voilà des joujoux qui feront connaître ce qu'ils valent pour peu que l'on nous y force.

Et désignant quelques-uns de ses matelots :

— J'ai engagé en plus de mon équipage des gars solides et avisés qui ont appris la manœuvre du canon sur les vaisseaux du roi. L'un d'eux a même servi sur le *Saint-Michel* qu'a commandé le sire de Kervien. Ainsi l'on n'a qu'à nous laisser la route libre; sinon c'est la poudre qui se chargera de réclamer le passage.

Et pour rassurer ses voyageurs :

— Ce qui n'empêche pas que l'on va jouer au plus fin. Et comme nous allons entrer de nuit dans la Manche, nous aurons déjà douze heures de navigation tranquille assurés.

— Dieu fera ce qu'il voudra, — fit gravement lord Mercy. — Il n'oubliera sans doute pas que nous avons une femme avec nous et que des enfants, des épouses attendent au port la rentrée de ceux qui manœuvrent ce navire.

On retirait les ancres.

La goélette pivotait lentement sur elle-même afin de tourner son avant vers le large.

Le pilote donna un coup de sifflet : la grand'voile glissa rapidement sur sa lourde vergue, et l'étrave de la nef commença à creuser la mer.

Lord Mercy souleva alors son chapeau en un geste d'adieu pour ceux qui étaient restés au rivage, demeurant ainsi tête nue pour saluer la demeure dans laquelle il venait de trouver asile.

La voix de Jean Dacier arriva encore jusqu'au navire portant à ceux qui le quittaient ses souhaits et ses vœux.

Wilkie, penché sur l'extrême bord du navire, agitait sa main, envoyant ses adieux au vieil intendant et aux autres habitants du manoir et des domaines de Kervien qui leur avaient rendu à tous le séjour si calme et si doux.

Annie faisait flotter son mouchoir, adieu silencieux et prolongé à leurs hôtes et à la terre de France si hospitalière aux proscrits.

La goélette était sortie de la crique : elle allait disparaître derrière les rochers qui en formaient la pointe.

Le pilote abaissa son pavillon en signe de dernier salut aux amis demeurés immobiles sur la berge, et le bateau cessa d'être visible...

— Allons, que Sainte-Anne-d'Auray protège leur navigation, — dit mélancoliquement Jean Dacier.

Et tandis que ceux qui étaient autour de lui égrenaient le mot « amen » d'une voix profonde et contenue, il quitta le rivage et reprit lentement le chemin du manoir.

Il allait le retrouver vide de nouveau.

Hélas! quand donc le reverrait-il animé par la présence du maître qui l'avait abandonné un jour, s'embarquant comme ceux qui venaient de partir, et ayant emmené le fils unique du vieillard.

Il est vrai que ce fils, Jean Dacier avait voulu lui-même l'attacher à leur seigneur dans l'existence périileuse qu'il allait affronter.

Néanmoins, à certaines heures, l'isolement pèse cruellement sur ceux qui voient l'âge les pousser peu à peu vers la tombe, sans un être aimé autour d'eux.

Jean Dacier faisait toutes ces réflexions et enviait le sort de lord Mercy apprenant que son enfant vivait encore et se rendant auprès d'elle.

La goélette en effet continuait sa route.

Deux voiles seulement avaient été larguées : le vent était bon et il valait mieux ne pas arriver trop tôt en vue du cap Finistère.

Quelque lougre anglais pouvait être par là en sentinelle perdue et signaler la présence du navire.

On allait donc à petite allure.

Le crépuscule commençait à couvrir la mer d'ombre lorsque l'on reconnut le pointe avancée où les anciens Gaulois, dans les migrations des races humaines, aux temps préhistoriques, s'arrêtèrent, ne pouvant pas aller plus loin.

Au lieu de continuer de monter au nord pour virer de bord sous les côtes même de l'Angleterre où le vent était meilleur pour entrer dans la Manche, le capitaine longea la rive de France d'aussi près qu'il le put en évitant les récifs.

Il gouvernait comme pour atterrir à l'île d'Ouessant, masquant ainsi ses véritables intentions.

Durant ce temps la nuit s'épaississait.

— Mylord, — dit-il alors au père d'Ellen, — vous pouvez aller vous reposer sans crainte, ainsi que vos serviteurs. Je puis vous donner l'assurance que, jusqu'au lever du soleil, il n'y aura rien à redouter.

— A demain donc! — répondit lord Mercy.

Et les marins demeurèrent seuls sur le pont.

— Allons, les enfants, à hisser toute notre toile, — commanda le pilote. — Et veillez à ce que pas un pouce de vent ne se perde. Il s'agit de passer la Manche au nez des Englishs.

Les manœuvres grincèrent aussitôt sur les poulies, des formes humaines se profilèrent sur les vergues, à peu près confondues dans le noir qui enveloppait tout, plus épais à chaque minute.

La nef s'inclina davantage sur le côté, et malgré les ténèbres, des blancheurs d'écume moussèrent à l'avant.

Sur le navire tout restait noir : les feux de position n'avaient pas été allumés pour dissimuler absolument sa marche.

Seulement un homme était resté en vigie sur la cime du mât de misaine, un autre était debout à l'extrême pointe du gaillard d'avant, prêts l'un et l'autre à signaler le moindre indice.

Le pilote lui-même tenait la barre.

Et la nef courait, inclinée sur le côté à tel point que les embruns venaient mouiller la gueule des canons.

Parfois la voix des hommes de vigie se faisait entendre, signalant un autre navire.

On continuait à aller quand même à toute vitesse.

Le capitaine, averti, portait seulement le gouvernail à bâbord ou à tribord selon le cas, — et le bateau fantôme continuait sa course.

Cette nuit ne pouvait pourtant être éternelle.

Les premières blancheurs de l'aube se levèrent à l'orient.

— Attention à nous, maintenant, — fit seulement le pilote.

D'autres matelots remplacèrent ceux qui étaient de vigie. Et il leur recommanda de veiller avec plus de soin que jamais.

Il redoutait davantage les hommes que le choc d'autres vaisseaux et que les éléments.

Il aurait pu, il est vrai, longer les côtes de France et se réfugier dans la première rade venue, en cas de mauvaise rencontre.

Il était impossible de songer à se réfugier le cas échéant dans un port français.

Ils y auraient été sans doute retenus, comme ayant eu l'intention d'aller porter du secours à la reine d'Écosse.

Secours bien précaire que ce vieillard qu'il avait à son bord.

Mais les pièces de canon dont on était armé étaient trop significatives pour ne pas éveiller les soupçons des autorités.

On était donc réduit à tenir nettement la mer.

Et le marin allait au plus court, s'inquiétant seulement de profiter du vent, sa goélette couverte de toile jusqu'au bout des mâts.

Goélette, diminutif du mot goéland, indique bien le navire qui vole sur la mer.

Et le mot était bien justifié ici; le navire qui emportait lord Mercy semblait effleurer à peine les flots, malgré la charge de ses canons et de leurs boulets...

Le soleil était haut sur l'horizon. On avait aperçu quelques navires, mais c'étaient de pacifiques vaisseaux marchands.

Et le milieu du jour arriva sans qu'on eût fait de rencontre fâcheuse.

Le capitaine français voyait déjà avec contentement le moment où la nuit le déroberait définitivement aux Anglais.

Il sortirait de la Manche, à la faveur des ténèbres comme il y était entré, et franchirait ainsi le Pas-de-Calais sans être aperçu.

Une fois le détroit passé, il était bien tranquille : il aurait du large devant lui, et avec sa nouvelle mâture, les marins d'Albion seraient bien malins s'ils le rattrapaient.

CXL

MORTS OU LIBRES !

A goélette était près d'arriver à la hauteur de la Tamise lorsque le matelot de vigie, cramponné à la pomme du mât, signala :

— Voile à bâbord avant.

A bâbord avant, c'est-à-dire du côté de l'Angleterre.

Le pilote darda ses yeux clairs dans la direction indiquée par la sentinelle.

Il distingua en effet un point grisâtre qu'il n'aurait pu discerner sans l'avis jeté par le matelot.

La distance était trop grande pour lui permettre de savoir s'il avait affaire à un navire de guerre ou à un bateau de commerce.

Néanmoins, il appuya la barre afin de s'éloigner, le cap au sud-ouest.

En naviguant dans ce sens, il ne devait pas tarder à perdre de vue le navire signalé, à moins que celui-ci ne fît absolument route d'Angleterre en France.

Et en effet, la voilure aperçue ne tarda pas à diminuer rapidement.

Les marins français commençaient à se sentir soulagés, tranquillisés lorsqu'il leur sembla que le point signalé redevenait plus visible.

Wilkie debout contre le bastingage en fit la remarque.

— Oui, — repartit le pilote, — on dirait qu'ils nous ont vus et veulent causer. C'est donc un navire de guerre. Maudits soient ces loups d'Englishs... soit dit sauf votre respect, camarade. Car c'est plus à votre peau qu'à la mienne qu'ils en voudront, s'ils ont réellement de mauvaises intentions.

Et, mesurant la distance qui les séparait :

— Allons, il s'agit de les gagner de vitesse.

Mais il n'y avait pas large comme la main, sur la goélette, qui ne fût déjà couvert de toile.

Le duel, — si c'en était un, — allait dépendre, en grande partie, de l'habileté de manœuvrier du capitaine français.

Et, en effet, il dirigea son navire de telle façon que les mâts, grinçant sous la poussée des voiles, rétablirent rapidement l'ancien intervalle qui séparait les deux navires.

— Hélas ! ce fut pour le reperdre bientôt.

Les marins qui montaient l'autre nef avaient dû deviner la manœuvre du navire français.

Ils gouvernaient pour lui barrer la route.

Le capitaine ordonna à son matelot de vigie au sommet du mât, de descendre, ce poids, placé si haut, aidait à faire donner de la bande. Et il fallait réunir toutes les conditions susceptibles d'augmenter la vitesse.

Car c'était bien une lutte de rapidité de marche qui se dessinait entre les deux rivaux.

Non seulement la voilure, mais encore la coque du bâtiment en chasse, étaient visibles à présent.

C'était un brick aux mâts extrêmement développés, eux aussi.

Quant à sa nationalité, il y avait un bon moment que chacun était fixé.

Le capitaine de la goélette pensa un instant à virer de bord et à évoluer en gardant de l'avance sur son poursuivant, jusqu'à la nuit, où il reprendrait sa direction première.

S'ils avaient été dans l'Océan, il n'aurait pas hésité à le faire, mais sur cette mer resserrée, il ne fallait pas y songer.

Le brick, se voyant sur le point de manquer la proie convoitée, tirerait certainement du canon.

Aussitôt, lougres, tartanes, galiottes sortiraient des autres ports où ils étaient embusqués et fondraient sur la goélette.

Il valait mieux engager franchement la partie avec le brick, quoiqu'il fût certainement plus fortement armé.

Le Pas de Calais n'était pas loin.

Et c'était toujours là l'objectif du capitaine français.

Lord Mercy était monté sur le pont en apprenant qu'ils étaient signalés et poursuivis.

Il l'avait promis ; il serait parmi les marins, le moment de l'action arrivé...

Maintenant, les navires étaient si peu distants l'un de l'autre qu'on remarquait distinctement que les sabords de l'Anglais étaient ouverts, montrant la gueule de ses canons.

— Ils ont six pièces de notre côté, soit douze en tout, sans compter celles qu'ils peuvent encore posséder en batterie sur les gaillards, — observa le pilote de la goélette.

Il se tourna vers ses gars qui, instinctivement, s'étaient rangés derrière les pièces qu'ils devaient servir.

— Stewart Bolton, s'étant avancé, eut une exclamation de surprise.

— Allons, enfants, il va falloir viser juste. Êtes-vous prêts?
Un oui guttural lui répondit :
— Bien, attendez.
Et, obliquant vers les côtes de France, supputant le chemin qu'il lui restait à franchir pour brûler la politesse au brick, en lui-même, il pensa :

— Si nous pouvions passer, cela vaudrait mieux encore.

Il mesura, d'un regard d'expert, sa voilure et celle du bateau anglais.

A ce moment, un nuage blanc parut sur le flanc du brick.

— Ça y est ! — murmura le pilote en serrant la barre plus nerveusement.

Et son œil s'attacha avec inquiétude sur la mâture pour voir si le boulet allait causer des avaries.

Une détonation sourde avait suivi l'apparition de la fumée, et presque aussitôt une colonne d'eau jaillit à une dizaine de mètres en arrière.

— C'est un coup de semence, — prononça le capitaine français, — Larguez l'écoute du hunier et les focs, à brasser carré tout le reste. Et que le vent nous emporte !

Tout son monde s'était mis à la manœuvre, comprenant l'intention du chef.

Son bateau était léger, il avait charge d'âmes et son devoir était de tout faire dans les limites de l'honneur pour éviter le combat.

Et à ce point de vue tout n'était pas désespéré encore.

On le comprit sans doute à bord du vaisseau anglais, car un nouveau coup de canon retentit.

Et un boulet passa en sifflant au-dessus de la goélette, effleurant la pomme même du mât d'artimon qu'on sentit trembler.

— Cette fois, c'est bien pour de bon, — fit le capitaine.

Son œil fixa ses canonniers revenus à leurs pièces après avoir prêté la main à leurs camarades pour activer la manœuvre.

— Ils en veulent au gréement. Allons, mes fils, il faut leur répondre de même. Ne vous pressez pas, visez bien et : feu !

Une des deux coulevrines de bâbord souleva lentement son long cou de bronze, ayant l'air de chercher sa proie, un éclair jaillit de sa gueule par un grondement rauque.

Et la goélette continua d'avancer, les servants de la seconde pièce attendant d'être sortis de la fumée pour juger du coup.

— Trop court ! signala l'homme resté de vigie à l'avant.

— On va rallonger, — grommela le second pointeur.

Et la seconde pièce fit feu, tandis que l'on rechargeait la première.

On vit alors éclater des boiseries sur le flanc du brick.

Un hourrah retentit à bord de la goélette. Le coup avait bien porté.

Un grondement de colère lui avait répondu sur le pont de l'Anglais.

La barque française refusait de se laisser molester plus longtemps. C'était le combat.

Et quatre ou cinq traits de feu partirent du brick afin d'écraser la goélette sous la grêle des boulets.

Un des focs sauta, arraché par un des projectiles et le matelot debout à côté chancela sous le vent.

— Visez dans sa voilure!... — rugit le capitaine. — Les pièces de tribord par ici. Feu vite, tous!

L'avarie qui venait de lui être faite ne ralentissait pas sensiblement son allure. Mais qu'un autre boulet lui fit autant de dommage, et son bateau ne serait plus qu'une tortue incapable de se soustraire aux serres de son puissant ennemi.

Artilleurs et gabiers, tout le monde s'était attelé aux affûts des pièces du tribord inutiles et muettes pour le moment.

Wilkie, un levier de marine, un anspect à la main, travaillait pour deux.

Durant ce temps, les deux pièces déjà engagées continuaient le feu.

Sur le navire au pavillon anglais une vergue craqua et s'abattit avec un bruit sinistre, rétablissant les chances.

Chances pour la course, mais non pour la lutte, car le brick avait une artillerie trois fois plus nombreuse.

Il est vrai que la chute de la vergue avait fait des victimes, mis hors de combat plusieurs hommes de son équipage.

Il lui en restait encore cinq ou six fois plus qu'il n'y en avait sur le bateau français.

Heureusement que le capitaine de la goélette était un de ces fins marins comme notre marine en compte plus qu'on ne croit.

Chaque fois que la fumée signalait une bordée lancée par le brick, la goélette évoluait sous la main toujours fixée à la barre, et les boulets ne rencontraient que le vide.

Les quatre pièces rangées enfin côte à côte, une vraie bataille commença alors.

Un boulet anglais s'écrasa sur le bastingage et des ferrailles, des débris de bois blessèrent un matelot et vinrent tomber aux pieds de lord Mercy.

Le pilote s'en aperçut.

— Descendez dans votre cabine, monseigneur, — supplia-t-il. — Il y a trop de danger pour vous à rester ici.

— Je vous ai promis d'être au milieu de vous en cas de péril, — répondit l'illustre vieillard. — Lord Mercy n'a pas deux paroles.

Et il demeura à la même place, ses regards attristés attachés sur le vaisseau où flottait le drapeau de son pays.

En même temps, il montrait de la main le servant blessé et qui n'avait pas quitté son poste.

Lorsque ceux qui combattaient pour lui faisaient preuve d'une telle ténacité lui irait se cacher dans les flancs du navire ? C'était peu le connaître !

Il souffrait atrocement de cette lutte dont il était la cause en quelque sorte, la sentant, la trouvant presque sacrilège.

Il aurait reçu avec une joie amère une blessure qui, venant de la part de ses compatriotes, aurait diminué une part de la responsabilité qu'il s'attribuait.

Et pourtant ce n'étaient pas les marins français qui avaient tiré les premiers.

Par moments, il avait envie d'ordonner au capitaine de la goélette de faire cesser le feu.

Il se rendrait prisonnier, et cette lutte cesserait, lutte dans laquelle, lui, Anglais, faisait tirer en quelque sorte sur des Anglais.

Mais il connaissait les coutumes rigoureuses de ces temps ; les marins du brick, exaspérés par les pertes qu'ils avaient dû subir, seraient capables d'infliger des traitements barbares à l'équipage français.

Si même, afin de faire un exemple, ils ne pendaient pas au bout d'une vergue le capitaine de la goélette !

Et, les mains crispées, lord Mercy sentait des larmes monter à ses yeux devant son impuissance.

La canonnade à présent faisait rage, les canonniers français tirant avec leur haine instinctive du nom anglais.

La goélette était moins bien armée, mais elle offrait aussi un but plus réduit.

Et la plupart des boulets ennemis passaient autour d'elle sans l'atteindre, tandis que presque chacun de ses coups portait.

Ses voiles étaient, il est vrai, dans un assez triste état, mais il en était de même sur le brick.

— Camarades, — lança le capitaine du navire français, — une bordée suprême à raser le pont de ce vieux chaland, faucher sa mâture.

Et s'adressant à ses gabiers :

— Attention, vous autres, à mon coup de sifflet, tous dans les mâts à border en fortune la voile de hune et la brigantine de rechange.

Les matelots et canonniers avaient compris.

Le capitaine allait essayer d'arrêter la marche du brick, tandis que la goélette, parant de nouvelles voiles, se jetterait d'un coup hors de portée des pièces ennemies.

Les quatre coulevrines, inondées d'eau pour se refroidir, furent bourrées à nouveau, pointées avec soin.

— Allez-y ! — lança le chef. — Je tiens la barre.

Par un coup de métier assez difficile et dans lequel il excellait, il retint pendant près d'une minute la goélette inclinée, dans le même sens, immobile contre le roulis.

Les pointeurs vérifièrent rapidement la mire.

Les « lumières » laissèrent fuser leur flamme courte, et les quatre coups partirent dans une rafale.

Les gabiers avaient couru dans l'entrepont chercher les voiles de rechange et étaient revenus.

Ils n'attendaient que ce moment.

Le couteau ouvert entre les dents, les pieds nus pour être plus agiles, ils s'élancèrent ensemble dans les mâts, allant accomplir l'ordre dont ils reconnaissaient l'importance.

Les quatre boulets arrivaient à cet instant comme une raie de fer foudroyante sur le bateau anglais.

Ils frappèrent ensemble, sur la même ligne, à moins de deux mètres de distance les uns des autres, détruisant tout dans cette énorme force d'impulsion multipliée par leur nombre.

Le bastingage éventré sauta; un des mâts, entamé, ploya en craquant.

Le subrécargue qui commandait le croiseur eut une malédiction.

Cette maudite goélette, fine comme un oiseau de mer, était donc montée par des créatures de l'enfer qu'elle le tenait ainsi en échec?

Avec des insultes pour ses artilleurs qui n'avaient pas su la réduire, la couler encore, il commanda de la cribler, de l'inonder de boulets.

Mais tandis qu'il se livrait à sa colère, qu'il donnait les commandements, les gabiers, sur l'autre bateau, remplaçaient succinctement les principales voiles déchirées par les projectiles.

Le vent, rencontrant des toiles neuves, les gonfla aussitôt.

Et l'avant de la nef recommença à soulever le flot.

— Tirez donc! Mais tirez, chiens galeux! — éructa le subrécargue. — Ils vont nous échapper!

Un coup partit, pas même visé, les autres canonniers étant encore en train de charger.

Le capitaine de la goélette se sentant du vent à son gré, tandis que son adversaire était à peu près immobilisé, changea alors de tactique.

D'un brusque coup de barre, il mit le cap sur la France, présentant l'arrière, s'éloignant à une vitesse de dix nœuds à l'heure du brick à demi paralysé.

Celui-ci lui envoyait à ce moment sa décharge.

Mais le bateau qui portait lord Mercy avait déjà fait une centaine de mètres.

Les boulets s'essaimèrent derrière lui, inoffensifs.

Il continua ainsi durant plusieurs centaines de mètres encore, les gabiers continuant à renouveler les toiles dégradées, et les canonniers bourrant de nouveau leurs pièces.

Wilkie travaillait comme un vrai marin.

Lorsque le capitaine jugea qu'il avait gagné assez de terrain, il remit le cap à l'ouest, sur le détroit, et franchement, audacieusement, vint passer même devant le brick à la distance qu'il avait gagnée.

Il risquait de recevoir sa bordée; mais après c'était l'espace, c'était la liberté.

— Morts ou libres ! — lança-t-il.

Le subrécargue qui le guettait eut un éclair de joie féroce.

Il allait venger d'un seul coup tout son insuccès.

Mais le capitaine français avait donné des ordres.

Les canons étaient chargés, pointés, les artilleurs, la mèche allumée, cachés derrière eux.

Un marin, monté de nouveau en vigie, le prévint que les Anglais étaient en train de pointer.

C'était le moment attendu par le capitaine de la goélette.

— Feu! — ordonna-t-il d'un ton bref et sonore.

Les quatre coulevrines partirent ensemble de nouveau.

Et leurs boulets arrivèrent sur les sabords anglais, bouleversant, broyant tout, hommes et choses dans la batterie.

Des rauquements de colère et des râles d'agonie répondirent à cette salve terrible, inattendue.

Et la goélette, ayant l'espace devant elle, se relevant fièrement à la lame, comme si elle avait conscience de son triomphe, s'éloigna allègre et rapide malgré ses blessures véritablement glorieuses après un combat aussi inégal...

Aucun obstacle ne se trouvait plus devant elle.

Et elle aborda, franchit bientôt le Pas de Calais après lequel elle allait pouvoir voguer libre et tranquille sur la large mer qui baigne les côtes de l'Écosse.

CXLI

PRIS !

E navire qui emportait lord Mercy vers l'Écosse avait besoin de ne plus rencontrer d'empêchement ; il avait besoin de trouver des vents favorables pour que lord Mercy pût revoir sa fille et oublier les épreuves du passé dans une nouvelle vie.

C'est que si le but du voyage de l'illustre vieillard était Édimbourg, et, après la capitale de l'Écosse, le manoir de Claymore, c'était également celui d'un autre voyageur.

Le nom de ce dernier ?... Stewart Bolton.

Le misérable qui, pendant plusieurs jours, s'était traîné à travers les montagnes mourant de faim et de misère, redevenu arrogant et fier après son séjour au camp anglais, avait repris sa marche vers le nord, entouré des cavaliers d'escorte qu'on lui avait donnés.

Deux ou trois jours de voyage seulement et il retombait dans Édimbourg, d'où il s'abattrait comme un oiseau de proie sur le logis où les descendants d'Avenel avait trouvé un abri.

Et, cette fois, les précautions étaient tellement bien combinées dans son esprit, que ce serait la ruine, la mort, le feu, l'extermination finale après laquelle il pourrait se reposer, repu et satisfait.

Oui, le pilote qui tenait la barre de la nef sur laquelle se trouvait lord Mercy avait besoin de gouverner au plus près !...

Stewart Bolton parti du camp anglais sous l'égide des soldats chargés de le protéger avait cheminé durant tout le premier jour sans presque s'arrêter.

On n'avait pas emprunté la route ordinaire : on aurait risqué de rencontrer quelques coureurs écossais.

Mettant à profit les anciens renseignements qu'il possédait et ceux qui lui avaient été fournis au camp, l'espion allait à travers les forêts dont la longue bande s'étendait jusqu'à Édimbourg.

Le trajet était un peu plus long, mais il était plus sûr.

Le soir venu, on campa sur un étroit plateau.

Stewart Bolton comptait repartir peu après le lever du soleil.

Son intention était d'aborder les lignes écossaises à la tombée de la nuit.

Il avait assez étudié, assez pratiqué ce terrain pour ne conserver aucun doute à ce sujet.

La région dans laquelle il se trouvait était peu surveillée, n'étant pas favorable aux mouvements d'une armée, et il espérait gagner la capitale sans être aperçu, grâce à l'obscurité et à l'épaisseur des fourrés.

Enveloppé d'un plaid écossais, — fruit de quelque pillage, — qu'on lui avait donné au camp, il dormit tranquillement sous la garde d'une sentinelle durant cette nuit passée en plein air.

C'était comme lorsqu'il errait dans les montagnes, quelques jours avant, mais dans d'autres conditions.

Des soldats veillaient sur son sommeil et il n'avait plus à redouter ni Christie de Clinthill ni personne.

Quant à avoir des cauchemars, sa conscience était blasée depuis longtemps sur ses crimes qui lui apparaissaient comme des opérations naturelles.

Et habitué à coucher sur la dure, à la suite des derniers événements, il reposait avec un véritable bien-être après les angoisses de tant de nuits passées dans l'épouvante, dans l'appréhension du châtiment.

Lorsque le jour le réveilla, il s'étira, puis se mit debout, marchant de long en large pour dégourdir ses membres, tandis que, après un repas sommaire, les soldats se préparaient pour le départ.

Stewart Bolton, s'étant avancé jusqu'à l'extrémité du plateau, où l'on avait campé, eut une haletée de surprise.

Il venait de voir luire des armes et des cuirasses dans une éclaircie.

Alors, une rumeur qui avait déjà frappé ses oreilles mais à laquelle il ne s'était pas arrêté parvint nettement jusqu'à lui.

C'était un froissement long et continu de branchages.

Il avait cru au passage du vent dans les arbres; et il se rendait compte à présent que ce bruit était produit par la marche encore éloignée d'une troupe nombreuse sous les bois.

Était-ce un des détachements partis la veille du camp anglais?

Mais aucun d'eux n'avait été envoyé dans cette direction, puisque l'ancien intendant ayant jugé habile de fournir des renseignements fantaisistes au général, afin de se donner de l'importance, lui avait indiqué les ennemis comme évoluant dans le sud.

— Qui serait-ce donc? — murmura l'espion.

Une bannière qui flotta un moment à un endroit découvert lui fit pousser cette exclamation :

Il indiqua deux points de l'espace...

— Les Écossais !...

Et il demeura une minute à la même place, anéanti.

Les soldats de Marie Stuart, las de se tenir sur la défensive et de repousser les attaques des envahisseurs, se décidaient donc à attaquer à leur tour ?

Cheminant à travers les forêts, afin de masquer leurs mouvements, ils

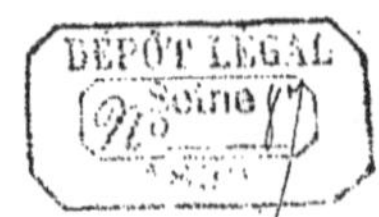

s'avançaient probablement vers le camp anglais afin de le surprendre.

L'agent secret ne songea même pas une minute à la situation terrible dans laquelle allait se trouver le général à la crédule générosité de qui il devait tant.

Celui-ci, ayant dégarni ses lignes de défense de tout les détachements envoyés au loin dans la montagne sur les avis mensongers de son hôte d'une nuit, serait certainement écrasé et tué peut-être lui-même.

Stewart Bolton s'en souciait vraiment!... Il ne songeait qu'à lui.

Il fallait disparaître au plus vite.

Mais par où gagner maintenant Édimbourg ?

Aller prendre la route ? D'autres troupes devaient s'avancer par là aussi, et son escorte au lieu d'être une protection, ne deviendrait plus qu'un danger, puisqu'elle le ferait considérer comme un ennemi par les soldats de Marie Stuart.

Le plus pressé était de disparaître : pour le reste, il aviserait ensuite.

Il fit volte-face pour rejoindre ses cavaliers et donner le signal immédiat de la retraite.

Mais il eut à traverser un espace découvert.

Il se trouvait sur une éminence, par conséquent tout à fait en vue : un des éclaireurs écossais l'aperçut.

Et des cris s'élevèrent, indistincts à cause de l'éloignement, mais sans que l'espion pût se méprendre sur leur signification.

C'était l'ordre de ne pas s'éloigner, de s'avancer même.

Stewart Bolton étudia rapidement l'étendue.

Il discerna alors d'autres scintillements d'armures en arrière, du côté même du chemin qu'il avait suivi pour venir du camp anglais jusqu'à l'endroit où il était.

S'il refusait d'obtempérer aux injonctions qu'il continuait à entendre plus véhémentes, on lui couperait donc la retraite.

Et pris en compagnie des soldats anglais le résultat était facile à prévoir.

Ou bien il serait traité comme un espion et exécuté sur l'heure, ou bien il serait ligotté et conduit à Édimbourg.

En ce cas, il n'avait que trop lieu d'appréhender ce qui s'ensuivrait.

Une flèche coupa l'air et vint tomber à peu de distance, accentuant l'ordre donné.

Cette fois-ci, il devenait absolument impossible à l'ancien intendant de se méprendre.

Les exigences impérieuses de la situation apparurent alors nettement à son esprit.

Il fallait avant tout qu'on ne le vît pas en compagnie des soldats anglais chargés de l'accompagner.

Dépliant son plaid comme un drapeau, il l'agita fortement.

Puis, supposant que les Écossais avaient dû prendre cela comme un signe d'amitié, il en profita pour se rejeter en arrière, caché par des buissons, et courut vers ses cavaliers.

Ceux-ci, placés en retrait, avaient entendu eux aussi des éclats de voix, et leur chef s'avançait, inquiet, du côté de Stewart Bolton.

— En selle, vite! — lui jeta l'espion. — Regagnez le camp au galop. Emmenez aussi mon cheval. Voici l'ennemi ici et là.

Et il indiqua deux points de l'espace assez éloignés l'un de l'autre.

— Mais vous, messire?...

— Moi, qu'importe! Obéissez à l'instant même. C'est mon ordre!...

Le général avait placé les cavaliers sous son autorité : sa voix était âpre, violente.

Il désignait encore les deux points de l'horizon où apparaissaient les têtes des colonnes de l'armée écossaise, de façon que les cavaliers eussent le moyen de se dérober.

Il était indispensable en effet que ces derniers ne vinssent pas à être faits prisonniers pour que Bolton pût mettre à exécution le plan jailli à son cerveau.

— Partez vite! — reprit-il d'un accent âpre.

Le chef de l'escouade sentit le vent de la mort passer à son oreille à cet accent haletant.

Il songea qu'ils étaient à peine une poignée d'hommes, et que la situation devait être effrayante pour justifier l'émoi de l'espion.

Et revenant précipitamment sur ses pas, il se rua au milieu de ses compagnons, et bondit sur ses étriers en disant :

— A cheval! à cheval!...

La vie militaire est une vie d'alertes.

Les autres cavaliers comprirent que l'émotion de leur camarade devait être gravement justifiée pour être aussi vive.

Détacher leurs montures et les enfourcher ne dura pas pour eux plus que ne dure l'éclair qui paraît et qui meurt.

L'un d'eux eut pourtant une lueur de réflexion :

— Et le voyageur? — fit-il.

— Prends aussi son cheval et file! — réitéra le chef de l'escouade. — Le voyageur reste.

Celui que l'on venait de désigner sous le nom de voyageur, c'était l'ancien intendant, c'était l'espion.

Le soldat qui venait de songer à lui fut persuadé qu'il était tombé dans un guet-apens, et que le même sort les attendait tous s'ils demeuraient plus longtemps.

D'une secousse brusque, il cassa les guides qui retenaient le cheval de Stewart Bolton attaché, et voulut l'entraîner.

Les camarades galopaient déjà en avant.

Mais l'animal saisi brusquement ainsi renâcla.

Le cavalier eut un juron : cette bête allait-elle le faire massacrer?

Il tira sa dague, lâcha les rênes du cheval de Stewart Bolton et lui planta la pointe de sa lame dans la croupe.

L'animal eut un hennissement de douleur, son poil se hérissa, et dans une détente brusque de ses jarrets, il sauta par-dessus un buisson.

Et voyant les chevaux du reste du peloton galoper devant lui, il s'élança, par des bonds fous, après eux, reniflant l'air de ses naseaux ouverts dans un restant d'épouvante.

Le cavalier mit ses éperons dans le flanc de sa propre monture, et suivit la horde qui le devançait, regardant derrière lui dans l'effroi de voir surgir des poursuivants.

Des objets de campement, des provisions restaient abandonnés sur le terrain.

Stewart Bolton, surgi à ce moment, le constata.

— C'est parfait! — murmura-t-il.

Il déchira ses vêtements à deux ou trois endroits, arracha les aiguillettes qui le retenaient croisé sur sa poitrine.

Et il se précipita vers l'endroit où les coureurs écossais l'avaient aperçu, agitant son plaid avec frénésie, en faisant des signaux d'appel.

Une vingtaine d'entre eux foncèrent de son côté, l'épée en avant, incertains si ce n'était pas un guet-apens qui les attendait.

Stewart Bolton franchit la moitié de la distance qui les séparait, les mains tendues.

— Sauvé! — criait-il. — Vous m'avez sauvé!

Et il se jeta dans les bras du premier qui se trouvait devant lui, avec les marques de la plus véhémente effusion.

Et tandis que quelques-uns l'entouraient, tant pour s'assurer de sa personne que pour l'écouter, d'autres poursuivaient leur pointe et arrivaient à l'endroit où restaient les traces indéniables du campement nocturne.

— Oh! les brigands!... — haletait Stewart Bolton durant ce temps, — les maléficiés!... Ils voulaient continuer à m'emmener avec eux afin de m'occire une fois arrivé à leur camp, ainsi qu'ils me l'avaient promis.

Et il expliquait avec abondance, avec volubilité que des batteurs d'estrade anglais l'avaient aperçu tandis qu'il allait vendre des pelleteries, des fourrures dans les provinces du sud, et qu'ils s'étaient emparés de lui.

— Les bandits, les sacrilèges! — émettait-il en des poussées de voix incohérentes, — ils m'ont dépouillé de tout... de tout!...

Le gros des coureurs s'approchait à ce moment de lui.

Un chef perça leurs rangs, et frappa sur l'épaule de Stewart Bolton.

— D'où es-tu, l'homme, d'Écosse ou d'Angleterre?

— Moi, d'Angleterre? Ah!... sire capitaine, me traiter ainsi? Je suis d'Écosse; je suis un fidèle sujet des Stuart, de glorieuse race, et de notre si bonne et si gracieuse reine qui m'a même fait acheter une de mes fourrures un jour qu'elle me voyait de sa fenêtre stationné devant son palais, sans que personne me fît emplette. Ah! que Dieu extermine ces chiens-loups d'Anglais!...

L'officier interrompit sa litanie d'anathèmes.

— Leurs coureurs t'avaient fait prisonnier, — dis-tu. — De quel côté se sont-ils enfuis?

— Par là, messire, autant que j'ai pu en juger.

Et le traître indiqua une direction autre que celle prise par les cavaliers.

Il ne tenait pas à ce qu'ils fussent rejoints, à ce que l'un d'eux seulement vînt à tomber entre les mains de ces Écossais survenus si mal à propos.

Les Anglais capturés n'auraient pas manqué en effet de le reconnaître.

Et le conte qu'il était en train de débiter n'aurait plus servi à rien autre qu'à le faire condamner sans doute séance tenante.

Et, recommençant ses jérémiades, il reprit :

— Les coquins voulaient m'entraîner avec eux. Mais je me suis débattu ; leur terreur m'avisait que j'allais avoir bientôt aide et secours. Je m'étais même échappé une fois, ils m'ont repris. Mais ils avaient plus envie de prendre le large que d'en découdre, ce qui était autrement dangereux que de molester un pauvre commerçant. Et j'ai pu sauter à terre au moment où l'un d'eux me tenait sur son cheval.

L'officier ne l'écoutait plus.

Ayant commandé d'un mot de ne pas perdre de vue le prétendu marchand de fourrures, il rassembla le plus grand nombre des hommes qui se trouvaient à sa portée.

Et il partit en courant dans la direction indiquée.

Il s'agissait de rejoindre si possible les batteurs d'estrade signalés et de leur faire des prisonniers.

Ceux-ci, interrogés avec les procédés sommaires en usage à cette époque, feraient connaître où se trouvait exactement le camp anglais et la position de ses lignes.

On l'avertit à ce moment qu'on avait découvert les indices visibles d'un campement et quelques vivres à l'endroit désigné par l'homme qui disait avoir été capturé par les ennemis.

C'était la preuve que celui-ci ne mentait donc pas.

Et l'officier écossais lança avec plus de confiance ses hommes dans la direction indiquée par Stewart Bolton.

Durant ce temps, les cavaliers anglais gagnaient de l'avance et quand les Écossais les aperçurent du sommet d'un mamelon, il était trop tard pour les rejoindre.

Stewart Bolton avait échappé au péril immédiat d'être pris en même temps qu'eux et de voir, en ce cas, terminer ses jours criminels au moment où il allait mettre fin à la longue lutte engagée ténébreusement contre la race d'Avenel, par la destruction implacable du manoir de Claymore et de ses habitants.

Mais il se trouvait au pouvoir des soldats de Marie Stuart.

Et celui qui les commandait en chef n'était autre que Walter d'Avenel.

Si le chevalier de la reine se trouvait parmi les troupes dont l'avant-garde venait de faire l'ancien intendant prisonnier, et si celui-ci était conduit au chevalier de la reine pour être interrogé, le guerrier le reconnaîtrait sûrement.

De la sueur perlait aux tempes du misérable en y songeant.

Allait-il éviter cette redoutable confrontation et relâché enfin par les Écossais, allait-il être laissé en état d'accomplir le dernier de ses forfaits? — ou le châtiment allait-il frapper enfin cette tête si lourdement coupable, confirmant une fois de plus la foi des descendants d'Avenel dans la légende tutélaire de la Dame Blanche?

CXLII

MAITRE FOURBE

E chevalier d'Avenel avait réalisé le miracle d'arrêter la marche en avant des Anglais, — et des infâmes traîtres vendus à leur cause, — tandis que l'armée écossaise se reconstituait en arrière de ses lignes.

Il lui avait fallu payer sans compter de sa personne pour arriver à ce résultat.

Mais on aurait dit qu'un charme mystérieux arrêtait les flèches et les épées contre sa cuirasse.

Les soldats, instruits par les vassaux des clans d'Avenel et de Melrose qui formaient comme le noyau de ses troupes, disaient que la Dame Blanche le protégeait.

Certains même affirmaient qu'un jour où Walter d'Avenel, isolé de ses défenseurs et accablé d'ennemis, était près de succomber, une femme aux longs voiles blancs était apparue dans les airs et comme d'un souffle avait repoussé, renversé les adversaires du guerrier écossais.

Quoi qu'il en fût de ces récits, Marie Stuart pouvait actuellement dormir dans le palais de ses ancêtres, sans les angoisses qui avaient si fort troublé son âme à un moment.

L'heure avait passé où elle se demandait à quel endroit elle reposerait sa tête le lendemain.

Et dans la capitale rivale, à Londres, la sombre Élisabeth, le sourcil contracté, se demandait s'il n'allait pas lui falloir renoncer à ses rêves de domination sanglante, et ramener en Anglerre ses troupes, qu'elle croyait sentir par moments nécessaires pour maintenir son trône.

Walter d'Avenel avait compris que l'époque était arrivée où il ne suffisait plus de disputer, pied à pied, aux envahisseurs, le sol de la patrie..

La digue humaine qu'il commandait avait accompli sa première tâche.

Le flot des envahisseurs s'était brisé contre elle.

Il restait maintenant aux soldats d'Écosse à accomplir la seconde partie de leur mission.

C'était de libérer, de nettoyer la terre natale du contact impur qui la souillait.

Les forces anglaises étaient divisées en deux armées principales, celle qu'il tenait en échec et les autres, rassemblées non loin de la route d'Édimbourg en Angleterre et qui isolait la capitale des provinces du Sud, — au camp où Stewart Bolton avait, à deux reprises, trouvé un refuge.

Le chevalier d'Avenel résolut de briser d'abord cette dernière position.

Ce résultat obtenu, les relations rétablies entre la capitale et les extrémités du royaume, il pourrait alors faire plus encore.

Un soir que Mac Sweeny, le vieux et fidèle capitaine des gardes de Marie Stuart, rentrait d'une longue reconnaissance, opérée dans le but de constater la situation des ennemis, il l'appela dans sa tente.

Et ils demeurèrent seuls.

Le vieux capitaine des gardes, retourné à l'armée avec les nouveaux régiments qu'il était allé former, et investi du titre de général par la reine d'Écosse, était son second.

Les deux guerriers savaient qu'ils pouvaient compter aveuglément l'un sur l'autre.

Là, sous sa tente, qu'éclairait une torche de résine, Walter d'Avenel étala les cartes et les plans de la contrée dans laquelle ils combattaient.

Cartes rudimentaires comme on les dessinait alors.

Il montra à l'intrépide Mac Sweeny l'emplacement du second camp anglais, le moins fourni de troupes il est vrai, mais celui qui, coupant en quelque sorte le royaume en deux tronçons et menaçant sans cesse la capitale, neutralisait les efforts de l'armée écossaise.

Napoléon, petit officier d'artillerie, désignant un simple rocher, devait dire un jour :

— Voilà Toulon.

Walter d'Avenel, posant le doigt sur le coin de la carte où se trouvait désigné le second camp anglais, prononça :

— Voilà l'ennemi.

Et il développa sa pensée.

Il fallait aller attaquer les défenseurs du camp ; il fallait les obliger à abandonner ces lignes.

Et alors n'ayant plus comme une menace perpétuelle ces adversaires qui pouvaient prendre l'armée écossaise à revers ou envahir brusquement la capitale, il ne resterait plus qu'à culbuter ceux qu'ils avaient actuellement en face d'eux.

Et les forces nationales, victorieuses, chasseraient alors vers la mer, tous ensemble, les envahisseurs qu'elle avait vomis et les traîtres plus haïssables qu'eux encore et dont il fallait aussi libérer la patrie.

— Voilà l'ennemi !

— Oui, l'œuvre est belle ! — avait prononcé Mac Sweeny après avoir écouté Walter d'Avenel avec émotion.

— Eh bien ! cette œuvre, général, c'est vous qui allez l'accomplir.

Et le chevalier de la reine compléta sa pensée.

Mac Sweeny allait quitter le camp avec la moitié de l'armée écossaise ; et ce serait lui qui aurait la gloire et le péril d'aller attaquer dans l'autre camp, les ennemis dont ils venaient de parler.

Liv. 290. — H. GEFFROY, édit. — Reproduction interdite.   290

Il partirait de nuit afin de dérober le plus possible ses mouvements aux éclaireurs et aux espions anglais.

— Quant à moi, — déclara le chevalier d'Avenel. — je demeurerai ici avec le restant de nos forces afin d'empêcher lord Rosberg et ses alliés d'inquiéter votre marche s'ils s'en aperçoivent.

Son sourire était calme et résigné en faisant cette déclaration : la tâche qu'il se réservait était la plus périlleuse, si elle ne devait pas être la plus glorieuse.

Sans rien laisser percer de ses intentions, le digne descendant des anciens guerriers d'Avenel avait fait charger, durant le jour, des chariots de vivres.

Il avait fait également opérer certains changements de position dans les troupes qu'il avait sous ses ordres.

Mac Sweeny absent tout le jour ignorait ces préparatifs, réalisés du reste sans précipitation, afin de n'être point remarqués.

Dans son impatience, il s'écria :

— Partir de suite! en finir demain, plutôt que le jour suivant. Chevalier après ce que vous m'avez dit, je me sens tout rajeuni, et je me mettrai en route dès l'aube.

— Vous le pouvez cette nuit-même, — repartit d'une voix tranquille et assurée le chevalier d'Avenel, — car vous avez raison, mieux vaut aujourd'hui que demain. Lorsque les destinées d'une nation sont en jeu, les heures comptent triple!

Et il apprit au vieux soldat ce qu'il avait fait, lui annonçant que les troupes n'attendaient plus que leur chef.

Mac Sweeny lui tendit ses mains loyales.

Et serrant fortement celles que l'époux de Marie de Melrose lui avait abandonnées, il lui dit :

— Demain Mac Sweeny aura cessé de vivre ou l'armée anglaise que je vais attaquer sera en retraite.

— Dieu vous ramène! — répondit Walter.

Les deux généraux sortirent alors de la tente.

Les officiers furent réveillés sans bruit : ils reçurent l'ordre de faire mettre leurs hommes sous les armes.

Tout cela sans tumulte, sans allumer de torches, sans autre lumière que celle des feux de bivouac qui brûlaient, entretenus par les soldats de garde.

Les bœufs trapus qui ruminaient lourdement furent remis sous le joug, et les chariots partirent les premiers, prenant à travers une plaine de sable où leurs roues devaient éviter les cahots.

Puis l'armée de Mac Sweeny s'ébranla, défilant régiment par régiment, afin que la masse humaine mise en marche ne fût pas remarquée par les sentinelles anglaises espacées au lointain.

La plupart des soldats écossais qui demeuraient avec Walter d'Avenel ignoraient eux-mêmes ce qui avait lieu à cette heure.

Pour plus de garantie, les cavaliers conduisaient en effet leurs chevaux par la bride.

Le lendemin, à l'aube, les éclaireurs de Mac Sweeny étaient en pleine forêt, son armée opérant un mouvement convergent afin d'assaillir le camp anglais par deux côtés à la fois.

Et une de leurs légions s'emparait de Stewart Bolton.

Un homme rencontré dans ces bois en compagnie des soldats anglais ; la capture était inestimable : il allait pouvoir fournir des indications précieuses !

Les braves gens ne pouvaient soupçonner à quel traître incorrigible ils avaient affaire : un être qui trahissait tour à tour tous ceux en présence de qui il se trouvait.

Il venait de le prouver une fois de plus en trompant les éclaireurs de Mac Sweeny sur la direction prise par les cavaliers.

Les soldats qui le gardaient l'avaient conduit à l'endroit récemment découvert et où il avait passé la nuit, avec son escorte afin d'obtenir de lui de nouvelles indications.

L'espion avait suivi en tremblant, appréhendant qu'un indice imprévu ne vînt à dénoncer ses mensonges.

Mais le terrain était piétiné partout aux environs par les allées et venues auxquelles on venait de se livrer.

De sorte qu'il était impossible de reconnaître que Stewart Bolton n'avait pas dit la vérité.

De nouveaux détachements partirent seulement sur les nouvelles traces qui venaient d'être signalées, les véritables celles-ci.

Mais les prunelles voilées de l'espion s'étaient allumées d'une lueur ironique en les voyant s'élancer.

Les Écossais pouvaient courir : étant donné l'avance que les cavaliers avaient à ce moment, il était bien tranquille.

Le gros de l'armée approchait, et l'ancien intendant comprenait à cette heure qu'il ne s'agissait plus de la tentative isolée d'enfants perdus, mais d'une véritable attaque contre le camp dans lequel il se trouvait la veille...

A cette constatation, un rire muet tendit ses lèvres minces.

Il admirait réellement la bienveillance du destin à son égard.

S'il avait retardé de quarante-huit heures son arrivée au camp anglais, au lieu d'y trouver le réconfort qui l'avait sauvé au moment où il mourait littéralement de faim, il serait tombé en pleine bataille, si même il n'avait trouvé la bannière au léopard abattue et remplacée par les enseignes écossaises.

Tout aurait donc été changé pour lui dans ce cas.

— Bah! — pensa-t-il après réflexion, — je me présente comme une victime des Anglais.

L'écrasement de ces derniers ne faisait aucun doute pour lui à la suite du départ des nombreuses colonnes envoyées par le commandant du camp dans le sud, sur les faux renseignements qu'il lui avait fournis.

Le misérable n'en éprouvait du reste pas le moindre trouble, pas un regret.

Le commandant du camp l'avait traité avec générosité, mais le traître n'avait plus rien à attendre de lui ; il n'avait donc pas à perdre son temps à le plaindre.

Gardé par une dizaine de soldats, qui se tenaient immobiles autour de lui, une question était au bord de ses lèvres; mais il n'osait la formuler, ayant peur qu'elle n'amenât justement ce qu'il voulait éviter à tout prix.

Si l'armée écossaise tout entière était dans ces parages, le chevalier d'Avenel devait également s'y trouver : c'était là ce qui le préoccupait.

Stewart Bolton n'allait-il pas être mis en sa présence?

Des frissons mortels glaçaient le sang dans ses veines en y songeant.

Il aurait voulu s'informer si le père de Julien faisait partie de cette expédition, mais la crainte le retenait.

Demander si son ancien maître commandait l'armée, c'était peut-être faire naître des soupçons ; pire que cela, ce serait peut-être suggérer la pensée de le conduire auprès du général pour que celui-ci l'interrogeât lui-même.

Oh! dans ce cas, Bolton braverait plutôt une mort immédiate et se ruerait à travers bois, pareil à une bête de ces forêts, pour tenter de se dérober à une telle confrontation.

Incapable de supporter plus longtemps une telle incertitude, il se résolut à la fin à poser cette question redoutable.

D'ailleurs, il venait, pensait-il, de trouver le moyen de le faire sans danger.

Affectant un ton pénétré, il prononça donc ;

— Ah! si l'on pouvait rattraper ces coquins d'Anglais qui m'ont dépouillé de mes marchandises et me les faire restituer!

Et passant de là à un enthousiasme simulé :

— Béni soit le glorieux chevalier de la reine s'il inflige aujourd'hui une nouvelle défaite aux ennemis de l'Écosse !

Un soldat hocha la tête :

— Le chevalier de la reine n'est malheureusement pas avec nous, sans cela on serait bientôt tranquille.

— Mais on se battra vaillamment tout de même, — compléta un autre, — car Mac Sweeny est lui aussi un intrépide général.

Un allègement immense pénétra dans l'âme de l'espion.

L'homme à qui il avait fait tant de mal n'était pas avec l'armée : les puissances infernales protégeaient de nouveau le maudit.

L'officier qu'il avait lancé sur une fausse piste reparut à ce moment, irrité de n'avoir rien trouvé.

— Conduisez cet homme au général, — ordonna-t-il avec rudesse.

Stewart Bolton comprit que l'officier le soupçonnait de tromperie et par conséquent de connivence avec l'ennemi.

Dans ce cas, son sort était facile à prévoir.

D'après les lois de la guerre, c'était la mort.

Ses traits livides se crispèrent douloureusement.

Il s'était trop hâté de se réjouir.

Mais sa confiance en la tortueuse habileté dont il était doué le ranima et, entouré des soldats qui le gardaient, il suivit l'officier qui le conduisait auprès de Mac Sweeny.

CXLIII

LE SAUF-CONDUIT

AC Sweeny suivait un chemin tracé par les forestiers, en compagnie de son état-major.

Une légion de highlanders du clan d'Avenel le précédait.

Les bûcherons aux vêtements de peaux de bêtes, aux armes étranges, effrayantes, les Ouvreurs de Têtes, comme on les nommait, fermaient la marche.

Ils devaient donner l'assaut principal : à eux la gloire et le péril de crever à tout prix les lignes fortifiées du camp à l'endroit le plus difficile!

— Sire capitaine, — lui dit l'officier qui accompagnait Stewart Bolton, en se présentant devant lui, — voici un individu qui se trouvait dans la forêt en compagnie de cavaliers anglais. Il prétend être un inoffensif habitant d'Edimbourg, capturé et pillé par des batteurs d'estrade ennemis.

Le vieux soldat, quoique titulaire du grade de général, continuait à se faire donner seulement son titre de capitaine des gardes.

Il était trop fier de cette fonction dans laquelle il avait pu protéger si efficacement sa souveraine pour y renoncer.

Son regard ouvert et lumineux se posa sur l'espion.

— Avance ! — ordonna-t-il de son accent martial.

L'ancien intendant obéit, cauteleux, obséquieusement incliné.

— Qui es-tu ?

— Monseigneur, je suis un honnête commerçant d'Ecosse, Edward Corfild, bien connu comme marchand de fourrures.

— Un marchand en excursion dans ces forêts où n'existe pas âme qui vive ; voici qui est bien singulier !

— Aussi n'est-ce pas de mon plein gré, messire général, que je m'y trouve.

— Évidemment ce n'est pas de ton gré que tu te trouves au pouvoir des braves gens qui t'ont capturé. Mais avec les Anglais, c'est peut-être une autre chanson.

L'accent du soldat était rude. L'espion pâlit légèrement.

Il repartit pourtant d'un ton plus mielleux, plus insinuant :

— Hélas ! monseigneur n'est-ce pas assez d'avoir perdu les marchandises que ces houspailleurs m'ont dérobées pour que vous me traitiez ainsi ?

Et il tenta d'expliquer qu'il suivait la route lorsqu'il avait été rencontré par un parti de cavaliers anglais.

— Je me rendais dans les provinces du sud où j'espérais écouler à bon compte un stock de fourrures qui me restait. Et d'après la proclamation répandue par les généraux anglais, je croyais n'être pas molesté et arriver jusqu'aux clans du midi où j'eusse sans doute fait de bonnes affaires, les marchands ne poussant guère jusque-là. Mais je vois que j'ai eu bien tort de me fier à leurs promesses et je n'ai que trop éprouvé que tout fidèle Ecossais est un ennemi pour eux.

Il s'exprimait sur une intonation sourde, le regard à terre, craignant de laisser lire son mensonge sur ses traits.

Ce qu'il disait de la proclamation lancée par les généraux de Somerset était cependant exact, Mac Sweeny le reconnaissait.

Mais l'homme ne lui plaisait pas : il lui trouvait quelque chose de louche.

Il s'efforça de repousser cette impression et continua :

— Tu as certainement conversé avec ces houspailleurs, puisqu'ils te conduisaient à leur camp, prétends-tu. A quelle distance en sommes-nous encore? Ils ont dû te donner quelques renseignements, tu les as entendus causer : parle, voyons !

La situation devenait difficile pour l'espion.

Les Écossais étaient capables de le garder, de l'emmener avec eux ; et s'il mentait, sa mauvaise foi étant découverte, la punition serait immédiate...

Il balbutia, protestant que les cavaliers anglais l'avaient traité rigoureusement, lui annonçant seulement qu'ils allaient le conduire au camp afin d'être interrogé par leur chef.

Il sentait peser sur lui le regard profond de Mac Sweeny ; il continuait à fixer le sol.

— Lève donc les yeux ! Je n'aime pas les gens qui ne me regardent pas en face ! — gronda le soldat. — A moins qu'ils ne soient coupables et qu'ils n'aient quelque chose à cacher ?

— Capitaine, ayez pitié... un pauvre marchand !...

Ce mot de « capitaine » lui avait échappé : il plut au guerrier, car il contrastait enfin avec l'accent hypocrite employé jusqu'alors par Stewart Bolton

Et il attribua les manières du lâche gredin à la crainte qu'il devait éprouver, en se voyant traiter en suspect.

— Alors, tu ne sais à peu près rien concernant les ennemis? — dit-il.

— Ah! messire, je suis bon et fervent sujet d'Écosse; et si je savais n'importe quoi!... Des pillards qui m'ont à demi ruiné!...

Il tâcha d'employer tout son art de comédien à prononcer ces mots.

Le général n'avait pas de temps à perdre. Stewart Bolton, malgré sa répugnance à parler, n'avait pu faire moins que de lui indiquer à peu près la direction du camp anglais, confirmant ainsi les renseignements que Mac Sweeny possédait déjà.

Le chef de l'expédition écossaise avait vu là une preuve de bonne foi.

— Où veux-tu aller, maintenant? — interrogea-t-il brièvement.

— Où voulez-vous que j'aille, capitaine, dès l'instant que mes marchandises m'ont été enlevées? Je vais rentrer à Edimbourg d'où je me jure bien de ne plus bouger avant que le pays ne soit purgé de ces bandits, de ces détrousseurs de grand chemin!...

Le capitaine des gardes se mit à rire.

Il voyait bien là le caractère des gens de négoce ayant surtout sympathie ou rancune en raison du mal ou du bien qu'on leur fait.

— Retourne donc à Edimbourg, — dit-il, — puisque c'est ton désir.

Le coquin se sentit revivre.

Il avait eu tellement peur que cet interrogatoire finit mal pour lui!

Il avait réglé sa marche depuis le camp anglais, afin de se présenter à la nuit devant les lignes écossaises à travers lesquelles il espérait bien parvenir à se glisser.

Mais cette dernière partie de son voyage renfermait tout de même une part d'incertitude, de danger.

Par une bonne fortune inespérée, il se trouvait que, étant tombé entre les mains de Marie Stuart, toute complication disparaissait d'elle-même dès l'instant qu'on le relâchait.

Il voulut néanmoins profiter des bonnes dispositions du général.

— Messire, — dit-il, — je ne suis qu'un pauvre homme ignorant des usages de la guerre. Je vous demanderais de me laisser retourner avec ces soldats qui m'ont si heureusement délivré à l'endroit d'où nous venons et qui n'est pas très éloigné de la route d'Edimbourg. Mais ensuite, les capitaines des autres compagnies de votre armée qui y cheminent probablement voudront peut-être m'arrêter aussi. Et après ce qui m'est arrivé, j'ai grande hâte de revoir ceux qui me sont chers.

Le fourbe n'avait pas osé dire « ma femme et mes enfants » de crainte qu'un hasard n'indiquât son mensonge.

Le soldat, rayonnant tout à coup, se redressa en s'appuyant au mur.

Mais ses paroles avaient en somme la même signification.

— Tu voudrais un sauf-conduit. A vrai dire, tu es payé pour craindre la rencontre des gens d'armes. Tiens, prends donc ceci · tu le remettras au capitaine de la porte d'Édimbourg, au moment où tu rentreras dans la ville.

Et de sa main, plus experte à manier l'épée que la plume, il traça ces mots sur une feuille de ses tablettes :

— Laissez passer le nommé Corfild, sujet de Sa Majesté.

Il signa, ajouta :

— A remettre au capitaine de la porte du Sud.

Et il tendit le papier au traître qui frémissait intérieurement.

Malgré l'empire que Stewart Bolton possédait sur lui-même, son bras tremblait en le prenant.

Aux yeux du brave guerrier et de ses chevaliers, ce n'était là qu'un indice des émotions par lesquelles ce pauvre diable avait dû passer.

L'espion lut d'un coup d'œil les deux lignes de grosse écriture.

Avec ceci, il pouvait tout.

Les barrières tombaient d'elles-mêmes devant ses pas.

Rencontrerait-il même Christie de Clinthill qu'il n'aurait pas à le craindre pour le moment.

Celui-ci le désignerait en vain aux soldats. Stewart Bolton n'aurait qu'à montrer le sauf-conduit délivré par le général écossais pour être protégé même contre l'écuyer.

Et homme de ressource comme il l'était, il suffisait qu'il évitât le premier danger auquel il était exposé d'abord pour sortir ensuite des autres difficultés qui pourraient se présenter.

Il s'inclina donc avec reconnaissance devant Mac Sweeny, puis se tourna vers les soldats qui l'avaient entouré jusqu'alors.

Le général fit un signe et ceux-ci se dirigèrent de nouveau vers le plateau où ils avaient découvert Stewart Bolton.

Ce dernier marchait avec eux, mais ils ne le surveillaient plus pour l'empêcher de leur fausser compagnie; il était libre.

Le capitaine des gardes de Marie Stuart ne s'occupait même pas de lui, son attention sollicitée tout entière par l'apparition de plusieurs officiers de son avant-garde qui venaient lui faire leurs rapports.

La seule appréhension de l'espion était que l'on ne fût parvenu à capturer quelques-uns des anciens cavaliers de son escorte.

Il comptait en ce cas sur sa présence d'esprit et sur son impénétrabilité, prêt à leur donner un démenti catégorique si ceux-ci avouaient ses relations avec leur chef.

Son regard anxieux cherchait à percer les feuillages pour voir ce qu'il devrait craindre ou espérer.

Il ne respira complètement que lorsque, de retour au campement où il avait passé la nuit, l'officier qui commandait l'escouade, ayant interrogé ceux de ses hommes restés en observation à cet endroit, Stewart Bolton apprit que les cavaliers anglais n'avaient pu être rejoints.

Il avait suffisamment manœuvré dans ce but.

Les éclaireurs, au milieu desquels il se trouvait, avaient pour mission de se relier avec ceux qui flanquaient les troupes envoyées par la route, afin de former à peu près comme une muraille de fer.

L'agent secret continua à les suivre jusqu'à la rencontre des autres troupes d'avant-garde.

Il put alors quitter les premiers.

Il éprouva à ce moment un réel soulagement, ne s'étant pas senti tranquille tant qu'il avait été obligé de rester avec ces hommes dont il ne pouvait pourtant pas se séparer sous peine de s'égarer.

Il montra son laisser-passer au chef de la nouvelle troupe et lui demanda son chemin...

L'officier ne pouvait que s'incliner devant la signature de son général.

Ignorant à quel ennemi venimeux il avait affaire, il indiqua à Stewart Bolton la voie à suivre pour aborder sur la route.

L'espion l'atteignit enfin.

Toutes ces marches et contre-marches lui avaient pris plusieurs heures.

Mais il n'éprouvait aucune fatigue dans son contentement profond.

Grâce au sauf-conduit qu'il avait pu obtenir de Mac Sweeny, tout obstacle avait disparu devant lui.

Et il n'allait pas tarder à rentrer sans encombre dans Édimbourg où il aurait vite tissé la trame du dernier complot où le fer, le sang et le feu le vengeraient de tout, achèveraient tout!

Il était à pied, le trajet était long encore.

Que lui importait? le but seul existait pour lui.

Et il se remit en marche d'un pas allègre et joyeux, car il se disait qu'il portait la mort avec lui!

CXLIV

ROUTE DE MER, ROUTE DE TERRE...

ANDIS que Stewart Bolton regagnait la capitale de l'Écosse, la goélette qui portait lord Mercy, et avec lui Wilkie et sa compagne dévouée, s'en rapprochait aussi, toutes voiles dehors.

La goélette se tenait loin des côtes afin de ne plus rencontrer de navire anglais.

C'est que les braves marins qui la montaient ne possédaient plus de voiles de rechange.

Et le vaillant petit vaisseau avait même reçu quelques rudes éraflures dans le combat soutenu contre le croiseur qui avait essayé de lui barrer la route.

Et le meilleur, maintenant, pour arriver à bon port, et y arriver le plus tôt possible, était de ne pas rechercher plaies et bosses.

Quoique, s'il le fallait, on était prêt tout de même.

Après trois jours de navigation, c'est-à-dire trois jours après avoir reconnu les côtes de la Hollande, le capitaine de la goélette, cessant de naviguer au Nord, se décida à mettre le cap vers l'Ouest.

On devait avoir dépassé la Tweed dont le lit séparait l'Écosse de l'Angleterre...

On se rapprocha prudemment, de manière à pouvoir se replonger aussitôt vers la haute mer, en cas de rencontre fâcheuse.

Le pilote releva bientôt le rocher nommé par les gens du littoral la Tête-de-Femme, à cause d'une vague ressemblance avec une tête humaine aux cheveux relevés sur la nuque.

— Vive Dieu! monseigneur, — annonça-t-il à lord Mercy, — nous avons marché plus vite que je ne le croyais.

Et il ajouta que si rien ne les contrariait, ils coucheraient à Édimbourg le lendemain.

— Demain!... — prononça le noble vieillard en levant au ciel ses mains tremblantes d'espérance.

Le rivage qu'il côtoyait était donc celui de la terre d'Écosse, de la contrée digne de toutes ses bénédictions où sa fille avait trouvé un asile. Comme les heures lui semblaient longues maintenant !

L'ancien surveillant de la Tour de Londres et sa femme, debout à quelques pas, contemplaient le rivage, eux aussi, comprenant quelle devait être l'émotion de leur bienfaiteur d'autrefois, du vieillard si éprouvé auquel ils s'étaient attachés.

Lord Mercy s'approcha d'eux.

— Grâce à vous, cher Wilkie, grâce à vous, bonne et vaillante Annie, je vais donc pouvoir serrer dans mes bras l'enfant que je n'espérais plus revoir !...

Et la voix soudain attristée :

— Grâce aussi au seigneur de Kervien dont nous ignorons le sort depuis que nous nous sommes séparés de lui.

Sa tête blanche resta un moment penchée.

Puis la relevant :

— Aussi, devant tous les imprévus, toutes les surprises de la vie, si près du but que nous soyons, je n'ose me livrer à la confiance.

« Qui sait si, comme le faucon fond sur l'oiseau qui vole paisible dans la nue, quelque navire de guerre anglais croisant audacieusement sur ces rivages, ne va pas fondre sur nous à l'improviste.

Le capitaine qui l'entendit eut un hochement de tête d'une belle tranquillité. Et tapant sur le bordage de son navire :

— Vous avez dû voir, monseigneur, que ma goélette ne se laisse pas prendre facilement. D'ailleurs...

Il montra les criques qui dentelaient la côte :

— D'ailleurs elle ne cale pas tellement d'eau qu'elle ne pourrait à la nécessité se jeter dans un de ces petits havres-là et vous déposer à terre en sûreté, — tandis que mes bonnes couleuvrines recommenceraient à jouer l'air d'une danse dans laquelle elles ont montré leurs qualités.

« Vous pouvez donc être tranquille, monseigneur.

Le langage du marin était rassurant. Lord Mercy avait en outre constaté qu'il pouvait avoir confiance en lui.

La nuit venue, on s'écarta un peu, appuyant davantage au large, et lord Mercy, tourné vers la terre qu'il distinguait à peine, demeura longtemps noyé dans la brume sombre.

La mer sanglotait faiblement en se brisant contre les flancs du navire.

Une étoile se leva au-dessus de l'horizon brillant d'un vif éclat.

Le capitaine la montra au père d'Ellen.

— Voilà Édimbourg, — dit-il.

Édimbourg ! le but de leur voyage, le coin de la terre, — la terre bénie, — où il allait retrouver son enfant !

Le vieillard resta à la contempler jusqu'à ce que, par suite du mouvement giratoire du globe, elle se fût élevée sur l'horizon.

Alors seulement il descendit dans sa cabine.

Mais il ne put dormir.

Il éprouvait l'agitation de l'être qui arrive au but de sa vie...

Il ignorait qu'à cette même heure un autre homme, implacablement résolu, marchait aussi vers ce qu'il voyait être la fin de sa carrière, mais une fin terrible, ne voulant se reposer que sur des ruines.

Lequel, de lord Mercy ou de cet autre homme, le cruel et louche Stewart Bolton arriverait le premier ?

Et qu'importait, d'ailleurs ? Semblable à ces infortunés qui surmontent les plus rudes difficultés pour tomber au dernier moment, le vieillard n'allait-il pas serrer sa fille dans ses bras pour périr dans le désastre...

L'avenir... l'avenir, mystère !

Mais la nef voguait toujours, les astres continuaient leur éternelle course. Et la nuit, plongeant vers un autre hémisphère, le jour nouveau, lentement, se leva.

Le jour ! Le jour enfin !... La terre dont on peut se rapprocher de nouveau... des villages comme attirés par le voisinage de la ville.

Nautoniers, couvrez les mâts de tout ce que vous avez de voiles afin que l'on aborde au port.

Une ville apparaît au loin dans les terres, avec un château puissant sur un rocher... plus près sur le bord de la mer, une autre cité comme le faubourg de la première.

— La première, — annonce le marin, — c'est celle que l'étoile désignait cette nuit, c'est Édimbourg.

Encore quelques heures de navigation...

Soudain, l'ouverture bastionnée d'un port se présente devant la goélette française... A un commandement de son brave capitaine, la plupart des voiles s'abaissent sur le pont.

Obéissant à l'impulsion acquise, le navire franchit la passe. Lord Mercy alors tombe à genoux sur le pont. Annie et Wilkie à côté de lui prient également. Les marins croyants et pieux se signent gravement. Et la voix du capitaine, claire et joyeuse, jette ces mots :

— Gabier, au canot ! porte l'amarre à terre, le navire est au port !

CXLV

HEURE DE JOIE

A PEINE la goélette était-elle amarrée que Wilkie descendit à terre.

Il allait louer un carrosse, un véhicule quelconque, ce qu'il trouverait le plus promptement, et s'informer où se trouvait le manoir de Claymore.

Qui donc, en Écosse, ignorait la retraite que le chevalier d'Avenel avait quittée pour se faire le défenseur de la patrie et dire à l'étranger :

— Tu n'iras pas plus loin !

La lettre d'Ellen à son père, jet d'émotion de l'âme encore toute secouée, avait été trop courte pour donner tous ces détails.

Lord Mercy apprit donc bientôt, de façon à ne plus pouvoir en douter, que l'homme de noble race et de cœur plus noble encore qui avait fait une place à son foyer à son enfant était celui dont, grâce encore au bon Wilkie, il avait sauvé la tête autrefois.

Il apprit qu'il était en même temps le sauveur de sa patrie.

Lord Mercy avait conscience que l'Angleterre n'aurait pas entrepris cette guerre injuste et barbare si lui-même eût encore été le conseiller d'Élisabeth.

Mais il était trop vertueux, et c'est pourquoi cette reine criminelle l'avait brisé.

Quoique gémissant sur les revers d'un pays qu'il aimait malgré tout, il éprouvait une satisfaction invincible à constater sous quel toit illustre vivait son enfant.

Dès que Wilkie eut appris ces détails au vieillard et lui eut fait connaître qu'il avait arrêté les dispositions nécessaires pour se mettre en route, lord Mercy descendit immédiatement à terre.

Il trouvait que chaque seconde écoulée était un rapt commis envers son enfant, et envers son propre besoin de suprême tendresse.

Il serra chaleureusement les mains du capitaine de la goélette, appela la bénédiction du ciel sur tous les marins qui avaient si vaillamment payé de leur personne pour le conduire en Écosse.

Et ayant fait promettre au pilote de ne pas repartir avant qu'il ne lui

— Mon père!... mon père!.. balbutiait-elle.

eût envoyé de ses nouvelles, il se mit en route dans une espèce de char rustique.

C'était ce que Wilkie avait trouvé au plus vite.

Et lord Mercy, avisé par l'ancien geôlier que celui-ci n'avait pourtant pas hésité à le retenir, n'avait eu que ce mot :

— Partons ! qu'importe l'équipage qui nous conduira. Partons de suite.

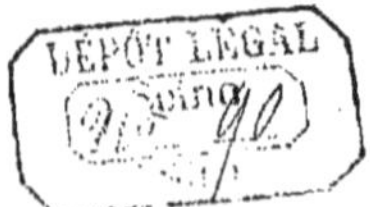

Et il prit place sur le modeste véhicule; il s'éloigna après un dernier adieu à l'équipage réuni sur le pont et dont il entendit encore les unanimes souhaits de bonheur.

A leur entrée dans Édimbourg, Wilkie avisa un soldat blessé, assis sur le seuil d'une porte.

— Camarade, — lui dit-il, — pourrais-tu m'indiquer par quelle porte de la ville il nous faut sortir pour nous rendre au manoir de Claymore ?

Le soldat, rayonnant tout à coup, se dressa en s'appuyant au mur.

— Le manoir de Claymore, as-tu bien dit, la demeure de notre chef le vaillant chevalier d'Avenel ?...

— Lui-même.

— Eh bien ! interroge quiconque respire, quiconque vit dans la capitale, et chacun pourra te répondre, car le chevalier d'Avenel c'est l'épée de la patrie.

« Suis cette rue, elle te conduira à la porte du Sud, elle s'ouvrira à deux battants pour toi au nom de celui chez qui tu te rends, et s'il le faut tu trouveras les gardes, le peuple tout prêts à t'y conduire

Wilkie remercia et l'équipage se remit en marche.

— Il est beau de vivre, — pensait le vieux lord Mercy. — pour être aimé ainsi.

Arrivés à la porte de la ville indiquée par le soldat, Wilkie demanda s'ils étaient bien dans la direction du manoir de Claymore.

Les gardes s'empressèrent aussitôt, et l'officier qui commandait le poste, sans s'arrêter à la modestie rustique de leur équipage, sortit en toute hâte et offrit à lord Mercy de le faire accompagner.

— Je vous remercie, — répondit le vieillard, — Dieu nous conduira bien jusqu'au bout, puisque nous sommes dans la bonne voie.

Et ils sortirent de la ville.

Ils cheminaient depuis une demi-heure environ, — et se trouvaient dans la partie encaissée de la route où Stewart Bolton s'était embusqué autrefois avec ses coupe-jarrets pour y guetter Marie d'Avenel et satisfaire son abjecte passion, — lorsqu'ils croisèrent un piéton.

Cet homme avançait d'un pas rapide, quoique ses vêtements couverts de poussière indiquassent qu'il avait fait un voyage déjà bien long.

Sa barbe était inculte, sa face blême et ravinée.

Malgré qu'une sorte de joie âcre brillât dans ses yeux, il promenait à droite et à gauche des regards louches comme si sa conscience n'était pas tranquille.

Le conducteur du véhicule se préparait à l'interroger pour s'assurer qu'il n'avait pas fait fausse route.

Wilkie l'arrêta : la physionomie de cet homme lui inspirait une irrésistible antipathie.

En passant à côté d'eux, le chemineau attacha sur leur groupe son regard sournois et inquisiteur.

Puis un sourire silencieux tendit ses lèvres.

— Ce sont sans doute des gens qui ont peur de la guerre et qui fuient la capitale, — se dit-il. — Il serait donc arrivé de mauvaises nouvelles ?... Tant mieux en ce cas. J'aurais, du même coup, toutes les satisfactions que je puisse désirer, envier...

Et il pressa le pas.

Cet homme c'était Stewart Bolton.

Il pénétrait quelques instants après dans la ville, après avoir, avec une sorte de hauteur tranquille, remis son laisser-passer à l'officier du poste.

Il ne se doutait pas qu'il venait de rencontrer lord Mercy, le prisonnier si solidement emmuré dans son espèce de sépulcre de la Tour à l'époque où lui-même avait quitté Londres.

Ce dernier, insensible à tout ce qui n'était pas la pensée de son enfant, poursuivait son chemin.

La tête ardemment tendue, il tâchait d'apercevoir, à travers les arbres forestiers, la flèche de quelque toit lui annonçant le voisinage d'une châtellenie,... le manoir de Claymore.

. . . .

Le manoir de Claymore !... Dans l'isolement, et nourrissant leur âme de leurs pensées, deux femmes y échangeaient de lentes paroles.

Ellen y parlait du père dont on lui avait appris l'arrivée en France... mais elle parlait aussi de son enfant.

Et ce morne souvenir était l'ombre du premier.

En effet, rien n'était venu lui annoncer que Marguerite vécût encore.

Les nouvelles recherches ordonnées par Marie Stuart n'avaient donné aucun résultat, — ce qui devait être, puisque les deux estafiers qui avaient aidé Stewart Bolton dans son rapt étaient morts l'un et l'autre, au loin.

— Si je pouvais au moins revoir mon père ! — prononçait Ellen de sa voix dolente. — Mais la France est bien loin, la mer bien incertaine, surtout avec la guerre ; et après sa longue détention, mon père vénéré doit avoir bien besoin de repos et de calme.

« Mais partir, moi, sans savoir seulement ce que mon enfant est devenue, il me semblerait que je l'abandonne.

Et poussée par une impulsion maladive.

— Il faut que je retourne à l'endroit où ma pauvre enfant a été attaquée, enlevée. Qui sait?... un objet quelconque est peut-être resté sous un buisson, qui aura échappé aux investigations précédentes.

C'était peut-être la centième fois que la jeune mère faisait ce décevant pèlerinage.

Marie d'Avenel n'en connaissait que trop la triste inutilité : elle présente, on avait si souvent fouillé ce lieu désolé.

De même que chaque fois qu'Ellen avait manifesté ce désir, la châtelaine ne voulut pas lui refuser cette pâle et fugitive satisfaction.

— Je vous accompagne, — dit-elle, — ma pauvre amie!

Mère si douloureusement éprouvée elle-même, elle tenait à être là pour consoler l'autre mère en présence de l'anéantissement de son nouveau et si fragile espoir.

Elles s'enfoncèrent cette fois encore sous le bois où Stewart Bolton avait surpris ses victimes.

Et comme Marie d'Avenel l'avait prévu, ce ne fut que le sujet de nouvelles larmes, pour la mère si durement éprouvée.

Elles s'éloignaient, retombées dans une tristesse plus profonde encore qu'auparavant, lorsqu'un bruit inaccoutumé vint à leurs oreilles.

Mais que leur importaient les vaines rumeurs du dehors...

Tout entières à leur contention, elles suivaient les premières épaisseurs de la futaie et débouchaient auprès de l'allée qui menait à la route, à travers la forêt.

Ce bruit, auquel elles n'avaient pas prêté attention, arriva alors à elles, plus distinct.

On aurait dit les cahots d'une lourde voiture aux ornières du chemin.

Les deux femmes se regardèrent alors, saisies par la même pensée.

Que signifiait l'approche de ce chariot?

Et d'un même mouvement elles s'avancèrent.

.   .   .   .

Lord Mercy et ses compagnons avaient continué leur traite.

Ils aperçurent le château d'Aireburg.

Mais les indications fournies par les soldats en faction à la porte de la ville avaient été si précises que les voyageurs n'eurent pas à hésiter et ils poursuivirent.

Ils se trouvèrent ensuite devant la large avenue ombragée par les géants du bois.

— C'est donc ici! — prononça lord Mercy avec émotion.

Et ils s'engagèrent dans l'allée.

Wilkie, Annie, lord Mercy se regardèrent, échangeant leurs pensées dans un long coup d'œil.

Les prunelles du vieillard brillaient d'un éclat inaccoutumé et fébrile, et il était très pâle.

Le chariot avançait toujours.

Marie d'Avenel, devançant son amie, parut à ce moment dans l'allée.

Lord Mercy la vit, son regard chargé tout à coup d'une acuité plus profonde. Était-ce Ellen?

Mais, malgré les années écoulées depuis qu'il ne l'avait revue, son cœur de père resté clairvoyant lui répondit négativement.

— C'est sans doute la dame châtelaine, c'est lady d'Avenel, — dit-il au conducteur. — Arrêtez afin que je mette pied à terre pour aller la saluer.

Il tremblait visiblement en descendant, et il marcha vers Marie de Melrose prêt à se découvrir, à incliner devant elle sa tête blanche.

A la vue d'un vieillard, celle-ci se détourna, pour voir si son amie la suivait et fit elle-même quelques pas au-devant du visiteur.

Une courte distance seulement les séparait.

Ellen parut à ce moment, sur le bord de l'allée.

Lord Mercy l'aperçut et ses yeux soudain dilatés s'attachèrent à elle.

Un grand cri jaillit de sa poitrine.

— Ma fille ! — clama-t-il, — mon Ellen !

Et oubliant le fardeau de l'âge, il s'élança les bras étendus.

Ellen avait entendu; sa prunelle emplie d'une lueur soudaine s'attacha sur le vieillard, — et elle chancela.

Mais l'exaltation brusquement suscitée en elle par le cri, par l'aspect de lord Mercy la ranima, rappela en elle ses forces défaillantes, et à son tour elle se précipita dans les bras du vieillard.

Elle tomba pantelante et sans voix...

Ah ! cette étreinte, ces longs, ces infinis embrassements de ceux qui longtemps, longtemps n'avaient plus espéré se revoir que par delà le tombeau.

Marie d'Avenel, Annie, Wilkie, le conducteur du chariot lui-même, en proie à une émotion qui mettait des larmes sur son visage, regardaient, écoutaient.

Ils écoutaient ! Ellen, trop violemment secouée d'abord et tous ses sens suspendus, avait enfin retrouvé la voix.

— Mon père !... mon père !... — balbutiait-elle avec une intonation profonde.

Et elle ne disait rien autre, car ces deux mots : c'était tout.

— Ellen !... mon Ellen ! c'est bien toi que je presse aujourd'hui sur mon sein. Oh ! il y a donc une rénovation, une justice sur la terre !

Lord Mercy s'écarta enfin, mais bien peu, pour regarder, contempler son enfant, et ses bras paternels l'enveloppèrent de nouveau, la retinrent contre lui, comme s'il avait craint qu'on ne l'en arrachât encore.

Ces étreintes, si pures et si saintes, s'arrêtèrent enfin, le père et la fille se souvenant de ceux qui y assistaient, — s'en souvenant pour leur faire partager leur bonheur.

Ellen attacha, sur lord Mercy, un regard à l'expression céleste. Et le laissant aller à Marie d'Avenel.

— Mon père! — dit-elle, — voici l'amie toujours sûre et fidèle à qui vous devez de retrouver votre enfant. C'est la compagne de l'illustre chevalier d'Avenel. Vous avez jadis sauvé son épouse : ils ont reconnu votre bienfait en sauvant votre enfant.

Le noble banni, si digne lui-même de tous les respects et de tous les hommages, plia le genou devant Marie d'Avenel en faisant entendre ces paroles :

— La vie d'un vieillard est peu de chose, madame, mais permettez-moi de vous l'offrir à vous qui me rendez mon enfant.

Quelle réponse devait tomber des lèvres délicates de la descendante des ducs de Melrose? On le devine!

Emplie elle-même d'une joie d'extase en face d'un bonheur qu'elle n'osait prévoir aussi grand, pleine d'une grâce respectueuse et attendrie, elle pria lord Mercy de venir au manoir où il partagerait l'hospitalité de sœur qu'Ellen avait trouvée auprès d'elle.

Le banni montra alors Wilkie et sa femme, et l'accent lent et grave :

— Ma fille, si je puis te serrer dans mes bras à cette heure bénie, voici ceux à qui nous le devons... à eux et à un autre dont je te parlerai aussi.

Wilkie et Annie avaient mis pied à terre durant ces effusions : le costume de celle-ci était des plus simples.

Mais l'héritière des vieux lords avait l'âme réellement élevée.

Avec un élan, une spontanéité simple et émue, elle embrassa la femme du peuple ; et, mettant ses deux mains dans celles de l'ancien geôlier, elle exprima tout ce qu'elle avait dans le cœur pour ceux qui lui rendaient son père.

Et conduits par Marie d'Avenel, ils se dirigèrent ensemble vers le manoir qui, à partir de cette heure, allait compter des hôtes de plus.

CXLVI

LE CHATEAU DE NOXFORD

DES confidences avaient succédé aux premiers épanchements.

Lord Mercy apprit ainsi le malheur qui avait frappé Ellen, c'est-à-dire le rapt de Marguerite et celui de son jeune compagnon.

Et rapprochant ce douloureux événement de tout ce qui leur était arrivé depuis longtemps, ils cherchèrent ensemble l'auteur ou l'instigateur de ce nouveau forfait.

— Somerset !... Somerset !... — prononça le vieillard avec une intonation concentrée.

Ellen croisa avec amertume ses deux mains sur sa poitrine.

Comme elle était punie d'avoir cru à l'amour de cet homme !...

— Courage, mon enfant, — lui dit alors le vieillard, — nous chercherons la pauvre et chère disparue. Dieu ne voudra pas m'avoir ramené près de toi pour voir toujours couler tes larmes.

Et afin de détourner sa pensée, il lui parla d'Henri de Mercourt, son autre sauveur... Henri de Mercourt, c'est-à-dire le présent relié au passé, à leur ancienne existence de paix et de contentement, au matin radieux où ils avaient franchi le seuil du manoir de Kervien... vide aujourd'hui de son maître chevaleresque.

La goélette qui avait amené lord Mercy et ses compagnons était repartie pour la France afin d'annoncer à Jean Dacier l'heureuse arrivée de ses voyageurs... Ellen avait voulu remettre elle-même à son capitaine un joyau qu'il pût conserver en souvenir de sa gratitude.

— Ah! si le ciel me rendait ma petite Fleur-d'Écosse ! — murmurait-elle, — je n'aurais plus rien à envier.

Mais Marguerite était loin, bien loin... si elle était libre !

. . . .

Oui, guidée, soutenue par Martial elle cheminait maintenant à côté de lui.

A la première maison isolée qu'ils avaient aperçue, Martial avait demandé de quel côté était situé le château de Noxford, et on lui avait répondu :

— C'est là-haut, dans les montagnes, à des journées de marche, vers le penchant qui aboutit à la mer d'Irlande, nous ne savons pas plus.

Et l'écuyer d'Henri de Mercourt s'était remis en route avec ces vagues renseignements. Il n'osait s'adresser aux habitants des villes.

Le duc de Noxford était considéré comme un factieux par les agents de Somerset : Martial aurait été aussitôt mis en état d'arrestation ainsi que Marguerite.

Si le fils de Jean Dacier avait été seul, le vague de ces indications ne l'aurait pas inquiété ; il était vigoureux et persévérant.

Mais il avait charge d'une enfant délicate malgré la courageuse énergie qu'elle montrait.

Le peu d'argent qu'il possédait avait été rapidement dépensé presque tout entier, afin de faire donner, dans les fermes qu'ils rencontraient, à Marguerite, une nourriture plus substantielle que celle dont il se contentait, ne prenant que du pain pour lui.

Et encore il ne mangeait pas à sa faim.

Souvent, malgré sa sollicitude, ils étaient obligés de coucher en plein air sous le feuillage d'un arbre.

L'enfant acceptait cette nécessité sans appréhensions excessives, ayant dès le premier jour ressenti une confiance absolue envers l'homme brave et hardi qui l'avait délivrée du servage dans lequel elle était tombée.

Elle dormait à côté de lui, tranquille et rassurée.

Dès l'instant qu'il était là, il lui semblait n'avoir plus rien à redouter.

A plusieurs reprises, croisés en chemin par des voyageurs, ils furent signalés aux autorités. On avait appris qu'ils se rendaient au château du duc de Noxford.

C'étaient donc des émissaires de la rébellion que redoutaient tant le ministre d'Élisabeth et la cruelle souveraine elle-même.

Martial, sans cesse aux aguets de tout, n'eut que le temps de se jeter dans les bois pour dépister les archers qu'il avait vus au loin, assez tôt, grâce à sa vigilance. Mais la marche était particulièrement pénible au milieu des rochers et des épines.

Marguerite n'avait plus de chaussures et ses pieds commençaient à saigner : son supplice devint intolérable.

Martial obtint enfin, de la pitié d'un forestier, un morceau de la peau d'un cerf que cet homme avait tué, et il en enveloppa les pieds de l'enfant, en en reliant les bords avec des lanières.

Grâce à cela, ils avaient pu se remettre en route.

Mais comme l'enfant souffrait encore visiblement, l'écuyer d'Henri de Mercourt lui offrit de la porter.

Marguerite était d'une race vaillante et elle refusa, se contentant de s'appuyer sur le bras de celui qu'elle nommait son ami.

— Monseigneur, elle meurt de faim!

— J'arriverai bien jusqu'au bout, — disait-elle.

Maintenant, n'ayant plus rien pour payer le pain nécessaire à leur subsistance, Martial mendiait pour elle.

Quant à lui, lorsque le pain faisait défaut, il arrachait une poignée de feuilles et les écrasait entre ses dents.

Leur suc lui rendait de la force pour un instant.

Mais leur voyage se prolongeait sans qu'il leur fût possible d'en entrevoir la fin. N'ayant pu se renseigner efficacement comme il l'aurait fallu, l'écuyer d'Henri de Mercourt et sa pauvre petite protégée avaient erré à plusieurs reprises dans des directions contraires à celle qu'il leur aurait fallu prendre...

Marguerite, trop éprouvée par les privations, ne pouvait plus guère que se traîner, en dépit de son jeune courage.

Et le Français devait à sa seule force d'âme de ne pas défaillir.

Pour comble de maux, la contrée qu'ils avaient à traverser n'avait guère que quelques espèces de sentes tracées par les charbonniers durant la saison de leur travail.

Un terrain tourmenté; sans cesse des ravins et des torrents à franchir.

Et pas une habitation ni au loin, ni auprès.

Donc pas le moindre secours à espérer; mais au moins cette consolation : pas de délation à craindre!

Et s'efforçant de sourire, Martial disait parfois à Marguerite :

— Ma pauvre enfant, je ne sais si nous sortirons de ce maudit pays : mais si nous y succombons, ce sera au moins avec la certitude que les hommes n'y seront pour rien.

La plaintive fillette lui répondait par un sourire navrant et elle refoulait les faiblesses qui la prenaient pour aller au moins un peu plus loin.

Un de ces jours d'errance incertaine, les sons aériens d'une cloche, traversant l'étendue, vinrent frapper leurs oreilles.

Martial étudia le visage de sa jeune compagne : les teintes plombées qui le couvraient indiquaient qu'elle était arrivée à l'extrême limite de sa résistance.

Il n'avait plus le droit d'hésiter, quoi qu'il pût advenir... Il connaissait, de l'histoire de la gentille Fleur d'Écosse, tout ce qu'elle savait elle-même.

Cette cloche signifiait qu'il devait y avoir un village par là.

Eh bien! ils allaient s'y rendre : on l'incarcérerait lui, si on voulait, mais quelque âme généreuse s'intéresserait probablement à Marguerite, et faciliterait son retour au foyer maternel.

— Marchons vers cette cloche, — dit-il à la jeune fille. — Il semble qu'elle nous appelle. Si l'on m'emprisonne, moi, vous raconterez ce qui vous est arrivé à la première personne que vous verrez compatissante envers vous, afin qu'elle vous aide à retourner en Écosse.

« Là, vous prierez lady Ellen, au nom de celui que vous voulez bien nommer votre ami, de faire savoir au duc de Noxford que le vicomte de Mercourt est prisonnier dans la première section de la Tour de Londres... le vicomte de Mercourt, qui vous a tiré des griffes de Percy Bolton, une des créatures du duc de Somerset.

— Je vous le promets, bon ami, — avait répondu l'enfant.

Elle l'avait fait en serrant plus fortement le bras de son défenseur comme pour empêcher d'avance qu'on ne les séparât.

Il lui semblait que, sans ce brave, elle allait être perdue de nouveau.

La cloche sonnait toujours. Guidés par le son, les deux voyageurs s'avancèrent et aperçurent soudain un hameau.

— Continuons, — fit Martial avec une sombre résolution.

Il ne désirait qu'un peu de pain, puis la faculté de se replonger dans le désert, heureux s'il pouvait obtenir quelques renseignements...

C'était un village de montagnes, aux maisons capricieusement étagées : une croix s'élevait au milieu, en l'honneur d'un saint, le protestantisme n'étant pas arrivé dans ces contrées reculées.

Martial et la fille d'Ellen venaient de s'engager entre les premières maisons, lorsque des soldats qu'ils n'avaient pu apercevoir accoururent vers eux... L'écuyer d'Henri de Mercourt eut un geste de désespoir : leur infortune était plus prompte qu'il ne l'avait craint encore.

Il étendit énergiquement la main pour protéger Marguerite.

— Respectez cette enfant ! — prononça-t-il en même temps avec force.

— Qui êtes-vous et où allez-vous ? — interrogea un sergent.

Le fils de Jean Dacier, le guerrier français accoutumé à braver le péril, regarda l'autre soldat en face... Il était pris, à quoi servait-il de nier ?

— Je vous répondrai franchement, mais à condition que cette enfant soit conduite au recteur de la paroisse et ne soit nullement inquiétée, n'étant pas responsable de mes actes.

— Parle !

— Ta parole d'abord !

— Eh bien ! soit. Car l'on fait la guerre aux hommes, non aux enfants.

— Faites donc de moi ce que vous voudrez, — reprit alors Martial, — puisque vous m'avez promis de conduire sur l'heure cette jeune fille à l'église dont j'aperçois la croix : je me rends chez le duc de Noxford.

Les soldats eurent une même exclamation :

— Le duc de Noxford, dis-tu ? Ne mens-tu point ? Prends garde !

— Regarde-moi en face : je suis homme d'épée, et l'épée va droit devant elle !

Les soldats l'entraînèrent quelques pas plus loin, et, à travers un interstice entre les maisons, ils lui montrèrent un château aux hautes tours crénelées et puissantes, assis au sommet d'une montagne.

— Regarde, voilà le château de Noxford !

CXLVII

MOURANT DE FAIM

'IVRESSE ressentie par Martial était si intense, sa surprise si vive qu'il n'avait pu ajouter foi d'abord à la sincérité des soldats.

Il croyait à quelque raffinement de cruauté, à quelque brutale raillerie de leur part.

Il fallut que le sergent, appelant quelques montagnards que l'événement venait d'attirer sur le pas de leurs portes, fît confirmer par eux son affirmation.

Ces hommes formaient un des corps d'avant-garde placés par le descendant des Lancastre aux environs pour se garantir contre toute surprise.

— Dieu soit loué! — prononça alors l'écuyer avec transport. — Marguerite, vous allez trouver enfin un abri sûr et une hospitalité digne de votre naissance.

Il demanda aux soldats si le duc était au château, et sur leur réponse affirmative les pria de les conduire sans retard auprès de leur maître.

Ces derniers avaient entendu les paroles adressées par le voyageur à sa jeune compagne.

Ils devinèrent qu'il y avait là un mystère.

Et le sergent, prenant quelques-uns de ses hommes avec eux, les escorta lui-même jusqu'au château fort.

En s'en approchant, Martial vit que la demeure seigneuriale méritait bien cette dénomination.

Tous les murs étaient bastionnés, des épaulements fortement maçonnés apparaissaient, laissant passer la gueule et le long cou des pièces de canon qui les garnissaient.

Au pied des remparts un fossé large et profond était rempli d'eau, et sur ses revers extérieurs un large glacis permettait aux pièces d'artillerie de produire leur maximum d'effet.

Le pont-levis était abaissé à cette heure de jour, mais des fortifications en garnissaient les approches, et des sentinelles allaient et venaient à vingt mètres en avant.

D'autres surveillaient la campagne du haut des remparts.

Au sommet du donjon, un guetteur veillait...

Un bas officier sortit du poste extérieur à la vue des deux étrangers, prudemment encadrés par les soldats du hameau.

Après un court colloque à voix basse avec le sergent, il sonna du cor d'une certaine façon.

Et Martial ainsi que la fille d'Ellen Mercy pénétrèrent dans la puissante et riche demeure sous l'égide, — et la surveillance, — des mêmes gardes.

Le duc de Noxford, debout derrière l'étroite fenêtre d'une chambre de ses hautes tours, avait vu venir les étrangers.

Un de ses pages, ayant gratté à la porte de la pièce, parut et lui annonça que deux voyageurs, un homme et une toute jeune fille, sollicitaient l'honneur d'être admis en sa présence.

Le descendant des Lancastre avait gardé à peu près la même physionomie que dans son cachot souterrain de la Tour de Londres.

Sa captivité avait été trop longue : elle avait marqué sur lui son cachet indélébile.

— Quel est le nom de ces gens et que me veulent-ils? — articula sa voix brève, tandis que, son corps maigre tourné vers le page, ses yeux brillants s'attachaient à lui.

Connaissant les trahisons et les crimes dont Somerset était capable, le duc de Noxford se tenait sur ses gardes.

— Le visiteur a déclaré qu'il se ferait reconnaître lui-même de monseigneur.

— Il me connaît donc? — murmura à mi-voix le châtelain.

Mais n'était-ce pas là une fourberie, afin d'accomplir quelque mauvais dessein?

Baste! ne portait-il pas sa dague à sa ceinture?

— Amène donc ces étrangers, — commanda-t-il. — Tu te tiendras ensuite dans le couloir à portée de ma voix.

Et il se mit à marcher de long en large, impatient et anxieux.

Plus d'un seigneur mécontent l'avait sollicité de se placer à la tête de la noblesse armée, — afin de mettre un terme à la tyrannie d'Élisabeth et de son favori.

Mais, instruit par l'adversité, comprenant que les races royales ont leur fatalité comme elles ont eu leurs destinées brillantes, il hésitait, se contentant de sa farouche indépendance dans son château fort, au milieu de ses montagnes et de ses vassaux fidèles.

Ces deux voyageurs étaient-ils de nouveaux émissaires?

Mais en ce cas, pourquoi à côté de son compagnon cette jeune fille, cette enfant dont le duc avait pu juger de loin la détresse apparente ?

L'écho de pas résonnant dans l'escalier de la tour lui annonça leur approche.

La main frêle du page heurta la porte pour avertir son maître, et ayant repoussé l'épais battant de chêne, il laissa passer les deux inconnus.

Puis il se retira conformément aux instructions qu'il avait reçues.

Le rejeton de l'ancienne race royale, debout au milieu de la chambre, considéra les deux visiteurs.

Marguerite, à la vue de sa physionomie sourcilleuse, baissa les yeux dans un trouble apeuré.

Martial, lui, avait la tête droite, et son regard ouvert et franc se posa avec tranquillité sur le maître du logis.

Celui-ci avait inspecté d'un coup d'œil ses deux visiteurs, constaté tout ce que leurs vêtements indiquait de difficultés traversées, tout ce que leurs traits traduisait de souffrances subies.

Tâchant d'adoucir sa voix brève, il prononça :

— Vous avez désiré me voir, que désirez-vous de moi?

Pendant qu'il gravissait l'escalier, Martial avait pris dans un coin de la doublure de son vêtement, une pièce qu'il y tenait soigneusement cachée.

Il la tendit à son interlocuteur.

— Ce que je désire?... C'est vous présenter ceci.

Le duc prit machinalement la pièce, la regarda, cherchant dans son souvenir.

. Puis la reconnaissant soudain, tous les événements accomplis à Londres lui revenant ensemble à la mémoire :

— La pièce de reconnaissance que j'ai remise entre les mains de l'écuyer du sire de Mercourt à White-Cross ! Ah! je vous reconnais !... Je vous reconnais, si peu de temps que nous nous soyons vus... non par la vue mais par le cœur.

Et avec précipitation, il interrogea Martial, lui parlant comme on parle à un compagnon d'armes, — pénétrant subitement toute la signification de la misère peinte sur ses traits et sur ceux de sa jeune compagne, — comprenant que des événements graves et probablement douloureux avaient dû suivre son départ de Londres, pour que l'écuyer du gentilhomme français, de leur vaillant libérateur eût entrepris un tel voyage et l'eût accompli dans les cruelles conditions dont tout paraissait témoigner.

— Ce que je viens faire auprès de vous, monseigneur, — je dis monseigneur, car pour moi, Français, le titre de lord ne me paraît pas suffisant pour l'héritier d'une race de rois, — ce que je vais faire sera simple d'abord ce sera de vous dire : la petite fille de lord Mercy, l'ancien chef de la haute justice du pays où régnèrent vos pères est sans abri, sans asile aujourd'hui, sans autre appui que moi qui n'ai même plus une épée; monseigneur, je viens la mettre sous votre sauvegarde.

Le descendant des Lancastre enveloppa d'un regard attendri l'enfant dont les ronces avaient achevé de lacérer les pauvres vêtements usés déjà par son cruel servage, et dont des lambeaux de peau brute entouraient les pieds tuméfiés.

Il constata de nouveau l'immense souffrance morale et inaltérable imprimée sur ses traits.

— La petite fille de lord Mercy, du vénérable et loyal vieillard emprisonné comme moi, arraché avec moi de l'enfer de la Tour de Londres, est ici chez elle, le manoir de Noxford devient sa demeure à partir de cette heure et elle y sera traitée comme si elle appartenait à ma propre famille.

« Et plus tard...

Le duc s'arrêta, comprenant que Marguerite s'apprêtait à parler.

L'enfant allait en effet lui exprimer sa gratitude d'un mot venu tout seul de son âme à sa bouche.

Mais elle devint brusquement plus pâle qu'elle ne l'était encore; ses lèvres se fermèrent et elle ploya, fragile fleur d'Écosse chancelant sur sa tige...

Martial n'eut que le temps de la recevoir dans ses bras, tandis que le duc de Noxford se précipitait, ému, interrogeant.

Une larme vint aux paupières, — peu accoutumées aux pleurs cependant, — de Martial :

— Monseigneur, elle meurt de faim!

CXLVIII

LE VIN DE FRANCE

ETTE révélation avait produit une impression profonde chez le puissant châtelain.

Et il s'était élancé lui-même vers la porte, appelant son page d'une voix précipitée, lui enjoignant d'apporter des cordiaux, des vivres, du vin généreux, des secours, de courir, d'appeler les servants, le chapelain qui était aussi leur guérisseur, leur médecin.

Et tout remué de pitié, il était revenu auprès de Martial, et l'aidant à soutenir l'enfant, doucement, paternellement, il l'avait portée sur le fauteuil orné de la couronne royale, datant des temps d'autrefois, et qui lui était réservé.

L'émotion du maître se répandant dans le château, les serviteurs couraient aux cuisines, tandis que le page allait ébranler avec anxiété la porte du logis réservé au chapelain.

Quelques instants après la cohue des servants inquiets, silencieux, remplissait l'escalier.

Le prêtre fendit leurs rangs, apportant à tout hasard quelques médicaments et en même temps son crucifix de cuivre en cas d'agonie, ignorant ce qui se passait.

Le duc lui répéta les paroles si brièvement éloquentes, prononcées par Martial.

Le chapelain écarta alors les dents de l'enfant contractées dans le spasme de son évanouissement.

Et il introduisit avec ménagement quelques cuillerées de bouillon dans sa bouche.

Il se mit ensuite à lui lotionner les tempes et les poignets avec un vulnéraire.

Lorsqu'une lampe meurt, il suffit de quelques gouttes d'huile imbibant la mèche à nouveau pour raviver passagèrement sa flamme.

Le peu de nourriture glissé dans la gorge de l'enfant lui produisit l'effet d'un baume de salut.

— Marguerite appuya longuement ses lèvres sur le papier.

Le sang épuisé, qui de ses veines presque vides, refluait à son cœur, aspira avec avidité les aliments réparateurs qu'on lui présentait.

En même temps, la sensation piquante des alcools dont on frictionnait ses tempes rappela sa sensibilité.

Marguerite rouvrit les yeux.

Elle regarda autour d'elle avec une sensation confuse d'abord, puis aperçut Martial et lui sourit.

— Cela va-t-il un peu mieux? — interrogea doucement l'écuyer.

Elle répondit affirmativement d'une voix encore très faible.

Le duc de Noxford, silencieux, considérait avec une véritable pitié ses traits amaigris.

— Pauvre petite. Dieu sait ce qu'elle a dû endurer pour en arriver là! — pensait-il.

Le chapelain approcha des lèvres de Marguerite la coupe d'étain contenant le bouillon dont il avait versé quelques gorgées dans sa bouche.

— Buvez ceci, mon enfant, vous en avez besoin.

La fille d'Ellen obéit.

Lorsqu'elle eut achevé, un léger coloris, furtif, presque indistinct, monta à ses joues, et ses prunelles ternies s'avivèrent un peu.

C'était réellement la vie qui venait de redescendre en elle.

La jeune fille s'aperçut alors qu'elle était assise dans le siège héréditaire des Lancastre.

Son regard, chargé de confusion, s'arrêta un instant sur le duc et elle fit un mouvement pour se dresser.

La main paternelle du descendant des anciens rois se posa sur son épaule.

— Restez là, — prononça-t-il. — La petite-fille du seul homme qui fit régner un moment la justice en Angleterre peut conserver cette place.

On apporta alors quelques aliments solides que le chapelain fit prendre avec prudence à la pauvre petite.

Deux doigts de vieux vin de France achevèrent de la rétablir, et elle se leva, remerciant avec une simplicité et un embarras touchants.

— Mon père, — annonça alors le duc de Noxford, en s'adressant au chapelain, — voici une jeune fille que je recommande à votre sollicitude. Elle restera sous ce toit jusqu'au jour où elle pourra être rendue à sa famille.

Le grand seigneur frappa dans ses mains pour appeler son page et ordonna à celui-ci de préparer deux chambres, une pour la jeune fille et l'autre pour l'écuyer.

Marguerite remercia d'un regard : elle se sentait en sûreté, appelée à dormir sous le même toit que l'homme qui l'avait protégée, soutenue, et qui, fugitif comme elle, avait si longtemps veillé sur son sommeil.

Le page était sorti, allant exécuter les ordres de son maître. Le prêtre suivit, en annonçant qu'il se rendait à son laboratoire, afin de préparer, pour Marguerite, un de ces élixirs dont la puissance reconstituante était considérable.

Le puissant châtelain resta seul alors avec ses deux visiteurs.

Il songea que Martial devait être bien épuisé, lui aussi. Mais celui-ci l'arrêta dès les premiers mots qu'il prononça à ce sujet.

Il ne voulait prendre aucune nourriture avant d'avoir parlé de son maître au duc de Noxford.

En termes brefs, expressifs, il lui apprit ce qui s'était produit à Londres, la nuit même fixée pour le rendez-vous et le départ de tous, à White-Cross.

Il raconta ensuite comment il avait appris, du bourreau, la présence du vicomte de Mercourt dans la première section de la Tour de Londres, et passant sous silence ce qui était à son éloge personnel, il narra rapidement son héroïque, sa folle, sa sublime attaque de la citadelle.

Plusieurs fois, en faisant ce récit rapide, l'écuyer de France avait pâli, se sentant défaillir.

Mais il s'était raidi, tenant quand même à achever et à savoir ce qu'il pouvait enfin espérer pour le seigneur de Kervien.

« Il ajouta qu'il avait entrepris ce voyage afin de demander son intervention au duc de Noxford.

— Votre château est puissant, monseigneur ; vos vassaux sont nombreux, votre nom illustre. Maintenant que vous êtes libre, ceux qui tiennent les destinées de l'Angleterre ont intérêt à vous ménager, car l'orage gronde sur bien des points.

« Ce que la force n'a pu faire, la diplomatie l'obtiendra sans doute. Et Elisabeth la cruelle, mais la politique aussi, comprendra qu'il vaut mieux vous accorder la liberté du vicomte de Mercourt, qui ne s'est point armé contre sa couronne, plutôt que de voir lever l'étendard d'une révolte qui n'attend plus qu'un signal.

Le duc réfléchit.

Ce que son visiteur venait de dire était exact. Mais l'intérêt de Somerset, distinct de celui de sa souveraine, de celle qui était sa maîtresse à tous les titres, était de s'opposer à l'apaisement.

— Somerset, — prononça-t-il, — a besoin de complots ; il a besoin de troubles pour se soutenir.

« Puis, c'est un homme sanguinaire, implacable.

Et raffermissant sa voix :

— Quoi qu'il en soit, soyez tranquille, mon brave. A partir de cette heure, la cause du vicomte de Mercourt, de mon libérateur, devient la mienne.

Et il tendit les deux mains à Martial pour sceller ainsi l'engagement qu'il prenait.

L'écuyer serra nerveusement les mains du grand seigneur.

Mais celui-ci sentit brusquement son étreinte faiblir.

La force d'âme qui avait soutenu Martial jusqu'à cette minute l'abandonnait, dès l'instant qu'il n'avait plus à plaider, à lutter pour son malheureux maître.

— Malheureux ! — exclama le duc de Noxford, — vous êtes à bout de force vous-même. A moi ! du monde !...

Il fit un pas vers la table où était resté le flacon de vin dont Marguerite avait bu un filet.

Martial se redressa d'une secousse, prit le flacon.

Et, un sourire héroïque sur ses lèvres pâles, il s'en versa un plein gobelet et l'absorba d'une seule gorgée.

Un flux de sang colora aussitôt ses joues :

— Ne vous inquiétez pas, Monseigneur, — fit-il alors. — Du vin de France, c'est avec cela que reviennent les morts.

CXLVIII

LEVERS D'AURORE

E duc de Noxford avait demandé à Martial de le laisser réfléchir durant quelques jours aux moyens efficaces de faire cesser la captivité d'Henri de Mercourt.

Dès le lendemain, il avait fait partir divers émissaires chargés de ses instructions.

Il voulait essayer d'abord les moyens pacifiques, ces ressources de la diplomatie à laquelle Martial avait songé en désespoir de cause.

Si Somerset s'était soutenu jusqu'alors par l'intrigue et la tyrannie, s'il avait eu recours à sa police pour fomenter quelque prétendu complot, chaque fois qu'il avait vu son pouvoir menacé, cet état de choses constituait à la fin un danger pour lui-même.

Et le sanguinaire favori devait désirer la paix à son tour.

C'était l'opinion de l'écuyer, et le descendant des Lancastre avait fini par se dire qu'elle était peut-être justifiée.

Les émissaires envoyés par lui avaient mission de s'assurer des intentions définitives de Somerset.

Durant ce temps, Marguerite continuait à se rétablir et Martial reconstituait ses forces.

La fille d'Ellen avait échangé les véritables haillons qu'elle portait contre des vêtements dignes de son rang.

Elle avait raconté à leur hôte la série d'événements dont elle avait été victime depuis le rapt qui l'avait séparée de sa mère.

— Vous ne craignez rien ici, — lui avait dit son hôte. — J'ai donné l'ordre de chercher un homme sûr qui connaisse les routes qui mènent d'ici en Écosse, et les sentiers de la frontière, de façon à n'être pas arrêté par les houspailleurs anglais.

« Dès que cet homme se présentera, je l'enverrai en Écosse, au manoir de Claymore, annoncer à votre mère que vous êtes en sûreté sous mon toit, en attendant que les circonstances permettent de vous reconduire sans danger auprès d'elle.

Marguertie avait remercié avec effusion, comptant les jours, les heures qui s'écoulaient sans amener le messager absolument dévoué, exigé par son hôte.

Combien elle pensait à la mère digne de tant de tendresse qui devait être en butte à un morne désespoir.

Marguerite en avait conscience rien qu'en s'interrogeant elle-même.

Un autre souvenir occupait aussi sa pensée.

Loin des lieux où le hasard l'avait amenée, elle revoyait passer une figure jeune et douce, et cependant presque mâle déjà.

C'était celle de Julien d'Avenel.

Et ses regrets amers, l'angoisse de son jeune cœur lui montraient sans cesse ces deux figures attristées, sa mère et Julien.

Julien qu'elle savait maintenant être le fils de Walter d'Avenel, — fils ignoré des auteurs de ses jours, de la mère au deuil éternel auprès de laquelle il avait pourtant vécu, souffrant et malheureux.

— Hélas ! qu'est-il devenu, lui aussi, — se disait Marguerite, — depuis qu'on nous a séparés ?...

Un chasseur fut enfin présenté au duc de Noxford.

Cet homme avait longtemps poursuivi le gros gibier dans les forêts de la frontière écossaise.

Il en connaissait les moindres accidents, et il s'offrait de faire le voyage, grâce à sa connaissance de certaines passes dans les montagnes où il serait impossible aux soudards de venir le relancer.

Mais, interrogé, il annonça que le trajet était trop ardu pour pouvoir amener un enfant avec lui.

— Il faut être endurci comme je le suis, monseigneur, pour pouvoir cheminer là où je le ferai.

Le lord approuva ; ni lui, ni Martial n'auraient consenti, d'ailleurs, à exposer ainsi la petite-fille de lord Mercy.

Le duc de Noxford conduisit alors le chasseur devant Marguerite.

Celle-ci coupa, avec des larmes d'espérance, une mèche de ses cheveux et un morceau du ruban qui ornait la robe qu'elle conservait, ainsi qu'un souvenir, lorsqu'elle avait été enlevée par Stewart-Bolton.

Elle inséra le tout dans une lettre naïve et tendre qu'elle libella à la hâte ; et le chapelain en scella devant elle le pli sur lequel il apposa les armes de Lancastre, avec l'assentiment du duc.

Marguerite appuya longuement ses lèvres sur le papier, puis le tendant au chasseur :

— Dites à ma mère que c'est mon cœur que vous lui portez.

L'homme s'inclina et cacha la missive sous sa rude casaque.

Le duc de Noxford lui fit compter alors une somme d'argent et ordonna à son intendant de lui en remettre le triple lorsqu'il reviendrait avec la preuve qu'il avait accompli sa mission.

Le messager parti, le descendant des Lancastre invita Martial Dacier à venir le rejoindre dans la chambre où il l'avait reçu avec Marguerite le jour de leur arrivée.

L'écuyer fut bientôt auprès de lui, impatient de connaître ce que leur hôte avait à lui communiquer.

S'agissait-il de son maître?

— Brave écuyer, — lui dit le châtelain, — le courrier qui vient de partir pour l'Écosse vous montre que je n'oublie pas mes promesses. C'est de votre noble maître que je veux vous parler à présent.

L'œil du soldat s'éclaira, ardemment attaché sur son interlocuteur.

— Vous savez que j'avais envoyé de nombreux émissaires afin de voir ce qu'il y aurait à faire. Malgré mon peu de confiance, je me disais pourtant que le louche Somerset consentirait peut-être à une paix qui assurait, en somme, qui consacrait sa domination.

« Je me suis trompé. Cet homme, convaincu que son pouvoir néfaste ne peut se soutenir que par la violence, se refuse à toutes négociations.

« L'aveu est pénible, mais il est nécessaire : nous ne pouvons compter sur aucune conciliation pour tirer votre maître, le vicomte de Mercourt, de son cachot. Il est voué à la mort !

Une détresse violente étreignit le cœur du Français.

Le duc allait-il abandonner, comme impossible, la libération de son seigneur? Cependant, ses premières paroles?...

Le grand châtelain prévit ce qui pouvait se passer en lui, et il ne voulut pas le laisser en proie à ces incertitudes. Il reprit donc :

— La diplomatie a échoué, — et cependant, je vous le déclare seulement à présent, il en a coûté à ma légitime fierté de faire en quelque sorte des avances à un Somerset, moi, un Lancastre.

Martial Dacier reconnut alors toute la hauteur d'âme du châtelain qui, sans même en parler, n'avait pas hésité une minute à sacrifier son orgueil à son devoir.

Le duc poursuivit :

— Reste la force?... Dans une épopée obscure, mais splendide, vous avez éprouvé, hélas! qu'elle ne peut rien, qu'elle ne pourrait plus rien, surtout aujourd'hui. Il ne reste donc qu'une ressource : la ruse.

« Eh bien! quoique j'eusse préféré agir par l'épée, plus noble et plus vaillante, c'est cependant à la ruse que j'aurai recours, car il s'agit d'un autre que moi. Et avant tout, il faut réussir !

« Voici donc ce que j'ai résolu et préparé : j'ai à peu près la même taille que Somerset. La nuit, à cheval, avec une barbe coupée comme la sienne, revêtu d'un costume semblable et entouré de cavaliers qui me masqueront en partie, on pourra aisément me prendre pour lui.

« Je vais donc me rendre à Londres, où j'aurai des vêtements pareils à ceux de Somerset, ainsi que des uniformes des gardes de ce vil favori : de quoi en revêtir une trentaine d'hommes. L'amant d'Elisabeth ne se présente que de nuit à la Tour de Londres; cette heure louche est celle qui convient à cet infâme. A la seule vue de l'uniforme de ses gardes, les portes de la citadelle s'ouvrent devant lui.

« Je me présenterai donc devant la Tour de Londres entouré de trente de mes soldats, — des hommes dévoués, — déguisés en gardes de Somerset. Devant l'impossibilité de prévoir un stratagème aussi audacieux, les portes seront donc ouvertes toutes grandes devant nous; nous entrerons ! Et alors... à la grâce de Dieu !

Les traits de Martial avaient passé par tous les degrés de l'attention la plus extrême et de l'exaltation en écoutant le châtelain expliquer succinctement son plan réellement imprévu.

— Ah! monseigneur, merci!... merci pour mon maître, le vicomte de Mercourt. Il sera sauvé cette fois, mais de grâce, permettez-moi de vous accompagner. Il y aura peut-être du péril... Puis, il me serait si cruel de n'être pas là pour baiser les mains de mon seigneur enfin délivrées de leurs chaînes. Quant à la fille de lord Mercy, à la douce et chère enfant qui est ici...

— Je m'attendais à votre demande, — interrompit le duc de Noxford; — et j'ai donné des instructions, tant au capitaine qui commandera le château fort durant mon absence qu'à mon intendant. Si, par hasard... la fortune nous ayant été trop contraire, je ne revenais pas, on attendrait le retour du chasseur envoyé au manoir de Claymore; l'on formerait alors une expédition assez forte pour résister à une attaque, et l'on conduirait la jeune Marguerite en Écosse, en passant à travers les montagnes.

Tout ayant été prévu de la sorte par le grand seigneur, il tardait à Martial de se mettre en route, quoiqu'il éprouvât une certaine mélancolie à se séparer de la fillette à laquelle il s'était attaché à force de l'avoir vue malheureuse.

Marguerite fut appelée alors dans la chambre où le duc et Martial venaient d'échanger ces paroles; et, sérieuse, réfléchie comme elle l'était, surtout après les épreuves qu'elle avait subies, elle fut mise au courant de ce qui avait été décidé.

— Je prierai sans cesse pour vous et pour la délivrance de celui qui

— Par les mânes de tous les truands, l'enfant prodigue !... Enfin !

fut mon premier libérateur, — dit-elle avec émotion lorsqu'elle eut tout appris.

Le départ devait avoir lieu le jour après.

Le duc de Noxford alla choisir lui-même, dans la garnison de son château, les trente hommes les plus fidèles, les plus braves et les plus résistants à la fatigue.

Il fit également choix ensuite des chevaux nécessaires à leur expédition.

Le lendemain, tout était disposé.

Mais, excepté Martial et Marguerite, nul ne connaissait le but de ces préparatifs.

Le capitaine d'armes du duc de Noxford, de même que l'intendant, avait, il est vrai, reçu des instructions précises au sujet de la fille d'Ellen. Ils savaient que leur chef allait s'absenter, mais c'était tout.

Le châtelain avait décidé que l'on se mettrait en route le soir afin de voyager la nuit.

L'heure venue, les gardes s'apprêtèrent.

On allait partir... Marguerite fit des adieux touchants au duc et à Martial. Elle ne put retenir ses larmes en voyant que le brave écuyer était près de la quitter.

Elle allait se trouver comme perdue dans cet immense château.

Le fils de Jean Dacier la réconforta par quelques bonnes paroles.

— Je vous la confie! — réitéra le duc à ses officiers.

Ceux-ci répondirent par un serment solennel.

Le descendant des Lancastre et Martial étaient à cheval : les gardes attendaient. Ils échangèrent un dernier adieu, le duc de Noxford jeta un ordre et toucha sa monture de l'éperon.

Et dans le soir qui tombait, toute la troupe s'engagea sur le pont-levis qui se redressa derrière eux.

Marguerite, montée sur le rempart, les regarda s'éloigner, échangeant encore des signes d'adieu avec ceux qui partaient, — et elle les perdit bientôt de vue derrière les vallonnements du terrain.

Le duc de Noxford avait fait prendre à sa troupe le chemin du Nord.

Il tenait à dissimuler la véritable direction de son voyage aux espions que Somerset pouvait entretenir dans la contrée.

Il continua ainsi jusqu'à ce qu'il fut assez éloigné de tous lieux habités.

Alors, connaissant admirablement la contrée, il fit faire volte-face à ses cavaliers et prit, à travers des landes et des forêts, la route du Sud.

CXLIX

L'ENFANT PRODIGUE

Le duc de Noxford avait soigneusement réglé les étapes de son voyage.

Il avait été rendu trop circonspect par l'adversité pour se lancer aveuglément dans une opération aussi hasardeuse.

Ayant fait diligence, il arriva avant le jour devant un château où tout paraissait dormir encore.

Mais au bruit d'une brève sonnerie de cor, un veilleur apparut : le pont-levis fut abaissé et les voyageurs disparurent sous le porche.

Ils se reposèrent là toute la journée et repartirent à la nuit noire.

Mais un changement s'était opéré en eux; ils étaient vêtus en marchands, en paysans, quelques-uns en soldats de la reine : le déguisement de ces derniers leur permettait de garder leurs armes.

Au matin, ils se présentaient ainsi, par petits groupes, aux diverses portes de Londres.

Le duc de Noxford, semblable à un vieil officier, était resté avec ceux de ses hommes costumés en soldats.

Martial, lui, — ayant laissé son cheval à une auberge hors de la ville, — se présenta seul, chargé d'un lourd fardeau d'herbage.

La sueur coulait de son front malgré la fraîcheur matinale, les tiges de l'herbe cachaient à moitié son visage; il marchait, courbé en deux comme ceux que le travail de la terre a ployés depuis longtemps.

Les sentinelles n'eurent aucun soupçon et le laissèrent passer.

Les limiers de Somerset le croyaient mort ou terré dans quelque coin, puisqu'ils n'étaient arrivés à rien contre lui.

Il avait voulu passer isolé à la barrière, afin de ne pas compromettre avec lui ses compagnons de voyage.

Il avait fait agréer aussi par le duc de Noxford un plan d'opérations s'ajoutant à celui que le descendant des Lancastres avait préparé.

Un hasard pouvait dénoncer le grand seigneur et sa troupe, soit lorsqu'ils auraient pénétré dans la Tour de Londres, soit même avant.

Martial, se souvenant de ce que les truands lui avaient dit lorsqu'il s'était séparé d'eux, allait de nouveau faire appel à leur horde indisciplinée, mais vaillante.

L'heure était assez peu avancée pour qu'il trouvât encore les habitants de la grande léproserie dans ce qu'ils appelaient leur royaume.

Lorsqu'ils s'étaient livrés à leurs libations familières dans leurs bouges enfumés, les truands étaient trop paresseux pour se répandre ensuite dans Londres. Martial le savait.

Toujours courbé sous son fardeau, il arriva jusqu'auprès du royaume des truands.

Il rencontra alors un aveugle qui conduisait un enfant en guenilles.

Il reconnut un de ses soldats lors de sa précédente expédition.

— Frère de la sainte pègre, salut! — prononça-t-il sans s'arrêter. — Suis-moi.

Les yeux ternes et voilés en apparence de l'aveugle s'avivèrent brusquement et s'attachèrent sur le passant.

Il lui avait semblé avoir ouï quelque part la voix de cet homme qui venait de lui parler.

Obéissant à l'ordre qui avait accompagné la formule de salutation que ce passant venait d'employer, il fit demi-tour.

Le porteur d'herbe répéta les mêmes mots à quelques autres truands qu'il croisa aussi. Et tous firent comme le faux aveugle.

Martial arriva ainsi à l'entrée même de la truanderie.

Il garda son fardeau jusqu'à un coude formé par la ruelle, et, une fois là, le jeta à terre.

Il se redressa alors de toute sa taille, le front haut et étincelant.

Une quinzaine de truands l'entouraient.

— Me reconnaissez-vous? — demanda-t-il.

— Le cul-de-jatte! — s'exclamèrent-ils.

— Oui, le cul-de-jatte, celui qui a fait avec vous mordre la poussière à plus d'un des gens de la loi. Allez avertir tous mes frères qu'ils se rendent au plus tôt dans la taverne où nous fîmes une si belle fête; là, je vous apprendrai alors ce qui me ramène.

Des rires luisants s'allumèrent dans les yeux. Les gueux venaient de revoir dans leur mémoire les splendides ruissellements de gin dans les gobelets cette nuit-là, et aussi les cascatelles de pièces d'or dans leurs mains noirâtres.

Dans leur joie, ils oubliaient déjà les dangers courus pour ne se souvenir que des plaisirs savourés, de la bonne aubaine, si rare dans leur existence de miséreux.

Et ils partirent dans toutes les directions propager la bonne nouvelle. Que leur importait la mort !

Martial ne possédait plus rien ; mais le duc de Noxford avait largement rempli son escarcelle au château où ils avaient fait halte, l'écuyer d'Henri de Mercourt lui ayant appris les mœurs des truands.

Dès son entrée dans la taverne, il apostropha une des ribaudes.

— Holà ! vingt cruches de gin sur les tables et des tasses et gobelets en rapport. C'est moi le cul-de-jatte qui régale. Et quand le cul-de-jatte commande, on sait qu'il paie !

La taverne s'emplissait rapidement, quelques-uns mal éveillés, accourus à l'annonce que le cul-de-jatte, le vaillant et le généreux risque-tout, avait reparu.

Et les visages s'éclairaient à la vue du « coup du matin » qu'il offrait à ses frères pour bien commencer la journée.

Tout à coup, un remous violent se produisit à l'entrée, les truands furent rejetés à droite et à gauche sous une poussée brutale, irrésistible...

Et un colosse, hideux et magnifique en sa masse énorme et sa lourdeur terrible et puissante, surgit au milieu d'eux.

L'élan qui l'avait jeté en avant le porta jusqu'à Martial.

— Le cul-de-jatte ! Par les mânes de tous les truands, l'enfant prodigue !... Enfin !

Et ses bras énormes enveloppèrent l'écuyer, l'enlevèrent de terre, l'écrasèrent en un embrassement formidable sur sa large poitrine, tandis que sa voix tonitruante répétait :

— Jour de liesse !... le cul-de-jatte !...

C'était l'Archonte, c'était la brute redoutable et pourtant affectueuse pour qui l'avait touché dans ce cœur qui semblait oblitéré sous son épaisse couche de chair et de muscles.

Quelques compagnons le suivaient : des hurrahs jaillis de leur bouche soulignèrent l'ardente démonstration de joie de l'Archonte.

Des vivats remplissaient la salle basse, faisant trembler les voûtes, tous s'y étant mis.

Martial n'oubliait pas que l'hercule l'avait véritablement sauvé de la mort en l'enlevant par force et en l'emportant loin du champ de bataille quand tout espoir eut été perdu, et il lui rendit chaleureusement son accolade.

— Tu nous reviens donc ? — fit le membre du grand conseil. — Y a-t-il encore à en découdre ?

— Oui, l'Archonte, l'heure est peut-être encore venue pour tes hommes de montrer qu'ils ont le bras solide et le cœur vaillant.

— Tant mieux ! car j'ai pris goût à la bataille.

Et regardant les tables garnies :

— Puis, tu fais si bien les choses qu'il y a vraiment plaisir à sortir les vieilles colichemardes pour toi.

Il prit un des cruchons de gin et en remplit un gobelet.

Tous l'imitèrent : Martial s'en était versé à lui-même deux doigts.

— A la sainte pègre ! — prononça-t-il d'une voix forte.

— A notre frère le cul-de-jatte ! — répondirent les truands d'une seule voix. — Et mort au guet... mort à Somerset !

. Quand les récipients de terre et de métal furent replacés sur les tables, l'écuyer français déboucla l'escarcelle attachée sous ses vêtements et la vida aux trois quarts devant lui.

Les assistants eurent un éblouissement : des pièces rousses, blanches, de l'or surtout, du bel or fauve, tout cela ruisselait, riait aux quelques rayons de soleil égarés à travers les vitres graisseuses.

— L'Archonte, — annonça Martial, — ceci est pour les braves du royaume de la truanderie. Toi ou les autres chefs du grand Conseil vous en ferez la distribution demain, qu'il y ait eu bataille ou non, si vous voulez me suivre encore.

— Nous te suivrons jusqu'en enfer ! — repartit le colosse avec force.

— Oui ! oui ! — appuyèrent toutes les voix.

— Eh bien ! l'Archonte, voici ce que tu vas faire, car c'est toi qui commanderas. A la nuit, les gueux sortiront isolément du royaume. Ils iront se masser en trois troupes séparées devant la Tour de Londres, près de la grande porte. Une des troupes sera munie de fascines et de torches afin de mettre le feu à la porte si c'est nécessaire.

— Comment saurons-nous que c'est nécessaire?

— Au bruit de lutte qui s'élèvera de l'intérieur de la citadelle après que vous m'y aurez vu pénétrer. Vous me reconnaîtrez à une écharpe bleue attachée sur une cuirasse. Alors, s'il y a tumulte, attaquez les portes, forcez-les coûte que coûte avec des béliers, avec le feu, avec les haches, et venez me retrouver à l'intérieur. Puis-je compter sur vous?

— Jusqu'à la mort! — ripostèrent les truands enflammés.

— Eh bien ! qu'on remplisse à nouveau les cruches, afin de sceller notre accord.

La salle était pleine maintenant comme la nuit où Fabers s'y était hasardé.

Les acclamations retentissaient, car cette fois ce n'était pas un nombre limité et relativement réduit de guerriers que demandait celui que l'on onmmait toujours le cul-de-jatte. Son nombre aujourd'hui, c'était toute la plèbe, toute la horde grouillante et terrible de ce faubourg mystérieux et redouté; aujourd'hui c'était le royaume dés gueux tout entier.

Ils pouvaient boire, ils auraient toute la journée pour cuver l'alcool, et le soir ils ne seraient que plus terribles.

Londres ne vit guère, ce jour-là, ses mendiants et ses loqueteux habituels.

Martial lui-même ne bougea pas de la grande léproserie.

Il devait éviter de se montrer ailleurs; un des hommes de la police aurait pu le reconnaître et tout aurait risqué d'être compromis.

Mais une ribaude déguisée en mendiante fut chargée par lui d'aller avertir Fabers le corroyeur que le cul-de-jatte l'attendait dans la grande léproserie.

Tandis que Fabers, ému de cette nouvelle, posait une pièce de monnaie dans la main de la mendiante, celle-ci lui glissa un disque de métal sur lequel étaient gravés une besace et un coutelas.

— Tu présenteras ceci à l'entrée de la truanderie, — lui dit-elle, — et il y aura pour toi bon accueil et protection de la part de tous.

Quelques limiers surveillaient encore, de loin en loin, la maison du corroyeur, mais sans grande conviction, sentant que leur maître avait perdu la partie.

Mais la ribaude était connue : sa visite ne suscita même pas l'attention. Elle faisait simplement son métier de quêteuse d'aumônes.

Fabers laissa passer une heure ou deux; puis il sortit...

Il arrivait bientôt dans le voisinage du royaume des truands. Il en avait appris le chemin... la nuit où il était venu sous prétexte de prêcher la bonne parole.

Il revit la maison, ou plutôt la masure lépreuse où une escorte était venue l'attendre la première fois, et il présenta le disque métallique que la ribaude lui avait remis.

— Suis-moi, — lui dit un truand qui paraissait attendre.

Un instant après, Fabers et Martial s'embrassaient avec effusion.

Le corroyeur avait tant craint de ne plus revoir l'écuyer d'Henri de Mercourt!

Ce dernier lui raconta les faits survenus depuis leur séparation et termina en lui apprenant l'audacieuse opération que le duc de Noxfort et lui allaient tenter, entourés de trente hommes d'armes.

— Les truands seront massés au dehors, prêts à attaquer la forteresse s'il nous arrive malheur, — ajouta-t-il.

— Eh bien! — reprit l'artisan, — je ne puis demander de vous accompagner, car je n'ai point le costume de garde de Somerset qu'il faudrait pour cela.

« Mais j'ai réveillé le courage de quelques bourgeois et artisans qui sont prêts à lutter contre Somerset au premier signal.

« Nous serons cachés auprès de la Tour de Londres, nous aussi. Et nous nous joindrons aux truands si vous êtes en péril.

Ils demeurèrent encore à deviser, graves et résolus.

L'heure avançant, ils s'embrassèrent de nouveau et se séparèrent en se disant :

— A cette nuit !

On y conduisit le prisonnier.

CL

L'AUDACE

LE couvre-feu était près de sonner lorsque des voyageurs, sortant de diverses auberges, se dirigèrent, montés sur leurs chevaux, vers une des portes de Londres.

Mais avant de s'y présenter, ils disparaissaient successivement dans les ténèbres comme si le but de leur sortie était quelques-unes des maisons isolées que l'on apercevait près des remparts.

Bientôt la grande porte d'une de ces demeures s'ouvrit, et un cortège imposant en sortit.

D'abord un double rang de gardes du duc de Somerset; puis le favori lui-même, ayant à côté son écuyer fortement armé, dont une écharpe de soie bleue, jetée en sautoir sur sa cuirasse, augmentait le caractère d'élégance martiale.

D'autres gardes du ministre redouté cheminaient à côté afin d'empêcher sans doute le populaire de s'approcher; enfin des rangs épais de cavaliers fermaient la marche.

En tout, une trentaine d'hommes de mine fière et résolue.

La cavalcade s'engagea dans les rues à cette heure à peu près désertes de Londres. Les quelques passants qu'elle croisait s'écartaient avec respect... ou terreur en reconnaissant l'escorte du duc de Somerset.

Le cortège arriva sans encombre jusqu'auprès de la Tour de Londres.

Ceux qui le composaient aperçurent alors des ombres confuses tassées dans des coins obscurs.

Une espèce de gamin tortillart s'avança jusqu'à raser les chevaux.

— L'écharpe bleue! — prononça-t-il. — Frères de sainte pègre, veillez!

Un cri bizarre et court lui répondit, et il fut répété à différents endroits.

— Les truands sont au rendez-vous, — dit l'écuyer sur la cuirasse de qui flottait l'écharpe.

C'était la voix de Martial, le vaillant écuyer.

Un peu plus loin, un homme se montra au seuil d'une maison, une lanterne à la main, et rentra presque aussitôt.

— Les bourgeois conjurés, — annonça le Français qui venait de reconnaître Fabers le corroyeur.

Le cortège arrivait devant la haute porte de la Tour de Londres.

Les hommes du premier rang se regardèrent, un peu pâles peut-être. Mais ils avancèrent.

— L'escorte de Son Honneur le lord-duc! — lança une sentinelle.

Le pont-levis tremblant sous le fer des chevaux avait devancé son avis : les lourdes portes roulèrent pesamment sur leurs gonds.

Les cavaliers d'avant-garde arrivaient à ce moment sur le seuil, et ils s'engagèrent sous la voûte.

Mais les mains tenaient nerveusement les rênes des chevaux et se crispaient sur la poignée des épées.

L'audace seule allait maintenant les faire réussir... s'ils devaient jamais revoir le jour!

Celui qui portait le titre de duc de Noxford, et qui jouait à cette heure le rôle périlleux de Somerset, songeait qu'il avait passé le quart de sa vie dans un des cachots souterrains de cette sombre citadelle.

Et il se demandait s'il reviendrait de nouveau à l'air libre.

Martial, lui, pensait qu'il allait franchir pour la troisième fois cette enceinte.

Mais il ressentait malgré tout une certaine confiance, une sorte de divinité ayant semblé, en somme, le protéger jusque-là.

A leur arrivée dans la première cour, un des cavaliers d'avant-garde détourna la tête.

Martial désigna avec son épée le passage qui conduisait à la cour du donjon, indiquant ainsi la direction à suivre.

Il lui tardait de voir le seigneur de Kervien au milieu des soldats du duc de Noxford.

Le sabot pesamment ferré des chevaux retentit, avec une sonorité saisissante, sous la voûte.

Les gardes du poste qui se trouvaient à côté étaient sortis, respectueusement rangés sur le passage.

Qui eût cru à l'audace de conjurés assez téméraires pour s'introduire de la sorte dans la citadelle redoutée?

Un guichetier avait couru en hâte prévenir le nouveau gouverneur.

Celui-ci n'avait pas été prévenu de la visite du favori.

Il se passait donc quelque chose d'extraordinaire que Somerset s'était encore brusquement décidé à venir?

Il boucla son épée et descendit au plus vite les degrés de son appartement, afin de montrer son empressement, inquiet, se demandant s'il n'avait pas été l'objet d'une dénonciation de la part de quelque envieux.

Mais, chemin faisant, il se rappela que Somerset aimait à apparaître ainsi quelquefois à l'improviste, afin de tenir les gens en haleine.

Cela le rassura.

Cette réflexion avait également une grande valeur pour ceux qui venaient jouer cette partie terrible.

Le commandant de la citadelle aperçut le cortège au moment où il était près d'arriver à la porte même du donjon.

Il se précipita afin de présenter « ses humbles hommages à monseigneur le lord-duc ».

Mais les ordres étaient donnés, nul ne devait approcher du duc de Noxford, de celui que chacun prenait pour Somerset.

Les cavaliers ne bougèrent donc pas, coupant le chemin au gouverneur.

— Monseigneur..., — balbutia celui-ci. — Je venais...

Tout tremblant, il se demandait ce qui se passait pour que son chef redouté le tint ainsi à distance, ne faisant pas plus attention à lui.

Martial poussa son cheval de son côté.

Et la voix brève, — peut-être un peu tremblante, — il prononça :

— Ordre de mylord-duc, amener ici, de suite, le prisonnier français, Henri de Mercourt.

Le gouverneur eut un mouvement de surprise, il ne reconnaissait pas l'intonation de l'écuyer ordinaire du duc-rouge.

Mais celui qui venait de lui parler avait la visière de son casque à demi baissée, et il attribua à cela son changement de voix.

Du reste, le commandement qu'il venait de transmettre était péremptoire et ne souffrait aucun retard.

Et le maître se montrait assez mal disposé déjà sans que le gouverneur risquât de le mécontenter.

Il n'avait pas encore été nommé officiellement à ce grade de gouverneur qu'il occupait provisoirement, c'était le cas d'avoir l'échine souple.

— J'obéis, monseigneur, — balbutia-t-il.

Et il se dirigea rapidement vers l'entrée de la première section.

Henri de Mercourt avait, du fond de sa double cellule, perçu un bruit de chevaux.

— Somerset va reparaître, — se dit-il. — Amène-t-il le bourreau cette fois ?

Presque aussitôt, en effet, les serrures et les verrous des portes successives de sa prison grincèrent.

Debout et fier, le captif se tourna vers l'entrée.

Mais il ne vit paraître que le commandant de cette géhenne et ses guichetiers.

Ceux-ci s'approchèrent, détachèrent les cadenas qui reliaient les chaînes du prisonnier à la muraille.

— Allons, — pensa le captif, — ils vont me conduire probablement dans la salle de la question : Somerset se venge.

Et la voix cinglante :

— Votre indigne maître a donc prévenu le tourmenteur pour aujour-d'hui? Qu'il en finisse au plus vite!

Nul ne lui répondit : l'écuyer n'avait donné aucune explication.

Les geôliers emmenèrent le gentilhomme : lui marchait la tête haute.

Arrivé sur le seuil, il aperçut l'escorte silencieuse, immobile.

— Amenez ici le prisonnier, — commanda de nouveau, l'écuyer.

Henri de Mercourt eut une secousse galvanique qu'il réprima à demi.

Cette voix!... Était-ce possible?...

Et il pensa :

— On dirait celle de Martial!

Les porte-clés obéissaient.

L'écuyer écarta un des cavaliers et montra de la pointe de sa forte épée un espace vide au centre de l'escorte.

On y conduisit le prisonnier.

En même temps, sur un signe de lui, deux cavaliers mirent pied à terre et vinrent se placer de chaque côté d'Henri de Mercourt.

Ils se postaient là pour le maîtriser en apparence : en réalité pour le défendre s'il y avait lieu.

— Défaites toutes ses chaînes, — commanda encore l'écuyer.

Cette fois, et rapprochés comme ils l'étaient l'un de l'autre, Henri de Mercourt ne pouvait plus douter.

— Martial!... — se dit-il, — et sans doute des amis inconnus, héroï-ques, venant jouer le rôle périlleux de gardes de Somerset. Mais quel est celui qui représente le duc lui-même?...

Il n'osait regarder de crainte de trahir ces amis téméraires.

— Mon Dieu! — fit-il, — ayez pitié d'eux!

Il s'oubliait lui-même dans la situation effroyable où se trouvaient ceux qui voulaient être ses libérateurs.

Et cependant, c'était si attirant, si éblouissant... la liberté!

Ses mains libres maintenant se crispaient, attendant, espérant qu'on allait lui glisser une arme, car il voulait être prêt à combattre, prêt à mourir si ses amis venaient à être découverts.

Ses craintes étaient justifiées : le gouverneur, surpris à la fin, s'approchait de nouveau.

— Ne me direz-vous rien, au moins, monseigneur? — demanda-t-il. — Comment devrai-je lever l'écrou?

Le danger était imminent.

Si le duc de Noxford prononçait une seule parole, la supercherie serait découverte.

Et aussitôt la garnison de la citadelle, que Somerset avait fait tripler, entourerait les trop hardis cavaliers, et il n'y aurait plus d'espoir que dans l'assaut donné par les truands et les bourgeois de Fabers.

Mais le descendant des Lancastre avait pris des renseignements sûrs depuis le matin.

Il savait que le gouverneur actuel attendait chaque jour sa nomination.

Il tourna la tête avec hauteur vers le fonctionnaire qui osait l'interpeller.

Puis, par une sorte de méprisante bienveillance, il laissa tomber quelques mots à mi-voix.

— Monseigneur a dit?... — interrogea le commandant.

— Mylord-duc dit que demain vous serez satisfait... s'il l'est de vous aussi cette nuit, — traduisit l'écuyer. — Et il ordonne de se remettre en marche... et vous en garde!

Le gouverneur intérimaire serait satisfait. Il ne pouvait s'agir que de sa nomination. Le courtisan vénal ne vit, n'entendit que cela.

Oh! dans ce cas, le favori de la reine pouvait être tranquille; celui à qui il venait de faire cette promesse ne se coucherait plutôt pas de toute la nuit pour faire irréprochablement son métier de chien de garde.

Toute autre pensée disparut de son esprit.

Le lendemain, il cesserait d'être un dominateur inquiet et passager dans cette prison.

Le lendemain, il serait réellement, définitivement le premier de ces tourmenteurs et de ces geôliers.

Quelle joie et quel orgueil!...

Aussi, pour montrer l'ivresse qu'il ressentait déjà, pour témoigner de son empressement dévoué, il accompagnerait en personne Son Altesse jusqu'à la porte de la citadelle... l'échine courbée!

Le duc de Noxford, Martial, Henri de Mercourt, chacun bouillait, comprenant le péril d'une telle compagnie.

Cependant, impossible de s'en débarrasser.

Heureusement que, pour abréger les angoisses qu'ils ressentaient, tous les guichetiers de l'entrée, en entendant s'approcher de nouveau l'escorte de celui qu'ils croyaient être le terrible duc-rouge rouvrirent d'eux-mêmes les portes.

Martial fut sur le point de saisir alors son maître, de l'enlever sur sa selle et de crier aux cavaliers de s'élancer.

Il se contint cependant, et l'escorte frémissante, prise d'une émotion haletante, franchit de nouveau ce seuil redouté, tandis que le gouverneur, se voyant déjà nanti du parchemin désiré, se confondait en salutations obséquieuses et que les lourds battants de la porte commençaient à se refermer.

Il se rejeta au milieu de sa chambre, livide.

CLI

SUS A SOMERSET!

ES portes massives de la Tour de Londres s'étaient donc refer-
mées... mais lentement, comme à regret.

Henri de Mercourt était libre!...

Silencieusement, encore profondément impressionné, le cortège franchit le pont-levis.

Liv. 297. — H. GEFFROY, édit. — Reproduction interdite.

297

La sentinelle qui s'y trouvait s'était écartée en apercevant l'uniforme des gardes de Somerset, demeurant à distance au port d'arme.

Martial avait franchi ces dangereux passages, l'œil ardemment fixé sur le vicomte de Mercourt, prêt à se ruer sur quiconque aurait voulu poser de nouveau la main sur lui.

— Un cheval! — dit-il sourdement au garde le plus près de lui.

Le duc de Noxford l'entendit, et il étendit la main pour commander de faire halte.

Le seigneur de Kervien, celui qui avait été son libérateur, devait monter en selle solennellement, comme un gentilhomme, et non d'une façon furtive, en évadé.

Ils étaient hors de la citadelle, et si l'alarme venait à être donnée, ils se trouvaient assez nombreux pour forcer, à la nécessité, le passage d'une des portes de la ville et gagner la campagne.

— Un cheval!... la liberté!... n'est-ce point un rêve?... — prononça Henri de Mercourt. — Oh! merci, merci!

Et il sauta en selle d'un seul élan.

Martial lui tendit son épée.

Le gentilhomme eut un geste de refus, ne voulant pas voir son écuyer se désarmer pour lui.

— Il me reste ma hache d'armes, monseigneur, — répondit le fils de Jean Dacier.

Un des deux soldats, placés jusqu'alors à côté de lui, reprit rapidement sa monture; l'autre sauta en croupe.

Et la troupe audacieuse se remit en marche, tandis que des figures curieuses se montraient aux meurtrières de la Tour de Londres : les défenseurs de la citadelle pris soudain d'un soupçon étrange en présence des paroles parvenues vaguement jusqu'à eux... et de ce qu'ils entrevoyaient d'une façon confuse.

Car au bruit causé par les sabots des chevaux sur le tablier du pont, des corps invisibles étaient sortis des coins d'ombre impénétrables.

Un signal étrange coupe l'air, augmentant l'inquiétude des gardiens de la forteresse, et une masse humaine, grouillante, se presse, reflue vers la citadelle.

C'étaient les truands, dont les estafettes avaient signalé la sortie de la cavalcade du faux Duc-Rouge.

Ils accouraient, ayant hâte de manifester leur joie.

Les bourgeois commandés par Fabers, voyant les truands s'ébranler, s'avançaient aussi, afin ne n'être pas des derniers, quoi qu'il dût arriver.

Un ombre gigantesque s'avançait à la tête des truands : c'était l'Archonte.

Il aperçut l'écharpe flottant sur la cuirasse de Martial.

Alors une acclamation sonore, retentissante, jaillit de sa large poitrine :

— Le cul-de-jatte est sain et sauf, hourrah ! trois fois hourrah !

Et la soif de la bataille qui sourdait dans son cerveau comme dans celui de tous les truands, — qui attendaient depuis des heures la main sur leur armes, — faisant explosion à la fin, d'un accent terrible comme un coup de tonnerre, il ajouta :

— Mort à Somerset !...

Les défenseurs de la Tour de Londres tressaillirent.

Les soupçons, les anxiétés qui venaient de les prendre se trouvaient soudainement justifiées par ce cri significatif.

— Mort à Somerset ! — répondirent des voix rauques, gutturales.

Et leur tempête étouffa la sonnerie des trompettes d'alarme qui retentirent soudain dans la citadelle.

— Oui, à bas le lâche Somerset ! A mort le tyran ! — répondirent les voix graves et fortes du groupe des bourgeois non moins ardents et non moins résolus.

Un coup de canon, parti d'une meurtrière au-dessus de la porte, afin de signaler l'évasion d'un captif et la révolte, éclaira d'un éclat rapide et fulgurant cette scène imprévue et ses centaines de héros.

Henri de Mercourt et Martial reconnurent en même temps Fabers et ses marchands.

— Messeigneurs ! — cria le corroyeur à Henri de Mercourt et au duc de Noxford, — il faut abattre le sanglier cette nuit, ou demain le sang du peuple payera votre liberté. Sus à Somerset !

— Fabers ! je suis avec vous ! — lança la voix éclatante du seigneur de Kervien.

— Moi aussi ! — ajouta Martial, résolu à ne pas se séparer de son maître et décidé également à protéger de tous ses moyens l'artisan.

— Liesse donc et carnage ! — rugit l'accent grondant du chef des truands. — Frères de la sainte pègre, sus tous au palais du lord-duc... Mort, sang... carnage et revanche !

Une huée formidable qui n'avait presque plus rien d'humain, fit trembler la ville réveillée par le coup de canon.

Et pareilles au flot débordant les digues, les deux troupes des truands et des bourgeois s'élancèrent du côté où se trouvait le palais du duc de Somerset.

Henri de Mercourt se tourna vers le descendant des Lancastres.

Et la main tendue, la voix vibrante :

— Monseigneur, je vous dois la vie, car mon séjour dans cette prison devait être ma mort, je l'attendais prochaine. Merci donc, monseigneur. Mais ces braves gens ont droit aussi à ma reconnaissance, et je ne puis les abandonner ; je dois les suivre. Encore une fois, merci donc, mylord duc, et adieu !

La main du duc de Noxford se posa sur son poignet,

Revenu des agitations de la vie, le noble rejeton des anciens rois avait l'intention de rejoindre son château, sa dette payée par la délivrance du gentilhomme français.

Mais quoi, se retirer ainsi lorsque le sang allait couler, lorsqu'il allait couler surtout pour délivrer la patrie d'une tyrannie criminelle, insupportable!...

Il lui semblait que son départ ressemblerait à une fuite, à une désertion.

Les paroles d'Henri de Mercourt achevèrent de le décider.

— Vous n'irez pas seul, — prononça-t-il avec force. — On va se battre, je serai avec vous.

Et se tournant vers ses cavaliers :

— En avant, tous !

Et il piqua son cheval de l'éperon, donnant lui-même l'exemple pour rejoindre et pour dépasser les deux autres troupes, lancées avec un fracas de tonnerre.

CLII

LE BÉLIER

OMERSET dormait, étendu sur un lit somptueux, lorsque le canon d'alarme de la Tour de Londres le réveilla en sursaut.

Il se dressa sur son séant et porta d'instinct la main à la dague placée à son chevet.

— Holà, mes gens! — cria-t-il d'une voix empâtée et confuse, encore sous l'empire du premier sommeil.

Son accent trop étouffé et trop rauque ne parvint pas jusqu'aux serviteurs de garde dans son antichambre.

Il allait frapper sur un timbre.

Mais il s'arrêta soudain, le cou tendu, écoutant.

Une rumeur lointaine, telle qu'un halètement d'orage, un grondement de tempête où se mêlaient des échos de voix humaines, venait de frapper son oreille.

— Que signifie cela? — fit-il, la pâleur sur ses traits. — Serait-ce l'annonce d'une rébellion?

Le soulèvement général du peuple... la terreur constante du lâche favori!...

Les complots, les conspirations des courtisans, cela ne lui faisait guère peur : il les broyait sous sa main de fer.

Mais le bas peuple se révoltant contre lui, se ruant contre son palais, voilà ce qui l'épouvantait!

Car le peuple soulevé, c'est une mer en furie : rien ne lui résiste.

Dans l'épouvante qui l'envahissait, il se laissa glisser à bas de son lit, courut à la fenêtre la plus proche et l'ouvrit.

Une rafale de cris arriva à lui, plus distincte. Il crut entendre son nom et écouta plus âprement.

— Oui, — fit-il tout d'un coup, — je ne me trompe pas. Mon nom, jeté avec colère, avec menace, avec malédiction!... J'ai entendu mon nom.

« C'est la rébellion!... C'est le soulèvement de ce peuple de misérables. C'est à moi qu'ils en veulent, et je n'ai presque personne pour me défendre.

Il se rejeta au milieu de sa chambre, livide.

— A moi ! — cria-t-il. — A moi tous, par l'enfer !

Sa voix claquait comme le tocsin de la mort.

Ses serviteurs et ses gardes, inquiets et troublés, eux aussi, l'entendirent et firent irruption dans la salle.

Le lâche favori se sentit alors un peu plus rassuré.

Ces hommes le défendraient ; son existence, le maintien de sa domination, n'était-ce pas leur propre vie, n'était-ce point leur fortune ?

— Mon écuyer ! — commanda-t-il. — Tout le monde sous les armes !

Il réclamait son écuyer ; mais celui-ci, attiré au dehors par quelque intrigue d'amour, entendait, lui aussi, à cet instant les cris de mort proférés contre Somerset.

Et, non moins lâche que son maître, réellement digne de lui, il restait là où il était, désireux de se faire oublier !

Dans le palais, tous les gardes, tous les serviteurs, réveillés depuis le commencement par le coup de canon, étaient déjà debout, se regardant anxieux.

Ils connaissaient les haines suscitées par leur chef : ils avaient conscience que le jour où le torrent populaire viendrait battre les murs du palais qu'ils gardaient c'en serait fait d'eux-mêmes.

Plus blêmes, plus défaits qu'eux tous, les policiers qui se tenaient toujours en permanence dans la demeure de Somerset écoutaient, analysaient les rumeurs de plus en plus rapprochées.

Eux, par exemple, étaient franchement lâches, de même qu'ils s'étaient toujours montrés acharnés et cruels.

— Il faut voir ce qui se passe pour aviser, milord-duc, — bégaya l'un d'eux.

Et, écartant le gardien de la porte qui se tenait, exsangue, derrière les battants verrouillés, il entr'ouvrit et se glissa au dehors.

Tous suivirent, se coulant dans la nuit... et ne revinrent pas.

Ils avaient flairé le péril et fuyaient à la hâte.

Des pas saccadés résonnèrent dans l'escalier : c'était Somerset qui venait inspecter sa garnison.

Il faisait des efforts violents pour paraître calme, comprenant que sa terreur enlèverait tout courage à ses soldats.

Malgré cela, ses traits contractés, son regard louche trahissaient son trouble profond.

Il compta le nombre de ses gardes, constata des défections, quelques-uns étant restés près des issues dérobées comme pour les garantir, en réalité pour pouvoir se sauver plus facilement.

Et il ne parvint pas à cacher son angoisse.

— Ce n'est qu'une mutinerie, — prononça-t-il d'une voix qu'il essaya de rendre ferme. — Tenez bon, le temps de permettre aux troupes de se rassembler et de châtier ces trouble-repos comme ils le méritent.

Il leur assigna leurs postes de combat, tandis que ses lèvres tremblaient, car il entendait maintenant les rumeurs populaires se rapprocher rapidement.

Soupçonneux, se demandant s'il n'y avait pas, parmi ces hommes, des traîtres de connivence avec les assaillants, il voulut visiter toutes les issues.

Près d'une d'elles, au fond des communs, il découvrit un groupe de serviteurs prêts à disparaître au premier danger.

Somerset eut envie de faire comme eux, de les devancer même et d'aller chercher un refuge auprès de la reine.

Mais il eut peur d'être reconnu en route et d'être massacré.

Il avisa un de ses valets qu'il avait déjà employé à certaines missions de confiance.

— Cours chez la reine, — lui ordonna-t-il. — Dis-lui ce qui se passe. Apprends-lui que je n'ai auprès de moi qu'un nombre d'hommes insuffisant pour résister longtemps.

Il allait ajouter qu'il la suppliait, au nom de leur amour, d'envoyer à son aide.

Mais il connaissait son orgueilleuse maîtresse.

Il savait que mettre un tiers dans la confidence de leur liaison, connue de tous cependant, ce serait sa perte, certaine, son abandon irrémédiable et sa condamnation.

Le valet à qui il donnait cette permission se hâta d'en profiter.

Il allait se mettre à l'abri, et si les choses tournaient bien, il n'aurait pas, lui, du moins, abandonné son poste.

Un autre laquais balbutia :

— Monseigneur, s'il est seul, qu'il soit rencontré par les mutins, il sera tué, et le message de Votre Seigneurie n'arrivera pas à Sa Majesté. Il faudrait deux ou trois hommes.

Sommerset regarda pesamment celui qui venait de parler : il devinait son but. Mais ce lâche avait raison, il fallait deux ou trois hommes pour être sûr que l'un d'eux arriverait auprès d'Élisabeth.

— Toi, toi, — dit-il en désignant ce laquais et un de ses camarades, — allez aussi. Et répétez à la reine ce que j'ai dit, si vous ne voulez pas que je fasse trancher la tête, demain, à qui m'aura mal servi.

Les trois hommes se jetèrent au dehors, croyant déjà sentir la mort derrière eux.

Le regard en dessous, Somerset se dirigea vers l'escalier afin de se barricader dans ses appartements.

Sa main se crispa sur la rampe. La tempête des cris et des imprécations venait d'éclater au bout de la rue.

Le flot humain roulait comme un torrent.

Il vint se briser contre les murailles du palais.

— A mort, Somerset! à mort! — clamèrent des voix irritées.

Et une houle humaine vint se briser contre le double battant de la porte bardée de fer.

— Feu! — hurla le favori d'une voix rauque.

Vingt mousquets vomirent à la foule le feu, le plomb et la mort.

Des malédictions et des blasphèmes répondirent à cette tuerie, et dix haches essayèrent d'ébranler, d'entamer la porte.

— Place! place! — clamaient Henri de Mercourt, le duc de Noxford et Martial, afin de prendre la tête de l'attaque.

On ne les écoutait pas, on ne les entendait pas, la meute des truands rendue folle, furieuse, enragée, par le sang de ceux des siens qui venaient de tomber.

— Tue! tue! — hurlait Somerset à l'intérieur.

Les mousquets tiraient maintenant en rafales.

L'Archonte avait ébréché sa hache contre une ferrure. A la lueur des détonations, il aperçut une potence dressée depuis peu en face du palais de Somerset, à la place où se trouvait autrefois un oratoire que le favori avait fait raser complètement pour y élever sous ses yeux cet emblème de sa domination.

Le colosse eut un cri de joie formidable, et se rua de ce côté...

En deux de ses bonds qui firent trembler le sol, il arriva jusqu'au gibet, l'enlaça de ses bras énormes, exhala un han! terrible, une haletée de soufflet de forge.

Le bois vacilla.

L'hercule serra plus fort, incrustant l'arête du bois dans ses chairs... un craquement se fit entendre :

— Male-mort! — gronda-t-il.

Il planta ses doigts au plus haut qu'il put, tira de toute la pesanteur de son corps éléphantesque, — et roula à terre avec la potence abattue d'un coup.

Il se releva joyeux, effrayant, clamant :

— Ah! je périrai vengé au moins, — siffla Somerset.

Les truands avaient vu, avaient deviné.

Des mains se joignirent aux siennes autant qu'il y avait de place sur le bois.

Et ce bélier arriva sur la porte avec la force d'un coup de canon.

Les battants tremblèrent, les gonds sautèrent, ébranlés dans leurs alvéoles.

En haut, Somerset verdit.

Il songea à la porte dérobée par où les laquais étaient sortis.

Mais il hésita :

A l'éclair des détonations, il avait reconnu les truands en nombre incalculable, cette fois.

Ils devaient cerner les environs, et ils lui feraient subir certainement une mort horrible.

Il eut un long frisson d'angoisse en songeant aux tortures qu'il avait infligées à ses innombrables victimes...

Le vicomte de Mercourt et le duc de Noxford, prévoyant les excès auxquels ces hommes étaient capables de se livrer, s'efforçaient d'avancer, de fendre leurs rangs tumultueux.

Martial et Fabers étaient avec eux.

— Allons-y ! Et ensemble ! — lançait à ce moment l'accent grave et guttural de l'Archonte.

Le bélier arriva de nouveau avec la force irrésistible d'un coup de foudre.

La porte sursauta, les planches à moitié disjointes. Et elle s'ouvrit brusquement toute grande, les ferrures arrachées, tordues, les deux battants jetés de côté.

— A nous ! — gronda l'accent tonitruant de l'Archonte.

Et la cohue, la meute forcenée, sanglante des gueux de Londres s'engouffra dans le corridor.

CLIV

LA JUSTICE DU PEUPLE !

OMERSET, défait, horrible à voir, avait entendu craquer et s'ouvrir la porte.

Il perçut l'envahissement de son palais par la multitude assoiffée de vengeance et de sang.

Et, dans l'épouvante qui l'étreignait, oubliant même qu'il avait été soldat autrefois, il eut peur de la mort et bondit dans l'escalier qui montait dans les étages supérieurs.

Ses gardes s'étaient enfuis, jetant leurs armes, ou, à genoux, imploraient grâce et merci !

Le descendant des Lancastre et le gentilhomme français arrivaient à ce moment auprès du chef des truands.

Martial, qui ne les quittait pas d'une semelle ainsi que Fabers, mit la main sur l'épaule du colosse.

Celui-ci se détourna, farouche. On était en lutte, il voulait sa proie.

Mais il reconnut l'écuyer et se radoucit.

— Ah ! c'est toi, le cul-de-jatte. Que me veux-tu ?

— Tu es bien brave, — fit Martial. — Mais voici les chefs : l'ennemi acculé va se défendre avec désespoir ; ils réclament leurs places au danger.

L'hercule regarda les deux gentilshommes, devina leurs pensées :

C'étaient des gens policés et ils ne devaient pas vouloir de massacre.

— Plus d'un de nos frères est déjà couché dans la mort, — grogna-t-il ; — le chien n'aime pas à ce qu'on lui arrache l'os qu'il est en train de ronger.

— Rassure-toi, — répondit Martial. — Somerset a trop de crimes sur la conscience ; il doit périr : les mânes de nos frères massacrés lors du combat où nous étions l'un et l'autre seront vengés.

— Cela va alors, — acquiesça l'Archonte. — Mais faisons vite, mes dogues grognent et enragent.

Et il s'effaça devant les deux gentilshommes en même temps qu'il montrait de la main ses truands frémissants.

Henri de Mercourt et le duc de Noxford s'avancèrent rapidement jusqu'au bas de l'escalier où un officier montait la garde autrefois, comme dans le palais d'un souverain... que nul ne défendait pl...

— Somerset, — proclama alors le gentilhomme français d'une voix éclatante, — prépare-toi, l'heure de ton châtiment est venue !

Et il mit le premier le pied sur les marches de marbre.

Il tenait à la main l'épée nue que Martial lui avait remise.

Le duc de Noxford, Martial, Fabers, l'Archonte, les bourgeois, les artisans et les truands mêlés le suivaient, ces derniers se retenant pour ne pas bondir, le devancer, et contenus cependant par l'éclat de son regard et la puissance de son attitude.

Somerset, un pistolet dans une main et son épée dans l'autre, avait gagné les combles.

La voix menaçante d'Henri de Mercourt vint l'y trouver... et ses dents s'entrechoquèrent de peur, car il comprit que le gentilhomme français, arraché à la Tour de Londres, il ne savait comment, était à la tête des assaillants.

Et il se disait qu'il serait certainement sans pitié comme lui-même était résolu à l'être.

Quelques serviteurs, quelques gardes, inquiets, incertains de ce qu'ils allaient faire, l'entouraient encore.

— Des grades et de l'or à chacun de vous si vous me défendez et si j'échappe à mes ennemis, — bégaya-t-il.

De l'or, des grades ?... Le favori serait-il seulement encore vivant le lendemain ?...

La clameur d'une foule irritée montait jusqu'à eux, en même temps qu'une marée humaine s'engouffrait.

Cinq des gardes de Somerset s'établirent sur la dernière marche, le glaive nu, afin d'essayer d'en imposer, tenter un effort suprême, mais le trouble au fond de leur âme.

Ils aperçurent la cohue de têtes, de bras, d'épées et de coutelas qui montait... et ils s'entre-regardèrent.

Henri de Mercourt franchit rapidement les quelques marches qui le séparaient encore d'eux, abaissa son épée et mit la main sur l'épaule du premier.

— Place ! — commanda-t-il.

L'homme le regarda une demi-seconde, abaissa les paupières et se recula.

Les autres gardes l'imitèrent.

— Grâce pour ces soldats ! — prononça le vicomte de Mercourt d'un accent sonore. — Ils se rendent !

Et il passa.

Une porte était devant eux, fermée. L'Archonte, d'un coup d'épaule, la jeta par terre.

Une poussée venue d'en bas fit refluer, dans la pièce ainsi forcée, l'état-major des assaillants et quelques-uns des truands, des bourgeois, des artisans aussi.

Cinq ou six hommes étaient devant eux, dont Somerset, méconnaissable, cadavéreux.

— Défendez-moi donc, lâches ! — râla-t-il à ses derniers serviteurs.

— Monseigneur, la lutte est inutile, — balbutia l'un d'eux.

Et, en signe de soumission, il jeta la pique dont il était armé.

— Ah ! je périrai vengé, au moins ! — siffla Somerset.

Et, retrouvant un peu de courage pour un meurtre de plus, il visa rapidement Henri de Mercourt et fit feu.

Rien ne protégeait le gentilhomme français : il était perdu.

Mais Martial avait vu le geste de Somerset et il s'était déjà élancé.

La balle résonna avec un bruit métallique sur sa cuirasse, la creva en raison du peu de distance, — et meurtrit sa poitrine.

Dix cris avaient jailli... Cris d'effroi et de colère.

L'écuyer français se mit à rire.

— Le sanglier forcé a fait marcher ses boutoirs, hallali !

— Hallali ! saignez la bête ! — répondirent vingt voix, puis cent autres, mille autres à l'intérieur du palais et au dehors.

Car Londres, le vieux Londres, s'était soulevé tout entier à la fin, voyant le branle donné.

Mais Henri de Mercourt imposa silence d'un geste plein d'autorité.

— Ce qui va se passer doit être un acte de justice et non un massacre, un meurtre, — dit-il. — Que chacun fasse connaître les griefs qu'il a contre cet homme, et celui qui aura le plus à se plaindre de lui sera le justicier.

— Bravo, — fit l'Archonte. — J'y souscris pour la Sainte-Pègre.

Et avançant sa masse noueuse, effrayante :

— Je demande à abattre la tête de cet homme, parce que beaucoup des nôtres sont tombés en combat, il y a quelque temps, dans la Tour de Londres, et surtout parce qu'il a fait achever les blessés.

— Ton droit est plus ou moins juste ; à un autre !

Et remarquant l'attitude noble et réservée du duc de Noxford :

— Et vous, monseigneur ?

Le vieux duc répondit :

— J'ai passé presque toute ma vie dans un cachot souterrain de la Tour de Londres, et je réclame un combat singulier avec ce noble indigne, afin de lui permettre de mourir les armes à la main !

« C'est ainsi que les Lancastre se vengent.

— Moi, — fit Henri de Mercourt, — je requiers même licence pour punir ce misérable de tous ses crimes, au nom de lord Mercy le Juste !

Somerset, acculé au mur, les membres agités d'un tremblement convulsif, suivait avec le regard de l'abjection cette scène rapide, terrible.

Quelle que fût la voix qu'il entendit, c'était la mort, toujours la mort.

Fabers s'avança.

Et l'accent lent, profond, il dit :

— J'avais un fils, bon, brave et beau... Si brave et si beau qu'une femme de la noblesse eut le malheur de l'aimer.

« Il méritait son amour. On me le rapporta un jour, les membres roidis... assassiné.

Et tragique, étendant la main, montrant Somerset rapetissé sous son geste de malédiction et de haine farouche :

— Et l'homme qui a tué mon fils, le voici !...

« Duc de Somerset, je suis Fabers le corroyeur, et je te demande compte du sang de mon enfant !

Et frappant avec force sur sa poitrine :

— Car c'est moi, n'est-ce pas, qui ai droit le premier à la vie de cet homme ?

« Le père sera le vengeur de son fils.

Son attitude, son geste, sa voix étaient bien ceux de la justice si longtemps bafouée, méprisée, piétinée.

Cet homme représentait tout un peuple écrasé pendant des années par le louche favori.

Le même frisson galvanique passa dans tous ceux qui étaient là.

— Oui ! oui ! — répondirent vingt voix. — Au père, au père le premier !

Fabers fit deux pas en avant.

— Duc de Somerset, infâme et criminel, — défia-t-il avec une solennité devenue saisissante, — défends-toi, si tu ne veux pas que je t'abatte comme on abat une bête enragée.

Le lâche courtisan coula vers lui un regard sanglant.

La terreur lui rendit non pas de l'audace ; mais l'espérance d'en imposer encore, et d'échapper ainsi à la mort.

— Tu oublies que je suis lord-chief de la haute justice et que le crime de rébellion que vous commettez à cette heure relève de mon autorité.

Un éclat de rire méprisant accompagné d'invectives triviales de la part des truands lui répondit.

Fabers s'approcha plus encore.

— Défends-toi!

Somerset vit l'épée de l'artisan auprès de sa poitrine et, s'écrasant contre la muraille, il tendit la sienne.

Mais sa main tremblait et la lame cliquetait contre celle de Fabers.

Le duc de Noxford et Henri de Mercourt avaient honte vraiment de voir un homme de la noblesse mourir aussi ignominieusement.

Tout à coup, l'amant d'Élisabeth se rappela que son adversaire, en sa qualité d'homme du peuple, ne devait pas connaître le maniement des armes.

Et, se baissant brusquement, il essaya de porter à Fabers un coup mortel dans le flanc.

Mais celui-ci avait vu luire son œil louche.

D'un coup de revers, il écarta la lame traîtresse.

— Péris donc! misérable! — clama-t-il en même temps.

Et étendant le bras, il enfonça sa lame tout entière dans la gorge du scélérat, qui venait de se découvrir dans son attaque déloyale.

Les yeux du tyran s'agrandirent comme s'ils allaient jaillir de leurs orbites, du sang moussa autour de l'épée de Fabers, et, glissant lentement, le corps de celui qui avait fait trembler un peuple durant des années s'affala, s'écrasa à terre, ainsi qu'un paquet de chairs mortes.

Des rugissements stridents éclatèrent alors, et les truands dont l'heure était venue s'élancèrent.

La justice avait eu son tour, c'était le leur à présent.

Somerset râlait, mais il vivait encore.

— Le sanglier pourrait en revenir, — lança l'Archonte.

Et, féroce, d'un coup de sa hache redoutable, il lui ouvrit la tête.

Un truand planta son couteau dans la poitrine du favori et l'y laissa.

— Sur la claie! — ordonna le colosse. — Et au palais de la reine!

Quelques truands saisirent le cadavre de Somerset par les jambes et le traînèrent avec des rires sauvages jusqu'à l'escalier.

Henri de Mercourt, le duc de Noxford, Martial et Fabers ne pouvaient plus rien contre cette horde démuselée.

Les bourgeois, les travailleurs étaient peut-être plus féroces encore que les truands, ayant souffert davantage qu'eux de la tyrannie du bandit titré.

On entendait le crâne fendu de Somerset sonner lugubrement sur les marches de l'escalier où son cadavre laissait une traînée rouge et visqueuse.

L'Archonte s'approcha de Martial.

— La bataille est finie, le cul-de-jatte, — dit-il. — Le chef n'a pas le droit de quitter ses soldats. Je vais avec eux au logis de la reine. Demain ce sera liesse pour tous.

« Adieu, mais comme autrefois souviens-toi que le royaume des gueux t'est toujours ouvert.

« Adieu encore, adieu !

— Adieu l'Archonte ! — prononça l'écuyer d'une voix émue.

Il se souvenait que, sous l'enveloppe épaisse de cette brute alourdie, battait un cœur et que le chef des truands lui avait sauvé la vie.

Sa main serra fortement celle que l'Archonte lui tendait.

Et celui-ci, avec un rire énorme et pesant, s'élança, faisant craquer les marches sous son poids, pour rejoindre ses hommes.

Une rafale de clameurs, d'acclamations et de malédictions mêlées, apprirent au vicomte de Mercourt et à ses compagnons que les truands étaient arrivés dans la rue avec leur sanglant trophée.

— A la Tamise le cadavre ! — lancèrent cent voix.

— Non ! non ! chez la reine !...

Et cette rumeur claqua, immense, unanime, dominant tout :

— Au palais d'Élisabeth la Sanglante !...

Et un tumulte de pas, de cris, de retentissements d'armes et de chansons farouches, s'éloignant dans des rafales de tempête, annoncèrent que le peuple révolté, — et délivré, — se portait en masse vers la résidence d'Élisabeth.

Le duc de Noxford, Henri de Mercourt, Martial et Fabers quittèrent alors la salle où justice venait d'être faite.

Et descendant l'escalier marqué du sang noir de Somerset, ils sortirent de ce palais, devant lequel nul ne passait sans trembler auparavant, et qui n'était plus maintenant qu'une demeure abandonnée et vide.

Détail typique dans cette révolution :

Les révoltés, les malandrins avaient tué : nul n'avait volé !

Le peuple est ainsi, bon ou féroce, mais toujours honnête...

Élisabeth, pâle et raide, parut au balcon.

CLV

ÉVOLUTION ROYALE

ÉLISABETH avait entendu, elle aussi, le canon de la Tour de Londres et les clameurs irritées dans lesquelles n'avaient pas tardé à se mêler les rancunes et les colères de tout un peuple.

Quelques-uns de ses courtisans, policiers empressés et zélés, dès que

leur intérêt était en jeu, étaient accourus lui annoncer que le soulèvement qui gagnait à chaque instant du terrain avait lieu contre son favori.

Après un premier serrement de cœur, Elisabeth avait rapidement
analysé la situation.

— Lorsqu'un fleuve crève ses digues, il vaut mieux lui ouvrir une
tranchée que de le laisser étendre ses ravages, — se dit-elle.

« Eh bien, que le torrent populaire fasse donc sa trouée lui-même et
il se trouvera ensuite apaisé!

A tout prendre, du reste, Somerset commençait à lui peser à certaines
heures.

L'astucieuse souveraine avait édifié, étendu, élargi son pouvoir par
la cruauté; elle jugeait que l'heure était venue de le consolider par la
piété, — ou plutôt l'hypocrisie de la piété.

Quand le diable se fait vieux, dit le proverbe, il se fait ermite.

Mais sa liaison avec Somerset gênait cette évolution.

Lui disparu, cette évolution allait s'opérer d'elle-même.

Et en y réfléchissant, elle était heureuse de la révolte de ce peuple
qui allait sans doute la débarrasser de son amant.

Aussi, lorsque les serviteurs de Somerset, parvenant jusqu'à elle,
vinrent lui répéter le cri de détresse de leur maître, au lieu d'envoyer
auprès de lui les régiments qu'il demandait, elle les appela auprès de
sa personne pour se protéger elle-même.

Elle n'hésitait pas à sacrifier complètement l'homme qui, le matin
même encore, sortait de son alcôve royale.

Et lorsque les milliers et les milliers de révoltés firent irruption
devant son palais, réclamant son apparition, Elisabeth pâle et raide, mais
audacieuse encore, parut au balcon.

La horde grouillante des truands était immédiatement au-dessous
d'elle, traînant par les jambes le cadavre déchiqueté de Somerset.

Des centaines de torches l'éclairaient de leur lueur sanglante.

La reine abaissa lentement son regard sur la dépouille de l'homme
qu'elle avait élevé aux plus hautes dignités, de l'homme qui avait été son
amant!...

Et, comme si elle n'avait rien vu... elle salua la foule.

Ayant, ainsi, sanctionné le meurtre, ou plutôt l'exécution accomplie,
elle se retira...

Le peuple avait alors continué sa promenade, traînant toujours après
lui son sinistre trophée.

Et au jour levant, las d'avoir charge de cette loque humaine, il précipita le cadavre dans la Tamise.

Les funérailles de Somerset étaient faites.

A la même heure, Elisabeth, craignant de voir le déchaînement populaire refluer contre son trône, rendait un édit par lequel elle abolissait certaines ordonnances prises auparavant par Somerset.

Elle annonçait en même temps que les prisons allaient être rouvertes et tous les prisonniers politiques rendus à la liberté.

Une amnistie générale terminait cette proclamation dans laquelle la reine s'engageait solennellement à consacrer désormais sa vie à Dieu et à son peuple « bien-aimé ».

Les cachots de la Tour de Londres s'étaient effectivement vidés en grande partie.

Elisabeth n'avait fait exception que pour ses ennemis personnels.

Le fils de Stewart Bolton, le comte Percy de Verbrock, avait bien été emprisonné par ordre de Somerset, mais quelques paroles menaçantes prononcées par le jeune homme étaient venues aux oreilles d'Elisabeth...

C'était plus qu'il n'en fallait pour décider de son sort.

Élisabeth avait appelé auprès d'elle, pour lui lire le registre d'écrou de la Tour de Londres, le gouverneur intérimaire de la forteresse.

Celui-ci, qui désirait ardemment être titularisé dans son poste, jugea ne pouvoir mieux faire que de se prononcer contre le favori tombé.

— Le comte de Verbrock, si irrespectueux envers Votre Majesté, était une créature de lord Somerset, — insinua-t-il.

— Qu'il vive et qu'il meure dans son cachot ! — répondit la reine.

Elle savait que cette condamnation plairait à la noblesse et était une des choses qui consolidaient son trône à cause de la façon scandaleuse dont le fils de Stewart Bolton avait été anobli.

L'ancien intendant pouvait encore nourrir des projets d'ambition s'il le voulait : le fils pour lequel il ne se sentait jamais assez riche, ce fils déjà criminel à l'aurore de sa vie finirait cette vie astucieuse et louche dans un cachot obscur.

L'amnistie proclamée dans l'édit royal permettait au duc de Noxford, au vicomte de Mercourt et à tous leurs amis de se montrer enfin au grand jour.

Le descendant des Lancastre, invité au palais pour s'y voir investi d'une haute charge, déclina cet honneur.

Le souci du grand nom qu'il portait et l'adversité lui avaient appris les bienfaits d'une retraite digne et noble.

En outre, en présence de Martial, il avait annoncé à Henri de Mercourt la présence, dans sa résidence fortifiée, de la petite-fille de lord Mercy, arrivée sous la conduite du brave écuyer.

Et, tous ensemble, ils avaient hâte de retourner au château de Noxford.

Malgré l'adieu échangé avec l'Archonte dans la demeure de Somerset, Martial était retourné dans le royaume des truands.

Il était allé s'acquitter, au nom de son maître et du duc, de toutes les promesses qu'il leur avait faites.

Et il les avait quittés définitivement, après une véritable solennité et la remise d'un parchemin, d'un « bref » qui, chose étrange et cependant exacte dans les annales de l'ancienne truanderie, devait lui assurer la protection et l'aide des truands dans quelque partie de l'Europe que ce fût...

Henri de Mercourt et son écuyer embrassèrent ensuite fraternellement Fabers, le courageux et fidèle corroyeur, le « Justicier », comme le peuple le nommait à présent.

Et ils se séparèrent en se promettant de se revoir, lorsqu'on aurait des nouvelles de lord Mercy, ainsi que de Wilkie et d'Annie, si vaillants et si dévoués l'un et l'autre.

Puis Henri de Mercourt, ivre de liberté et d'espoir; le duc de Noxford, l'esprit heureux et l'âme allégée ; Martial, oubliant, aux côtés de son seigneur et ami, toutes ses souffrances passées, reprirent le chemin des montagnes, suivis de leur escorte, au trot joyeux et sonore de leurs chevaux, trouvant la route gaie et les heures rapides et lentes à la fois dans leur impatience d'arriver...

CLVI

ALERTE! ALARME! ALLÉGRESSE!

MARGUERITE avait vu, avec une anxiété facile à comprendre, s'écouler les jours depuis que Martial et le duc de Noxford avaient quitté le château fort du descendant des Lancastre.

Le sommeil fuyait ses paupières, la jeune fille se demandant sans cesse quel sort avait attendu à Londres le duc et l'écuyer.

Y étaient-ils seulement parvenus?...

Oh! oui, elle priait pour eux du fond de son cœur vierge et croyant, ainsi qu'elle le leur avait promis.

La jeune fille passait presque entièrement le cours de ses journées à l'étroite fenêtre de la chambre qu'elle occupait, dans une des tours centrales, sorte d'observatoire d'où elle apercevait au loin les sinuosités de la vallée et les croupes d'une partie de la montagne...

Soudain, vers le déclin d'un beau jour, elle eut un cri de joie.

Elle venait de distinguer comme l'apparition d'une troupe nombreuse à la sortie d'un défilé dans la direction du sud.

Le cor du guetteur, de faction nuit et jour au sommet du donjon, retentit à ce moment, confirmant sa découverte.

Lui aussi avait aperçu la troupe récemment apparue et il la signalait.

La fille d'Ellen Mercy descendit à la hâte.

Elle rencontra le capitaine d'armes dans la cour de garde.

— Ce sont eux, n'est-ce pas? — dit-elle avec élan.

— A moins que ce ne soient les ennemis, — répondit le commandant du château.

Et le cor qu'il portait à la ceinture résonna à son tour, ordonnant ainsi de dresser le pont-levis.

Les chaînes de fer grincèrent et les soldats désignés pour défendre les fortifications extérieures allèrent occuper rapidement leurs postes.

Le capitaine d'armes du châtelain absent était monté sur le rempart, afin de suivre, d'étudier les mouvements des nouveaux venus.

Marguerite avait voulu le suivre, et, elle aussi, elle ne les perdait pas de vue.

On distinguait des chevaux et des reflets d'armures.

Puis un cavalier se détacha de la troupe inconnue et poussa au galop vers le château fort.

Apercevant le pont-levis relevé et constatant les préparatifs de défense déjà faits, il précipita davantage sa course, et se dressant sur ses étriers, il cria de toutes ses forces :

— Allégresse! Allégresse! Notre seigneur est de retour

On reconnut sa voix. Les mèches allumées des mousquets et des couleuvrines, s'abaissèrent, et le cavalier vint jusqu'au pont-levis faire entendre de nouveau son cri de joie.

— Ce sont eux! — fit Marguerite.

Et toute palpitante de plaisir et d'impatience, elle alla se placer près de la porte, regrettant de n'être point un jeune page pour s'élancer au dehors et courir à leur rencontre.

Mille espérances remplissaient son cœur et elle se répétait les paroles du cavalier, qui était retourné vers ses compagnons sans fournir d'autres détails.

Soudain des fanfares sonnèrent, et une cavalcade ardente, franchissant à toute allure la distance qui la séparait encore du château, s'engagea sur le pont-levis et s'engouffra sous la large entrée fortifiée.

Et le duc de Noxford, Henri de Mercourt, Martial et leur escorte arrêtèrent brusquement leurs montures à quelques pas de Marguerite, heureuse, extasiée.

Les yeux de la jeune fille parcoururent le groupe des trois premiers cavaliers et s'arrêtèrent sur Henri de Mercourt.

Il lui était impossible de le reconnaître, ne l'ayant vu que la nuit, et cependant tout lui disait que c'était son premier libérateur.

Le descendant des Lancastre, ayant rapidement mis pied à terre, ainsi que le seigneur de Kervien et son écuyer, s'approcha d'elle.

— Oui, — lui dit-il, — votre cœur l'a reconnu; ce gentilhomme est bien le vicomte de Mercourt.

Marguerite s'agenouilla alors sans fausse honte en présence des soldats.

Et prenant la main du gentilhomme français, confus de ce naïf hommage :

— Messire, vous m'avez sortie de ma prison et avez payé ma rançon de votre liberté; votre écuyer vaillant m'a conduite ici; merci à vous, messire, merci à lui.

« Et grâces soient rendues aussi à mylord-duc qui a recueilli la pauvre vagabonde et qui vous ramène.

— Oui, jour de liesse, mon enfant! jour de gaîté pour tous! — fit le descendant des anciens rois.

Et, sans plus attendre, il annonça à la garnison, assemblée presque tout entière, les événements survenus à Londres et l'amnistie promulguée.

Et ayant terminé sa courte harangue, accueillie par des acclamations, il emmena Marguerite et ses deux compagnons dans son logis particulier.

Là il apprit à la fille d'Ellen d'autres nouvelles qu'il rapportait aussi.

Elles étaient des plus importantes.

Élisabeth, éprouvant le besoin de consolider son trône et de s'attirer l'affection de son peuple, mécontent des derniers revers de la guerre d'Écosse, avait décidé de rappeler les débris de son armée.

Astucieuse comme elle l'était, elle se réservait, il est vrai, de reprendre plus tard son œuvre destructive.

Mais elle le ferait avec moins de violence apparente et plus de perfidie secrète que Somerset.

A cette heure, cachant ses projets à venir, elle s'était contentée d'annoncer son désir de faire la paix.

Et le duc de Noxford annonça à l'enfant, tour à tour rose et blême, par l'émotion qu'elle ressentait, à celle qui méritait plus que jamais le nom de Fleur d'Écosse, le duc de Noxford lui annonça qu'elle allait pouvoir bientôt revoir sa mère.

— Ce sera moi qui vous y conduirai avec Martial, si vous le voulez bien, — annonça Henri de Mercourt avec un trouble dont elle ne pouvait comprendre les motifs.

Trouble intense et profond, car, en accompagnant Marguerite au manoir de Claymore, le gentilhomme français allait se trouver enfin en présence d'Ellen.

Afin de rapprocher le jour où la jeune fille serait enfin rendue à sa mère, on commença, dès le lendemain, les préparatifs du long voyage qui devait ramener la petite-fille de lord Mercy en Écosse.

Le duc de Noxford y présidait et les activait lui-même, malgré son regret de se séparer de ses hôtes.

Il comprenait quelles devaient être les cruelles alarmes d'une mère.

Le chasseur qu'il avait expédié à Édimbourg depuis de nombreux jours déjà devait être près d'y arriver.

Et il prévoyait d'avance la joie que ce serait si l'enfant, longtemps pleurée, suivait de peu le messager d'espérance.

Et le descendant des Lancastre se disait :

— Si la couronne est sortie de ma famille, j'aurai au moins hérité de mes ancêtres le pouvoir de faire un peu de bien.

CLVII

VOYAGEUR INATTENDU.

N matin, avant l'heure accoutumée, le pont-levis du château de Noxford fut abaissé.

Six cavaliers choisis parmi les plus sûrs et les plus fidèles des vassaux du duc étaient déjà en selle. Trois valets avaient en main des bêtes de bât chargées de provisions.

Des serviteurs tenaient par la bride deux solides palefrois et une jolie mule au corps mince et nerveux, aux jambes fermes.

Henri de Mercourt, Martial et Marguerite se trouvaient à quelques pas, en costume de voyage.

Ils allaient quitter le château de Noxford et dire adieu à leur hôte illustre et malheureux.

Marguerite s'agenouilla devant lui, comme elle l'avait fait devant Henri de Mercourt quelques jours auparavant.

Et portant la main du descendant des anciens rois à ses lèvres dans un mouvement de spontanéité charmante :

— Monseigneur, — dit-elle d'une voix douce, — l'enfant que vous avez accueillie, abritée, protégée n'oubliera jamais le noble duc qui fut si bon pour elle, et la mère et l'enfant prieront toujours pour vous.

« Monseigneur, bénissez celle qui va partir.

Le descendant des Lancastre étendit ses mains sur la tête de Marguerite en prononçant une solennelle invocation.

Puis, la relevant, il lui posa un baiser sur le front et l'aida lui-même à se mettre en selle : il pleurait !

Il serra longuement le vicomte de Mercourt sur sa poitrine et étreignit avec force les mains de Martial.

Le gentilhomme français et son écuyer sautèrent sur leurs chevaux.

Des adieux solennels et touchants retentirent.

Et le seigneur de Kervien et le fils de Jean Dacier, ainsi que la fille d'Ellen, — placée entre eux deux, — s'engagèrent sur le pont-levis, accompagnés de leur escorte et des serviteurs.

Ses yeux se fermèrent et elle chancela.

Le duc de Noxford monta sur le rempart pour les suivre du regard aussi loin que possible.

De nouveaux et derniers gestes d'adieu furent échangés et le groupe des voyageurs disparut au milieu des entassements de rochers qui, à travers les montagnes et les forêts, conduisaient vers l'Écosse.

Tous étaient graves, mais ils étaient confiants : la paix sur le point d'être conclue devait faciliter leur voyage, et ils étaient nombreux pour imposer le respect aux troupes d'irréguliers maraudeurs qu'on pouvait rencontrer.

.   .   .   .

Mais ils n'étaient pas les seuls à chercher leur voie, parmi le chaos des montagnes, vers le manoir de Claymore.

Celui à qui Marguerite ne cessait aussi de songer, Julien d'Avenel, Christie de Clinthill et la compagne de l'invincible soldat continuaient à orienter, eux aussi, leur marche vers le même but.

Seulement, cheminant dans une contrée qu'ils savaient infestée d'ennemis, n'ayant que trop appris quels périls les entouraient, ils étaient obligés de modérer leur ardeur.

Ils connaissaient du reste insuffisamment le pays, ayant été jetés par les événements à une grande distance des lieux où Julien avait combattu autrefois et de ceux qu'il avait traversés ensuite avec Joë.

De là une augmentation de trajet et un accroissement de fatigue dont Ketty, moins complètement rétablie qu'elle ne l'affirmait, ressentait le contre-coup.

On aurait dit que le destin, au moment où ils étaient en quelque sorte prêts d'atteindre la route qui les aurait menés directement au manoir de Claymore, les en éloignait à plaisir.

En effet, un hasard hostile les faisait errer dans ces bois qu'ils n'osaient quitter, se guidant sur le soleil et sur les étoiles.

Ah ! s'ils avaient rencontré Joë !

L'ancien pirate à qui le pays avait fini par devenir familier les aurait eu vite ramenés au manoir du chevalier d'Avenel.

Lui aussi, du reste, battait la campagne : mais dans d'autres conditions...

Il avait accompli son voyage sans encombre ; la force de son bras lui permettant de ne pas craindre plusieurs adversaires.

Il n'avait paru devant Marie d'Avenel que pour voir la douleur de tous les hôtes du château et entendre de la bouche d'Halbert et de ses deux compagnons le récit affligeant des événements à la suite desquels Julien et Marguerite avaient disparu.

— Je les retrouverai, moi ! — avait alors grondé le marin.

Et ayant demandé licence à Marie d'Avenel, il était reparti, l'on ne savait où.

Depuis lors, on était sans nouvelles de lui.

En réalité, comme le chien qui a perdu son maître et qui cherche sa voie, trace souvent sur le sol des cercles de plus en plus étendus, le marin parcourait, dans un circuit continu, le terrain environnant en s'éloignant chaque jour davantage du manoir.

Mais il y avait encore autre chose :

En effet, tandis que Julien se voyait en quelque sorte arrêté au moment de venir se jeter dans les bras de sa mère, Stewart Bolton rentrait, lui, à Édimbourg et préparait le coup qui devait terminer, couronner sa carrière.

Il ne se pressait du reste pas à l'excès.

A tout peser, il lui était indifférent que Julien et Christie fussent au manoir de Claymore lorsqu'il s'y présenterait.

Les dispositions seraient tellement bien prises, que ces derniers ne seraient que des victimes de plus.

Employant toute l'habileté qu'il possédait pour faire le mal, l'ancien intendant était en train de racoler tout ce qui se trouvait de bandits disponibles, le dessus du panier des gens de sac et de corde, afin de lâcher sur la demeure d'Avenel une horde telle que toute fuite ou défense fût impossible.

Il avait retiré pour cela de chez le juif où nous l'avons vu se rendre autrefois, le reliquat de la somme qui avait été mise à sa disposition par Somerset.

Il ignorait la mort du favori d'Élisabeth, et il se disait que la destruction de la famille et de la demeure du chevalier d'Avenel, en somme, servirait encore l'Angleterre.

Et chaque jour il augmentait sa meute de brutes humaines de quelques sacripants de plus, en se disant :

— Ce sera pour une de ces nuits.

Il ne faisait même plus surveiller le manoir.

On aurait risqué de voir ses espions, et il fallait laisser toute quiétude aux habitants du château pour que le coup fût plus sûr, plus foudroyant.

Stewart Bolton ne connut donc pas l'arrivée à Claymore d'un voyageur vêtu de fourrures brutes...

Cette arrivée eut lieu une après-midi où Ellen se promenait mélancoliquement, avec son père, lord Mercy, parmi les fleurs semées devant le manoir, s'entretenant avec lui de la chère disparue.

Elle vit déboucher dans la large allée un homme robuste, au costume rustique.

Les dépouilles de bêtes sauvages dont il était vêtu étaient lacérées par les épines, comme s'il avait eu à traverser les passages les plus difficiles, avant de parvenir jusque-là.

Des morceaux de cuir, en partie déchiquetés par l'usage, et grossièrement attachés par des lanières, enveloppaient ses pieds.

Le vieil highlander qui veillait dans l'allée l'avait aperçu, lui aussi, et s'était porté à sa rencontre.

Après l'avoir interrogé, il s'approcha d'Ellen.

— Cet étranger, — annonça-t-il, — prétend venir de loin, chargé d'un message pour lady Ellen Mercy.

— Un message?... pour moi?...

Les yeux de la jeune mère se portèrent vers lord Mercy, pleins d'anxiété, pleins de trouble, mille pensées confuses, impossibles, se pressant soudain dans son cerveau.

Et elle marcha rapidement vers cet homme, ses traits envahis d'une pâleur subite...

Comment!...

A elle dont chacun ignorait l'existence, à elle un message venu de loin!...

Quelle signification donner à cet événement?...

Marguerite vivante et parvenant à lui donner de ses nouvelles?...

Non... non...

Elle n'osait y croire... et cependant...

— Je suis lady Ellen, — dit-elle au messager d'une voix coupée de tremblements. — Ce que vous annoncez est-il bien vrai; vous avez réellement été chargé de quelque commission pour moi?...

Pour toute réponse, le visiteur exhiba, d'une poche ménagée sous son vêtement, un pli fermé froissé et chiffonné.

La fille de lord Mercy s'en saisit d'un mouvement impulsif, en dévora des yeux la suscription :

« A lady Ellen Mercy, ma mère. »

Et un cri étouffé, — étouffé par l'intense saisissement, — râla dans sa gorge; ses yeux se fermèrent et elle chancela.

Lord Mercy, accouru, n'eut que le temps de la soutenir.

Mais l'excès de l'émotion qui l'avait terrassée la ranima, et elle se redressa d'une secousse galvanique, ses yeux brusquement dilatés, et ces mots incohérents, affolés, faisant trembler ses lèvres :

— Ma fille!... Marguerite!... Ciel!...

Les mains secouées d'un tremblement fébrile, elle déchira, lacéra le papier qui claquait entre ses doigts, l'ouvrit enfin et lut.

Et, dans un geste brusque, elle porta l'écrit à sa bouche dans un baiser ardent, tandis qu'un torrent de larmes jaillissait de ses yeux.

Lord Mercy devinait-il bien ?

Était-ce possible ?

L'enfant arrachée à sa mère était-elle sauvée ?

Il enleva la lettre à Ellen et la parcourut à son tour.

— Notre enfant est retrouvée, — dit-il après avoir déchiffré d'un coup d'œil le naïf message de Marguerite. — Elle est en sûreté. Dieu soit béni !

Oui ! le destin avait réellement pitié de lui, sur la fin de sa carrière.

La bienheureuse nouvelle se répandit aussitôt dans le manoir.

Ellen, défaillante de joie, alla l'annoncer elle-même à sa chère Marie d'Avenel.

Les deux femmes restèrent longtemps dans les bras l'une de l'autre, embrassées.

La châtelaine, obéissant à une impulsion qu'elle ne pouvait comprendre, murmurait intérieurement :

— Marguerite est retrouvée. Pourvu qu'il en soit bientôt de même de Julien !...

Et ayant recommandé de donner les soins les plus empressés au porteur de ce message sauveur, elle s'empressa d'en envoyer communication à la reine d'Écosse.

Marie Stuart avait montré trop de compassion envers Ellen pour ne pas être avisée aussitôt.

De plus, le prochain courrier, envoyé de la cour au camp du chevalier de la reine, allait ainsi en porter l'annonce bienfaisante à Walter d'Avenel.

CLVIII

LA PAIX !...

A reine d'Angleterre, Élisabeth, si astucieuse d'habitude, avait été réellement sincère, — momentanément, — lorsqu'elle avait annoncé son intention de cesser les hostilités engagées contre l'Écosse.

C'est que non seulement elle savait le peuple hostile à une guerre, assez peu heureuse en général ; mais, de plus, — quelques heures avant la rebellion, devenue bientôt révolution, qui avait coûté la vie à Somerset, et ébranlé son trône à elle-même, — Élisabeth avait reçu de graves nouvelles au sujet de son armée.

L'opération engagée par Mac Sweeny contre le camp anglais, établi sur la route d'Édimbourg, avait réussi au delà des plus grandes espérances.

Les troupes qui occupaient le camp, affaiblies par l'envoi de nombreuses colonnes volantes expédiées dans le sud, sur les rapports mensongers de Stewart Bolton, avaient été surprises, écrasées.

Et leurs débris, chassés dans la direction de la mer par le vieux général, le vaillant capitaine des gardes de Marie Stuart, ne trouvant pas le temps de se reformer, n'étaient plus que des bandes errantes.

Le chevalier d'Avenel, informé de l'éclatant succès de Mac Sweeny, avait attaqué à son tour l'autre armée anglaise.

Et celle-ci, n'étant plus protégée depuis la destruction de l'autre camp et forcée dans ses derniers retranchements, avait dû abandonner toutes ses positions et fuyait.

Le flot des Anglais envahisseurs, maintenant affolés, démoralisés, reculait en désordre vers cette mer qui les avait amenés.

Aussi, dès le lendemain même de la mort de Somerset, Élisabeth, joignant les actes aux paroles, envoyait-elle en hâte, à la cour d'Écosse, un gentilhomme de haut rang, pour traiter de la paix.

Elle donnait en même temps l'ordre à ses vaisseaux d'aller recueillir les débris de son armée.

Il ne s'agissait, en effet, de rien moins que de la sauver d'une complète extermination.

Le général anglais, devançant les instructions de sa souveraine, avait lui-même sollicité et obtenu une trêve de la générosité du chevalier d'Avenel.

Elle était près d'expirer et Walter d'Avenel se préparait à reprendre l'offensive, lorsqu'un héraut annonciateur de la fin de la guerre était arrivé.

Il était temps !

Le chevalier de Marie Stuart avait pris toutes ses dispositions pour rejeter à la mer les ennemis de sa patrie.

Après quoi, remettant au fourreau son épée victorieuse, il rentrerait sous son toit, pour incliner son front ceint de lauriers devant lord Mercy qui, autrefois, avait sauvé sa tête, et goûter, dans l'intimité familiale, un repos bien gagné.

Déjà il avait ordonné les mouvements de troupes qui devaient achever l'écrasement de l'armée anglaise, quand l'envoyé de la cour d'Écosse lui avait apporté l'avis qu'Élisabeth la Sanglante renonçait à de plus longues hostilités.

Les navires expédiés d'Angleterre se présentaient en même temps afin de prendre à leur bord ces hordes brutales, autrefois si gonflées de jactance.

L'époux de Marie d'Avenel venait de recevoir aussi la nouvelle rassérénante de la présence de Marguerite au château de Noxford.

Et il lui tardait d'aller joindre sa joie à celle d'Ellen, ne songeant pas à jalouser son bonheur, quoi qu'il ne cessât de penser au fils qu'il croyait perdu.

Le chevalier de la reine surveilla donc avec une hâte plus impatiente encore l'embarquement des derniers soldats ennemis dont le départ allait laisser libre le sol natal.

Lord Rosberg et les seigneurs félons les plus compromis avec lui prirent place, eux aussi, sur les vaisseaux anglais.

Leur pays était fermé aux traîtres : ils le comprenaient d'eux-mêmes !

La terre d'Écosse purifiée enfin du dernier envahisseur, les navires prirent le large...

L'époux de Marie d'Avenel les regarda disparaître à l'horizon.

Lorsque la dernière voile cessa d'être visible, il monta à cheval.

Et laissant à Mac Sweeny le soin de licencier une partie des troupes et de ramener le reste dans les camps, il reprit le chemin d'Édimbourg, qui était celui du manoir de Claymore, entouré de quelques gentishommes qui tenaient à lui faire une garde d'honneur.

CLIX

APRÈS LA LETTRE

AILLEURS, des galops de chevaux résonnaient aussi sur la terre d'Écosse.

Henri de Mercourt, Marguerite et le brave Martial avaient franchi les frontières sans encombre.

Les derniers événements, leur nombre et leurs physionomies énergiques devaient aplanir les obstacles.

Aussi l'homme des forêts envoyé, il y avait déjà longtemps, par le duc de Noxford au manoir de Claymore y était-il parvenu depuis quelques jours seulement, lorsque le highlander de faction signala l'approche d'une troupe importante.

Tout était émotion et ardentes espérances à présent chez les hôtes du manoir.

Aussi Marie d'Avenel, Ellen et lord Mercy accoururent-ils sur le perron, se penchant anxieusement vers la large trouée ouverte à travers les grands arbres.

Anxieux, il leur semblait entrevoir, deviner plutôt une silhouette féminine entre deux cavaliers.

Tout d'un coup, un cri strident, éperdu, enivré, jaillit de la poitrine d'Ellen...

Et, descendant d'un élan les degrés, elle s'élança à travers le jardin.

Son cœur de mère, plus clairvoyant que ses yeux, avait reconnu son enfant, malgré la distance qui les séparait encore.

La clameur délirante d'Ellen était parvenue à sa fille.

— Mère! mère! — répondait Marguerite.

Et, fouettant sa mule légère, elle la lança au galop.

Oh! que le chemin est vite franchi par ceux qui brûlent de se rapprocher ainsi!

Marguerite sauta à terre avant même que sa monture fût arrêtée.

Et elle tomba dans les bras de sa mère.

Étreintes pures et saintes, ineffables et idéales félicités!

— Mon père! fit la voix plus éclatante encore de Julien.

Quand la mère fut un peu rassasiée de garder son enfant sur sa poitrine, — comme si elle avait eu peur qu'on ne la lui ravît de nouveau, — quand elle l'eut momentanément couverte d'assez de folles caresses, elle se tourna vers ceux qui les avaient rejointes.

Lord Mercy était là, rajeuni par la joie.

— Embrasse ton aïeul, — dit Ellen à sa fille.

Elle n'aurait pas eu besoin de parler : Marguerite avait appris en chemin la présence du noble vieillard au château, et son âme vibrante avait deviné.

L'émotion de son grand-père, en sentant sur son sein celui de l'enfant qu'il chérissait déjà de tous les trésors de tendresse accumulés en lui, ne put trouver que des mots incomplets pour l'exprimer.

La douce Fleur d'Écosse passa ensuite des bras du vieillard dans ceux de Marie d'Avenel, de sa seconde mère.

Et souriante, des pleurs heureux aux yeux, elle embrassa aussi Mysie et Tibbie, les deux bonnes vieilles servantes qui, toutes ravies, se tenaient à quelques pas.

Le vicomte de Mercourt et Martial avaient ralenti le pas de leurs chevaux pour laisser à ces effusions idéales le loisir de s'exercer sans contrainte...

Ils s'approchèrent enfin.

Marguerite les désigna tous deux et avec une de ces expressions dans lesquelles son âme semblait se fondre :

— Ce sont mes deux sauveurs ! — dit-elle.

Elle venait de les nommer ses sauveurs et lord Mercy tendait en même temps ses bras.

Il venait de reconnaître le vicomte de Mercourt : un de ceux à qui il devait de revoir sa petite-fille était son propre libérateur.

Après les longues craintes que le vieillard avait nourries au sujet du vicomte de Mercourt, on juge de tout ce qu'il devait ressentir en le revoyant là, — et en le retrouvant surtout après les paroles prononcées par Marguerite.

Wilkie, — lequel se tenait respectueusement à l'écart avec Annie, — avait vu et avait entendu, lui aussi.

— Notre vaillant et noble ami, le vicomte de Mercourt, — dit-il à sa femme, — c'est un jour doublement heureux !

Et il s'approcha avec celle qui avait partagé leurs dangers, et toutes ces mains si valeureuses, si franches, se serrèrent... et il y eut des mots courts, expressifs, profonds, des pressions, des étreintes qui valaient plus que mille paroles.

Cependant, au milieu de toutes ces effusions, le gentilhomme français était secoué d'un tremblement invincible et ses traits étaient pâles.

Il se trouvait en présence d'Ellen !

Depuis des jours nombreux, il préparait son âme à cette entrevue, et cependant il se sentait près de défaillir en se trouvant devant elle.

Et lorsque la fille de lord Mercy lui adressa ses premières paroles, il dut s'appuyer sur Martial.

Lord Mercy, qui connaissait son amour si élevé, vint alors à son aide :

Les voyageurs, dit-il, devaient être fatigués.

Il fallait songer à leur procurer d'abord le repos dont ils avaient le plus grand besoin.

Ensuite on laisserait s'épancher les cœurs en liberté.

Et son regard enveloppait à la fois Ellen et le gentilhomme français !...

CLX

LES DEUX GÉANTS

ACITURNE, son front hâlé à tout jamais par les tempêtes, courbé vers la terre, interrogeant le sol sans trêve, comme s'il y cherchait obstinément quelque trace révélatrice, Joë, l'ancien matelot du *Forward*, poursuivait sa traite incessante.

Lorsqu'il rencontrait un village, il y pénétrait, s'informait, donnant le signalement de « son petit mousse ».

Il achetait ensuite un peu de nourriture et repartait.

Hélas! Julien, et ses deux compagnons de voyage mettaient au contraire un soin constant à s'écarter de toute habitation humaine, attendant pour se montrer le moment où ils se supposaient assez près du manoir de Claymore pour n'avoir rien à craindre d'embûches.

Ils avaient trop appris à connaître l'espèce humaine pour ne pas tout craindre de la mauvaise foi et de la trahison.

A diverses reprises, ils avaient dû éviter des agglomérations de chaumières où ils avaient été sur le point de tomber à l'improviste.

Ils cherchaient à rencontrer quelque pâtre isolé.

Mais les paysans ignoraient encore que les hostilités avaient cessé; et ils n'osaient envoyer leurs troupeaux au loin.

Pourtant on ne pouvait continuer à errer ainsi.

Un soir, après le coucher du soleil, Christie annonça qu'il allait pousser jusqu'aux premières maisons d'un hameau que l'on apercevait sur le bord d'un torrent.

Sur ses énergiques instances, le fils du chevalier d'Avenel consentit à le laisser aller seul.

Et Julien demeura aux aguets à l'endroit élevé d'où l'on avait découvert ce hameau.

Oh!... il était tout prêt à se porter au secours de l'écuyer, si le moindre danger venait à menacer celui-ci !

Christie de Clinthill cheminait assez allègrement, lorsqu'un bruit de feuilles mortes écrasé attira son attention.

— C'est quelque chevreuil sorti pour pâturer, — se dit-il.

Mais le même bruit, plus accentué, le mit brusquement sur ses gardes.

Il suivait un sentier rempli de sable, ce qui ne permettait pas d'entendre le bruit de sa marche à lui et il s'arrêta brusquement.

L'ancien capitaine d'armes du chevalier d'Avenel vit alors un homme passer derrière les masses feuillues des arbres et étudier les environs avec attention.

— Oh! oh! — fit-il, — voici qui me paraît singulier!

L'inconnu était près d'atteindre le sentier.

Christie n'eut que le temps de se jeter dans le fourré.

Mais cela n'avait pu se faire aussi silencieusement qu'il l'aurait désiré, et des froissements de branches parvinrent à l'oreille de l'autre piéton.

Ce dernier s'avança alors dans le sentier, constata sur le sable les empreintes laissées par les pieds de Christie et vit qu'elles cessaient brusquement.

Il voulut reconnaître quel était l'homme qui paraissait se dérober ainsi et s'avança doucement.

Christie n'avait pas le droit de suivre l'impulsion de sa seule bravoure : la vie de Julien et de Ketty dépendait peut-être de sa prudence.

Frappé de l'obstination de l'inconnu à suivre ses traces, il continua donc à se dérober, tâchant de reconnaître de son côté si cet homme était seul ou s'il avait quelques affidés.

Julien, de l'endroit où il se tenait, aperçut Christie et ne tarda pas à observer qu'il battait en retraite.

— Christie est menacé, — dit-il avec fièvre à Ketty, — je vais de ce pas à son aide.

— Je vous suis, et je serai avec vous deux, quoi qu'il advienne, — répliqua l'ancienne meunière du Moulin-Joli.

Et, vaillamment, elle fit comme elle venait de l'annoncer.

Le fils de Walter s'était déjà élancé, insouciant des obstacles, allant au plus court.

Christie de Clinthill entendit le bruit de sa course et étouffa un halètement de douleur et de rage.

Le fils de son maître venait se livrer peut-être lui-même à ses ennemis.

L'inconnu et Julien ne pouvaient se voir, mais le premier l'entendait approcher avec rapidité; il venait d'entrevoir en même temps la haute silhouette de l'écuyer en train de rétrograder vivement.

La main sur la poignée d'une lourde épée fixée à sa ceinture, l'œil soudain enflammé, Julien d'Avenel avançait toujours, rapide et anxieux.

— Christie, me voici! — haleta le fils de Walter d'Avenel en franchissant un buisson pour arriver auprès de l'écuyer.

Il venait de traverser une étroite éclaircie, surgissant durant quelques minutes en pleine lumière :

— Julien ! — clama alors une voix puissante. — Julien !...

Le jeune homme s'était arrêté brusquement.

— Qui m'appelle ? — fit-il tandis que Christie, impressionné de son côté, attendait, écoutait.

Et l'enfant, revenant bravement sur ses pas, chercha à découvrir qui avait prononcé son nom.

Et un cri jaillit à son tour de sa gorge :

— Joë !... C'est donc toi... mon bon Joë !...

Et, s'enlevant de terre d'une détente de jarret, il alla tomber dans les bras de l'autre voyageur.

Les bras de l'homme qu'il venait de reconnaître étaient un étau : ils retinrent longuement, puissamment, l'enfant.

— Julien, mon petit mousse !... Je te retrouve enfin !

— Oui, enfin !... comme tu le dis ; car j'ai bien cru ne plus revoir aucun de ceux que j'aime.

L'ex-pirate, car c'était lui, écarta l'enfant comme pour mieux le reconnaître, puis l'écrasa de nouveau sur sa rude poitrine.

— Ah ! — dit-il en le reposant à terre, — c'est un bienfait de Dieu que je te rencontre ici ; car je m'étais juré de te chercher jusqu'à ce que je t'aie trouvé... ou que je tombe mort, au bord d'un fossé ou de quelque taillis.

Les yeux émus du jeune homme s'attachèrent sur ceux du marin avec une affection profonde.

Il reconnaissait en lui l'homme fruste et bon qui, autrefois, sur le navire pirate, avait souvent protégé son enfance, si brutalement martyrisée.

Christie de Clinthill et Ketty, qui venait de rejoindre son mari, s'approchaient.

Avec un sourire que ses lèvres ignoraient depuis longtemps, Julien leur montra le marin en disant :

— C'est Joë dont je vous ai parlé si souvent.

Et, désignant l'écuyer et la jeune femme, il les fit connaître en quelques mots au matelot.

Les deux hommes se regardèrent alors ; il y avait en chacun d'eux de nombreux points de contact, la nature les ayant créés l'un et l'autre de stature élevée et puissamment charpentés, comme pour pouvoir déposer plus de bonté dans leurs corps d'hercules.

Et, d'un même mouvement, ils s'embrassèrent fraternellement.

Puis des questions pressées, impatientes, se succédèrent sur les lèvres du marin.

Le jeune homme lui raconta rapidement l'enlèvement dont il avait été victime avec Marguerite, et d'un accent troublé demanda au marin si l'on avait des nouvelles de la jeune fille.

Celui-ci avait quitté trop tôt le manoir de Claymore pour pouvoir lui apprendre les derniers événements.

— Mon bon Joë, — reprit Julien, — c'est le ciel qui t'a envoyé vers nous pour nous conduire à Claymore. Je n'y rentrerai pas cette fois en triste et incertain vagabond ; car, mon bon Joë, j'ai une famille maintenant. Je suis le fils du grand chevalier d'Avenel.

— Ah ! je l'avais bien dit qu'il y avait, dans mon petit mousse, du sang de gentilhomme ! — fit le marin avec enthousiasme.

— Ce qui ne m'empêchera pas, mon bon Joë, et vous, mon intrépide Christie, de rester, — pour vous, — le pauvre Julien que chacun de vous a sauvé, protégé, défendu à son heure !

Mais le crépuscule descendait sur la terre durant tous ces épanchements.

Ceux qui venaient de se réunir décidèrent d'un commun accord de passer la nuit en plein air, pour plus de sûreté.

. . . .

Le lendemain, quand l'aube se leva, ils étaient tous debout.

Et emplis d'une confiance, d'une force nouvelle, ils s'orientèrent pour reprendre ensemble le chemin du manoir de Claymore, dont ils se trouvaient encore fort éloignés.

Dans une même étreinte sublime, elle réunit et le père et l'enfant.

CLXI

LA MORT DU TRAITRE

MAIS, tandis que Julien doublait les étapes qui le rapprochaient du logis familial de Claymore ainsi que ceux qui l'accompagnaient, un autre songeait également au vieux manoir des Avenel.
C'était Stewart Bolton.

Sa bande, sa horde plutôt, était prête : près de quarante hommes, un triage parmi ce qui représentait le mieux l'écume de la capitale.

Brusquement, le bruit de la mort du duc de Somerset, massacré, disait-on, par le peuple en fureur, se répandit, en même temps que l'on apprenait le rétablissement de la paix.

— Malédiction ! — se dit Stewart Bolton, — mon rôle est terminé : il n'y a plus qu'à accomplir ma vengeance. Je rentrerai ensuite en Angleterre, pour jouir de ma fortune.

« A l'œuvre, donc ! c'est-à-dire à la mort !

Et il fit passer, parmi ses bandits, l'ordre de se réunir hors de la ville à la tombée de la nuit, et à un endroit convenu.

Ils étaient tous là dans un coin de bois lorsqu'il parut à son tour.

Il portait un paquet : c'étaient des torches.

Il les distribua entre quelques-uns de ses hommes.

— A présent, en marche, et pas un mot, jusqu'à l'assaut ! — ordonna-t-il. — Le moment est venu !

Ses coupe-jarrets avaient reçu un acompte et devaient toucher le reliquat après : ils obéirent donc.

La bande cheminait.

Elle arriva en vue du manoir de Claymore : là, Stewart Bolton fit halte et donna ses instructions à chaque groupe d'assaillants.

Et l'on repartit.

Selon l'usage, le Highlander veillait autour du manoir avec ses deux dogues.

Les chiens donnèrent de la voix : un des bandits, au courant de l'opération qu'il allait entreprendre, se coula derrière des buissons jusqu'auprès des bêtes.

L'un des animaux le flaira et bondit : l'homme l'attendait là.

Une de ses mains, entourée d'étoffe, s'enfonça dans la gueule de l'animal, empoigna la langue.

En même temps, un couteau affilé qu'il tenait de l'autre main lui ouvrait le cou.

Le dogue eut une sorte de rauquement bref et tomba.

Le Highlander le perçut et n'entendit plus que l'aboiement devenu affolé, incessant, de l'autre chien.

— Alerte ! — cria-t-il. — L'ennemi !

— A l'assaut ! — répondit la voix rauque de Stewart Bolton. — Feu et sang !

— Feu et sang ! — répétèrent les quarante coupe-jarrets.

Et ils partirent ensemble sur ce cri de guerre qui résumait les ordres donnés.

Le Highlander essaya héroïquement, follement de leur barrer la route.

Un coup de poignard, cinq ou six coups de revers de sabre, décochés en passant, l'étendirent à terre, plus étourdi peut-être que grièvement blessé, mais le rendirent cependant impuissant.

Mais son cri d'alarme avait été entendu.

Halbert et le vétéran de la Tour d'Avenel, connaissant de longue date leurs postes de combat, s'étaient élancés l'un vers le perron, l'autre du côté de la porte des communs afin de défendre les issues.

Henri de Mercourt, Wilkie et les vassaux du duc de Noxford qui leur avaient servi d'escorte, réveillés dans le premier sommeil, avaient sauté sur leurs armes.

Stewart Bolton ne s'attendait pas à trouver une garnison aussi forte.

Ses bandits, attaquant les portes à coups de hache, eurent tôt fait de les jeter à bas.

— Foncez! — cria alors Bolton, — le feu et le sang!

Mais un rempart humain arrêta alors les assaillants.

A cette constatation, un rugissement de rage déchira la gorge du misérable.

— Vous êtes quarante et ils sont cinq ou six à peine, auriez-vous peur? — vomit-il.

Comme réplique, Henri de Mercourt abattit un des bandits à côté de Stewart Bolton et essaya de le rejoindre lui-même.

Martial était auprès de son maître, et chaque fois que son bras s'abaissait, son épée se teignait de rouge.

Stewart Bolton, — redisons-le, — ne prévoyait pas qu'il se heurterait à des adversaires aussi nombreux et surtout aussi déterminés.

Il avait compté sur deux ou trois serviteurs que sa bande balayerait en une minute, après quoi ses sacripants assoiffés de meurtre se rueraient dans le manoir.

Lâche, comme il l'était d'instinct, il pensa alors à la porte de derrière.

Elle était sans doute moins bien et surtout moins vaillamment défendue : il parviendrait, en ce cas, à la forcer sans risques personnels, poussant ses bandits en avant.

Il fit le tour du château en courant avec quelques-uns de ses estafiers.

Là, il vit ses hommes arrêtés également; le vétéran d'Avenel, entouré des gardes du duc de Noxford, amenés par Henri de Mercourt, barrait le passage.

— Tue! tue! — hurla le traître.

Si valeureux qu'ils fussent, les défenseurs de cette issue n'avaient pas, comme le vicomte de Mercourt, leurs forces décuplées par l'amour.

Les bandits de Stewart Bolton n'obéissant que trop à leur chef et luttant un contre cinq ou six, le nombre des combattants de Claymore diminuait peu à peu.

Et Bolton voyait, avec une frénésie sauvage, le moment où il pourrait s'élancer sans danger à l'intérieur pour accomplir ses derniers forfaits.

La Dame Blanche que la légende donnait comme protectrice à la race d'Avenel dans les périls extrêmes allait-elle laisser ces forfaits s'accomplir?...

. . . .

Walter d'Avenel avait fait du chemin depuis qu'il avait quitté le rivage où le dernier navire anglais s'était éloigné, et qu'il avait pris la route d'Édimbourg.

L'impatience de serrer dans ses bras l'amante de sa jeunesse, l'épouse toujours aimée, avait diminué les distances.

Il était arrivé le soir même à Édimbourg, où la reine n'avait pas voulu faire attendre une audience à un tel serviteur.

Et après avoir plié le genou devant sa gracieuse souveraine, insensible à la fatigue, il s'était remis en route et avait pris le chemin du manoir de Claymore, en attendant les fêtes prochaines que Marie Stuart lui avait annoncé vouloir donner en l'honneur de l'armée.

Quelques-uns des gentilshommes, — qui avaient tenu à lui faire escorte jusqu'à la capitale, — insistant pour l'accompagner encore, il formait avec eux une cavalcade de cinq ou six cavaliers.

Ils étaient déjà engagés dans l'allée dont la terre meuble et la mousse étouffaient le bruit produit par les sabots des chevaux.

Walter, qui n'avait jamais tremblé devant la mort, pâlit tout à coup : des rumeurs lointaines, l'écho de cris de fureur venaient de lui parvenir.

— Entendez-vous? — fit-il d'une voix altérée à ses compagnons. — Au galop !

Ce qui venait de frapper son oreille, c'était l'écho d'une lutte, d'un combat violent, acharné.

Et l'âme étreinte mortellement tout à coup il avait tout supposé, tout compris.

Ah oui! cours, vole, noble chevalier, si tu ne veux arriver trop tard !...

Sur le devant de la façade comme sur l'autre face du manoir, la lutte continuait avec acharnement.

Henri de Mercourt, effleuré par le coutelas de l'un des bandits, n'avait pas reculé d'une semelle, intrépidement soutenu par son fidèle Martial.

En haut, lord Mercy, déplorant sa vieillesse, s'était placé avec une épée à la porte de l'appartement dans lequel ses deux enfants, Ellen et Marguerite, étaient réunies, palpitantes d'angoisse, avec Marie d'Avenel.

Il était là, défenseur suprême d'un seuil que l'on ne franchirait qu'en passant sur son cadavre...

Soudain, une petite troupe de cavaliers fit irruption dans la clairière où était situé le château.

— Ah! les misérables! — gronda Walter qui galopait à leur tête.

Et d'une voix tonnante, il lança son cri de guerre :

— Avenel! Avenel!

Il arriva ainsi jusqu'au bas du perron, suivi des autres gentilshommes, écrasant sous les sabots des chevaux, renversant tout ce qu'ils rencontraient.

Les défenseurs du manoir l'avaient entendu et avaient senti redoubler leur courage.

Le Highlander lui-même, se relevant malgré ses blessures, se joignait aux nouveaux arrivants.

Mais Stewart Bolton avait entendu, lui aussi.

Le chevalier d'Avenel avait sauté à terre, combattant à pied maintenant, avec une fureur indicible.

Tout à coup, il pensa que les assaillants étaient peut-être en train de forcer l'autre issue, moins défendue que l'entrée principale.

Et ne prenant même pas la peine de s'assurer s'il était suivi, il partit de ce côté, l'épée en avant.

Et il surgit en poussant de nouveau son cri redouté :

— Avenel! Avenel!...

Sa voix retentissante fit se raidir en un dernier et sublime effort les deux ou trois défenseurs de la porte qui tenaient encore, en même temps qu'une clameur de rage sortait de la gorge de Stewart Bolton.

— Mort à d'Avenel! — rugit-il d'une voix rauque. — Il est seul, sus à lui, tous! Tuez-le! Après, tout sera à vous. Mort à lui! Mort à lui!

Comme il le disait, le hurlait, l'occasion était belle.

Walter d'Avenel se trouvait seul et ils étaient peut-être quinze.

Mais le cliquetis des armes, les imprécations, les éclats de voix ne leur permettaient ni aux uns ni aux autres d'entendre un bruit étrange, venant de la forêt.

C'était celui de branches écartées, écrasées, brisées en une poussée mystérieuse, ardente et continue.

C'était la clameur sourde produite par l'approche d'autres êtres humains...

. . . .

Après la rencontre de Julien et de Joë, après leur nuit en plein air, les quatre voyageurs repartis à l'aube avaient marché sans arrêt, ne prenant même pas le repos nécessaire.

Ils avaient cheminé de jour, ils continuaient de nuit, sans halte, sans trêve, allant tout droit, à travers les bois.

Mais soudain, dans le silence immense de la forêt, troublé seulement par leurs pas, une rumeur était venue les faire tressaillir, puis les faire trembler.

Il n'y avait pas d'illusion à se faire : c'étaient des rumeurs ardentes de bataille.

— On attaque le manoir de ma famille ! — s'était écrié Julien d'Avenel.

Et il avait bondi en avant, rejoint aussitôt par les deux géants.

Et ils allaient, muets et résolus, à travers les forêts, coupant au plus court, des flammes d'angoisse et de résolution suprême dans le regard, Ketty se sentant devenue assez forte pour ne pas les retarder.

Ils ne se trompaient pas.

La bataille était arrivée à son apogée : elle touchait à son dénouement : la vie de Walter d'Avenel mise en question à ce moment même !

C'était l'heure critique et terrible, en effet.

Les bandits s'étaient retournés avec fureur contre le chevalier désigné à leurs coups par Stewart Bolton.

Les torches tenues par quelques-uns d'entre eux éclairaient déjà le massacre, l'immolation qui allait immanquablement avoir lieu... et déjà Stewart Bolton frémissait d'ivresse.

Mais, brusquement, la flamme des flambeaux montra deux hommes hirsutes, deux géants surgissant de la forêt, et, entre eux, un enfant, l'épée à la main.

— Avenel ! voici Avenel ! — clama la voix juvénile de l'adolescent.

Et il fonça droit devant lui.

C'était Julien.

Christie et Joë étaient à ses côtés, le couvrant de leur corps.

Stewart Bolton entendit ; voulant goûter toutes les voluptés de son crime, il s'était glissé derrière le chevalier, prêt à lui planter traîtreusement son poignard dans le flanc, voulant participer au meurtre, lui aussi.

Il reconnut la voix de Julien, vit sa taille svelte et nerveuse.

— Le louveteau ! — grinça-t-il. — Damnation !... Qu'importe, — ajouta-t-il aussitôt, — il ne sera venu que pour compléter mon œuvre, car après le père, j'aurai enfin le fils !

« Décidément l'Homme-Noir me protège !

« Oui, c'est le mauvais génie de la race d'Avenel qui leur a donné rendez-vous, à tous, en ce jour, pour leur perte !

— Non, bandit : c'est la Dame Blanche et le ciel qui veulent notre salut... et le châtiment de tes crimes !...

Julien avait reconnu Bolton, lui aussi.

La férocité exprimée par ses traits, son bras sournoisement levé, fixèrent les hésitations de son cœur haletant, lui indiquèrent la personnalité sainte et sacrée de la victime que l'espion s'apprêtait à frapper.

L'air de mâle noblesse du chevalier, assailli par les bandits, puis quelque chose de plus fort, au fond de son être, le lui avait désigné aussi.

Joë de son côté, et Christie lui-même, malgré les années écoulées, l'avaient reconnu.

— Le chevalier ! — s'écrièrent-ils.

— Mon père ! — fit la voix plus éclatante encore de Julien.

Et franchissant d'un seul élan la distance qui le séparait des combattants, passant au milieu des glaives tournés contre lui par les bandits, comme si la Dame Blanche, gardienne de sa famille, le couvrait d'un bouclier tutélaire, il surgit entre le chevalier et Stewart Bolton.

Son regard se planta dans l'œil louche du misérable.

— Lâche vampire, ton œuvre infâme va finir ! — cria-t-il.

Il était trop tard pour l'espion de frapper Walter d'Avenel.

Il se rapetissa devant l'épée de Julien, se terrant, essayant de se jeter derrière ses bandits.

Mais le fer de Julien l'atteignit au haut de la poitrine, et, s'enfonçant dans sa gorge, reparut de l'autre côté.

Les estafiers, surpris par l'irruption inattendue de ces nouveaux adversaires, n'avaient pas eu le temps de le secourir.

Christie de Clinthill et Joë ne leur en laissèrent du reste pas le loisir : chacun d'eux valait au moins trois hommes et ils avaient, en un clin d'œil, fait place nette autour de Julien et du chevalier d'Avenel.

L'ancien intendant s'était écrasé à terre d'un seul coup.

Les coupe-jarrets, voyant leur chef frappé à mort et la partie trop compromise, hésitèrent une seconde.

Puis l'un d'eux poussa un cri de déroute.

Et comme un vol d'orfraies, jetant leurs torches, ils s'élancèrent dans la nuit pour échapper à des châtiments qu'ils prévoyaient, — leur attaque ayant manqué, — et pour disparaître à temps.

Quelques-uns de leurs compagnons, — bien rares, — tenaient seuls encore sur le perron.

A la vue des fuyards, leur dernier reste d'acharnement tomba : le seuil d'Avenel était décidément inviolable !

Et se précipitant au bas des degrés, ils se joignirent à ceux qui subsistaient encore des bandits amenés par l'espion et ils se perdirent avec eux dans la forêt.

Julien, abaissant son épée, se découvrit alors et mit un genou en terre devant le chevalier d'Avenel.

— Mon père, — dit-il, — je suis Julien, le fils que longtemps vous avez cru mort.

« Mon père, veuillez accueillir votre enfant.

Walter, éperdu d'émotion, se baissait dans un élan presque inconscient sur le malheureux adolescent... en qui il reconnaissait les traits de Marie de Melrose et le sang héroïque d'Avenel.

Stewart Bolton, qui se tordait dans les derniers râles de l'agonie, fit entendre alors ces paroles sifflantes :

— Oui, vous voilà réunis... le père et le fils !... Je suis vengé, cependant... par tout ce que vous avez souffert par moi !

« Je suis vengé... oui... malédiction sur... mais je meurs.

« Et c'est la Dame Blanche qui triomphe !

... le ciel sur la terre...

CLXII

LE CIEL SUR TERRE

LES dernières paroles du misérable Bolton ne pouvaient laisser subsister aucun doute si, après ce qui venait de se passer, il en eût existé dans l'esprit du chevalier d'Avenel.

— Mon fils ! mon fils ! — prononçait-il avec une expression d'extase surhumaine.

Il ne pouvait se lasser de presser dans ses bras l'enfant qu'il avait relevé et qu'il tenait serré sur sa poitrine.

Des larmes, — des larmes sanctifiées par les longues épreuves du passé, — coulaient de ses yeux, pleurs sublimes auxquels se mêlaient ceux qui baignaient les joues de son enfant.

Ils n'étaient pas les seuls, du reste : Joë et Christie de Clinthill, cœurs de héros, natures abruptes de colosses, âmes simples et bonnes... et la tendre Ketty, retirée à quelques pas dans l'ombre, partageaient cette pure émotion.

Palpitants émois d'un père et de l'enfant, que l'on avait cru mort depuis tant d'années... et se retrouvant dans de telles circonstances !...

Mais la fuite des bandits avait fait remettre les glaives au fourreau.

Walter d'Avenel pensa à Marie qui devait être encore sous le coup des alarmes qu'elle venait d'éprouver; il songea aussi à celles qui étaient avec elle... Ellen et Marguerite !

Il songea à aller rassurer la douce Marie de Melrose et d'Avenel qui, à partir de cette heure, n'allait plus été seulement l'épouse toujours aimante, toujours aimée, mais qui allait redevenir la mère !

— Viens, mon fils, — dit-il à Julien, — viens retrouver celle qui te donna le jour !...

Marie avait perçu le cri de guerre d'Avenel à travers le tumulte du combat.

Son époux était donc revenu... à temps pour la sauver.

Mais n'était-il pas blessé?...

Elle se hâtait d'accourir, demandant si on l'avait vu.

Ils se rencontrèrent, soudain, dans la première salle.

Dans l'angoisse qui l'agitait, Marie n'aperçut d'abord que l'époux qui lui revenait après tant de lauriers moissonnés, tant de périls bravés... l'époux de qui elle avait eu si peur d'être séparée par la mort en voyant le manoir attaqué par la horde de Stewart Bolton.

Et elle se jeta dans ses bras.

Walter l'y retint tendrement... et tandis qu'il sentait le cœur de la jeune femme battre contre le sien, dans une ivresse immense, ses lèvres murmurèrent quelques mots magiques.

Les yeux de Marie se dilatèrent brusquement en une irradiation soudaine, aveuglante, infinie; une secousse galvanique secoua son corps.

Et brusquement, elle glissa dans les bras de son époux.

Walter venait de prononcer le nom de Julien... de Julien vivant et auprès d'eux : la vibration avait été trop forte... et la mère chancelait sous le poids de son bonheur !

. . . .

Lorsque Marie d'Avenel sortit de l'évanouissement dans lequel elle était plongée, son mari était auprès d'elle; son fils se tenait agenouillé, et derrière lui, Marguerite, sa seconde enfant, l'implorait.

Elle eut alors un sourire ravi, un de ces sourires pareils à un rayon descendu des cieux...

Elle se redressa, ses regards attachés sur ceux qu'elle aimait tant.

Et dans une même étreinte sublime, elle réunit et le père et l'enfant qui lui revenaient définitivement après tant d'années, tant de maux supportés. — l'enfant qu'elle avait soigné sans le connaître, mais dont le souvenir ne la hantait que plus ardemment, plus désespérément, depuis surtout que Marguerite lui avait fait part des révélations de l'ancien intendant dans le caveau des ruines.

Oui, elle le pressait avec une sorte d'égoïsme et de félicité palpitante sur ce sein d'où il était né, l'enfant qui, — bien digne du noble sang qui coulait dans ses veines, — se révélait à eux en sauvant son père du poignard d'un assassin.

Tous étaient là, Christie de Clinthill en son vêtement de peaux de bêtes sauvages, Ketty toute confuse et émue, Joë enfin heureux, Henri de Mercourt, totalement oublieux de la légère blessure qu'il avait reçue, Martial le regard clair et franc... et lord Mercy, avec Ellen et Marguerite, la Fleur d'Écosse, tout près, le ravissement sur les traits et bénissant le ciel... et tous, tous, gentilshommes et serviteurs mêlés, unis, égalisés en une même joie!

Oui, ils étaient là tous réunis.

Ah! quelles effusions et comment les dépeindre!...

Mais il fallait aussi songer aux victimes du traître Bolton...

Tous volèrent au secours de ces braves, de ces infortunés défenseurs d'Avenel!...

. . . .

Cinq ou six jours après, les mêmes personnages étaient réunis de nouveau dans la salle des ancêtres du manoir de Claymore.

Mais c'était cette fois pour une imposante cérémonie dont les apprêts se faisaient depuis la veille.

— Ce sera comme une fête de la rénovation, — avait dit le chevalier d'Avenel.

Les abords du château avaient été purifiés des corps des bandits immolés dans le combat et de leur chef maudit.

Le cadavre de Stewart Bolton, sépulture encore trop digne de lui, avait été enfoui avec ceux des coupe-jarrets dans la fosse des criminels.

Le mauvais génie acharné depuis si longtemps sur la race d'Avenel était désormais anéanti.

L'Homme-Noir n'était plus qu'une légende.

Et, en effet, la cérémonie qui rassemblait dans la vaste salle les principaux héros des événements accomplis jusqu'alors était en quelque sorte la fête de l'avenir.

C'étaient les fiançailles de Julien d'Avenel et de Marguerite, fleur ravissante de la poétique Écosse, qui allaient être célébrées.

Marie Stuart était présente ; elle en avait manifesté le désir, voulant donner un gage de son affection royale à son chevalier et à Marie d'Avenel.

Les chevaux de la brillante escorte qui l'avait accompagnée piaffaient au dehors.

La reine d'Écosse était assise entre le châtelain et la châtelaine, ayant debout, derrière elle, ses deux gracieuses suivantes, les deux autres Marie.

Pour tous ceux qui étaient là, cette heure bénie était comme le ciel sur la terre...

Julien et Marguerite s'agenouillèrent sur des coussins au pied de la douce souveraine.

Marie Stuart les considéra un instant, si charmants l'un et l'autre en leur attrait juvénile, et passa ensuite à leurs doigts un anneau d'or. Et d'une voix mélancolique, puis rassérénée peu à peu, elle prononça :

— Que ces anneaux, fondus au feu du creuset comme l'ont été vos jeunes âmes par l'épreuve qui tôt ou tard frappe toute créature, que ces douces chaînes d'amour soient l'emblème de vos fiançailles aujourd'hui... et de votre union prochaine dans la prospérité et le bonheur !

— Amen ! — répondit chacun d'une voix grave.

Et Marie Stuart baisa les deux adolescents au front...

Christie de Clinthill, qui avait revêtu avec joie un superbe harnois militaire à la place de son vêtement d'habitant des forêts, échangea un sourire heureux avec Ketty et Joë, — et les deux colosses se détournèrent en même temps pour ne pas laisser voir qu'ils étaient émus comme des enfants... oui de bons grands enfants par le cœur !

Henri de Mercourt s'avança alors devant la reine, en s'inclinant respectueusement :

— Gracieuse Majesté, — dit-il d'une voix tremblante, — daigne vous plaire, — en tant que toujours reine de France, — sanctionner l'union prochaine de votre serviteur et féal sujet, moi, Henri, vicomte de Mercourt, seigneur de Kervien, avec lady Ellen Mercy, fille du noble lord Mercy, ici présents l'un et l'autre.

Ellen et lord Mercy s'étaient également avancés, le vieillard, spectacle impressionnant, soutenant la jeune femme profondément émue.

— Noble chevalier de mon cher et doux pays de France, — dit Marie Stuart avec un trouble visible, — la reine acquiesce volontiers à votre requête. Celui qui a délivré l'enfant ici présente de sa captivité mérite de lui servir de père.

Et la reine, se dresssant, joignit elle-même les mains d'Henri de Mercourt et d'Ellen Mercy.

.   .   .   .

Un mois après, le mariage d'Ellen et du vicomte de Mercourt était solennellement célébré en la cathédrale d'Édimbourg.

Chose rare en ces temps reculés, unique peut-être, un descendant des rois, le duc de Noxford, venu exprès de son château, et un simple homme du peuple après tout, le brave fidèle Martial, servaient de témoins au gentilhomme français.

Le chevalier d'Avenel et le vaillant Mac Sweeny étaient ceux d'Ellen.

La cérémonie fut double, confirmant en outre le mariage de Christie de Clinthill et de Ketty, consacré devant Dieu, au fond des forêts, par le vieux meunier expirant.

Le surlendemain de la cérémonie, une riante cavalcade emportait la plupart des héros de notre récit vers le sud, vers la tour d'Avenel, où Walter était impatient d'aller présenter Julien et sa jeune et belle fiancée, — son épouse bientôt, à ses fidèles vassaux et à ses soldats, restés sur la brèche victorieusement...

C'était la première étape d'un voyage qui devait les conduire ensuite, comme en un émouvant pèlerinage, au château de Kervien... où Julien avait reçu une si longue et si saine hospitalité, et où le vieux Dacier, averti des heureux événements écoulés, attendait, plein de joie, l'heure de serrer Martial dans ses bras...

Le chevalier d'Avenel, Julien, Christie reconnaissaient, au cours de ce voyage, les lieux de leurs plus grands périls ou de leurs héroïques exploits.

Mais ils étaient les uns et les autres souriants et heureux !

La DAME BLANCHE faisait désormais planer au-dessus d'eux son égide tutélaire !

Le ciel était descendu sur la terre pour les amoureux !...

FIN DE LA DAME BLANCHE

TABLE DES MATIÈRES

PREMIÈRE PARTIE

L'AMOUR DE MARIE

DEUXIÈME PARTIE

FLEUR D'ÉCOSSE

ÉPILOGUE

LA FÉE D'AVENEL

FIN DE LA TABLE DES MATIÈRES

H. GEFFROY, éditeur, 222, boulevard Saint-Germain, PARIS

DÉPOT LÉG
Seine
Nº
1897

EN VENTE AUJOURD'HUI LA 2ᵉ LIVRAISON, EXCEPTIONNELLEMENT A 5 CENTIMES

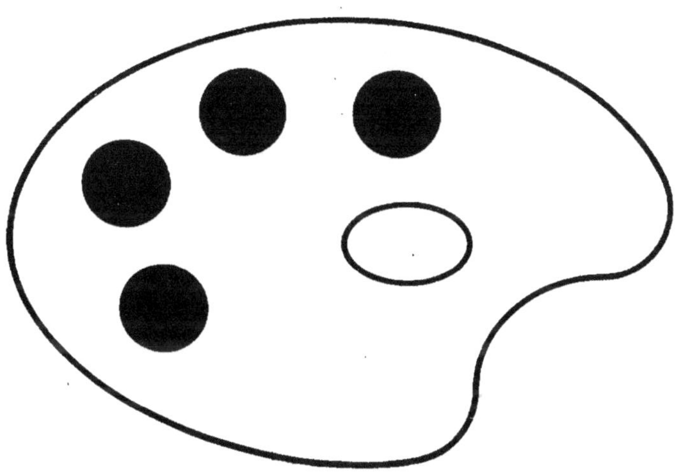

Original en couleur
NF Z 43-120-8

FIN DE LA TABLE DES MATIÈRES

Sceaux. — Imp. E. Charaire.

H. GEFFROY, éditeur, 222, boulevard Saint-Germain, PARIS

DÉPOT LÉGAL
Seine
Nᵒ
1897

EN VENTE AUJOURD'HUI LA 2ᵉ LIVRAISON, EXCEPTIONNELLEMENT A 5 CENTIMES

LA DAME BLANCHE

DRAMATIQUE ROMAN D'AMOUR INÉDIT

PAR

MICHEL MORPHY

LA DAME BLANCHE !... La mystérieuse et adorable pensée du grand Walter Scott !... La légende éternellement jeune, poétique et troublante !... La divine apparition d'amour et de bonheur !... Elle se cristallise donc enfin en une sublime et poignante réalité qu'enfante la magie créatrice du jeune et féerique écrivain :

MICHEL MORPHY

C'est pour nous une heureuse fortune de pouvoir l'annoncer à nos amis lecteurs et fidèles lectrices :

Le Maître incontesté du Roman populaire moderne, l'incomparable charmeur qui a écrit **Mignon**, **Mariage d'Amour**, **Jeanne d'Arc**, la **Marchande des Quatre-Saisons**, **Mirette**, **l'Ange du Faubourg**, etc..., vient de nous donner la primeur de cette nouvelle œuvre sensationnelle, toute vibrante de passion, d'exquise tendresse et de sainte pitié :

LA DAME BLANCHE !...

O vous qui avez aimé, qui avez souffert, qui avez pleuré, ce seront des heures inoubliables, émouvantes et délicieuses que vous passerez, captivés et frissonnants, en lisant ce drame superbe, d'une si chaude et si amoureuse envolée...

LA DAME BLANCHE

demeurera comme le plus pur chef-d'œuvre de l'illustre romancier populaire

MICHEL MORPHY

Ce sera l'œuvre sympathique par excellence, bien chère à tous les cœurs, et trop courte, hélas ! qu'on relit sans cesse... sur laquelle tant de douces larmes auront coulé de jolis yeux féminins... divine rosée d'émotion des âmes tendres, qui aimeront toujours à se contempler dans cette page de passionnante poésie, comme en un miroir d'amour !

DEMANDEZ PARTOUT LA 1re LIVRAISON GRATUITE

10 CENTIMES LA LIVRAISON ILLUSTRÉE

Exceptionnellement, la 2e livraison **5 CENTIMES** seulement.

Une série : 50 centimes. — Abonnement par 6 séries : franco 3 francs.

En vente chez tous les libraires et marchands de journaux.

H. GEFFROY, éditeur, 222, boulevard Saint-Germain, PARIS

Sceaux. — Imp. Charaire et Cie.

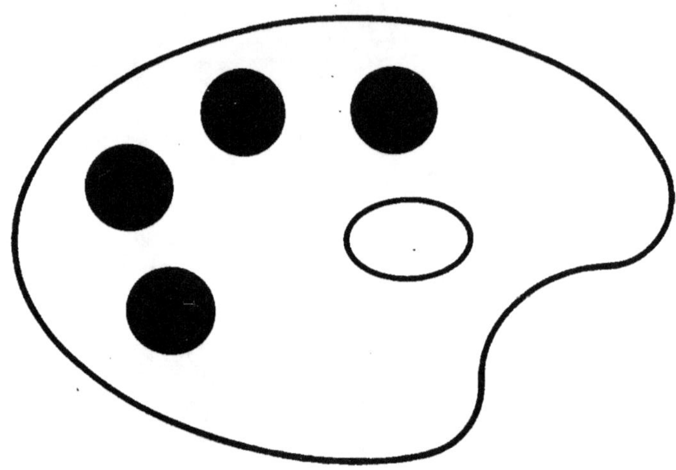

Original en couleur
NF Z 43-120-8

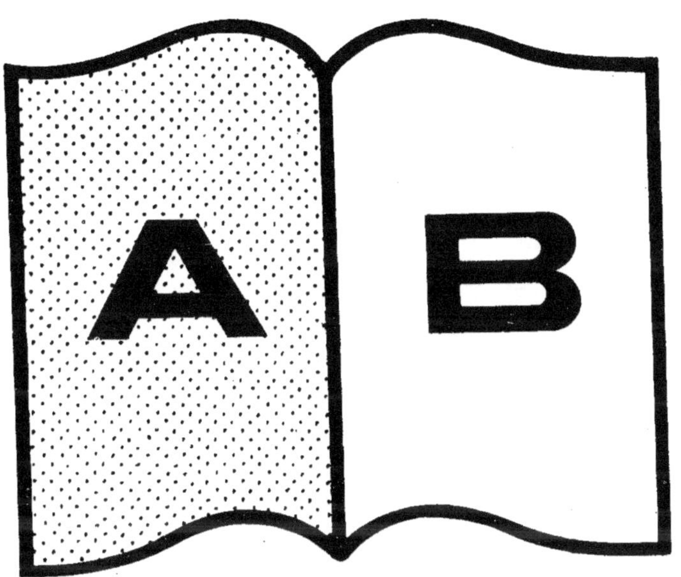

Contraste insuffisant

NF Z 43-120-14